LAURA GALLEGO

MEMORIAS DE IDHÚN

Laura Gallego nació en Valencia, España, en 1977. Comenzó a escribir a los 11 años y publicó su primer libro a la edad de 21 años, pero para entonces ya había escrito catorce novelas. Ha sido galardonada con el Premio El Barco de Vapor, otorgado por la Fundación SM, además de ser ganadora del Premio Cervantes Chico, y el Premio Nacional de Literatura Infantil y Juvenil en España. *La Resistencia* es el primero de tres libros en la serie *Memorias de Idhún*, la cual sigue las aventuras de Jack y Victoria.

PRÓXIMAMENTE EN VINTAGE ESPAÑOL

Memorias de Idhún II: Tríada
Memorias de Idhún III: Panteón

MEMORIAS DE IDHÚN I
La Resistencia

MEMORIAS DE IDHÚN
I

La Resistencia

LAURA GALLEGO

VINTAGE ESPAÑOL
Una división de Penguin Random House LLC
Nueva York

PRIMERA EDICIÓN VINTAGE ESPAÑOL, DICIEMBRE 2020

Copyright © 2004 por Laura Gallego

Todos los derechos reservados. Publicado en los Estados Unidos
de América por Vintage Español, una división de Penguin Random
House LLC, Nueva York, y distribuido en Canadá por Penguin Random
House Canada Limited, Toronto. Originalmente publicado
en España por Ediciones SM, Madrid, en 2004.

Vintage es una marca registrada y Vintage Español
y su colofón son marcas de Penguin Random House LLC.

Información de catalogación de publicaciones
disponible en la Biblioteca del Congreso de los Estados Unidos.

**Vintage Español ISBN en tapa blanda: 978-0-593-08262-1
eBook ISBN: 978-0-593-08263-8**

Para venta exclusiva en EE.UU., Canadá, Puerto Rico y Filipinas.

www.vintageespanol.com

Impreso en los Estados Unidos de América
10 9 8 7 6 5 4 3 2 1

Para Andrés,
el primero que se atrevió
a cruzar la Puerta conmigo,
y que escuchó esta historia
bajo la luz de las tres lunas.

No importa lo que haga, cada persona en la Tierra está siempre representando el papel principal de la Historia del mundo. Y normalmente no lo sabe.

PAULO COELHO, *El Alquimista*

MEMORIAS DE IDHÚN I
La Resistencia

I
JACK

ERA ya de noche, una noche de finales de mayo, y un chico de trece años subía en bicicleta por una carretera comarcal bordeada de altas coníferas, de regreso a su casa, una granja junto a un pequeño bosque.

Se llamaba Jack. Hacía ya un par de años que vivía con sus padres en aquella granja a las afueras de Silkeborg, una pequeña ciudad danesa, y todas las tardes, al salir de clase, si el tiempo lo permitía, efectuaba aquel trayecto en bicicleta. Le gustaba hacer ejercicio y, además, el recorrido junto al bosque lo relajaba y apartaba de su mente todas las preocupaciones.

Pero, por alguna razón, aquella vez era diferente.

Llevaba todo el día teniendo una extraña intuición con respecto a su casa y sus padres. No habría sabido decir de qué se trataba, pero tampoco había podido evitar llamar a su madre a mediodía, para asegurarse de que los dos estaban bien, y lo había encontrado todo en orden. Sin embargo, apenas un rato antes, al salir del colegio, había sentido que aquel molesto presentimiento que lo había acosado durante todo el día regresaba con más fuerza. Sin ningún motivo aparente, intuía que su familia estaba en peligro. Y sabía que era absurdo, sabía que no tenía una explicación racional para aquella sensación, pero no podía evitarlo. Tenía que llegar a casa cuanto antes y comprobar que todo marchaba bien.

Cuando llegó a la granja por fin, el corazón estaba a punto de estallarle del esfuerzo. Dejó la bicicleta tirada junto al cobertizo, sin preocuparse por guardarla, y corrió hacia la entrada.

Se detuvo de pronto, con el corazón latiéndole con fuerza.

Joker, su perro, no había acudido a recibirlo, como todos los días. Tampoco se oían sus ladridos desde la parte posterior de la granja. «Habrá ido al bosque», se dijo Jack, intentando calmarse.

No pudo evitarlo, sin embargo. Echó a correr de nuevo hacia la puerta de la casa. La halló entreabierta y entró.

Algo lo detuvo.

En apariencia, todo parecía normal. La luz del salón estaba encendida, se oía el murmullo apagado del televisor.

Pero se respiraba un ambiente extraño.

Temblando, entró en el salón. Su padre estaba sentado en el sofá, frente al televisor, de espaldas a él. Podía ver su cabeza descansando sobre el respaldo.

–Papá...

No hubo respuesta. En la televisión ponían un estúpido programa de imitadores de cantantes famosos, y Jack se aferró desesperadamente a la idea de que era lógico que su padre se hubiese quedado dormido.

Rodeó el sofá y, tras un breve instante de vacilación, miró a su padre a la cara.

Estaba inmóvil, pálido, con los ojos abiertos de par en par, desenfocados, mirando a ninguna parte. No había ninguna señal de sangre o violencia en su cuerpo.

Pero Jack supo que estaba muerto.

Algo golpeó su conciencia con la fuerza de una pesada maza. Por un momento, el tiempo pareció detenerse, y su corazón con él; pero de inmediato el mundo a su alrededor se tambaleó y empezó a girar a una velocidad abrumadora. Se abalanzó hacia su padre y lo sacudió varias veces, tratando de hacerlo reaccionar. En el fondo sabía que era inútil, pero, simplemente, no quería creerlo.

–¡Papá! Papá, por favor, papá, despierta...

Su voz se quebró con un sollozo aterrorizado. De pronto pensó que tal vez no era demasiado tarde, que tenía que llamar a una ambulancia, y quizá... corrió hacia el teléfono y descolgó el auricular.

Pero no había línea. Jack colgó el teléfono con violencia, rabia y desesperación; se secó las lágrimas con la manga del jersey, dio media vuelta y se precipitó escaleras arriba.

–¡Mamá! –gritó–. ¡Mamá, baja corriendo, trae el móvil!

Tropezó en un escalón y cayó, golpeándose las rodillas, pero eso no lo detuvo. Se levantó de nuevo y siguió corriendo:

–¡¡Mamá...!!

Enmudeció de pronto, porque había alguien al fondo del corredor. Alguien que no era su madre. Frenó en seco, desconcertado. Los dos se miraron un momento.

Se trataba de un hombre de ojos de color avellana y rasgos delicados, pero expresión dura y ligeramente burlona. Vestía algo parecido a una túnica que le llegaba por los pies, y tenía el cabello oscuro y encrespado.

–¿Quién... quién es usted? –murmuró Jack, confuso y todavía con los ojos llenos de lágrimas.

Algo atrajo su atención, sin embargo. Sobre el parqué, a los pies del individuo de la túnica, había un bulto inerte. Jack lo reconoció, y sintió que las piernas le temblaban; tuvo que apoyarse en la pared para no caerse.

Era su madre, que yacía en el suelo, pálida, con la cabeza vuelta hacia él y los ojos abiertos.

Jack sintió que la sangre se le congelaba en las venas. Aquello no podía estar sucediendo...

Pero no había duda. La mirada de su madre era vacía, inexpresiva. Sus ojos estaban muertos.

–¡¡¡Mamááá!!! –gritó el chico, fuera de sí.

Echó a correr hacia ella, sin importarle para nada la presencia del hombre de pelo negro...

Todo sucedió muy deprisa. El desconocido gritó unas palabras en un idioma que Jack no conocía (pero que, de pronto, le sonó extrañamente familiar) y algo golpeó al chico en el pecho, dejándolo sin aliento, y lo lanzó hacia atrás.

Jack chocó contra la pared y sacudió la cabeza, aturdido y respirando con dificultad. No tenía ni idea de qué era lo que lo había empujado con tanta violencia; el individuo de la túnica estaba aún lejos de su alcance cuando aquel lo-que-fuera lo había lanzado contra la pared.

Pero no se detuvo a pensar en ello. El golpe lo devolvió a la realidad.

Se dio cuenta de que, muy probablemente, aquel estrafalario individuo era el responsable de la muerte de sus padres; y una parte de sí mismo, que estaba oculta y dormida y solo despertaba en ocasiones puntuales, y que, sin embargo, Jack conocía muy bien, aullaba de dolor, ira y sed de venganza.

Por otro lado, sabía que lo más prudente era dar media vuelta y echar a correr, escapar, avisar a la policía...

Por suerte para él, logró dominar su ira y dejar paso a la sensatez. Se puso en pie de un salto, reaccionando más deprisa de lo que su oponente había previsto. Echó a correr en dirección a las escaleras y lo oyó gritar a su espalda, pero no se detuvo. Bajó a todo correr; en su precipitación, tropezó de nuevo y cayó rodando hasta el salón. Pero, cuando estaba a punto de levantarse, sintió una presencia gélida tras él, y se estremeció, sin poderlo evitar. Se volvió lentamente... Ante él se hallaba un chico algo mayor que él, vestido de negro. Era delgado y fibroso, de facciones suaves y cabello castaño claro, muy fino y liso, que le caía a ambos lados del rostro. Sus ojos azules se clavaron en él, inquisitivos.

Era la primera vez que se encontraban, de eso Jack estaba seguro, pero, por alguna razón, no pudo evitar sentir una súbita repulsa hacia él, como si el mero hecho de estar cerca de aquel desconocido le produjese escalofríos.

Reprimió un estremecimiento y lo miró a los ojos.

Y de pronto sintió algo extraño, una sacudida, como si algo se hubiese introducido en su interior y estuviese explorando sus más secretos pensamientos y sus más íntimos sentimientos.

Y otra cosa.

Frío.

Jack se quedó paralizado, hechizado por la mirada del joven de negro.

«Te estaba buscando», se oyó una voz en su mente.

Y, en aquel mismo instante, Jack supo, de alguna manera, que iba a morir, como lo sabe la mosca que queda atrapada en la telaraña, como lo sabe un ratón que se topa con la mirada de una serpiente.

Pero entonces algo tiró de él y lo arrojó a un lado con violencia, apartándolo del muchacho de negro. Jack cayó al suelo, sobre la alfombra, sacudió la cabeza y se giró para ver qué estaba pasando y quién lo había alejado de la mirada de la muerte.

Su salvador era un joven de unos veinte años, alto y musculoso, de cabello castaño corto y expresión grave y severa, que había aparecido de la nada, interponiéndose entre Jack y el otro muchacho. Había algo en él que imponía respeto, a pesar de las extrañas ropas que vestía. El chico de negro lo miró impasible, pero adoptó una postura de serena cautela. Y entonces, ante la atónita mirada de Jack, el recién llegado sacó una espada del cinto y le plantó cara a su oponente. El de negro pareció aceptar el desafío, porque extrajo su propia espada de una vaina que llevaba sujeta a la espalda y paró el golpe de su contrincante con una rapidez y una agilidad casi sobrehumanas. Jack, paralizado de terror, se quedó mirando cómo aquellos dos desconocidos iniciaban un duelo de espadas en el salón de su propia casa. Volcaron la mesa del comedor, desgarraron las cortinas, destrozaron el televisor con una estocada que no dio en el blanco. Jack asistía impotente a aquel estropicio, pero no se atrevía a moverse. El joven recién llegado se movía con seguridad y serenidad, y los golpes que descargaba eran más fuertes; pero el muchacho de negro era mucho más rápido, ágil, silencioso y letal. Jack se dio cuenta de que, cada vez que las dos espadas se encontraban, una especie de destello sobrenatural brotaba de sus filos.

Aquello no era real, era una pesadilla, no podía estar pasando. Quiso gritar, pero entonces alguien tiró de él y le tapó la boca.

Jack sintió que se mareaba. Su primer impulso fue tratar de deshacerse del abrazo, pero no lo logró. Se volvió y vio que su captor era un chico delgado de unos dieciocho o diecinueve años, de cabello negro, grandes ojos oscuros, facciones agradables y gesto serio. Jack quiso librarse de él, pero el joven era más fuerte. Lo miró a la cara y le dijo que no con la cabeza, y Jack entendió que era un amigo y estaba allí para ayudarlo. Lo agarró por los brazos con desesperación.

–Por favor –sollozó–, por favor, ayudadme... mis padres...

Pero el joven sacudió la cabeza, y le dijo algo en otro idioma, y Jack comprendió que hablaban lenguas distintas. Se volvió para señalar el sofá donde yacía el cuerpo de su padre, pero al final giró la cabeza con brusquedad porque no se atrevía a mirar.

Mientras tanto, los otros dos seguían con su particular duelo de esgrima, y el individuo de la túnica, el asesino de los padres de Jack, se había asomado a lo alto de la escalera. El muchacho que sujetaba a Jack se dio cuenta de ello. Gritó algo y su compañero asintió y retrocedió hasta él. El chico de negro corrió tras él y descargó la espada sobre ellos, justo cuando su oponente agarraba del brazo a su amigo.

Jack sintió unos dedos clavándose dolorosamente en su antebrazo y lo último que vio antes de que todo empezase a dar vueltas fueron unos gélidos ojos azules...

Jack lanzó un grito y abrió los ojos, sobresaltado. Se incorporó sobre la cama, respirando entrecortadamente y sintiendo en el pecho los alocados latidos de su corazón.

«Solo ha sido un maldito sueño», pensó irritado.

Pero todavía temblaba. Detestaba las serpientes, y había soñado con una de ellas, enorme, terrorífica, que se alzaba bajo un extraño cielo del color de la sangre. Un cielo con seis astros que emitían un brillo cegador.

Intentó serenarse. Estaba temblando, y sentía una extraña angustia que atenazaba su corazón como una garra de hielo. Respiró hondo. «Solo ha sido una pesadilla», se dijo. Pero no era la primera vez que soñaba con aquella escena, y se preguntó, una vez más, si la habría visto en alguna película de ciencia ficción. Si era así, no lo recordaba.

Por otro lado, antes de soñar con la serpiente gigante había tenido un sueño mucho más aterrador; se acordaba solo vagamente, pero sabía que tenía que ver con sus padres, y que no era algo que quisiera recordar.

Se pasó una mano por su pelo rubio, revolviéndolo, y echó un vistazo a su derecha, buscando con la mirada los números fosforescentes de su despertador digital.

Se quedó helado.

No estaba en su habitación. Se hallaba en una cama extraña, en un cuarto extraño, en un lugar extraño. La forma de la habitación tampoco era corriente: no había esquinas en las paredes, curiosamente redondeadas. Era como si estuviese en el interior de un iglú gigante. Una ventana, también redonda, se abría a un lado del cuarto. Más allá se veía una clara noche estrellada y las oscuras copas de los árboles. Pero no era el paisaje que él conocía.

Jack parpadeó, confuso. ¿Dónde diablos se encontraba? ¿Qué estaba pasando?

Se levantó de un salto, apartando unas sábanas extraordinariamente suaves. Buscó el interruptor de la luz y no lo encontró. Esperó a que sus ojos se habituasen a la oscuridad para mirar a su alrededor.

No había muchos muebles en aquel cuarto. Una silla y una mesa de extraño diseño, un armario del mismo estilo y algo que parecía una mezcla entre una estantería y una cómoda. Y dos puertas.

Una estaba entreabierta, y parecía un ropero. Jack abrió la otra, tirando de una manilla hecha de un curioso metal verdeazulado, y se deslizó hasta el exterior.

Se encontró en un pasillo de techo abovedado, como un túnel, que torcía hacia la derecha con suavidad, sin esquinas. Estaba iluminado por medio de apliques eléctricos, con bombillas, perfectamente normales. Jack respiró hondo, mareado. Aquello era una locura. Avanzó con precaución, procurando no hacer ningún ruido... y entonces topó con alguien. Jack dio un respingo. Se trataba de un joven moreno, delgado y nervioso. Jack lo había visto antes...

... En el salón de su casa, sujetándolo, mientras otros dos mantenían un duelo de espadas.

De golpe lo recordó todo. La carrera hasta la granja, el hombre de la túnica, la lucha entre su perseguidor y su salvador, aquellos inhumanos ojos azules, sus padres muertos...

Sus padres, muertos.

No había sido un sueño. Todo aquello había sucedido de verdad.

Jack ahogó un grito de rabia y desesperación y, casi sin saber lo que estaba haciendo, se abalanzó contra aquel joven, furioso, tratando de golpearlo. Lo cogió por sorpresa y ambos cayeron al suelo. El muchacho exclamó algo en aquella extraña lengua, pero Jack no atendía a razones. Golpeó con los puños intentando darle a algo, pero de pronto unas manos de hierro lo agarraron dolorosamente por las muñecas y una voz serena, tranquila y autoritaria dijo algo que, para variar, él no entendió. Intentó desasirse, pero no lo logró. Sintió que tiraban de él hacia atrás para separarlo de su oponente. Se resistió; estaba ciego de rabia. Se volvió para ver quién lo tenía atrapado y vio tras él al joven que había peleado contra el muchacho de los ojos azules en su propia casa. Sin duda era muy fuerte y tenía brazos de acero; Jack se dio cuenta de que no le estaba costando ningún trabajo mantenerlo quieto, a pesar de que él se estaba resistiendo con todas sus fuerzas.

Finalmente Jack, agotado, se rindió. Estaba atrapado.

Se dejó caer, temblando y sollozando sin poder contenerse.

Entonces el muchacho moreno al que acababa de atacar se inclinó junto a él y le dijo algo. Jack apartó la cara, furioso y angustiado a la vez. Pero vio, a través de las lágrimas, que él lo miraba fijamente, serio y preocupado. El joven dijo algo más, y esta vez Jack alzó la cabeza. Sonaba a francés. Pero él no sabía francés. El otro frunció el ceño, pensativo, y entonces probó otra vez.

En esta ocasión, Jack lo comprendió.

—Eh... sí... hablo inglés —musitó en la misma lengua; sus propias palabras le sonaban extrañas. Tragó saliva para aclararse un poco la garganta. Volvió la cabeza para frotarse la cara contra el brazo y así secarse las lágrimas, porque todavía lo tenían sujeto por las muñecas y no podía usar las manos.

El otro chico lo miró, pensativo.

–Bien. En realidad, a mí no se me da muy bien el inglés, he tenido poco tiempo para aprender –explicó en un inglés vacilante, con un extraño acento–. Pero creo que nos entenderemos.

Jack asintió, mohíno. Él hablaba inglés casi tan bien como su lengua materna. No en vano, su padre era británico... Pensar en su padre le hizo recordarlo, sentado en el sofá, muerto, y cerró los ojos para evitar que volvieran a llenársele de lágrimas. Todo aquello no era más que una pesadilla...

–No es un buen momento para hablar, lo sé –prosiguió el joven–. Solo quiero que sepas que, pase lo que pase, aquí estarás a salvo.

–¡A salvo! –repitió Jack con amargura–. ¡Después de lo que les habéis hecho a mis padres...!

–Te hemos salvado la vida –corrigió el otro–. Si hubiésemos llegado a tiempo, tal vez también habríamos podido salvar a tus padres. Pero ellos se nos adelantaron otra vez.

Había tal gesto de rabia y frustración en su rostro que Jack no pudo menos que creerlo.

–Mis padres... –repitió, sin poderse quitar aquella idea de la cabeza.

Trató de recomponer aquel rompecabezas en su mente. Lo que había contemplado en su casa era la lucha entre dos grupos distintos. Dos personas, el hombre de la túnica y el muchacho vestido de negro, habían matado a sus padres. Y probablemente lo habrían matado a él también, de no ser por la intervención de aquellos dos jóvenes con los que estaba hablando, que, de alguna manera, lo habían sacado de allí. ¿Por qué había pasado todo eso? ¿Quiénes eran ellos? ¿Y qué tenían que ver sus padres con todo aquello?

–¿Por qué? –susurró, desolado–. ¿Por qué a ellos?

Esta vez no pudo evitar que una lágrima resbalase por su mejilla y volvió la cabeza bruscamente, para que no lo vieran llorar.

El joven lo miró con pena.

–Lo siento, de verdad. Lo único que puedo decirte es que te protegeremos y que seguiremos luchando por que no haya más muertes.

–¿Más... muertes? –repitió Jack, desorientado.

El otro suspiró.

–Es mejor que no te mezcles en esto. Cuanto menos sepas, más seguro estarás.

Algo se rebeló en el interior de Jack.

–¡No! –gritó–. ¡No, ni hablar, necesito saber qué demonios ha pasado! ¿Me oyes? ¡Y quiero volver a casa! ¿Quiénes sois vosotros? ¿Adónde me habéis traído?

–A un lugar seguro –insistió el otro–. En cuanto a quiénes somos, solo puedo decirte nuestros nombres: yo soy Shail, y mi amigo es Alsan. No habla inglés –añadió con un suspiro resignado–, ni francés, ni nada que se le parezca.

Jack se volvió hacia Alsan, que permanecía impasible junto a él. Shail se encogió de hombros y le dijo algo en su propio idioma. Alsan soltó a Jack, que se frotó las muñecas doloridas, sin entender todavía lo que estaba sucediendo.

–Yo me llamo Jack –murmuró.

Se dejó caer al suelo; no tenía fuerzas para levantarse, de manera que se quedó allí, sentado en el suelo, hecho un ovillo y con la cabeza gacha, temblando de miedo, de dolor, de angustia, de rabia, de impotencia... Eran tantos los sentimientos que se confundían en su alma que por un momento creyó hallarse en el corazón de un huracán.

Shail se puso en pie y le tendió una mano para ayudarlo a levantarse. Jack alzó la cabeza y lo miró, todavía muy desorientado. Parpadeó para contener las lágrimas.

–Queremos ayudarte –dijo el muchacho, muy serio.

Jack titubeó, pero finalmente le dio la mano, y se incorporó. Se volvió hacia Alsan, desconfiado. El rostro del joven seguía pareciendo de piedra, pero en su mirada había simpatía y conmiseración. Jack vaciló.

–No estás solo –dijo Shail con suavidad.

Jack sintió que todo le daba vueltas. Las piernas le fallaron como si fueran de gelatina. Apenas notó los brazos de Alsan sujetándolo para que no cayese al suelo.

Fue vagamente consciente de que lo llevaban hasta una habitación más amplia y le hacían sentarse en un sillón. Cuando todo dejó de dar vueltas y pudo mirar a su alrededor, se encontró en un salón amueblado al mismo estilo que el cuarto en el que había despertado, y aderezado con una serie de elementos que no parecían encajar allí: lámparas, un equipo de música, un ordenador...

–Bienvenido a nuestro centro de operaciones –dijo la voz de Shail junto a él.

Jack dio un respingo y se volvió. Vio al joven apoyado en el quicio de la puerta. Sonreía amistosamente. Se dio cuenta de que llevaba una camisa blanca por fuera de los vaqueros, parecía un muchacho normal. Y sin embargo seguía habiendo en él algo que le hacía diferente. Jack buscó a Alsan con la mirada, pero descubrió que se había marchado.

–Te has mareado –continuó Shail–. Estás muy débil, necesitas comer algo. ¿No tienes hambre?

Jack negó con la cabeza.

–Tengo el estómago revuelto.

–No me extraña –asintió Shail, muy serio–. Has pasado por una experiencia muy dura.

Jack reprimió un gesto de dolor. Miró a Shail con dureza.

–Necesito saber –exigió.

El joven le dirigió una mirada pensativa.

–Bueno –dijo finalmente–. Intentaré explicarte algunas cosas –se sentó junto a él–. Supongo que querrás saber quiénes entraron la otra noche en tu casa, y por qué.

Jack asintió.

–En fin, es largo de explicar. Digamos que esos tipos van buscando... a gente muy especial. Gente que se les ha escapado de un... lugar. Del lugar de donde ellos vienen.

Miraba a Jack con fijeza, esperando una reacción en él, pero esta no se produjo.

–No... no lo entiendo –musitó el chico, confuso.

Shail frunció el ceño.

–¿De verdad... no sabes nada? ¿No tienes idea de dónde venían tus padres?

–Mi padre era inglés, y mi madre danesa. ¿Te refieres a eso?

Shail se acarició la barbilla, pensativo.

–Qué raro... –murmuró–. No hablas el idhunaico ni sospechas por qué os han atacado. No puede ser que tus padres no te contasen nada. Y, sin embargo... Por otro lado, ellos... No, no es posible, ellos no cometen errores...

Jack perdió la paciencia.

–Por favor, cuéntamelo de una vez. *Necesito* saber qué ha pasado, ¿no lo entiendes?

—Está bien, está bien. ¿Recuerdas a ese chico de negro?

Jack se estremeció involuntariamente. «Te estaba buscando», susurró de nuevo aquella voz en un rincón de su memoria.

—Veo que sí —comentó Shail—. Bien, pues él... se llama Kirtash, y es un asesino. Un asesino muy especial: es frío, despiadado y muy... poderoso.

—¿Poderoso en qué sentido? —preguntó Jack, sintiendo un nuevo escalofrío.

—No te lo puedo explicar, pero estoy seguro de que tú ya lo notaste. El otro, el mag... quiero decir, el de la túnica —rectificó—, se llama Elrion y hace poco que va con él. De todas formas es raro, porque Kirtash siempre actúa solo. Aunque creo que fue Elrion quien...

Calló un momento.

—¿... quien atacó a mis padres? —completó Jack en voz baja; sintió un nudo en la garganta y tragó saliva, tratando de evitar que las lágrimas aflorasen de nuevo a sus ojos.

Shail asintió, pesaroso.

—¿Pero quién querría...? —a Jack se le quebró la voz; hizo lo posible por acabar la pregunta y no lo logró; solo consiguió articular—: ¿Y por qué?

Shail suspiró.

—El lugar de donde venimos, Jack, está gobernado por unos... llamémoslos... individuos... a quienes no les gusta que se rebelen contra ellos. Por eso han enviado a Kirtash. Se dedica a ir por el mundo buscando gente... como nosotros. Gente... exiliada. Gente que ha escapado hasta aquí. Los busca, los encuentra... y los mata.

Jack respiró hondo. Se imaginó al punto un país ahogado por unos dictadores que gobernaban con mano de hierro.

—Pero mis padres... no pertenecían a ese lugar —objetó—. Me lo habrían dicho.

—Puede que sí, o puede que no, Jack. Tal vez tengas razón y Kirtash y los suyos se hayan equivocado con vosotros. Pero me parecería muy extraño, porque ellos nunca cometen errores de ese tipo.

Jack no dijo nada. Le costaba asimilar tanta información.

—Nosotros somos... rebeldes —prosiguió Shail—. O renegados, como nos llaman ellos. Alsan y yo vinimos aquí para cumplir una misión, y nos tropezamos con Kirtash. Hemos intentado impedir que siga asesinando a nuestra gente, pero siempre se nos adelanta y... —ahora fue Shail quien se estremeció– no podemos luchar contra él. No tenemos los medios suficientes.

–¿Qué...? No lo entiendo. Solo es un chico, y no será mucho mayor que yo. Bueno, tal vez uno o dos años mayor que yo, pero... sigue siendo un chico, y si está solo...

Shail le dirigió una mirada inescrutable.

–Kirtash no es lo que parece. Por lo que sabemos, tiene solo quince años, pero ha asesinado a incontables personas desde que está aquí.

–Pero eso... no puede ser, es... absurdo.

–Será o no absurdo, pero es la verdad. Créeme si te digo que nadie que se haya enfrentado a él ha salido con vida. Nadie.

A Jack le pareció que Shail temblaba, y no lo consideró una buena señal. Recordó de pronto una cosa.

–Pero nosotros escapamos. Kirtash tenía esa espada, iba a... –frunció el ceño–. Y yo me desvanecí, y de pronto estaba aquí...

Shail parecía incómodo.

–Escapamos –dijo ambiguamente–, sin enfrentarnos a él. Alsan no habría podido aguantar mucho tiempo, así que... tuvimos que huir.

–¿Cómo?

–Nos habría matado –prosiguió Shail, eludiendo la pregunta–. Ha sido entrenado para ser el mejor y el más despiadado asesino que jamás se haya visto. Es rápido, venenoso y mortal como un escorpión. Y muy discreto. Nunca deja huellas ni rastros de su paso. Es como la sombra de la muerte. Como el ángel exterminador de la Biblia.

Jack respiró hondo. La cabeza le daba vueltas otra vez.

–Debo volver a casa –pudo decir.

–No, no debes. Si vuelves, Kirtash te encontrará y te matará. No le gusta dejar las cosas a medias. Aquí estarás seguro.

Jack levantó la cabeza para mirarlo a los ojos.

–¿Seguro? –repitió–. Pero si ni siquiera sé dónde estoy. Este es un sitio muy extraño...

Shail esbozó una media sonrisa.

–Este lugar es Limbhad. Fue construido por nuestros antepasados, hace mucho, mucho tiempo. Kirtash y los suyos no lo conocen. Es un refugio secreto.

–¿Y cómo sabes que no os encontrarán?

Shail se levantó con gesto serio.

–Tenemos nuestros medios. No estamos tan indefensos como parece. Es solo que... –dudó antes de decir, en voz baja–: Es solo que Kirtash nos supera a todos. Me gustaría saber quién es él realmente –añadió como para sí mismo.

Jack se recostó contra el respaldo de su asiento, un cómodo sillón, y cerró los ojos.

–Estás muy pálido –dijo Shail–. Debes tratar de recuperar fuerzas... Pero Jack negó con la cabeza.

–Se supone que mis padres habían huido de un lugar –dijo con lentitud–. ¿Qué lugar es ese?

Shail no respondió. Se quedó mirándolo, dudoso.

–¿Qué lugar es ese? –insistió Jack.

–Se llama Idhún –dijo Shail por fin, en voz baja.

Jack parpadeó, perplejo.

–Nunca lo he oído nombrar.

Shail no dijo nada. Se levantó y salió de la habitación en silencio. Jack quiso detenerlo, pero reaccionó tarde, y cuando intentó incorporarse, las piernas le fallaron. Tambaleándose, logró asomarse al pasillo otra vez. Pero Shail ya se había ido.

Jack se quedó allí parado, un momento. Entonces, lentamente, se dejó resbalar hasta el suelo y se quedó sentado allí, con la espalda apoyada en la pared. Rodeó las rodillas con los brazos, hundió la cabeza en ellos, encogiéndose sobre sí mismo, y se puso a llorar de nuevo, en silencio.

Estaba cansado, muy cansado. El miedo y la tensión parecían haberse esfumado, dejando paso a la tristeza y el abatimiento. No sabía si Shail había dicho la verdad ni si realmente estaba a salvo en aquel lugar, pero sí era cierto que resultaba difícil no calmarse con aquella apacible noche silenciosa y estrellada que se veía desde la ventana. Un remanso de paz y tranquilidad. Jack cerró los ojos, deseando descansar, pero su corazón seguía sangrando. En apenas unas horas, todo su mundo se había vuelto del revés. Sus padres habían muerto y él no sabía por qué. Estaba atrapado en un lugar desconocido y tampoco sabía por qué. Y había algo muy extraño en todas aquellas personas: los dos individuos que habían irrumpido en su casa... los mismos Alsan y Shail...

Evocó sin quererlo el momento en que su vida se había hecho añicos. El hombre de la túnica, ese tal Elrion, había matado a sus padres, o tal vez lo había hecho el otro, a quien Shail había llamado Kirtash, el muchacho de... los ojos azules.

Jack se estremeció involuntariamente...

Frío.

Volvió la cabeza con brusquedad. Nunca más vería a sus padres con vida, y esa idea resultaba horrible y angustiosa. Se había quedado huérfano. De golpe.

Costaba mucho asimilarlo.

Por un momento creyó que no lo conseguiría, deseó dejarse llevar por la pena, cerrar los ojos y dormir, y dormir para siempre, y no despertar nunca más, para no tener que enfrentarse al miedo y al dolor. Se dejó arrastrar por la marea de sus sentimientos, y estos estuvieron a punto de ahogarlo. Pero poco a poco, lentamente, fue saliendo a flote.

No habría sabido decir cuánto tiempo había permanecido allí, acurrucado junto a la pared, pero en un momento dado alzó la cabeza y se dio cuenta de que seguía en aquel extraño lugar que Shail había llamado «Limbhad», solo, en aquella habitación. Respiró hondo e intentó pensar con un poco más de claridad. Decidió entonces levantarse y salir de aquella casa, a pesar de lo que le había dicho Shail. Buscaría un teléfono y llamaría a la policía, y entonces trataría de localizar a sus tíos, que vivían en Silkeborg. Seguramente estarían preocupados por él.

Se levantó, tambaleándose, y avanzó por el corredor en busca de la salida.

Un poco más allá encontró una puerta entreabierta, de la cual salía un alegre resplandor. Jack se asomó con precaución.

Había llegado a la cocina, una cocina tan extraña y original como todo lo que había en Limbhad. Al fondo de la sala ardía un fuego cálido y acogedor, y los cacharros, de formas diversas, estaban colocados en una serie de alacenas de cantos redondeados. Pero a la derecha había un frigorífico, un horno eléctrico y una placa de vitrocerámica. Jack no terminaba de habituarse a aquella mezcla de cosas exóticas y electrodomésticos tan absolutamente corrientes. Era un contraste que chirriaba un poco.

Estaba a punto de marcharse cuando tropezó con algo y oyó un maullido indignado. Una gata de color canela se apartó de su camino y lo miró con altanería antes de subirse a una silla con un elegante salto y acomodarse allí, desde donde le disparó una última mirada ofendida.

–Lo siento –murmuró Jack.

Oyó un ruido y se volvió, y vio entonces que, sobre un banco adosado a la pared, había una chica sentada con las piernas cruzadas y un tazón de leche entre las manos. Jack no había reparado antes en ella; tendría unos doce años, el cabello castaño largo y unos ojos oscuros que parecían demasiado grandes para su cara menuda, morena y de nariz pequeña y respingona. Pero aquellos ojos estaban fijos en él, y Jack respiró hondo. Adiós a su intento de pasar inadvertido. Bueno, de todas formas, aquella chica no parecía peligrosa.

Ella lo miraba con cautela, y Jack levantó las manos como disculpándose.

–Hola –dijo.

La chica no lo entendió. Jack probó a saludar en inglés, y en el rostro de ella se dibujó una sonrisa.

–Hola –respondió.

–Me llamo Jack –dijo él.

–Yo me llamo Victoria.

El inglés de ella no era malo, pero no resultaba tan fluido como el de Jack. Él se percató enseguida de que no lograría sacarle mucha información.

–¿Eres amiga de Alsan y Shail? –Ella asintió–. ¿Vienes de Idhún, entonces?

Victoria se lo pensó un poco antes de contestar. La gata saltó sobre la mesa, sobresaltando a Jack, y lo miró con cara de pocos amigos. Él alargó la mano y acarició su sedoso pelaje. La gata agachó las orejas y, momentos después, ya ronroneaba panza arriba. El muchacho sonrió.

–No lo sé –dijo finalmente la chica, con precaución.

Jack estaba empezando a sentirse frustrado. Shail sabía más cosas, pero no se las quería contar. Alsan probablemente también, pero solo hablaba su extraño idioma (¿idhunaico, había dicho Shail?); y Victoria parecía algo más comunicativa, pero no dominaba el inglés tanto como para expresarse con total claridad.

–No entiendo –dijo el chico–. No entiendo nada. Quiero respuestas.

Victoria lo miró y abrió la boca para decir algo, pero calló. Parecía que no encontraba las palabras. Jack se sentó en un taburete, mohíno, y enterró la cara entre las manos.

Dio un respingo cuando sintió a Victoria junto a él. Ella se había levantado y estaba de pie, a su lado, sosteniendo algo. Jack lo miró. Se trataba de una cadena de la que colgaba un amuleto de plata que tenía forma de hexágono, con un extraño símbolo grabado en su interior.

La chica le hacía gestos indicándole que se pusiera la cadena en torno al cuello, y Jack obedeció. Sintió de pronto una especie de sacudida, como un cosquilleo que lo recorría por dentro.

–¿Y ahora? –dijo ella de repente, para sorpresa del muchacho–. ¿Me entiendes ahora?

Jack parpadeó, perplejo, convencido de que no había oído bien. Victoria no le había hablado en inglés, ni tampoco en danés, pero él la había comprendido a la perfección. Si no hubiese sido porque parecía imposible, Jack habría jurado que le estaba hablando en el extraño idioma de Alsan y Shail.

–Pe... pero no comprendo... –tartamudeó Jack; no pudo decir nada más; también él acababa de hablar en una lengua que no era la suya.

Victoria sonrió.

–Es un amuleto de comunicación –explicó–. Si lo llevas puesto, puedes hablar y entender nuestra lengua. No te preocupes, puedes quedarte con él. Creo que yo ya controlo bastante bien el idhunaico, y si no, seguro que Shail me preparará otro.

Perplejo, Jack cogió el colgante que Victoria le acababa de entregar. Hubo un chispazo de luz y el chico lo soltó con una exclamación.

–¡Ay! ¡Me ha dado un calambre!

De pronto, Victoria lo miraba de nuevo con aquella expresión cautelosa.

–Ha reaccionado contra ti –dijo a media voz–. ¿Es que no crees en la magia?

–¿La qué?

–¡Victoria!

Los dos se volvieron hacia la puerta. Allí estaba Shail, mirándolos con aire alarmado.

–¿Qué le has contado?

–¿Qué no le has contado tú, Shail? ¿No dijiste que ibas a hablar con él?

Shail puso cara de circunstancias.

–Es que... verás, él no es exactamente como nosotros.

Victoria miró a Jack, sorprendida.

–Entonces, ¿por qué lo habéis traído?

–Porque Kirtash lo atacó.

–Pero si Kirtash lo atacó, es que es uno de nosotros.

Jack abrió la boca para intervenir, pero una voz autoritaria irrumpió en la conversación:

–¿Qué pasa? ¿Por qué gritáis?

En la puerta estaba Alsan; parecía que había estado haciendo ejercicio, porque estaba desnudo de cintura para arriba, cubierto de sudor y con una toalla colgándole del hombro. Se había cruzado de brazos y los miraba, ceñudo.

–¿Pero qué...? –soltó Jack, perplejo, mirando al recién llegado–. ¡Shail me ha dicho que no sabías hablar mi idioma!

–Jack, él no está hablando tu idioma –trató de explicarle Shail, pacientemente–. Tú estás hablando el nuestro.

Victoria suspiró, exasperada. Alsan se volvió hacia Shail y lo miró, exigiéndole una explicación. Shail se encogió de hombros.

–Lo siento –intervino Victoria–, ha sido culpa mía. Le he prestado el amuleto de comunicación para entenderme con él, pero no sabía que no le habíais explicado nada...

–Le he explicado algunas cosas –se defendió Shail–, pero compréndeme, él jamás había oído hablar de Idhún... me habría tomado por loco.

–¿Pero es idhunita, o no? –preguntó Alsan, frunciendo aún más el entrecejo.

–¡No lo sé! Es demasiado mayor para ser hijo de idhunitas exiliados. Pero dice que ha nacido en la Tierra. Y no me cabe en la cabeza que Kirtash se haya equivocado con él. Todo esto me desconcierta...

–¡¡Bueno, basta ya!! –estalló Jack, cortando la discusión que se había iniciado entre los dos–. ¡Estáis todos chiflados! Me vuelvo a casa ahora mismo.

Se separó bruscamente de Victoria y se dirigió a la puerta de la cocina, pero Alsan no se apartó. Tenía los brazos cruzados, y sus músculos resaltaban bajo el brillo del sudor.

–Déjame pasar –dijo Jack, temblando de rabia.

Alsan no se inmutó. Se limitó a mirarlo, pensativo.

–Déjame pasar –insistió Jack–. Quiero irme de aquí.

Pareció que Alsan cambiaba de idea, porque se apartó para dejarle paso. Jack se alejó pasillo abajo, pero aún escuchó el reproche de Victoria:

–Tendréis que explicárselo, ¿no? No podéis seguir ocultándoselo siempre.

II
LIMBHAD

L A casa estaba silenciosa y oscura. Jack se sentía débil, pero quería escapar de allí, costara lo que costase. Se aferró a aquel pensamiento: escapar de allí. Si estaba ocupado haciendo algo, se distraería y no pensaría en...

Se le revolvió el estómago de nuevo, recordando la pesadilla que había vivido aquella noche. Parpadeó para contener las lágrimas. No iba a volver a llorar, ahora no. Necesitaba tener la mente clara.

Descubrió que el edificio tenía una arquitectura extraña: estaba conformado por un gran cuerpo central con forma redondeada, cubierto por una cúpula. A su alrededor se abrían pequeñas habitaciones que reproducían la misma forma de iglú, como medias burbujas rodeando a una media burbuja mayor. Encontró por fin la puerta principal, en forma de óvalo, que conducía a un pequeño y silencioso jardín. Pero estaba cerrada.

Jack sacudió la aldaba, furioso y desesperado, y terminó pegándole una patada a la puerta. Se hizo daño, pero se sintió mucho mejor. Siguió explorando la casa, en busca de una manera de salir de allí.

Logró curiosear en varias habitaciones, pero otras se las encontró cerradas con llave. Pronto descubrió que las ventanas estaban cerradas con algo parecido al cristal, pero mucho más elástico, que se abombaba si lo empujaba con el dedo. Sin embargo, no encontró la manera de abrirlas, y tampoco logró romperlas. Aquella sustancia parecía de goma, pero era tan ligera y transparente como el más fino cristal.

Se topó con una amplia escalera de caracol que conducía al piso de arriba, y decidió subir. La escalera desembocaba ante una enorme puerta cubierta de extraños símbolos, que estaba también cerrada.

A la izquierda se abría una puerta más pequeña que daba a una amplísima terraza, con forma de concha, que cubría todo un lado del edificio.

Jack salió al exterior y cruzó la terraza para asomarse a la balaustrada, de formas suaves y ondulantes. Debajo había un jardín y, más allá, otro edificio más pequeño que reproducía la misma arquitectura de la casa principal. Estaba, sin embargo, coronado por una alta aguja que se alzaba en su centro.

Jack parpadeó, sorprendido. Algunas de las estructuras que había visto desafiaban la lógica de la arquitectura convencional, parecían contradecir la misma ley de la gravedad. Y, sin embargo, allí estaban, elevándose sobre el suelo, orgullosas, firmes y seguras.

Miró hacia el horizonte. Vio un pequeño bosque, pero también distinguió los picos de una sierra detrás de los árboles. Se volvió en todas direcciones, esperando vislumbrar la claridad que denotaba la proximidad del amanecer, para orientarse de alguna manera.

No la encontró.

—Qué raro —murmuró para sí mismo—. ¿Por qué no se hace de día? ¿Cuánto tiempo ha pasado?

Buscó la luna en el cielo, pero tampoco la vio. Volvió a asomarse a la balaustrada, preguntándose si podría saltar desde allí; pero finalmente cambió de idea: estaba demasiado alto, y lo único que conseguiría sería hacerse daño. Quizá lo mejor sería volver al piso inferior e intentar escapar de otra manera. Se apresuró, por tanto, a entrar de nuevo en el edificio.

Pero, cuando volvió a pasar por delante de aquella enorme y elegante puerta, esta se abrió con un chirrido.

Fueron apenas unos centímetros, pero Jack se sobresaltó. No había nadie cerca. Se encogió de hombros, pensando que habría sido una ráfaga de aire, y no lo dudó más: entró.

Se halló en una enorme sala circular de altas paredes cubiertas por estanterías llenas de libros antiquísimos. En el centro de la habitación había una gran mesa redonda de madera vieja, rodeada de seis sillones bellamente tallados. Jack se acercó a examinar la mesa. Su superficie estaba grabada con los mismos símbolos extraños, que se entrelazaban con raros dibujos de animales mitológicos y criaturas que no había visto nunca. En el centro de la mesa había una hendidura circular ligeramente iluminada. Jack alzó la mirada y vio que justo encima, en el techo de la estancia, se abría un tragaluz redondo, por el que se filtraba la suave luz de las estrellas. En él había una vidriera en la que se distinguían las figuras de tres soles y tres lunas.

Jack retrocedió instintivamente, aterrado sin saber por qué. Se detuvo y obligó a su corazón a calmarse. ¿Qué era lo que lo había alterado de aquella manera?

Avanzó de nuevo y volvió a mirar hacia arriba. La vidriera no tenía nada de especial. Tres soles dispuestos en forma de triángulo. Tres lunas colocadas de manera que hacían la figura de un triángulo invertido. Ambos triángulos estaban entrelazados, y las líneas de cristal que unían los astros entre ellos formaban... la figura de un hexágono.

Jack dio un respingo y volvió a coger el colgante de Victoria, que todavía llevaba al cuello, para observarlo con atención, pero la oscuridad le impidió verlo con claridad.

—Ojalá hubiese algo de luz —murmuró para sí mismo, frustrado.

Y de pronto hubo un susurro y un chasquido, y una luz cálida y cambiante inundó la estancia. Jack saltó como si lo hubiesen pinchado y miró a su alrededor. Había seis antorchas encendidas colocadas a lo largo de la pared circular.

—¿Quién anda ahí? —preguntó, tratando de controlar los alocados latidos de su corazón—. ¿Eres tú, Shail?

No hubo respuesta. Nada se movió. Solo la luz fantasmal de las antorchas temblaba y se agitaba, produciendo sombras inquietantes en la habitación.

Jack frunció el ceño y se centró en el colgante. Un hexágono como el del techo. ¿Qué significaría aquello?

Volvió a mirar el tragaluz. Los seis astros relucían enigmáticamente, provocando en su interior una extraña inquietud. Tenía la sensación de que aquello lo había visto antes...

... En un cielo extraño y terrorífico envuelto en una luz del color de la sangre.

Jack se sobresaltó. ¡Ahora lo recordaba! Aquel sueño en el que salía la serpiente gigante... recortada contra un ominoso cielo rojizo. ¿Pero qué significaba todo aquello? ¿Qué tenía que ver aquel signo con él, con sus sueños, con la muerte de sus padres?

Se inclinó hacia delante para mirar mejor las figuras de cristal del tragaluz y, sin darse cuenta, apoyó las manos sobre la mesa.

Súbitamente, un intenso haz de luz surgió de la hendidura del centro de la mesa, un haz de luz multicolor que se elevaba como una columna brillante hacia la claraboya de los seis astros. Jack, sobresaltado, dio unos pasos atrás, trastabilló y cayó al suelo. Quedó sentado sobre las baldosas, con la boca abierta, mientras ante él se desarrollaba una escena asombrosa.

Las luces que salían de la mesa habían comenzado a girar como en un torbellino, mezclándose y entrecruzándose, generando colores extraños y sorprendentes. Giraron y giraron hasta formar una brillante esfera de color verde azulado.

Jack tardó unos segundos en comprender que estaba viendo un planeta. Pensó al principio que era la Tierra, pero entonces las luces se definieron y el holograma se hizo más perfecto, y Jack vio que aquella geografía le resultaba completamente desconocida. Descubrió otras tres pequeñas esferas girando en torno a la mayor, y otras tres más grandes que quedaban quietas un poco más allá.

«Los soles y las lunas», pensó Jack, tragando saliva.

Las esferas giraron de pronto más deprisa, y Jack tuvo la sensación de que el planeta se hacía cada vez más grande, hasta cubrirlo todo. Era como si se estuviese acercando allí a toda velocidad. Cerró los ojos, mareado, pero los abrió casi enseguida.

Y se vio, de alguna manera, allí.

No estaba sobre su superficie, pero era como si la sobrevolase. Era una sensación maravillosa, y se sintió exultante de felicidad. Desde niño había estado obsesionado con volar, y una de las experiencias vitales que recordaba con más cariño era el vuelo en avioneta con que le había obsequiado un amigo de su padre, que era piloto, cuando vivían en Inglaterra.

Pero allí no había ninguna avioneta. Estaba solo él, flotando en el cielo, surcando el firmamento. Decidió disfrutar del vuelo y no estropearlo planteándose qué estaba sucediendo exactamente.

Vio verdes prados y suaves colinas, vio frías estepas y altísimas cordilleras, vio un desierto un poco más allá (se estremeció sin saber por qué), vio un mar infinito, vio ciudades de arquitecturas extrañas y fantásticas (y algunas le recordaron la casa de Limbhad), vio impetuosos torrentes y hermosos y tranquilos lagos... pero, sobre todo, vio los bosques, interminables extensiones de enormes árboles que parecían rozar las nubes.

Y vio las criaturas.

Había animales corrientes, como ovejas y caballos, pastando por las praderas, pero también seres que él no había visto nunca. Extraños pájaros de coloridos plumajes le salían al encuentro y bestias que él habría jurado que no existían alzaban la cabeza para mirarlo desde las llanuras y los claros de los bosques.

Jack estaba cada vez más confuso. Estaba preguntándose cómo podría despertar de aquel sorprendente sueño cuando los vio.

El primero de ellos pasó junto a él y lo miró extrañado, pero con un destello de sabiduría en sus ojos dorados. Jack, aterrado, quiso retroceder, y la criatura emitió un gruñido que sonó como una especie de risa.

Tras él aparecieron tres más. Parecía que bajaban desde detrás de las nubes, por eso no los había visto hasta entonces. Sus escamas relucían al sol como piedras preciosas bruñidas y destellantes. Sus poderosas alas batían el aire provocando remolinos a su alrededor. De entre sus fauces se escapaba, ocasionalmente, alguna voluta de humo.

Dragones.

Enormes, magníficos, aterradores y hermosos. Bestias míticas que solo existían en las leyendas y en la imaginación de la gente.

Jack se sintió inmediatamente fascinado por ellos. Quiso seguirlos, pero ya estaban muy lejos. Se quedó quieto, mirando cómo se alejaban hacia la luz de la mañana.

De pronto le pareció oír un rugido y entendió, de alguna manera, que se trataba de una advertencia. Vio que los dragones se habían detenido un poco más allá. Intuyó que algo no estaba saliendo bien.

Las cuatro extraordinarias criaturas, suspendidas en el aire, contemplaban un espectáculo terrorífico: las tres lunas habían emergido por el horizonte y se movían con una rapidez anormal, alzándose hacia lo alto del firmamento, al encuentro de los tres soles. Jack contempló, fascinado y aterrorizado a la vez, cómo los seis astros se entrelazaban en una conjunción asombrosa que, intuyó el muchacho, no se daba muy a menudo. Aguardó, conteniendo el aliento, a que formasen la figura que sabía que iban a dibujar en el cielo: un hexágono perfecto.

Y, de pronto, algo terrible sucedió.

La primera señal fue una especie de sonido atronador que sacudió cielo, tierra y mar. La segunda señal fue el tono rojo sangre que comenzó a adquirir el firmamento.

La tercera señal fue el terror de los dragones. Jack los vio dar media vuelta en el aire y huir, desesperados; huir, no importaba dónde, a cualquier parte, a cualquier parte...

El primer dragón cayó a tierra como un proyectil, envuelto súbitamente en llamas. El segundo y el tercero no tardaron en correr la suerte de su compañero. El cuarto dragón se volvió para ver lo que había sucedido y lanzó un grito de dolor, impotencia y muerte.

Batió las alas, tratando de escapar...

... a un lugar, comprendió Jack, un lugar donde el poder destructor de los seis astros no lograse alcanzarlo.

No lo consiguió. También estalló en llamas, igual que los demás. Jack ahogó un grito y bajó tras él, para socorrerlo...

Tuvo que frenar su descenso bruscamente para no ser engullido por el fuego del cuerpo de la criatura. Un viento huracanado lo llevó lejos, lejos, dando vueltas sobre sí mismo... Cuando quiso darse cuenta, caía en picado sobre el bosque. Le bastó desear detenerse para lograrlo.

Entonces algo rápido y silbante pasó como una flecha junto a él, y Jack se estremeció sin poder evitarlo. Entrevió un cuerpo escamoso entre las nubes y pensó que se trataba de otro dragón; pero cuando la criatura se alzó frente a él, se dio cuenta de lo equivocado que estaba.

Era una gigantesca serpiente. Su larguísimo cuerpo ondulante daba la impresión de estar rodeándolo por todas partes; se sostenía en el aire mediante dos enormes alas membranosas, como de murciélago, que parecían cubrir el firmamento. Unos ojos irisados lo miraban desde una cabeza triangular en la que, sin embargo, lo que más destacaba eran unos colmillos letales y una lengua bífida que producía un horrible siseo...

La misma serpiente de sus sueños.

Jack retrocedió con un grito e intentó mirar hacia cualquier otra parte. Fue entonces cuando descubrió que todo el cielo estaba cubierto por las figuras de miles de serpientes aladas, todo un ejército, que se abatían sobre aquel hermoso mundo, ahora envuelto en una luz rojiza que no presagiaba nada bueno.

Jack se dio la vuelta y tropezó de nuevo con la serpiente, y esta vez no pudo dejar de fijarse en sus ojos...

Gritó.

–¡Jack!

Jack abrió los ojos y se incorporó de un salto, muy confuso. Ante él estaban los ojos de la serpiente... no, los ojos de Victoria, que lo miraba preocupada.

–¿Qué... qué ha pasado? –murmuró, aturdido, en cuanto se dio cuenta de que seguía en la sala de las antorchas.

Victoria retrocedió un poco y Jack miró a su alrededor. Sobre la mesa todavía se alzaba aquella extraña esfera de luz, y en ella relucían aún los ojos de la serpiente... Temblando, Jack vio cómo aquella mirada se desvanecía lentamente entre las luces cambiantes.

–Las odio –murmuró, estremeciéndose–. Odio las serpientes.

–Lo has visto –susurró Victoria–. Has visto lo que pasó en Idhún.

Jack se volvió hacia ella.

–¿Quieres decir que eso que he visto era Idhún?

La chica asintió. Se agachó para coger en brazos a la gata, que se ocultaba tras ella, intranquila.

–Tampoco yo lo creía al principio. Me pasó como a ti, que no recordaba nada. Pero después de haber visto lo que tú, tuve una sensación de... familiaridad...

–No pretenderás decirme –interrumpió Jack– que ese lugar, Idhún, es otro... otro mundo. Con dragones y todo eso.

–Eso es exactamente lo que intento decirte –susurró Victoria–. El Alma te acaba de mostrar algo que sucedió hace tres años: cómo ellos utilizaron la magia de la conjunción de los tres soles y las tres lunas para sus propios fines y lograron que muriesen los dragones y los unicornios, para así poder regresar a Idhún y hacerse con el poder...

–¿Ellos?

–Las serpientes aladas. Los sheks, como se llaman a sí mismos –susurró Victoria, atemorizada–. Ahora nuestro mundo está bajo su tiranía. Las has visto, ¿verdad?

Jack temblaba con violencia.

–No puede ser –susurró–. No puede ser. Había visto antes esas serpientes, las he visto en mis sueños... en mis pesadillas. Pero ¿cómo es posible?

Victoria desvió la mirada antes de decir, a media voz:

—Algunos hechiceros idhunitas lograron escapar hacia la Tierra justo después de la invasión. Pero las serpientes, por medio de Kirtash, los están asesinando a todos.

Jack se dio cuenta entonces de que estaba escuchándola con atención, turbado, y sacudió la cabeza.

—Espera... ¿has dicho... hechiceros? ¿Quieres decir... magos? Pero...

—Shail es un mago —cortó ella—. Tú lo has visto aparecer y desaparecer en el aire, como si nada. ¿Cómo crees que te salvó de Kirtash? Se teletransportó contigo en sus mismas narices. Llegó con Alsan de Idhún hace tres años, pero está tan fascinado con la tecnología de la Tierra que ha tratado de aprender todo lo que ha podido. ¿Cómo piensas tú que funcionan aquí el ordenador, la luz, los electrodomésticos, si no hay instalación eléctrica?

Jack abrió la boca para replicar, pero se detuvo, perplejo, recordando cómo había buscado interruptores por toda la casa y no los había encontrado.

—Shail trajo todos esos trastos, aunque a Alsan no le hacía gracia. Los hace funcionar mediante la magia. Tenía la teoría de que toda magia es energía canalizada, y la demostró con creces, ya ves.

—Energía canalizada —repitió Jack, estupefacto.

Victoria asintió.

—Los seres humanos de la Tierra han dejado morir la magia, pero en Idhún corre por las venas de muchas criaturas. Y aquí, en Limbhad, tenemos lo mejor de ambos mundos.

—¿Qué quieres decir con eso?

—Que no te encuentras en tu mundo ahora mismo. Limbhad, en idhunaico antiguo, significa «la Casa en la Frontera». Se halla en una especie de pliegue espacio-temporal entre Idhún y la Tierra. Es pequeño; es un micromundo que se acaba donde terminan esas montañas que puedes ver desde la ventana. Aquí el tiempo está detenido; siempre es de noche. Solo algunos magos idhunitas sabían cómo llegar hasta aquí, por eso es completamente seguro.

Jack se irguió, todavía temblando.

—Esto no puede estar pasando. Seguro que todo es una pesadilla, una alucinación... no es real. Tengo... tengo que volver a casa.

Y, antes de que ella pudiese detenerlo, Jack salió de nuevo al balcón, corrió hasta la balaustrada y se subió a ella con decisión.

–¡Espera, no lo hagas, te harás daño! –lo llamó Victoria.

Pero él no hizo caso. Saltó, sin dudarlo, hasta el jardín.

Fue una dura caída. Sintió que se torcía el tobillo y luego rodó por el suelo, hiriéndose dolorosamente en el codo. Se levantó a duras penas y miró hacia arriba. Vio a Victoria asomada a la balaustrada, mirándolo preocupada. Le hizo una señal de despedida, con gesto torvo.

Era libre.

Hundió la cabeza entre las manos, desolado. No podía ser cierto, no podía serlo. Aquello no era más que una pesadilla, pensó por enésima vez.

Había tardado un buen rato en atravesar el pequeño bosque y llegar a uno de los picos rocosos, que tampoco eran muy altos. Se había alzado sobre la cima, agotado y herido, pero triunfante, y había mirado más allá, esperando ver las luces de alguna población, o la forma serpenteante de alguna carretera.

Y se había topado con algo aterrador.

Nada.

Absolutamente nada.

No era una nada hecha de negrura, ni de sombras, ni de niebla penetrante. Tampoco era un desierto infinito, ni una estepa interminable, ni un océano sin fin.

Era, simplemente, nada.

Como una especie de barrera invisible que no le permitía seguir más allá. Y si miraba un poco más lejos, veía...

No habría sabido explicarlo. Era como un torbellino que giraba lenta y silenciosamente. Limbhad estaba en su centro, inmóvil, un pequeño mundo de apenas unos kilómetros cuadrados de extensión, en los que solo cabía un bosque, un arroyo, una cadena de pequeños picos montañosos, una explanada, un pedazo de cielo estrellado.

Justo como había dicho Victoria.

–Lo siento –dijo una voz junto a él, con suavidad–. Comprendo que no te sea fácil aceptarlo, al menos al principio.

Jack se volvió y vio a la propia Victoria. El chico la miró como si fuese un fantasma.

–¿Me has seguido?

Ella asintió. Jack dejó caer la barbilla entre las manos, abatido.

–Estás herido –dijo entonces Victoria en voz baja.

35

Jack se encogió de hombros. Todo le daba igual. Por eso permitió que ella le cogiese la mano para examinarle los arañazos que se había hecho al caer desde la terraza.

Pero, pese a todo, no estaba preparado para lo que sucedió a continuación. De pronto hubo un suave resplandor y notó un cosquilleo en la mano, un cosquilleo que le subió por el brazo hasta el codo herido.

—¡Eh! —exclamó Jack, separándose bruscamente del contacto de su compañera.

Ella sonrió de nuevo.

—Mírate las manos.

Jack lo hizo, y descubrió, atónito, que no tenía un solo rasguño.

—¿Cómo...? —La miró con incredulidad—. ¿Lo has hecho tú?

Victoria no contestó, pero volvió a sonreír. Tomó con suavidad el rostro de Jack entre sus manos y lo miró a los ojos. El muchacho empezaba a estar francamente fascinado. Las miradas de los dos se encontraron un momento, los ojos verdes de Jack, los ojos oscuros de Victoria, y ambos sintieron algo extraño, una rara intimidad, como si se conociesen desde siempre. Victoria apartó la mirada y rompió el contacto visual, pero no retiró la mano. Rozó con la punta de los dedos un arañazo que Jack tenía en la mejilla y que se había hecho con una rama mientras atravesaba el bosque. De sus dedos brotó algo cálido y Jack volvió a sentir ese cosquilleo agradable. Cuando los dedos de ella se retiraron, Jack se palpó la herida y descubrió que ya no la tenía. Maravillado, volvió a prestar atención a Victoria, que ahora examinaba su tobillo. Sin necesidad de quitarle la zapatilla, repitió el proceso y el dolor remitió.

Jack se la quedó mirando.

—¿Cómo sabías que me dolía el tobillo?

Ella rió, con picardía.

—He visto que cojeabas del pie derecho cuando te has marchado hacia el bosque. Eso sí que no tiene ningún misterio.

Jack sonrió.

—¿Qué más cosas puedes hacer? —preguntó, interesado.

Pero Victoria se miró las manos, desconsolada.

—Lo cierto es que no mucho —confesó—. Mis poderes curativos solo alcanzan heridas superficiales la mayoría de las veces. No puedo hacer grandes milagros. Pero estoy intentando aprender. Shail me está enseñando.

–Dijiste que Shail y Alsan habían venido desde Idhún –recordó Jack–. ¿Y tú?

Victoria tardó un poco en responder.

–Yo no conocí a mis padres –dijo finalmente–. Me crié en la Tierra, en un orfanato. Ahora vivo con mi abuela, es decir, la mujer que me adoptó. No sé si mis padres fueron o no idhunitas –lo miró–. Por eso mi caso es especial. No hay magos en la Tierra, ¿sabes? Los pocos que había procedían de Idhún, y Kirtash los está aniquilando, uno a uno.

Jack sintió que un escalofrío le recorría la espina dorsal.

–¿Por eso atacó Kirtash a mis padres? –preguntó en voz baja–. ¿Porque pensaba que eran... magos... fugados de Idhún?

Victoria lo miró en silencio. Jack tenía la cabeza gacha, el cabello revuelto, la mirada perdida en algún punto del suelo y un aspecto desconsolado que la conmovió profundamente.

–Shail me lo ha contado –susurró–. Lo siento muchísimo.

Jack volvió la cabeza para no mirarla. Victoria vio que sus hombros se convulsionaban ligeramente, y se acercó a él, indecisa. Se atrevió a tocarle el brazo.

–Jack, yo... –empezó, pero no pudo continuar. El chico se había echado a llorar y, aunque parecía evidente que le daba vergüenza que una desconocida lo viera en aquella situación, también estaba claro que necesitaba desahogarse con alguien. Victoria intentó abrazarlo, con torpeza, sin saber muy bien qué hacer. Jack apoyó la cabeza en su hombro, agradecido, y siguió llorando allí un buen rato. La chica intentó susurrarle palabras de consuelo; pero cualquier cosa que pudiera decir le parecía hueca y sin sentido, de modo que se limitó a estrecharlo entre sus brazos, preguntándose si le molestaría que se tomara tantas confianzas. Pero a Jack no pareció importarle. Siguió dando rienda suelta a su dolor hasta que se fue calmando poco a poco, tal vez porque ya se había desahogado, tal vez porque ya no le quedaban lágrimas.

–Ojalá pudiera hacer algo por ti –musitó Victoria, pero calló enseguida, avergonzada; no debería haber dicho eso, no era más que un pensamiento que se le había escapado sin querer.

Jack alzó la cabeza y la miró. Ya había dejado de llorar, pero tenía los ojos rojos.

–Lo siento mucho –dijo, avergonzado, separándose de ella–. Siento toda esta escena.

–No lo sientas, es natural –respondió ella, incómoda–. Lo has pasado muy mal.

Jack sonrió. Victoria le devolvió la sonrisa. Hubo un breve silencio, no de esos incómodos y vacíos, sino la clase de silencio que se llena con una mirada repleta de significado.

–Lo peor –dijo Jack entonces– es que yo tuve la culpa de lo que les pasó a mis padres.

–No digas eso –protestó Victoria–. No es verdad.

–Sí lo es. Mis padres eran gente normal, ¿comprendes? Mi padre era programador informático; mi madre, veterinaria. Hemos viajado mucho y hemos vivido en muchos sitios, pero al final nos instalamos en Dinamarca, en Silkeborg, cerca de donde vive la familia de mi madre. Ellos nunca han hecho nada raro, ni han mencionado Idhún, ni nada que se le parezca. En cambio, yo...

Se estremeció, preguntándose si debía contarlo. Por fin se decidió a continuar:

–A veces me pasan cosas. Cosas que tienen que ver con el fuego.

–¿Qué clase de... cosas?

–Provoco incendios a mi alrededor. No muy a menudo, solo me ha pasado un par de veces en toda mi vida, o tres, creo, porque ya ocurrió cuando yo era pequeño, aunque no me acuerdo: me lo contó mi madre. Pasa cuando me asusto o me enfado... pero la otra noche sucedió cuando estaba durmiendo. Tuve un sueño muy raro... un sueño que se repite, por cierto, y que se parece mucho a lo que he visto hace un rato en esa biblioteca vuestra. Esta vez vi a una de esas serpientes gigantes... muy cerca, y con mucha claridad. Confieso que siempre he tenido fobia a las serpientes, así que para mí fue una pesadilla muy desagradable. Recuerdo haber gritado en sueños...

»Cuando me desperté, mi habitación estaba en llamas. No me pasó nada, porque pudimos apagar el fuego a tiempo, pero mis padres se asustaron mucho. Y lo peor es que, aunque no sabíamos qué había provocado el incendio... para mí estaba muy claro. Las llamas habían formado un anillo a mi alrededor, yo era el centro, ¿entiendes? Yo era el causante.

Victoria inspiró profundamente. Parecía que iba a decir algo, pero cambió de idea y permaneció en silencio.

–Se llama piroquinesis, creo –prosiguió Jack–. Provocar fuego con tu mente. He investigado un poco.

–O tal vez sea magia –dijo Victoria a media voz–. Deberías hablar con Shail. Es el mago del grupo. Entiende de estas cosas, y tal vez te lo pueda explicar.

–Después del incendio –siguió recordando Jack– fui al colegio, como todos los días, pero tuve la sensación de que algo marchaba mal en casa. Y cuando volví por la tarde... bueno, mis padres... estaban... –No fue capaz de pronunciar la palabra; carraspeó para deshacer aquel incómodo nudo de su garganta, y prosiguió–: No sé cuánto tiempo ha pasado desde entonces. Un día, dos, tal vez tres. ¿Cómo saberlo en este lugar donde nunca sale el sol? Y, sin embargo... parece que ha sido una eternidad.

–Lo siento mucho –repitió Victoria en voz baja; Jack alzó la cabeza para mirarla.

–Ha sido culpa mía, lo sé. Todo iba bien hasta que... incendié mi habitación, y no sé cómo diablos lo hice, ni por qué –se miró las manos, desconsolado–. Maldita sea, ya casi lo había olvidado, estaba convencido de que podría llevar una vida normal... y de pronto me volvió a pasar, y horas después alguien... atacó a mis padres... No puede ser casualidad. Fui yo, era a mí a quien buscaban. Nunca podré perdonármelo.

Hundió el rostro entre las manos, desolado. Victoria le oprimió el brazo suavemente, tratando de consolarlo. Jack alzó la cabeza de nuevo y la miró.

–¿Crees de verdad que yo procedo de Idhún?

Ella titubeó.

–No estoy segura; tu historia es un poco extraña. Verás, solo hace tres años que los sheks se hicieron con el poder en Idhún y comenzó el exilio hacia la Tierra. Si hubieses venido de allí, te acordarías, ¿no?

–Claro que sí. Yo nací en la Tierra, tengo pruebas: fotos, mi partida de nacimiento... mucha gente podrá decirte que existo en mi propio planeta desde hace trece años. Además –añadió, en voz baja–, todos dicen que tengo los ojos de mi padre. No puede ser...

–... ¿adoptado? –sugirió Victoria en voz baja, adivinando lo que pensaba; Jack asintió–. ¿Qué te hace pensar eso, Jack?

–Pues... –el chico titubeó–, está el hecho de que yo no soy como mis padres. Hago cosas raras, ¿entiendes? Y ya son demasiadas coincidencias. Los incendios, los sueños, la visión de la biblioteca... nadie podía saberlo, nunca he contado a nadie esas pesadillas. Y ahora parece que esas cosas raras están relacionadas... con Idhún, con vosotros. Pero mis padres eran gente normal. ¿De dónde he salido yo, entonces? ¿Quién soy? ¿Por qué soy así?

—Jack —susurró Victoria—. Si tus padres no fuesen idhunitas, Kirtash no los habría atacado. Nunca... nunca hace daño a nadie que no sea uno de sus objetivos.

«Te estaba buscando», recordó Jack.

—No —dijo Jack—. El objetivo era yo, no ellos, estoy convencido. Por muy extraño que me parezca, está claro que tengo algo que ver con Idhún, aunque nunca antes haya oído hablar de ese lugar. Pero ¿qué?

—Te pasa como a mí —dijo Victoria a media voz—. Tengo doce años y siempre he vivido en la Tierra. Sin embargo, también he tenido esos sueños, y Shail dice que tengo aptitudes para la magia. Además, también a mí intentó matarme Kirtash —inspiró profundamente antes de añadir—: Shail me rescató. Justo a tiempo. Ni siquiera llegué a mirar a Kirtash a la cara. Si lo hubiera hecho...

No terminó la frase.

—Lo siento mucho —murmuró Jack—. Pero, ¿cómo nos encontró Kirtash? ¿Es que tiene un radar para descubrir a... gente como nosotros?

—Algo parecido. Detecta la magia. Eso es difícil en un mundo como Idhún, que rebosa magia por los cuatro costados; pero en la Tierra, donde es tan escasa, cualquier alteración en el tejido de la realidad producida por la magia se nota muchísimo más. Kirtash puede percibir eso. No sabemos cómo lo hace, pero es capaz de llegar al lugar donde se ha producido el fenómeno en pocas horas. Y nosotros... bueno, nosotros simplemente detectamos a Kirtash. Siempre que se mueve intentamos alcanzarlo para evitar que mate a nadie más, pero vamos por detrás, ¿entiendes? No siempre llegamos a tiempo.

—Entonces yo tenía razón —dijo Jack en voz baja—. Yo tuve la culpa. El incendio del otro día... Kirtash debió de detectar eso.

—No, Jack. No ha sido culpa tuya. No lo hiciste a propósito, y quién sabe... tal vez Kirtash ya estaba tras vuestra pista.

—No, no, no, ha sido culpa mía —cerró los ojos, destrozado—. Maldita sea... toda mi vida se ha vuelto del revés por culpa de algo que no entiendo y no puedo controlar. Si pudiera volver atrás... si pudiera cambiar algo...

–Pero no puedes, Jack. No te tortures de esa forma. Eres como eres, y ya está, ¿de acuerdo? Si es verdad que posees poderes mágicos, no lo veas como una maldición, sino como un don con el que podrás hacer grandes cosas... cosas buenas.

Jack guardó silencio durante unos instantes, asimilando sus palabras. Entonces recordó algo que ella había dicho y la miró, inquieto:

–Pero, si es verdad que Kirtash detecta la magia... y tú acabas de usarla... para curarme... ¿no nos pone eso en peligro?

–Estamos en Limbhad –le recordó Victoria, sonriendo–. Aquí no hay peligro de utilizar la magia; Kirtash no puede detectarla porque ni siquiera sabe cómo llegar hasta aquí.

–Pero... ¿cómo se llega a este lugar? ¿Mediante la magia?

–Sí y no. ¿Te he hablado del Alma?

–¿Te refieres a esa cosa que, según tú, me ha mostrado lo que pasó en Idhún?

Victoria sonrió.

–El Alma es el espíritu de Limbhad, su corazón y su mente. Es la conciencia de este... micromundo, así que los magos que crearon la Casa en la Frontera se aseguraron de establecer un canal de comunicación con ella. Al hallarse en un mundo que se encontraba en el límite entre otros dos mundos, el Alma bebe de la energía de Idhún y de la energía de la Tierra. Por eso puede mostrarnos muchas cosas desde aquí, aunque no todo lo que desearíamos.

–¿Y puede llevaros de un lugar a otro?

Victoria asintió.

–Bueno, en realidad se necesita poseer algo de magia para contactar con el Alma de esa manera. Quiero decir que cualquiera podría comunicarse con ella, pero para que te transporte es necesario combinar tu propio poder mágico con el suyo. Aunque casi todo el trabajo lo hace el Alma, y su poder no es exactamente como el nuestro, lo cual hace mucho más difícil que Kirtash lo detecte.

»Solo Shail y yo podemos hacerlo. Somos nosotros quienes nos ocupamos de los viajes de Limbhad a la Tierra, y de la Tierra a Limbhad. En realidad es fácil.

–Entonces, cualquiera con poder mágico podría llegar hasta aquí, ¿no?

–No. El Alma es un ser inteligente y actúa de guardiana. Conoce a los habitantes de Limbhad, y solo a nosotros nos permite el paso.

–¿Y cómo lo haces? ¿Recitas algunas palabras mágicas o algo así?

–No, basta con concentrarse para contactar con el Alma. La llamo mentalmente y ella acude, me recoge y me trae hasta aquí. Yo vengo siempre que puedo, todas las noches y también alguna tarde, para aprender a utilizar mi magia, con Shail.

–Pero ¿por qué quieres desarrollar tu magia? Por lo que me has contado, si la utilizas fuera de Limbhad, Kirtash te encontrará...

Victoria se estremeció otra vez.

–Lo sé, pero si realmente mi origen está en Idhún, Kirtash no tardará en encontrarme de todas formas. Y si lo hace, me gustaría tener alguna oportunidad de defenderme –respiró hondo–. Shail dice que solo podremos derrotarlo mediante la magia.

Jack calló un momento, pensando.

–¿Y crees que yo podría aprender magia? –preguntó por fin.

–Depende de si posees el don o no. Primero, Shail tendrá que comprobar si tu poder sobre el fuego tiene que ver con la magia... o tiene un origen diferente.

–Pues ojalá lo averigüéis pronto –dijo Jack, con calor–, porque de verdad necesito saberlo. Necesito saber si lo que les ha pasado a mis padres ha sido culpa mía o...

–De modo que estáis aquí –dijo una voz a sus espaldas.

Los dos chicos se volvieron. Tras ellos estaba Alsan, serio, sereno y majestuoso, como una estatua griega. Miró a Jack, y después a Victoria. La muchacha lo entendió a la primera.

–Os dejo solos –murmuró–. Tenéis mucho de qué hablar.

Alsan no dijo nada, y Jack tampoco. El joven esperó a que Victoria se alejara para sentarse junto a él.

–Creo que no me he presentado. Me llamo Alsan, hijo del rey Brun, príncipe heredero del reino de Vanissar y líder de la Resistencia de Limbhad.

Jack sonrió.

–Anda ya. ¿En serio eres un príncipe?

Alsan lo miró, tratando de decidir si se estaba burlando de él o no. Pero el brillo de los ojos de Jack era amistoso, de modo que el joven sonrió también. Parecía que no estaba muy acostumbrado a sonreír.

–Soy un príncipe. O, al menos, lo era. Hace tres años que dejé mi mundo, bajo la amenaza de una de las más terribles invasiones que ha sufrido en su historia. Ni siquiera sé si mi padre vive todavía. Puede que yo ya sea rey. O puede que mi reino haya sido arrasado, y ya no quede nada de él o de mi gente.

Hablaba en tono desapasionado, pero Jack percibió en su voz una nota de amargura contenida.

–¿Por qué te fuiste, entonces? –quiso saber.

–Para cumplir una misión. Debía detener a Kirtash a toda costa, pero... en fin, las cosas se están complicando un poco –lo miró directamente a los ojos–. Lamento que no llegáramos a tiempo.

Jack respiró hondo. Después de haberse desahogado en el hombro de Victoria, se sentía más tranquilo. El dolor seguía estando ahí, pero al menos podía ver las cosas con un poco más de perspectiva.

–Me salvaste la vida –dijo, sacudiendo la cabeza–. Ese tal Kirtash me miró a los ojos y yo... supe que iba a morir. Y entonces llegaste tú y me apartaste a un lado para enfrentarte a él. Ahora lo recuerdo. No debes pedir disculpas. Soy yo quien debe darte las gracias.

Alsan las aceptó con una inclinación de cabeza. Permanecieron los dos en silencio un rato, contemplando el silencioso torbellino que envolvía el micromundo de Limbhad.

–Es todo tan... extraño –murmuró Jack.

–Lo entiendo –asintió Alsan y vaciló antes de añadir–: A mí me sucedió lo mismo cuando llegué a la Tierra. Es un mundo demasiado diferente al mío. Creo que nunca llegaré a entenderlo del todo.

Jack recordó, en cambio, lo cómodo que se sentía Shail con la tecnología, los idiomas y las ropas terrestres, y se sintió tentado de sonreír. Pero no lo hizo, porque intuía que Alsan era orgulloso, y le había costado confesar que había alguna situación que podía superarlo.

–Y ahora, ¿qué voy a hacer? –murmuró–. Shail dice que no puedo volver a casa. Kirtash va detrás de mí y, ahora que lo pienso... si voy a casa de algún amigo o familiar, los pondré en peligro a ellos también. Y, sin embargo –sacudió la cabeza, desalentado–, no puedo quedarme aquí para siempre.

–¿Qué quieres hacer? –le preguntó Alsan–. ¿Luchar?

–Sí. No. No lo sé, solo sé que quiero hacer algo, lo que sea. Pero... –recordó aquella sensación de pánico cuando la fría mirada de Kirtash lo había atravesado; pero el pánico se mezcló con el odio, generando un sentimiento difícil de catalogar–. No podría enfrentarme a él.

–Yo puedo arreglar eso –se ofreció Alsan–. Puedo enseñarte a defenderte. Para que, al menos, si decides salir ahí fuera, tengas una oportunidad.

–A defenderme, ¿cómo? ¿Como haces tú? ¿Con la espada?

Alsan asintió.

–Pero, según Shail, solo la magia puede derrotar a Kirtash –objetó Jack, confuso.

–Es que yo no utilizo cualquier espada –sonrió Alsan–. La armería de Limbhad está llena de armas mágicas, algunas legendarias, que llegaron hasta aquí de alguna manera en los tiempos antiguos.

–¿Armas mágicas? –repitió Jack–. ¿De verdad existen esas cosas?

Alsan asintió, pero no dio más detalles.

–¿Y no sería más efectiva una pistola, o algo por el estilo?

–Sé lo que son las pistolas, y no me gustan –gruñó Alsan, repentinamente serio–. No hay nada de noble ni valiente en matar a distancia. Además, Kirtash acabaría contigo antes de que lograses disparar. En cambio, las armas legendarias otorgan cierta protección a quien las lleva. El propio Kirtash maneja a veces una espada mágica.

–Sí, lo he visto –murmuró Jack, sombrío.

–Y hasta los asesinos como él deben cumplir las reglas que rigen ese tipo de armas. La primera de ellas es que, si dos espadas legendarias se encuentran, debe haber un duelo leal entre ambas. Aunque odie decirlo, Kirtash es un gran luchador, a pesar de ser tan joven. Pero a mí también me entrenaron bien. Y puede que algún día logre vencerlo de esa manera.

Jack calló. Se quedó observando los límites de Limbhad un rato, pensativo. Alsan lo miró, esperando a que hablara. Se dio cuenta de que Jack ya no tenía aquel aspecto desconcertado y desvalido con el que había llegado a Limbhad. Había fruncido el ceño y los ojos le brillaban alimentados por una intensa rabia y una determinación de hierro.

–Bueno –dijo Jack por fin, lentamente–. En primer lugar, quiero averiguar si puedo o no aprender magia. También me gustaría descubrir cuál es, exactamente, mi relación con Idhún, porque necesito saber quién soy, por qué soy así y por qué... por qué murieron mis padres. Pero, en cualquier caso... –añadió, mirándolo de soslayo–, me gustaría también que me enseñaras a luchar con la espada.

Alsan asintió, satisfecho.

—Entonces, ¿quieres unirte a nuestra causa?

Jack ladeó la cabeza y lo miró, pensativo.

—¿Me ayudaréis a buscar respuestas?

—Te ayudaremos en todo lo que esté en nuestras manos, Jack.

El chico sonrió. No era una sonrisa alegre.

—Contad conmigo, entonces.

III
VICTORIA

HACÍA una tarde fría y desagradable. El otoño había entrado con fuerza; una fina lluvia caía sobre Madrid, la humedad calaba hasta los huesos y el viento volvía los paraguas del revés. Gente, ruido, humo, prisas... «Este es mi mundo», pensó Victoria, contemplando la multitud que se apresuraba por la Gran Vía. Se estremeció. A veces odiaba su mundo, la asustaba, y sabía que eso no era bueno, porque no debía vivir de espaldas a él. Pero no podía evitarlo.

–Victoria –la llamaron–. Victoria, estás en las nubes.

Ella volvió a la realidad y miró a sus dos compañeras. Las tres vestían todavía el uniforme del colegio y habían ido al centro de la ciudad para comprar unos materiales que necesitaban para realizar un trabajo. No hacía ni una semana que había comenzado el curso y ya tenían deberes para hacer. Las otras dos chicas habían estado hablando acerca de ir de compras después, o entrar en el cine, o simplemente tomar algo en alguna cafetería. Victoria las había escuchado sin mucho entusiasmo. No eran amigas, y estaba claro que a ellas les daba lo mismo que ella se apuntara o no al plan. Pero aun así, por cortesía le dijeron:

–Estábamos diciendo que mejor entramos en el cine, ¿no? ¿Tú qué dices?

–Id vosotras; yo tengo mucho que estudiar.

–Pero si mañana no tenemos clase...

–Sí, pero... en serio, es que no me apetece mucho.

Las otras dos chicas cruzaron una mirada y reprimieron una sonrisa significativa. Victoria era rara, todas lo sabían. No tenía amigas en el colegio, y no parecía que las necesitase. Era silenciosa y pasaba el día encerrada en su propio mundo. Incluso parecía como si no le gustase la compañía.

El colegio al que asistían las tres era un centro privado, femenino, muy caro, situado a las afueras de Madrid. Era un enorme edificio lúgubre y gris, de gruesos muros, que parecía de otra época, tanto por fuera como por dentro. Las alumnas se quejaban a menudo de que los profesores tenían unas ideas muy anticuadas y eran muy estrictos, y envidiaban a los chicos y chicas que estudiaban en centros públicos o, simplemente, en colegios donde se gozaba de más libertad. Pero Victoria no se quejaba nunca. No le molestaban las normas del colegio, ni el uniforme, ni la estrechez de ideas de sus superiores. Tenía todo aquello muy asumido. Incluso la hacía sentirse segura, a salvo.

Porque sabía que Kirtash la estaba buscando, y aquel colegio que recordaba a una fortaleza, que vivía de espaldas al mundo, era su refugio en medio de toda aquella locura.

Su segundo refugio, en realidad; el primero era Limbhad, la Casa en la Frontera.

En el colegio no le costaba nada sacar buenas notas, porque era inteligente y aprendía rápido, pero tampoco se esforzaba todo lo que podía. Se limitaba a cumplir con su trabajo y a hacer lo que se esperaba de ella. A cambio, solo pedía tiempo, espacio y silencio para soñar.

Para soñar con la magia. Con cosas imposibles. Con Idhún.

–¿Te vuelves a casa, entonces? –le preguntaron ellas.

–Me parece que sí. Le he dicho a mi abuela que no tardaría mucho.

Nuevo intercambio de miradas.

Todas habían oído hablar alguna vez de Allegra d'Ascoli, la «abuela» de Victoria, una excéntrica y adinerada dama italiana afincada en España que, a pesar de su avanzada edad, por alguna extraña razón había decidido adoptar a la niña, que era huérfana, cuando ella tenía siete años. La mansión que poseía a las afueras de Madrid era enorme y muy elegante, pero estaba casi vacía, puesto que en ella solo vivían la anciana, su nieta adoptiva (desde el principio había pedido a Victoria que la llamase «abuela» y no «madre»), una cocinera, una doncella y un mayordomo que hacía también las veces de jardinero. La buena mujer estaba chapada a la antigua, y tal vez por eso había elegido para Victoria aquel colegio, donde, según sus propias palabras, «aprendería a ser una señorita». Claro que las compañeras de clase de Victoria no sabían tantos detalles. Al fin y al cabo, apenas hablaban con ella y tampoco habían estado nunca en su casa. Pero veían la mansión todos los días desde el autobús del colegio, su jardín perfectamente cuidado, la gran escalinata de mármol, que hacía parecer a Victoria tremendamente pequeña cuando subía por ella, y en el fondo no la envidiaban. Debía de ser muy aburrido vivir sola en una casa tan grande, en medio de ninguna parte, con la única compañía de una señora estricta y anticuada.

Pero tampoco la compadecían. Victoria no daba muestras de preferir la compañía de gente de su edad, no hacía nada por integrarse en la clase y tampoco parecía molestarla el hecho de que su abuela apenas la dejara salir. No se podía ser más rara, habían decidido tiempo atrás sus compañeras de curso.

—Bueno, pues entonces nos vamos —dijeron ellas—. Hasta el lunes.

—Hasta el lunes —se despidió Victoria; dio media vuelta y se dirigió a la parada de metro más cercana, sin mirar atrás.

Lo que aquellas chicas no sabían era que lo de su abuela era una excusa. Aunque Allegra d'Ascoli era demasiado mayor y severa como para preocuparse seriamente por el hecho de que la niña fuera creciendo sin hacer amigos, jamás le habría impedido salir los fines de semana a divertirse con chicos y chicas de su edad o invitarlos a su casa.

No, Victoria no necesitaba una vida fuera del colegio y de su casa, porque toda su vida estaba en Limbhad. Con Alsan, con Shail y, últimamente, con Jack. Aquellos eran sus verdaderos amigos, pero debía mantener el secreto de su existencia y, por tanto, no podía compartirlos con nadie, ni siquiera con su abuela.

Y, en el fondo, tampoco le importaba.

Apresuró el paso. Hacía ya cuatro meses que Jack había llegado a Limbhad, y en todo aquel tiempo el chico no había salido de la Casa en la Frontera. Shail, muy desconcertado, había sido incapaz de explicar de dónde procedía su poder piroquinético, si es que lo tenía, y Jack, por su parte, tampoco había conseguido realizar ni uno solo de los ejercicios de magia propuestos por él. En cambio, Alsan había prometido hacer de él un auténtico guerrero, y ambos pasaban buena parte del día practicando esgrima.

Pero el resto del tiempo, Jack se aburría en el reducido mundo de Limbhad y, aunque Shail se las había arreglado para volver a su casa y recoger su ropa, su guitarra, su bloc de dibujo, algunos de sus CD y algunos de sus libros, lo cierto era que el chico aguardaba todos los días con impaciencia a que Victoria regresara del colegio. La ayudaba con sus deberes y después hablaban, o jugaban con el ordenador, o con la Dama, la gata de Victoria, que vivía en Limbhad simplemente porque su abuela no admitía animales en casa. Ambos se llevaban muy bien y se entendían a la perfección, y Victoria prefería mil veces regresar a Limbhad todas las tardes, para seguir aprendiendo magia con Shail o para estar con Jack, a salir con sus compañeras de clase, fuera cual fuese el plan propuesto.

Aquella tarde se había retrasado porque tenía que hacer algunas compras, pero no estaba dispuesta a entretenerse más.

Iba sumida en sus pensamientos y fue a cruzar un semáforo sin darse cuenta de que ya se había puesto rojo. Hubo un frenazo y un pitido, y Victoria regresó a la realidad. Se vio en mitad de la Gran Vía, delante de un coche que había estado a punto de arrollarla y, confundida, intentó retroceder hasta la acera. Pero un segundo coche se le echó encima; trató de frenar en cuanto la vio, pero era demasiado tarde. Victoria chilló instintivamente y se cubrió el rostro con las manos.

Hubo algo parecido a un fogonazo de luz, luego un golpe seco, y Victoria sintió que se quedaba sin respiración. Pero cuando volvió a abrir los ojos, vio que nada la había golpeado en realidad. El coche se había parado bruscamente a escasos milímetros de su cuerpo; el motor echaba humo y el morro se había arrugado, como si de verdad hubiera chocado contra algo. Pero la muchacha estaba intacta.

Victoria jadeó, sorprendida, y se miró las manos. Aquello solo podía haber sido magia. Tenía que contárselo a Shail cuanto antes.

Ignorando al confundido conductor y a las personas que habían contemplado la escena, y que la miraban, boquiabiertos, Victoria se cargó la mochila al hombro y salió disparada hacia la boca de metro, con el corazón todavía latiéndole con fuerza. Aún sentía en sus venas aquel cosquilleo que hacía que le hirviera la sangre cada vez que utilizaba magia. Pero fue desvaneciéndose poco a poco, y al final la invadió un terrible agotamiento, hasta que las rodillas se le doblaron y tuvo que apoyarse en una farola para poder mantenerse en pie. Maldijo su propia debilidad. Shail era capaz de hacer cosas asombrosas con su magia, y normalmente solo se sentía así después de haber gastado mucha energía mágica. En cambio, a Victoria cualquier sencillo hechizo la dejaba muy cansada.

Arrastrando los pies, bajó las escaleras de la boca de metro. Le esperaba un largo trayecto hasta su parada, y, una vez allí, tendría que llamar por teléfono a Héctor, el mayordomo, para que fuera a buscarla en coche. Podría hacerlo desde allí mismo, pero el hombre tardaría como mínimo tres cuartos de hora en llegar hasta la Gran Vía y otro tanto en llevarla a casa y, por otra parte, a Victoria le gustaba el metro.

Se derrumbó en el asiento del andén, pero no pudo descansar demasiado, porque el tren no tardó en llegar. Con un suspiro, se levantó y subió al vagón.

Y entonces sucedió algo.

De pronto se le puso la piel de gallina y el vello de su nuca se erizó como si hubiese pasado una corriente de aire helado tras ella. Conocía aquella sensación. Solo la había experimentado en una ocasión, dos años atrás, pero no la había olvidado.

Por el rabillo del ojo percibió una sombra oscura, ágil y elegante que subía al vagón en el último momento. Y supo que él ya la había encontrado.

Se levantó a toda prisa y echó a correr hacia la parte delantera del tren, abriéndose paso entre la multitud, que la miraba con desaprobación. Tras ella, aquella figura vestida de negro también sorteaba pasajeros con envidiable maestría, y Victoria comprendió, con toda certeza, que la alcanzaría.

El tren se detuvo en la siguiente estación. Victoria siguió avanzando y hasta chocó a propósito contra un joven para hacerlo caer al suelo.

—¡Eh! —protestó el muchacho—. ¡Ten más cuidado!

Ella no se disculpó. Su perseguidor había tenido que detenerse, apenas un par de segundos, para saltar por encima del joven caído, pero eran dos segundos preciosos que Victoria no pensaba desaprovechar.

Llegó al último vagón y, cuando las puertas ya se cerraban, saltó fuera del tren.

Pero la persona que seguía sus pasos se había anticipado a sus movimientos, y había bajado del vagón por la puerta contigua. Se miraron.

Victoria se quedó sin aliento.

Era la primera vez que veía a Kirtash, el asesino a quien tanto temían y odiaban sus amigos, la persona que había estado a punto de matarla dos años atrás. Entonces no había llegado a ver el rostro de la muerte, pero en aquel momento, en el andén de la estación de metro, las miradas de ambos se encontraron un breve instante, y algo en el interior de Victoria se convulsionó, dejando en su alma una huella indeleble.

No era como lo había imaginado. A simple vista parecía un chico normal, y, sin embargo, poseía una elegancia casi aristocrática, la seguridad de un adulto, la ligereza de una pantera y la impasibilidad de un témpano de hielo.

Y había algo en él que la atraía y la repelía al mismo tiempo.

Apenas fue un instante. El instinto de Victoria tomó las riendas y le hizo dar la vuelta y echar a correr desesperadamente, correr por su vida, a cualquier parte, lejos del asesino. Pero su mente todavía conservaba las facciones de aquel muchacho que no parecía tener más de quince años, rodeado de un aura de fascinante atractivo, pero con una mirada tan fría e imperturbable que parecía inhumana. Y Victoria supo, de alguna manera, que jamás lograría olvidar esa mirada.

Corrió hacia las escaleras, sorteando a la gente que bajaba para coger el metro. Supo que Kirtash la perseguía, aunque no lo oía. El chico se movía como una sombra, como un fantasma, pero no necesitaba verlo ni oírlo para sentir en la nuca la mirada de la muerte.

Jadeando, desesperada, Victoria trepó por las escaleras y se precipitó pasillo arriba. Estaba en la estación de la Puerta del Sol, donde confluían tres líneas de metro distintas, y, cuando desembocó en la intersección, corrió hacia cualquier parte, sin importarle qué dirección tomar. Oyó el ruido de un tren acercándose a la estación y, casi sin darse cuenta de lo que hacía, eligió el pasillo del que llegaba el sonido salvador. Casi tropezó al bajar con precipitación las escaleras, pero llegó al andén a tiempo de coger el tren. Entró con un numeroso grupo de gente y, en cuanto lo hizo, se agachó y anduvo rápidamente hacia la siguiente puerta, a gatas, para que no se la viera desde fuera. La gente la miraba, pero nadie dijo nada.

Llegó hasta la puerta contigua y se volvió para ver cómo Kirtash subía al tren, unos metros más allá. Él la vio delante de la puerta y supo lo que iba a hacer, pero ella ya estaba con un pie fuera del vagón. Empujó con desesperación a la gente que subía al tren y logró salir, pero el impulso que llevaba la hizo caer de bruces sobre el andén. Kirtash quiso retroceder, pero tras él subía más gente que le cerraba el paso y, aunque bastó una mirada para que se apartaran de su camino, atemorizados sin saber muy bien por qué, no llegó a tiempo. La puerta del vagón se cerró ante el joven asesino. Él trató de abrirla y casi lo consiguió. Pero el tren ya estaba en marcha, y abandonó la estación, dejando a Victoria en el andén.

Hubo un nuevo cruce de miradas a través del cristal. Kirtash desde el interior del vagón, Victoria desde el andén, todavía sentada en el suelo, con el corazón latiéndole con fuerza. A pesar del miedo que sentía, la chica estaba exultante por haber burlado a su implacable perseguidor; pero, si esperaba ver frustración o rabia en el rostro del asesino, sufrió una decepción. Él seguía mirándola impasible, y ninguna emoción alteraba su semblante cuando el túnel se tragó el tren y ambos perdieron contacto visual.

Victoria se quedó un momento allí, paralizada, respirando entrecortadamente. Pero sabía que era cuestión de tiempo que Kirtash bajara en la siguiente estación y volviera a buscarla. Se estremeció y se puso en pie de un salto. Tenía que escapar de allí cuanto antes.

Salió de la estación de metro, en la Puerta del Sol, y entonces se dio cuenta de que se había dejado el paraguas en alguna parte. De todas formas, pensó, mojarse por culpa de la lluvia era ahora la menor de sus preocupaciones.

Se internó por las calles de la zona en busca de un taxi.

Victoria entró en casa y se arrojó en brazos de su abuela, temblando de miedo.

–¡Niña! –exclamó ella, sorprendida–. ¿Qué te pasa?

–En el metro... Me... perseguía...

–¿Quién?

Victoria era incapaz de hablar. Allegra se separó de ella y la miró fijamente.

–¿Quién, Victoria? –repitió, muy seria.

Algo en su mirada tranquilizó a Victoria. Su abuela era severa y fuerte como una roca, y la muchacha se sintió a salvo por primera vez desde su encuentro con Kirtash.

–Un... hombre –mintió–. No sé qué quería, quizá robarme... Me ha dado mucho miedo.

Un destello de comprensión brilló en las pupilas de la anciana.

–¿Ha sido muy lejos de aquí?

–¿Qué...?

–Que si ha sido muy lejos de aquí, Victoria. Que si podría averiguar dónde vives. O haberte seguido hasta aquí.

–No, yo... no lo creo, abuela. Fue en la estación de metro de Sol. Pero...

No pudo terminar la frase, porque su abuela la estrechó de pronto entre sus brazos, con fuerza. La muchacha se sintió mucho mejor.

—Hay mucha gente rara por ahí —musitó—. No te preocupes, hija. Ya ha pasado, ¿de acuerdo? Ya estás en casa. Aquí no va a pasarte nada malo.

Victoria asintió, reconfortada. Su abuela no solía abrazarla. Ella sabía que la quería, aunque no fuera muy dada a demostrar su afecto. Quizá por esta razón, aquel abrazo la consoló profundamente.

Una vez en su habitación, Victoria bajó la persiana, se quitó los zapatos y se tumbó sobre la cama, aún con el uniforme puesto.

Sabía que nadie la molestaría. Su abuela respetaba su intimidad. Jamás entraba en su habitación sin llamar a la puerta primero. Nunca se le habría ocurrido ir a verla después del «toque de queda». Esto era no solo porque la anciana tuviese sus normas, sino también, sobre todo, porque confiaba en ella.

Victoria suspiró, se giró para dar la espalda a la puerta y dejó vagar sus pensamientos.

«Alma...», llamó mentalmente.

Aquel cosquilleo familiar la recorrió de nuevo de arriba abajo. Sintió algo en un rincón de sus pensamientos, algo parecido a un mudo asentimiento. El Alma la había escuchado.

«Llévame a Limbhad», musitó ella sin palabras.

Pero, cuando ya sentía al Alma acogiéndola en su seno y envolviéndola como una madre para transportarla a su refugio secreto, sonaron golpes en la puerta.

Victoria vaciló. Por lo general, si su abuela llamaba a la puerta y ella no respondía, la mujer daba por hecho que estaba dormida y no la molestaba. Pero no hacía ni cinco minutos que se habían separado y, además, ella estaría preocupada. De modo que le pidió al Alma que aguardara un momento y, lentamente, su cuerpo volvió a tomar consistencia sobre la cama.

—¿Sí? —dijo de mala gana.

Su abuela abrió la puerta.

—Espero no molestar. ¿Estabas durmiendo?

—Estaba a punto —sonrió ella—. No pasa nada.

—Estaba pensando... que podemos ir a la policía a poner una denuncia. ¿Recuerdas cómo era ese hombre?

La imagen de Kirtash acudió de nuevo, nítida, a la mente de Victoria. Un joven ligero, rápido y sutil como un felino, vestido de negro, de cabello castaño claro, muy liso, que enmarcaba un rostro de facciones finas pero de expresión impenetrable, y unos ojos fríos como un puñal de hielo. Jamás podría olvidarlo. Sabía que poblaría sus peores pesadillas durante mucho tiempo.

–No –dijo finalmente–. No lo recuerdo. Todo ha sido muy rápido.

Jack lanzó una estocada que no dio en el blanco, pero se apresuró a corregir su error girando el cuerpo y bajando los brazos para detener el contraataque. Las espadas chocaron. Jack giró de nuevo y asestó un golpe semicircular, pero falló otra vez. Perdió el equilibrio y sintió enseguida el filo del acero acariciando su cuello.

–Estás muerto –oyó junto a su oído.

Por un momento no se movió. Respiraba entrecortadamente y tenía la frente cubierta de sudor. Entonces, con lentitud, arrojó el arma al suelo y levantó las manos.

–Está bien, tú ganas otra vez –admitió a regañadientes.

La hoja de la espada se retiró.

–No seas impaciente, chico –repuso Alsan, sonriendo–. Cuatro meses de prácticas no te hacen tan bueno como para poder derrotar a un caballero de Nurgon.

Jack reprimió una mueca. Alsan le había hablado con orgullo de la Orden de Caballería de Nurgon, la comunidad de caballeros más poderosa e influyente de todo Idhún, a la que solo pertenecían guerreros de la más alta nobleza, y dentro de la cual él mismo ocupaba un puesto destacado, a pesar de su juventud. El honor, el valor y la rectitud eran los tres pilares sobre los que se sustentaba la ideología de la Orden, pero tampoco había que olvidar que sus caballeros estaban bien entrenados y pocos guerreros podían vencerlos en un combate leal.

–Claro –masculló Jack–. Pero he mejorado, ¿no? Reconócelo. Al principio, apenas podía levantar la espada.

Se miró los brazos, orgulloso de la fuerza que se adivinaba en ellos.

–Engreído –se burló Alsan.

Jack se volvió hacia él.

–¿Y tú, qué? Te lo tienes muy creído, pero te advierto que no tardaré mucho en derrotarte.

Alsan sonrió.

En los últimos meses, Jack se había esforzado mucho por aprender a manejar la espada, tras el fracaso de sus lecciones de magia con Shail. En realidad, el chico encontraba aquello mucho más útil y real que cualquier cosa que pudiera enseñarle el mago. No podía dejar de recordar que, ante Kirtash, Alsan había dado la cara, mientras que Shail había empleado su poder para salir huyendo.

En todo aquel tiempo no había conseguido averiguar nada acerca de su origen o sus supuestos «poderes». Se había acercado a la historia de Idhún, pero pronto se había dado cuenta, con desesperación, de que todo le resultaba muy extraño y no lograba encontrar nada que justificase, o al menos explicase, el despiadado asesinato de sus padres. Con el tiempo, el dolor y el sentimiento de culpa se habían ido calmando o, al menos, derivando hacia otro tipo de emoción: la rabia y la sed de venganza. Se sentía víctima de una injusticia, sentía que le habían robado su vida sin ninguna razón, y canalizaba todo aquel odio y frustración a través de sus lecciones de esgrima con Alsan. Algún día, se decía a sí mismo, estaría preparado para enfrentarse a los asesinos de sus padres... y hacérselo pagar.

Pero antes los miraría a la cara y les preguntaría... por qué.

Por qué habían destrozado su mundo, por qué habían apagado la vida de sus padres y, sobre todo... por qué él, Jack, era diferente. Sus enemigos debían de saberlo, y la respuesta a esta última pregunta era el motivo por el cual habían intentado matarlo.

Alsan era un guerrero experimentado, sereno y prudente, y, aunque a menudo chocaba con el espíritu impulsivo e indómito de Jack, en el fondo había llegado a encariñarse con él. Por su parte, el muchacho veía a Alsan como un modelo que debía seguir: fuerte, valiente, seguro de sí mismo y, sobre todo, líder indiscutible de la Resistencia. Alsan se había ganado el respeto de Jack, que intentaba aprender de él todo cuanto podía. Al príncipe le satisfacían la constancia y el tesón de su alumno, pero lo cierto era que, en el fondo, sus motivaciones eran diferentes. Si Alsan era un justiciero, el corazón de Jack estaba inflamado de odio y deseos de venganza.

Por eso, aunque Jack había aprendido a admirar a Alsan como a un héroe, a escucharlo como a un maestro y a quererlo como a un hermano mayor, sentía que la impaciencia lo consumía, y tenía la sensación de que necesitaba algo más, de que las lecciones de esgrima no eran bastante para él.

Recogió su espada y la miró, pensativo.

–¿Por qué no...? –empezó, pero Alsan lo interrumpió antes de que acabara:

–No insistas, Jack. No estás preparado para empuñar una espada legendaria.

Jack había esperado aquella respuesta, pero en aquella ocasión tenía una réplica preparada:

–Eso si es que existen tales espadas, porque yo todavía no las he visto.

Alsan se volvió hacia él.

–No me provoques. Tú sabes perfectamente que existen. Me viste luchar con una de ellas contra Kirtash.

–No estaba prestando atención. ¿Por qué no me dejas verlas, al menos?

Alsan se quedó un momento en silencio, pensativo.

–Está bien –dijo por fin–, supongo que no hay nada malo en ello.

Jack se dirigió con rapidez al fondo de la sala, por si su amigo cambiaba de opinión, y aguardó frente a una pequeña puerta de hierro adornada con figuras de dragones. Alsan sacó la llave y abrió la cámara donde se guardaban las armas legendarias. Jack entró tras él, algo intimidado. Era la primera vez que franqueaba aquella puerta, que había ejercido una misteriosa fascinación sobre él prácticamente desde el primer día.

Lo que vio en el interior de la cámara lo sobrecogió.

Era una estancia de forma circular, como la mayor parte de las habitaciones de la casa de Limbhad. Las paredes estaban forradas de vitrinas y hornacinas que contenían todo tipo de armas blancas: dagas, espadas, lanzas, hachas... pero no eran armas corrientes: sus empuñaduras estaban cuajadas de piedras preciosas y sus filos relucían con un brillo misterioso.

–Muchas de las armas que aquí se guardan fueron empuñadas por algunos de los grandes héroes que inscribieron sus hazañas en las crónicas de Idhún. No tenemos la menor idea de cómo vinieron a parar aquí. La mayoría de ellas se habían dado por perdidas.

Jack se fijó en un puñal cuya empuñadura mostraba un rostro tallado, un rostro de ojos rasgados y facciones sobrehumanas, que sonreía misteriosamente...

–¡Jack!

Jack volvió a la realidad. Junto a él estaba Alsan, ceñudo.

–No lo mires, chico –le advirtió–. Está deseando que vuelvan a empuñarlo; se alimenta de sangre y lleva varios siglos en ayunas. Y se necesita una voluntad de hierro para controlarlo, ¿sabes?

–Bromeas –soltó Jack, estupefacto.

–Nunca bromeo –replicó Alsan, muy serio–. La mayor parte de las armas legendarias tienen un espíritu, un alma. En realidad, yo no suelo confiar mi vida a ningún arma que piense por sí misma, pero nos encontramos en unas circunstancias muy especiales. No tenemos otra opción.

–¿Y cuál sueles empuñar tú?

Alsan se detuvo ante una magnífica espada cuya empuñadura tenía la forma de un águila con las alas extendidas.

–Sumlaris, la Imbatible –dijo con respeto–. Fue forjada por y para caballeros de la Orden de Nurgon. Quizá por eso nos entendemos tan bien. Que se sepa, es la única capaz de resistir las estocadas de Haiass, la espada de Kirtash –pronunció el nombre del arma de su enemigo con cierta repugnancia.

–¿La única? –Jack se volvió hacia él, interesado.

Alsan vaciló.

–Bueno... no exactamente –admitió el joven príncipe.

Jack sonrió. Empezaba a conocer a Alsan y sabía de qué pie cojeaba. A pesar de que parecía claro que no quería revelarle más, su código de honor le prohibía mentir.

–¿Hay otra?

Alsan frunció el ceño, pero lo guió hasta una estatua que representaba un imponente hombre barbudo que sostenía una espada en las manos. Jack lo miró, intimidado.

–Es una imagen de Aldun, el dios del fuego y, según la tradición, padre de los dragones –dijo Alsan en voz baja–. Y la espada que sostiene es Domivat. Nadie la ha empuñado desde hace siglos. Se dice que fue forjada con fuego de dragón.

Jack la miró. Era un arma magnífica. Su empuñadura, labrada en oro, tenía tallada la figura de un dragón de refulgentes ojos de rubí. La hoja despedía un leve centelleo rojizo. Parecía que la luz arrancaba reflejos flamígeros del mágico metal. Inconscientemente, Jack alargó una mano.

–¡No la toques!

Jack retiró la mano.

–Te quemarías –explicó Alsan–. Habría que congelar el pomo para que pudieras blandirla sin abrasarte. Tal vez Shail pueda hacerlo, pero no creo que sea una buena idea.

Jack asintió, tragando saliva. Iba a preguntar algo más, pero Alsan le dio la espalda y salió de la cámara. Jack lo siguió, sin ganas de quedarse solo en un lugar donde había cosas tales como dagas sedientas de sangre.

Cuando volvieron a la sala de entrenamiento, Jack cogió la espada de nuevo. Alsan se volvió para mirarlo.

–¿Qué pretendes? Creo que ya basta por hoy, chico.

–Yo quiero seguir.

–Te advierto que voy a darte una paliza.

Jack alzó su arma.

–Eso lo veremos.

Sin embargo, un carraspeo los interrumpió. Los dos se volvieron. Shail los miraba desde la puerta, muy serio.

–Alsan –dijo–, tenemos que hablar.

El joven príncipe dejó a un lado la espada de entrenamiento y salió de la sala tras Shail, sin una palabra. Jack se quedó allí, parado, con la espada en la mano y muy intrigado. Sabía que Alsan, Shail y Victoria hablaban a menudo de cosas que él no comprendía, y que confiaban en él solo hasta cierto punto.

Hasta entonces aquello no le había molestado, no mientras la Resistencia le ofreciera lo único que quería en aquellos momentos de su vida: un modo de vencer a Kirtash y Elrion, los asesinos de sus padres, y un refugio seguro hasta que estuviera preparado para enfrentarse a ellos. Y lo demás le importaba bien poco, porque, a pesar de todo, no se sentía parte de Idhún ni compartía los ideales de la Resistencia.

Jack se encogió de hombros y fue a darse una ducha fría. Pero cuando salió del cuarto de baño, con el pelo mojado, y pasó por delante de una puerta cerrada, oyó a Shail pronunciar el nombre de Victoria, y se acercó de puntillas para pegar el oído a la puerta.

–Entonces, la ha encontrado –oyó murmurar a Alsan desde el interior de la estancia–. Sabíamos que tarde o temprano ocurriría. Y sabes lo que debes decirle: que abandone su casa y venga a vivir aquí, a Limbhad. Es la única manera de que esté segura.

–Pero no podemos hacer eso –replicó Shail–. Es una niña, ¿no lo entiendes? Tiene doce años, tiene una casa, una familia, una vida. No podemos pedirle que lo deje todo atrás.

–Kirtash la matará, Shail. Sabes perfectamente que va tras ella. No es la primera vez que está a punto de atraparla.

–Aquella vez fue en Suiza. En esta ocasión ha sido en Madrid. Kirtash no tiene modo de saber que esa es la ciudad donde vive.

–A estas alturas, ¿no deberías haber aprendido ya a no subestimarlo?

Hubo un breve silencio.

–La persiguió en el metro –explicó Shail–. No la siguió hasta su casa.

–Pero la ha visto –hizo notar Alsan–. Ya sabe cómo es.

–Sí. Maldita sea –suspiró Shail–. Kirtash jamás olvida una cara. ¿Qué debemos hacer?

–Estar alerta, tal vez –respondió Alsan tras un momento de silencio–. Puede que no se moleste en buscarla. Al fin y al cabo, Victoria es solo una niña y, como tú has dicho alguna vez, su poder mágico no es gran cosa. Seguramente ella no saldría con vida si volvieran a encontrarse, pero para ello tendría que ponerse a buscarla. Y sabes que Kirtash no tiene tiempo para esas cosas porque va detrás de un objetivo mayor.

–Sí –la voz de Shail sonó muy aliviada de pronto–. Sí, es verdad. Por suerte, Kirtash no sabe lo que nosotros sabemos acerca de Victoria: que en algún momento de su vida se cruzó con Lunnaris. Si lo supiera...

Jack dio un respingo. Era la primera vez que oía pronunciar aquel nombre, Lunnaris, y escuchó con más atención.

–... Si lo supiera, Shail, no intentaría matarla –hizo notar Alsan–. Se la llevaría consigo para sonsacarle toda esa información, y no me cabe duda de que lo conseguiría, a pesar de que ella no la recuerda. Hoy por hoy, Victoria es la única pista que tenemos para llegar hasta Lunnaris. Por eso creo que deberíamos protegerla aquí en Limbhad. Pero, por otro lado... –calló un momento–. Por otro lado –continuó–, estoy viendo a Jack todos los días aquí encerrado, sin ver la luz del sol, sin ningún lugar a donde ir, sin nada que hacer a excepción de entrenar con la espada todo el día, y confieso que me sentiría culpable si condenara también a Victoria a una vida como esa. Por más que ella parezca sentirse a gusto aquí.

–Ahora está muy asustada. Quizá no quiera volver a su casa en algún tiempo.

–No es una buena idea. O vuelve antes de que nadie la eche de menos, o no vuelve nunca más. Pero si tarda en regresar, su abuela se preocupará y comenzará a buscarla, y eso podría poner a Kirtash sobre la pista y llevarlo directamente al lugar donde ella vive en la Tierra.

–Entonces, ¿qué propones?

–Dejar que ella decida –dijo Alsan tras pensárselo un momento–. Creo que es la mejor opción. Ve a hablar con ella y pregúntale...

–No, ahora no –cortó Shail con firmeza–. Estará con Jack, seguramente. Necesitará desahogarse.

Jack se sintió culpable. Hacía un buen rato que sabía que Victoria había sido atacada por Kirtash y, en lugar de ir corriendo para ver si se encontraba bien o necesitaba algo, estaba allí, espiando detrás de la puerta. Se alejó pasillo abajo, muy confuso, y fue a buscar a Victoria.

La encontró en el salón; había esparcido sus deberes de matemáticas por toda la mesa, y trataba de concentrarse en ellos mientras acariciaba distraídamente a la Dama, su gata, que estaba acomodada en su regazo. Jack sintió un ramalazo de nostalgia por la vida que había dejado atrás. Hasta hacía solo unas horas, Victoria todavía vivía en un lugar seguro y podía hacer cosas tales como ir al colegio y estudiar matemáticas. Jack cerró los ojos y pensó que daría lo que fuera por volver a estar en su cuarto estudiando matemáticas, por tener un colegio, una casa a la que poder regresar después de clase y una familia que lo estuviese esperando en ella. Y se preguntó si el ataque de aquella tarde no habría acabado también con la vida segura y tranquila de la que Victoria disfrutaba más allá de Limbhad. En cualquier caso, parecía claro que ella se había puesto a hacer los deberes para tener algo en que pensar y olvidar cuanto antes aquel encuentro con Kirtash.

La contempló un momento, con cariño, y pensó en lo cerca que había estado de perderla aquella tarde. Se estremeció solo de pensarlo.

La chica levantó la cabeza al sentir que él la estaba mirando.

–Las matemáticas solo dan problemas –sonrió ella.

Jack le devolvió la sonrisa.

–¿Quieres que te ayude? –se ofreció.

Se sentó junto a ella y echó un vistazo a sus apuntes. La Dama saltó sobre la mesa para curiosear lo que estaban haciendo, y Jack la apartó con suavidad. Vio que Victoria se estremecía, y la miró.

—¿Estás bien? ¿Tienes frío?

Cubrió los hombros de la chica con su propia chaqueta. A Victoria le encantaban aquellos gestos suyos, le gustaba cómo cuidaba de ella sin hacer de «hermano mayor», como Shail y Alsan, sino, simplemente, tratándola con el cariño y la confianza de un buen amigo. Lo miró un momento y se sintió de pronto muy unida a él sin saber por qué. Alsan y Shail eran mayores que Victoria, habían nacido y crecido en Idhún y no podían comprender lo que había significado para ella que irrumpiesen en su vida. Pero Jack sí, porque, además de tener más o menos su misma edad, acababa de pasar por una experiencia similar. Se compenetraban muy bien y, sin embargo, a veces parecía que aquella amistad no llegaba a cuajar porque Jack estaba demasiado obsesionado con su entrenamiento como guerrero.

—Gracias —dijo, e intentó volver a los ejercicios de matemáticas.

Pero Jack puso la libreta fuera de su alcance y la obligó a mirarlo de nuevo.

—Sé lo que ha pasado —susurró—. ¿Estás bien? ¿Te ha hecho daño ese malnacido?

Victoria se dio cuenta de que Jack estaba muy serio, extraordinariamente serio, y sintió una extraña calidez por dentro.

—No —dijo—. No llegó a alcanzarme.

Pero se estremeció de nuevo al recordarlo. Jack conocía esa sensación, ese frío que se sentía después de haber visto de cerca a Kirtash, y que no se iba simplemente abrigándose o acercándose al fuego. De modo que la abrazó, tratando de infundirle algo de calor.

Y funcionó. Victoria cerró los ojos y se dejó llevar por su abrazo, sintiendo cómo la calidez de Jack fundía poco a poco el hielo que había envuelto su corazón.

—¿Mejor? —susurró Jack.

Victoria asintió, aunque no quería que Jack se separase de ella. Pero el chico no lo hizo. Al contrario, la abrazó con más fuerza.

—¿Cómo ha conseguido encontrarte?

Victoria vaciló.

—Hice... algo. Algo mágico, supongo. Un coche estaba a punto de atropellarme, y yo debí de crear una especie de escudo invisible para protegerme del choque. Ni siquiera estoy segura de qué tipo de hechizo utilicé, porque no recuerdo haber pronunciado las palabras. Se lo he contado a Shail, y dice que eso se llama «magia instintiva». Pero qué mala suerte que, para una vez que consigo hacer algo parecido a un hechizo, tenga que ser en la Tierra, y ni siquiera recuerde cómo ha pasado... Y, por si eso no fuera bastante, en pocos minutos, Kirtash... Calló de pronto. Pareció que titubeaba.

—Puedes contármelo si quieres —la animó Jack.

Victoria respiró hondo y le relató todo lo que había sucedido aquella tarde; Jack escuchaba, serio y sombrío.

—¿Por qué no viniste directamente a Limbhad? —quiso saber él, cuando Victoria terminó de hablar—. ¿No habría sido más sencillo que salir corriendo?

—Necesitas concentración para contactar con el Alma. Shail puede hacerlo al instante, pero a mí no me sale.

Sus mejillas se tiñeron de rubor, y bajó la cabeza. Se sentía muy avergonzada de no estar cumpliendo las expectativas de Shail en cuanto a su aprendizaje de la magia. A pesar de que el joven hechicero no le exigía mucho, lo cierto era que Victoria odiaba decepcionarlo. Y sin embargo lo hacía constantemente, todos los días. Se suponía que ella poseía el don de la magia, pero había muchas cosas que su poder no conseguía lograr. Shail se esforzaba por enseñarle lo que él consideraba hechizos sencillos y Victoria se esforzaba por aprenderlos... sin resultado. Su magia curativa funcionaba sin ningún problema, su espíritu se fusionaba con el Alma de Idhún con solo desearlo... pero ahí se acababa todo.

—No puedo —le decía a Shail a menudo, desalentada—. Es como si se me escapase por entre los dedos.

—No importa —respondía siempre Shail—. La magia no funciona aquí igual que en Idhún.

Pero a Victoria sí le importaba. Deseaba desesperadamente que Shail estuviera orgulloso de ella.

Sacudió la cabeza para evitar pensar en ello, pero, de nuevo, el recuerdo de Kirtash inundó su mente, y aquello era todavía peor.

—Esta vez ha estado a punto de atraparme —susurró, atemorizada, y Jack recordó que Victoria le había mencionado alguna vez su anterior encuentro con Kirtash, aunque nunca se lo había contado con detalle, porque no le gustaba evocarlo.

Pero daba la sensación de que ella necesitaba hablar, así que Jack se arriesgó a decir:

—¿Y qué pasó la otra vez? ¿Cómo te encontró?

Victoria vaciló un momento. En realidad quería confiar en él, quería contarle todos los detalles de su historia. Alzó la cabeza y lo miró, y vio que sus ojos verdes estaban fijos en ella y que él le estaba prestando toda su atención, de modo que comenzó a hablar.

Todo había empezado cinco años atrás, cuando vivía todavía en un orfanato regentado por monjas, cerca de Madrid. Entonces ella tenía solo siete años y un niño se había caído de lo alto del tobogán del patio de recreo. El niño lloraba y chillaba con el brazo en una posición extraña y una aparatosa herida en la frente, y ella no había podido soportar más aquellos gritos...

Cuando llegaron las monjas, encontraron al herido perfectamente sano y muy desconcertado, mirando a Victoria con desconfianza. En torno a ella, a una prudente distancia, se había formado un círculo de huérfanos que los observaba en un silencio casi religioso.

Los días siguientes fueron espantosos para la niña. Sus compañeros comenzaron a tratarla de manera diferente; los adultos se limitaron a hacer como si nada hubiese sucedido, porque se negaban a creer la versión de los niños. Pero todo eso le importaba poco a Victoria. No, lo que le preocupaba de verdad era esa sensación... de haber despertado a una bestia dormida, de haber abierto la caja de Pandora, de haber hecho que algo formidable y poderoso fijase su mirada en ella. Se volvió una chiquilla miedosa, casi paranoica; tenía la sensación de que la vigilaban, de que pronto irían por ella, porque se había desvelado su verdadera naturaleza. Permanecía despierta por las noches, sin poder dormir, atenta al más mínimo murmullo, temblando bajo las sábanas, sin atreverse a cerrar los ojos, por miedo a que viniesen a buscarla.

Pero nada sucedió... a excepción del hecho de que, tiempo después, alguien la sacó del orfanato. Se trataba de Allegra d'Ascoli, que financiaba con generosidad las actividades benéficas de las monjas de la orden y que, a pesar de no ser ya precisamente joven, había decidido adoptar a la niña.

La mujer había comenzado a sentir afecto por ella casi enseguida. Victoria era callada y silenciosa, pero educada, tranquila y agradable, perfectamente moldeable. Nunca le había dado ningún disgusto. Sus profesoras nunca le habían dicho nada malo de ella. Las notas que traía eran buenas.

Pero seguía sintiendo miedo a algo inexplicable. Varios psicólogos y educadores, primero en el orfanato, después en el colegio, se habían esforzado por explicarle que no sucedía nada malo, que ella no tenía poderes especiales, que nadie la buscaba para matarla, porque ella no era una bruja ni estaban en la Edad Media, sino en los umbrales del siglo XXI.

Victoria había acabado por creerlos.

Sin embargo, las dudas seguían torturándola, hasta que por fin ocurrió lo inevitable.

Jamás olvidaría aquella clara mañana de verano, dos años atrás. Ella y su abuela habían ido de vacaciones a un balneario suizo. Victoria se había unido a una excursión a la montaña que se organizaba desde el hotel. Se había desviado un poco de la ruta al oír un grito, y llegó allí antes que nadie. Descubrió que se trataba de una mujer inglesa que se había despeñado. Estaba al pie de un risco, inconsciente y con una fea herida en la sien. Victoria no lo dudó. Utilizó su poder.

Y la curó.

Después, todo sucedió muy deprisa.

Intuyó que estaba en peligro por el simple hecho de haber curado a aquella mujer. Su sexto sentido le dijo que había atraído la atención de alguien muy peligroso. Se levantó con presteza y echó a correr.

Se internó en el bosque. Sentía que alguien la seguía. Notaba un aliento gélido acercándose cada vez más. Sabía que no tardaría en alcanzarla, y entonces...

Entonces había llegado Shail y se la había llevado de allí.

A Limbhad.

Su vida cambió radicalmente desde aquel momento. No había llegado a ver el rostro de la muerte, pero sí había sentido su presencia demasiado cerca. Kirtash no había logrado atraparla aquella vez.

Después de que Alsan y Shail le explicaran lo que estaba pasando y por qué no debía volver a utilizar su poder, Victoria regresó al hotel suizo. Por suerte, su abuela ya estaba haciendo las maletas; había discutido con el gerente del hotel por alguna razón y había decidido, molesta y ofendida, dar por finalizadas las vacaciones de inmediato. Victoria agradeció aquella casualidad, y que su abuela tuviera cambios de humor tan bruscos. Las dos regresaron a España aquel mismo día, y la chica pudo alejarse por fin de aquella pesadilla.

Pero nada volvió a ser igual desde entonces, porque ahora ya no estaba sola en el mundo. Tenía a Shail y a Alsan; tenía Limbhad y tenía Idhún. Desde el principio se había aplicado con entusiasmo a descubrir más cosas sobre Idhún, de donde procedían sus nuevos amigos, y el joven mago se había convertido para ella en el hermano mayor que nunca había tenido.

–Y eso es todo –concluyó Victoria–. Esta vez Kirtash me ha encontrado demasiado cerca de mi casa. No sé si debo volver o quedarme aquí...

–No puedo ayudarte en eso –respondió Jack–. Yo, por ejemplo, no puedo volver.

Victoria lo miró un momento.

–Comprendo –dijo.

–No puedo decidir por ti, Victoria, pero quiero que tengas en cuenta que, si optas por quedarte aquí y abandonar tu casa, ya no podrás volver nunca más. No creo que sea una decisión que debas tomar a la ligera.

Victoria bajó la cabeza y se mordió el labio inferior, pensativa.

–Eh –Jack la hizo alzar la mirada; sus ojos verdes se clavaron en los de ella, con una seriedad impropia de un chico de su edad–. Decidas lo que decidas, sabes que nosotros siempre estaremos aquí. Y, en cuanto me dejen unirme a las misiones de búsqueda, en cuanto me den una espada, yo también podré defenderte y pelear a tu lado. No estarás sola, ¿vale? No te abandonaremos a tu suerte. Ya lo sabes.

Victoria sonrió.

–Gracias, Jack. Tienes razón. No hay motivo para pensar que mi casa ya no es segura. Volveré con mi abuela. Solo he de tener más cuidado de ahora en adelante.

Hubo un silencio entre los dos. Entonces, Jack recordó la extraña conversación que había escuchado a escondidas:

–Hmmm... ¿Victoria? ¿Puedo preguntarte algo?

–Claro.

–¿Quién... quién es Lunnaris?

De pronto, Victoria se puso rígida y se separó de él.

–No lo sé –dijo con algo de brusquedad.

–No quería ser indiscreto –murmuró Jack, confuso.

Victoria se arrepintió enseguida de haber sido tan seca. Jack no podía saberlo...

«La miré a los ojos», le había dicho Shail cuando le habló de Lunnaris por primera vez. «La miré una vez a los ojos y nunca he podido olvidarla. Sé que está aquí, en alguna parte. Y creo que tú te cruzaste con ella en algún momento de tu vida, aunque ahora no lo recuerdes».

No, Victoria no la recordaba. Pero estaba segura de que, si la hubiese visto, no la habría olvidado. Y aunque comprendía perfectamente lo importante que era Lunnaris para la Resistencia, también sabía que para Shail aquella búsqueda era algo personal, muy personal. Y no podía evitar sentirse algo celosa e, incluso, en sus momentos más bajos, llegar a sospechar que Shail la protegía solo porque ella podía conducirlo de nuevo hasta su querida Lunnaris, aunque en el fondo supiera que eso no era verdad.

Pero Jack no tenía por qué saber todo eso.

—Lo siento —se disculpó—. No es culpa tuya. Es que hoy... bueno, estoy muy nerviosa. No soy yo. Y dentro de nada tendré que volver a casa porque es la hora de la cena, y estoy... asustada, ya sabes.

—No debes estarlo —le dijo Jack—. No permitiré que Kirtash te haga daño.

Victoria abrió la boca, pero no fue capaz de decir nada.

—Y —añadió Jack— estoy convencido de que algún día estaré preparado para luchar contra él. Y ese día acabaré con su vida, te lo juro; para que ni tú ni yo, ni nadie más, volvamos a tener miedo por su culpa.

Victoria sintió un nuevo escalofrío; pero en esta ocasión no fue debido al recuerdo de Kirtash, sino a la rabia y el odio que había percibido en las palabras de su amigo.

IV
«NO ESTÁS PREPARADO»

JACK no podía dormir. Tenía sincronizado su reloj con la hora de la ciudad de Victoria; así se aseguraba de estar despierto por las tardes, cuando ella llegaba, y de llevar más o menos un horario racional en la noche perpetua de Limbhad. Alsan y Shail eran más caóticos en ese sentido. Dormían cuando tenían sueño, comían cuando tenían hambre. Aunque Jack no saliese de Limbhad, ellos dos sí cruzaban a menudo la Puerta interdimensional. Le habían explicado que la entrada a Idhún se había bloqueado y que, por tanto, ellos estaban atrapados allí, pero eso no les impedía viajar a la Tierra, donde trataban de adelantarse a Kirtash cuando realizaba una de sus mortíferas expediciones, o rastreaban pistas diversas que Shail descubría en internet. Jack intuía que sus amigos buscaban algo más que magos idhunitas exiliados, pero nunca les había preguntado al respecto. Lo más seguro era que no le respondieran.

Las misiones de reconocimiento de Alsan y Shail podían llevarlos a cualquier punto del planeta, donde podía ser de noche o de día, por lo que hacía tiempo que habían renunciado a intentar ajustarse a cualquier tipo de horario. Por eso, cuando Victoria regresó aquella noche, a la una de la madrugada, hora de Madrid, Jack estaba tratando de dormir; pero Alsan estaba en la biblioteca, y Shail, navegando por internet en el estudio.

Jack se sintió muy aliviado cuando oyó la voz de Victoria hablando con Shail. Había llegado a temer que su consejo no hubiera sido acertado; se imaginaba a su amiga regresando a casa y encontrándose allí a Kirtash, esperándola... para darle una sorpresa parecida a la que él mismo había tenido al volver a su casa, una noche de primavera, cuatro meses atrás.

Se dio la vuelta y hundió la cara en la almohada. Aquella posibilidad le resultaba espeluznante. Ahora que lo había perdido todo, solo le quedaba lo que había en la Casa en la Frontera; su círculo se había visto drásticamente reducido a tres personas y un gato, y la simple idea de perder a uno de ellos era aterradora. Sabía que Alsan y Shail podrían cuidarse solos, pero Victoria...

Se la imaginó, una vez más, corriendo por los pasillos del metro, huyendo de la muerte, y sus puños se crisparon cuando volvió a invadirlo aquella sensación de rabia e impotencia. Su odio hacia Kirtash ardía con más fuerza que nunca en su corazón. Después de cuatro meses, casi había olvidado los rasgos de Elrion, el mago; pero la fría mirada de los ojos azules de Kirtash todavía lo perseguía en sueños de vez en cuando.

La casa volvía a estar en silencio, y Jack supuso que Victoria se habría retirado a su habitación. Tenía un cuarto solo para ella en Limbhad, y la mayoría de las veces prefería dormir allí a hacerlo en la mansión de su abuela, donde se suponía que debía estar. Jack no podía culparla. En Limbhad, todos se sentían mucho más seguros.

Con un suspiro, el muchacho se levantó, con el pelo revuelto, y se dirigió a la habitación de Victoria. Pero se detuvo, indeciso, ante la puerta entreabierta, al darse cuenta de que ella ya se había acostado. La miró un momento, preguntándose si se habría dormido ya. Estaba tendida en la cama, de espaldas a él, y, bajo la suave luz que se filtraba por la ventana, Jack pudo ver que sus hombros se convulsionaban en un sollozo silencioso.

Se le encogió el corazón, y odió todavía más a Kirtash por aterrorizar a una chiquilla que, fuera idhunita o no, era imposible que resultara una amenaza para él. Y se juró a sí mismo que no descansaría hasta ver muerto a su enemigo.

La Resistencia estuvo alerta en los días siguientes, pero Kirtash parecía haber olvidado a Victoria, porque no se le volvió a ver por Madrid. De hecho, las siguientes noticias que tuvieron de él procedían de un lugar bastante más remoto.

Una noche, un grito de Shail desde la biblioteca alertó a los habitantes de la Casa en la Frontera:

—¡¡Alsan!!

Jack y Victoria estaban durmiendo en sus respectivos cuartos, pero lo oyeron, y se despertaron de inmediato. Cuando Jack salió al pasillo, se encontró con Shail, que había bajado las escaleras a toda velocidad y corría hacia el estudio. Alsan ya había acudido a su encuentro, alerta.

–¿Dónde? –le preguntó a su amigo.

–Xingshan, en China –respondió Shail.

Alsan asintió.

–Voy a la sala de entrenamiento a coger armas. Tú vuelve a la biblioteca, a ver si puedes analizar un poco el terreno a través del Alma. Shail dijo que sí con la cabeza. Alsan salió disparado en dirección a la armería.

Jack sabía exactamente lo que estaba pasando, porque lo había vivido un par de veces desde su llegada a Limbhad. El Alma había localizado a Kirtash en algún lugar del mundo, y el joven asesino no se desplazaba sin una buena razón. Normalmente, sus razones tenían que ver con la implacable persecución a la que tenía sometidos a los idhunitas exiliados en la Tierra. Sin duda, en esta ocasión había descubierto a uno de ellos en alguna remota población de la inmensa China. En cualquier caso, la Resistencia debía tratar de llegar hasta él antes de que fuera demasiado tarde... como lo había sido para los padres de Jack.

Shail se volvió hacia Victoria, que se había reunido con Jack en el pasillo y había observado la escena sin intervenir.

–Son buenas noticias para ti, Vic –le dijo el mago–. Kirtash está muy lejos de Madrid. Ya no te está buscando.

Victoria asintió, respirando hondo. Shail se disponía a acudir a la biblioteca, cuando la chica lo retuvo por el brazo y lo miró a los ojos.

–Shail –le dijo–. Por lo que más quieras, tened cuidado.

El joven asintió, muy serio.

Jack no lo aguantó más. Dio media vuelta y siguió a Alsan en dirección a la armería. Se topó con él en la sala de entrenamiento, cuando ya regresaba cargado con Sumlaris, una espada corta y un par de dagas.

–Espero que una de esas sea para mí –le dijo Jack, muy serio.

Alsan le dirigió una breve mirada.

–Ni lo sueñes, chico. Todavía no estás preparado.

Jack sintió que lo invadía la cólera.

–¿Y cuándo voy a estarlo? –le espetó–. ¡Llevo cuatro meses aquí encerrado sin ver la luz del día! ¡No soporto quedarme aquí mientras vosotros os enfrentáis a ellos, una y otra vez! ¡Necesito... hacer algo!

–Estás haciendo algo, Jack. Te estás entrenando.

–¡Pero eso no me basta! –estalló Jack–. ¡Si de verdad pertenezco a la Resistencia, déjame ir con vosotros!

–Tampoco Victoria viene con nosotros a las misiones, y lleva en la Resistencia más tiempo que tú.

–¡Pero Victoria es solo una niña!

–Tiene solo un año menos que tú.

–Da igual, ella no sabe manejar una espada, y yo sí.

–No, Jack. No estás preparado. Es mi última palabra –y Alsan siguió andando hacia la puerta.

Jack sintió que su cuerpo se llenaba de rabia e impotencia.

–¿Y por qué no me dices lo que realmente piensas? –le gritó–. ¿Por qué no me dices la verdad a la cara, eh? ¿Que soy un crío y no os sirvo para nada?

Alsan se volvió hacia él, con un suspiro exasperado.

–Sabes que eso no es cierto.

El chico lo miró casi con odio.

–Sí que lo es. Me dijiste que podría defenderme, pero me tienes aquí encerrado y no me dejas demostrar lo que puedo hacer. ¡Me mentiste!

–Hablaremos de ello cuando vuelva. Ahora tengo prisa: la vida de alguien puede correr peligro, y cada minuto es crucial. Recuerda que, en tu caso, si hubiésemos llegado un poco más tarde, te habríamos encontrado muerto.

–¿Y de qué sirvió, eh? –exclamó Jack con rabia–. Me salvasteis la vida para encerrarme en esta tumba. ¡Estaría mejor muerto!

Fue visto y no visto. La mano de Alsan se disparó hacia la cara de Jack, y la bofetada lo hizo tambalearse y quedarse quieto un momento, atónito, sintiendo que le zumbaban los oídos. Parpadeó para contener las lágrimas y se llevó una mano a la mejilla dolorida.

Alsan lo miraba fijamente, muy serio. Cuando habló, no lo hizo con furia, ni siquiera con irritación, sino con calma y frialdad:

–Si quieres ser útil a la Resistencia, Jack, te quedarás aquí. Muerto no nos sirves.

Alsan salió de la habitación y dejó a Jack atrás. El chico se quedó quieto, temblando de rabia, sintiéndose humillado pero, sobre todo, traicionado. No tardó en percibir aquella especie de ondulación que sacudía el aire cuando alguien abandonaba Limbhad, y supo que Alsan y Shail se habían marchado sin él.

Regresó a su habitación, cerró de un portazo y se tendió en la cama. Estaba furioso con Alsan por tratarlo como a un niño, estaba furioso con Shail por no apoyarlo, incluso estaba furioso con Victoria por aceptar aquel papel pasivo con tanta facilidad. Estaba furioso con Kirtash, simplemente por existir. Y, sobre todo, estaba furioso consigo mismo.

Se quedó allí, en su cuarto, tumbado en la cama, durante un buen rato, hasta que sintió de nuevo aquella ondulación, y supo que Alsan y Shail estaban de vuelta. Pero no se movió, ni siquiera cuando oyó los pies descalzos de Victoria, corriendo por el pasillo en dirección a la biblioteca. En otras circunstancias, también él se habría apresurado a acudir al encuentro de sus amigos, para ver si estaban bien y cómo les había ido en la misión. Pero en aquel momento no tenía ganas. No estaba preparado para enfrentarse a Alsan otra vez.

Apenas unos minutos después, los oyó bajar a los tres. Pasaron ante la puerta de su cuarto, y oyó un fragmento de su conversación:

–... le ha acertado de lleno en el estómago –decía Alsan–. Es una quemadura bastante grave.

–¿Un hechizo ígneo? –preguntó Victoria.

–Tal vez, no lo sé. No entiendo de estas cosas. ¿Podrás curarlo?

Shail emitía en aquellos momentos un quejido de dolor, y Jack no pudo oír la respuesta de Victoria. Se le encogió el estómago al pensar que Shail había resultado herido, y estuvo a punto de levantarse e ir corriendo para ver cómo estaba. Pero reprimió el impulso. Seguro que Victoria lo curaría. Ella al menos era útil en aquel aspecto, al menos podía emplear la magia curativa, que siempre venía bien cuando no podían contar con Shail. En cambio, Jack no podía hacer nada. Absolutamente nada.

La única cosa que destacaba en él eran aquellos extraños episodios piroquinéticos. Pero, dado que no conocía su origen ni sabía cómo controlarlos, no le servían para nada. Lo único que había conseguido con ellos había sido atraer la atención de Kirtash... con fatales consecuencias para sus padres.

Se volvió sobre la cama, dando la espalda a la puerta. Estaba aprendiendo a pelear, pero, por mucho que se esforzase, jamás lograría superar a Alsan, y mucho menos a Kirtash. Los dos eran mayores que él. Y seguirían siéndolo siempre.

En la habitación de Shail, la Resistencia estaba viviendo una crisis. Victoria hacía lo que podía para curar la espantosa herida que Shail presentaba en el vientre, pero su magia apenas lograba restaurar los bordes de la quemadura. Victoria estaba próxima al llanto y las manos le temblaban. Evitaba mirar el rostro de Shail, pero no necesitaba hacerlo para saber que estaba sufriendo y que su vida se apagaba poco a poco.

Sintió la mano de Alsan sobre su hombro.

—Tranquila —le dijo—. Puedes hacerlo.

—No, Alsan, no puedo. No tengo bastante magia. Se va a morir...

—Victoria —Alsan la obligó a mirarlo a los ojos—. No se va a morir, ¿de acuerdo? Concéntrate. Él cree en ti, y yo también.

Victoria tragó saliva y asintió. Respiró hondo, intentando calmarse. Se volvió hacia su amigo y lo miró. Y entonces supo lo que tenía que hacer.

—Tenemos que llevarlo al bosque —decidió—. Allí mi magia funcionará mejor.

No sabía por qué estaba tan segura, pero decidió dejarse guiar por su instinto, y Alsan no discutió. Ambos cargaron de nuevo con Shail y lo sacaron de la habitación. Lo llevaron a duras penas fuera de la casa, y después hasta el bosque. Victoria lo depositó al pie de un enorme sauce que crecía junto al arroyo y respiró hondo. La magia de la vida vibraba en el aire, podía percibirla, y sintió que todos sus sentidos reaccionaban ante ella. Algo más tranquila, colocó las manos sobre la herida de Shail y trató de transmitirle toda aquella energía.

Y entonces, lentamente, las quemaduras de Shail comenzaron a curarse. El organismo del joven hechicero absorbió la magia que irradiaban las manos de Victoria, se apropió de ella y la utilizó para regenerar los tejidos dañados. Poco a poco, la herida empezó a cerrarse.

Por fin, cuando Shail respiró profundamente y abrió los ojos, Victoria se dejó caer a su lado, agotada. El joven, algo aturdido, la miró y sonrió.

—Eh —murmuró—. ¿Lo has hecho tú?

Victoria asintió, enormemente aliviada.

—No podías morirte ahora —le respondió, con una sonrisa—. Aún tienes mucho que enseñarme.

La sonrisa de Shail se hizo más amplia.

—Claro que sí —susurró.

Entonces, el mago cerró los ojos y se sumió en un profundo sueño.

—Está bien —dijo Victoria antes de que Alsan comentara nada—. Esto es justo lo que tiene que hacer: descansar. Dormirá durante un par de días y, cuando se despierte, estará como nuevo.

Los dos cargaron de nuevo con Shail para llevarlo de vuelta a casa. Victoria se dio cuenta entonces de que Alsan cojeaba y, aunque él no había dicho nada al respecto, supuso que se habría hecho una torcedura o un esguince. Se recordó a sí misma que debía curarlo a él también en cuanto instalaran a Shail en su habitación.

—Alsan —le dijo a su amigo—, dime... ¿qué ha pasado exactamente?

El rostro del joven se ensombreció.

—Que hemos vuelto a llegar tarde, Victoria —respondió.

Jack llevaba un buen rato sumido en sus sombríos pensamientos, cuando alguien llamó a la puerta de su cuarto y, al no obtener respuesta, la abrió un poco. Por un momento, Jack pensó que sería Alsan, que había ido a pedirle disculpas por haberle pegado o, por lo menos, para ver si se encontraba bien.

—¿Jack? ¿Estás dormido?

Era la voz de Victoria.

—No, no estoy dormido.

—¿Todavía estás enfadado?

—Contigo, no.

Ella percibió por su tono de voz que prefería no hablar del tema, y no insistió.

—Alsan y Shail han vuelto de China —informó—. Por poco no lo cuentan, porque tuvieron que luchar contra Elrion y Kirtash, y Shail salió herido. Estaba muy mal y estuvieron a punto de no poder regresar...

Se interrumpió, insegura; no sabía si Jack la estaba escuchando. El muchacho suspiró y se volvió hacia ella.

—¿Y cómo está ahora?

—He conseguido curarlo, pero está débil. Tardará un poco en recuperarse.

Jack sonrió.

—Bien por ti. Eres mejor maga de lo que crees.

Victoria sonrió, incómoda.

—Alsan está de mal humor, de todas formas —añadió—. La misión ha salido mal. Llegaron tarde.

A Jack se le revolvió el estómago. Recordó las palabras que el líder de la Resistencia le había dirigido un rato antes: «La vida de alguien puede correr peligro, y cada minuto es crucial».

—¿Qué... quién era?

—Hechiceros celestes. Un grupo de cinco, tal vez una familia, no estamos seguros.

Jack se sintió peor todavía. Los celestes eran seres parecidos a los humanos, pero más altos y estilizados, de cráneos alargados y sin pelo, enormes ojos negros y fina piel de color azul celeste. Como todos los idhunitas no humanos exiliados en la Tierra, seguramente aquellos cinco habrían ocultado su identidad bajo un hechizo ilusorio que los habría hecho parecer humanos a los ojos de todos. Pero, cuando morían, el hechizo se desvanecía, y los magos recuperaban su verdadera apariencia. Jack sabía pocas cosas acerca de los celestes, pero sí conocía su rasgo más característico: eran criaturas pacíficas que jamás intervenían en una pelea. Conceptos como el asesinato, la violencia, la guerra o la traición ni siquiera existían en la variante de idhunaico que ellos hablaban. Asesinar a un celeste a sangre fría era casi peor que matar a un niño.

En cualquier caso, eran hechiceros y habían escapado de Idhún. Para sus enemigos, no dejaban de ser renegados, una amenaza al fin y al cabo; seguramente por eso se los habían señalado a Kirtash como objetivo.

—Kirtash se estaba deshaciendo de los cuerpos cuando llegaron ellos —añadió Victoria, adivinando lo que pensaba—. Probablemente ya estaban muertos cuando el Alma lo detectó.

Jack apretó los puños con rabia. No se podía ser más despiadado y maquiavélico de lo que era Kirtash. Era asombroso hasta dónde era capaz de llegar, y solo con quince años. Por el bien de todos, era mejor que aquel sorprendente joven no alcanzara la edad adulta.

Como el chico no dijo nada, Victoria se separó de la puerta y concluyó:

—Voy a ver cómo sigue Shail. Lo he dejado dormido, así que, si quieres ir a verlo, mejor será que esperes un poco a que recupere la conciencia.

—Vale. Buenas noches.

—Buenas noches.

Victoria se fue, y Jack se quedó solo de nuevo. Pero en esta ocasión no se sintió mejor. Descubrió que habría preferido que Victoria se quedase con él, que necesitaba hablar con alguien. Pero, por otra parte, estaba esperando que Alsan acudiese a su habitación a interesarse por él. Después de su discusión, era lo menos que podía hacer.

Sin embargo, Alsan no fue a buscarlo. Sin darse cuenta, Jack se quedó dormido.

Se despertó varias horas más tarde. El reloj de su mesilla marcaba las diez y media de la mañana en Madrid, y supuso que Victoria ya se habría marchado a casa hacía rato y en aquellos momentos estaría en el colegio... intentando concentrarse en una clase de matemáticas, o de inglés, o de lo que fuera, cuando en realidad su mente estaba muy lejos, en Limbhad... con Shail, a quien había dejado recuperándose de una herida grave.

Jack se levantó y se desperezó. Seguía siendo de noche en la Casa en la Frontera, como siempre, pero para él había comenzado un nuevo día. Sin embargo, se sentía igual de mal que la noche anterior. Aún no había hecho las paces con Alsan. Y todavía no lo había perdonado.

Salió al pasillo, aún en pijama, y se asomó un momento a la habitación de Shail. Lo vio tendido en la cama, sumido en un sueño tranquilo y reparador. Sonrió. Se pondría bien.

Fue a la cocina a prepararse el desayuno.

Y allí se encontró con Alsan, que ya estaba vestido y terminando de almorzar. Abrió la boca para decir algo, pero él se le adelantó:

–¿Todavía estás así, chico? Vas a llegar tarde al entrenamiento.

–¿Qué? –pudo decir Jack, confuso.

Alsan se dirigió hacia la puerta, diciéndole:

–Te espero en la sala de prácticas.

–Pero...

–No tardes.

Alsan se marchó sin dejarle añadir nada más. Jack apretó los puños, furioso. Estuvo a punto de no acudir a la cita, pero finalmente decidió que sí lo haría, y que le demostraría a aquel príncipe engreído lo que era capaz de hacer. De manera que se dio prisa en desayunar y vestirse, y en apenas quince minutos estaba en la sala de prácticas.

Nada más entrar por la puerta, Alsan le lanzó la espada de entrenamiento, y Jack la cogió al vuelo.

–En guardia –dijo Alsan, muy serio.

Jack entrecerró los ojos, apretó los dientes y asintió, con rabia.

Fue el peor entrenamiento de aquellos cuatro meses. A pesar de que puso todo su empeño en hacerlo lo mejor posible, Alsan lo desarmaba una y otra vez, y Jack comprendió, desalentado, que si aquello hubiera sido una lucha en serio, habría muerto no menos de quince veces en aquella sesión. Pero Alsan no hizo ningún comentario al respecto. Lo obligaba a levantarse una y otra vez, a recoger la espada y seguir peleando, sin una palabra. Él mismo se empleaba a fondo, y Jack se sentía cada vez más torpe y ridículo, con lo que, inevitablemente, cada vez combatía peor.

Cuando, agotado, cayó al suelo por enésima vez, sintió la punta roma de la espada de Alsan en su pecho, y alzó la mirada.

El joven lo observaba con expresión severa pero imperturbable.

–No estás preparado –dijo solamente.

Retiró la espada y salió de la habitación, sin añadir nada más.

Jack se quedó allí, sentado en el suelo, hirviendo de cólera y vergüenza. De acuerdo, Alsan era mayor que él y manejaba mucho mejor la espada, pero no era necesario que lo humillara de aquella forma. Parpadeando para contener las lágrimas, Jack se levantó y fue a ducharse. En el siguiente entrenamiento, se dijo, le demostraría que sí estaba preparado, lo haría mucho mejor...

Después de comer, como Alsan estaba ocupado con otras cosas, Jack fue solo a la sala de entrenamiento y estuvo toda la tarde practicando con la espada los movimientos, fintas y ataques que conocía. Estuvo entrenando hasta que los brazos y los hombros le dolieron tanto que apenas podía sujetar la espada. Y solo entonces decidió descansar.

Al día siguiente le dolía todo el cuerpo, pero no se le ocurrió quejarse. En el entrenamiento, atacó a Alsan con toda su rabia, pero él volvió a desarmarlo, una y otra vez, con insultante facilidad. La camaradería que había reinado entre ambos hasta aquel momento parecía haberse esfumado. Alsan se mostraba frío, severo y distante, y Jack era demasiado orgulloso como para reconocer que aquello le importaba, o para admitir que su amigo tenía razón y todavía le quedaba mucho que aprender. De manera que se levantaba y recogía la espada, una y otra vez, y se ponía en guardia, una y otra vez, a pesar de que ya no podía ni con su alma. Hasta que Alsan decidió dar por finalizado el entrenamiento, y lo hizo sin una sola palabra de ánimo o apoyo. Jack se quedó allí, de pie, respirando entrecortadamente, pero no dijo nada ni soltó la espada. Únicamente cuando su tutor salió de la habitación y lo dejó a solas, se dejó caer al suelo y se quedó allí, sentado, exhausto, sintiendo que sería incapaz de volver a levantarse.

Acabó por hacerlo, sin embargo. Y, a pesar de ello, después de comer volvió a la sala para entrenar a solas, como el día anterior. Hasta que ya no pudo más.

Así, un día y otro día, y otro día.

Entrenaba hasta el agotamiento. A veces se dejaba vencer por el desaliento, y pegaba patadas a las paredes de la sala hasta hacerse daño, o se echaba a llorar de desesperación, pero nunca cuando estaba Alsan delante, sino cuando entrenaba a solas y sabía que nadie podía sorprenderlo en un momento de crisis. En cuanto se desahogaba, recogía de nuevo su espada y volvía a repetir los movimientos, los ataques, las defensas, los amagos, una y otra vez.

Apenas hablaba con nadie, ni siquiera con Victoria. Estaba tan obcecado con su adiestramiento que casi ni se acordaba de que ella existía. Aunque a veces, cuando el cansancio y el dolor muscular le impedían dormir, pensaba en ella. Y deseaba contarle todo lo que le estaba pasando, pero siempre decidía no hacerlo, para no agobiarla con más problemas. Por otro lado, le daba vergüenza admitir que no estaba cumpliendo las expectativas de Alsan, que no merecía pertenecer a la Resistencia, a pesar de todo lo que se estaba entrenando.

Y al día siguiente, con toda puntualidad, se presentaba de nuevo en la sala de prácticas, para volver a mirar desafiante a Alsan, para tratar de parar sus golpes, para luchar por vencerlo aunque fuera una sola vez, por muy cansado que estuviese.

Hasta que, en una ocasión, no se presentó al entrenamiento porque se quedó dormido. Cuando por fin se despertó y vio la hora del reloj, se levantó a duras penas y se precipitó hacia la sala de prácticas, pero Alsan ya no estaba allí. Lo buscó por toda la casa y no lo encontró, y tampoco a Shail. Hacía un par de días que el mago se había despertado de su sueño curativo, así que Jack supuso que los dos se habrían marchado a una de esas «misiones de reconocimiento» a las que él no estaba invitado. Apretó los puños con rabia. Estaba casi seguro de que, fuera lo que fuese aquello que estaban haciendo, Kirtash no estaba de por medio, porque había revuelo en Limbhad cada vez que la Resistencia detectaba su presencia en algún lugar del mundo. Esta era otra de las cosas que molestaban a Jack, porque parecía claro que aquellas expediciones tan misteriosas no suponían riesgos para ellos. ¿Por qué, pues, seguían manteniéndolo al margen?

Victoria tampoco estaba en Limbhad, de manera que Jack tenía toda la casa para él solo. Se encerró en su habitación durante varias horas, molesto y malhumorado. En esta ocasión ni siquiera tenía ganas de entrenarse. No podía dejar de pensar que Alsan ya le había demostrado lo inútil que resultaba para la Resistencia y lo pronto que lo matarían si se le ocurría salir de Limbhad. Y Jack podía aceptar no ser bueno con la espada, incluso podría aceptar quedarse en Limbhad el tiempo que hiciera falta... pero haciendo algo, cualquier cosa. Victoria, por lo menos, poseía habilidades curativas, pero él... ¿qué podía hacer él?

Tal vez lograra ayudar en algo buscando información. Se incorporó de un salto. Sí, eso era. Siempre llegaban tarde para salvar a las víctimas de Kirtash porque no podían estar a todas horas observando el mundo a través del Alma para ver qué hacía su enemigo. Quizá él pudiera ocuparse de esa parte... si es que sabía cómo hacerlo.

Dudó. Nunca lo había intentado, en realidad, y se preguntó si el Alma estaría dispuesta a mostrarle lo que él quisiera ver. No costaba nada probar, de todas formas.

V

CARA A CARA

S UBIÓ en silencio por la gran escalera de caracol y, una vez delante de la puerta de la biblioteca, la empujó con suavidad; esta cedió sin necesidad de que hiciese demasiada presión. Entró.

Era la primera vez que estaba a solas en la biblioteca desde el día de su llegada, y se estremeció al recordar las fantásticas visiones que había contemplado allí entonces.

Cerró la puerta tras de sí y miró a su alrededor. La estancia estaba a oscuras y en silencio. La enorme mesa redonda seguía también en el centro de la habitación, rodeada de seis sillas y contemplada por los cientos de viejos volúmenes escritos en antiguo idhunaico y encuadernados en piel que reposaban en las altísimas estanterías que forraban las paredes.

–Luz –murmuró Jack a media voz.

Tras un chisporroteo, las antorchas se encendieron. Jack no pudo evitar una sonrisa. Alsan le había explicado que, a excepción del pequeño templo del jardín, donde se rendía adoración a los dioses de Idhún, aquella sala era el lugar más importante de Limbhad. Por eso no le había permitido a Shail alterarla con ningún artefacto de la Tierra. La luz allí se encendía con solo pedirlo en voz alta, y el mismo sistema servía para las ventanas de la casa, cerradas con aquel extraño material tan flexible, que desaparecía y reaparecía cuando se lo ordenaban. Jack sonrió de nuevo, recordando su primera noche allí, y cómo había intentado abrir aquellas ventanas, sin conseguirlo. Entonces todavía no creía en la magia o, al menos, no demasiado.

Pero desde aquella noche habían pasado muchas cosas.

Se aproximó a la mesa, intimidado, y contempló los extraños símbolos y grabados que la adornaban. Gracias al amuleto de comunicación que le había regalado Victoria, podía hablar, entender y leer el idhunaico. Pero eso no incluía el idhunaico arcano, una variante del lenguaje de Idhún, misteriosa y esotérica, que solo los magos conocían y utilizaban.

Shail le había hablado de la historia de Limbhad y de aquella biblioteca.

En tiempos remotos, le había dicho, la enemistad entre magos y sacerdotes llegó a su punto culminante y desencadenó una gran guerra. Los hechiceros habían perdido y, perseguidos y acosados por una casta sacerdotal que los presentaba ante el pueblo como adoradores del Séptimo, el dios oscuro, no habían tenido más remedio que huir.

—Abrieron un portal dimensional hasta la Tierra —le había contado Shail—, pero allí no les fue mejor. La Inquisición, la caza de brujas, todo eso. Algunos se refugiaron en lugares habitados por pueblos primitivos que aún respetaban la magia, pero otros volvieron atrás y crearon Limbhad, donde se ocultaron hasta que las circunstancias les permitieron volver. Sin embargo, de alguna manera, con el paso de los siglos, toda la información que había sobre Limbhad se perdió. Cuando yo empecé a estudiar, este lugar no era más que una leyenda.

Ahora la historia se repetía. Una nueva generación de magos había escapado de Idhún.

Alsan y Shail le contaron que ellos se habían topado con Limbhad por pura casualidad. Al caer por el túnel interdimensional se habían desviado ligeramente de la ruta prevista, y habían ido a parar a la Casa en la Frontera, lo cual favorecía considerablemente sus planes. Por desgracia, ahora no les era posible contactar con ninguno de los magos idhunitas exiliados en la Tierra. Ya fueran humanos, feéricos, gigantes, celestes, varu o yan, las principales razas inteligentes de Idhún, estaban camuflados entre los nativos bajo forma humana. Y, por supuesto, no empleaban la magia; de lo contrario, Kirtash los localizaría.

Todo esto se lo había explicado el Alma, de la misma manera que le había enseñado a Jack lo que había pasado en Idhún el día en que los seis astros se reunieron en el cielo en aquella aterradora conjunción.

—Fueron los tres soles y las tres lunas, ¿verdad? —había preguntado a Alsan—. Al reunirse en el cielo, provocaron la muerte de los dragones. Yo lo vi.

—Sí y no —replicó su amigo—. El Hexágono que representa el entrelazamiento de los seis astros en el cielo es el símbolo de Idhún. Esa conjunción ocurre una vez cada muchos siglos, pero no siempre implica una catástrofe. También puede producir grandes milagros. Los seis astros mueven una energía inmensa... Todo depende de quién utilice esa energía y para qué.

—Hasta aquel día —añadió Shail, palideciendo—, ningún mortal había logrado provocar una conjunción. Ashran el Nigromante lo hizo, y empleó el inmenso poder del Hexágono para comunicarse con los sheks; les abrió la Puerta que les permitiría regresar a Idhún y les entregó nuestro mundo en bandeja.

—¡Las serpientes aladas! —exclamó Jack, haciendo un gesto de repugnancia—. Las vi. Cientos de ellas. Tal vez miles.

—Los sheks —dijo Alsan lentamente— son las criaturas más mortíferas de Idhún. Los únicos seres que podrían enfrentarse a los dragones y salir victoriosos.

Jack no había hecho más preguntas. Todo lo que Alsan y Shail le contaban de Idhún le interesaba solo hasta cierto punto. Nunca había estado allí o, por lo menos, no lo recordaba. La idea de que existiesen de verdad criaturas tales como serpientes aladas o dragones seguía pareciéndole demasiado fantástica, a pesar de todo lo que había visto.

Pero Kirtash era muy real.

Se sentó en uno de los altos sillones que rodeaban la mesa redonda y respiró hondo, tratando de concentrarse. Después, con lentitud, colocó las manos sobre la mesa y llamó en silencio al espíritu de Limbhad.

La presencia del Alma lo invadió de manera casi instantánea. Para no distraerse, evitó abrir los ojos, aunque sospechaba que en el centro de la mesa había comenzado a producirse aquel extraño fenómeno de la última vez: una esfera de luz brillante que rotaba sobre sí misma...

«Quiero preguntarte algo», pensó Jack, sintiéndose, sin embargo, algo estúpido.

El Alma no respondió; al menos, no de manera clara y directa, pero Jack percibió que estaba receptiva y aguardaba su consulta.

«Quisiera que me mostrases a una persona que está en la Tierra».

Tampoco esta vez hubo respuesta, aunque Jack sintió que el Alma tenía sus reservas, y comprendió enseguida lo que quería decir: ni siquiera el espíritu de Limbhad podía encontrar a alguien que no quería dejarse localizar y que podía usar la magia para ocultarse de su mirada... como todos los hechiceros idhunitas exiliados. El camuflaje mágico exigía una mínima cantidad de energía y, a pesar de tratarse de un hechizo, no podía ser detectado con facilidad.

Pero aquel a quien buscaba Jack no tenía motivos para ocultarse. Porque militaba en el bando de los vencedores y, seguramente, estaba acostumbrado a que la gente huyese de él, y no al revés.

«Muéstrame a Kirtash», pidió Jack. «Quiero ver dónde está y qué hace».

El Alma no puso objeciones. Jack abrió los ojos.

La esfera brillante giraba todavía a mayor velocidad y había adquirido un tono azulado. Jack comprendió que, en esta ocasión, se trataba de la Tierra.

Se vio súbitamente engullido por aquella representación tridimensional de su planeta y se halló de pronto cayendo entre las nubes. El pánico lo inundó, pero se obligó a sí mismo a recordarse que aquello no era real, sino que se trataba de una visión. Se detuvo entonces y miró hacia abajo.

Flotaba. A sus pies, el mundo giraba más deprisa de lo normal. Vio a lo lejos las sombras de una gran ciudad, cuyos edificios más altos pinchaban las nubes que cubrían el cielo nocturno. Al principio se sintió desconcertado. Aquella ciudad le resultaba muy familiar, pero no terminaba de ubicarla. Se sintió poderosamente atraído hacia allí y se apresuró a dejarse llevar por su instinto.

Volvió a sentir aquella embriagadora sensación al sobrevolar las azoteas de los edificios, sin fijarse apenas en las luces deslumbrantes de la enorme metrópoli. Percibió que comenzaba a moverse cada vez más y más deprisa, e intuyó que estaba acercándose a su objetivo. Los contornos de los edificios se sucedían velozmente a sus pies, los ruidos no eran más que un confuso murmullo en el que resultaba imposible distinguir nada...

De pronto, se detuvo.

Miró a su alrededor. Ahora estaba en una zona de edificios antiguos y severos, pero que poseían un aire de elegante dignidad que evocaba el sabor de tiempos pasados. Un poco más allá, sin embargo, había una llamativa construcción posmoderna, de ladrillo rojo y tejados grises, cuya estructura trapezoidal estaba presidida por un gran patio en el que destacaba una estatua que representaba un hombre sentado. Sin embargo, lo que llamó su atención fue la sombra que se alzaba sobre una de las azoteas, contemplando la ciudad que se extendía ante él. Era casi imposible verlo, puesto que vestía de negro y su figura se fundía con el cielo nocturno, pero Jack lo detectó de inmediato, y se obligó a sí mismo, o a su representación astral, o lo que fuera, a acercarse más. La silueta, alta, esbelta y elegante, no inspiraba confianza. Su postura era engañosamente relajada; un observador atento habría percibido que, bajo aquella calma aparente, sus músculos estaban en tensión, como los de un depredador acechando a su presa.

Kirtash.

Jack se quedó apenas un momento inmóvil, conteniendo el aliento. No se hallaba allí físicamente, por lo que Kirtash no podía haberlo visto. Se quedó quieto, indeciso, hasta que vio que una segunda figura salía a la azotea. Era un hombre de cabello negro y facciones finas y aristocráticas. Jack no lo reconoció al principio, puesto que ya no llevaba la túnica, sino que vestía ropa normal, de calle, pero cuando estuvo más cerca supo enseguida quién era.

Elrion, el mago que había matado a sus padres.

Sintió que lo invadía la ira, pero recordó su intención de recabar información para ser útil a la Resistencia y se esforzó por mantenerse sereno; entonces se preguntó qué hacían aquellos dos en aquel lugar. Vio cómo el mago se acercaba a Kirtash y le tendía algo. Jack se acercó un poco más.

Era un libro, un volumen muy antiguo. No había nada escrito sobre la cubierta de piel gastada, pero Jack apreció el símbolo de un hexágono. Kirtash sonrió, satisfecho, cuando el mago abrió el libro y le mostró una página al azar. Jack se aproximó más, intentando leer lo que había escrito en ella; descubrió que los símbolos eran idhunaicos, pero aun así no logró descifrarlos, por lo que supuso que se trataba del lenguaje arcano, y lo invadió la curiosidad. ¿Dónde habían encontrado aquel libro? ¿Dónde estaban exactamente?

Kirtash cogió el libro y lo cerró de golpe. Jack quiso apartarse, pero... sin saber muy bien cómo, se encontró justo detrás de él. Y aunque sabía que aquello era solo una visión, no pudo evitar sentirse inquieto.

Y entonces, él se volvió.

Fue un movimiento tan rápido que el ojo de Jack apenas pudo captarlo. Pero cuando quiso darse cuenta, estaba mirándolo a los ojos.

Los ojos de Kirtash, gélidos, letales.

Jack retrocedió, sin poder apartar su mirada de la de Kirtash. De nuevo tuvo aquella horrible sensación.

Frío.

Un espantoso estremecimiento lo recorrió de pies a cabeza mientras algo comenzaba a explorar su mente, como aquella vez, en Silkeborg. Y supo de nuevo que aquella mirada podía matarlo. No sabía de dónde había sacado aquella idea, pero sí tuvo el absoluto convencimiento de que, aunque parecía absurda, era la verdad. Si seguía mirando a Kirtash a los ojos, moriría.

Trató de retroceder un poco más, pero estaba hipnotizado por aquella mirada.

Quiso gritar, pero las palabras quedaron congeladas en sus labios.

De pronto sintió que algo tiraba de él, y entonces todo comenzó a dar vueltas, y después se puso negro.

Se despertó en la biblioteca de Limbhad. Estaba en el suelo, respirando entrecortadamente y tiritando como si padeciese una hipotermia, y Alsan estaba ante él, zarandeándolo furioso, gritando algo que al principio Jack no fue capaz de captar. Mareado, intentó incorporarse, mientras las palabras de Alsan comenzaban a tomar forma en su mente:

–¡¡... completamente chiflado, parece que no hayas aprendido nada de lo que te he enseñado!! ¡Nunca, nunca trates de enfrentarte a Kirtash tú solo! ¡Ha estado a punto de matarte!

–¿Có... cómo? –tartamudeó Jack, aún aturdido–. ¡Yo no estaba allí! Mi cuerpo...

–Kirtash mata con la mirada, Jack –era la voz de Shail; Jack enfocó un poco la vista y pudo distinguirlo detrás de Alsan–. Si alcanza tu mente, estás perdido. Suerte que hemos podido sacarte a tiempo de allí.

Alsan lo soltó.

–Eres un inconsciente, chico. ¿Todavía no sabes con quién te la estás jugando? ¡Nuestro enemigo ha sometido a todo un mundo y ha aniquilado a las dos razas más poderosas de Idhún en un solo día! ¿Y tú crees que puedes enfrentarte solo a un enviado suyo, alguien en quien ellos confían tanto como para encomendarle una misión como esta?

–Lo siento –murmuró Jack, algo enfurruñado.

Alsan suspiró, exasperado.

–Está bien, podría haber sido peor.

—Mucho peor —asintió Shail, examinando los luminosos contornos cambiantes de la esfera en la que se manifestaba el Alma—. No solo podrías haber muerto, sino que Kirtash podría haber llegado hasta nosotros a través de tu mente, y Limbhad habría dejado de ser un lugar seguro para la Resistencia.

Aquella revelación golpeó a Jack como una maza.

—No tenía ni idea —musitó, abrumado por las implicaciones de aquella posibilidad—. Lo siento, he sido un estúpido.

—Nos hemos dado cuenta —gruñó Alsan, incorporándose—. Vuelve a tu cuarto.

—Y trata de descansar —añadió Shail, para restar dureza a las palabras de su amigo—. Apuesto a que ahora tienes un bonito dolor de cabeza.

Jack obedeció, con el corazón encogido.

Volvió a su habitación, se tumbó en la cama y cerró los ojos. Cada vez que lo hacía pensaba que, al abrirlos, descubriría que todo había sido un mal sueño y que seguía en su granja, en Dinamarca, con su familia.

Pero eso nunca ocurría.

Aquella vez no fue diferente. Jack abrió de nuevo los ojos y vio el techo redondeado de su habitación de Limbhad. Aquel lugar era acogedor, y Jack se había esforzado por hacerlo más personal, pero seguía sin ser su casa.

En aquel momento, en concreto, se sentía más deprimido de lo habitual. Sentía muchísimo haber cometido la estupidez de espiar a Kirtash a través del Alma, y se preguntó si Alsan lo perdonaría por haber puesto su empresa en peligro por culpa de su precipitación y su insensatez. Deseó que se le pasara pronto el enfado. Se dio cuenta de que, a pesar de la frialdad con que lo había tratado en los últimos días, en realidad pocas cosas le importaban más que la amistad de Alsan. Quizá porque ya no le quedaba mucho más que conservar, aparte de su vida y su orgullo.

Alguien llamó a su puerta con suavidad. Jack pensó que se trataba de Shail o de Victoria; se incorporó y murmuró:

—Adelante.

La puerta se abrió, y fue Alsan quien entró en la habitación. Jack lo miró, entre sorprendido y receloso.

—No hace falta que vuelvas a reñirme —le espetó, antes de que él pudiera decir nada—. Ya he pedido perdón.

Pero Alsan negó con la cabeza y tomó asiento cerca de él.

–No se trata de eso, chico. Tenemos que hablar.

Jack, todavía sentado sobre la cama, cruzó las piernas y apoyó la espalda en la pared.

–Ya sé lo que vas a decirme –murmuró–. No estoy preparado para pertenecer a la Resistencia, ¿verdad? Y nunca lo estaré.

Para su sorpresa, Alsan sonrió ampliamente.

–Nada más lejos de la realidad, Jack. Eres el alumno más prometedor que he tenido jamás.

Jack lo miró con la boca abierta.

–¿Me estás tomando el pelo?

–En absoluto. Y te aseguro que he entrenado a muchos en mi reino, chico. Muchachos de tu edad, hijos de nobles que aspiraban a ser algún día capitanes del ejército de mi padre. Me gustaba probarlos personalmente para conocer las virtudes y defectos de mis futuros caballeros. Ninguno de ellos poseía el temple y la fuerza de voluntad que tú me has demostrado estos días. Ninguno de ellos progresó con tanta rapidez en el manejo de la espada.

Los ojos de Jack se llenaron de lágrimas, pero parpadeó para contenerlas.

–¿Por qué no me lo has dicho antes? –le reprochó.

–Porque hay algo que no me gusta de ti, y es esa rabia y ese odio que te ciegan, ese orgullo que te lleva a cometer imprudencias que te pueden costar la vida. He tenido que humillarte, he tenido que quemarte física y psicológicamente para que por una vez en tu vida te pares a pensar y aprendas a tener paciencia. Pero reconozco que no esperaba que reaccionaras como lo has hecho... espiando a Kirtash a través del Alma.

–Quería ser útil de alguna forma –murmuró Jack.

–Y lo eres, Jack. Si te mantengo alejado de todo esto es por dos motivos: en primer lugar, porque estás obsesionado con Kirtash, y cuando se trata de él no puedes pensar con objetividad. Mientras sigas siendo así de temerario, él tendrá todas las de ganar, y no le costará mucho matarte en vuestro próximo enfrentamiento porque, por mucho que te entrenes, tu enemigo seguirá siendo más frío y templado que tú. Y, en segundo lugar... porque no quiero perder antes de tiempo al gran guerrero que sé que vas a ser... y al amigo que ya eres para mí. Así que supuse que tenía que apartarte de Kirtash hasta que asimilaras un poco la muerte de tus padres y fueras capaz de enfrentarte a él con más calma y frialdad.

Jack no supo qué decir. Pero tampoco Alsan añadió nada más, por lo que finalmente el muchacho tragó saliva y murmuró, abatido:

–Comprendo. He metido la pata, ¿verdad?

–Todos nos equivocamos, chico –replicó Alsan, moviendo la cabeza–. Eso es lo de menos. Lo que realmente importa es que saques algo en claro de todo esto. ¿Entiendes?

Jack asintió y lo miró, agradecido. Toda la rabia y el rencor parecían haberse esfumado.

–Entiendo. No volveré a defraudarte, Alsan. Te lo prometo.

Alsan sonrió.

–Lo sé, chico –respondió, revolviéndole el pelo con cariño–. Cuento contigo y sé que no me fallarás.

Jack le devolvió la sonrisa. Alsan salió de la habitación sin decir nada más, pero el muchacho se sentía mucho mejor, como si se hubiera quitado un enorme peso de encima. Pensó en todo lo que había pasado aquellos días, y se acordó de Victoria. Se levantó de un salto. Tenía un asunto pendiente con ella.

Salió de su cuarto y la buscó por la casa. La encontró en su habitación, leyendo, y llamó suavemente a la puerta para anunciar su presencia.

–Hola –dijo cuando ella levantó la cabeza–. ¿Puedo hablar contigo un momento?

–Claro –respondió Victoria, cerrando el libro–. Pasa.

Jack se sentó junto a ella sobre una de las sillas, la miró a los ojos y le dijo:

–Llevo varios días sin hablar contigo, prácticamente ignorándote, porque he estado demasiado obsesionado con mi entrenamiento. Quiero que sepas... que no tengo nada contra ti; al contrario. Es solo que a veces me olvido de lo que realmente importa. Me he comportado como un estúpido, y quería pedirte perdón.

Victoria se quedó sin habla.

–¿Me perdonas? –repitió Jack con suavidad.

–Claro –pudo decir ella–. Yo... te veía todo el día entrenando y estaba preocupada por ti, pero no quería entrometerme porque...

–Te doy permiso para que te entrometas todo lo que quieras –cortó Jack, muy serio–. Alsan dice que soy orgulloso, impulsivo y temerario, y que así solo conseguiré que me maten. Y creo que tiene razón. Por eso, como tú eres mucho más sensata que yo, seguro que me vendrá bien que me ates corto.

Victoria lo miró un momento, preguntándose si le estaba tomando el pelo. Pero no, el chico hablaba en serio; la muchacha no pudo reprimir una carcajada.

—Está bien, me entrometeré si eso es lo que quieres. Pero luego no te quejes, ¿eh?

Jack sonrió a su vez.

—Gracias por no guardarme rencor —dijo con sencillez.

—No hay de qué, Jack. Somos amigos, ¿no?

—Claro que sí —le cogió la mano y se la estrechó con fuerza, aún sonriendo—. Y no sé si es porque pasamos mucho tiempo juntos, porque tenemos muchas cosas en común o por qué, pero eres la mejor amiga que he tenido nunca.

Victoria enrojeció, halagada, y aceptó el cumplido con una inclinación de cabeza.

Hubo un breve silencio. Victoria vaciló. Jack la miró y supo que quería decirle algo.

—¿Qué?

—Lo has visto, ¿verdad? —dijo ella en voz baja—. ¿Dónde estaba? ¿Qué hacía?

Jack sabía que Victoria se refería a Kirtash. Detectaba aquel extraño tono que adquiría la voz de su amiga cuando hablaba de él, incluso aunque no pronunciara su nombre. Frunció el ceño. Después de todo lo que le habían dicho Alsan y Shail, casi se le había olvidado por completo.

—No estoy seguro —respondió—. Tal vez no fuera nada importante, pero, por otra parte... no me imagino a Kirtash haciendo nada por casualidad.

Le contó todo lo que había visto a través del Alma; cuando terminó, Victoria hizo un gesto de extrañeza.

—¿Un libro de magia idhunita? Qué raro, ¿no? ¿De dónde sacarían algo así en la Tierra?

—Esos dos tramaban algo, me apostaría lo que fuera —murmuró Jack, pensativo—. Quizá si... ¡un momento!

Se levantó de la cama de un salto y alcanzó el bloc de dibujo que estaba sobre la mesa. Cogió un lápiz y se sentó de nuevo, mordiéndose el labio inferior.

—Era un edificio muy poco común –dijo–. Creo que podría dibujarlo.

Victoria lo contempló en silencio mientras el chico deslizaba el lápiz sobre el papel, con trazos suaves pero firmes y seguros, con el ceño fruncido en actitud de concentración. Esperó pacientemente hasta que Jack alzó la mirada y le tendió el bloc.

—¡Oye, dibujas muy bien! –se admiró ella.

Él se encogió de hombros.

—Lo hago desde que era muy pequeño. Dime, ¿te suena de algo ese sitio?

Victoria lo observó con atención. Un edificio con forma trapezoidal, de ladrillo rojo y tejados grises en distintas alturas. Un patio con enormes baldosas blancas y rojas. Una estatua que representaba a un hombre sentado.

—No –dijo finalmente–, pero sí es cierto que es un edificio muy peculiar. Además, parece importante. ¿Puedo llevármelo? Lo escanearé y lo pondré en algunos foros de internet, a ver si alguien sabe decirme qué es.

—Buena idea. Cuando tengamos más pistas, se lo diremos a Alsan y Shail. A lo mejor podemos averiguar algo importante...

Muy lejos de allí, en la azotea del edificio de ladrillo rojo, sacudido por una helada brisa, Kirtash contemplaba la ciudad que se extendía ante él. Sus ojos no mostraban la menor emoción.

Sin embargo, por dentro estaba hirviendo de ira.

Era aquel muchacho que había osado espiarlo. Kirtash había captado su intrusión al instante, y había logrado contactar con él lo bastante como para descubrir una serie de datos vitales.

El chico se llamaba Jack, y estaba con la Resistencia. Eso lo sabía. Era la segunda vez que Jack escapaba de él en sus mismas narices, aunque siempre por intervención de un tercero.

No habría más ocasiones.

La operación de Silkeborg había sido una auténtica chapuza. Jack era el único que debía haber muerto aquella noche, y, sin embargo, todavía seguía vivo. Elrion se había precipitado, y Kirtash todavía se preguntaba por qué había sido tan benevolente con él, por qué le había perdonado la vida. Tal vez porque, de momento, no disponía de otro hechicero, y no podía permitirse el lujo de perderlo.

Sin embargo, lo que más preocupaba a Kirtash era aquella rabia que sentía por dentro. No estaba acostumbrado a alterarse por nada, pero aquel muchacho, Jack, tenía la habilidad de sacarlo de sus casillas. Kirtash no sabía por qué, y detestaba no controlar sus propios sentimientos.

–¿Kirtash? –preguntó Elrion, inseguro.

–Teníamos compañía –dijo el chico con suavidad.

–¿Qué? –el mago se volvió hacia todos lados–. Yo no he sentido nada.

«No me sorprende», murmuró Kirtash en voz baja. Pero dijo:

–No era un ser físico, ni tampoco espiritual, sino una conciencia. Por eso yo lo he sentido, y tú no. Un miembro de la Resistencia nos estaba espiando.

–¡La Resistencia! –se burló el hechicero–. Son solo un grupo de muchachos. Jamás...

–No los subestimes –cortó Kirtash–. También yo soy joven.

–Eso es cierto –reconoció Elrion tras un breve silencio–. ¿Crees que se ha enterado de algo importante?

Kirtash sonrió.

–Eso espero –dijo.

–¿Por qué? ¿Qué quieres decir?

Kirtash no respondió. Aquel hechicero era el mejor que Ashran había logrado encontrar, y él lo sabía también, aunque no acabara de acostumbrarse a él. Para la forma de actuar del joven asesino, Elrion era demasiado ruidoso y llamaba mucho la atención. Además, jamás sería tan efectivo como él mismo. Pero no podía negar el hecho de que necesitaba un mago.

Elrion malinterpretó su silencio.

–¿Por qué no confías en mí? ¿Todavía estás molesto por lo de Silkeborg?

Kirtash no dijo nada. Elrion respiró hondo. Sí, era cierto, se había precipitado con lo de aquel matrimonio; los había quitado de en medio sin dar a Kirtash la oportunidad de interrogarlos. Por no mencionar el hecho de que el chico se les había escapado en sus mismas narices.

–Reconoce que voy aprendiendo –añadió el mago–. Hasta he cambiado mi túnica por esta ridícula ropa terráquea, como tú me dijiste.

Kirtash se volvió hacia él, y Elrion retrocedió un paso, casi instintivamente. ¿Por qué aquel mocoso le daba tan mala espina? Sabía que estaba muy próximo a Ashran, el Nigromante, el poderoso aliado de las serpientes en Idhún, pero no era más que un crío con poderes sorprendentes. ¿O no?

En cualquier caso, le molestaba, le molestaba muchísimo. Elrion había consagrado toda su vida a la magia, había renunciado a muchas cosas y sacrificado muchos años de su vida para llegar a ser un poderoso hechicero. Y no encajaba bien el hecho de ser superado de forma tan rotunda y evidente por un mocoso de quince años que ni siquiera era mago, a pesar de la extraña aura de poder que parecía irradiar.

Pero, por desgracia, no podía hacer nada al respecto. Su señor, Ashran el Nigromante, había puesto a Kirtash al mando y, por mucho que le irritase, Elrion debía acatar sus órdenes.

–Tengo mis propios planes –dijo Kirtash despacio–, y no son de tu incumbencia. No quiero interferencias esta vez.

Elrion tardó un poco en responder.

–Está bien –dijo finalmente–, aunque sabes que no eran esas las órdenes de Ashran.

Kirtash no se molestó en contestar. Se volvió de nuevo hacia la ciudad, que bullía de actividad a sus pies, a pesar de lo avanzada de la hora, y la contempló como lo habría hecho un conquistador que llegase a un mundo nuevo y extraño, un mundo lleno de infinitas posibilidades por explorar.

VI
El *Libro de la Tercera Era*

ACK esquivó la estocada de Alsan y contraatacó a la velocidad del rayo. El joven idhunita, sin embargo, lo estaba esperando, y paró la embestida. Jack lo vio y movió su espada en cuanto tocó la de Alsan, que tuvo que agacharse para evitar el golpe. Replicó con un ataque al flanco desprotegido de Jack. Sin embargo, para su sorpresa, se encontró con que la espada del muchacho lo estaba esperando. Los aceros chocaron y saltaron chispas. Ambos combatientes retrocedieron un poco y se detuvieron un momento, jadeando, observándose con cautela.

–Aprendes rápido –observó Alsan.

Jack sabía que aquello era un cumplido, y asintió, pero no sonrió. Se estaba esforzando mucho para recuperar el aprecio de Alsan, aunque sabía que lo había decepcionado e intuía que, a pesar de que habían hecho las paces, nada volvería a ser como antes.

En Idhún, Alsan había sido un líder, un heredero educado en el deber, la disciplina y el esfuerzo. Pocos habrían aguantado como él la idea de que el destino de la Resistencia, y con él el de todo Idhún, estaba en sus manos. Él había cargado con aquella responsabilidad con total naturalidad. Lo había considerado un deber. Y era perfectamente consciente de la importancia de su misión. Por eso para él todo lo relacionado con la Resistencia y con la seguridad de Limbhad era de vital importancia.

Y Jack había estado a punto de echarlo todo a perder.

El chico sabía que no era culpa de Alsan. El idhunita le había instruido en el rigor, la serenidad y el control sobre sus emociones. Era Jack quien, desoyendo todos sus consejos, se había precipitado, creyendo que todo estaba bajo control. Había sido un engreído y también un inconsciente.

Después de descansar un par de días, había vuelto a sus lecciones con humildad, y parecía que Alsan le había perdonado, porque todo había vuelto a la normalidad. Pero había algo que ya no era igual.

El chico alzó la espada. Vio a Alsan venir hacia él, pero se mantuvo en su puesto, firme y sereno, con la cabeza fría. Calculó el momento apropiado y entonces se movió hacia la derecha pero se desplazó hacia la izquierda, desconcertando así a su rival. Alsan quedó ligeramente desequilibrado y, cuando quiso darse cuenta, la punta de la espada de Jack apuntaba a su corazón.

—Estás muerto —dijo Jack con calma.

Alsan lo miró con seriedad. Jack sostuvo su mirada, imperturbable. Entonces, lentamente, Alsan sonrió.

—Caramba, chico —comentó—. No te he enseñado esa finta todavía.

—Sí lo has hecho —replicó Jack—. Te vi hacerla el otro día. Simplemente tomé nota.

Alsan lo miró con aprobación.

—Veo que has aprendido la lección.

Jack sabía que era una apreciación positiva, pero no pudo dejar de sentirse un poco herido. Sí, había sido un estúpido inconsciente. Ahora sabía que la rabia no lo llevaría a ningún lado. Alsan era un buen guerrero porque era también un buen estratega, y era capaz de mantener la sangre fría sin permitir que la ira cegase su visión objetiva de las cosas.

—Basta por hoy —dijo Alsan, y Jack asintió sin discutir.

Tiempo atrás, antes de haber visto a Kirtash a través del Alma, se habría sentido muy orgulloso de haber vencido a Alsan en el entrenamiento. Ahora, sin embargo, aunque se sentía satisfecho, no lo consideraba importante. «Aún tengo mucho que aprender», se dijo.

Fue directamente al cuarto de baño a ducharse. Cuando salió, más relajado, vio a Victoria, que lo estaba esperando. Todavía vestía con el uniforme del colegio y parecía impaciente por enseñarle algo. Jack la siguió, intrigado, hasta el estudio. Victoria se sentó ante el ordenador y le señaló la imagen que mostraba el monitor.

—Mira. ¿Es esto lo que viste?

Jack echó un vistazo y el corazón le dio un vuelco. La pantalla mostraba una fotografía del edificio en el que había visto a Kirtash.

—Lo has encontrado —murmuró.

—No ha sido muy difícil. ¿Sabes qué es? ¡La Biblioteca Británica!

–¡La British Library! –exclamó Jack–. He oído hablar de ella. Viví en Londres un par de años, ¡debería haber reconocido la ciudad cuando la vi!

–¿No conocías la biblioteca?

–No. Londres es una ciudad muy grande, y nunca he pasado por allí. No me la imaginaba así, sin embargo. ¿Qué haría Kirtash en un sitio como ese?

Los dos tuvieron la misma idea a la vez y cruzaron una mirada.

–¿Sacar un libro? –susurró Victoria, pero Jack negó con la cabeza.

–¿Un libro de magia idhunita en la Biblioteca Británica? Suena absurdo.

–¡Tal vez no! Piénsalo, Jack. Un libro escrito en un idioma desconocido. Sería un ejemplar muy raro. Es lógico que acabase en un museo o en una biblioteca importante, ¿no? ¡A lo mejor alguien estaba tratando de descifrarlo!

Los dos se miraron, emocionados por su descubrimiento. Entonces, una extraña sensación de familiaridad los recorrió. Jack enrojeció levemente y a ella se le escapó un suspiro casi imperceptible.

Él carraspeó, incómodo, apartando la mirada.

–Me parece que deberíamos hacer una visita a la biblioteca, ¿no crees? –dijo por fin.

–¿Y qué es exactamente lo que esperas encontrar allí? –preguntó Victoria.

–No estoy seguro, pero pienso averiguarlo.

–¿Averiguar el qué? –dijo una voz tras ellos.

Jack se volvió hacia Shail, que acababa de entrar y los miraba con curiosidad.

–Es que el otro día –respondió Jack, algo incómodo–, cuando vi a Kirtash, acababa de conseguir un libro en idhunaico arcano y estaba en un edificio que, según lo que acabamos de descubrir, es el de la Biblioteca Británica de Londres.

–¿Qué? –exclamó Shail–. ¿Y por qué no lo dijiste antes?

–Nadie me preguntó nada al respecto –se defendió Jack.

–Bueno –dijo Shail–, no nos pongamos nerviosos. Voy a llamar a Alsan. Tienes que contarnos eso con más detalle.

–De acuerdo –decidió Alsan, muy serio–. Eso tenemos que investigarlo. Shail, nos vamos.

–¿A la Biblioteca Británica? –preguntó Jack.

Alsan asintió. Jack respiró hondo; estuvo a punto de pedirle que lo dejase acompañarlos, pero, después de todo lo que había pasado, no se atrevió. Shail lo miró, adivinando lo que pasaba por su mente. Pareció que iba a hacer algún comentario, pero en aquel momento se oyó la voz de Victoria:

–Mirad esto.

Se volvieron hacia ella. Había pasado un buen rato buscando en internet noticias y artículos relacionados con la Biblioteca Británica, y seguía con la vista fija en la pantalla del ordenador.

–¿Qué es, Vic? –preguntó Shail, acercándose–. ¿Qué has encontrado?

Los cuatro se reunieron en torno al monitor. La pantalla mostraba una noticia de unas semanas atrás. Jack tradujo el texto inglés en voz alta, para que Alsan pudiera entenderlo:

–«Llega a la Biblioteca Británica un libro escrito en un idioma desconocido. El volumen, que tiene cientos de años de antigüedad, fue hallado en el interior de una vasija en el transcurso de unas excavaciones arqueológicas cerca de Dingwall, en Escocia».

–¿Y por qué no lo han llevado a un museo? –dijo Victoria.

–Aquí dice que un investigador, un tal Peter Parrell, está seguro de poder descifrar lo que dice. Pero no da muchos detalles.

–Y ya no podrá darlos –dijo Alsan–, porque, si él tenía el libro, a estas alturas seguro que está muerto.

Victoria asintió.

–Mirad esta otra noticia. Es de hace tres días, y habla de la desaparición del libro... y de Parrell.

–¿La desaparición de Parrell? –repitió Jack–. ¿Quieres decir que no saben si está muerto?

–Kirtash nunca deja huellas de su paso, así que no es de extrañar que no hayan encontrado ningún cuerpo. Lo darán por desaparecido, pero jamás podrán probar que murió.

Jack se estremeció pensando en sus padres. Shail le había dicho que la policía no había encontrado nada en su casa. Simplemente... todos habían desaparecido. Incluido el perro. Kirtash mataba, pero no dejaba cuerpos tras de sí. ¿Qué hacía con ellos? El muchacho tragó saliva al preguntarse, una vez más, qué habría sido de sus padres.

Todavía se le hacía raro pensar que hubiesen muerto; pero, ahora que ya se había hecho a la idea, le inquietaba no tener un lugar donde ir a llorarlos.

—Espera —murmuró Shail, mirando fijamente la pantalla—. ¿Puedes hacer más grande esa imagen?

Antes de que Victoria pudiera contestar, él mismo se apoderó del ratón y pinchó sobre la fotografía. La portada del libro misterioso se hizo más grande, y Shail se acercó más al monitor para intentar descifrar los símbolos que aparecían en ella.

—¿Entiendes lo que dice? —preguntó Victoria.

Tras un breve silencio, el rostro de Shail se ensombreció.

—¡Sagrada Irial! —exclamó—. Si es cierto lo que dice ahí, eso es el *Libro de la Tercera Era*, escrito por los magos idhunitas que se exiliaron a la Tierra hace siglos. Se supone que es un diario que recoge sus experiencias en este mundo, nuevo para ellos...

—¿Qué tiene eso de importante? —cortó Jack.

—Verás, Jack, esos magos se llevaron consigo objetos mágicos de gran valor. Algunos regresaron y otros no. Si ese libro es lo que dicen las crónicas que es, sin duda podrá dar al que lo lea alguna pista sobre los objetos que se perdieron. Me parece que ya empiezo a comprender por qué Kirtash tenía tanto interés en conseguirlo. No cabe duda de que está al tanto de lo que pasa en el mundo. Reconozco que esta noticia se me había pasado por alto.

—Está claro que tenemos que ir cuanto antes a investigar esto —dijo Alsan, ceñudo.

Jack desvió la mirada. Seguía sin atreverse a pedir que le reservasen un puesto en aquella misión.

—Jack —dijo entonces Alsan—. Ve a tu cuarto y coge algo de abrigo. Victoria y tú venís con nosotros.

El chico alzó la cabeza, sorprendido. También Victoria se había quedado sin habla. Los dos miraron a Alsan y después a Shail, inseguros. El mago sonreía, pero fue Alsan quien explicó:

—En realidad, no vamos a ir a luchar, sino solo a investigar. Nos vendrán bien vuestros conocimientos; al fin y al cabo, es vuestro mundo. Y los dos sois parte de la Resistencia.

—Además —añadió Shail—, seguro que Kirtash ya no anda por allí. Estará tratando de descifrar el libro.

Jack y Victoria cruzaron una mirada ilusionada. El chico reprimió un grito de alegría.

Por fortuna, el cielo sobre Londres estaba cubierto por un denso manto de nubes grises. Jack estaba seguro de que, de haber lucido el sol, lo habría cegado. Y aun así, ahora caminaba parpadeando, con la vista baja, mientras se acostumbraba de nuevo a la luz del día.

Shail se detuvo para mirarlo.

—Estoy bien —dijo el chico antes de que el mago pudiese hacer ningún comentario.

Shail movió la cabeza.

—Vaya, Alsan, creo que Jack ya llevaba demasiado tiempo encerrado en Limbhad —le dijo a su amigo—. Un poco más y habría acabado convertido en un vampiro.

—No sé lo que es un vampiro —replicó Alsan, que iba en cabeza, sin volverse.

Shail suspiró con infinita paciencia, y Jack sonrió. El joven mago había estudiado con entusiasmo la historia, mitos, tecnología y costumbres de los distintos pueblos de la Tierra. Alsan, en cambio, seguía anclado en su mundo y en su forma de vida. Aunque avanzaba a través de las calles con el orgullo y dignidad que lo caracterizaban, los demás podían notar que se sentía incómodo con la ropa terráquea que había tenido que ponerse para no llamar la atención en la ciudad.

El Alma los había llevado hasta allí al instante, pero los había hecho aparecer en algún lugar algo más apartado, lejos de miradas indiscretas. Pronto, sin embargo, llegaron a la biblioteca. Atravesaron el pórtico de entrada y, una vez en el patio, Jack, ya acostumbrado a la luz, alzó la cabeza para contemplar el imponente edificio. Vio el lugar donde su conciencia se había encontrado con Kirtash, noches atrás, y una oleada de sentimientos lo invadió: miedo, rabia, odio, desesperación...

Victoria lo rescató, diciéndole con suavidad:

—Vamos, Jack, tenemos que entrar.

Jack volvió a la realidad. Los ojos de Victoria estaban fijos en él y lo miraban como si de verdad ella pudiese comprenderlo sin necesidad de palabras. Jack le sonrió, agradecido. Cada día descubría cosas nuevas y sorprendentes acerca de aquella chica.

—Claro —dijo solamente, y se apresuró a seguir a Shail y Alsan al interior del edificio.

—Bueno —dijo Victoria en voz baja, cuando se reunieron con sus amigos en el enorme vestíbulo de la biblioteca—. Y ahora, ¿qué hacemos?

—Hay una Sala de Lectura de Manuscritos y Libros Raros —informó Jack, estudiando un plano de la biblioteca—. Yo creo que podríamos empezar por ahí.

Shail asintió.

—A mí me gustaría curiosear un poco en las zonas que no están abiertas al público. Oficinas, despachos, cosas así. Puedo utilizar un hechizo de invisibilidad o de camuflaje.

—Me parece bien —dijo Alsan—. Jack, tú y Victoria id a esa sala, a ver qué averiguáis. Shail y yo iremos juntos.

Acordaron encontrarse un rato más tarde en la entrada para comentar lo que hubieran descubierto. Habían decidido no preguntar directamente por el *Libro de la Tercera Era*, para no levantar sospechas, pero Jack tenía otros medios de conseguir información.

Los dos amigos se dirigieron a la sala de lectura de manuscritos y libros raros. Se detuvieron un momento en la puerta, impresionados por lo grande que era. En un silencio absoluto, estudiantes, investigadores y bibliófilos en general estaban absortos en el estudio de diversos ejemplares de libros antiguos, incunables y manuscritos diversos. Victoria se sintió intimidada; al fin y al cabo, ellos eran solo unos niños, y aquel lugar era muy serio y formal. Pero Jack no se arredró en absoluto. Se dirigió al mostrador, extrajo una libreta y un bolígrafo de la mochila y esperó pacientemente a que alguien lo atendiera. Cuando la empleada se acercó a él para ver qué quería, el chico le preguntó algo con exquisita educación. Ella pareció molesta al principio, pero Jack siguió hablando, y la bibliotecaria no tardó en sonreír ampliamente. Victoria contempló con admiración cómo Jack se ganaba la confianza de la mujer con su simpatía natural. Sonrió cuando vio a su amigo tomar notas frenéticamente y quiso acercarse, pero comprendió enseguida que, con su escaso dominio del inglés, poco podría hacer ella para ayudar. De modo que se sentó en un asiento libre y, simplemente, esperó.

Poco después llegó Jack, con los ojos brillantes. Victoria supuso enseguida que había averiguado cosas interesantes.

Salieron a la plaza y aguardaron a sus amigos junto a la estatua del hombre sentado, que resultó ser Newton, según averiguó Jack estudiando un folleto que había obtenido en la entrada.

–Bueno, cuéntame –lo apremió Victoria–. ¿De qué habéis hablado?

–Le he preguntado acerca de los libros antiguos que llegaban a la biblioteca. Me ha dicho que no están a disposición del público, sino que solo los investigadores y expertos pueden consultarlos, y solo con un permiso especial. ¿Y sabes qué? Que puede que el siglo de la informática haya salvado el *Libro de la Tercera Era*, Victoria. Porque suelen guardar una copia de los libros más raros en microfilme, o escanean sus páginas para poder trabajar con ellas en el ordenador.

–¡Entonces, tal vez podamos recuperar el libro y averiguar qué buscaba en él Kirtash!

–Eso es lo que estaba pensando. Aunque ya no me he atrevido a preguntar por nuestro libro en concreto.

–Pero ¿cómo has conseguido que te cuente todo eso?

Jack se encogió de hombros.

–Le he dicho que era para un trabajo del colegio. Y que de mayor quería ser bibliotecario, como ella. Y... no sé, algunas cosas más.

–Eres diabólico, Jack –comentó Victoria, admirada.

El chico sonrió.

–Lo sé.

Alsan y Shail no tardaron en aparecer por allí. Jack les contó lo que había averiguado; por su parte, ellos también traían noticias.

–Nos hemos colado en la zona de los despachos –dijo el mago–, y hemos oído algunas cosas interesantes. Por lo que he podido entender, todos están que echan chispas porque han perdido definitivamente el *Libro de la Tercera Era*. No solo ha desaparecido el manuscrito, sino también todas las copias que había en la biblioteca: microfichas, copias en papel y hasta las páginas escaneadas en los ordenadores. No cabe duda de que Kirtash hace su trabajo a conciencia.

–¿Quieres decir que borró los documentos del ordenador? –preguntó Jack, incrédulo–. ¿No se supone que es idhunita?

–¿Y qué? Yo también lo soy, y he aprendido a usar los ordenadores. Ese chico es endiabladamente listo. No me extrañaría que conociese tu mundo mejor que tú.

–Pero tiene que haber un límite –murmuró Jack, sacudiendo la cabeza–. Lleva solo tres años aquí, ¿no? No puede haberlo aprendido todo.

–En cualquier caso, le han echado todas las culpas a Parrell, pero hace varios días que nadie sabe nada de él.

Jack negó con la cabeza.

–No, tienen que quedar copias en alguna parte. Es un libro muy valioso. Además, una vez escaneado, se puede enviar por correo electrónico a cualquier parte. Parrell tiene que conservar alguna copia, aunque sea en el ordenador, o en un CD.

–¿Creéis que podríamos registrar su casa para ver si encontramos alguna copia del libro? –dijo Victoria–. Tal vez descubramos algo que la policía haya pasado por alto.

Alsan asintió.

–Me parece una buena idea.

–Pero ¿cómo vamos a hacerlo? –dijo Jack, preocupado–. Ni siquiera sabemos dónde vive.

–Pues lo averiguaré –sonrió Shail–. Un mago tiene sus métodos...

Los «métodos» de Shail consistían en mirar la guía telefónica. Había varios Peter Parrell en Londres, de modo que pasaron el resto del día llamando por teléfono para tratar de averiguar en cuál de aquellas casas vivía el investigador que buscaban. En cuatro de ellas no cogió nadie el teléfono, así que tuvieron que acudir en persona.

La suerte les sonrió. En el segundo domicilio que visitaron, situado en un viejo edificio de la calle Weston, una vecina locuaz les confirmó que, en efecto, allí vivía el investigador al que habían acusado de fugarse con un libro de gran valor.

Los miembros de la Resistencia decidieron acudir por la noche, cuando estuviera todo más calmado. Ya sabían que Parrell vivía solo y que, por tanto, no encontrarían a nadie en la casa. Subieron las escaleras en silencio, sintiéndose unos ladrones. Cuando estuvieron ante la puerta de la casa de Parrell, Shail cruzó una mirada con sus amigos y giró el picaporte. La puerta debía de estar cerrada con llave, pero se abrió sin resistencia ante el mago. Los cuatro entraron en la vivienda sin hacer ruido.

No se atrevieron a encender la luz, pero Jack había traído una linterna y, por otro lado, por las ventanas entraba bastante claridad. Recorrieron la casa hasta encontrar el despacho; entraron en él y comenzaron a curiosear por las estanterías y los archivadores. Shail encendió el ordenador y empezó a examinar los documentos más recientes.

–Este tipo era muy desordenado –suspiró Victoria, revolviendo en un montón de papeles.

–Puede que Kirtash lo dejara todo así cuando registró el despacho –opinó Jack.

–No –replicó Shail, con la vista fija en la pantalla–. Te aseguro que dejó el despacho exactamente como lo encontró. Es muy cuidadoso en ese aspecto. Solo habrá hecho desaparecer lo que le conviene que no sea descubierto. El resto lo habrá dejado tal cual.

–¿Hay algo ahí? –preguntó Jack, acercándose a Shail.

–Nada –dijo el mago finalmente, sacudiendo la cabeza–. Es como si este tipo jamás hubiera visto un libro extraño. Kirtash también había previsto esto.

Victoria rebuscaba entre las estanterías. Alsan se había quedado parado en medio de la estancia, inseguro. Jack sonrió. Alsan era un guerrero y un estratega. No se le daba bien entrar a hurtadillas en las casas para registrar despachos.

–Si no hay nada en el ordenador –dijo Jack– es porque Kirtash, efectivamente, lo ha borrado todo. Pero Parrell se tuvo que traer la información a casa, en algún CD, o algo parecido. Con un poco de suerte, ese CD seguirá por aquí.

–¿Creéis que Kirtash ya ha pensado en ello? –preguntó Victoria.

–Kirtash tal vez no, pero la policía sí –les recordó Shail–. De todas formas, no cuesta nada mirar.

Todos se unieron a la búsqueda, y Shail fue comprobando en el ordenador, uno por uno, todos los CD que encontraron en el despacho. Pero fue inútil.

Jack iba a rendirse cuando sus ojos se detuvieron en el equipo de música que había sobre una de las estanterías. Ladeó la cabeza, sopesando una idea que se le acababa de ocurrir. Se acercó al equipo y empezó a abrir las cajas de los CD que se apilaban junto a él. Hubo una que le llamó especialmente la atención por mostrar el dibujo de un dragón en la carátula. Lo abrió, pero estaba vacío. Iba a abandonar su búsqueda, decepcionado, cuando se le ocurrió dónde podía estar el disco. Encendió el equipo de sonido y oprimió el botón de apertura del CD. El aparato escupió la bandeja sin ruido.

En ella había un único disco regrabable, sin ninguna indicación. Jack tuvo una corazonada.

–Prueba con esto, Shail –le dijo al mago, tendiéndoselo.

–Jack, eso es música –dijo Victoria, que lo había estado observando.

–Tal vez. O tal vez no.

Shail introdujo el CD en el ordenador. Los cuatro se inclinaron hacia la pantalla, conteniendo el aliento.

Una retahíla de documentos de imagen apareció ante sus ojos. Shail abrió uno de ellos...

... y la pantalla parpadeante del ordenador les mostró la fotografía de una página amarillenta recorrida por líneas de símbolos extraños, como patas de mosca salpicadas de pequeños triángulos. Shail respiró hondo, sorprendido.

—Entonces era verdad —murmuró—. Es el *Libro de la Tercera Era*.

Pero Alsan sacudió la cabeza, ceñudo.

—¿Por qué Kirtash dejaría atrás algo así?

Shail se encogió de hombros.

—Puede que Jack tenga razón y simplemente no sepa tanto como creemos.

—Yo estoy segura de que, si el disco hubiese estado a la vista —intervino Victoria—, se habría dado cuenta enseguida de lo que era y se lo habría llevado.

Shail contempló, pensativo, la carátula con la imagen del dragón.

—¿Por qué guardaría Parrell una copia del libro en un lugar como este?

—Estaba escondido —murmuró Jack—. Lo introdujo en el equipo de música para que no lo encontraran.

Los otros lo miraron.

—¿Quieres decir... que era idhunita?

—No puede ser —declaró Shail—. Un idhunita no saldría en los medios de comunicación diciendo que puede descifrar un libro misterioso. Es una manera muy estúpida de llamar la atención...

—... A no ser que él no supiera nada de Kirtash —sugirió Jack—. Puede ser, ¿no? Tal vez con eso quiso asegurarse de que le dejaban ver el libro. Luego... quizá se diese cuenta de que alguien andaba tras sus pasos y escondió una copia... esperando que alguien la encontrase.

—Bien —concluyó Alsan—. Ya tenemos lo que habíamos venido a buscar. Volvamos a casa. Ya seguiremos pensando en ello después.

Shail cogió algunas de las hojas que escupía la impresora y las examinó frunciendo el ceño. Victoria se acercó a él y, poniéndose de puntillas, espió por encima de su hombro.

—¿Entiendes algo? —preguntó.

–Es una variante antigua del idhunaico arcano –dijo el mago, acercándole la hoja para que pudiera verla–. ¿Reconoces estos símbolos?

–Algunos me son familiares –repuso ella–, pero la mayoría son diferentes de los que me has enseñado.

–No tanto. Fíjate bien.

Los dos se sentaron y esparcieron las hojas por encima de la mesa del estudio. Jack siguió recogiendo las hojas que salían de la impresora. Cuando se las llevó a Shail y Victoria, los vio muy juntos, concentrados en lo que hacían, sus cabezas casi rozándose. Shail explicaba pacientemente el significado de cada uno de los símbolos, y Victoria lo escuchaba poniendo toda su atención en ello. Jack sonrió, pero sintió una punzada de celos. Se preguntó si Alsan y él llegarían a llevarse tan bien como Shail y Victoria.

–¿Alguna pista? –preguntó el propio Alsan, entrando en la habitación.

Shail levantó la cabeza.

–Tardaremos un poco en descifrar el libro. Mientras tanto...

Pero no terminó la frase. Ni Jack ni Alsan sabían leer el idhunaico arcano, de modo que no podrían ayudar.

–Subiré a la biblioteca y buscaré información sobre la Tercera Era –decidió Alsan–. No me vendrá mal repasar mis conocimientos de historia.

–Te acompaño –dijo Jack, contento por tener algo que hacer; dejó los folios que faltaban sobre la mesa, cerca de Shail, y añadió–: Creo que esto es todo.

Se despidió de sus amigos con un «hasta luego», pero ni Shail ni Victoria parecían oírlo; estaban enfrascados en su labor. Alsan ya había salido de la habitación, y Jack lo siguió.

–¿Qué es la Tercera Era? –preguntó, una vez en la biblioteca.

–La llamada Era de la Contemplación –explicó Alsan, mientras repasaba con el dedo los lomos de los libros de las estanterías–. Hubo una guerra entre magos y sacerdotes, una de tantas; las dos Iglesias vencieron y se hicieron con el poder en Idhún, y la autoridad de los Oráculos sagrados prevaleció sobre el poder de las Torres de hechicería. Así comenzó la Tercera Era. Los sacerdotes proclamaron que la magia suponía un desafío a los dioses y una aberración nacida de los designios del Séptimo, el dios oscuro, y persiguieron y ejecutaron a gran número de magos. Muchos tuvieron que huir... hacia otros mundos, como la Tierra. Ese fue el primer éxodo de hechiceros idhunitas, los primeros que llegaron aquí. Ellos crearon Limbhad.

Jack asintió. Recordaba haber oído antes aquella historia.

—Justo lo que imaginaba —comentó Alsan, dejando un montón de gruesos volúmenes sobre la mesa—. Fíjate en esto: todos estos libros hablan de la Tercera Era, y están escritos en idhunaico común, no en arcano.

—¿Qué quieres decir con eso?

—Pues que, al fin y al cabo, los escribieron magos que habían huido de Idhún por culpa de la persecución de los sacerdotes, y vertieron ríos de tinta para hablar de ello. Me apuesto lo que quieras a que estas páginas estarán llenas de lamentos y maldiciones contra los sacerdotes y los Oráculos. El *Libro de la Tercera Era*, en cambio, está escrito en arcano, por lo que suponemos que cuenta cosas mucho más interesantes, y secretos que los magos no querían que fuesen conocidos fuera de su orden.

»Pero lo cierto es que ellos nunca son tan locuaces a la hora de hablar de la Era Oscura.

—¿La Era Oscura? —repitió Jack, interesado—. Cuéntame.

—La Segunda Era. El llamado Imperio de Talmannon —explicó Alsan con un suspiro—. El más poderoso nigromante que existió jamás. Todos los hechiceros se pusieron de su parte y, gracias a ellos, los sheks se apoderaron de Idhún por primera vez.

—¿Ya lo habían hecho antes? —exclamó Jack, sorprendido.

—Oh, sí. La historia tiende a repetirse, ¿no te parece? La guerra de la que te hablaba antes, la que se libró entre las Torres y los Oráculos y en la que finalmente vencieron los sacerdotes, fue provocada por Talmannon y sus magos aliados. Aquella vez, los dragones vencieron a los sheks, y los sacerdotes a los hechiceros. Pero, lógicamente, los magos cayeron en desgracia. Por eso los Oráculos tomaron medidas tan severas durante la Era de la Contemplación. Claro que los magos dicen que fue por culpa de un objeto mágico que poseía Talmannon, que gobernaba las voluntades de todos ellos y que los obligó a ponerse de su parte.

—¿Un objeto mágico?

—Tonterías de magos —replicó Alsan, encogiéndose de hombros.

—Shiskatchegg —dijo entonces la voz de Shail desde la puerta—. El Ojo de la Serpiente. No es ninguna tontería. Gracias a los dioses, ese

107

artefacto maldito se perdió para siempre tras la caída de Talmannon. La Era Oscura no es algo de lo que los miembros de la Orden Mágica estemos orgullosos, así que te agradecería que no bromeases con ello.

Alsan clavó los ojos en Shail, muy serio.

–¿Tengo aspecto de estar bromeando?

–Basta ya –intervino Jack; Alsan y Shail eran amigos, pero los caballeros de Nurgon, la orden militar a la que Alsan pertenecía, nunca habían confiado en los magos; de hecho, por lo que Jack sabía, habían sido siempre el brazo armado de las dos Iglesias de Idhún, con lo que sus relaciones con los sacerdotes eran excelentes–. Sé que los dos tenéis dos puntos de vista diferentes con respecto a algunas cosas, pero me parece que no es el momento de desenterrar viejas diferencias. ¿O sí? Eso pasó hace mucho tiempo; no tiene nada que ver con nosotros.

–Tal vez sí –dijo Shail, pero su tono de voz había dejado de ser desafiante–, porque me parece que ya sé lo que está buscando Kirtash: el Báculo de Ayshel.

–¡Ayshel! –repitió Alsan, sorprendido–. ¿Te refieres a la Doncella de Awa? Pensaba que era solo una leyenda...

–El *Libro de la Tercera Era* incluye un dibujo del báculo, así que me temo que es más que una leyenda. Sin duda, los magos se lo trajeron consigo durante su exilio y ahora está en algún lugar de la Tierra. Estoy convencido de que el libro nos dirá exactamente dónde. Solo tengo que descifrarlo...

–Pues date prisa –lo urgió Alsan–. Si esa cosa existe, debemos evitar a toda costa que Kirtash se haga con él.

–¿Por qué? –intervino Jack–. ¿Qué hace exactamente ese bastón?

–Báculo –corrigió Shail; miró a Victoria, que acababa de entrar tras él–. Sentaos; tengo una historia que contaros.

Los tres tomaron asiento en torno a la gran mesa que presidía la biblioteca. Shail, en cambio, estaba tan nervioso que se quedó de pie.

–Esta historia me la contaron cuando yo no era más que un aprendiz –empezó el joven mago–. Veréis, todos hemos oído hablar de la tristemente célebre Segunda Era de Idhún, la Era Oscura, cuando los sheks invadieron nuestro mundo por primera vez, de la mano del que se llamó a sí mismo Emperador Talmannon, y todos los hechiceros de la Orden Mágica.

»Nadie sabe muy bien cómo fueron derrotados Talmannon y los suyos en aquella ocasión. Pero las leyendas hablan de la intervención de una criatura extraordinaria, un mestizo entre hada y humano. Su nombre era Ayshel, la Doncella de Awa, y era una semimaga.

–¿Qué es un semimago? –preguntó Jack.

–En Idhún, los magos lo son porque alguna vez los ha tocado un unicornio –explicó Victoria en voz baja.

–Los unicornios canalizan la energía del mundo y la entregan al futuro mago, el «recipiente», a través de su cuerno –asintió Shail–. Los semimagos son aquellos que han visto un unicornio, pero este no ha llegado a rozarlos. Obtienen entonces una cierta sensibilidad para la magia y tienen algunas habilidades curativas, pero no se los admite en la Orden Mágica.

Victoria bajó la cabeza, y Jack adivinó lo que pensaba. Estaba al corriente de sus problemas con los ejercicios de magia, y por primera vez comprendió que ella temía ser una semimaga nada más, en vez de una hechicera completa.

–¿Ayshel era una semimaga? –preguntó.

–Eso dice la leyenda –asintió Shail–, y tiene su lógica. La tradición habla también de ese objeto que te he mencionado, Shiskatchegg, el Ojo de la Serpiente. Se dice que, con él, el Emperador Talmannon controlaba la voluntad de todos los magos. Un hechicero completo no habría logrado resistir la hipnótica llamada del Ojo de la Serpiente. Pero sí un semimago, porque apenas podría escucharla.

»Ayshel vivía en el bosque de Awa, lugar de magia y misterio porque se dice que es de allí de donde proceden las hadas. Era una persona anónima y sencilla hasta que los dioses la eligieron para enfrentarse a Talmannon y a los sheks.

»Una tarde, un unicornio se acercó a ella. No le permitió que lo tocara, pues la necesitaba como semimaga, y el roce de su cuerno la habría transformado en una hechicera auténtica. Pero le reveló cuál era su misión en la historia.

»Se dice que entre los dos, de alguna manera misteriosa, crearon el báculo: una maravilla de plata, diamante y cristal, pero que también contenía luz de las tres lunas, lágrimas de hada y, ante todo, el poder del unicornio.

Y esto último es importante, porque, de ser cierto, el báculo funcionaría de forma similar al cuerno de un unicornio. Eso quiere decir que no es un objeto que contenga magia en sí mismo, sino que es un canalizador.

—¿Un canalizador? –repitió Jack–. Sigo sin entenderlo.

—Yo puedo explicártelo –intervino Victoria–. Imagina una tostadora, ¿vale? ¿Por qué funciona una tostadora?

—¿Porque va enchufada a la corriente eléctrica? –aventuró Jack.

—Exacto. Imagina que esa corriente es la magia y que está en todas partes. Pero, por sí sola, la tostadora no puede emplearla para tostar el pan, ¿no? El unicornio es el enchufe y el cable. El unicornio entrega al mago el poder necesario para materializar sus hechizos. Con la diferencia de que, una vez recibida esa energía, el canalizador ya no es necesario. La tostadora necesita enchufarse a la corriente cada vez para funcionar. Para convertirse en mago, una persona solo necesita ser tocada por el unicornio una vez.

—Pero ¿de dónde sale la magia, si no la tiene el mismo unicornio?

—Ya te lo he explicado: es la energía que está en todas partes y que hace girar todo mundo vivo.

—En Idhún, la magia está en el aire en mayor cantidad que en la Tierra, a pesar de ser un mundo más pequeño –intervino Shail–. Eso me tenía intrigado al principio, hasta que descubrí por qué: en tu mundo, Jack, utilizáis la mayor parte de esa energía para mover gran cantidad de máquinas y artefactos.

—El báculo funciona, entonces, como un unicornio –resumió Alsan, volviendo al tema principal de la conversación.

—No exactamente –Shail paseaba arriba y abajo, pensando a toda velocidad–. Los unicornios pueden transmitir la magia del mundo a un ser vivo, pero no pueden utilizarla de forma ofensiva. Los magos, en cambio, pueden darle forma a su poder mediante su voluntad y las fórmulas mágicas que emplean. Muchos usan un bastón que concentra su propia magia, otorgando así más fuerza a sus hechizos. Si el Báculo de Ayshel es lo que creo que es, actuaría como el cuerno de un unicornio, pero sería casi como un bastón de mago de poder ilimitado...

—... ¡porque no emplearía el poder del hechicero que lo usa, sino que canalizaría la magia del mundo..., que es inagotable! –comprendió Victoria.

—Según en qué sitios. Un artefacto así no funcionaría de la misma forma en una selva que en un desierto. Por eso los unicornios viven en bosques rebosantes de vida. Su naturaleza de canalizadores así se lo exige; de lo contrario, poco a poco perderían fuerzas y morirían.

Y tampoco creo que funcione igual en Idhún que en la Tierra, donde su poder será menor.

»En cualquier caso, y si creemos lo que dice la leyenda, ese báculo es un objeto de gran valor. Armado con él, Ayshel y el pequeño ejército rebelde que reclutó a lo largo de su viaje fueron derrotando uno a uno a todos los lugartenientes de Talmannon, hasta llegar al mismo Emperador, a quien ella venció tras una dura batalla. Una vez muerto él, la Puerta se cerró y los sheks fueron desterrados de nuevo.

Alsan asintió.

–Hay una leyenda que dice que los dragones condenaron a los sheks a vagar por los límites del mundo durante toda la eternidad. Solo pueden regresar si alguien les franquea la entrada. Dependen de esa persona, una especie de sacerdote, para permanecer en Idhún. Una vez muerto, si no han encontrado a un sucesor, son absorbidos de nuevo hacia su dimensión.

–Es más que una leyenda –replicó Shail, sombrío–. Es lo que ha hecho Ashran el Nigromante. Él es el nuevo sacerdote de los sheks.

–¿Qué fue de Ayshel? –preguntó Victoria.

–Murió en la batalla contra Talmannon –dijo Alsan–. Con honor. Como una heroína.

–Pero ¿qué pasó con el báculo? –preguntó Jack–. Si es un objeto tan poderoso, ¿por qué nadie lo ha utilizado hasta ahora?

–Porque no creo que pueda utilizarlo cualquier persona –dijo Victoria a media voz–. Los unicornios eligieron a una semimaga a propósito, ¿no?

–Bueno, es evidente que esa cosa debe de tener una afinidad especial con los unicornios –reconoció Shail–. Y es verdad, tal vez no pueda ser manejada por cualquiera porque, de lo contrario, los magos exiliados habrían empleado su poder en lugar de esconderlo... donde quiera que lo hayan escondido. Tenéis razón los dos, buena observación: probablemente, el báculo solo puede ser empleado por semimagos, personas afines a la magia porque han visto un unicornio. Si lo tocara un no iniciado, el báculo no reaccionaría y, si lo hiciese un hechicero, absorbería toda su magia, en lugar de recogerla del ambiente. Tiene su lógica. Pero, si eso es así, no sé qué pretende hacer Kirtash con... –calló de pronto y se puso pálido. Cruzó una mirada con Alsan y este pareció entender enseguida lo que estaba pensando–. No puede ser.

–No –dijo Alsan en voz baja–. No se atreverá.

–¡Maldita sea! –casi gritó Shail, dando un puñetazo sobre la mesa–. ¡Claro que se atreverá!

Jack lo miró, preocupado. Nunca había visto al jovial Shail tan desesperado y enfadado. Lo vio sumergirse de nuevo en la lectura del *Libro de la Tercera Era*, temblando de rabia.

–Como le ponga la mano encima, lo mataré... –susurró Shail–. Juro que lo haré.

–¿Lunnaris? –preguntó Victoria–. ¿Te refieres a Lunnaris?

Jack los miró, preguntándose una vez más quién sería aquella Lunnaris que parecía ser tan importante para sus amigos. Pero vio el rostro desencajado de Shail y no se atrevió a preguntar, porque supo que no debía poner el dedo en la llaga. Era evidente que aquel asunto resultaba muy doloroso para él.

–No dejaremos que eso pase –dijo Alsan con gravedad–. Llegaremos antes que él.

Victoria se situó tras el joven mago y puso suavemente las manos sobre sus hombros.

–No lo dudes. Esta vez no se nos adelantará.

Jack asistía a la escena sin comprender qué estaba pasando exactamente. Parecía que los tres sabían algo que no le habían contado, algo acerca de los planes próximos de Kirtash y que, por alguna razón, parecían afectar profundamente a Shail. También Alsan y Victoria estaban pálidos; Jack se sintió frustrado y traicionado. Frustrado por no entender lo que estaba sucediendo, y traicionado porque Victoria, su mejor amiga, no le había contado nada al respecto.

–Solo hay una cosa que podamos hacer –declaró Shail–: terminar de descifrar el *Libro de la Tercera Era*, averiguar dónde ocultaron los magos el Báculo de Ayshel... y tratar de llegar allí antes de que lo haga Kirtash.

–¿Podemos ayudarte? –preguntó Victoria.

–Sí: buscad más información sobre el báculo y la Segunda Era... a ver si averiguáis alguna otra cosa.

Enseguida, la mesa de la biblioteca se llenó de antiguos volúmenes. Algunos de ellos eran libros de historia; otros, tratados de objetos mágicos; y algún otro, manejado por Shail, era un manual para descifrar textos en arcano antiguo. Pronto, Shail estuvo tan inmerso en la traducción que Victoria se dio cuenta de que ya no podía ayudarlo. Se unió entonces a la búsqueda de información sobre el Báculo de Ayshel, consultando los libros en idhunaico arcano que Jack y Alsan no sabían leer.

Pero ninguno de los tres encontró muchos más datos acerca de la Doncella de Awa y su prodigioso báculo. Al tratarse de un personaje mítico, pocos libros de historia lo mencionaban. Y, sin embargo, su leyenda se había transmitido de generación en generación, hasta que un joven aprendiz de mago la había contado a sus amigos mientras tomaban unas cervezas en la cantina de la Torre de Kazlunn, como un cuento de hadas que le había relatado su abuela en su niñez.

Por suerte para la Resistencia, a Shail siempre le habían gustado los buenos cuentos, y había prestado atención aquella noche.

Al cabo de un par de horas de trabajar frenéticamente, sin apenas levantar la mirada de aquellos polvorientos libros, el joven mago alzó la cabeza.

—Ya está —dijo; llevaba un buen rato examinando un mapamundi y haciendo sobre un papel extraños cálculos que solo él parecía comprender—. Ya sé dónde escondieron el Báculo de Ayshel.

Señaló un punto sobre el mapamundi: algún lugar en el norte de África.

VII

LA PORTADORA DEL BÁCULO

EL sol abrasador del desierto caía a plomo sobre las dunas, arrancando de ellas reflejos cegadores y provocando una extraña ondulación en el aire. Ni el más leve soplo de brisa alentaba aquella inmensa caldera. Jack se detuvo un momento, algo mareado. El Alma los había llevado hasta allí al instante, y su cuerpo había acusado el contraste entre la suave noche de Limbhad y la atmósfera ardiente y agobiante del desierto. Además, llevaba una espada prendida en el cinto, y eso le hacía sentirse extraño. Se volvió hacia Victoria, que lo seguía a duras penas.

–¿Estás bien?

Ella asintió, pero no tenía buen aspecto. Jack le tendió la mano y ella la aceptó, agradecida.

Alsan y Shail iban en cabeza. Se suponía que era Shail quien sabía adónde se dirigían, pero no podía seguir el ritmo de su tenaz y resistente compañero. Jack quiso preguntar si faltaba mucho para llegar, pero tenía la boca seca.

Por lo visto, o bien el Alma no los había llevado exactamente al lugar calculado por Shail, o este se había equivocado en un par de kilómetros.

De pronto, Alsan se detuvo. Todos vieron enseguida lo que había llamado su atención: unas palmeras solitarias al pie de una montaña que daba algo de sombra. Entre las rocas se distinguía lo que parecía una cueva.

–Por fin –suspiró Victoria.

Shail cruzó una mirada con sus compañeros. El Báculo de Ayshel había sido llevado a aquel lugar hacía siglos, pero el mago había asegurado que continuaba allí. De lo contrario, Kirtash no lo estaría buscando.

Momentos después, descansaban a la sombra de la montaña, frente a la cueva, que era sin lugar a dudas una vivienda, a juzgar por la cortina de rafia que cubría la entrada y los dos recipientes de barro depositados junto a ella. No habían entrado, sin embargo. Alsan había decidido que era mejor esperar allí. Quienquiera que viviese en la cueva detectaría enseguida su presencia.

Así fue. Apenas habían bebido unos sorbos de agua de las cantimploras cuando una extraña mano envuelta en trapos corrió la cortina lo justo para dejar ver un gran ojo, redondo, rojizo y brillante. Jack y Victoria retrocedieron, pero Alsan y Shail cruzaron una mirada y sonrieron.

—¡Que los dioses te protejan! —saludó Alsan en idhunaico—. Mi nombre es Alsan, hijo del rey Brun, y soy el heredero del trono de Vanissar.

—Heoídohablardeeselugar —asintió la criatura en el mismo idioma; hablaba tan deprisa que no separaba unas palabras de otras, y los chicos tuvieron problemas para entenderlo—. Pasadyhablaremos.

Alsan entró tras el ser sin dudar, y los demás lo siguieron.

Una vez en el interior de la cueva, Jack miró fijamente a su anfitrión, pero no vio gran cosa de él. Su figura era menuda y estaba cubierta de trapos de los pies a la cabeza; las andrajosas telas que tapaban su rostro solo permitían ver dos ojos redondos y brillantes como brasas.

—Es un yan —susurró Shail a los más jóvenes.

Victoria asintió, pero Jack tuvo que hacer un esfuerzo para recordar lo que había leído sobre aquellas criaturas en la biblioteca de Limbhad.

Por lo que sabía, en Idhún había más razas inteligentes aparte de los humanos, los dragones, los unicornios y los sheks. Las leyendas decían que al principio de los tiempos aquel mundo había sido habitado por los seis pueblos creados por los dioses primigenios: en primer lugar, los humanos, que poblaron las mesetas y las colinas; en segundo lugar, los feéricos: hadas, ninfas, duendes, gnomos, trasgos y semejantes, que habitaron en los bosques; en tercer lugar, los gigantes, señores de las altas cordilleras; después, los varu, criaturas anfibias, moradores de las profundidades marinas; seguidamente, los celestes, gente amable que se estableció en las grandes llanuras y los suaves valles; y, por último, los yan, habitantes del desierto.

Por último, decían los libros. Porque *yan*, en idhunaico antiguo, significa justamente «los últimos». Contaban las leyendas que, cuando Idhún era joven, Aldun, dios del fuego, abrasó involuntariamente las tierras del sur cuando descendió al mundo. Como castigo, los demás dioses condenaron a sus hijos a habitar en aquel desierto que él había creado. Por eso se los llamaba los *yan*, los últimos, porque, de las seis razas, era la que menos contaba, tanto para los dioses como para los mortales.

—Bienvenidosamihogar —dijo el yan—. Tomadasientoporfavor.

Jack miró a su alrededor con curiosidad. La vivienda del yan no era muy grande, y tampoco había muchas cosas en ella. Algunos cacharros de barro, un camastro en un rincón y una puerta desvencijada que conducía, casi con toda probabilidad, a un armario. Un agujero en la pared, por encima de la puerta, permitía la entrada de algo más de luz.

—No te dejes engañar —le susurró Shail al oído—. Es un yan; tendrá la cueva llena de escondrijos secretos.

Jack se dijo que, en tal caso, los escondrijos estaban muy bien escondidos.

Se sentaron todos en el suelo, sobre las esteras que había dispuesto el yan.

—Atiteconozcopríncipe —dijo el yan—. ¿Quiénessonellos?

—Shail, el mago —respondió Alsan señalando a su amigo—. Jack y Victoria —añadió haciendo un gesto hacia ellos.

—YomellamoKopt —dijo el yan solamente.

—Somos la Resistencia —declaró Alsan—. Hemos venido desde Idhún para detener a Kirtash, enviado de Ashran y de los sheks, y traer la paz y la salvación a nuestro mundo.

—Sheks —repitió la criatura—. ¿HanvueltoainvadirIdhún?

—¿Cómo? —dijo Shail sorprendido—. ¿No lo sabías?

—Hacesiglosquemicstirpehabitaenestemundo —dijo Kopt—. Misantepasadoshuyerondeidhúndurantela TerceraEra. Algunosvolvieronperootrossequedaron.

—¿Una colonia yan en la Tierra? —Shail no podía contener su excitación—. ¿Estáis aquí desde los tiempos del Primer Exilio? ¿Cómo habéis logrado ocultaros de los humanos durante tantos siglos?

—Loshumanosquehabitanestastierrasnoscreyerondemonios —explicó el yan—. Semantuvieronalejados. Peroahorasoloquedoyo. Ymitiemposeacaba.

–¿Pero por qué se quedaron? –preguntó Victoria–. ¿Por qué no regresaron a Idhún?

–Teníamosunamisiónquecumplir.

–Entiendo de misiones –asintió Alsan–. Y creo saber cuál era la vuestra.

–Vigilar el Báculo de Ayshel –dijo Shail en voz baja–. Pero el *Libro de la Tercera Era* ha sido encontrado. Kirtash está buscando el báculo, y si lo encuentra...

–Hacetiempoquesientoalgoenelaire –dijo Kopt–. Algomalignoquemeestábuscando.

–¿Por qué no has recurrido a un camuflaje mágico? –preguntó Shail–. ¿Por qué no te ocultas tras un disfraz humano?

–Porqueyonosoymago. Misantepasadoslofueronperoestánmuertos. Yenestemundonohabíaunicorniosqueconsagrarananuevoshechiceros.

Shail asintió, pero no dijo nada.

–Sinembargo –añadió el yan–, síentiendoelidiomadelvientodeldesierto. Ynometraebuenasnoticias.

–Nosotros tenemos buenas noticias –dijo Shail–. Por una vez, hemos llegado antes que Kirtash. Con el báculo que guardas encontraremos a Lunnaris.

Jack frunció el ceño. Otra vez Lunnaris.

–Ella está perdida en este mundo, igual que lo estuvieron tus antepasados –prosiguió Shail; Jack observó que Alsan le había dejado tomar la palabra, quizá porque sabía que nadie hablaría de aquello con tanta pasión como el joven mago–. Y ella y su compañero son la última esperanza para Idhún. Si Kirtash los encuentra...

No terminó la frase, pero el yan asintió rápidamente.

–Creosaberdequésetrata.

–Entréganos el báculo –dijo Alsan.

–Por favor –añadió Shail.

–¿Porquédeberíacreeros?

Alsan fue a replicar, indignado, pero Shail lo detuvo.

–Compréndelo –le dijo a su amigo–. Su clan ha estado guardando el báculo desde hace varias generaciones. No se lo entregará al primer extraño que llegue.

Alsan asintió.

–Comprendo. Permítenos verlo, entonces.

—Porsupuesto. Detodasformasentodosestossiglosnadiehaconseguidotocaresebáculo.

—¿Qué? —exclamó Shail—. ¿Quieres decir que está protegido por un hechizo?

—Venidaverlovosotrosmismos.

El yan se levantó de un salto. Se había movido muy rápido, y Jack parpadeó, sorprendido: ya los estaba esperando en la puerta.

Volvieron a exponerse al sol del desierto, y Jack echó de menos la fresca cueva de Kopt. Por fortuna, no había que ir muy lejos. El yan los guiaba hasta una montaña cercana, en cuya base se abría la boca de una gran caverna.

Jack cambió el peso de una pierna a otra, incómodo. Por alguna razón, sintió que no le apetecía nada saber qué era lo que se ocultaba en el interior de la cueva.

Kopt ya los aguardaba en la entrada. Alsan echó de nuevo a andar sin previo aviso, y los demás lo siguieron.

Entraron en la cueva y recorrieron un amplio túnel; al fondo, la galería se abría para dar paso a una caverna iluminada por un claro resplandor, y Jack supo que era allí adonde se dirigían. Alsan seguía al yan, firme, sereno y orgulloso, y el chico admiró una vez más su fuerza interior y su seguridad en sí mismo y en sus ideales. Y recordaría durante mucho tiempo la figura de su amigo, bañada por la luz que emergía de la caverna, porque fue la última imagen que tuvo del Alsan que había conocido.

—Espera —dijo Victoria, reteniendo a Jack del brazo.

El chico se volvió hacia ella y advirtió un rastro de temor en sus ojos oscuros. Shail también la miró, interrogante.

—Hay algo malo ahí dentro —dijo ella—. El yan nos ha engañado.

—¿Pero qué...?

Jack miró a su alrededor y no vio a Kopt por ninguna parte. Avanzó unos pasos hacia la cueva y algo parecido a una garra gélida le oprimió el corazón. Y en ese mismo momento supo, de alguna manera, que Victoria estaba diciendo la verdad. Pero entonces descubrió, con horror, que Alsan ya había entrado en la enorme caverna. Y supo con certeza qué era lo que iba a encontrar en su interior.

—¡Alsan! —gritó—. ¡¡ALSAN!!

—... Alsan... Alsan... Alsan... —repitió el eco.

Jack se dispuso a correr hacia él, pero la mano de Shail lo detuvo.

–¿Se puede saber qué os pasa a vosotros dos?

–No sé si ese báculo está o no en esa caverna –dijo Jack respirando agitadamente–. Pero, en cualquier caso, Kirtash ha llegado primero, y sigue allí dentro.

Victoria ahogó un grito. Shail los miró a los dos, desconcertado.

–Pero ¿cómo...?

Jack podía haberle explicado lo de la sensación de frío, el repentino sentimiento de odio y aversión que lo había invadido al acercarse a la caverna, pero no había tiempo.

–¡Maldita sea, Shail, confía en mí! ¡Hay que sacarlo de ahí como sea!

Shail lo miró un momento, con el ceño fruncido; entonces se giró bruscamente y echó a correr por el túnel. Jack y Victoria lo siguieron.

La galería se abrió, dejando paso a la caverna por la que había desaparecido Alsan. Era una enorme abertura en el interior de la montaña, iluminada, sin embargo, por la luz natural que se filtraba por un enorme boquete del techo. Al fondo había un montón de rocas y, clavado en ellas como una lanza, estaba el Báculo de Ayshel, emitiendo un suave resplandor sobrenatural.

Pero ninguno de los tres se fijó en el extraordinario objeto.

Porque vieron ante el báculo el cuerpo inerte de Alsan, tendido sobre la arena, y junto a él una inconfundible figura que vestía totalmente de negro incluso en pleno desierto, y que se movía con agilidad felina.

Kirtash sacudió la cabeza para apartarse el pelo de la frente y fijó en ellos la mirada de sus fríos ojos azules.

En ellos, no. En Jack.

El muchacho respiraba entrecortadamente. El sofocante calor que lo agobiaba incluso allí dentro le nublaba los sentidos y le impedía apreciar desde allí si Alsan seguía vivo o no. Le pareció que lo veía moverse, y se aferró a aquella esperanza. Pero seguía sintiendo la mirada de Kirtash clavada en él, y no pudo seguir eludiéndola.

Estaban a unos veinte metros del joven asesino, demasiado lejos como para que él pudiese llegar a dañarlos... todavía. Sin embargo, ni Jack ni sus amigos se atrevieron a moverse un solo paso. Kirtash tampoco hizo ademán de avanzar hacia ellos.

Tras él apareció otra figura, la de Elrion, el mago que solía acompañarlo. Este parecía impaciente por actuar, pero Kirtash se mantenía sereno e imperturbable.

Victoria inspiró profundamente al volver a ver a Kirtash por primera vez desde su encuentro en el metro. De nuevo, aquellos sentimientos de atracción y repulsión se adueñaban de su corazón, y se sentía muy confusa.

Kirtash pareció darse cuenta de la presencia de Victoria, porque volvió su mirada hacia ella. La chica se estremeció de pies a cabeza y quiso apartar la vista, pero no fue capaz. Sabía que a aquella distancia él no podía alcanzar su mente; sin embargo, se sintió indefensa de pronto, como si Kirtash la desnudara interiormente para conocer todos los secretos de su alma. Quiso huir, quiso gritar; pero también se dio cuenta, sorprendida, de que una parte de ella deseaba... acercarse más a él.

El joven entornó los ojos. Jack habría jurado que apreciaba algún tipo de emoción en su rostro. ¿Curiosidad, quizá? ¿Interés? Sí, tal vez, pero no por él.

Por Victoria.

Jack percibió que Shail respiraba hondo, y casi entrevió que comenzaba a concentrarse. Sabía que el joven mago podía hacerlos regresar a su escondite en Limbhad en cualquier momento. Pero... ¿abandonarían a Alsan?

«No, Shail», pensó con desesperación. «No lo hagas».

Shail dudaba. Kirtash estaba retándolos a que se atreviesen a enfrentarse a él para rescatar a su amigo. El mago no sabía qué hacer. Si intentaba salvar a Alsan, podían acabar todos muertos. Pero no se sentía capaz de abandonarlo. En cuanto a Victoria...

Victoria seguía con la mirada clavada en Kirtash. Y, desde el fondo de la caverna, también él la miraba a ella.

–¿Qué es lo que quieres? –preguntó Jack, sin poder soportarlo más.

Kirtash apartó por fin los ojos de Victoria. Ella suspiró débilmente y se apoyó en Shail, como si de pronto le hubiesen fallado las fuerzas. Jack sintió que los ojos azules de su enemigo se clavaban en los suyos, y algo en su interior estalló como un volcán.

–¿Qué pretendes? –repitió.

Kirtash se inclinó junto al cuerpo caído de Alsan y posó suavemente la mano derecha sobre su cabeza. En ningún momento dejó de mirar a Jack. «Me está desafiando», pensó el chico, con rabia.

No pudo contenerse.

—¡Aparta las manos de él! –gritó–. ¡Apártalas o...!

Algo lo retuvo. Se dio cuenta entonces de que casi había echado a correr hacia Kirtash, y de que Shail lo había agarrado por la camisa al pasar por su lado.

—Te está provocando –susurró el mago–. No caigas en su trampa.

Pero Kirtash sacó a Haiass, que llevaba a su espalda en una vaina, y avanzó unos pasos. El filo de la espada relució un momento, herido por un rayo de sol que se filtraba por el techo de la caverna. Jack inspiró profundamente.

—Jack, no –murmuró Shail.

El chico comprendió entonces por qué Kirtash no había matado aún a Alsan.

Era un cebo.

Kirtash colocó suavemente, casi con mimo, el filo de su espada sobre el cuello del inerte Alsan. Jack sabía que Shail tenía razón y que solo lo estaba provocando, pero la idea de que Alsan fuera a morir le resultaba tan insoportable que no pudo quedarse quieto. Con un grito de rabia y los ojos llenos de lágrimas, desenvainó su espada y corrió hacia Kirtash. Victoria gritó su nombre y Shail alargó la mano para retenerlo, pero no lo logró.

Todo fue muy rápido. Kirtash pareció recibir con satisfacción la embestida de Jack, pero con un solo movimiento de su espada arrojó lejos el arma del muchacho, que quedó indefenso frente a él.

—¡No! –chilló Victoria–. ¡¡JACK!!

Quiso correr hacia él, pero Shail la detuvo. Victoria se debatió entre sus brazos, desesperada, gritando el nombre de su amigo, luchando por acudir junto a él. Pero Shail no la dejó marchar.

Temblando de rabia, odio y miedo, Jack se quedó parado ante Kirtash, sintiéndose humillado. La punta de Haiass estaba apoyada en su pecho.

Había vuelto a hacerlo. Se había dejado arrastrar por sus emociones, había perdido la cabeza y ahora iba a morir. Y lo peor de todo era que no había conseguido nada con ello, no había logrado ayudar a Alsan. «Perdóname», pensó. «He vuelto a fallarte. Pero, si he de morir, no bajaré la mirada».

Levantó la cabeza y clavó los ojos en Kirtash, desafiante. Pero este parecía... ¿decepcionado?

Si lo estaba, desde luego no dijo nada al respecto. Sin una sola palabra, Kirtash hizo un elegante movimiento con la espada. Rápido, certero y letal. Jack aguardó que el frío acero de Haiass se hundiera en su pecho.

Y entonces...

... Entonces, algo detuvo la espada de Kirtash, algo claro y resplandeciente, como un escudo de luz, que rodeó a Jack y apartó de él el acero que iba a matarlo. Sorprendido, Kirtash retrocedió unos pasos, y Jack se volvió hacia todos lados, sin comprender qué estaba pasando.

Y descubrió que aquella luz no emanaba de su cuerpo, sino que lo envolvía como un manto protector. Y procedía del Báculo de Ayshel...

... que ya no estaba en su lugar, clavado entre las rocas, sino en manos de una sorprendida Victoria, que no sabía muy bien cómo sujetarlo. Cómo había llegado hasta allí era algo que ni siquiera Kirtash parecía entender.

—¿Qué está pasando aquí? —dijo Shail, desconcertado, apartándose de Victoria.

Kirtash reaccionó. Blandió de nuevo su espada, pero se dio cuenta de que la luz del báculo aún envolvía el cuerpo de Jack. Victoria pareció comprender que el objeto había respondido a sus deseos de salvar la vida de su amigo, y reaccionó por fin, sujetándolo con más fuerza y avanzando unos pasos. Las piernas le temblaban, pero se esforzó por mostrar una determinación que, en el fondo, estaba lejos de sentir.

Jack comprendió que tenía una oportunidad de salvar su vida. Lentamente, se acercó a Victoria y al báculo protector que portaba. Cuando los dos estuvieron juntos, Jack se sintió lo bastante seguro como para lanzar una mirada desafiante a Kirtash.

—Tenemos el báculo —dijo.

El joven esbozó una media sonrisa.

—Y yo tengo a vuestro príncipe —dijo; su voz era suave y sugerente, apreció Victoria, pero fría y sin emoción.

Jack se dio cuenta, con horror, de que el filo de Haiass reposaba otra vez sobre el cuello de Alsan.

—¿Me entregarías ese báculo a cambio de su vida? —preguntó Kirtash.

—No puedes usarlo —dijo Jack, comprendiéndolo de pronto—. Por eso estabas aquí. No conseguiste sacarlo de las rocas, ¿verdad? Pero el báculo ha acudido a la llamada de Victoria. Le pertenece a ella ahora.

–Eso tiene fácil arreglo. Te propongo un cambio: la chica y el báculo a cambio de la vida de Alsan.

Jack apretó los dientes y se colocó ante Victoria para protegerla, con su cuerpo y con su vida, si era necesario. No soportaba la idea de que Kirtash pudiera ponerle las manos encima.

–Ni hablar.

La espada se hundió un poco más en la carne de Alsan. Un fino hilo de sangre recorrió su cuello. Jack tragó saliva.

Percibió que Shail se acercaba a ellos por detrás, y se sintió algo consolado por su presencia. Pero también Kirtash lo había detectado.

–No des un paso más, mago –advirtió–, o tu amigo morirá.

–Y si te entregamos el báculo, Victoria morirá –dijo Jack–. ¿Qué diferencia hay?

–La diferencia consiste en que a ella la necesito viva –explicó Kirtash amablemente– para utilizar el báculo. Así que decide, Jack. No tengo todo el día... y Alsan tampoco.

Por alguna razón, Jack no se sorprendió de que conociera sus nombres. Cerró los puños con tanta fuerza que se hizo daño.

–Basta –dijo entonces Victoria–. No le hagas daño: voy contigo.

–¿Qué? –soltó Jack–. No, Victoria. No lo permitiré.

Pero eso significaba que Alsan moriría. Jack se sintió comido por la angustia. Quería salvar a su amigo, pero tampoco iba a dejar que Kirtash se llevase a Victoria. Sabía que no soportaría verla marchar y, además, lo ahogaba la rabia solo de pensarlo. Una vez se había jurado a sí mismo que haría cuanto pudiera por protegerla, y no pensaba dejarla en la estacada a las primeras de cambio.

Sin embargo, ella se separó suavemente de él y miró a Kirtash. Y, a pesar del miedo que sentía, su voz sonó serena y segura cuando dijo:

–Tienes que jurar por lo que sea más sagrado para ti que no harás daño a mis amigos. A ninguno de ellos. Si cumples esa condición, iré contigo... sin oponer resistencia.

–No, Victoria... –empezó Jack, pero no pudo continuar, porque los acontecimientos se precipitaron.

La atención de Kirtash se desvió hacia ella solo unas centésimas de segundo, y algo pareció estremecer el ambiente cuando las miradas de ambos se cruzaron. Pero Shail ya había dado un paso al frente y colocado las manos sobre los hombros de Jack y Victoria. Entonces, súbitamente, Jack comprendió qué era lo que iba a hacer el mago. Se volvió hacia él, furioso.

–¡No, Shail! ¡¡¡NO!!!

Demasiado tarde. Shail había cogido también a Victoria del brazo y de pronto todo daba vueltas...

–Los has dejado escapar –dijo Elrion–. Con el báculo.

Kirtash no se movió. Se había quedado mirando el lugar donde momentos antes se habían encontrado los tres amigos.

–Deberías haber dejado que interviniera –añadió el mago.

Kirtash se volvió hacia él. No había rabia ni frustración en su rostro; al contrario: sonreía. Elrion lo miró, indeciso. A la hora de entender las cosas, Kirtash siempre iba muy por delante de él. Muy por delante de cualquiera, en realidad.

–¿Por qué estás tan contento? Se nos han escapado.

–Sí, pero me han revelado muchas cosas. Más de lo que ellos creen.

–Pero... pero hemos perdido el báculo.

–El báculo regresará a nosotros –le aseguró Kirtash con suavidad–. Recuerda que tenemos algo que ellos quieren.

Elrion bajó la mirada hacia el cuerpo inconsciente de Alsan.

–¿De veras necesitabas a esa niña? –preguntó, indeciso.

–Sí –respondió Kirtash solamente.

«No te imaginas hasta qué punto», añadió en silencio.

VIII
EL DRAGÓN Y EL UNICORNIO

S HAIL suspiró y miró a Jack, que se había sentado en el sillón con gesto hosco y jugueteaba con un cordón, enrollándolo y desenrollándolo en torno a sus dedos, buscando liberar de alguna manera la tensión. La Dama se acercó a él, pero Jack la apartó de sí, malhumorado, y el animal, ofendido, fue a refugiarse en el regazo de Victoria.

El muchacho no le había dirigido la palabra a Shail desde que regresaron de aquella desastrosa expedición al Sahara. El mago no podía culparlo.

Entre los dos, Victoria se mostraba incómoda. También ella estaba preocupada por Alsan y dispuesta a hacer lo que fuera para rescatarlo, pero, a diferencia de Jack, comprendía que Shail había hecho lo que creía mejor. Aun así, se sentía entre dos fuegos.

El mago se aclaró la garganta.

—Bien, eh... escuchad, estamos en una situación muy delicada. Tenemos que rescatar a Alsan. Pero no sé si debemos.

Jack alzó la mirada para clavarla en él.

—¿Qué quieres decir con eso?

—Quiero decir que Kirtash está esperando que vayamos a rescatar a nuestro amigo...

—Eso si queda algo que rescatar —cortó Jack con amargura.

—Alsan es un prisionero muy valioso, Jack —intervino Victoria—. Por eso Kirtash no lo mató cuando lo capturó en la cueva. Además sabe... —vaciló; finalmente concluyó en voz baja—: Sabe que iremos a salvarlo. Y lo está esperando, está esperando que vayamos para acabar de una vez con todos nosotros... y recuperar el báculo.

—Por eso no deberíamos ir —asintió Shail—. Mirad, no soy muy bueno tomando decisiones. Mi corazón me dice que debemos arriesgarlo todo por recuperar a Alsan. Pero sé que él preferiría morir antes que ver desaparecer la Resistencia.

—Me importa un carajo la Resistencia —replicó Jack, de mal talante—. Yo solo quiero rescatar a Alsan. Es mi amigo y no merecía que lo traicionásemos como lo hicimos ayer.

Shail acusó el golpe. Abrió la boca para decir algo, pero no fue capaz. Desvió la mirada.

—Jack, eso es injusto —le reprochó Victoria.

—El yan nos traicionó —dijo Shail con suavidad—. Era una trampa. ¡Tenía que haberlo imaginado! Kirtash llegó allí antes que nosotros... imagino que le prometería algo a cambio de ayudarlo... De cualquier modo, pudo haber sido peor. Podríamos haber caído todos. Si no hubieseis tenido esa extraña intuición...

Miró a los dos chicos con curiosidad, pero ninguno de los dos estaba de humor como para pensar en ello. Tenían cosas más importantes en la cabeza.

—Estaban solos, Shail —dijo Jack—. Solos Kirtash, el mago y ese yan. Podríamos haber...

—¿Qué, Jack?

—¡Podríamos haber luchado, maldita sea! Ahora, esté donde esté Alsan, será mucho más difícil llegar hasta él.

—Pero la Resistencia...

—¡La Resistencia! —cortó Jack, ácidamente—. ¡Míranos y sé realista, Shail! ¡Solo somos tres! ¿Se puede saber qué estaban pensando vuestros magos idhunitas al enviar solo a dos personas para reunir a los magos exiliados? ¡Por Dios, esta misión estaba condenada al fracaso desde el principio!

Después de haber dicho aquello, Jack se sintió mucho mejor. Aquellas dudas llevaban ya mucho tiempo corroyéndole, pero nunca se había atrevido a expresarlas en voz alta, porque admiraba la inquebrantable fe de Alsan y había llegado a creer en su causa. Ahora que él estaba en peligro comprendía, de pronto, lo mucho que lo echaría de menos si no volvía a verlo. En aquellos meses, el orgulloso príncipe idhunita se había convertido no solo en su tutor y amigo, sino que era para Jack casi como un hermano mayor.

Pero ahora, Alsan no estaba, y Jack no había podido evitar decir lo que pensaba de aquella absurda Resistencia. Miró a su alrededor para estudiar, cauteloso, el efecto que habían producido sus palabras, y se sorprendió del resultado. Victoria miraba a Shail, como pidiéndole permiso para hablar. El mago, en cambio, parecía pensativo, y se mordía el labio inferior.

–Bien... –dijo por fin, algo incómodo–. Lo cierto es que esa no era exactamente nuestra misión.

Jack casi saltó en su asiento.

–¿Qué quieres decir?

Shail se sentó frente a Jack y lo miró a los ojos.

–Nosotros no vinimos aquí para buscar magos exiliados, Jack. Ni siquiera ellos podrían habernos ayudado contra Ashran y los sheks. Pero creo que ya lo sospechabas.

Jack frunció el ceño. Sí, sabía que había algo más, pero nunca había preguntado; o, si lo había hecho, siempre había sido en los momentos más inoportunos, cuando nadie tenía ni tiempo ni ganas de responder.

Sostuvo la mirada de Shail sin pestañear.

–Está bien –dijo con lentitud–. Puesto que hemos decidido sincerarnos, respóndeme: ¿qué hacéis aquí exactamente? ¿Por qué quería Kirtash ese báculo? ¿Quién es Lunnaris?

El mago suspiró y se recostó contra la silla.

–Es una larga historia. ¿Recuerdas lo que te mostró el Alma, el día que llegaste?

–No podría olvidarlo.

–Te hemos contado alguna vez cómo aquella maldita conjunción astral mató en un solo día a todos los dragones y los unicornios. ¿Nunca te has preguntado por qué?

–¿Había una razón?

–Por supuesto: la profecía.

–¿Una profecía?

Shail asintió. Su rostro se ensombreció.

–Los Oráculos predijeron que los sheks regresarían a Idhún de la mano de un puente mortal, una especie de llave que les abriría la Puerta. Y que esa persona sería un mago. Lo cierto es que los Oráculos siempre predicen ese tipo de cosas, así que nadie les prestó mucha atención. El problema no radica en la fiabilidad de los mensajes, sino en los sacerdotes que deben interpretarlos, ¿entiendes? Los magos y los sacerdotes siempre hemos estado enfrentados. No tenía nada de particular que una o dos veces al año algún Oráculo predijese la llegada de una nueva era oscura provocada por los hechiceros.

»Cuando vimos que la conjunción de los seis astros se estaba produciendo varias décadas antes de lo previsto, empezamos a sospechar que algo andaba mal. Y cuando comenzaron a llegar emisarios de todos los rincones de Idhún, diciendo que los dragones y los unicornios estaban muriendo en masa, supimos que algo de verdad debía de haber en aquella profecía.

»Porque los Oráculos también habían anunciado que solo el fuego de un dragón y la magia de un unicornio unidos lograrían destruir la Puerta y devolver a los sheks a su dimensión.

—¿Quieres decir...? —empezó Jack, sorprendido, pero no llegó a terminar la pregunta.

—Quiero decir que los sheks creían en la profecía y, de alguna manera, sabían que era cierta; por eso invocaron el poder de los astros, para matar a todos los dragones y los unicornios del planeta, antes de que fuese tarde. No sabemos cómo lo consiguieron. Sí conocemos, en cambio, el nombre de ese mago que les franqueó el paso. Ya te lo he comentado en alguna ocasión: se llama Ashran, el Nigromante, y fue elegido por los señores de los sheks para convertirse en su aliado, sumo sacerdote y llave de la Puerta que les permitiría regresar a Idhún. Es un hombre de inmenso poder; sin duda, él tuvo mucho que ver con la muerte de los dragones y unicornios en nuestro mundo.

—Entonces, ahora nadie puede derrotarlos —murmuró Jack.

—Ellos pueden —intervino Victoria—. Ellos dos. Están aquí, en alguna parte. Y los estamos buscando.

Jack alzó la mirada hacia Shail, que asintió.

—Yo me vi mezclado en todo aquel asunto por casualidad. Veréis, estaba en el bosque de Alis Lithban, renovando mi magia, cuando oí el estruendo y vi que los seis astros entraban en conjunción... Por supuesto, supe inmediatamente que algo andaba mal. Y lo vi todo claro cuando empecé a descubrir cadáveres de unicornios entre la espesura. Tal vez aún no lo entiendas, Jack, pero en Idhún el unicornio es la única criatura que puede conceder la magia a los mortales. Canalizan la energía del mundo y la entregan a todo ser vivo que rozan con la punta de su cuerno. La muerte de todos los unicornios supone, a la larga, la muerte de toda magia. Por eso me sentí tan aterrado... Y después vi las serpientes en el aire... Fue como si hubiese llegado el fin del mundo.

Shail calló un momento, perdido en sus recuerdos, y después siguió contando su historia...

El joven mago se escondió aún más entre los árboles. La serpiente alada sobrevolaba aquella sección del bosque, una y otra vez, y Shail sospechaba que lo había descubierto.

Hasta aquel momento, Shail solo había visto a los sheks en los libros antiguos de la biblioteca de la Torre de Kazlunn, donde había estudiado. Aquellos monstruos habían sido expulsados del mundo mucho tiempo atrás, gracias a los dragones. Pero los dragones... ¿dónde estaban ahora? ¿Por qué no acudían a luchar contra los sheks?

Shail no tenía la respuesta, porque todavía no sabía lo que estaba sucediendo en otras partes de Idhún, donde los dragones estaban cayendo del cielo, uno tras otro. Solo veía aquella aterradora serpiente alada en el cielo. Había leído en alguna parte que los sheks tenían una extraordinaria sensibilidad para la magia. Sospechaba que, si se atrevía a emplear un hechizo de mimetismo o de invisibilidad, la criatura lo descubriría.

Aguardó, conteniendo la respiración, hasta que finalmente el shek dio una última pasada rozando las copas de los árboles, se elevó en el aire y se alejó de allí.

Shail prosiguió su avance a través del bosque. Sabía que sería una presa fácil en cuanto saliese a campo abierto, y por ello llevaba todo el día en el bosque, deambulando de un lado para otro. Podría haber intentado teletransportarse lejos de allí, pero algo se lo impedía.

Los unicornios.

Entonces, Shail todavía no había oído hablar de la profecía, pero sabía que nada que resultase tan mortal para los unicornios podía ser bueno. En circunstancias normales, los unicornios no se dejaban ver. Nadie que buscase un unicornio lograría encontrarlo, a no ser que la criatura se mostrase ante él voluntariamente. Y solo los unicornios sabían qué criterio empleaban para escoger a los futuros magos, por qué entregaban la magia a unos y a otros no. Los estudios que se habían realizado sobre el tema no habían aportado ninguna conclusión al asunto. Los unicornios no siempre tocaban a los más listos, a los más fuertes ni a los más honrados. Su elección parecía ser aleatoria.

En cualquier caso, Shail se sentía afortunado. Cuando era todavía un bebé, un unicornio se había acercado a él mientras dormía en su cuna. Nadie lo había visto, pero sus padres se habían dado cuenta enseguida de que el chiquillo había cambiado, y su futuro también. Shail no seguiría los pasos de su padre como comerciante en la próspera Nanetten. Sería enviado a una de las cuatro Torres donde los magos estudiaban su arte.

Shail nunca había vuelto a ver un unicornio desde entonces. Había acudido a Alis Lithban, la morada de los unicornios, porque el bosque respiraba magia por los cuatro costados, y todo mago solía viajar allí de vez en cuando, para renovar su magia. Aunque muy pocos lograban ver un unicornio por segunda vez.

Shail había visto muchos aquel día, pero habría deseado no hacerlo.

Muchos unicornios, todos muertos. Había llegado a ver a uno que caminaba tambaleante bajo la luz de los seis astros. Había corrido hacia él, esperando llegar a tiempo para teletransportarse con él a alguna de las Torres, donde tal vez magos de más nivel lograsen salvarle la vida. Pero el unicornio tropezó y cayó, y cuando Shail llegó a su lado, ya estaba muerto.

Había seguido vagando durante toda la mañana, buscando unicornios vivos, pero no había tenido suerte. Y cuando ya empezaba a pensar que su búsqueda era en vano, el milagro se produjo.

Fue poco después de que la serpiente alada se alejase de él. Vio un hada llamándole la atención desde los arbustos, cosa que tampoco era corriente; pues, si bien las hadas eran más fáciles de sorprender que los unicornios, no disfrutaban de la compañía de los humanos, y por lo general no deseaban tratos con ellos.

Shail siguió al hada hasta un escondrijo debajo de unos arbustos.

Y entonces la vio.

Era un unicornio hembra, muy joven, tal vez recién nacida. Se había acurrucado bajo el follaje y temblaba. Un grupo de hadas, duendes, gnomos y demás criaturas de los bosques se había reunido en torno a ella, y la observaban en silencio.

–Tienes que salvarla –dijo un gnomo, volviendo hacia Shail su cabeza gris.

–Ella es la última –suspiró una dríade, que contemplaba la escena desde su encina, pesarosa.

–¿La última? –repitió Shail.

—El último unicornio —señaló un viejo duende—. Si ella muere, la magia morirá en el mundo.

Shail se acercó a ella, sobrecogido. La criatura abrió los ojos y lo miró. El joven mago supo, en lo más íntimo de su ser, que jamás olvidaría aquella mirada.

—Llévatela —dijeron las hadas—. Llévatela lejos de aquí.

Shail envolvió al unicornio en su capa. Ella estaba tan débil que no opuso resistencia.

—¿Cómo vamos a salir de aquí? —preguntó—. No puedo teletransportarme a la Torre de Kazlunn, está muy lejos; y si lo intento de cualquier otra manera, no llegaremos a tiempo.

Las hadas no dijeron nada, pero formaron un círculo en torno a él y empezaron a entonar una canción sin palabras. Shail sintió que un torrente de magia feérica recorría su ser, uniéndose a su propio poder, y supo que podría lograrlo.

—Vete, mago —susurraron las hadas—. Llévatela de aquí.

Shail asintió y se concentró en la Torre de Kazlunn. La energía que le habían proporcionado las hadas seguía allí, vibrante, límpida y resplandeciente, y no pensaba desaprovecharla.

En el último momento, cuando su cuerpo y el del pequeño unicornio comenzaban a difuminarse, percibió una sombra que se abalanzaba hacia ellos desde las alturas, y un viento gélido sacudió el claro. Las hadas palidecieron, y las más pequeñas gritaron de terror.

—No te preocupes —susurró una de las mayores—. Márchate. Ponla a salvo.

Con un nudo en el estómago, Shail completó el conjuro. El shek se precipitó sobre el círculo de hadas, pero el mago y el unicornio ya se habían marchado.

—La llamé Lunnaris —recordó Shail—. Es un nombre un poco obvio para un unicornio, puesto que significa «Portadora de Magia», y, en realidad, todos los unicornios lo son. Pero ella era el último. Por eso, en el fondo, no podía llamarse de otra manera.

En la Torre de Kazlunn, Shail descubrió que se había convertido en un héroe. Los líderes de la Orden Mágica se habían reunido con el Padre de la Iglesia de los Tres Soles y la Madre de la Iglesia de las Tres Lunas para tratar de encontrar una solución al gravísimo problema

133

que amenazaba Idhún. Se habían acordado de la profecía. Y habían llegado a la conclusión de que, costara lo que costase, había que salvar al menos a un dragón y a un unicornio. Habían hecho un llamamiento para que todos colaborasen en la búsqueda.

Y Shail lo había logrado sin saber realmente lo que estaba en juego. Las noticias que lo recibieron allí eran aterradoras.

—Todo Awinor está ardiendo en llamas —le contaron—. Los dragones caen del cielo, uno tras otro, envueltos en fuego. Los incendios que están provocando son incontrolables. Muy pronto, la tierra de los dragones habrá muerto con ellos.

—Cientos de sheks cubren los cielos de Idhún, y se dice también que un ejército de espantosos hombres-serpiente ha invadido Raheld desde el norte.

—No queda un solo dragón con vida. Ni uno solo.

Shail escuchaba todo esto con honda preocupación. Sabía que los Archimagos estaban preparando un rito especial, muy complejo, pero no tenía idea de en qué consistía.

Entonces llegó Alsan.

Todos los caballeros de Nurgon, junto con nobles, aventureros, héroes y mercenarios de todas las razas y de todos los reinos, habían sido movilizados en la búsqueda de dragones y unicornios. Los hechiceros los habían transportado hasta Awinor mediante la magia, pero todos volvían con las manos vacías.

Por eso la llegada de Alsan, príncipe heredero de Vanissar, con una pequeña cría de dragón dorado en los brazos, causó un gran revuelo.

—Nunca me ha hablado de cómo ni dónde lo encontró —comentó Shail—. No se lo dijo a nadie. Pero lo importante es que allí estaban los dos, mi pequeña Lunnaris y el dragoncito. No llegamos a averiguar por qué ellos habían resistido más que los demás. Tal vez por ser tan jóvenes. Pero el caso es que llegaron moribundos a la Torre de Kazlunn, y no teníamos mucho tiempo.

—¿Qué pasó entonces? —preguntó Jack, estremeciéndose. Por alguna razón, la historia le conmovía profundamente.

—Debíamos llevarlos a un lugar seguro, un lugar donde la luz de los seis astros no los alcanzase, al menos hasta que la conjunción hubiese acabado. Pero no teníamos la más remota idea de cuánto duraría. Y, por otro lado, no existía tal lugar en Idhún. Así que los magos pensaron...

–... ¡que podrían enviarlos aquí! –adivinó Jack, sorprendido.

Shail asintió.

–Sabemos que hay muchos mundos. Pero sabemos también que en la Tercera Era los magos abrieron un canal de comunicación con la Tierra. Ese canal seguía abierto.

»En circunstancias normales, pocos magos se atreverían a realizar el viaje. La mayoría no había vuelto para contarlo, y los que habían regresado contaban cosas aterradoras. Pero no teníamos otra salida.

»Cuando parecía claro que todos aquellos acontecimientos extraordinarios anunciaban la llegada de una nueva Era Oscura a Idhún, muchos hechiceros abrieron la Puerta por su cuenta y escaparon. Pero ellos no eran importantes. No lo eran tanto como nuestro dragón y nuestro unicornio.

»Los hechiceros más poderosos de la Orden los enviaron a través de la Puerta interdimensional. Cuando la conjunción pasó y los astros volvieron a sus posiciones habituales, llegó la hora de traerlos de vuelta. Alsan y yo nos ofrecimos voluntarios. No en vano los habíamos llevado a la torre; además, yo me había encariñado con Lunnaris, y me consideraba responsable de ella.

Hizo una pausa. Jack esperaba, atento.

–El viaje no salió exactamente como esperábamos. Cuando atravesamos el umbral, súbitamente, la Puerta interdimensional se cerró tras nosotros.

–¿Qué quiere decir eso?

–Ashran y los sheks habían descubierto que se les habían escapado un dragón y un unicornio, por no hablar de varias docenas de magos lo bastante competentes como para viajar a otro mundo. Suponemos que tomaron el control de la Puerta. Tal vez destruyeron la Torre de Kazlunn y a todos sus moradores. No podemos saberlo, porque no podemos volver.

Jack respiró hondo, intentando asimilar toda aquella información.

–Los problemas no acabaron ahí. La Tierra era un mundo inmenso y, por si fuera poco, Ashran envió a Kirtash tras nosotros, para destruir a los únicos que podrían, en un futuro, acabar con él. Llevamos tres años buscando en la Tierra a un dragón y un unicornio. Sabemos que están vivos, en algún lugar, porque Kirtash también los está buscando... para matarlos. Nuestra verdadera misión consiste en encontrarlos y salvarles la vida para que la profecía pueda cumplirse. Ya lo hicimos una vez... y debemos hacerlo de nuevo.

Hubo un silencio. Jack meditaba toda aquella nueva información. Se volvió entonces hacia Victoria.

—Tú lo sabías, ¿verdad?

Ella asintió.

—Yo le había hablado de Lunnaris —dijo Shail—. Quien ve a un unicornio, Jack, no lo olvida jamás. Yo no he logrado olvidar a Lunnaris, y haría lo que fuera para encontrarla antes de que lo haga Kirtash. No se trata solo de que ella sea la última esperanza para Idhún. Es una cuestión personal.

—Además —añadió Victoria—, se supone que yo tengo que haberla visto en algún momento.

—¿Por qué? —preguntó Jack, confuso.

—Porque soy una humana nacida en la Tierra —explicó Victoria— y, sin embargo, soy también una semimaga. Esto quiere decir que he visto a un unicornio... Lo malo es que no lo recuerdo.

—Si Lunnaris está en este mundo —asintió Shail—, puede que haya personas que ya la hayan visto. Y que, debido a ello, posean cierta sensibilidad para la magia. O puede, incluso, que la propia Lunnaris haya consagrado a más hechiceros aquí. En la Tierra no hay magos, Jack, ya te lo dijimos el primer día. Solo están los que llegaron de Idhún... y aquellos que hayan tenido algún tipo de contacto con nuestro unicornio perdido.

Victoria desvió la mirada.

—¿Y el báculo...? —preguntó Jack, para cambiar de tema y evitar que su amiga siguiera pensando en ello.

—El báculo fue creado por los unicornios —explicó Shail—. Y, por tanto, podría llevarnos hasta Lunnaris. Por eso era fundamental que lo encontrásemos antes que Kirtash. Y por eso en ese momento era más importante... poner el báculo fuera de su alcance que salvar la vida de Alsan. Si Lunnaris muere... o si lo hace el dragón que Alsan encontró... ya no habrá esperanza para nuestro mundo.

—Comprendo —asintió Jack, pesaroso.

—Tal vez Elrion disfrute asesinando magos, pero para Kirtash eso es solo secundario. Su principal misión aquí en la Tierra es encontrar al dragón y el unicornio y matarlos para evitar que se cumpla la profecía.

—Quizá por eso quería vivo a Alsan —intervino Victoria—, y probablemente, también a ti, Shail. Vosotros dos encontrasteis al dragón y al unicornio la primera vez. Podríais darle alguna pista.

—Pero no tenemos ninguna pista. He estudiado los mitos de los habitantes de la Tierra. El dragón es común a todas las culturas. El unicornio solo se halla en algunas de ellas. Pero, de todos modos, siguen siendo... mitos —miró a Jack a los ojos—. Con franqueza, no esperábamos encontrarnos un mundo como este. Superaba todas nuestras previsiones. Habíamos empezado a creer que nunca los encontraríamos, cuando, gracias a ti, descubrimos el *Libro de la Tercera Era* y la existencia del Báculo de Ayshel.

—No gracias a mí —susurró Jack—. Kirtash nos estaba esperando, ¿verdad? Eso quiere decir que sabía que acudiríamos. Ese CD... no se le pasó por alto. Parrell no era idhunita. Fue Kirtash quien dejó el disco allí, a propósito, para que nosotros lo encontrásemos. Sabía que tal vez a la policía no le llamaría la atención una carátula con la imagen de un dragón... pero a nosotros sí, porque es lo que andamos buscando. Y caímos en la trampa. O sea... que fue culpa mía.

—Gracias a ti —repitió Shail con firmeza—, Kirtash no tiene el báculo, y Lunnaris sigue a salvo, de momento.

Jack no dijo nada. Shail lo miró fijamente y vio que el muchacho estaba pálido. La historia de la profecía le había impresionado más de lo que ninguno de ellos había imaginado.

Shail se levantó y colocó una mano sobre el hombro del chico.

—Creo que necesitas descansar, Jack —hizo una pausa y luego añadió—: Todos lo necesitamos, en realidad.

Jack reaccionó y alzó la cabeza para mirarlo.

—¿Y qué hay de lo de Alsan?

Shail negó con la cabeza.

—Os necesito al cien por cien, con la mente despejada y despierta, o cualquier plan que tracemos tendrá altas posibilidades de salir mal.

—Eso es verdad —admitió Jack, con un suspiro.

Lo cierto era que se sentía terriblemente cansado, como si hubiera envejecido varios años de repente.

Se levantó para dirigirse a su habitación. Cuando pasó junto a Shail, este le dijo en voz baja:

—Sospecho que Kirtash no se equivocó contigo. Algo de sangre idhunita debe de correr por tus venas, Jack, porque has sido capaz de comprender por fin la tragedia que vive Idhún, y mucho mejor que cualquier terráqueo.

Jack no respondió.

Cuando llegó a su cuarto, se derrumbó sobre la cama, completamente vestido, y se le cerraron los ojos sin darse cuenta. Estaba agotado. No sabía por qué, pero era así.

Su mente pronto abandonó la consciencia para sumergirse en un extraño sueño plagado de dragones que caían del cielo envueltos en llamas, bajo un extraño cielo en el que brillaban tres soles y tres lunas entrelazados en una insólita conjunción. Él avanzaba a caballo a través de un desierto, entre huesos carbonizados de dragones...

IX
PLANES DE RESCATE

ALSAN despertó en una gran cámara iluminada por antorchas de fuego azul. Quiso moverse, pero no pudo: estaba encadenado de pies y manos a una especie de plataforma vertical. Se debatió, furioso, pero solo consiguió que los eslabones de hierro se le clavasen más en la piel.

Oyó un gruñido y miró a su alrededor. Cerca de él había una gran jaula con un lobo en su interior, un lobo gris que le enseñaba los dientes.

—Veo que ya os habéis hecho amigos —dijo la voz de Elrion en la oscuridad.

Alsan volvió la cabeza. El mago acababa de materializarse en la estancia, cerca de él.

—¿Qué es lo que pretendes?

Elrion se acercó a él, sonriendo.

—Algún día me agradecerás que te haya escogido para este pequeño experimento, príncipe —dijo—. Porque voy a convertirte en uno de los hombres más poderosos de ambos mundos.

—¿Ah, sí? ¿Y por qué harías eso por mí?

—Por varios motivos —Elrion caminaba arriba y abajo junto a Alsan, pensativo—. En primer lugar, porque si el conjuro sale mal no se habrá perdido gran cosa, ya que ibas a morir de todas formas. Pero si el conjuro sale bien... en fin, sería muy desmoralizador para todos los otros renegados ver que su príncipe Alsan, el adalid de esa patética Resistencia formada por un mago y dos mocosos, se une incondicionalmente a nuestras filas.

Alsan apretó los puños.

—Jamás.

—¿Elrion?

La voz sonó suave y tranquila, pero había algo amenazador en el modo en que pronunció el nombre del mago, y este se estremeció.

—¿Qué pasa ahora? —dijo sin embargo, tratando de aparentar una seguridad que no sentía.

Kirtash emergió de entre las sombras. No respondió a la pregunta de Elrion, pero ladeó la cabeza y lo miró, y el mago supo que estaba esperando una explicación.

—Se trata de un pequeño experimento de nigromancia... Nada importante.

Kirtash enarcó una ceja.

—De modo que utilizas como cobaya a mi prisionero más valioso... ¿y eso no es importante?

No había perdido la calma, pero Elrion sabía que el muchacho estaba enfadado, y lo que eso significaba.

—Esta vez saldrá bien, Kirtash —se defendió—. Ya sé qué falló la última vez. Solo tengo que...

No terminó la frase. Rápido como el pensamiento, Kirtash avanzó hacia él, con los ojos relampagueantes. Intimidado, Elrion retrocedió hasta que su espalda chocó contra la pared. Kirtash se detuvo a escasos centímetros de él y lo miró fijamente. El mago quiso apartar la mirada, pero no fue capaz.

—Sé lo que pretendes —advirtió Kirtash—. He visto a los otros. Y me da la sensación de que no comprendes las consecuencias de lo que estás haciendo.

—Pero esta vez... saldrá bien —se atrevió a repetir Elrion; la voz le salió mucho más débil y temblorosa de lo que había pretendido, pero, por alguna razón, Kirtash cambió de actitud y se separó de él.

—No —dijo, dándole la espalda; Elrion jadeó, sorprendido de seguir con vida—. Nunca sale bien —añadió Kirtash a media voz.

Alsan, que había seguido la escena con interés, se sorprendió de percibir en su voz un cierto tono de... ¿tristeza?

—Haz lo que quieras con él —concluyó Kirtash con cierto cansancio—. Pero, si muere o escapa por tu culpa... responderás con tu vida.

Elrion no fue capaz de replicar. Kirtash se acercó a Alsan y lo miró largamente a los ojos. El príncipe sintió los tentáculos de la conciencia de su enemigo explorando su mente y trató de resistirse, de dejar la mente en blanco... pero él no era telépata, y no pudo evitar que Kirtash leyese sus más secretos pensamientos como en un libro abierto.

Cuando el muchacho se separó de él, rompiendo el contacto visual, Alsan dejó caer la cabeza a un lado, aturdido. Kirtash le dio la espalda y se alejó de él sin una palabra; pero, antes de salir de la estancia, se volvió hacia donde estaba Alsan, maniatado junto a la jaula del lobo, y le dirigió una larga mirada pensativa.

–No me gustaría estar en tu pellejo –comentó solamente.

No había burla en su voz, y eso preocupó más a Alsan que cualquier amenaza que pudiera haber recibido.

–Bien, escuchad –dijo Shail–. Tienen a Alsan en una antigua fortaleza medieval, en el corazón de Alemania...

–¿Cómo sabes eso?

–Me lo ha dicho el Alma. No ha sido difícil, pero no me extraña: lo que quieren es que los encontremos, precisamente. Pero, por lo visto, el castillo está muy vigilado. Aun en el caso de que lográsemos entrar, no creo que podamos salir.

–¿Cómo que está vigilado? –preguntó Jack–. ¿Por quién? Solo están Kirtash y Elrion...

–No, hay mucho más que eso... –suspiró Shail–. Os lo enseñaré. Por favor... –pidió, dirigiéndose al invisible corazón de Limbhad.

Sobre la mesa de la biblioteca apareció la enorme esfera multicolor, rotando sobre sí misma. Jack y Victoria se acercaron para ver qué quería mostrarles el Alma en aquella ocasión...

... Y, de pronto, un ser horrible apareció nítidamente en la esfera. Jack y Victoria gritaron y retrocedieron, sin poder apartar la vista de él.

Era humanoide, pero tenía la piel cubierta de escamas y agitaba tras él una larga cola, y su cabeza era triangular, de serpiente, con ojillos malévolos, redondos como botones, y una lengua bífida que sobresalía por entre cuatro colmillos afilados.

Súbitamente, la criatura desapareció.

Jack parpadeó, perplejo. El corazón todavía le palpitaba con fuerza. Sentía las uñas de Victoria oprimiéndole el brazo, porque ella se había pegado a él, atemorizada.

–¿Qué... demonios...? –jadeó el chico.

–Szish –murmuró Victoria.

Se había soltado del brazo de Jack y miraba a Shail con los ojos muy abiertos. El chico no conocía la palabra que había empleado ella, pero le evocaba algo espantoso, algo que de ninguna manera deseaba conocer.

–Szish –asintió el mago–. Docenas de ellos. No sé cómo habrá hecho Kirtash para pasarlos a través de la Puerta, pero ellos están vigilando la fortaleza, y no será fácil burlarlos.

Jack se le quedó mirando.

–¿Quieres decir que esa... cosa... era un...?

–Un szish. Las tropas de tierra de Ashran. Cuentan las leyendas que los sheks, las serpientes aladas, nacieron de la unión del dios oscuro con Shaksiss, la serpiente del corazón del mundo. Pero del origen de los szish, nadie ha dicho ni una palabra. Sería horrible pensar que cruzó humanos con serpientes, o que tenía tanto poder como para crear su propia raza.

–Detesto a las serpientes –murmuró Jack, estremeciéndose.

–¿Pero cómo ha conseguido traer a esas criaturas a nuestro mundo? –preguntó Victoria–. Un castillo como ese debe de ser un monumento importante de la región. No puede ser que nadie se haya dado cuenta.

–Algunas personas solo ven lo que quieren ver –murmuró Shail–. Por eso el camuflaje mágico funciona tan bien. De todas formas, sabes que Kirtash es muy discreto. No habría montado esa pequeña base allí si no estuviera completamente seguro de que nadie lo iba a molestar.

–¿Y cómo vamos a entrar, entonces?

–Los szish no son tan temibles como los sheks, pero sí son inteligentes, muy inteligentes, y hábiles guerreros. Y eso me da una idea.

Se acercó a Jack y Victoria y los miró fijamente.

–Uno de nosotros se hará pasar por un szish, mediante un camuflaje mágico, y entrará en la fortaleza. Los otros dos fingirán que van a entrar por otro lado, y así distraerán a las demás serpientes. Creo que yo...

–No –atajó Jack–. No creo que sea una buena idea.

Shail lo miró.

–Lo sé. Pero...

–Quiero decir que, si se trata de entretener a las serpientes, nada mejor que un buen número de magia. Por eso creo que tú y Victoria debéis ocuparos de esa parte. Yo me encargaré de entrar ahí, disfrazado o lo que sea, y de rescatar a Alsan.

Hubo un silencio. Finalmente, Shail dijo:

–No, Jack. No puedo permitirlo. Es muy peligroso.

–Pero, Shail –intervino Victoria–. Kirtash estará allí. Si tú o yo entramos en ese castillo, él nos descubrirá enseguida. Detecta la magia, ¿recuerdas? Jack es el único de los tres que no es mago... o semimago –añadió a media voz.

Shail abrió la boca para replicar, pero no dijo nada. Miró a los chicos, algo confuso.

–Maldita sea, tienes razón. Pero no puedo disfrazarte de serpiente y dejarte entrar ahí, sin más...

–No –concedió Jack–. Creo que ha llegado la hora de permitirme usar una espada legendaria.

–¿Qué es lo que esperas conseguir con todo esto? –quiso saber Alsan.

Elrion había estado consultando un enorme volumen escrito en idhunaico arcano, pero se volvió hacia él y sonrió.

–¿Quieres que te lo explique? –se ofreció.

Se levantó y avanzó hasta situarse junto a la jaula del lobo.

–¿Ves a esta criatura? –dijo–. Bien; pues, al igual que todas las demás criaturas, tiene un espíritu, un espíritu que la mantiene viva y la hace ser quien es. Las grandes artes de la nigromancia han permitido logros como... poder cambiar un espíritu de cuerpo, por ejemplo.

Alsan no dijo nada. Se limitó a mirar al hechicero, con gesto orgulloso y desafiante.

–Por supuesto, tu alma humana no desaparecería sin más –siguió explicando Elrion–, pero quedaría sometida al espíritu del animal... lo cual tiene sus ventajas. Adquirirías la fuerza del lobo, su extraordinaria percepción, su fiereza, su coraje y su instinto salvaje... y todo ello quedaría a nuestro servicio.

–No –se rebeló Alsan–. No pienso permitir...

–¿Y cómo vas a impedírmelo? –sonrió Elrion.

Jack entró con decisión en la armería. Paseó su mirada por la colección de espadas, dagas, mazas, escudos y armaduras que se guardaban allí. Desde su primera visita había regresado un par de veces más, con Alsan, y este le había contado la historia y propiedades de algunas de aquellas armas.

Se volvió hacia Shail para comentarle algo y descubrió una expresión apenada en su rostro.

—¿Qué? —preguntó en voz baja.

—Solo estaba pensando —respondió el mago, sacudiendo la cabeza— que a Alsan le habría gustado estar aquí.

Jack abrió la boca para decir algo, pero no le salieron las palabras.

—Le hacía ilusión entregarte la espada él mismo —prosiguió Shail—. Incluso me dijo que ya sabía cuál iba a regalarte.

Jack inspiró hondo. En muchas ocasiones había fantaseado con la espada que elegiría cuando Alsan juzgara que estaba preparado, y había elegido mentalmente unas y descartado otras.

Pero en aquel momento en concreto ya sabía cuál iba a escoger. Sospechaba que no era aquella la que Alsan había reservado para él, pero no tenía otra salida.

Avanzó con decisión hasta el lugar donde la había visto por primera vez, y donde sabía que continuaba todavía. Se detuvo ante la estatua del dios del fuego y contempló, sobrecogido, la magnífica espada que Alsan había llamado Domivat.

—Esa no —dijo enseguida Shail.

Jack no dijo nada. Sabía por qué lo decía. Recordó que Alsan le había contado que aquella espada había sido forjada con fuego de dragón y que nadie podía tocarla sin abrasarse.

Pero Alsan también había dicho que, aparte de Sumlaris, aquella era la única espada de Limbhad que podía enfrentarse a Haiass, la espada de Kirtash.

Apretó los puños al recordar la facilidad con que él lo había desarmado en su último encuentro. Cuando Haiass y su propia espada, un arma corriente, se habían encontrado, algo parecido a una descarga eléctrica había recorrido su acero hasta llegar a su brazo. Había sido una sensación extraña, como si estuviese sosteniendo un témpano de hielo. Y entonces había comprendido que ni el mejor espadachín del mundo podía enfrentarse a Kirtash en igualdad de condiciones, no mientras él siguiese blandiendo a Haiass.

Y Sumlaris la Imbatible se había perdido con Alsan. Por tanto, lo único que podía hacer Jack era aprender a usar aquella espada de fuego, costara lo que costase.

—¿Me has oído? —insistió Shail—. Te quemarías si la tocaras.

—Lo sé —dijo Jack con suavidad—. Alsan me lo dijo. Pero también me dijo que podías congelar la empuñadura para que yo pudiese blandirla.

–¿Eso te dijo? –murmuró Shail, incómodo; echó una mirada insegura a Domivat, que relucía misteriosamente, como iluminada por el resplandor de una hoguera–. Bueno, podría intentarlo, pero no estoy seguro de que... ¿Jack?

Jack no lo estaba escuchando. Le estaba pasando algo extraño. Tenía la sensación de que Domivat lo llamaba, y no podía apartar los ojos de la espada. Un ramalazo de nostalgia lo invadió, como si acabara de reencontrarse con algo perdido y largamente anhelado. Y supo, de pronto, que Domivat había estado esperándolo todo aquel tiempo. Y que podía empuñarla sin peligro.

Otro en su lugar se lo habría pensado dos veces, pero Jack era impetuoso y solía seguir sus primeros impulsos. Antes de que Shail sospechara siquiera lo que pretendía hacer, él ya había alargado la mano hacia la empuñadura de la espada.

–¡¡Jack, NO!! –gritó Shail, alarmado.

Demasiado tarde. Los dedos de Jack se cerraron en torno al pomo de Domivat, la Espada Ardiente, forjada con fuego de los mismos dragones. La aferró con decisión, sabiendo de alguna manera que era una posesión suya, que había estado aguardando desde tiempo inmemorial a que él llegara para empuñarla.

Sintió que una oleada de calor ascendía desde su mano a través de su brazo e inundaba todo su ser, despertando en su interior algo que había permanecido dormido durante mucho tiempo. Se sintió más vivo y completo que nunca; aferró la espada con las dos manos y cerró los ojos para disfrutar de aquella sensación.

Cuando los abrió, Shail estaba ante él, mirándolo boquiabierto.

–Me gusta esta espada –comentó Jack sonriendo.

–Es... imposible –balbuceó Shail.

–Imposible o no, ahora estoy seguro de que no volveré a hacer el ridículo ante Kirtash –afirmó Jack–. Pero primero tengo que probarla, entrenar con ella...

Calló, recordando que Alsan ya no estaba allí para enseñarle, y se le encogió el corazón.

Pero también se acordó de otra cosa.

–Oye, Shail –dijo–. Cuando yo no estaba... ¿contra quién combatía Alsan para practicar esgrima?

Shail seguía mirándolo asombrado, pero la pregunta de Jack pareció devolverlo a la realidad.

–Bien, sí, este... –sacudió la cabeza, confuso–. Demonios; debería estar contento de que haya por fin una pregunta a la que sé responder. Bueno, ya resolveremos este pequeño misterio más tarde. Sígueme, quiero enseñarte algo.

Se dio la vuelta y echó a andar a través de la sala. Jack lo siguió, intrigado. Todavía sostenía a Domivat entre las manos, y cuando el filo de la espada rozó accidentalmente un anaquel de madera, este estalló en llamas.

–¡Ten más cuidado! –lo riñó Shail; tuvo que ejecutar un sencillo hechizo de agua para apagar el incendio, y lanzó a Jack una mirada preocupada–. Francamente, sigo sin creer que sea una buena idea.

Jack se encogió de hombros.

–No tenemos otra salida –le recordó.

–Está bien –suspiró Shail–. Mira, esto es lo que quería enseñarte.

Se había detenido ante una vieja armadura negra que empuñaba una larga y poderosa espada. Jack la miró, pero no le pareció gran cosa.

–Solo es una armadura.

–Error –sonrió Shail, y trazó un signo mágico sobre ella.

De inmediato, la armadura alzó la espada y volvió la cabeza hacia Shail, como esperando instrucciones. Jack retrocedió de un salto.

–¡Eh! ¿Cómo haces que esa cosa se mueva?

–Es un autómata –explicó Shail–. No se trata de una armadura vacía, sino que tiene en su interior una serie de mecanismos que la hacen moverse y luchar como un auténtico caballero de Nurgon. Una maravillosa obra de ingeniería y alquimia. Yo solo le proporciono la energía que necesita para funcionar.

Jack ya estaba atando cabos.

–¿Quieres decir que Alsan entrenaba luchando contra esta cosa?

–Pruébalo tú mismo –invitó Shail.

–¿Qué tengo que hacer? –inquirió Jack, mirando al autómata con desconfianza.

–¿No lo adivinas?

–Este... creo que sí –blandió a Domivat, miró fijamente al caballero mecánico, inspiró hondo y dijo–: En guardia.

–¡Jack, aquí no! –exclamó Shail, alarmado–. ¡Tienes una sala de entrenamiento, esto está lleno de...!

Demasiado tarde. El autómata alzó la espada y arremetió contra Jack. El muchacho conocía aquel movimiento, y también la defensa que tenía que emplear. Movió su propia espada para detener el golpe del autómata, y cuando las dos armas chocaron, Jack percibió que de la suya emanaba un imparable chorro de energía.

Fue visto y no visto. El autómata y su espada estallaron en mil pedazos.

Jack, sorprendido, se cubrió el rostro con los brazos para evitar que lo alcanzasen los restos del caballero mecánico. Cuando se atrevió a mirar de nuevo, vio a Shail, completamente pálido, contemplando los trozos del autómata que habían caído a sus pies.

—Lo siento —dijo Jack, compungido—. No sabía que iba a pasar esto.

Shail movió la cabeza, preocupado.

—Me parece que no se trata de que debas aprender a manejarla —dijo—, sino de que tienes que saber controlar su poder.

—¿Cómo puedo hacer eso?

—Alsan te lo habría explicado mejor que yo. Es una cuestión de autodominio. La espada responde a tu voluntad y, si te dejas llevar por la furia o no controlas tu cuerpo y tu mente en todo momento, se desatará toda su fuerza.

—Pero eso no es tan malo, ¿verdad? —respondió Jack, imaginando por un momento que Kirtash saltaba en pedazos, igual que le había sucedido al autómata.

—Sí que lo es. No entiendo de esgrima, pero sí sé algo sobre la magia: siempre debes utilizarla en su justa medida; nunca desates todo tu poder, porque después no podrás controlarlo. Además, tu enemigo puede aprovechar tu fuerza en su favor.

Jack se sintió muy abatido de pronto. Siempre había admirado a Alsan por su autocontrol y su dominio de sí mismo, pero tenía que admitir que si alguien superaba a su amigo en nervios de acero, ese era, desde luego, Kirtash.

Pero Domivat seguía en sus manos, y Jack la sentía casi como una prolongación de su cuerpo. Y supo que lograría dominarla, porque, de alguna manera, era ya una parte de sí mismo.

—De acuerdo —dijo, y dio media vuelta para salir de la sala.

—Espera, ¿adónde vas?

—A aprender a controlar esta espada.

Shail lo siguió hasta la sala de entrenamiento. Jack se había colocado en el centro, con la espada sujeta en alto con las dos manos, y respiraba profundamente, con el ceño fruncido en señal de concentración. Shail se alejó un poco, con prudencia. Entonces, Jack descargó su arma contra un enemigo invisible, ejecutando un movimiento que Alsan le había enseñado. Domivat llameó en el aire e iluminó la sala con un resplandor rojizo. Jack apretó los dientes y realizó una finta, blandiendo la espada en un ataque lateral. En esta ocasión, el acero pareció desprender menos calor.

–Ya comprendo –dijo Jack; alzó la mirada hacia Shail–. Creo que tardaré un poco.

–Tómate tu tiempo –replicó el mago, aún perplejo–. Voy a ver a Victoria, tengo algo que hablar con ella.

Jack asintió, concentrado todavía en su espada. Realizó varios movimientos más, fintas, ataques y defensas, y se concentró en mantener sometido todo el fuego de Domivat. Había comprendido que la espada solo descargaría un poder proporcional a la fuerza que quisiera imprimirle a su golpe, y recordó lo ágil que era Kirtash y lo fácilmente que había esquivado los ataques de Alsan la noche en que este le había salvado la vida. Jack podía descargar todo su odio en un golpe letal, pero, si Kirtash lograba evitarlo, Jack habría malgastado su fuerza en vano, y probablemente entonces ya sería demasiado tarde para rectificar.

«Control», pensó, y recordó todo lo que Alsan le había enseñado. Ejecutó un último movimiento, más complejo; sometió el poder de la espada en todas las fintas y dejó escapar una parte en el golpe final, que descargó contra el armario donde guardaban las espadas de entrenamiento. El mueble estalló en llamas, pero nada más resultó dañado. Jack asintió, satisfecho.

–Ya voy, Alsan –murmuró–. Aguanta.

Alsan gritó de nuevo, en plena agonía. Su cuerpo llevaba un buen rato sufriendo horribles mutaciones. El joven había sentido cómo le crecía pelo por todo el cuerpo, cómo se le alargaba la cara hasta convertirse en un hocico, cómo sus dientes se volvían afilados colmillos, sus manos garras y su voz un gruñido. Los cambios iban y venían, y el vello crecía y desaparecía, y su rostro, contraído en una mueca de dolor, mostraba rasgos humanos o lobunos.

Shail encontró a Victoria en la explanada que se extendía entre la casa y el bosquecillo. Estaba de espaldas a él, y el mago se preguntó qué andaría haciendo. Apenas avanzó unos pasos cuando se dio cuenta, con horror, de lo que sostenía en las manos.

—¡Vic, no lo hagas! —gritó, echando a correr hacia ella.

Pero ella no lo oyó. Volteó el Báculo de Ayshel, y Shail vio cómo el objeto se encendía como un lucero en mitad de la noche. Un reluciente haz de luz salió disparado de la bola de cristal que remataba el báculo y fue a estrellarse contra los árboles más próximos, que estallaron en llamas.

Shail se detuvo un momento, perplejo. Victoria se volvió hacia él, con expresión culpable.

—¡No sabía que podía hacer esto! —se excusó; Shail recordó la manera en que, momentos antes, Jack se había disculpado por destrozar el autómata, y pensó que los dos chicos tenían en común muchas más cosas de las que parecían creer—. ¡La última vez no generaba tanto poder!

—La última vez estabas en pleno desierto, Vic —le recordó él, llegando junto a ella—. Este lugar, en cambio, respira vida por los cuatro costados. La energía que puede llegar a canalizar el báculo no es la misma. De todas formas, ¿qué pretendías hacer exactamente?

—Aprender a usarlo.

—¿Ahora?

—Claro; me lo voy a llevar a Alemania.

—¿Qué? —saltó Shail—. ¡Ni se te ocurra! ¡Es lo que quiere Kirtash!

Victoria alzó la cabeza y lo miró con decisión.

—Lo sé; pero, si no lo hago, no seré más que una carga en el grupo. Y no vas a dejarme atrás, Shail. Esta vez no.

Shail desvió la mirada. Lo cierto era que, aunque había contado con ella mientras elaboraba su plan de rescate, había cambiado de idea y había decidido pedirle que se quedara en Limbhad.

—Vic, es muy peligroso. Va a ser mejor que nos esperes aquí y, entretanto, intentes ver si el báculo puede darte alguna pista sobre Lunnaris.

Fue para Victoria como si acabase de recibir una bofetada.

—Entiendo —murmuró, herida, y le dio la espalda para volver a la casa.

Tal vez fue su tono de voz, o tal vez fue su expresión, o la situación en general; pero en aquel mismo momento, Shail comprendió muchas cosas acerca de Victoria. Y se dio cuenta por primera vez de lo sola que estaba.

–Espera –la llamó, reteniéndola del brazo–. No lo entiendes. Es más que todo eso.

–Sí, ya lo sé –dijo ella, aburrida–, Kirtash quiere el báculo y debemos impedir a toda costa que...

–No –cortó Shail; la miró, muy serio–. Kirtash no solo quiere el báculo; también te quiere a ti. Y por nada del mundo voy a dejar que te lleve. ¿Comprendes?

Victoria lo miró, sin creer lo que acababa de escuchar. Shail la atrajo hacia sí y la abrazó con fuerza.

–¿Recuerdas lo que te dije cuando te traje a Limbhad la primera vez?

–Sí –respondió ella en voz baja–. Dijiste que cuidarías de mí.

–Siempre –prometió Shail–. Por eso no quiero ponerte en peligro. ¿Me entiendes? Se me puso la piel de gallina cuando Kirtash dijo que quería cambiarte por Alsan, y tú le dijiste que sí. No quiero volver a pasar por eso otra vez. No me lo perdonaría.

Victoria tardó un poco en responder. Pero, cuando lo hizo, no dijo lo que Shail estaba esperando escuchar. Se separó de él y lo miró a los ojos, y Shail pensó que parecía mayor de lo que era.

–Lo entiendo –dijo–, pero no, esta vez no voy a quedarme en casa. Cada vez que Alsan y tú os ibais, yo tenía miedo de que no volvierais más. Puede que ya hayamos perdido a Alsan. No quiero perderos a Jack y a ti también. Y por una vez tengo la oportunidad de hacer algo, de luchar por lo que creo y por las personas que me importan. Sé que es arriesgado sacar el báculo de aquí, pero es un arma poderosa y creo que deberíamos aprovecharla. Vamos a necesitar toda la ayuda posible si queremos rescatar a Alsan con vida.

Shail quedó un momento callado, pensando. Luego asintió.

–De acuerdo. Voy a ver cómo le va a Jack con su nueva espada. No tardaremos en irnos.

Se dio la vuelta para marcharse.

–Shail.

–¿Qué?

–Lo he intentado –dijo Victoria en voz baja.

El mago no respondió. Solo la miró y esperó a que siguiera hablando.

–He buscado a Lunnaris a través del báculo –prosiguió ella–. Pero su magia no hace nada por intentar encontrarla. Es como si ella... no estuviera aquí.

Shail asintió gravemente.

–Lo siento –añadió Victoria, bajando la cabeza–. No soy muy buena con estas cosas.

Shail la cogió por los hombros.

–Escúchame, Vic –le dijo–. Tú haces lo que puedes, y punto. No seas tan dura contigo misma. Yo estoy muy orgulloso de ti.

Victoria lo miró. Shail sonrió.

–Y los encontraremos, ya verás. Y rescataremos a Alsan. Cuenta con ello.

–¿Sabes una cosa? –dijo entonces ella, en voz baja–. En mi casa ya es más de medianoche, según mi reloj. ¿Y sabes qué día es hoy?

Shail negó con la cabeza.

–No, Vic, confieso que no lo sé. Aquí en Limbhad es difícil llevar la cuenta de los días.

Victoria sonrió.

–Hoy es mi cumpleaños –dijo suavemente–. Hoy cumplo trece años.

Shail la miró y sintió una cálida emoción por dentro.

–Mi pequeña Vic –le dijo, acariciándole el pelo–. Ya eres toda una mujer. Siento haber olvidado tu cumpleaños, pero te prometo que, cuando pase todo esto, lo celebraremos como te mereces. ¿De acuerdo?

–No hace falta que me trates como si fuera una niña pequeña. Comprendo perfectamente que eso no es nada importante comparado con lo que tenemos que hacer ahora. Pero... quería decírselo a alguien.

Sonrió de nuevo, incómoda y algo avergonzada. Shail la contempló durante unos instantes y después se quitó uno de los muchos amuletos que llevaba colgados al cuello.

–Mira esto –le dijo–. ¿Sabes qué es?

Victoria miró. Se trataba de una fina cadena de un metal parecido a la plata, pero que mostraba bajo las estrellas un suave brillo blanquecino. De ella pendía un cristal con forma de lágrima que relucía misteriosamente.

–Es precioso –murmuró ella, fascinada.

–Los llaman Lágrimas de Unicornio. Estos amuletos están hechos de un cristal especial, muy puro, y solo se fabrican en un pequeño pueblo perdido entre las nieves, al norte de Raheld, la ciudad de los artesanos. Son muy populares entre los magos porque se

151

dice que desarrollan la magia, la imaginación y la intuición. Este, en concreto, fue el regalo que me hizo uno de mis hermanos mayores cuando ingresé en la Orden Mágica. Y ahora quiero que lo tengas tú.

Victoria lo miró, muda de asombro.

–¿Qué? –pudo decir al final–. Pero, Shail, ¡no puedo aceptarlo!

–Por favor, hazlo. Es mi regalo de cumpleaños. Para la chica del báculo, la de los bonitos ojos, que no quiero ver llorar nunca más.

Victoria alzó la mano para rozar el amuleto, pero le temblaban los dedos, y, sin poder contenerse por más tiempo, echó los brazos al cuello de Shail y lo abrazó con todas sus fuerzas. El joven mago sonrió, y le devolvió el abrazo.

–Feliz cumpleaños, Vic –dijo–, estoy seguro de que harás grandes cosas. Pero aún eres una flor que apenas ha empezado a abrirse. Cuando estés preparada para mostrar todo lo que vales, asombrarás al mundo, estoy convencido de ello. Y espero estar allí para verlo.

–¡Gracias, gracias, gracias! –susurró ella, emocionada–. Es el mejor regalo de cumpleaños de toda mi vida. Y te prometo que no te decepcionaré.

Los dos se separaron, y Shail puso la cadena de la Lágrima de Unicornio en torno al cuello de Victoria. Ella lo contempló una vez más, sonriendo, y sintiéndose mucho más aliviada y segura de sí misma.

–Voy a ver cómo le va a Jack con su nueva espada –dijo Shail–. No tardaremos en irnos.

Victoria asintió, aún sonriente, pero el mago intentó que no se le notara lo preocupado que estaba. «Me gustaría saber si hago bien embarcando a estos dos chicos en una guerra que tal vez no sea la suya», pensó. Volvió a mirar a Victoria y recordó cómo el báculo había acudido a sus manos, y cómo Jack había empuñado a Domivat como si no hubiera nacido para otra cosa, y una inquietante idea cruzó por su mente. Se preguntó si debía comentarlo con ellos. «Ojalá Alsan estuviera aquí», deseó en silencio. «Él sabría qué hacer».

Alsan aulló. Su cuerpo se convulsionó de nuevo, mientras él movía la cabeza a un lado y a otro, tratando de volver a su apariencia humana.

Casi lo logró.

A su lado, Elrion murmuraba, desconcertado:

–No lo entiendo. No lo entiendo.

Se habían reunido los tres en la biblioteca. Jack portaba a Domivat en el cinto, y Victoria sostenía el Báculo de Ayshel. Los dos estaban asustados, pero se esforzaban por parecer resueltos. Shail los miró con cariño y se preguntó, por enésima vez, si estaba haciendo lo correcto. Suspiró. Debía decírselo antes de embarcarse en aquella misión suicida. Tenían derecho a saberlo.

–Escuchad –les dijo con seriedad–. Hay algo que debéis saber. Algo acerca de esa espada... y ese báculo.

–¿Qué? –preguntó Jack.

–Las hemos llamado «armas legendarias», y no sin una buena razón. Fueron forjadas para ser empuñadas por héroes verdaderos. Solo aquellos destinados a hacer grandes cosas tienen derecho a llevarlas.

Jack y Victoria cruzaron una mirada, indecisos.

–Aún sois muy jóvenes –prosiguió Shail–, y vuestro vínculo con Idhún no está del todo claro. Por eso no debería permitir que vinierais conmigo.

»Pero conozco la historia y las leyendas. Y me han enseñado que, en los momentos importantes, siempre aparece alguien que está destinado a ser un héroe. Tal vez no lo esperaba, tal vez jamás soñó que caería sobre sus hombros semejante responsabilidad, tal vez simplemente estaba en el lugar equivocado en el momento equivocado. Pero estas cosas pasan. Le ocurrió a Ayshel, y, de alguna manera, también a mí, cuando me encontré con Lunnaris por pura casualidad. Tal vez Alsan fuera educado para ser un héroe. Yo no y, por tanto, no estoy seguro de estar haciendo lo correcto. Por eso quiero que sepáis por qué he decidido que debéis venir conmigo.

–¿Por qué? –preguntó Victoria.

El mago la miró fijamente. Después miró a Jack con la misma intensidad.

–Hace un rato os dije que Alsan y yo debíamos salvar al dragón y al unicornio por segunda vez. Tal vez no sea así. Tal vez nuestro momento ya ha pasado, tal vez cumplimos ya con nuestra misión cuando los llevamos a ambos a la Torre de Kazlunn. Tal vez caigamos los dos en esta empresa, porque tal vez seáis vosotros el futuro de la Resistencia. Las armas legendarias saben reconocer a los verdaderos héroes. Quizá vosotros dos estéis destinados a encontrar al dragón y el unicornio y a luchar por la salvación de Idhún en la última batalla.

Sé que es mucha responsabilidad, y solo deseo poder estar a vuestro lado si eso llegara a ocurrir. Pero, en caso contrario...

Shail no pudo seguir hablando. Jack y Victoria parecían asustados. «No me sorprende», pensó el mago. «Pero debían saberlo. Ojalá esté equivocado, pero estas cosas no ocurren por casualidad».

–Tal vez –dijo entonces Jack, tras un momento de silencio–, pero no pienso luchar solo. Si he de hacerlo, Alsan y tú estaréis a mi lado.

Habló con seguridad y decisión, y Shail aplaudió interiormente su coraje. «Bravo, Jack», pensó. «Y bravo, Alsan. Has convertido a un chiquillo asustado en un futuro héroe de Idhún».

Se preguntó hasta qué punto era bueno aquello. Se preguntó, incluso, si no habría sido mejor para Jack que Kirtash lo hubiera matado aquella noche. Si tenía razón, y era aquel el destino de Jack, había caído sobre sus hombros una enorme responsabilidad que cambiaría su vida para siempre.

Su vida... y la de Victoria.

Evitó seguir pensando en ello.

–Vámonos, pues. Alma –pidió al espíritu de Limbhad–, por favor, llévanos cerca del castillo donde se encuentra Kirtash.

Momentos antes de que el Alma los envolviera en su seno, Victoria buscó la mano de Shail, pero fue la de Jack la que encontró. El chico se la estrechó con fuerza para infundirle ánimos.

Y los tres partieron a una misión que, como sabían muy bien, podía ser la última.

X
SERPIENTES

BASTA –dijo entonces una voz clara, fría y firme–. Ya te has divertido bastante.

De pronto, Alsan sintió que el espíritu del lobo se calmaba un poco y dejaba de luchar contra su alma humana.

Oyó la voz de Elrion.

–¿Por qué? Casi lo tenía...

–Ni de lejos, Elrion –respondió Kirtash–. Sabes que no posees ni una décima parte del talento de Ashran el Nigromante, por mucho que te esfuerces en imitarlo. Y sabes también que ese conjuro no está al alcance de cualquiera.

El muchacho se acercó a Alsan y lo miró, pensativo. El príncipe bajó las orejas y le gruñó, enseñándole los colmillos. Kirtash no se inmutó.

–Podría haber sido peor, créeme –murmuró–. Mucho peor.

En medio de su agonía, Alsan creyó ver un destello de compasión en sus fríos ojos azules.

–Enciérralo con los demás –ordenó Kirtash–. Y asegúrate de que lo vigilan bien –hizo una pausa y añadió–: La Resistencia acaba de llegar.

Jack miró a su alrededor, mareado. No terminaba dc acostumbrarse a aquellos viajes instantáneos.

Se encontraban en un bosquecillo bajo la luz de la luna. Por encima de las copas de los árboles sobresalían los torreones de una centenaria fortaleza, que en tiempos remotos había servido de defensa a los habitantes del lugar, pero que ahora había sido elegida por Kirtash para ocultar a su pequeño ejército.

–Atendedme un momento –dijo Shail–. Aunque hemos utilizado el poder del Alma para llegar hasta aquí, también he aportado parte de mi magia, de modo que lo más seguro es que Kirtash ya se haya dado cuenta de que hemos llegado; estamos demasiado cerca de él como para que haya podido pasarlo por alto. Tenemos que darnos prisa. No tardará en presentarse para recuperar el báculo.

Jack intentó centrarse. Shail seguía hablando en susurros, pero a él le dio la sensación de que había otro sonido además de su voz.

–Silencio –dijo–. ¿No oís eso?

Los tres prestaron atención. Y entonces los oyeron.

Siseos.

Jack se volvió hacia todas partes. Vio sombras en la niebla, sombras humanoides de cabeza extrañamente aplastada.

Y, de pronto, un horrible rostro apareció ante él, una cabeza de serpiente, unos colmillos y una lengua bífida...

Alsan dio con sus huesos en una húmeda prisión. Se levantó con unos reflejos que no había creído poseer, y se lanzó contra la puerta, gruñendo. Esta se cerró apenas unas centésimas de segundo antes de que chocase contra ella.

Alsan arañó la puerta y aulló. No sirvió de nada.

Oyó entonces un ruido al fondo de la celda. Alzó la cabeza y husmeó en el aire. El olor era extraño, confuso. Alsan no podía asociarlo con nada que conociera.

–¿Quién eres tú? –gruñó.

Otro gruñido le respondió desde la oscuridad, y algo surgió de entre las sombras para observarlo con atención.

Alsan lo estudió con cautela.

Era una mujer.

O, mejor dicho, había sido una mujer. Ahora tenía ojos felinos y orejas redondeadas y peludas, y algunas partes de su piel estaban cubiertas por un suave pelaje de color anaranjado, con rayas negras. Caminaba con el cuerpo echado hacia adelante y las manos rozando el suelo. Alsan vio que sus dedos terminaban en garras y que tras ella se agitaba algo parecido a una larga cola.

La mujer-tigre le dedicó una torva sonrisa.

–Bienvenido al clan –dijo.

Jack descargó su espada contra aquella criatura, sintió que el acero hendía su carne escamosa, oyó un siseo furioso cuando el filo de Domivat abrasó el cuerpo de su oponente. Se quedó un poco sorprendido, pero tuvo que reaccionar deprisa, porque venían más. Recordó cómo los había llamado Shail: szish, los hombres-serpiente, siervos de los sheks y de Ashran, el Nigromante, el sacerdote de los nuevos señores de Idhún. Suspiró. Podrían haber sido hombres-hiena, hombres-oso o incluso hombres-cucaracha, y lo habría soportado mejor. Pero detestaba las serpientes. Siempre lo había hecho.

De reojo, vio cómo Victoria enarbolaba su báculo. La bola de cristal que lo remataba pareció cargarse de energía durante un momento, porque se encendió en la noche como un faro palpitante; y finalmente, obedeciendo a un movimiento de su dueña, el báculo descargó toda aquella energía en forma de rayo contra uno de los hombres-serpiente, que se carbonizó de inmediato.

El chico se esforzó por recordar todo lo que había aprendido con Alsan. Pensar en él le dio fuerzas, y alzó a Domivat para defenderse ante el ataque de otro de los szish. Costó más de lo que imaginaba. Aquel ser era hábil y rápido, y Jack tuvo que emplearse a fondo sin dejar por ello que la ira o el miedo lo dominasen hasta el punto de no poder controlar su espada. Finalmente, hundió el acero en el cuerpo de su oponente y lo vio caer ante él, y fue una sensación extraña.

En aquel momento, Shail ejecutaba un hechizo. Jack vio cómo, de pronto, tres szish más se transformaban en estatuas de hielo. Jack descargó su espada contra ellos y destrozó las estatuas, por si se les ocurría volver a la vida. Se volvió justo a tiempo de evitar ser atravesado por el arma de otro hombre-serpiente.

Victoria alzó su báculo y se concentró. De nuevo la bola de cristal extrajo la energía del ambiente y la acumuló en su interior. Victoria levantó el báculo en un movimiento brusco y la magia fue liberada en forma de anillo luminoso. Jack y Shail se agacharon a tiempo, pero algunos hombres-serpiente murieron carbonizados.

Jack miró a Victoria, impresionado. Shail le dio un leve empujón y el muchacho volvió a centrarse. Por fortuna, ya no quedaba ninguno más.

—Era solo un grupo de guardia —murmuró Shail—. Pero a estas alturas, seguro que ya todo el mundo sabe que estamos aquí.

Jack no dijo nada. Todo había sucedido muy deprisa, y él no acababa de hacerse a la idea de que estaba luchando por su vida y la de sus amigos.

—Vamos —dijo Victoria, cogiéndolo del brazo—. Tenemos que rescatar a Alsan.

El príncipe se había sentado en un extremo de la celda, lejos de la mujer-tigre. Llevaba un buen rato pensando en lo que había pasado, y deseando poder echarle la zarpa a Elrion para devorarlo en dos bocados, para hacerle pagar aquel terrible dolor que aún lo corroía por dentro. Acurrucado en aquel rincón oscuro, Alsan gruñía y gemía a partes iguales. A veces su cuerpo cambiaba de nuevo, y el joven se convulsionaba y aullaba mientras sus rasgos se hacían más lobunos o más humanos.

—Terminará algún día —le aseguró la mujer-tigre—. Entonces no serás ni una cosa ni la otra. Serás una criatura híbrida, como yo.

A Alsan no le gustó aquella perspectiva. Pensó en sus amigos, pero ello hacía despertar su lado humano, y entonces se reanudaba en su interior aquella terrible y dolorosa lucha contra el espíritu del lobo. Comprendió entonces por qué la mujer-tigre tenía aquel aspecto.

Ella había pactado una tregua, cansada de seguir sufriendo.

—¿Estás preparado, Jack?

El muchacho asintió. Shail se acercó a él y alzó las manos sobre su cabeza.

—Piensa en un szish y guarda su imagen en tu mente.

Dadas las circunstancias, a Jack no le resultó nada difícil. Shail movió las manos en círculo sobre la cabeza del muchacho y pronunció unas palabras mágicas. Jack sintió la magia fluyendo desde las manos de Shail hasta su cabeza, y luego descendiendo para extenderse por todo su cuerpo...

Cuando se miró las manos, y las vio escamosas y con tres dedos, quiso lanzar una exclamación de asombro, pero solo le salió una especie de silbido.

—Más vale que no te mires a un espejo, Jack —comentó Victoria—. Esa cara no te favorece.

Jack le guiñó un ojo. Eso, al menos, sí pudo hacerlo.

Cargó con su espada y vio que ahora parecía un acero normal y corriente. Se despidió de sus amigos con un gesto y dio media vuelta para marcharse.

—Espera, Jack.

Victoria le había cogido del brazo. Jack se volvió hacia ella, y la chica se estremeció.

—Me resulta extraño pensar que eres tú —dijo; tragó saliva y estampó un beso en lo que debía de ser la mejilla de su amigo—. Ten mucho cuidado. Quiero que vuelvas vivo.

—Volveré vivo, y con Alsan —siseó Jack; la miró a los ojos—. Ten mucho cuidado tú también.

Victoria asintió. Jack se separó de ella y se perdió entre la espesura.

—Bueno —dijo entonces Shail—. ¿Preparada para la función?

—Creo que sí —asintió ella.

—Quiero que tengas en cuenta una cosa: tú tienes el báculo y sabes cómo usarlo. Kirtash vendrá a buscarte. Tenemos que estar preparados para resistir todo lo posible, ¿entiendes? Mientras Kirtash esté por aquí, Jack tendrá una oportunidad de entrar en el castillo y rescatar a Alsan.

—Están aquí —dijo Elrion.

—Lo sé —dijo Kirtash—. Hemos perdido a una de las patrullas. Espero que tengas bien vigilado a Alsan, porque han venido a buscarlo.

—Oh, sí —rió el mago—. Aunque se tropezaran con él de narices, no lo reconocerían con facilidad.

Kirtash le dirigió una mirada penetrante.

—Sigues subestimándolos.

—¿Qué vas a hacer tú?

—Lo que esperan que haga —respondió Kirtash suavemente—: ir a buscar a Victoria y el báculo.

—No habrán sido tan tontos como para traerlos hasta aquí...

—Claro que sí. Es la única oportunidad que tienen de salir todos con vida.

Elrion no respondió. Se inclinó sobre la superficie de un pequeño estanque cuyas aguas reflejaban una imagen del exterior del castillo.

—¡Por fin los veo! —dijo, satisfecho—. El mago y la chica. Están intentando entrar por la puerta de atrás.

—¿En serio? —Kirtash sonrió—. Entonces entrarán por la puerta de delante. ¿Dónde está el otro?

–Pues... –vaciló Elrion.

Kirtash asintió, como si se esperara esa respuesta.

–Voy a interceptar a Jack cuando trate de entrar –dijo–. Una vez lo haya matado, iré a buscar el báculo. Tú quédate aquí y asegúrate de que nadie consigue llegar hasta Alsan.

El mago no replicó, pero apretó los puños. Detestaba tener que obedecer a Kirtash, pero sabía que nunca osaría enfrentarse a él directamente, porque jamás lograría vencerlo.

Jack se acercó a la puerta delantera y se esforzó por moverse y caminar como lo hacían los otros hombres-serpiente. Aprovechó que dos de ellos volvían a entrar en el castillo para hacerlo él también.

Uno de los szish se volvió y le dijo algo con un airado siseo. Jack se sintió aterrado al principio, hasta que se dio cuenta de que había entendido al szish perfectamente.

Le había dicho:

–¿Adónde crees que vas?

Jack no supo qué responder al principio, pero enseguida se le ocurrió una idea.

–A pedir refuerzos –respondió en el lenguaje de los szish, aquella mezcla de siseos y silbidos–. Han visto a dos intrusos en el bosque.

–¿De verdad? –los szish cruzaron una mirada–. No me han informado.

Pero en aquel momento llegó un cuarto hombre-serpiente.

–Renegados –siseó–. Están atacando la entrada trasera.

El szish que parecía ser el jefe miró a Jack.

–Está bien –dijo–. Corre a avisar a Sosset.

Jack asintió y entró en la fortaleza. No tenía ni idea de quién era ese tal Sosset y, desde luego, no pensaba averiguarlo.

Sintió de pronto un soplo gélido en el alma y se pegó a la pared, a la sombra de un pilar, temblando.

–¿Qué es lo que pasa? –oyó la voz de Kirtash hablando en la lengua de los szish.

–Renegados. Íbamos a...

–No. No ibais a ninguna parte. Quiero que os quedéis aquí, vigilando esta puerta, ¿entendido?

Jack se deslizó despacio, pegado a la pared. Kirtash estaba de espaldas a él y bastante lejos, pero el chico tenía la certeza de que, si él lo miraba, ni el más perfecto disfraz de szish lograría engañarlo.

Lenta, muy lentamente, Jack se alejó de allí.

Kirtash se dio la vuelta. Había algo que...

Ladeó la cabeza, tratando de definir aquella molesta sensación. Había decidido vigilar él mismo la puerta principal, pero algo le decía que Jack ya había logrado entrar en el castillo. Kirtash conocía sus propias limitaciones y sabía que no tenía modo de detectar la presencia de Jack. ¿O sí?

Su intuición jamás le había fallado.

–Assazer –llamó.

El szish acudió presuroso ante él.

–Quedaos aquí y llamad a otro destacamento. Si entran, lo harán por esta puerta.

El hombre-serpiente ladeó la cabeza y sus ojos brillaron con inteligencia.

–El mago y la chica... son una maniobra de distracción, ¿es eso, señor?

–Eso parece. No os fiéis de nadie y, sobre todo, no dejéis entrar a nadie. ¿Está claro?

Assazer vaciló.

–Señor...

Kirtash se volvió hacia él.

–... momentos antes de que llegaras, ha entrado alguien. Un szish que decía que iba a avisar a Sosset de la presencia de renegados en el bosque.

Los ojos de Kirtash se estrecharon, pero no dijo nada. Aguardó a que el hombre-serpiente siguiera hablando. Assazer y su compañero cruzaron una mirada.

–Era un szish un tanto extraño, señor –explicó–. Nos pareció que su cuerpo despedía algo de calor.

Kirtash no hizo ningún comentario. Silencioso como una sombra, se adentró de nuevo en el castillo, a la caza del intruso.

Victoria alzó el báculo por encima de su cabeza. Shail lanzó un nuevo hechizo, y algunos de los szish retrocedieron, temerosos. La chica miró de reojo a su amigo. El mago parecía agotado, y ella deseó que Jack encontrase pronto a Alsan y saliese del castillo de una vez.

Shail y Victoria estaban aguantando bien en el bosque. La vegetación impedía que los szish atacaran todos a la vez, y solo podían llegar hasta ellos en pequeños grupos. Pero los dos jóvenes escudriñaban las sombras, nerviosos, esperando al enemigo que los había llevado hasta allí.

Sin embargo, Kirtash seguía sin aparecer.

—¿Qué estará haciendo? —dijo Shail entre dientes—. ¿Por qué no viene a buscar el báculo?

—¿Crees que se habrá dado cuenta? —susurró Victoria.

—Por el bien de Jack, espero que no.

Victoria no dijo nada, pero recordó la mirada de los ojos azules de Kirtash, unos ojos a los que nada parecía escapar. Y comprendió entonces que, si Kirtash no se había presentado allí todavía, era porque sabía que Jack estaba intentando entrar en el castillo. «No tiene prisa por venir a buscarme», pensó, «porque sabe que esperaremos a Jack hasta el último momento».

Deseando estar equivocada, se puso de nuevo en guardia y se alzó junto a Shail para detener al nuevo grupo de szish que acudían a su encuentro.

Jack vagó por los pasillos del castillo y se topó con algunos guerreros que lo saludaban sin hacerle preguntas. Había humanos y szish, y estos se le quedaban mirando con desconfianza. Jack se preguntó cuál sería el fallo de su disfraz.

Al cabo de un rato, llegó a una gran sala iluminada con antorchas de fuego azul. En el centro había una plataforma con correas; parecía una especie de instrumento de tortura, y a Jack no le gustó. Junto a aquel artefacto había una jaula que contenía el cuerpo de un lobo muerto.

—¿Qué haces aquí?

Jack se sobresaltó. La voz de Elrion había sonado muy cerca. El chico dio un paso atrás para camuflarse entre las sombras, por si acaso. Pero Elrion no parecía prestarle atención. Estudiaba un enorme libro apoyado en un atril con forma de cobra.

—Yo... —tartamudeó Jack—. Buscaba a Sosset —añadió, recordando oportunamente el nombre del jefe de los hombres-serpiente.

–¿Y qué te ha hecho pensar que lo encontrarías aquí? –gruñó el mago, de mal humor–. ¡Vuelve al sótano a vigilar a los prisioneros!

Jack atrapó al vuelo aquella información y se dio media vuelta para marcharse. Cuando estaba en la puerta se volvió para mirar a Elrion.

El asesino de sus padres.

Sintió que hervía de ira, pero logró controlarse. No era la primera vez que se encontraba con Elrion desde la muerte de sus padres, pero en todas aquellas ocasiones había estado Kirtash delante y, por alguna razón, a Jack le resultaba mucho más fácil volcar su odio sobre él. Se esforzó en recordar para qué había entrado en aquel castillo. Debía rescatar a Alsan.

Inspiró profundamente y logró dominar su rabia. «Pronto, Elrion», prometió en silencio. «Pronto te lo haré pagar».

Salió de la sala sin volver a mirar atrás.

Elrion suspiró y movió la cabeza, aún molesto por la interrupción. Los szish eran, por norma general, más inteligentes que los humanos, pero aquel en concreto parecía ser una excepción.

Entonces alzó la cabeza y comprendió. Con un grito de rabia, cerró el libro y salió de la habitación, en pos de Jack.

Victoria ladeó el báculo para detener una estocada. El artefacto emitió un suave resplandor palpitante y liberó parte de su energía, y la espada del szish se hizo pedazos. Cuando Victoria descargó el báculo sobre él, la criatura lanzó un agudo sonido silbante... y estalló en llamas.

La chica jadeó y retrocedió un poco. Aquello parecía una pesadilla. Estaba matando a seres inteligentes que, aunque no tuvieran el mismo aspecto que ella, sí poseían una conciencia racional. Lo único que podía decir en su defensa era que, aunque su propia vida no corriera peligro –Kirtash la necesitaba para manejar el báculo–, sabía que los szish no se detendrían a la hora de matar a Shail y a Jack.

Jack... ¿Por qué tardaba tanto?

–Kirtash todavía no ha venido, Shail –murmuró–. ¿Habrá encontrado a Jack?

El mago sacudió la cabeza, pero no dijo lo que realmente pensaba: que, a aquellas alturas, solo cabía desear que Kirtash no se presentase allí.

Porque, si lo hacía, solo quería decir una cosa: que Jack ya estaba muerto, puesto que estaba claro que era él lo que impedía al asesino acudir a recuperar el báculo.

Una nueva patrulla de szish avanzaba hacia ellos. Shail jadeó, agotado; Victoria supo que no aguantaría mucho más.

–Déjame a mí –le dijo–. La energía del báculo no se acaba.

Volteó de nuevo el Báculo de Ayshel y dirigió su rayo mágico hacia los hombres-serpiente. Pero, ante su sorpresa, algo detuvo el chorro de energía a escasos metros de sus enemigos. El rayo chocó contra una pared invisible y después se deshizo.

–¿Qué...? –empezó Victoria.

–Magia –dijo solamente Shail, retrocediendo un poco.

Victoria comprendió.

–¿Elrion?

Pero Shail negó con la cabeza.

–Elrion es un mago demasiado valioso. Han enviado a otro hechicero, probablemente mediocre, ya que toda esta gente es carne de cañón. Tenemos el báculo; Elrion no puede luchar contra él, y lo saben.

»Lo malo es que a mí ya no me quedan fuerzas, Vic. Tendrás que pelear tú sola.

Victoria escudriñó las sombras, pero no vio al mago por ninguna parte... hasta que sintió un intenso acopio de energía no muy lejos de allí. Quiso gritar, advertir a Shail, pero él ya se había dado cuenta: un enorme rayo mágico avanzaba hacia ellos, imparable.

Jack se topó con una escalera de caracol que descendía, y decidió probar suerte. Bajó y bajó hasta llegar a un húmedo pasillo donde se oían gemidos, gruñidos y ruido de cadenas. A ambos lados del pasillo, entre antorchas de fuego azul, estaban las puertas de las celdas. Satisfecho, avanzó pasillo abajo, pero de pronto se detuvo en seco y se estremeció.

Se volvió justo para ver la espada de Kirtash sobre él.

XI
FUEGO Y HIELO

ALSAN alzó la cabeza y frunció el ceño. Husmeó en el aire. Aquel olor...

–No va a lograrlo, amigo –susurró la mujer-tigre–. Él ya lo ha alcanzado.

Alsan gruñó y se levantó para asomarse a la pequeña ventanilla enrejada.

–Vamos, chico –murmuró–. Tienes que salir de esta.

Jack rodó hacia un lado. La espada casi le rozó el brazo, dejando una sensación gélida en su piel. Kirtash volvió a alzarla sobre él, pero en esta ocasión Jack interpuso su propia espada entre ambos. El mismo camuflaje mágico que convertía a Jack en un szish la hacía parecer un arma normal y corriente, pero no lo era; se trataba de Domivat, una espada legendaria, y algo antiguo y poderoso pareció sacudir a los dos combatientes cuando los dos filos chocaron.

Kirtash entornó los ojos un breve instante. Aquella fue su única reacción, pero fue suficiente para que Jack lo empujara hacia atrás, aprovechando para ponerse en pie.

Los dos se miraron con cautela. Jack sostenía a Domivat entre él y Kirtash, manteniendo las distancias. En la penumbra del pasadizo, también Haiass relucía con un brillo gélido.

–Volvemos a encontrarnos –dijo Jack.

Kirtash no respondió. No tenía nada que decir. Se movió rápida y ágilmente hacia la derecha, pero atacó por la izquierda. Jack detuvo el filo de la espada de su enemigo a pocos centímetros de su cuerpo y retrocedió, preocupado. Kirtash seguía siendo demasiado rápido y ligero como para poder anticipar sus movimientos. «Pero esta vez no me ha desarmado al primer golpe», pensó. Se lanzó hacia adelante y descargó su espada contra él. Kirtash esquivó su ataque con un rápido movimiento y detuvo a Domivat con su propia espada. De nuevo, todo el aire pareció vibrar. Haiass, hielo, y Domivat, fuego, eran la expresión más clara del espíritu de sus respectivos portadores. Pero, más allá del encuentro entre dos espadas legendarias, Jack intuyó que había allí vestigios de una lucha inmemorial que, de alguna manera, se renovaba a través de ellos dos.

Kirtash pareció intuirlo también, porque cargó de nuevo contra él, rápido y letal. Encadenó una serie de movimientos tan veloces que el filo de Haiass apenas se percibía como un relámpago blanco en la semioscuridad. Sin entender muy bien lo que estaba sucediendo, Jack se defendió como pudo. Y tuvo la sensación de que la propia Domivat le ayudó esta vez, porque él estaba seguro de que nunca había reaccionado tan deprisa. Detuvo todos los golpes de Kirtash con una precisión y una eficacia aprendidas de las lecciones de Alsan, pero supo casi enseguida que jamás habría podido moverse con tanta rapidez de haber empuñado cualquier otra espada. El último golpe lo lanzó un poco a la desesperada, y sucedió lo que había temido desde el principio: perdió la concentración y Domivat desató parte de su poder.

Hubo una llamarada que hizo retroceder a Kirtash. Jack jadeó, aliviado de tener un momento de respiro; pero su alegría duró poco. Se sentía extrañamente débil y vacío, y comprendió que la fuerza de Domivat se le había ido de las manos, sin consecuencias para Kirtash pero, lamentablemente, con efectos fatales para él.

Kirtash pareció comprenderlo también. Con un brillo de triunfo en los ojos, alzó a Haiass y arremetió contra Jack.

El muchacho supo que solo tenía una opción.

Dio media vuelta y echó a correr pasillo abajo. Oyó que Kirtash lo perseguía, y supo con toda seguridad que lo alcanzaría.

Victoria movió el báculo como si fuera una raqueta de tenis...

... y, para su sorpresa, funcionó. La bola de fuego rebotó en el cristal del báculo y se volvió contra los hombres-serpiente, que, sin poder reaccionar, vieron cómo el proyectil lanzado por su hechicero se estrellaba contra ellos...

Los szish retrocedieron, siseando aterrorizados. Pero el mago seguía sin dejarse ver.

–Shail –murmuró Victoria, preocupada–. ¡Mira! ¡Vienen más!

Docenas de szish avanzaban a través del bosque, hacia ellos, rodeándolos por todos lados. Victoria se volvió en todas direcciones, buscando una vía de escape.

–¿De dónde salen tantos?

Shail, que recuperaba fuerzas apoyado contra el tronco de un árbol, miró fijamente las sombras de los enemigos, que se acercaban, y comprendió:

–No son tantos. Es una ilusión producida por el mago.

–¿Quieres decir que no son reales?

–Algunos de ellos, sí. Pero no todos. El problema consiste en distinguir los enemigos reales de los falsos.

–¿Qué hacemos, entonces?

–Vámonos de aquí –decidió Shail, incorporándose.

Victoria negó con la cabeza, apretando los dientes. Alzó el báculo y lanzó otra onda circular que alcanzó a la primera fila de szish. Reales o ilusiones, se desvanecieron todos.

–No voy a abandonar a Jack –declaró.

Seguían llegando hombres-serpiente. Seguían pareciendo muchos.

–No vamos a hacerlo –replicó Shail.

Entonces, Victoria comprendió. Se acercó a Shail y trató de realizar el hechizo de teletransportación que él le había enseñado tiempo atrás.

Nunca había conseguido ejecutarlo, pero en aquella ocasión la magia canalizada por el Báculo de Ayshel suplió su propia magia incompleta. Solo la presencia de Shail, que la sujetaba con firmeza, la ayudó a mantener la mente lo bastante serena como para visualizar el lugar a donde querían transportarse.

Jack dobló un recodo y chocó con un szish. La fuerza del impacto fue tal que ambos rodaron por el suelo. Jack se incorporó de un salto y siguió corriendo.

–¡Eh! –protestó la criatura, pero no pudo decir más.

La espada de Kirtash lo había atravesado de parte a parte.

El joven se dio cuenta enseguida de su error, pero era demasiado tarde. El hombre-serpiente estaba muerto, y Jack huía corredor abajo.

Extrajo el acero del cuerpo del szish, sintiendo que Jack lo había sacado de sus casillas, y preguntándose por qué. ¿Cómo era posible? ¿Cómo conseguía aquel chico alterarlo hasta el punto de hacerle cometer errores tan estúpidos? ¿Se debía al hecho de que se le había escapado ya varias veces? ¿Al extraño sexto sentido de Jack que, de alguna manera, le advertía de su presencia? ¿O a que había tenido la osadía de plantarle cara blandiendo una espada legendaria, una espada forjada con fuego de dragón?

Kirtash entrecerró los ojos en una mueca de odio. Sí, eso debía de ser. La espada.

Envainó de nuevo a Haiass y se quedó mirando el oscuro pasillo, pensativo. Ahora que lo sabía, no volvería a cometer el mismo error.

Nunca mataba por matar, por varios motivos.

El primero de ellos era la discreción: Kirtash sabía que se movería con más libertad si no llamaba la atención. El segundo era que no valía la pena molestarse en matar a alguien si ello no le reportaba algún beneficio. Y el tercero... que los muertos no son útiles a nadie. Solo los vivos podían servir para algo en un momento dado.

Y por ello Kirtash solo mataba a quien debía matar: a los objetivos que Ashran le había señalado y a aquellos que se interponían entre él y el cumplimiento de su misión. Por supuesto, jamás había quitado la vida a un szish que no lo mereciera. Los hombres-serpiente eran una raza de guerreros hábiles, inteligentes y muy peligrosos para sus enemigos. Cualquiera de ellos valía por diez hombres.

–Kirtash –la voz de Elrion tras él no lo sobresaltó; nadie podía sorprenderlo–. Escucha, el chico renegado ha entrado en el castillo. Va disfrazado de szish.

Kirtash no pudo evitar esbozar una breve sonrisa.

–No me digas.

Shail y Victoria se materializaron en el lugar donde se habían despedido de Jack. No estaban muy lejos del grupo de szish que los había atacado, pero ya no se hallaban rodeados por ellos. Shail instó a Victoria a que subiese a un árbol, y trepó tras ella. Cuando se acomodaron entre las ramas, Victoria dijo:

–Nos encontrarán, Shail. No es un gran escondite.

–Ahora lo será –aseguró el mago.

Pronunció las palabras de un hechizo y, pronto, una densa niebla comenzó a formarse a sus pies, una niebla oscura que creció y creció hasta ocupar todo el bosque que rodeaba el castillo.

Jack entró en la sala de los guardias. Había tres szish, dos guerreros humanos y un yan. Como Jack solo había visto un yan en toda su vida, no podía asegurarlo, pero habría apostado a que se trataba del traidor Kopt.

Los guardias se le quedaron mirando.

–Euh... –empezó Jack, recordando que su camuflaje mágico seguía activo–. Busco al prisionero, al príncipe renegado –dijo en la lengua de los hombres-serpiente.

–¿Para qué? –preguntó uno de los szish.

–Porque el mago Elrion tiene... algo que tratar con él –se le ocurrió a Jack.

Para su sorpresa, los guardias sonrieron.

–No se da por vencido ese mago –comentó uno de los hombres-serpiente.

Pero el que parecía ser el líder no se dejó convencer tan fácilmente.

–¿Por qué no ha bajado él mismo? –exigió saber.

Jack no tenía preparada una respuesta. Sabía que Kirtash pronto lo alcanzaría. Tendría que encontrar a Alsan él solo.

Sin una palabra, echó a correr y atravesó la sala de guardia. Los seis se levantaron de un salto.

–¡Eh!

Pero Jack salió por la otra puerta y se perdió por el corredor.

–Avissssa al mago Zzzosssan –dijo el jefe szish a uno de los guardias humanos; le habló en un idhunaico común a la manera en que lo hablaban los hombres-serpiente, plagado de siseos y silbidos–. Dile que quiero a esse renegado muerto.

–¿Renegado? –repitió el guardia, confuso.

Los szish lo miraron con desprecio.

–Los szisssh no dessssspedimoss calor como los mamíferossss –dijo uno de ellos–. Esssa criatura no era uno de loss nucsssstrosss.

El jefe se volvió hacia otro de los guardias, un szish.

–Busca a Kirtash. Dile que...

–No es necesario –dijo una voz fría y serena–. Ya estoy aquí.

Victoria no dejaba de lanzar miradas nerviosas hacia el castillo. Probablemente, Jack tenía problemas; ¿por qué, si no, tardaba tanto?

Bajo el árbol, entre la densa niebla, los szish seguían buscándolos. El mago que iba con ellos intentaba abrir la bruma mágica, sin resultado: Shail seguía concentrado en producir más y más niebla. Victoria lo miró fijamente y se preguntó cuánto tiempo más podría aguantar.

Jack se detuvo en un pasillo, jadeante, y miró a su alrededor. Celdas y más celdas.

—¿Alsan? —preguntó, vacilante.

No hubo respuesta. Jack sabía que aún le quedaba mucho sótano por recorrer, pero no pudo evitar pensar que tal vez su amigo ya estaba muerto.

—No —se dijo a sí mismo—. Los guardias hablaban de él como si siguiese vivo.

Aferrado a esta esperanza, siguió caminando por los pasillos, llamando a Alsan en voz baja.

La mayoría de las celdas estaban vacías. Jack podía imaginar por qué. Kirtash no solía hacer prisioneros. Si debía matar a alguien, lo hacía. Si lo que quería era obtener información, le bastaba con sondear su mente.

Se asomó a un pequeño pasillo oscuro que olía fuertemente a animal. No iba a entrar, pero oyó ruidos y se internó en él para esconderse.

Fue una mala idea. Tan pronto como entró en el corredor, fue recibido con un coro de gruñidos, y se preguntó qué tipo de bestias guardarían allí, y para qué.

Por el pasillo principal avanzaba un guardia humano. Oyó los gruñidos de los animales y se asomó con curiosidad.

Jack se pegó temblando a la pared, olvidando que él todavía parecía un szish a los ojos de la mayoría. Costaba recordarlo, después de haberse enfrentado a Kirtash con la certeza de que él veía más allá del camuflaje mágico, y desde el primer momento había descubierto en él no a un temible hombre-serpiente, sino a un asustado chico de trece años.

Entonces, de pronto, algo parecido a una zarpa surgió de entre los barrotes de un ventanuco y le agarró la cabeza, tapándole la boca. Jack jadeó y manoteó, aterrado.

Una voz que le resultaba ligeramente conocida le dijo al oído, con una especie de gruñido animal:

—Silencio, Jack. Soy yo.

Jack no las tenía todas consigo, pero se quedó quieto. El guardia no llegó a verlo. Se encogió de hombros y prosiguió la ronda.

Jack se volvió lentamente. Bajo la vacilante luz azul de las antorchas, pudo ver que la garra que lo había atrapado era una extraña mezcla entre una pata animal y un brazo humano. A través de las rejas entrevió unos ojos salvajes y brillantes.

—¿Alsan? –preguntó, vacilante.

—Sí, chico. Abre la puerta.

Jack vio también unos colmillos afilados, y se lo pensó.

—Alsan, ¿qué te ha pasado?

—Maldita sea, abre la puerta –gruñó el príncipe–. Se supone que has venido a rescatarme, ¿no? Porque, de lo contrario, no sé qué diablos haces en una mazmorra en este nido de serpientes, disfrazado de víbora.

Jack sonrió, incómodo. Parecía Alsan, aunque no se le ocurrió pensar cómo lo había reconocido. Examinó la cerradura, y no se lo pensó mucho. Sacó a Domivat de la vaina y la descargó contra la puerta. El fuego mágico de la espada hizo saltar los goznes.

Pero entonces sintió a Kirtash tras él, como un soplo de aire frío. Instintivamente, se apartó.

Todo fue muy rápido. Jack se hizo a un lado, Kirtash alzó su espada, Alsan rugió y se lanzó sobre la puerta, que cedió de golpe...

Alsan y la mujer-tigre se precipitaron sobre Kirtash. El muchacho, cogido por sorpresa, tardó un poco en reaccionar, pero, cuando lo hizo, fue letal. De un solo golpe mató a la mujer-tigre. De un empujón se desembarazó de ella, y de un salto se puso en pie.

Pero Alsan y Jack ya escapaban hacia la salida del corredor.

Kirtash miró a la criatura híbrida que acababa de matar. Elrion se materializó en el corredor, cerca de él. Kirtash no necesitaba preguntarle dónde se había metido todo aquel tiempo. Sabía muy bien que el mago pocas veces daba la cara.

Empujó con el pie el cuerpo de la mujer-tigre.

—Oh –dijo solamente Elrion, al ver muerta a su creación.

Kirtash se volvió hacia el lugar por donde habían escapado Jack y Alsan.

—Tampoco vosotros dais la cara –murmuró.

—¿Kirtash? –preguntó el mago, vacilante.

El joven volvió a la realidad.

—Llama a Assazer y Sosset y asegúrate de que reúnen a todos los guerreros en las salidas del castillo —ordenó—. Hay que evitar que escapen de aquí.

Elrion asintió.

Kirtash se quedó solo en el corredor un momento, después de que el mago se marchara. Se preguntó entonces por qué razón había aplazado tanto la búsqueda del báculo. Por muchas ganas que tuviera de acabar con Jack, debía reconocer que lo más importante seguía siendo su misión. Además...

Recordó de pronto a Victoria. Sí, había algo en ella que lo intrigaba...

XII
«VEN CONMIGO...»

¡EH! –dijo Victoria–. ¡Se van!

Efectivamente; los szish se retiraban y, como si hubieran recibido una orden inaudible, volvían hacia el castillo. Victoria apoyó un pie en una rama superior y se impulsó hacia arriba para otear por encima de las hojas del árbol.

–¿Qué ves? –preguntó Shail desde abajo.

–Están formando una especie de cordón alrededor del castillo. Hay un pelotón de guerreros en cada puerta.

–Eso es que ya saben que Jack está dentro, y quieren impedir que salga.

–¡Oh, no!

–Son buenas noticias; significa que sigue vivo, y libre. Un momento...

Victoria advirtió el tono preocupado de las últimas palabras de Shail, y se volvió hacia él.

–¿Qué?

–Creo que no se han ido todos. Voy a bajar.

–Shail, no...

–Tú quédate aquí. Recuerda que si Kirtash se hace con el báculo, será el fin para todos nosotros.

Victoria asintió, sobrecogida. El mago bajó del árbol de un salto y miró a su alrededor. Una sombra se alzó ante él. Shail sonrió.

–Por fin te atreves a luchar abiertamente –dijo.

El otro hechicero avanzó unos pasos hacia él. La luz de la luna iluminó los rasgos de un szish.

Shail no pudo ocultar su asombro. Ignoraba que hubiese magos entre los szish. ¿Los unicornios también entregaban sus dones a los hombres-serpiente?

–Parecesss ssssorprendido, mago –siseó el szish–. Veamossss qué ssabesss hacer.

Shail asintió y se puso en guardia. No era la primera vez que se enfrentaba a otro hechicero en un duelo mágico. Durante su época de estudiante, los duelos que había mantenido eran más bien escaramuzas de poca importancia contra otros aprendices. Desde que estaba en la Resistencia, sin embargo, se había enfrentado a Elrion más de una vez. Casi siempre había escapado por los pelos, porque Elrion era un poderoso y experimentado hechicero, y Shail no era rival para él. Pero sospechaba que aquel szish no debía de ser gran cosa como mago. De lo contrario, no se habría ocultado tras varias filas de guerreros.

¿Por qué, pues, había decidido de pronto pelear cara a cara?

El szish preparó su ataque mágico. Shail se concentró para levantar un escudo invisible y comprendió entonces la razón de que el otro mago lo atacase ahora.

Seguía estando muy débil, y su magia no tardaría en fallarle.

–Ssssolo quiero el báculo y a la chica –dijo el szish.

–Tendrás que matarme primero –replicó Shail.

–Que assssí sssea –siseó el hombre-serpiente, sonriendo.

Jack evitó mirar de frente a aquel que había sido Alsan, príncipe de Vanissar, y que ahora era una extraña mezcla entre hombre y bestia. Se limitó a correr tras él, esforzándose por no perder su ritmo, y deseando que al menos él supiera adónde iba.

Alsan corría por los pasillos de la fortaleza. Era todo furia desatada. Ninguno de los guardias que se cruzaban con él reaccionaba a tiempo para evitar sus garras y sus colmillos. Cuando tropezaba con algún guerrero, ya fuera humano o szish, realmente disfrutaba al morder su carne, pero todavía le quedaba bastante sentido común como para saber que restaba en él algo de humano, y que tenía que salir de allí cuando antes.

También él evitaba mirar a Jack. El chico seguía con su disfraz de szish, pero los sentidos de lobo de Alsan le decían que bajo aquella apariencia de reptil se ocultaba un muchacho humano, tierno y más sabroso que cualquier frío y escamoso hombre-serpiente.

Alsan frunció el ceño y gruñó por lo bajo.

«Sigo siendo Alsan, príncipe de Vanissar, hijo del rey Brun», se recordó a sí mismo.

Se preguntó entonces qué sucedería cuando regresasen a Idhún. ¿Lo aceptarían ahora como heredero del trono, y como soberano cuando su padre ya no estuviese?

Y comprendió que no.

Jamás.

Shail no cerró a tiempo la barrera mágica. El ataque del mago szish golpeó de lleno su cuerpo y lo lanzó hacia atrás.

—¡¡¡SHAAAIL!!! —gritó Victoria.

Le vio chocar contra el tronco de un árbol, golpearse la cabeza y caer sobre el suelo, inconsciente. Sin importarle ya lo que pudiera pasarle, saltó del árbol para acudir junto a su amigo. Enseguida descubrió, aliviada, que Shail seguía vivo; por fortuna, aunque su incompleta barrera defensiva no había deshecho el conjuro de su enemigo, sí había evitado que golpease directamente su cuerpo. El joven solo estaba inconsciente y presentaba heridas superficiales de las que se recuperaría sin problemas.

Pero, mientras tanto, era Victoria quien debía luchar y aguantar allí hasta que regresara Jack... con o sin Alsan.

Respirando hondo, se alzó con el báculo entre las manos, y miró fijamente al hechicero szish.

—Te essstaba esssperando —dijo el hombre-serpiente.

Victoria no dijo nada, pero se preparó para defenderse.

No era consciente de que, desde las sombras, unos fríos ojos azules la observaban con interés.

Alsan se detuvo en seco, y Jack con él.

Habían llegado a la cámara de pruebas de Elrion. Allí estaba la jaula con el lobo muerto, la plataforma con correas y el resto de extraños instrumentos que a Jack le recordaban a una cámara de torturas.

—¿Por qué hemos venido aquí? —preguntó—. ¿Qué esperas encontrar?

«A Elrion», gruñó el lobo.

—A Sumlaris, la Imbatible —respondió Alsan.

La descubrió en un rincón, cerca del atril donde Elrion había colocado su libro de hechizos. La cogió y se dirigió de nuevo a la puerta. Se detuvo un momento junto a la jaula y se quedó mirando el cuerpo del lobo muerto, con una expresión extraña en su rostro semianimalesco. Una parte de él lamentaba la muerte del animal y añoraba el cuerpo que había perdido.

Jack se había asomado al ventanal.

–Nos tienen sitiados, Alsan –dijo.

Pensó en Shail y Victoria, y deseó que estuvieran bien. Especialmente Victoria.

–Espero que tengas un buen plan para salir de aquí –gruñó Alsan.

–No, yo...

–Estupendo –Alsan emitió una risa baja y gutural–. Entonces abriremos unas cuantas gargantas escamosas.

Jack no dijo nada, pero no le gustó mucho el plan.

El hechicero invocó al rayo, que se descargó sobre Victoria desde un cielo súbitamente encapotado; pero, en lugar de alcanzar el cuerpo de la chica, la centella se concentró directamente sobre el Báculo de Ayshel. Victoria aguantó un poco mientras la energía del rayo chisporroteaba e iluminaba su rostro, asustado pero decidido.

Entonces lanzó el rayo contra el hechicero szish.

Este alzó sus defensas mágicas, pero nada pudo hacer contra aquel torrente de energía en el que se había transformado el hechizo que había creado momentos antes.

Exhausta, Victoria contempló cómo el cuerpo de su enemigo se consumía entre las llamas. «Ya está», pensó. «Shail está a salvo».

Pero entonces una sombra avanzó hacia ella desde la oscuridad. La sombra se movía ágil y silenciosa como un felino, y blandía una espada que emitía un suave brillo blanco-azulado.

Victoria sintió que le fallaban las piernas. Kirtash había acudido a buscarla, al fin y al cabo. ¿Significaba aquello que ya había acabado con Jack? «No, no puede ser», pensó. «No puede estar muerto». Sintió que el corazón le estallaba de dolor, solo de pensarlo. Pero en su interior latía una llama de esperanza, de modo que sacudió la cabeza y trató de concentrarse en el nuevo peligro que la amenazaba.

Kirtash se detuvo a pocos metros de ella.

–Aprendes deprisa –comentó con suavidad–. Solo hace un día que tienes el Báculo de Ayshel y ya sabes controlarlo.

«Me ha estado observando», pensó Victoria, inquieta.

Bueno, no pensaba rendirse sin pelear. Además, tal vez Kirtash la necesitase viva, pero aquello no se extendía a Shail. Debía evitar a toda costa que se acercase a él.

–Tendrás que quitármelo a la fuerza –le advirtió.

Kirtash sonrió, pero aceptó el reto y se puso en guardia.

Obedeciendo al silencioso deseo de Victoria, el báculo comenzó a absorber energía del ambiente y a concentrarla en su extremo. Kirtash, a una prudente distancia, lo contemplaba con interés, pero sin bajar la guardia. Victoria volteó el báculo para lanzar un rayo mágico a su oponente. Kirtash lo esquivó sin moverse apenas. El rayo se estrelló contra un árbol y lo partió en dos.

Cuando Victoria quiso darse cuenta, Kirtash no estaba.

Se volvió hacia todos lados, aterrada, y alzó el báculo instintivamente cuando percibió la sombra que caía sobre ella desde la niebla.

La espada y el báculo chocaron. Saltaron chispas.

Kirtash golpeó de nuevo, y Victoria volvió a interponer el báculo entre ambos. Sabía que, estando tan cerca, no debía mirar a Kirtash a los ojos, pero resultaba difícil. Sentía que él la abrasaba con la mirada... una mirada fría como el hielo.

Kirtash retrocedió unos pasos, aún enarbolando a Haiass. No parecía en absoluto preocupado. Al contrario, actuaba con tanta tranquilidad como si aquello fuese un juego en el que solo él conocía y dictaba las reglas... que podía cambiar en cualquier momento, a su antojo.

Y así era, comprendió Victoria enseguida. En realidad, él podría haber vencido en aquella lucha desde el principio. Tan solo estaba probando a Victoria, evaluando su habilidad, su fuerza... y el poder del Báculo de Ayshel.

Kirtash pareció darse cuenta de la vacilación de Victoria, porque decidió poner fin al juego. De nuevo se movió con rapidez; Victoria retrocedió, tropezó y su espalda topó contra el tronco de un árbol. Haiass destelló un momento en la penumbra y, antes de que la chica pudiera entender lo que estaba sucediendo, el Báculo de Ayshel salió despedido de sus manos. Victoria lo vio caer un poco más lejos, sobre la hierba.

Unas centésimas de segundo después, el filo de la espada de Kirtash rozaba su cuello.

Alsan recorría el castillo aullando. Nada podía pararlo. Corría más rápido, saltaba más alto, golpeaba más fuerte que nadie. Sumlaris le parecía una pluma; la espada absorbía su nueva fuerza animal y, aunque parecía encontrarla extraña a su propia naturaleza, forjada en el seno del honor, el valor y la rectitud de los caballeros de Nurgon, reconocía a su portador y obedecía sus más mínimos gestos, partiendo en dos a los szish como si fuesen de mantequilla.

Jack iba detrás, a una prudente distancia. No temía perder de vista a Alsan. No tenía más que seguir el rastro de cadáveres destrozados a ambos lados del corredor.

Los ojos azules de Kirtash se clavaron en los ojos oscuros de Victoria. Ella quiso girar la cabeza, pero no pudo. Se sentía atrapada por su mirada.

El chico frunció el ceño, levemente extrañado. Victoria pudo sentir cómo la mente de Kirtash sondeaba y exploraba la suya, y quiso rebelarse, quiso resistirse, pero no fue capaz.

Respiró hondo, aterrorizada. La espada de Kirtash aún rozaba su piel. El tronco del árbol todavía tocaba su espalda. No podía escapar. No podía hacer nada más que aguardar la muerte.

Kirtash ladeó la cabeza. Seguía mirando a Victoria, y ella se sintió desesperada. «¿Qué hace? Si me quiere viva, ¿por qué no me lleva con él al castillo? Y, si no me necesita, ¿por qué no me ha matado ya?».

Como si adivinase sus pensamientos, Kirtash dijo:

—Tengo que matarte, ¿lo sabías?

Victoria quiso hablar, pero tenía la garganta seca. Los ojos se le llenaron de lágrimas de terror.

Pero entonces, para su sorpresa, el muchacho alzó la mano izquierda y le acarició la mejilla con los dedos, suavemente. Victoria se estremeció entera. ¿Cómo podía haber tanta dulzura en unas manos asesinas?

Él le apartó un mechón de pelo de la cara. Seguía mirándola.

Victoria percibió algo que relucía en el dedo de Kirtash, y vio que era un anillo, un anillo con forma de serpiente que sostenía una pequeña gema redonda, de un color indeterminado. Sacudió la cabeza para apartar la vista de aquel objeto, pero volvió a encontrarse con la fría mirada de Kirtash, y no pudo evitar que un par de lágrimas rodasen por sus mejillas. Kirtash las recogió con la punta de los dedos.

—Por favor —susurró Victoria; la espada seguía allí, muy cerca, arañándole la piel—. Por favor, mátame o déjame marchar, pero no me hagas esto.

Él no dijo nada. Le cogió suavemente la barbilla y le hizo alzar la cabeza. Victoria no tuvo más remedio que mirarlo a los ojos.

Aquellos ojos azules que quemaban como el hielo.

Victoria sintió una mezcla de emociones contradictorias. Como si ambos fuesen dos imanes que rotaban a toda velocidad, la muchacha sentía atracción, repulsión, atracción, repulsión...

Entonces, finalmente, Kirtash habló.

—Pero tú no deberías morir —dijo.

«Voy a convertirte en uno de los hombres más poderosos de ambos mundos».

El recuerdo de las palabras de Elrion hizo que Alsan se detuviera en seco.

Jack se paró también, mareado.

—¿Qué pasa? —se esforzó por decir.

Alsan no respondió, y Jack se sentó en la pared, sintiéndose muy débil. No sabía cuánto tiempo más soportaría aquella masacre. Desde que había sacado a Alsan de la celda, los pasillos parecían escenarios de una película *gore*.

«... uno de los hombres más poderosos de ambos mundos...».

Alsan se apoyó también contra la pared de piedra y se sentó en el suelo. Observó sus manos-zarpas cubiertas de sangre.

«Sagrada Irial», pensó. «¿En qué me estoy convirtiendo?».

Jack se atrevió a acercarse un poco a él.

—¿Estás bien?

Alsan lo miró a la cara por primera vez. Vio que, por alguna razón, su disfraz de szish se había esfumado, y volvía a parecer un chico rubio y delgado de trece años.

Pero, por encima de todo, vio el miedo y el horror en sus ojos verdes.

—¿Qué te han hecho? —preguntó Jack.

—Me han convertido en un monstruo —respondió él; su voz sonó, de nuevo, como un gruñido.

—No debería sorprenderme —murmuró Kirtash.

Seguía hablando para sí mismo, seguía mirando a Victoria, seguía teniéndola acorralada contra el filo de su espada.

—Podría dejarte marchar —dijo él.

—Entonces, hazlo —susurró ella.

–Si sigues en la Resistencia morirás, tarde o temprano. Lo mejor que puedes hacer es abandonar, Victoria.

Ella no se sorprendió de que recordarse su nombre. Kirtash jamás olvidaba un nombre ni una cara.

Tragó saliva y, casi sin darse cuenta, murmuró:

–No voy a hacerlo.

En los ojos de Kirtash apareció un breve destello de decepción.

–Entonces no vuelvas a cruzarte en mi camino, criatura, porque no tendré más remedio que matarte la próxima vez.

Victoria respiró profundamente.

–Aunque puede que haya otra salida –añadió él.

Victoria cerró los ojos un momento, sintiendo que se mareaba y que no aguantaría aquella tensión mucho más tiempo.

Cuando abrió los ojos de nuevo, vio que Kirtash le había tendido la mano y la miraba con seriedad.

–Ven conmigo –le dijo.

–Qué...

–Ven conmigo –repitió él–. A mi lado, serás mi emperatriz. Juntos gobernaremos Idhún.

Jack colocó una mano sobre su brazo peludo, en señal de amistad y confianza. Aquel gesto consoló profundamente a Alsan.

–Shail te ayudará –dijo el chico.

–No –replicó Alsan, recordando la conversación que había escuchado entre Elrion y Kirtash–. Esto es el resultado de un conjuro fallido, un conjuro muy complejo que, por lo que sé, solo Ashran el Nigromante puede hacer correctamente.

Hizo una pausa. Jack lo miraba expectante.

–Solo Ashran puede ayudarme –concluyó.

Jack calló un momento. Luego dijo:

–¿Vas a unirte a él y a los sheks? –Alsan lo miró fijamente, y Jack añadió–: Yo no te lo reprocharía, Alsan. Si acudes a él...

–Jamás –cortó Alsan con un gruñido.

Victoria miró a Kirtash con cautela, suponiendo que se estaba burlando de ella. Pero sus ojos hablaban en serio.

–No... no lo entiendo.

Estaba ante un asesino sin escrúpulos que nunca había dudado a la hora de matar a alguien. Estaba ante su enemigo, y él le decía...

Kirtash solo ladeó la cabeza y no dijo nada. Su mano seguía ante la chica, esperando que ella se decidiera a tenderle la suya.

—Es... absurdo —susurró Victoria.

Kirtash seguía mirándola, sin una palabra. Ya había dicho lo que quería decir y no tenía más que añadir. Victoria sentía que aquello no era más que un mal sueño, pero volvió a fijar sus ojos en los de él...

Respiró hondo. Acababa de descubrir que Kirtash ejercía una extraña fascinación sobre ella... por encima del odio, el miedo y el rechazo.

—Estás jugando conmigo, ¿verdad?

Él sonrió.

—¿Y de qué me serviría eso?

—Intentas confundirme —murmuró ella.

—Ya estás confundida, Victoria. Pero yo puedo enseñarte muchas cosas...

No podía apartar su mirada de la de él. Se vio a sí misma a su lado, aprendiendo de él...

Rechazó la idea, horrorizada. No, no era eso lo que quería. Entonces, ¿por qué en el fondo deseaba tenderle la mano y marcharse con él?

Intentó apartar la cara. Entonces se dio cuenta de que la espada se había retirado hacía rato. Kirtash no la estaba amenazando.

No pudo evitarlo. Volvió a mirarlo.

Atracción, repulsión, atracción, repulsión... los dos imanes giraban a toda velocidad, pero los ojos de Kirtash seguían siendo igual de fascinantes.

—Victoria... —dijo él.

Su voz era acariciadora, susurrante. Victoria se descubrió a sí misma deseando con todas sus fuerzas dejarse llevar...

—¿Por qué? —musitó.

No estaba preguntando por qué le estaba perdonando la vida, por qué le preguntaba aquellas cosas, por qué estaba jugando con ella. Simplemente quería saber por qué, de repente, sentía que le faltaba el aliento y deseaba que él la cogiese en brazos y se la llevase consigo... al lugar de donde había venido, fuera cual fuese.

Pero Kirtash entendió.

—Porque tú y yo no somos tan diferentes —le dijo—. Y no tardarás en darte cuenta.

Victoria pareció recobrar algo de sensatez. Recordó que aquel muchacho era un despiadado asesino, y supo que no quería ser como él.

—No es verdad. No, no es verdad. Somos diferentes.

Pero Kirtash sonrió.

—Somos las dos caras de una misma moneda, Victoria. Somos complementarios. Yo existo porque tú existes, y al revés.

—No...

Los ojos azules de Kirtash seguían clavados en ella. Victoria alzó la mirada para perderse en ellos, en aquellos océanos de hielo en los que, sin embargo, parecía haber un refugio cálido reservado para ella, un rincón para una chica de trece años en el corazón de un asesino. «No puede ser verdad», pensó. «Está mintiendo».

Pero su mirada seguía siendo igual de intensa y sugestiva, y Victoria supo, en ese mismo momento, que no podría resistirse a ella.

«Ven conmigo», había dicho él.

Victoria alzó una mano, vacilante.

Sus dedos rozaron los de él. Sintió de pronto algo parecido a una descarga eléctrica, algo que sacudió su interior por completo...

Le gustó la sensación, y cerró un momento los ojos para dejarse llevar por ella. Notó que le faltaba el aliento, que una extraña debilidad recorría su cuerpo como un delicioso escalofrío. Volvió a abrir los ojos y se topó, de nuevo, con la magnética mirada de Kirtash, que estrechó su mano y sonrió.

XIII
PÉRDIDA

D E pronto, Kirtash se puso tenso y se volvió, tan deprisa que Victoria apenas pudo captar su movimiento. Enseguida advirtió qué era lo que había llamado la atención del joven.

Allí estaba Elrion, mirándolos con expresión sombría mientras susurraba algo en voz baja. Victoria reconoció aquellas palabras: era un conjuro de ataque.

—¡Elrion, no! —gritó Kirtash; alzó los brazos y los cruzó para realizar algún tipo de contrahechizo.

Demasiado tarde. De los dedos de Elrion brotó un haz de energía mágica que cruzó el claro buscando el cuerpo de Victoria, que seguía pegada al tronco del árbol.

Ella gritó y trató de protegerse con los brazos, aunque algo en su interior chillaba que ya era tarde, que el mago los había cogido a ambos por sorpresa, que iba a morir...

Súbitamente, un grito rasgó el aire.

Victoria nunca lograría olvidar lo que vio en aquel momento.

Un cuerpo se había interpuesto entre ella y Elrion, recibiendo de lleno el ataque del hechicero y también la magia que había generado Kirtash para tratar de detenerlo. Cuando las dos corrientes de energía chocaron contra la figura que había salido de las sombras para proteger a Victoria, se produjo una explosión de luz multicolor, horrible y, a la vez, de una belleza sobrecogedora; fue como contemplar la muerte de una estrella.

Y, ante los ojos horrorizados de Victoria, Shail, el mago de la Resistencia, su amigo, hermano y maestro, se desintegró como si jamás hubiera existido.

Alsan alzó la cabeza y frunció el ceño.

—Algo me dice que Shail y Victoria tienen problemas —dijo—. Tenemos que salir de aquí cuanto antes.

–Eso es lo que estábamos intentado hacer, por eso has destrozado a tantos guardias –le recordó Jack–. Pero me da la sensación de que no hacemos más que dar vueltas. Además, todas las puertas están vigiladas.

–Tengo una idea. Sígueme.

Alsan echó a correr por el pasillo hasta que llegó a una estrecha escalera de caracol. Jack supuso que bajaría las escaleras pero, ante su sorpresa, tomó el sentido ascendente. El chico fue tras él, inquieto.

Poco después llegaron a lo alto de un torreón. Jack respiró aliviado el aire fresco de la noche. Desde allí escudriñó las sombras del bosque por si veía señales de Victoria o de Shail, pero todo parecía tranquilo. Deseó que estuvieran bien. Mientras subían las escaleras se había dado cuenta de que su camuflaje mágico había desaparecido. Esperó que eso no significase que Shail había sido apresado... o algo peor.

Alsan se asomó a las almenas. La altura no era nada desdeñable.

–¿Qué tramas? –preguntó Jack, inquieto.

Alsan no respondió. Se alejó de las almenas y se volvió hacia Jack. Antes de que este pudiera intuir cuáles eran sus intenciones, lo agarró, lo levantó en alto y se lo cargó a la espalda.

–¡Eh! –exclamó el muchacho, sorprendido por la fuerza de Alsan, que lo había alzado con tanta facilidad como si de una pluma se tratase–. ¿Qué...?

–Agárrate bien.

Jack abrió la boca para protestar, pero no llegó a hacerlo. Alsan cogía carrerilla y él no tuvo más remedio que aferrarse con fuerza a él.

Alsan corrió hacia las almenas y dio un poderoso salto, con Jack sobre su espalda. Ambos sintieron cómo sus cuerpos cortaban el aire, cómo caían a plomo al suelo...

Alsan aterrizó de pie sobre la hierba. Algo mareado, y sin terminar de creerse lo que acababan de hacer, Jack bajó de su espalda.

–¡Alucinante! –murmuró–. Ha sido casi como volar.

El corazón se le aceleró un poco más. Volar...

–No hay tiempo para soñar –le advirtió Alsan–. No tardarán en venir por nosotros.

Victoria lanzó un grito de rabia, dolor e impotencia. Sintió que le fallaban las piernas y cayó de rodillas sobre la hierba, con los ojos anegados en lágrimas. Un único pensamiento le martilleaba la cabeza:

«Shail está muerto... Shail está muerto... Shail ha muerto por salvarme la vida...».

Apenas oyó la voz de Elrion:

–No sé a qué estás jugando, Kirtash, pero a Ashran no le va a gustar. Si no fuera porque te conozco, creería que estás traicionando a...

El hechicero nunca llegó a terminar aquella frase. Silencioso y letal, Kirtash se había deslizado hacia él con la espada desenvainada. Cuando Elrion descubrió el destello de la muerte en sus ojos, era demasiado tarde.

Victoria vio caer al mago al suelo, muerto, pero eso no hizo que se sintiera mejor. Fijó su mirada en la figura de Kirtash, que se erguía de espaldas a ella, todavía con la espada en la mano.

El hechizo se había roto. Ahora solo quedaba lugar para el odio y la sed de venganza. Con una orden silenciosa, Victoria llamó al báculo a su mano, y este obedeció.

Cuando Kirtash se dio la vuelta, vio a Victoria armada ante él, de pie, con los ojos relampagueantes, llenos de rabia y dolor.

–Te mataré –afirmó ella.

Con un grito salvaje y los ojos todavía húmedos, Victoria se lanzó contra él.

Los szish parecían inquietos, apreció Jack, pero acudían a plantar batalla por docenas. Alsan y él habían logrado alcanzar el bosquecillo; sin embargo, tenían a los hombres-serpiente pisándoles los talones.

Alsan se detuvo de pronto.

–Vete a buscar a Shail y a Victoria –gruñó–. Yo los entretendré.

Jack lo miró.

–No voy a dejarte solo otra vez.

–Maldita sea, chico, haz lo que te digo. Hay que plantarles cara, es mejor que darles la espalda.

Jack aún se sentía algo reticente, pero no se atrevió a contradecir a Alsan, y menos en aquellas circunstancias. Con un nudo en el estómago, dio media vuelta y se internó en el bosque.

Victoria gritó de nuevo y descargó su báculo con todas sus fuerzas contra Kirtash. El muchacho saltó a un lado con ligereza y detuvo el golpe con su espada. Hubo un chisporroteo de luz cuando ambas armas chocaron. El Báculo de Ayshel emitía un suave resplandor palpitante, como si fuese un corazón bombeando magia. La espada de Kirtash también brillaba, con un color blanco-azulado que le daba un aspecto gélido.

Victoria golpeó otra vez, y otra más. Kirtash se movía a su alrededor, silencioso, ágil, manejando su espada con precisión y habilidad. Si Victoria no hubiese estado tan cegada por el odio y el dolor, se habría dado cuenta de que él podría haberla matado enseguida, si hubiese querido. Pero Kirtash se limitaba a parar sus golpes, sin inmutarse, a pesar de que seguramente ya debía de saber que Victoria no estaba en condiciones de controlar el báculo, y eso implicaba que el artefacto, inflamado de magia, podía ser letal para cualquiera que lo rozase, excepto para su portadora. No parecía importarle, sin embargo. Quizá porque sabía que, a pesar de todo el empeño que ponía Victoria en golpearlo, a pesar de todo su odio, jamás lograría tocarlo si él no se lo permitía.

Victoria estaba física y psicológicamente agotada, pero seguía tratando de alcanzar a Kirtash con el báculo. Solo deseaba pegar, pegar, pegar... y matar.

A Kirtash, que seguía esquivándola y defendiéndose sin atacar.

Finalmente, Victoria tropezó y cayó de rodillas sobre el suelo. El báculo resbaló de sus manos y ella estalló en sollozos.

«Lo siento», oyó una voz en su mente. «Traté de evitarlo, lo sabes...».

Victoria levantó la cabeza, sorprendida, y miró a su alrededor.

Kirtash había desaparecido, pero aún percibió su voz en algún rincón de su conciencia: «Volveremos a vernos, Victoria...».

–¡Victoria!

Ella dio un respingo y vio, de pronto, a Jack junto a ella. Los ojos verdes del muchacho estaban llenos de preguntas, y su rostro mostraba un gesto profundamente preocupado.

–Menos mal que estás bien –dijo, mirándola con intenso cariño–. Por un momento he tenido miedo de que...

Jack no llegó a terminar de pronunciar aquella frase. Victoria se refugió entre sus brazos, llorando con infinita amargura. Jack, confuso y desconcertado, la abrazó con torpeza y murmuró algunas palabras de consuelo.

Miró a su alrededor, buscando respuestas, y solo halló el cuerpo de Elrion tendido sobre la hierba.

–¡Habéis matado al mago! –dijo, sorprendido.

Victoria se separó de él y se enjugó las lágrimas.

–Nosotros... no... –pudo decir–. Ha sido Kirtash.

Jack frunció el ceño.

–¿Kirtash ha matado a su propio mago?

Victoria tragó saliva.

–Jack, Shail... –susurró, y sintió de nuevo que los ojos se le llenaban de lágrimas.

Algo parecido a una mano helada aferró el corazón de Jack, que por un breve instante se olvidó de latir.

–¿Qué le ha pasado a Shail? –preguntó en un murmullo.

Pero Victoria simplemente se miró las manos, desolada. No encontraba palabras para explicar lo que había sucedido. Shail se había desintegrado ante sus ojos. Ni siquiera quedaba de él un cuerpo que pudieran llorar. Era demasiado horrible como para creer que fuera cierto y, sin embargo, lo era...

–Shail ha muerto por salvarme la vida –dijo finalmente, en voz baja.

Estalló en nuevos sollozos, estrechando en su mano derecha la Lágrima de Unicornio que Shail le había regalado, mientras apoyaba la cabeza en el hombro de Jack.

El chico, por su parte, inspiró profundamente y cerró los ojos, con cansancio. No había llegado a tener con Shail la confianza que lo unía a Alsan, pero siempre había apreciado al joven mago, jovial, agradable y, sobre todo, un buen amigo en el que se podía confiar.

Pero para Victoria era mucho más que eso, comprendió Jack enseguida. Shail y ella habían estado muy unidos, eran casi como hermanos. ¿Qué iba a hacer ella sin él?

Jack intuyó que, de alguna manera, él mismo debía esforzarse por llenar aquel vacío en su corazón, sobre todo después de lo que le había sucedido a Alsan. Abrazó a su amiga con fuerza y se dio cuenta de que no habría soportado perderla a ella también. Victoria hundió la cara en su hombro, sintiéndose un poco mejor. Jack acarició su pelo y se sorprendió de lo suave que era.

–Lo siento mucho, Victoria –dijo en voz baja–. Ha sido Kirtash, ¿verdad?

–No –respondió ella–. Ha sido Elrion. De hecho, Kirtash...

«Kirtash también trató de protegerme», recordó súbitamente. La voz de la lógica le dijo que eso se debía, sin duda, a que la necesitaba viva para utilizar el báculo. Aunque... ¿no había dicho que debía matarla? Pero, entonces, ¿por qué la había dejado marchar?

Sacudió la cabeza. No tenía fuerzas para intentar descifrar las razones del extraño comportamiento de su enemigo.

Entonces se oyó un aullido, y ambos alzaron la cabeza, alerta.

Un enorme bulto peludo se precipitó en el claro, corriendo hacia ellos. Lo perseguía un grupo de szish armados, que arrojaban dagas contra él.

—¡Alsan! —exclamó Jack.

—¿Alsan? —repitió Victoria.

—¡Vámonos de aquí! —rugió Alsan.

Victoria se quedó quieta. Alsan estaba a punto de alcanzarlos, y a la chica le pareció tan terrorífico que reaccionó de pronto y aferró su báculo instintivamente, justo cuando aquel ser, mitad hombre, mitad bestia, llegó hasta ellos...

«¡Alma!», chilló Victoria mentalmente. «¡Alma, sácanos de aquí!».

Y, por primera vez, logró realizar la invocación de manera instantánea. Lo último que pensó, antes de desvanecerse, fue que Shail habría estado orgulloso de ella.

Los szish se abalanzaron sobre los tres jóvenes, pero lo que quedaba de la Resistencia ya no se encontraba allí.

—Han escapado, señor —informó Assazer.

Kirtash asintió, sin una palabra. Se había asomado al ventanal y contemplaba el paisaje nocturno, de espaldas al szish.

—¿Qué hacemos... con el cuerpo del mago? —preguntó este, vacilante.

—Traedlo de vuelta al castillo —respondió Kirtash suavemente.

El szish no añadió nada más ni hizo el menor comentario. Se retiró sin ruido, y Kirtash no pudo reprimir una leve sonrisa. Aquellas criaturas le obedecerían sin dudarlo aunque los mandase de cabeza a una muerte segura.

Porque ellos sabían, y cuando miraban a Kirtash veían más de lo que podía apreciar cualquier humano.

—Kirtash.

La voz era fría y profunda, y no admitía ser ignorada. El muchacho se volvió con lentitud.

En el centro de la estancia había aparecido una figura incorpórea, alta y oscura, envuelta en sombras. Kirtash inclinó la cabeza ante su señor, Ashran el Nigromante.

–¿Qué ha pasado? ¿Dónde está Elrion?

–Cometió su enésimo error y tuve que deshacerme de él –murmuró Kirtash.

Ashran cruzó los brazos ante el pecho.

–¿Eres consciente de lo que me cuesta encontrar magos que cumplan tus exigencias? –preguntó, y su voz tenía un tono peligroso.

–Te pido perdón, señor. Pero los humanos no están a la altura de lo que exige la misión. Nos movemos en un mundo extraño. Se requiere no solo habilidad, sino también capacidad para adaptarse, discreción... y obediencia absoluta –añadió con suavidad.

–Comprendo. ¿Qué sugieres, pues?

–Soy consciente de que las habilidades de los szish como magos son muy limitadas, puesto que no han tenido la posibilidad de ingresar en la Orden Mágica para desarrollar su arte. Los yan, por su parte, son imprevisibles e impulsivos, y los varu no son muy eficaces en misiones en tierra firme. Tal vez alguien del pueblo feérico...

–Los feéricos se han opuesto en bloque al imperio de los sheks. No contamos con ninguno de sus hechiceros en nuestras filas. Pero veré qué puedo hacer.

Kirtash asintió, pero no dijo nada.

–¿Habéis aplastado ya a la Resistencia? –quiso saber Ashran.

–Podría decirse que sí, mi señor. Se han quedado sin mago, y el príncipe Alsan de Vanissar se ha visto transformado en un híbrido incompleto. No creo que esté ya en condiciones de liderar ningún grupo de renegados.

–¿En serio?

–Elrion decidió experimentar con él cuando lo apresamos. El príncipe es un joven orgulloso. Cuando se dé cuenta de todo lo que implica su nueva situación, quedará anímicamente destrozado.

–¿Y los otros?

–Dos niños, mi señor.

–Se te han escapado.

–La muchacha llevaba el Báculo de Ayshel. He tratado de apresarla con vida, pero Elrion ha intervenido con intención de matarla. Su inoportuna intromisión ha provocado la huida de la chica... y la muerte del propio Elrion –añadió.

Ashran miró a Kirtash a los ojos. El muchacho sostuvo su mirada. Nada en su actitud serena traicionaba la verdad que había ocultado a su señor: que Elrion había intentado matar a Victoria porque, seguramente, había estado espiándolos y había descubierto sobre ella lo mismo que Kirtash. Las últimas palabras de Elrion resonaron en su mente: «No sé a qué estás jugando, Kirtash, pero a Ashran no le va a gustar. Si no fuera porque te conozco, creería que estás traicionando a...».

Elrion no había llegado a terminar de pronunciar aquella frase, pero Kirtash sabía que no podría olvidarla.

—Comprendo —dijo Ashran finalmente—. ¿Qué hay del báculo?

—Me temo que solo la chica, Victoria, puede utilizarlo. La buscaré. Podría capturarla, pero, si me lo permites, mi señor, encuentro más práctica la idea de seguirla para que ella misma me conduzca hasta el unicornio.

»En cuanto al muchacho, Jack, también lo buscaré y lo mataré, si esa es tu voluntad.

El Nigromante reflexionó.

—No —dijo finalmente—. Es más urgente encontrar al dragón y al unicornio.

Kirtash asintió.

—Pero —añadió su oscuro señor—, si vuelve a cruzarse en tu camino...

—No habrá piedad —murmuró Kirtash.

Fijó en la imagen de Ashran unos ojos fríos como cristales de hielo.

XIV
EL FIN DE LA RESISTENCIA

ESTABAN a salvo. Limbhad los había acogido en su seno como una madre, y su clara noche estrellada había calmado, en parte, su miedo, su frustración y su dolor.

En parte, pero no del todo.

Ni siquiera en aquel silencioso micromundo, donde nada parecía cambiar, donde su enemigo no podía alcanzarlos, donde todo lo sucedido no parecía haber sido más que un mal sueño, podían dejar de pensar en los que habían perdido.

A Victoria le parecía todo tan irreal que allí mismo, sentada junto a la ventana, en camisón, acariciando a la Dama, contemplaba el jardín, esperando inconscientemente a que Shail regresara de uno de sus paseos por el bosque.

Pero, de vez en cuando, un aullido de dolor, un grito de rabia o unos furiosos golpes sacudían toda la Casa en la Frontera, recordando a Victoria que aquello era real, muy real, y que Shail no volvería porque estaba muerto.

Jack entró en la habitación, y Victoria se volvió hacia él y lo miró, interrogante.

Los dos mostraban muy mal aspecto. Victoria tenía los ojos enrojecidos de llorar. Había tenido que regresar a casa al día siguiente de su desastroso viaje a Alemania. Su abuela la había mirado a la cara y no le había permitido ir al colegio; la había obligado a meterse en la cama y había llamado al médico.

A Victoria no le quedaban fuerzas para discutir. Estaba débil y se sentía muy cansada. El médico no había sabido decir qué le ocurría exactamente, pero le había aconsejado reposo, y ella había obedecido, sin una palabra. Sin embargo, por las noches volvía a Limbhad para ayudar a Jack.

El muchacho estaba agotado, pálido y ojeroso porque llevaba más de cuarenta horas sin dormir. Habían encerrado a Alsan en el sótano, porque con frecuencia se enfurecía y se volvía contra lo que tenía más cerca. Lo oían aullar, gruñir, gritar y gemir a partes iguales, y Jack tenía que contenerse para no acudir junto a él. Era cierto que Alsan estaba sufriendo una espantosa agonía mientras su alma humana y el espíritu de la bestia luchaban por tomar posesión de su cuerpo; pero no era menos cierto que, si le abría la puerta, los mataría a los dos. Así que, por el momento, Alsan tendría que librar su batalla completamente solo.

—Está peor —murmuró Jack—. Pensé que no tardaría en derrumbarse de agotamiento, y entonces podría entrar a dejarle algo de comida, pero esa cosa que lo está destrozando por dentro no lo deja en paz ni un solo momento.

En aquel mismo instante oyeron un horrible aullido y un golpe sordo que hizo temblar toda la casa.

—Está intentando echar la puerta abajo —dijo Victoria.

Jack sacudió la cabeza con cansancio.

—No te preocupes, la he asegurado bien. No es la primera vez que lo intenta.

Se sentó junto a ella y hundió el rostro entre las manos con un suspiro. Victoria lo miró y tuvo ganas de abrazarlo, de consolarlo y sentirse a su vez reconfortada por su presencia. Cuando Jack levantó la cabeza con aire abatido, Victoria alzó la mano para apartar de su frente un mechón de pelo rubio que le caía sobre un ojo. Notó que su piel estaba caliente y colocó la mano sobre su frente.

—Oye, creo que tienes algo de fiebre. Deberías descansar.

Jack negó con la cabeza.

—No tengo fiebre, soy así. Mi temperatura corporal es un par de grados superior a lo normal. Siempre lo ha sido, desde que era pequeño. Quizá es por eso por lo que nunca me pongo enfermo.

—Es raro —comentó Victoria.

—Sí. Ya sabes que hay muchas cosas en mí que son raras y para las que no tengo ninguna explicación —murmuró Jack, sombrío—. Antes habría dado lo que fuera por comprender quién soy en realidad, pero ahora me doy cuenta de que, sencillamente, hay un precio que no estoy dispuesto a pagar. Hemos perdido a Shail, y Alsan se ha convertido en algo... que no puedo describir. Y también he estado a punto de perderte a ti, y si eso hubiera sucedido... me habría vuelto loco –confesó, mirándola con seriedad.

Victoria bajó la cabeza, azorada, sintiendo que el corazón le palpitaba con fuerza. Jack sacudió la cabeza, con un suspiro, y concluyó:

–Habría dado mi vida para encontrarme a mí mismo, pero no la de mis amigos. Por desgracia, lo he comprendido demasiado tarde.

–¿Habrías actuado de otra forma, de haberlo sabido?

Jack se quedó pensativo.

–No lo sé –dijo por fin–. Puede que no tuviera elección, al fin y al cabo. Hay algo que me empuja a luchar, una y otra vez. Es como si... a través de esta guerra, a través de mi espada, a través incluso de Kirtash... me descubriese a mí mismo. Tengo la sensación de que, aunque me mantuviese alejado de todo esto, acabaría por toparme con Kirtash igualmente, de una manera o de otra. Es como si estuviese... predestinado.

Calló, confuso, y frunció el ceño. Aquellos pensamientos resultaban extraños y no acababa de comprenderlos del todo.

–Te entiendo –suspiró Victoria, con un escalofrío–. A mí me pasa algo parecido.

Jack la miró fijamente.

–Y tú, ¿cómo estás? No tienes buen aspecto.

Victoria apartó la mirada.

–Sobreviviré –dijo, con un optimismo forzado; estaba muy lejos de sentirse así. La pérdida de Shail había sido un golpe del que, probablemente, jamás se recuperaría por completo.

Otro agónico aullido de Alsan estremeció la casa. Jack alzó la cabeza, preocupado.

–Jack –dijo Victoria–, ¿qué vamos a hacer si Alsan no se recupera?

Jack la miró casi con fiereza.

–Se recuperará –afirmó–. Ni se te ocurra pensar lo contrario.

–De acuerdo –concedió Victoria con suavidad; vaciló antes de preguntar–: ¿Y qué podemos hacer para ayudarlo?

–No gran cosa, en realidad –suspiró Jack–. Parece ser que el conjuro al que lo sometieron es muy complejo. Alsan me dijo que había oído decir a Kirtash que solo Ashran ha sido capaz de realizarlo correctamente.

Victoria se preguntó entonces cómo pensaba expulsar a la bestia del cuerpo de Alsan, pero no formuló sus dudas en voz alta.

–Aunque no lo parezca, Victoria –prosiguió Jack, como si hubiese leído sus pensamientos–, él sigue siendo Alsan, y sé que luchará hasta el final. Mientras él esté con nosotros, la Resistencia seguirá viva.

Victoria sacudió la cabeza.

–Jack, hemos perdido a Shail y, por más que te empeñes, no creo que Alsan esté en condiciones de...

–Cuando estábamos en el castillo –interrumpió él– le dije que, si decidía unirse a Ashran para buscar un remedio a... lo que quiera que le hayan hecho... le dije que yo lo entendería, que no se lo echaría en cara. ¿Y sabes qué me contestó? «Jamás». Ese es el espíritu de la Resistencia, el espíritu de Alsan, y por eso sé que sigue con nosotros aunque ahora parezca un monstruo. En el fondo sigue siendo Alsan.

Victoria bajó la cabeza y ocultó su rostro tras una cortina de pelo, deseando que Jack no viese que se le había encendido de la vergüenza.

Ella sí había cedido a la tentación. Había tomado la mano que Kirtash le ofrecía.

«Oh, Shail», pensó, «ojalá estuvieras a mi lado. No sé en quién confiar ahora».

Jack no la había creído cuando le había contado que Kirtash había tratado de impedir que Elrion los matase a ella y a Shail. Pero, de todas formas, Victoria no le había contado la extraña conversación que había mantenido con el joven asesino. Jack seguía odiando a Kirtash y, si se enterase de que Victoria había estado a punto de marcharse con él, se sentiría herido y traicionado.

Pero Victoria sabía que, si ahora ella seguía viva y libre, era porque Kirtash había querido que así fuera. Y no solo eso: había tratado de salvarla de Elrion.

Pero Shail se le había adelantado.

Victoria gimió interiormente. Todo era tan confuso...

Shail había quedado inconsciente tras su lucha contra el hechicero szish, pero luego había recobrado el sentido y se había levantado para interponerse entre ella y el rayo mágico de Elrion... ¿Cuánto rato llevaba consciente? ¿Habría oído la conversación entre ella y Kirtash? ¿La habría visto cogiendo la mano del asesino?

Se estremeció. «Me engañó», pensó. «Él puede controlar a la gente con sus poderes telepáticos. Me hipnotizó...».

¿Por qué? ¿Para qué?

«Estaba jugando conmigo...», se dijo Victoria, abatida. «Y fui tan tonta como para dejarme engañar... porque creí ver en sus ojos...».

¿Qué? ¿Sinceridad? ¿Interés? ¿Afecto? ¿Ternura?

Kirtash no tenía sentimientos. No podía tenerlos alguien que asesinaba de la manera en que él lo hacía.

Sintió de pronto que Jack pasaba un brazo por sus hombros.

–No llores, por favor –le dijo con suavidad, y fue entonces cuando Victoria fue consciente de que, en efecto, sus ojos estaban llenos de lágrimas–. Todo saldrá bien.

–No –negó ella, levantándose bruscamente, sintiéndose sucia y mezquina por haber traicionado a la Resistencia, porque Shail había muerto por su culpa, porque no tenía valor para confiar en Jack y tampoco había tenido fuerza de voluntad suficiente para rechazar a Kirtash igual que Alsan había dicho «Jamás»–. Nada saldrá bien, Jack, ¿es que no lo ves? Digas lo que digas, hemos perdido. La Resistencia ha muerto.

Se asustó del sonido de sus propias palabras. Sin mirar a Jack, salió corriendo de la habitación.

Jack la encontró en el bosque, en su refugio secreto. En realidad no era secreto para nadie, pero todos sabían que, cuando se perdía allí, era mejor dejarla tranquila.

Junto al arroyo crecía un enorme sauce llorón, el mismo bajo el cual Victoria había curado a Shail, apenas un par de semanas atrás, y la chica había dispuesto un montón de mantas entre sus grandes raíces. A menudo se acurrucaba en aquella especie de nido y dormía allí, bajo la luz de las estrellas, arrullada por el sonido del arroyo. Jack le había preguntado más de una vez por qué hacía eso, pero ella nunca había sabido responder. Aunque cualquier cama sería más cómoda que su extraño «campamento», la chica había descubierto que se despertaba más despejada si dormía en aquel lugar.

Jack retiró las ramas del sauce que caían como una cortina entre él y Victoria y asomó la cabeza.

–Toc, toc –dijo–. ¿Se puede?

El bulto acurrucado entre las raíces del sauce alzó la cabeza, y Jack pudo ver el rostro de su amiga a la luz de las estrellas y las luciérnagas que sobrevolaban el arroyo. A pesar de su palidez y su cansancio, parecía haber algo mágico y sobrenatural en ella, o tal vez se debía al marco que la rodeaba.

—Estás en tu casa —murmuró Victoria.

Jack eligió una enorme rama para acomodarse sobre ella. Se tumbó cuan largo era, apoyando la espalda en el tronco del árbol.

—Una vez, no hace mucho, traje a Shail a este mismo lugar —recordó ella—, para curarlo. Me resulta extraño pensar que él ya no está, que nunca volveré a verlo.

Jack no respondió. También él sentía en lo más profundo la pérdida de Shail, pero no encontraba palabras para expresarlo. Victoria suspiró y lo miró.

—Siento lo que he dicho antes —dijo.

Jack negó con la cabeza.

—No importa. Puede que tengas razón. De todas formas, siempre hemos llevado las de perder en esta lucha.

Victoria reparó en el tono amargo de sus palabras y lo miró.

—Te enfrentaste a Kirtash, ¿verdad?

Jack asintió.

—Peleamos. Tuve que salir corriendo, pero al menos planté cara.

—También yo luché contra Kirtash. Pero lo mío no tiene mérito. Él no quería matarme.

«Tengo que matarte, ¿lo sabías?», había dicho él. «Pero tú no deberías morir». Victoria sacudió la cabeza para olvidar aquellas desconcertantes palabras.

—Tampoco logró llevarte con él. Debiste de defenderte como una leona.

Victoria se encogió sobre sí misma, sintiéndose, de nuevo, muy culpable. Iba a confesarle a Jack la verdad de lo que había pasado, pero él seguía hablando:

—Sabes, antes pensaba que Kirtash me odiaba, igual que yo lo odio a él. Pero ahora creo... que no puede odiar, simplemente porque no tiene sentimientos.

Victoria se estremeció; también ella había pensado aquello momentos antes. Pero aquel brillo en los ojos de hielo de Kirtash... Sacudió la cabeza. Jack tenía razón. Todo habían sido imaginaciones suyas, y eso la hizo sentirse aún más mezquina.

—No luché, Jack —confesó finalmente—. No tuve fuerzas. Kirtash podría haberme llevado consigo si hubiese querido.

Jack la miró con sorpresa.

—No puede ser. Él te necesitaba para utilizar el Báculo de Ayshel. No es posible que haya perdido el interés así, de pronto. ¿Qué le habría hecho cambiar de opinión?

Victoria no respondió. Recordó que Kirtash la había mirado a los ojos, y revivió aquella extraña sensación de desprotección y desnudez cuando la mente del asesino exploraba la suya. Victoria no sabía qué había visto Kirtash en su interior, y no deseaba saberlo. Recordó lo que Shail había dicho cuando Jack había utilizado el Alma para espiar a Kirtash: que, a través de su mente, él podía haber alcanzado Limbhad. ¿Era eso? Victoria sintió que la sangre se le congelaba en las venas. ¿Cuántos secretos había desvelado a su enemigo sin proponérselo?

—Estoy cansada, Jack —le dijo a su amigo—. Cansada de luchar, de tener miedo. He perdido a Shail y no quiero perder a nadie más. Sé que suena egoísta, pero... ¿realmente vale la pena que sigamos con esto? Jamás encontraremos al dragón y al unicornio. Es inútil.

—Tal vez —admitió Jack tras un breve silencio—, pero yo tengo que hacerlo. He de seguir por...

—¿Por tus padres? Jack, Elrion mató a tus padres y mató a Shail, y ahora está muerto. Y ellos no han vuelto a la vida. Yo creo que no vale la pena.

Jack calló un momento. Después dijo:

—Comprendo que quieras abandonar, y no voy a reprochártelo. Pero yo tengo que seguir, porque, lo mire por donde lo mire, no me queda nada más. ¿Entiendes? Kirtash me lo ha arrebatado todo. Ya no tengo casa, no tengo familia, no tengo a donde ir. Limbhad es mi único refugio, y Alsan y tú sois los únicos amigos que me quedan.

Victoria lo miró, apenada.

—No, Jack, eso no es todo —le dijo—. Mi casa es segura todavía. Y es grande. Si hablo con mi abuela, si le digo que no tienes a nadie más... seguramente dejará que te quedes. Podrás volver a vivir a la luz del día...

Se calló de pronto, inquieta, pensando que, dado que Kirtash había explorado su mente, tal vez conociera ya la ubicación de la mansión de Allegra d'Ascoli...

Pero Jack no se percató de su turbación.

—No, Victoria, no puedo hacer eso. Kirtash me conoce demasiado bien, me está buscando. No quiero poneros en peligro. Aunque te lo agradezco... y, ahora que lo recuerdo, también he de darte las gracias por haberme salvado la vida, el otro día, en el desierto.

—No fui yo, fue el báculo el que...

—Obedeció a tus deseos, Victoria. Tú querías salvarme, y el báculo actuó siguiendo tu voluntad. No tuve ocasión de agradecértelo.

Victoria alzó la cabeza para responder y vio que Jack estaba muy cerca de ella y la miraba intensamente. El corazón de la muchacha se aceleró al sentir a su amigo tan próximo. «¿Qué me está pasando?», se preguntó, confusa.

Jack, por su parte, no podía apartar sus ojos de ella. Tuvo el súbito impulso de abrazarla, de protegerla, de decirle que no permitiría que nada malo le sucediera, pero, inexplicablemente, se quedó clavado en el sitio.

Victoria tragó saliva. Intuía que aquel era un momento importante para ambos y no sabía qué debía decir ni cómo debía actuar.

—Victoria, yo... —empezó Jack.

Un súbito estruendo proveniente de la casa ahogó sus palabras. Se oyó un aullido de rabia, y Jack se levantó de un salto.

—Es Alsan —dijo, comprendiendo enseguida lo que estaba sucediendo—. Tiene otra de sus crisis.

Los dos corrieron hacia la casa y bajaron con precipitación las escaleras que llevaban al sótano. Se detuvieron ante la puerta de la habitación donde habían encerrado a Alsan. Los golpes sonaron más fuertes, y los dos chicos vieron que, con cada uno de ellos, la puerta parecía a punto de reventar.

—¡Está intentando echar la puerta abajo! —gritó Jack, lanzándose hacia adelante para sostenerla—. ¡Ayúdame!

Victoria se había quedado parada al pie de la escalera, pero reaccionó y corrió junto a Jack. Los dos empujaron la puerta con todas sus fuerzas, pero Alsan seguía golpeándola y, con cada choque, las paredes enteras se estremecían.

—Jack, no aguantaremos mucho tiempo —susurró Victoria.

De pronto, los golpes cesaron.

—¿Victoria? —sonó una voz ronca, que recordaba remotamente a la de Alsan—. ¿Eres tú?

—¡Alsan! —gritó Jack—. ¿Estás bien?

No dejó de sostener la puerta, sin embargo, e hizo una seña a su amiga para que hiciese lo mismo.

—Victoria —susurró la voz de Alsan tras la puerta, ignorando a Jack—. Victoria, tienes que sacarme de aquí. Sabes que tengo que marcharme.

—No, Alsan, no debes salir de aquí —intervino Jack—. ¿Adónde vas a ir? ¿Qué vas a hacer fuera de Limbhad?

–Victoria –insistió Alsan–, tienes que dejarme marchar. Si no lo haces, tarde o temprano os mataré. A ti –hizo una pausa y añadió–: Y a Jack.

Victoria cerró los ojos y se estremeció.

–¡No, Alsan, no lo permitiremos! –dijo Jack con firmeza.

–Sabes que es verdad, Victoria –prosiguió la voz de Alsan, con un gruñido–. No puedo detener a la bestia, y vosotros tampoco podréis hacerlo. Debéis dejarme marchar.

Jack no lo soportó más.

–¡No voy a abandonarte! –le chilló a la puerta cerrada–. ¿Me oyes? ¡Ni hablar!

Alsan no dijo nada más. Tampoco volvió a intentar derribar la puerta. Sobrevino un silencio tenso.

–Vete a dormir –dijo entonces Jack–. Yo me quedaré aquí, con él.

Victoria lo miró un momento, con una intensidad que le hizo sentirse incómodo.

–No quiero que te haga daño.

–No lo hará. Es mi amigo, ¿no lo entiendes?

Victoria no dijo nada. Se alejó escaleras arriba.

Jack se sentó en el suelo, junto a la puerta, y apoyó la espalda en la pared. Cerró los ojos... y, sin darse cuenta, el cansancio lo venció y se quedó dormido.

Creyó ver en sus sueños la figura de Victoria, que se acercaba en silencio y se inclinaba sobre él. Cuando, momentos más tarde, despertó, sobresaltado, miró a su alrededor con desconfianza. Pero la puerta seguía sólidamente cerrada. Volvió a recostarse contra la pared, pensando que había sido un sueño, pero entonces vio que alguien lo había cubierto con una manta para que no cogiese frío, y una cálida sensación lo recorrió por dentro. Sonrió, reprochándose a sí mismo el haber dudado de su amiga, y se puso en pie. Como todo seguía en silencio –Alsan debía de estar dormido–, Jack decidió subir a acostarse.

Al pasar frente a la habitación de Victoria, vio que la puerta estaba entreabierta, y no pudo evitar asomarse y echar un vistazo.

Vio a la chica echada sobre la cama, dormida, los cabellos oscuros desparramados sobre la almohada, su pálido rostro iluminado por la luz de las estrellas que entraba por la ventana, sus dedos cerrados con fuerza en torno al amuleto que Shail le había regalado antes de morir, la noche de su cumpleaños. Jack movió la cabeza con tristeza y siguió avanzando hacia su habitación.

En cuanto se retiró de la puerta, Victoria abrió los ojos. Con el corazón palpitándole con fuerza, aguardó un rato hasta que oyó cerrarse la puerta de la habitación de Jack. Entonces se levantó en silencio, cogió su báculo y se deslizó por los pasillos de Limbhad en dirección al sótano.

Jack se despertó, sobresaltado, cuando un aullido de triunfo resonó por toda la casa. Se levantó de un salto y corrió al sótano, y se encontró con la puerta hecha pedazos y la habitación vacía. La sangre se le congeló en las venas por un breve instante. Recordó a Victoria dormida y visualizó, por un momento, a la versión bestial de Alsan saltando sobre ella para devorarla.

—¡Victoria! —gritó, y corrió de nuevo escaleras arriba, para salvar a su amiga.

Pero no la encontró en su habitación. Desconcertado, se preguntó si habría salido al bosque para dormir bajo el sauce, como solía hacer, cuando sintió un estremecimiento, una especie de ondulación en el aire, y supo lo que acababa de suceder: alguien había abandonado Limbhad.

E imaginó enseguida lo que estaba pasando.

Corrió hacia la biblioteca, pero, mucho antes de llegar, mucho antes de abrir la puerta, ya sabía lo que iba a encontrar en ella.

A Victoria, sola, de pie, junto a la esfera en la que se manifestaba el Alma.

Y Jack comprendió que Alsan se había marchado para sufrir a solas su dolor y su desgracia, y que tal vez no volvería a verlo nunca más.

Victoria se quedó en la puerta de la habitación, silenciosa, observando cómo Jack abría y cerraba cajones y armarios, cogiendo ropa y guardándola en la bolsa que había dejado abierta sobre la cama.

—No creo que sea una buena idea —dijo por fin.

Jack se volvió para mirarla, irritado, y no pudo evitar hablar con dureza:

—No voy a quedarme de brazos cruzados. Si esa bola mágica no es capaz de encontrar a Alsan...

—Pero se ha marchado voluntariamente, ¿no lo entiendes? Nos pidió que le dejáramos marchar. Y si el Alma no lo localiza es porque está muy cambiado y ya no es él mismo...

—Me da igual —cortó Jack—. Yo mismo iré a buscarlo.

—Pero puede estar en cualquier parte, y el mundo es muy grande...

—No puedo quedarme aquí y simplemente esperar.

—¿Por qué no?

Jack se volvió para mirarla, y se sintió incómodo. Algo en la mirada de su amiga le suplicaba que no se fuera, que se quedara a su lado. Y Jack sintió un pánico horrible ante la simple idea de sentirse atado a alguien, a aquel lugar triste y vacío, lleno de recuerdos de los ausentes.

Tenía que huir, tenía que marcharse de allí como fuera y encontrar a Alsan. Y Victoria no iba a lograr detenerlo.

—Alsan es mi amigo —dijo con frialdad—, me ha enseñado muchas cosas, me ha salvado la vida y le debo mucho. Ahora, esté donde esté, me necesita.

—Jack, se ha marchado *voluntariamente*. Quiere estar solo, quiere alejarse de nosotros para no ponernos en peligro...

—¡Pero piensa en lo que harán con él en nuestro mundo! Ya no es del todo humano, Victoria. Lo matarán. No deberías haber dejado que se fuera. No tienes ni idea de lo que has hecho.

Victoria no dijo nada.

Jack guardó a Domivat en la bolsa de viaje; el arma tenía una vaina hecha de un material especial que resistía el calor que despedía su filo, por lo que el chico podía estar seguro de que su ropa no se quemaría, a pesar de estar en contacto con la Espada Ardiente. Cerró la bolsa y se la cargó al hombro. Volvió a mirar a su amiga y algo se ablandó en su interior. No, no podía dejarla así. Eran demasiadas las cosas que los unían, los momentos importantes que habían vivido juntos. Y, sin embargo...

—Tienes que comprenderme —insistió—. Es como un hermano para mí. No puedo dejarlo marchar, así, sin más. No puedo darle la espalda.

—¿Y a mí sí puedes darme la espalda?

Jack respiró hondo.

—Victoria, no me obligues a elegir. Él está en problemas, y me necesita. Y tú no —la miró fijamente—. ¿O sí... me necesitas?

Victoria vaciló. ¿Qué iba a decirle? ¿Que sí lo necesitaba, desesperadamente? Supo enseguida que, a pesar de lo que sentía, no iba a confesárselo o, al menos, no en aquel momento. La vergüenza y el orgullo le impedían mirarlo a los ojos y decirle a Jack lo importante que era para ella. Y, por otra parte, intuía que, aunque lograra convencerlo de que no se marchara, el chico se arrepentiría una y mil veces de haber abandonado a Alsan a su suerte.

No, Victoria no podía pedirle que se quedara con ella, no podía condenarlo a la soledad de Limbhad, y menos teniendo en cuenta que había sido ella la que había dejado marchar a Alsan.

De manera que alzó la mirada y dijo:

–No, tienes razón. No te necesito.

Victoria creyó apreciar en los ojos de Jack una sombra de dolor y decepción; pero la voz de él sonó fría e indiferente cuando dijo:

–Bien. Entonces, no hay más que hablar.

Ella se sintió muy triste de pronto. Erguido, con el equipaje a cuestas y aquella expresión resuelta en el rostro, Jack parecía mayor de lo que era. Pero estaba dispuesto a marcharse, y Victoria supo que había perdido la oportunidad de retenerlo a su lado.

El muchacho avanzó hacia la puerta y Victoria se apartó para dejarle pasar. Sus cuerpos se rozaron y sus miradas se encontraron un breve instante. Los dos vacilaron. El tiempo pareció congelarse.

«No debería marcharme», pensó él.

«Le suplicaré que se quede», se dijo ella.

Pero Jack cruzó la puerta y se separó de Victoria, y siguió andando pasillo abajo, y ella no lo llamó.

Llegó enseguida a la biblioteca y entonces se dio cuenta de que necesitaría la ayuda de Victoria para marcharse de Limbhad. Se volvió hacia la entrada y la vio allí, silenciosa. Llevaba el báculo entre las manos.

–Adelante –dijo ella–. Decide tu destino y acércate a la esfera. El Alma y yo haremos el resto.

Jack vio entonces que sobre la mesa había aparecido misteriosamente la esfera de colores cambiantes en la que se mostraba el Alma de Limbhad. Titubeó. Nunca había realizado aquel viaje solo, y tampoco había decidido aún por dónde empezar a buscar a Alsan. Como había dicho Victoria, el mundo era grande.

Jack avanzó un paso, vaciló y se volvió hacia ella.

–Volveré con Alsan –prometió–. Y la Resistencia...

–La Resistencia ya no existe, Jack –cortó ella–. Hazte a la idea.

–Nunca –replicó Jack, ceñudo–. Te juro que mataré a ese Kirtash aunque sea lo último que haga.

–Es curioso que te importen más tus enemigos que tus amigos –observó Victoria con frialdad.

–¿Qué quieres decir? –estalló Jack–. ¡No soy yo quien se esconde aquí mientras Alsan vaga por ahí, perdido y solo! ¡No soy yo quien le ha dejado marcharse, a pesar del estado en el que se encontraba! ¡Por lo menos, yo no me paso el día lamentándome!

Victoria entrecerró los ojos, y Jack se dio cuenta de que la había herido. Pero estaba furioso con su amiga por no acompañarlo, por no apoyarlo, por haber dejado marchar a Alsan, y, sobre todo... por no necesitarlo como él la necesitaba a ella.

Y, por eso, en aquel momento no lamentó haber dicho aquello.

—Lárgate —dijo Victoria conteniendo la ira—. Márchate y no vuelvas por aquí.

—Descuida —replicó Jack, molesto.

Inmediatamente después, ambos se arrepintieron de sus palabras, pero ninguno de los dos dio el primer paso para arreglarlo. Jack avanzó hacia la mesa y, sin dudarlo ni un momento, alargó la mano hacia la esfera. El resplandor se hizo más intenso y la luz envolvió la figura de Jack, que, mareado, aún tuvo tiempo de pensar: «Londres», antes de dejar atrás Limbhad... y a Victoria.

Ella le vio desaparecer y se quedó quieta un momento. Después dio media vuelta para internarse de nuevo en la Casa en la Frontera.

El sonido de un timbre se desparramó por los pasillos y las aulas del colegio.

En la clase de Victoria, la profesora indicó los ejercicios que había que hacer para el día siguiente antes de que las alumnas comenzaran a recoger sus cosas. Victoria tomó nota y guardó la agenda en la mochila.

Se disponía a salir cuando la profesora la llamó. La muchacha se volvió hacia ella, interrogante, y se acercó a su mesa.

—¿Te encuentras bien? —le preguntó la profesora—. Te veo muy pálida.

—He estado enferma —repuso ella con suavidad.

—Lo sé. ¿No te has recuperado aún?

Victoria desvió la mirada, pero no dijo nada.

—¿Te pasa algo más? —insistió la profesora—. Te he visto muy triste desde que volviste. Es como si estuvieras... ausente.

—Estoy bien. Es solo que... —dudó antes de añadir—, recientemente perdí a un amigo muy querido. Un accidente, ¿sabe usted? Estaba en el lugar equivocado en el momento equivocado, como se suele decir.

«Como algunos héroes», pensó, recordando lo que les había contado Shail al respecto. Habían pasado apenas unos días desde aquella conversación, pero ya parecían una eternidad.

–Oh, Victoria, lo siento mucho. Tu abuela no me dijo nada.

–Ella no lo conocía. De todas formas... es normal estar triste, ¿no? Pero no durará para siempre. Pasará con el tiempo. No se preocupe.

La profesora la observó con aprobación. Había dolor en los ojos de Victoria, sí, pero más madurez y sabiduría.

–Bien –dijo finalmente–. Si necesitas ayuda, ya sabes dónde estoy.

Victoria asintió.

Abandonó la clase y, después, el enorme y frío edificio. Ya había anochecido; una fría brisa sacudía las ramas de los árboles, que creaban sombras fantasmagóricas sobre las baldosas del patio.

Nadie la esperaba fuera. Victoria era una chica extraña y retraída y no tenía amigas en el colegio. Nunca le había preocupado, pero en aquel momento añoró una vida como la de cualquiera de sus compañeras de clase. Deseó ardientemente ser una chica normal, no haber oído hablar de Idhún ni haber conocido a la Resistencia...

Se preguntó si no sería demasiado tarde para recuperar su vida...

... y olvidar...

Sacudió la cabeza. ¿A quién pretendía engañar? Ella no era una chica normal, y nunca lo sería. Había conocido el miedo, el dolor, el odio y el poder. Poseía el don de la curación y era la clave para encontrar a Lunnaris, porque solo ella podía manejar el Báculo de Ayshel. Fuera cual fuera su relación con Idhún... estaba claro que no iba a desaparecer con solo desearlo.

Lunnaris...

Victoria recordó con cuánta pasión hablaba Shail de aquel pequeño unicornio. Nunca más volvería a verla.

«Te fallé, Shail», pensó. «No sé qué hacer para encontrar a Lunnaris, no sé cómo utilizar el báculo para que me lleve hasta ella. Pero te juro que la encontraré, por ti».

Era una idea que llevaba días rondándole por la cabeza. Llevar a cabo el sueño de Shail. Encontrar a Lunnaris por él. Y hablarle del joven mago que la había salvado una vez y había consagrado su vida y su magia a buscarla en un mundo que no era el suyo.

«Encontraré a Lunnaris», prometió. «Aunque tenga que hacerlo sola».

El recuerdo de su discusión con Jack regresó de nuevo a su mente, y el dolor volvió a consumir su corazón. Lo echaba de menos, a veces incluso más que a Shail, y en ocasiones como aquella procuraba recordar, por encima de todo, las palabras hirientes de él, para reavivar el enfado y tratar de calmar así el dolor de la separación. Cerró los ojos, pero el recuerdo de Jack seguía vivo en su interior, y se preguntó si lograría olvidarlo y seguir adelante sin él. Se preguntó si debería haberle dicho que sí lo necesitaba, que su vida resultaba gris si él no estaba en ella para pintarla con su sonrisa, que en aquellos meses se había acostumbrado tanto a tenerlo cerca que ahora se sentía vacía y espantosamente sola. Y se preguntó también si, de haberlo hecho, de haberle confesado todo aquello, habría cambiado en algo las cosas.

Probablemente no, pensó. Al fin y al cabo, se dijo a sí misma con rencor, Jack estaba deseando marcharse. Se había dado tanta prisa en hacerlo, de hecho, que no se había parado a pensar que, sin Shail ni Victoria, él no sería capaz de regresar a Limbhad. En aquel mismo momento podía estar en la otra punta del planeta. Tal vez no volvieran a encontrarse nunca más.

«Volveremos a vernos, Victoria...», resonó entonces un recuerdo en su mente. Se estremeció. Por alguna razón, se acordó de Kirtash. Si iba a continuar la búsqueda de Lunnaris ella sola, volvería a encontrarse con él tarde o temprano. Y ahora no tenía a Shail, a Alsan ni a Jack para protegerla.

Algo se rebeló en su interior ante la idea de tener que depender siempre de los demás. Había sido agradable dejarse querer por Alsan y Shail, pero Jack le había echado muchas cosas en cara, y ella quería... necesitaba demostrar que estaba equivocado.

«... no vuelvas a cruzarte en mi camino, criatura, porque no tendré más remedio que matarte la próxima vez», había dicho Kirtash.

«No», corrigió Victoria. «Si Jack no te ha matado antes, lo haré yo. No volverás a hacerme sentir así, tan indefensa, tan a tu merced. Volveremos a encontrarnos y, cuando lo hagamos... seré yo quien juegue contigo antes de matarte».

Perdida en sus sombríos pensamientos, Victoria franqueó la puerta del colegio.

No se dio cuenta de que, en lo alto del muro, se agazapaba una sombra oscura encubierta tras las ramas de los árboles.

Y aquella figura la observaba con un destello de calculador interés en sus fríos ojos azules.

Dos años después...

XV
REENCUENTROS

ERA una cálida mañana de finales de agosto, y la mayoría de la gente de los apartamentos se había marchado ya a la playa. En la pista de tenis que había junto al bar, un joven de veintipocos años acababa de derrotar a su hermano mayor.

–Bah, me rindo –dijo este–. Hace demasiado calor para jugar. Me voy a la piscina.

–Venga, un poco más –protestó el ganador–. Todavía tenemos tiempo antes de que empiece a calentar de verdad.

–Ni hablar, que yo ya estoy mayor para estas cosas.

El más joven suspiró y se dispuso a abandonar la cancha tras su hermano.

–Yo puedo jugar un rato contigo, si quieres –dijo una voz junto a él, en un italiano vacilante y de acento extraño.

El muchacho se volvió, y vio tras él al chico del bar. Lo conocía solo de vista, porque no hablaba mucho, pero estaba claro que era extranjero, nórdico tal vez, y que trabajaba como camarero en el bar para poder costearse las vacaciones en Italia. Tendría unos dieciséis años, pero su mirada era demasiado seria para un chico de su edad.

–¿No tienes que trabajar en el bar?

–Ahora no. Hoy tengo la mañana libre.

–¿Sabes jugar al tenis? –le preguntó.

–Hace mucho que no juego –repuso el camarero–, pero puedo intentarlo –hizo una pausa antes de añadir–: Lo echo de menos.

El joven le dirigió una mirada evaluadora. Después sonrió.

–Hecho –dijo–. ¿Cómo te llamas?

El chico sonrió a su vez. Sus ojos verdes se iluminaron con un destello cálido.

–Jack –dijo–. Me llamo Jack.

La partida fue breve, pero intensa. El joven italiano estaba mejor entrenado y tenía más estilo, pero los golpes de Jack eran imparables. Costaba entender cómo un muchacho de su edad podía tener tanta fuerza.

Costaba entenderlo, a no ser que se supiera que aquel chico rubio llevaba dos años practicando esgrima todos los días con una espada legendaria.

Finalmente, el italiano se dejó caer sobre la cancha, riendo y sudando a mares.

—¡Vale, vale, de acuerdo! Tú ganas. Nunca he visto a nadie coger la raqueta como tú ni darle a la pelota con tanta rabia, Jack, pero no cabe duda de que es efectivo.

Pero Jack no lo estaba escuchando. Se había quedado mirando a alguien que lo observaba desde el camino, más allá de la verja de la cancha. A pesar de que estaba demasiado lejos para ver sus rasgos, a pesar de que no era exactamente como lo recordaba, su figura era inconfundible.

Al muchacho le dio un vuelco el corazón. Soltó la raqueta y echó a correr fuera de la cancha, sin mirar atrás.

—Hasta luego —dijo el italiano, perplejo.

Jack trepó por el talud de hierba hasta llegar al camino. Cuando lo alcanzó, se quedó allí, parado, a unos pocos metros de la persona que lo había estado observando, pero sin atreverse a acercarse más.

Los dos se miraron en silencio.

Finalmente, Jack habló.

—Alsan —dijo.

Él sonrió de manera siniestra.

—¿De verdad crees que soy Alsan?

Jack titubeó. No lo había visto desde que él había huido de Limbhad transformado en un ser semibestial, pero recordaba muy bien al orgulloso y valiente príncipe de Vanissar. Y aquel joven que tenía ante sí era él, pero no era él.

Vestía ropas terráqueas y, por primera vez desde que lo conocía, parecía cómodo con ellas. Llevaba vaqueros y, a pesar del calor, una camiseta de color negro. El Alsan que él recordaba nunca llevaba ropa de color negro. Y Jack, desde que había conocido a Kirtash, tampoco.

Su porte seguía siendo sereno y altivo, pero ahora había algo preocupante en él, una tensión contenida que Alsan, siempre tan seguro de sí mismo, jamás había mostrado.

Y su rostro...

Su rostro seguía siendo de piedra, pero las penalidades habían cincelado su huella en él, y las marcas de expresión de sus facciones eran mucho más profundas. Su gesto era sombrío, y en sus ojos había un cierto brillo amenazador que no inspiraba confianza.

Con todo, lo que más llamó la atención de Jack fue su pelo.

El cabello castaño de Alsan se había vuelto completamente gris, gris como la piedra, o como la ceniza, o como las nubes que anuncian lluvia. Y aquello contrastaba vivamente con su rostro juvenil; quizá era ese contraste lo que le daba un aspecto tan inquietante.

Jack respiró hondo. Multitud de emociones contradictorias se agolpaban en su interior; había pasado dos años buscando a Alsan y, ahora que ya había perdido toda esperanza de encontrarlo, de repente él se presentaba allí, en aquella pequeña localidad italiana, como surgido de la nada. No estaba seguro de cómo reaccionar y, por otro lado, tenía un molesto nudo en la garganta que amenazaba con impedirle hablar. Y tenía mucho que decir, muchas preguntas que hacer, mucho que contar. Tragó saliva y consiguió responder, aunque le temblaba un poco la voz:

—Has cambiado, pero te pareces más al Alsan que conozco que la criatura a la que rescaté en Alemania.

—Me alegro de que veas las cosas por el lado bueno.

El nudo seguía ahí, y Jack tuvo que tragar saliva otra vez.

—Te he buscado por media Europa —le reprochó—. ¿Dónde has estado todo este tiempo?

—Es una larga historia. Si quieres...

—¿Por qué te marchaste? —cortó Jack.

De repente, el nudo de su garganta se deshizo y, por alguna razón, se transformó en lágrimas que acudieron a sus ojos. Jack parpadeó para retenerlas, pero no pudo callar por más tiempo las amargas palabras que brotaban de su corazón:

—Te he buscado por todas partes durante dos años... ¡dos años! ¿Por qué no has dado señales de vida hasta ahora? ¿Por qué te fuiste? Nos dejaste solos a Victoria y a mí... abandonaste a la Resistencia, después de todo lo que me enseñaste... ¿Por qué no confiaste en nosotros? Eras... ¡maldita sea, eras todo lo que me quedaba! —se le quebró la voz, y parpadeó para contener las lágrimas. No llegó a llorar, pero bajó la cabeza para que Alsan no viera sus ojos húmedos. Sintió que su amigo se acercaba, y una parte de sí mismo le gritó que debía correr, que no debía acercarse a él, que no era el mismo Alsan de siempre... Pero Jack apretó los puños y se quedó donde estaba. Aunque su instinto le decía que la bestia aún latía en el interior de su amigo, el muchacho llevaba demasiado tiempo solo.

Alsan colocó una mano sobre el hombro de Jack.

—Jack, lo siento —dijo—. No quería poneros en peligro. Estaba... fuera de control, y...

Se interrumpió, porque Jack, de pronto, se abrazó a él con fuerza, aún temblando, como si temiera que volviera a marcharse en cualquier momento. Alsan parpadeó, perplejo, pero entonces intuyó, de alguna manera, lo duros que habían sido para Jack aquellos dos años. Casi pudo sentir su soledad, su desesperación, su miedo. Y también él se preguntó dónde había estado Jack durante todo aquel tiempo, qué había hecho... y por qué no estaba en Limbhad, con Victoria.

—Ya pasó, chico —murmuró, dándole unas palmaditas en la espalda, tratando de calmarlo—. Ya estoy aquí, ¿de acuerdo? No voy a marcharme otra vez. Ya no estás solo. No volverás a estarlo nunca más. Te lo prometo.

Jack pareció recobrar la compostura. Se separó de él, desvió la mirada y dijo, intentando justificarse:

—Sí, bueno... es que me han pasado muchas cosas desde que te fuiste. Además, ha sido... demasiado tiempo sin saber nada de nadie.

El joven lo miró y esbozó una sonrisa que recordó a las del Alsan de antes.

—Estás sudando y asfixiado de calor, chico —dijo—. Mejor vámonos a la sombra, te invito una coca-cola y hablamos con calma, ¿hace?

Jack aceptó, agradecido. Nunca había soportado el calor. En verano, para poder dormir, necesitaba ducharse todas las noches con agua fría antes de acostarse. Todavía se preguntaba cómo había permitido que la estación estival lo sorprendiera en Italia, en lugar de haberse marchado a algún país del norte al final de la primavera.

Se dirigieron a la cafetería más cercana. Había un perro tumbado frente a la puerta, un pastor alemán, que alzó la cabeza y gruñó a Alsan con cara de pocos amigos. El joven se limitó a dirigirle una breve mirada, y el perro agachó las orejas, se levantó y fue a esconderse bajo una mesa, gimiendo de miedo, con el rabo entre las piernas. Jack tragó saliva, incómodo.

Entraron en el local; al pasar junto a una de las mesas, sus ocupantes miraron a Alsan con cierta desconfianza, y los más cercanos a él apartaron sus sillas. Pero él esbozó una sonrisa siniestra, y todos miraron hacia otra parte.

—¿Por qué han hecho eso? —preguntó Jack cuando ambos se sentaron en una mesa junto a la ventana—. No te conocen de nada.

—Instinto —respondió Alsan, sonriendo de nuevo de aquella manera tan inquietante—. Inconscientemente, la gente reconoce a un depredador cuando lo tiene cerca.

Jack se estremeció. Quiso preguntar algo, pero entonces llegó el camarero. Jack pidió un refresco de limón, con mucho hielo. Alsan no pidió nada.

—Al principio vagué de aquí para allá —empezó a contar el joven—, y debo confesar que causé muchos destrozos. De lo cual no me siento orgulloso.

—Lo sé —dijo Jack en voz baja—. Como el Alma no nos daba ninguna pista acerca de ti, decidí buscarte por mi cuenta. Investigué en los periódicos y en internet... buscando artículos que hablasen de algún tipo de bes... mons... —se interrumpió, azorado.

—Bestia o monstruo —lo ayudó Alsan—. Puedes decirlo tranquilamente. Es lo que era, y lo que todavía soy, de vez en cuando.

—Bueno, yo fui primero a Londres —dijo Jack—. Tengo conocidos allí, unos amigos de mis padres. Como hace mucho tiempo que perdimos el contacto con ellos, supuse que no sabrían nada de lo que les pasó, y tenía razón. Pero solo me quedé con ellos unos días, lo justo para saber dónde empezar a buscarte. Vi en internet noticias sobre algunas personas que decían haber visto en el bosque una extraña bestia, un *loup-garou* —lo miró fijamente—. ¿Por qué Francia?

—No lo sé, no fue premeditado. Cuando el Alma me preguntó adónde quería ir, no pude pensar en nada más que en irme lo más lejos posible de la civilización y del lugar donde vivía Victoria. Pero en el fondo no quería alejarme mucho ni perderos de vista. Supongo que por eso no llegué muy lejos.

»Avancé hacia el este, hacia los Alpes, llegué hasta Suiza, luego el norte de Italia, Austria... siempre por zonas boscosas o montañosas, evitando el contacto con los humanos. Pero era inevitable que de vez en cuando me viera alguien, que trataran de darme caza, de matarme o capturarme... con consecuencias fatales para ellos, en la mayoría de los casos.

–Yo te seguí la pista por media Europa –musitó Jack–, haciendo autostop o cogiendo algún tren o algún autobús, cuando podía. Lo cierto es que no tenía mucho dinero –confesó–, y he vivido casi como un vagabundo todo este tiempo. A veces he conseguido sacarme algunos euros haciendo recados y chapucillas, pero no mucho, la verdad, solo lo bastante para comer, continuar mi viaje y, de vez en cuando, poder dormir en algún albergue en lugar de tener que hacerlo al raso. A mí también han intentado cogerme muchas veces para meterme en algún orfanato o reformatorio, pero no les he dejado.

Le temblaba la voz otra vez. Alsan se imaginó a Jack solo, recorriendo Europa a pie, sin dinero, sin ningún lugar a donde ir, pasando frío en las noches de invierno, y empezó a comprender lo dura que había sido la búsqueda del muchacho. Jack captó su mirada y añadió, tratando de restarle importancia:

–En el fondo, ha sido divertido. Iba a donde quería, sin ataduras, sin límites. Nunca me había sentido tan libre.

Sonrió, y Alsan sonrió también.

–Deberías haberte quedado en Limbhad –le dijo, sin embargo–. Si Kirtash hubiera llegado a encontrarte...

–No lo ha hecho. Y, aunque así hubiera sido, estoy preparado –vaciló antes de confesar–: Me llevé conmigo la espada, Domivat, cuando abandoné Limbhad. Así he podido entrenar todos los días, repitiendo los movimientos una y otra vez, Alsan, para no olvidar nada de lo que tú me enseñaste.

Alsan lo miró, emocionado, pero no dijo nada. Jack siguió hablando.

–Pero te perdí la pista –dijo–. En el sur de Austria. Dejé de encontrar noticias acerca de la bestia semihumana, y ya no supe qué pensar. No me quedó más remedio que establecerme allí, buscar un trabajillo... Pero no pude quedarme mucho tiempo, así que seguí dando tumbos de un lado para otro, hasta que llegué aquí, a Chiavari. No me preguntes cómo ni por qué estoy aquí, porque, la verdad, llevo mucho tiempo perdido. Hace un año que no sé nada de ti, y no podía volver a contactar con Victoria. Sabes que yo solo no puedo volver a Limbhad, y tampoco sé dónde vive ella exactamente, ni su teléfono, ni nada. Me marché de allí con tanta precipitación que no se me ocurrió pedírselo.

Titubeó un momento; estuvo a punto de hablarle de su discusión, del daño que le habían hecho las palabras de Victoria («No te necesito... Márchate y no vuelvas por aquí»), pero el tiempo había curado las heridas, y en aquellos momentos se sentía muy estúpido por haberse dejado arrastrar por una rabieta que ahora le parecía infantil y absurda. Ahora veía las cosas de otra manera; tal vez, si no se hubiera precipitado tanto a la hora de marcharse, habría podido organizar mejor la búsqueda de Alsan, y no habría tenido tantos problemas. Pero se había ido sin tener ningún modo de contactar con Victoria; y, cuando en las frías noches de invierno había tenido que dormir al raso, había echado de menos la cálida casa de Limbhad, y había maldecido mil veces su poca cabeza.

–Llegué a pensar que nunca más volvería a saber de vosotros –concluyó en voz baja.

Calló y desvió la mirada, oprimiendo con fuerza la cadena con el amuleto del hexágono que Victoria le había dado tiempo atrás, el día de su llegada a Limbhad, y que todavía conservaba.

La había echado de menos muy a menudo. Muchísimo. Su suave sonrisa, la luz de sus ojos, todos los momentos que habían pasado juntos... todo aquello había acudido a su memoria, una y otra vez. Y muchas veces, su mente volvía atrás en el tiempo, hasta aquel instante en el que había pensado que no debía marcharse. Se imaginaba a sí mismo diciendo en voz alta las palabras que no había llegado a pronunciar. Interiormente, le había pedido perdón de mil formas distintas. Se había visto abrazándola y prometiéndole que seguirían juntos... pasara lo que pasase.

Pero eso no había ocurrido. Y ya no había vuelta atrás. Nada iba a devolverle los dos años que había pasado lejos de su mejor amiga. Incluso había llegado a pensar que ya nunca tendría ocasión de decirle en persona todo lo que sentía.

Alsan lo observó durante unos breves instantes.

–¿Cuántos años tienes, Jack? –le preguntó.

–Quince –respondió el chico, un poco sorprendido por la pregunta–. Cumpliré dieciséis en abril. Pero parezco mayor, y con dieciséis ya se puede trabajar, así que últimamente estoy encontrando las cosas un poco más fáciles.

–Quince –repitió Alsan–. Y parece que fue ayer cuando te salvé de Kirtash y te llevé a Limbhad. Entonces eras solo un chiquillo asustado. Ahora eres todo un hombre.

Jack sonrió, incómodo.

–No soy un hombre aún. Tal vez en tu mundo los chicos de quince años sean hombres, pero aquí seguimos siendo chavales.

–Tú, no. Mírate, Jack. Has crecido, y no me refiero a la altura. Eres mucho más maduro, y no me cabe duda de que sabrías arreglártelas en casi cualquier situación. Estoy orgulloso de ti.

Jack desvió la mirada.

–Todavía no me has dicho por qué te fuiste –dijo en voz baja.

–Porque la mía era una lucha que debía librar yo solo –Alsan clavó en él la mirada de sus inquietantes ojos–. Pero desde el principio supe que había muchas posibilidades de que no saliera vencedor, y por eso debía alejarme de vosotros cuanto antes.

»Y tenía razón. El espíritu de la bestia era mucho más fuerte, mucho más salvaje que mi alma humana. En uno de mis escasos momentos de lucidez, decidí quitarme la vida.

»Un hombre me salvó. No recuerdo su nombre ni su rostro, pero estuvo hablándome durante mucho rato, mientras yo me recuperaba de mis heridas en un pueblo del que ni siquiera recuerdo el nombre.

Es extraño, porque, a pesar de no conocer su idioma, lo comprendí a la perfección. Y cuando aquel hombre desapareció de mi vida y volví a quedarme solo, supe con exactitud qué era lo que debía hacer, y adónde debía dirigirme.

Miró a Jack, sonriendo.

–He pasado estos últimos meses en el Tíbet, en un monasterio budista.

–¡Venga ya! –soltó Jack, riendo–. ¿Te rapaste el pelo?

–No voy a contestar a eso –rió Alsan; se puso repentinamente serio–. He aprendido muchas cosas en todo este tiempo. Disciplina, autocontrol... pero, sobre todo, he encontrado la paz que necesitaba para mantener a raya a la bestia.

–Entonces, lo has conseguido...

–No del todo. No soy el mismo de antes, y ya nunca lo seré. Todavía me transformo a veces, cuando una fuerza superior a la mía controla mis instintos de lobo. Pero, al menos... puedo volver a ser un hombre la mayor parte del tiempo.

Jack comprendió. Abrió la boca para preguntar algo, pero no se atrevió.

–En cualquier caso –prosiguió su amigo–, he dejado de ser Alsan, príncipe de Vanissar. Eso se acabó para mí. Y, como mi nueva condición ya no me hace digno de seguir ostentando ese nombre y esa estirpe, he tenido que buscarme un nombre nuevo, un nombre de aquí, de la Tierra. Ahora... ahora me llamo Alexander.

–Alexander –repitió Jack–. No suena mal, y, además, no sé por qué, te sienta bien. Te llamaré así, si lo prefieres, aunque no entiendo muy bien por qué crees que no eres digno de ser lo que eres.

Alexander esbozó una sonrisa.

–Porque ya no soy lo que era, Jack.

Había amargura en sus palabras, y el muchacho decidió cambiar de tema.

–Y... ¿cómo has conseguido encontrarme? –quiso saber.

–Tuve un sueño... Soñé contigo, soñé que estabas aquí, en Italia. Me di cuenta de que debía de ser una señal que me indicaba que ya estaba preparado para reencontrarme con vosotros otra vez. Así que vine a buscarte... y, una vez aquí, seguí mi instinto.

–Ojalá me hubiera pasado a mí algo así mientras te buscaba –gruñó Jack, impresionado a su pesar–. Y... ¿qué piensas hacer ahora que me has encontrado?

–Por lo pronto, reunir de nuevo a la Resistencia en Limbhad.

–¿Para seguir buscando al dragón y al unicornio? ¿Cómo sabes que no es demasiado tarde?

–Porque Kirtash sigue aquí, en la Tierra, y eso quiere decir que no los ha encontrado todavía.

Los puños de Jack se crisparon ante la mención de su enemigo.

–¿Cómo sabes eso?

–Lo sé. Yo estoy preparado para volver a la acción, Jack. ¿Lo estás tú?

Jack vaciló.

–Eso pensaba, pero ahora ya no estoy tan seguro. Quiero decir... que antes teníamos más medios, estaba Shail, y mira cómo acabamos. ¿Qué crees que vamos a conseguir ahora? ¿Por qué piensas que será diferente?

–Por muchos motivos. Primero, porque vamos a cambiar de estrategia. Segundo, porque, aunque hemos perdido a Shail, te hemos ganado a ti –lo miró con fijeza–, un nuevo guerrero para la causa, un guerrero que es capaz de empuñar una espada legendaria, que puede blandir a Domivat sin abrasarse en llamas, que ha triunfado donde cayeron otros más fuertes, más viejos y más hábiles.

Jack enrojeció. No había tenido ocasión de hablar con su amigo sobre ello, pero era cierto: Domivat, la espada forjada con fuego de dragón, que nadie había logrado empuñar hasta entonces, estaba ahora a su servicio, y, pensándolo bien, no entendía cómo ni por qué.

–Y hay otra razón, Jack –prosiguió Alexander–. Sí, hemos perdido a Shail. Tú me contaste cómo sucedió mientras estaba encerrado en Limbhad. Y ahora te pregunto: ¿crees que debemos dejar las cosas así? Shail murió por rescatarme a mí y por salvar la vida de Victoria. Sería un insulto a su memoria que abandonáramos ahora.

Multitud de imágenes cruzaron por la mente de Jack; imágenes de Shail, el joven mago de la Resistencia, siempre agradable y jovial, siempre dispuesto a aprender cosas nuevas y a echar una mano donde hiciera falta. Shail, que había liderado el rescate de Alsan en Alemania y que había muerto protegiendo a Victoria en aquella desastrosa expedición. Y el fuego de la venganza, que se había debilitado en aquellos meses, ardió de nuevo con fuerza en su corazón.

–Sí –dijo en voz baja–. Sería un insulto a su memoria.

Alexander asintió.

–Entonces, recoge tus cosas. Saldremos para Madrid en cuanto estés listo.

El corazón de Jack se aceleró.

–¿Vamos a ir a ver a Victoria?

–Por supuesto.

–Pero yo no sé dónde vive –objetó el chico–, ni cómo contactar con ella.

Alexander le dirigió una breve mirada.

–Me he dado cuenta –dijo–. Espero por tu bien que la encontremos sana y salva, porque te recuerdo que Kirtash tenía una ligera idea de dónde vivía, su casa no era del todo segura y a ti no se te ocurrió otra cosa que dejarla sola para venir a buscarme.

El sentimiento de culpa se hizo aún más intenso. Por un momento, Jack imaginó a Kirtash encontrando a Victoria, Kirtash secuestrando a Victoria, Kirtash... haciéndole daño a Victoria. El chico sintió que le hervía la sangre en las venas.

Alexander malinterpretó su gesto sombrío.

–En fin, hablaremos de ello en otro momento. Por suerte para ti, yo sí sé dónde vive Victoria. Hasta ahora no he estado en condiciones de ir a buscarla pero, ahora que vuelvo a ser humano la mayor parte del tiempo, no voy a perder un minuto más. Y te arrastraré de la oreja si es necesario para que vayas a disculparte.

—No hará falta ser tan agresivo, tranquilo —replicó Jack, molesto—. Sabré disculparme yo solo.

En el fondo, llevaba mucho tiempo deseando hacerlo.

El timbre sonó, como todas las tardes, indicando el final de las clases. Hubo revuelo en las aulas, mientras las alumnas recogían sus cosas y salían de las clases con las mochilas al hombro.

Victoria salió sola, como de costumbre. Cuando franqueó la puerta del edificio y cruzó el patio hacia la salida, se detuvo un momento y dejó que el sol acariciara su rostro. Era un sol suave, de mediados de septiembre, y su moribunda calidez era muy agradable. Pero a Victoria no le gustaba ver cómo, un año más, acababa el verano y llegaba el otoño... y, con él, el aniversario de la muerte de Shail.

Sacudió la cabeza para apartar de ella aquellos pensamientos, y se agachó cerca de la salida para atarse el cordón del zapato. Próximas a ella, un grupo de chicas de su clase hablaban en susurros y soltaban risitas mal disimuladas.

—¿Lo has visto?

—Sí, tía, tienes razón, ¡está como un queso!

—¿A quién esperará?

—No lo sé, pero, desde luego, esa tiene una suerte...

Victoria no les prestó atención. Los chicos no eran algo que le quitara el sueño. Tenía cosas más importantes en qué pensar, mucho trabajo por hacer y, ante todo, una misión que cumplir.

Por eso, cuando se incorporó y cruzó el portón del colegio, estuvo a punto de pasar de largo ante el muchacho que la esperaba, un chico rubio que vestía vaqueros y una camisa de cuadros por fuera de los pantalones, y que aguardaba en actitud despreocupada, con las manos en los bolsillos y la espalda apoyada en un árbol, sin ser consciente de los cuchicheos, las miradas mal disimuladas y las risitas que provocaba su presencia allí.

Victoria habría pasado de largo de no ser porque, por alguna razón, el corazón le dio un vuelco, y no pudo evitar volverse para mirarlo. El muchacho se enderezó y la miró también. El corazón de Victoria se olvidó de latir por un breve instante. Sus labios formaron el nombre de él, pero no llegó a pronunciarlo. El chico sonrió, algo incómodo.

–Hola, Victoria –dijo.

Ella casi no lo oyó. De pronto, su corazón volvía a latir, y lo hacía con demasiada fuerza. Tragó saliva. Había soñado tantas veces con aquel momento que tenía la sensación de que aquello no era real, que en cualquier momento despertaría... y que allí, frente a ella, no habría nadie.

Pero el muchacho seguía allí, mirándola. No se había desvanecido en el aire, como una ilusión, como un espejismo, como un hermoso sueño. Era de verdad.

–Jack –pudo decir ella.

Jack ladeó la cabeza y desvió la mirada, sin saber qué decir. Tampoco Victoria se sentía especialmente lúcida. Ambos habían ensayado miles de veces las palabras que dirían si aquel encuentro llegaba a producirse, pero había llegado el momento y los dos se habían quedado completamente en blanco.

Jack sabía desde hacía semanas que iban a volver a encontrarse, y había tenido más tiempo para hacerse a la idea, de modo que tenía ventaja. Alzó la cabeza, resuelto, y la miró a los ojos.

–Me alegro de volver a verte.

–Yo también... me alegro de verte a ti –dijo ella, y se dio cuenta de que era verdad.

–Has cambiado –dijo Jack.

No le pareció algo muy ocurrente, pero era lo que estaba pensando. Victoria tenía ya catorce años, casi quince, y no era la niña que había conocido. Había crecido... en todos los sentidos. Pero, obviamente, no pensaba decírselo, así que solo comentó:

–Ya no llevas el pelo tan largo.

Victoria jugueteó con uno de sus mechones de pelo castaño oscuro, azorada.

–Me lo corté hace unos meses, pero ya me ha crecido un poco. Y mira, me ha quedado así, como con bucles. Ya no lo tengo tan liso.

–Te queda bien –dijo él, y se sintió estúpido; después de tanto tiempo sin verse, solo se le ocurría hablar del pelo de Victoria.

Y el caso era que tenía muchísimas cosas que decirle. Podría contarle cómo había hablado con ella en sus noches a solas, podría decirle que su bloc de dibujo estaba lleno de bocetos de ella, de su rostro, de sus grandes ojos castaños, que lo habían contemplado tantas noches desde las estrellas; podría confesarle que había escuchado su voz en el viento cientos de veces, que la había recordado en todos y cada uno de los lugares más hermosos que había visitado... que la había echado de menos, intensa, dolorosa y desesperadamente.

Pero la chica que estaba ante él no era la niña que él recordaba, aunque tuviera sus mismos ojos, que todavía irradiaban aquella luz que a Jack le parecía tan especial. El tiempo parecía haber creado una distancia insalvable entre los dos. El chico comprendió que la memoria que tenía de ella tal vez ya no se correspondiera con lo que Victoria era ahora; y también supo que aquellos dos años podían haber enfriado los sentimientos de su amiga. Tal vez ella no lo había perdonado, tal vez lo había olvidado. Quizá incluso tuviera ya novio. ¿Por qué no?

—Tú también has cambiado —dijo entonces Victoria, enrojeciendo un poco.

—¿Sí? —Jack sonrió; tal vez su comentario no había sido tan estúpido, al fin y al cabo—. ¿En qué sentido?

—Bueno, has crecido, y estás más moreno... y... y...

«... y más guapo», pensó, pero no lo dijo.

Reprimió un suspiro. Tiempo atrás había estado enamorada de aquel chico, pero pronto había comprendido que, obviamente, él no la correspondía; de lo contrario, no se habría marchado con tantas prisas. Apenas había empezado a descubrir aquel sentimiento cuando Jack había abandonado Limbhad para ir a buscar a Alsan. Había sido doloroso entender lo que sentía por él justo cuando Jack ya no estaba, y durante mucho tiempo su corazón había latido con fuerza cada vez que veía una cabeza rubia entre la multitud. Pero nunca se trataba de él. Y ahora, cuando ya creía que lo había superado, Jack entraba de nuevo en su vida...

Pero no en sus sentimientos, se prometió Victoria. No, no estaba dispuesta a sufrir otra vez. En aquel tiempo había protegido su corazón tras una alta muralla, para que nadie volviera a entrar en él, para que no le hicieran daño otra vez. No había vuelto a enamorarse. Dolía demasiado.

Se preguntó, sin embargo, si aquella muralla estaba hecha a prueba de Jack. Procuró no pensar en ello. Había pasado demasiado tiempo; si él había sentido algo por ella, seguramente ya lo habría olvidado. Y Victoria no pensaba tropezar dos veces con la misma piedra.

Percibió que, algo más lejos, algunas chicas los espiaban con mal disimulada envidia, y sonrió para sus adentros. Miró a Jack y se dio cuenta de que él no se había percatado del revuelo que había ocasionado entre sus compañeras. Bueno, si él no era consciente de que era guapo, ella, desde luego, no se lo iba a decir.

–... y te has dejado el pelo un poco más largo –concluyó casi riéndose.

Alzó la mano para apartarle un mechón rubio de la frente. Sabía que sus compañeras se morían de envidia, y disfrutó del momento con un travieso placer.

–¿Lo ves? Necesitas un buen corte de pelo.

–Tu pelo es más corto, y mi pelo es más largo. Brillante conclusión.

Los dos se echaron a reír. Por un momento, la distancia que los separaba ya no pareció tan grande.

–Bueno –dijo él, poniéndose serio–. Sé que soy un estúpido y que no merezco que me escuches después de lo que pasó, pero... en fin, he venido a pedirte... por decirlo de alguna manera... que me des asilo político.

Victoria descubrió entonces la bolsa de viaje que descansaba en el suelo, a sus pies.

–¿No tienes adónde ir?

Jack desvió la mirada.

–Nunca he tenido adónde ir, en realidad. No he vuelto a Dinamarca, aunque me queda familia allí. Pero Kirtash... él debe de ser ya consciente de eso. Así que decidí no volver a Silkeborg, para no ponerlos en peligro.

A Victoria se le hacía raro volver a hablar de Kirtash, volver a hablar con Jack, después de todo aquel tiempo.

–¿Dónde has estado hasta ahora, entonces? ¿Encontraste a Alsan?

–En realidad, fue él quien me encontró a mí. Es una larga historia.

–¿Ha venido contigo?

–Sí, pero se ha quedado en la ciudad porque tenía que hacer un par de cosas. Dijo que te llamaría esta tarde por teléfono para quedar contigo y que lo llevaras a Limbhad. Pero me ha enviado a mí por delante.

No le contó que él mismo le había pedido a Alexander que le permitiera encontrarse a solas con Victoria, antes de que se reunieran los tres. Tenía muchas cosas que hablar con ella.

–¿Quieres... volver a Limbhad? –preguntó la chica.

–Por favor –dijo Jack, y Victoria lo miró a los ojos, y vio que había sufrido, y que también había madurado. Estuvo tentada de recordarle: «Te lo dije», pero ni siquiera ella era tan cruel–. Si me llevases... te lo agradecería mucho.

Los dos se quedaron callados un momento. Fue una mirada intensa, en la que se dijeron mucho de lo que no se atrevían a decir de palabra. Fue un instante mágico, que ninguno de los dos se habría atrevido a romper, por nada del mundo.

Pero ninguno de los dos se arriesgó tampoco a dar el primer paso, a hablar, a abrazarse con fuerza, pese a que lo estaban deseando con tanta intensidad que les dolía el corazón solo de pensarlo.

Había pasado demasiado tiempo. Y ellos ya no eran unos niños. Las cosas ya no eran tan sencillas.

–¿Te parece que nos vayamos ya? –propuso ella entonces.

El rostro de su amigo se iluminó con una amplia sonrisa.

–Tengo ganas de volver a ver la Casa en la Frontera –confesó con sencillez.

Victoria sonrió también.

–Entonces, ¿por qué esperar?

Se alejaron de la entrada del colegio, y del autobús escolar, y doblaron la esquina para quedar fuera del campo de visión de las otras chicas. Una vez a solas, se cogieron de las manos. Al menos, ahora tenían una excusa para hacerlo. Jack quiso estrechar con fuerza las manos de Victoria, pero no se atrevió. Y la muchacha, por su parte, descubrió, con pánico, una grieta en su muralla que, por lo visto, no estaba hecha a prueba de Jack. De manera que se apresuró a cerrar los ojos un momento y a llamar al Alma; y la conciencia de Limbhad acudió, feliz de reencontrarse con una vieja amiga. Y, aún tomados de las manos, los dos desaparecieron de allí, de vuelta a la Casa en la Frontera.

–No está muy acogedor –se disculpó Victoria–, porque ya no vengo mucho por aquí. Estaba todo tan solitario...

Jack no contestó enseguida. Pasó una mano por una de las estanterías de su cuarto, sin importarle que estuviera cubierta de polvo. Había dejado su bolsa sobre la cama y había recuperado su guitarra del interior del armario. Pulsó algunas cuerdas y se dio cuenta de que estaba desafinada. Sonrió.

–No pasa nada –dijo–. Estoy de vuelta, y eso es lo que importa. Ella sonrió también.

–Sí –dijo en voz baja–. Eso es lo que importa.

Dio media vuelta para marcharse y dejar a Jack a solas en su recién recuperada habitación. Jack alzó la cabeza, dejó la guitarra y salió tras ella.

No iba a dejar pasar la oportunidad. Esta vez, no.

–Espera –dijo, cogiéndola del brazo.

Victoria se detuvo y se volvió hacia él. Jack la miró a los ojos, respiró hondo y le dijo algo que llevaba mucho tiempo queriendo decirle:

–Lo siento. Siento haberte dejado sola, siento todo lo que te dije. No debería haberlo hecho.

Victoria titubeó. La muralla seguía resquebrajándose.

–También yo lo siento –dijo por fin–. Sabes... cuando te dije que no volvieras nunca más... no lo decía en serio.

Jack sonrió. Su corazón se aligeró un poco más.

–Lo suponía –le tendió una mano–. ¿Amigos?

No era eso lo que quería decirle, en realidad. Pero antes de empezar a construir algo nuevo, pensó, habría que reconstruir la amistad que habían roto tiempo atrás.

Sin embargo, Victoria se lo pensó. Ladeó la cabeza y lo miró, con cierta dureza.

–Volverás a marcharte, ¿verdad? A la primera de cambio. En cuanto te canses de estar aquí.

No lo sentía en realidad. Solo estaba intentando reparar su muralla. Pero Jack no podía saberlo.

–¿Qué? ¡Claro que no! Ya te he dicho que Alsan... quiero decir, Alexander...

–Sí, ya me has dicho que ha vuelto. Y tú vas donde él va. Me he dado cuenta.

–¿Pero qué te pasa ahora? –protestó Jack, molesto–. ¡Ya te he pedido perdón!

Victoria lo miró, sacudió la cabeza y dio media vuelta para marcharse.

–¡Espera!

Jack la agarró del brazo, pero ella se liberó con una fuerza y una habilidad que sorprendieron al muchacho.

–No creas que vas a poder hacer conmigo lo que quieras, Jack –le advirtió–. Ya no soy la misma de antes. He aprendido cosas, ¿sabes? Me he estado entrenando. Sé pelear. No estoy indefensa. Y no te necesito. Ya no.

Jack fue a responder, ofendido, pero se lo pensó mejor y se tragó las palabras hirientes. No iba a rendirse tan pronto. No, después de todas las veces que había soñado con aquel reencuentro.

Y le dijo aquello que tenía que haberle dicho dos años atrás y no había dicho:

–Yo sí te necesito, Victoria.

La muchacha se volvió hacia él, sorprendida. Jack respiró hondo, sintiéndose muy ridículo. Pero ya estaba dicho. La cosa ya no tenía remedio.

–¿Quieres que me vaya otra vez? –le preguntó, muy serio.

Victoria abrió la boca, pero no fue capaz de decir nada. Se había puesto a la defensiva y había estado preparada para devolverle una réplica cortante, pero no para responder a aquella pregunta. Los ojos verdes de Jack estaban llenos de emoción contenida, y Victoria supo que, con aquella mirada, su amigo había asestado un golpe mortal a la muralla que ella seguía tratando de levantar entre los dos.

«Pero para él soy solo una amiga», se recordó a sí misma, por enésima vez.

Para no tropezar dos veces con la misma piedra.

Y, sin embargo, no podía negar lo evidente, de forma que dijo en voz baja:

–No. No quiero que te vayas.

Se miraron otra vez.

Y esta vez, los sentimientos los desbordaron, por encima de la timidez, de las dudas, de la distancia. Se abrazaron con fuerza. Jack era consciente de que la había echado muchísimo de menos; cerró los ojos y, simplemente, disfrutó del momento. Victoria, por su parte, deseó que aquel abrazo no terminara nunca. De nuevo, la calidez de Jack derretía el hielo de su corazón. Y descubrió, con horror, que de su alta muralla ya no quedaban más que unas tristes ruinas. Se estremeció en brazos de Jack y soñó, por un glorioso instante... que él la quería, y que la había querido siempre.

Pero sabía que eso no era verdad.

–No quiero que te vayas –repitió.

–No me iré –prometió él–. Y... bueno, nunca debí marcharme. Llevo mucho tiempo queriendo decirte que, en el fondo... no quería marcharme. Perdóname por haberte dejado sola.

Se sintió mucho mejor después de haberlo dicho.

–No, perdóname tú a mí –susurró ella–. No lo dije en serio entonces, ¿sabes? Sí que te necesitaba. Eras mi mejor amigo. Mi mundo no ha sido el mismo desde que te marchaste.

Jack tragó saliva. Sus sentimientos se estaban descontrolando, e intentó ponerlos en orden. Habían sido muy buenos amigos, pero nada más, que él supiera. Debía mantener la cabeza fría. Alexander siempre le había dicho que no era bueno precipitarse.

Era imposible que su amistad se hubiera convertido en algo más en aquel tiempo que llevaban separados. Aquellas cosas surgían del roce, y no de la distancia.

Además, Victoria había hablado en pasado. Nada indicaba que siguiera necesitándolo como entonces.

Y había hablado de amistad. Solo de amistad.

Jack se dio cuenta de que necesitaría tiempo para intentar entender sus propios sentimientos... y los de Victoria. Y no quería asustarla tan pronto. Hacía mucho que no se veían; no era el mejor momento para hablarle de lo que sentía por ella porque, entre otras cosas, tampoco estaba seguro de tenerlo claro.

Ni estaba preparado para leer el rechazo en los ojos de ella.

–Me gustaría volver a ser tu mejor amigo, entonces –le dijo–. Si... todavía te interesa, claro.

Como aún seguían abrazados, Jack no vio la sombra de dolor que pasaba por los ojos de Victoria. Y tampoco percibió que la chica volvía a reconstruir su muralla en torno a su corazón.

A toda velocidad.

–Claro –dijo Victoria, separándose de él con decisión–. Pero no quiero entretenerte más. Querrás descansar, ¿no? Ponte cómodo, date una ducha si quieres. Renovaré la magia de Limbhad, podré hacerlo si uso el báculo, y funcionarán las luces y el agua caliente...

–No uso agua caliente –le recordó él, y enseguida se sintió estúpido por haberlo dicho. No era importante. Nada era importante, comparado con ellos dos. Pero Victoria siguió hablando, y Jack comprendió que el momento había pasado.

–Ah, sí, lo olvidaba. Siempre te duchas con agua fría. Bueno, ya sabes que dentro de un rato funcionará todo. Relájate, descansa hasta la hora de la cena. Yo tengo que volver a casa con mi abuela; se preocupará si tardo. Además, probablemente ya haya llamado Alsan. Cuando todos se hayan ido a dormir en mi casa, podré volver aquí, y entonces nos reuniremos y decidiremos qué hacer.

–¿Qué hacer? ¿Sobre qué?

Victoria le dirigió una breve mirada.

–Sobre la Resistencia. Sobre nuestra misión. Porque supongo que Alsan y tú no habréis venido solamente para hacer una visita de cortesía, ¿no?

Jack abrió la boca para responder, pero no se le ocurrió nada inteligente que decir. Habría ido a verla mucho antes, con o sin Resistencia, si hubiera sabido cómo llegar hasta ella. Pero sabía que eso no era excusa. Al fin y al cabo, se había marchado sin pedirle ni siquiera su número de teléfono. Era lógico que ella pensara que no le importaba. Jack respiró hondo y se dio cuenta de que cualquier cosa que pudiera decir estaba fuera de lugar. Tendría que demostrarle a Victoria que sí era importante para él... pero tendría que demostrárselo con hechos, y no con palabras.

De modo que permaneció callado.

–Me lo imaginaba –dijo ella con cierta brusquedad–. Nos vemos luego, pues.

Jack asintió y dio media vuelta en dirección a su cuarto. Pero Victoria lo llamó de nuevo. El chico se volvió hacia ella, interrogante. Ella sonrió.

–Bienvenido a casa –dijo solamente.

Había cariño en sus ojos, pero no amor. Cualquier tipo de sentimiento más allá de la amistad había quedado oculto tras la muralla con la que Victoria protegía su corazón.

Pero eso Jack no podía saberlo.

XVI
Una nueva estrategia

DEEVA estaba sentada sobre el muelle, con los pies descalzos metidos en el agua, cuando su sexto sentido le dijo que había problemas.

Se volvió rápidamente hacia todos los lados. El muelle estaba vacío. Solo se oía el susurro del viento y de las olas, y los silbidos de Tom, el viejo pescador, desde el malecón. Deeva distinguió su figura un poco más allá.

Trató de relajarse. Tal vez fuera una falsa alarma. No era probable que la hubiesen seguido hasta allí, hasta aquel pueblo de la costa australiana... hasta aquel mundo. No era posible que alguien hubiese descubierto su verdadera identidad.

No era posible...

—Hola, Deeva —susurró una voz junto a ella.

Un espantoso escalofrío recorrió toda su espina dorsal. Se volvió y vio junto a ella a un muchacho vestido de negro. Dio un respingo y lo miró con desconfianza. No le había oído llegar. De hecho, pensó inquieta, ahora ni siquiera se oía silbar a Tom desde el malecón.

El joven no tendría más de diecisiete años, pero se alzaba sereno y tranquilo, y aparentemente muy seguro de sí mismo. La brisa revolvía su fino cabello de color castaño claro, y sus fríos ojos azules estaban prendidos en algún punto en el horizonte.

—Te has equivocado de persona —susurró ella—. Me llamo Dianne.

Él se acuclilló junto a Deeva y la miró a los ojos. Ella sintió de pronto una fuerte sacudida psíquica. Los ojos de aquel muchacho se clavaban en los suyos como un puñal de hielo. No había odio en ellos, ni desprecio. Simplemente... una indiferencia total, absoluta... inhumana.

—No —murmuró Deeva, horrorizada.

El chico no dijo nada. Su mirada había paralizado a Deeva por completo.

Fue muy breve. De pronto, los ojos de ella se apagaron, y se deslizó hasta el suelo, inerte. El joven de negro se apartó un poco y la contempló con frialdad. Estaba muerta.

Él no pareció sorprenderse tampoco cuando el cuerpo de la mujer se convulsionó y comenzó a cambiar; su piel adquirió un tinte azulado y una textura escamosa, su cabello desapareció por completo, sus labios y ojos se agrandaron, su nariz se acható y sus orejas fueron sustituidas por dos branquias a ambos lados de la cabeza. Sus manos y sus pies se habían alargado, y entre sus dedos habían aparecido membranas natatorias.

La mujer del muelle se había transformado en una extraña criatura anfibia.

Kirtash sonrió levemente y asintió para sí mismo.

Una hechicera varu. Los renegados varu eran los más difíciles de localizar en la Tierra, porque tenían todo un océano para perderse en él. Un océano que, en el caso de aquel mundo, era demasiado amplio como para que la mirada de Kirtash pudiera abarcarlo en su totalidad.

Por suerte para él, aunque los varu fueran criaturas acuáticas, también necesitaban salir a la superficie de vez en cuando, y la mayoría no solía alejarse de la costa. Algo que a Deeva le había costado la vida.

Kirtash colocó entonces una mano sobre la frente de ella, sin llegar a rozarla, y entrecerró los ojos.

Hubo un brevísimo destello de luz.

Después, el cuerpo anfibio desapareció del muelle, como si jamás hubiese existido.

Kirtash se incorporó con tranquilidad y volvió a clavar su mirada en el horizonte. Su actitud seguía siendo calmosa.

Permaneció un momento allí, en silencio. Entonces dio media vuelta y se alejó hacia la playa, sin hacer ruido, deslizándose como una sombra sobre el muelle.

Todavía quedaba mucho por hacer.

Victoria hizo un giro de cadera y disparó una patada lateral con toda su potencia. Después saltó hacia adelante y encadenó una patada frontal con una de gancho. El chico que llevaba el guante que era el blanco de los golpes retrocedió con cada paso que avanzaba ella, en un movimiento perfectamente sincronizado.

–Caray, estás en forma hoy –comentó él cuando terminaron el ejercicio, quitándose el guante y frotándose la mano–. ¿Qué has desayunado?

Victoria sonrió, pero no dijo nada. Cogió ella misma el guante y ocupó la posición de su compañero.

Apenas hablaba con nadie en las clases de taekwondo; era como si hubiera levantado un muro invisible entre ella y el resto del mundo. Lo que para otros era un *hobby*, para ella parecía una obsesión. Era la primera en llegar a los entrenamientos y la última en marcharse, y había ido subiendo de nivel con sorprendente rapidez. Estaba ya preparándose para presentarse al examen de cinturón negro. Y solo hacía dos años que había comenzado a practicar artes marciales.

Claro que ella entrenaba todos los días, y se había matriculado en dos grupos, el de los martes y jueves, y el de los lunes y miércoles, y desde el curso anterior se las había arreglado para que le permitieran acoplarse también a las clases para adultos que se impartían los viernes. No fallaba un solo día, y se tomaba los entrenamientos con tanta seriedad como si le fuera la vida en ello. Sus compañeros siempre la habían visto sola, y por eso más de uno no pudo evitar observar con curiosidad, aunque de reojo, al joven que había entrado aquella tarde con ella, y que se había quedado de pie al borde del tatami para ver la clase. Al principio, algunos habían pensado que se trataba del padre de Victoria porque tenía el cabello de color gris, pero al mirarlo de cerca se habían percatado de que el tipo en cuestión tendría como mucho unos veintidós o veintitrés años. Era serio y algo siniestro, pero no cabía duda de que él y Victoria se conocían bastante bien.

Tal vez fuera porque él la estaba observando, o tal vez porque, simplemente, aquel día necesitaba desahogarse; pero el caso es que ella demostró a lo largo de aquella clase que estaba en su mejor momento, esforzándose al máximo, como si quisiera probar hasta dónde era capaz de llegar y cuánto había aprendido. De vez en cuando se volvía hacia el joven que la observaba, como si esperara su aprobación.

Al final de la clase, la profesora indicó que se pusieran por parejas para hacer un combate; era solo un combate de entrenamiento, pero Victoria dio lo mejor de sí misma y peleó con toda su fuerza. Cuando una de sus patadas alcanzó el estómago de su pareja, al chico se le escapó un gemido de dolor y le indicó que parara. Victoria tardó un poco en reaccionar y se detuvo cuando su pie estaba a escasos centímetros del cuerpo de su compañero. Volvió a la realidad.

–¿Te he hecho daño? ¡Lo siento mucho!

–Podrías haber avisado de que ibas en serio; me habría puesto los protectores.

La expresión de ella se endureció.

–Yo siempre voy en serio.

–Ya, pues ¿sabes una cosa? Yo, no. Y llevo ya tiempo entrenando contigo y nunca te había visto con tanta mala leche, Victoria.

Ella se relajó.

–Sí. Sí, tienes razón. Lo siento.

Iba a añadir algo más, pero en aquel momento la profesora señaló el final de la clase.

Victoria no tardó ni diez minutos en salir del vestuario, ya duchada y vestida con ropa de calle. Alexander la esperaba fuera del gimnasio. La chica se reunió con él, y ambos caminaron en silencio durante unos minutos.

–¿Qué te ha parecido? –preguntó ella al cabo de un rato.

–Es una curiosa forma de pelear. Con los pies. No lo había visto nunca. ¿Cómo dices que se llama?

–Taekwondo. También nos entrenan para dar golpes con las manos, pero los utilizamos menos. ¿Sabes por qué elegí esta disciplina? Por el báculo. No puedo pelear con las manos si he de sostener el báculo.

–Tiene sentido –asintió Alexander.

–También hice el verano pasado un curso intensivo de kendo. Te enseñan a luchar con una espada de madera, y pensé que sería útil aprender a manejar el báculo como si fuera un arma, para parar golpes y estocadas. Antes lo hacía un poco por instinto, pero ahora ya tengo una técnica.

–Lo que más me gusta de todo esto –comentó Alexander– es que has estado entrenando, eres más fuerte, más rápida, más resistente. Independientemente de que vayas a utilizar la magia del báculo para luchar, es bueno que seas capaz de correr rápido y golpear fuerte, si es necesario.

–Lo sé –asintió Victoria; hizo una pausa antes de continuar, en voz baja–: Ahora que Shail no está para enseñarme a perfeccionar mi magia, tengo que aprender otra manera de defenderme.

—Haces bien.

Nuevo silencio. Entonces, Alexander dijo:

—Quiero preguntarte algo, Victoria. ¿Has vuelto a saber algo de Kirtash en todo este tiempo?

El nombre atravesó el alma de Victoria como un soplo de aire frío. Todavía recordaba con total claridad la mirada del joven asesino, sus palabras, el contacto de su piel cuando le había tomado la mano. Sabía que él había explorado su mente y que ya debía de estar al tanto de quién era ella y dónde vivía. Pero no había vuelto a verlo.

Y, sin embargo, *sabía* que él andaba cerca. A veces había sentido ese estremecimiento, como si una corriente de aire helado recorriese su nuca; había percibido la mirada de hielo de Kirtash desde las sombras, pero, al volverse, no lo había visto por ninguna parte. En una ocasión lo había sentido vigilándola desde la oscuridad cuando atravesaba un parque solitario y sombrío, y se había dado la vuelta y le había gritado a la noche:

—¡Basta ya! ¡Déjate ver y pelea de una vez!

Pero solo había obtenido el silencio por respuesta.

Ignoraba por qué él se comportaba de aquella forma, y muchas veces había llegado a dudar de su percepción, pensando que aquellas intuiciones eran solo fruto de su imaginación. A veces temía que Kirtash se cansase de aquel juego y decidiese que había llegado el momento de matarla, y se estremecía de miedo. En otras ocasiones, soñaba con que llegara aquel encuentro, para plantar cara y pelear, y matarle o morir luchando. Y otras veces, muchas más de las que habría admitido, ni siquiera ante sí misma, deseaba que él regresara para tenderle la mano otra vez y volviera a susurrarle: «Ven conmigo...».

Eran sentimientos confusos y contradictorios y, por tal motivo, a Victoria no le gustaba pensar en Kirtash. Sacudió la cabeza.

—No he vuelto a verlo —dijo—. Pero él debe de saber ya dónde vivo yo, Alexander. Si no ha venido por mí es porque no ha querido. Pero... —lo miró—, aunque haya decidido dejarme en paz, eso no os excluye a vosotros de sus planes. Quizá sería mejor que ni Jack ni tú volvierais a aparecer por aquí.

—No es una buena idea que nos sorprenda, eso es cierto. Pero no porque debamos seguir escondiéndonos de él, sino porque, en esta ocasión, vamos a golpear nosotros primero. Y seremos más efectivos si no nos ve venir.

Victoria lo miró sin comprender.

–Llévame a Limbhad –pidió él–. Esta noche tendremos reunión.

Jack salió de la ducha silbando, de buen humor. Aquella tarde, Alexander había ido a ver a Victoria a su entrenamiento de taekwondo, pero, al regresar, los dos jóvenes habían estado practicando esgrima, como en los viejos tiempos. Habituado a blandir a Domivat, la espada de entrenamiento le pareció mucho más fácil de manejar, y sus propios movimientos eran más rápidos y ligeros. Con todo, llevaba demasiado tiempo entrenando solo, y le costaría volver a acostumbrarse a reaccionar ante los movimientos del rival, y, sobre todo, a anticiparse a ellos.

Había disfrutado con la práctica. De nuevo en Limbhad, como antes. Alexander ya no era el Alsan que había conocido, eso era cierto, pero lo había recuperado de todas formas.

Pasó por delante de la habitación de Victoria y recordó de pronto que ella no volvería a ver a Shail. Se detuvo, indeciso, sintiéndose un poco culpable por estar tan contento cuando sabía que a Victoria le faltaba algo.

La puerta estaba cerrada. Al otro lado sonaba una música que a Jack le pareció desagradable, sin saber por qué. O tal vez no era la música, sino la voz del cantante... En cualquier caso, no le gustaba.

Suspiró, y llamó a la puerta con suavidad.

–Pasa –dijo Victoria desde dentro.

Jack entró. La muchacha estaba sentada ante su escritorio, forrando sus libros de texto sin mucho interés. Había una huella de profunda nostalgia y melancolía en su mirada, que trató de borrar cuando alzó la cabeza para saludarlo con una sonrisa.

–Hola. ¿Qué tal tu entrenamiento?

–He perdido algo de práctica, pero no tardaré en ponerme al día. ¿Y tú? Me ha dicho Alexander que peleas muy bien.

Ella se encogió de hombros.

–Hago lo que puedo.

Jack miró a su alrededor. El cuarto de Victoria había cambiado un poco en todo aquel tiempo. La novedad más destacable eran los unicornios. Había unicornios por todas partes: las paredes estaban forradas de pósteres que mostraban imágenes de unicornios, las estanterías estaban salpicadas de figurillas de unicornios y los títulos de los libros que había tras ellas eran significativos: *Leyendas del unicornio, El último unicornio, De historia et veritate unicornis...*

Jack no hizo ningún comentario. La búsqueda del unicornio, de Lunnaris en concreto, había sido la misión vital de Shail, y parecía claro que Victoria estaba dispuesta a continuarla.

Sobre una de las estanterías reposaba un largo cuerno en forma de espiral. Jack lo contempló con respeto.

–No será un cuerno de unicornio, ¿verdad?

–No, qué cosas dices –replicó ella, horrorizada–. Es un colmillo de narval, un tipo de ballena que tiene un diente como ese. En la Edad Media, la gente comerciaba con ellos, los vendían haciéndolos pasar por cuernos de unicornio auténticos.

–¿Y de dónde lo has sacado?

Victoria no contestó enseguida.

–Era de Shail –dijo por fin, en voz baja.

Jack no insistió. Siguió mirando a su alrededor y le llamó la atención un mapamundi que colgaba de una de las paredes, pinchado con múltiples chinchetas de colores.

–¿Y eso? –preguntó, señalándolo con la cabeza.

Victoria tardó un poco en reaccionar. Jack se dio cuenta de que sus ojos tenían un brillo nostálgico, y su rostro mostraba una extraña expresión distante. El chico se preguntó a qué se debería.

–También era de Shail –dijo Victoria por fin, esforzándose por volver a la realidad–. Mientras estuvo aquí, fue marcando en el mapa todos los lugares relacionados con las historias o leyendas que encontraba acerca de los unicornios. Yo he seguido haciéndolo, incluso he visitado personalmente algunos de esos sitios. Pero todas las noticias y leyendas son antiguas, ninguna reciente. Es como si nadie hubiera visto un unicornio desde hace siglos.

Jack movió la cabeza con desaprobación.

–¿Has seguido investigando por tu cuenta... tú sola? ¿Y si te hubieras topado con Kirtash?

Victoria no respondió. La sola mención del nombre del asesino hizo que se estremeciera; pero, como tantas otras veces, no estaba segura de si aquel escalofrío era producido por el miedo... o por el recuerdo de su voz, de su mirada, de su contacto. Volvió la cabeza con brusquedad. Aquellos pensamientos la confundían.

Jack la cogió por los hombros para mirarla a los ojos. La Lágrima de Unicornio, el colgante que Shail le había regalado a Victoria dos años atrás, por su cumpleaños, centelleó sobre su pecho, herido por la luz de la lámpara.

—Ya entiendo —dijo él, muy serio—. Estás intentando provocar un encuentro, ¿verdad?

Victoria lo miró, asustada. No era posible que él hubiera adivinado lo que pasaba por su mente... o por su corazón.

—Escúchame, Victoria, no vale la pena, ¿entiendes? Sé que todavía estás furiosa por lo de Shail, pero no debes intentar enfrentarte a Kirtash tú sola. Si peleamos todos juntos, tal vez tengamos alguna oportunidad de acabar con él.

Victoria respiró, aliviada. No quería ni pensar en lo que dirían sus amigos si supieran que Kirtash provocaba en su interior sentimientos distintos al odio que ella, como miembro de la Resistencia, debía experimentar hacia él.

—Mira quién fue a hablar —dijo, sin embargo—. ¿Por qué crees que tuve que seguir yo sola?

Jack no se molestó. Al contrario, sonrió, aceptando el reproche.

—Vale, no he dicho nada. Ahora que lo pienso —añadió, cambiando de tema—, no he visto a la Dama por ninguna parte. ¿Qué ha sido de ella?

—Como dejé de venir a Limbhad, la llevé a casa de mi abuela para no dejarla sola —respondió Victoria, encogiéndose de hombros—. No veas lo que me costó convencerla para que me dejara tenerla en casa. Y al maldito animal no se le ocurrió otra cosa que escaparse a las primeras de cambio. No hemos vuelto a saber de ella desde entonces.

A Jack le sorprendió el tono indiferente de su amiga. Según recordaba, Victoria le había tenido mucho cariño a su gata. Se preguntó si aquel talante duro y combativo que mostraba ahora era un verdadero reflejo de su corazón... o simplemente una fachada.

Sacudió la cabeza. La música estaba empezando a ponerle nervioso, y preguntó:

—¿Qué estás escuchando?

Victoria le dirigió una amplia sonrisa, y de nuevo apareció aquel brillo soñador en su mirada. Jack comprendió que era aquella música la que la transportaba lejos... tan lejos de él. Al muchacho, sin embargo, le resultaba extraña y desagradable, y se dio cuenta de que, aunque ambos tuvieran muchas cosas en común, desde luego, sus gustos musicales no eran una de ellas.

—Es *Beyond*, el disco de Chris Tara —explicó Victoria; y añadió, al ver el gesto de extrañeza de Jack—: No me digas que no has oído hablar de él.

—No, no me suena. De todas formas, es una música muy... rara. Me pone los pelos de punta.

Ella pareció ofendida, pero se esforzó por sonreír.

—A mí me gusta —dijo con suavidad—. Esta canción, en concreto, habla de lo que se siente cuando crees que vives en un mundo que no es el tuyo. Cuando te sientes... encerrado en una cárcel de la que nunca vas a poder escapar. Y desearías volar, volar muy alto, o muy lejos, pero no sabes qué te espera al otro lado —suspiró—. Sé que es una música extraña, pero cada vez tiene más fans.

—Porque será un guaperas —se le escapó a Jack—. Veamos qué aspecto tiene.

Cogió la carátula del CD, pero se llevó una decepción. No había ninguna fotografía del cantante. Solo había una especie de símbolo tribal con la forma de una serpiente.

—Qué asco —murmuró Jack, pero Victoria no lo oyó; de todas formas, ella conocía perfectamente su aversión hacia las serpientes.

—No sé qué aspecto tiene —estaba diciendo la chica—. Y además, me da lo mismo. Me gusta su música, no él.

—Ya, eso decís todas —sonrió Jack.

Victoria se volvió hacia él, muy seria.

—Es mi cantante favorito —dijo—. Si has venido aquí para meterte con la música que me gusta, ya sabes dónde está la puerta.

Jack se dijo a sí mismo que si lo que pretendía era recuperar la antigua amistad y confianza que lo había unido a ella, desde luego no lo estaba haciendo nada bien. De todas formas, pensó, Victoria estaba más susceptible de lo que él recordaba.

—Lo siento, no pretendía ofenderte —dijo enseguida—. No sé qué me pasa últimamente; siempre meto la pata hasta el fondo cuando hablo contigo.

Parecía compungido de verdad, y Victoria sonrió.

—No pasa nada. Mejor será que vayamos a la biblioteca. Alexander debe de estar esperándonos.

Alexander miró a los dos chicos, que estaban pendientes de él y de sus palabras. Los vio más maduros, más adultos, y se dio cuenta de que, a pesar de las adversidades, o quizá precisamente a causa de ellas, ambos habían crecido, por fuera y por dentro. Ya no vio a dos chiquillos indefensos, sino a dos jóvenes guerreros de la Resistencia, y se sintió muy orgulloso de ellos. No pudo evitar pensar en Shail, sin embargo. «Ojalá estuvieras aquí para verlos, amigo mío», dijo en silencio.

–Bien, escuchad –empezó–. Han pasado dos años, pero hemos vuelto a reunir a la Resistencia en Limbhad. Sé que no estamos todos –Victoria desvió la mirada–, pero debemos seguir luchando, porque mientras existan en este planeta un dragón y un unicornio, habrá esperanza para Idhún, y el sacrificio de Shail no habrá sido en vano.

»Llevo un tiempo preguntándome qué estamos haciendo mal. Los unicornios son criaturas esquivas por naturaleza, y no me extraña que el nuestro haya conseguido ocultarse sin problemas de la mirada de los humanos. En cambio, un dragón llama bastante más la atención, y el mío en concreto ya no debe de ser precisamente ninguna cría.

Jack sonrió para sus adentros al oír a Alexander decir «el mío». Tiempo atrás, Shail les había contado que Alexander había salvado de la muerte al dragón que estaban buscando cuando solo era una cría; pero el joven nunca hablaba de ello, y Jack se prometió a sí mismo que algún día le pediría que le contara la historia de aquel encuentro.

–He estado pensando –prosiguió Alexander– que tal vez ellos tengan alguna manera de ocultarse de todo el mundo, algo que se nos ha pasado por alto. Y sé por qué se ocultan.

Victoria lo supo también:

–¿Por Kirtash? –preguntó en voz baja.

Alexander asintió.

–Exacto. Por tanto, he llegado a la conclusión de que, si acabamos con Kirtash, si nos deshacemos de su amenaza, el dragón y el unicornio acabarán por manifestarse, tarde o temprano.

–Y, aunque no lo hicieran –apuntó Jack, ceñudo–, no cabe duda de que el mundo se libraría de una plaga, y nosotros trabajaríamos más tranquilos.

–Yo no quería decirlo así –comentó Alexander–, pero sí; básicamente, esa es la idea.

–A ver si lo he entendido bien –dijo Victoria–. ¿Estás proponiendo que dejemos de buscar al dragón y al unicornio y de tratar de adelantarnos a Kirtash para ir directamente a por él? ¿Para matarlo antes de que nos mate?

–Pasar de la defensa al ataque –comprendió Jack, asintiendo–. Me parece bien.

–¿Estáis hablando de tenderle una trampa, o algo así? Pero ¿cómo sabremos dónde encontrarlo?

–No es difícil de localizar –informó Alexander–. Jack lo hizo una vez, y yo acabo de volver a hacerlo, a través del Alma.

–¿Qué? –saltó Jack–. ¿Después de la bronca que me echaste entonces, vas y haces tú lo mismo ahora?

–Con precaución –especificó Alexander–. Sin acercarme demasiado. Sin que llegue a percibirme. Así es como se hacen las cosas, chico.

–Sí, vale –replicó Jack, enfurruñado–. Resumiendo, que lo has visto a través del Alma. ¿Y qué hace, si puede saberse?

Alexander ignoró el tono impertinente del muchacho.

–Sigue buscando idhunitas exiliados –dijo a media voz–. Y cazándolos uno a uno, como ha hecho siempre. Solo que ahora trabaja en solitario. Que es lo que siempre ha querido, supongo.

Victoria recordó, como si acabara de vivirlo, el momento en el que Kirtash había asesinado a su aliado, el mago Elrion, inmediatamente después de la muerte de Shail. ¿Lo habría hecho para castigarlo por haber matado a Shail? ¿O solo porque estaba deseando hacerlo, y Elrion le había proporcionado la excusa perfecta?

–Pero parece haberse adaptado bastante bien a la vida en la Tierra –prosiguió Alexander–. Vive en una gran ciudad, en Estados Unidos, y se hace pasar por un terráqueo más. Tiene trabajo y parece ser que hasta gana bastante dinero.

–No me sorprende –dijo Jack, asqueado–. No sé cómo se las arregla, pero haga lo que haga, todo le sale bien.

Victoria no hizo ningún comentario, pero se mordió el labio inferior, pensativa. Se preguntó cómo sería Kirtash ahora, y si habría cambiado mucho.

Por lo visto, Jack estaba pensando lo mismo.

–Habrá crecido, como nosotros –dijo a media voz.

–Los años también pasan por él –asintió Alexander–. Tendrá ahora dieciséis o diecisiete, si no me equivoco.

«Siempre será mayor que yo», pensó Jack, desalentado. No importaba cuánto entrenase con la espada, Kirtash siempre lo ganaría en experiencia.

Hubo un tenso silencio en la biblioteca.

–Bueno, y entonces, ¿cuál es tu plan? –preguntó entonces Victoria.

–He pensado que, si vamos por él cuando esté trabajando, lo pillaremos desprevenido. Por otro lado, si hay mucha más gente alrededor, le costará más detectarnos. He visto lo que sabéis hacer, y creo que ya estamos preparados para entrar en acción.

–¿Qué? –se le escapó a Victoria–. ¿Ahora?

–No, ahora no. Sé dónde va a estar Kirtash dentro de ocho horas. Será el momento perfecto para atacar.

Victoria miró su reloj. En su casa eran solo las ocho y media de la tarde. Hizo un rápido cálculo mental.

–Es decir, a las cuatro y media de la madrugada, hora de Madrid.

–Las siete y media de la tarde, hora de Seattle –respondió Alexander, sonriendo.

–¿Nos vas a llevar a Seattle? –preguntó Jack, animado.

–Sea lo que sea –suspiró Victoria–, espero que no dure más de dos horas, porque yo empiezo el colegio a las ocho, y a las siete como muy tarde he de estar de vuelta en mi cama...

Se interrumpió al sentir las miradas de reproche que le dirigieron sus amigos.

–Bueno, vale, no iré a clase si la misión se alarga. Pero ya veréis como se entere mi abuela. Me la voy a cargar.

XVII
MÁS ALLÁ

EXPLÍCAME otra vez qué demonios hacemos aquí –dijo Jack, irritado.

–Cazar a Kirtash –fue la respuesta de Alexander.

–¿Y cómo vamos a verlo en medio de tanta gente? –protestó el muchacho.

El pabellón Key Arena de Seattle estaba a rebosar de jóvenes y adolescentes que gritaban, cantaban y alborotaban en general. Los dos se sentían incómodos, pero el único que no lo disimulaba era Jack.

No les había costado trabajo entrar allí. Era cierto que no tenían entradas, pero Victoria había aprendido a utilizar el camuflaje mágico en cualquier situación, y los hechizos que años antes era incapaz de realizar resultaban ahora mucho más sencillos gracias al poder del báculo. Jack no las tenía todas consigo cuando ella entregó tres papeles en blanco en la entrada del pabellón, sonriendo al revisor con aplomo. El hombre había mirado los papeles y la magia había hecho el resto.

–¿Cómo lo has hecho? –había preguntado Jack, perplejo, una vez dentro del recinto.

–Era solo una ilusión. Igual que la que nos oculta ahora mismo.

Él asintió, comprendiendo. Victoria llevaba ropa deportiva y el báculo sujeto a la espalda, y tanto Jack como Alexander portaban al cinto sus respectivas espadas legendarias, pero cualquiera que los mirara no vería en ellos otra cosa que tres jóvenes que iban a disfrutar de un concierto.

A pesar de las facilidades que habían encontrado para entrar, Jack no estaba seguro de que aquello hubiera sido una buena idea, y Alexander parecía bastante perplejo también. Suya había sido la idea de tender una emboscada a Kirtash en aquel lugar, pero solo ahora empezaba a comprender todos los significados e implicaciones del concepto terráqueo «concierto de rock».

Jack se sentía especialmente molesto. Se preguntaba, una y otra vez, por qué ese tal Chris Tara había elegido como símbolo, de entre todos los animales posibles, precisamente una serpiente. Ahora las veía por todas partes: todo el mundo llevaba camisetas, sudaderas, brazaletes, pendientes o tatuajes con forma de serpiente en honor a su ídolo. El muchacho estaba empezando a marearse. Para él, que tenía fobia a aquellos reptiles, aquel era un ambiente claramente hostil.

Solo Victoria sonreía de oreja a oreja y parecía estar flotando sobre una nube.

–¿Seguro que hemos venido en una misión? –preguntó por enésima vez–. ¿No me habéis traído aquí para darme una sorpresa?

Pero Alexander no ponía cara de haber ido al Key Arena a divertirse, y Jack supuso que aquello, por absurdo que pareciera, iba en serio.

–Créetelo, Victoria: a Kirtash le gusta la misma música que a ti. A no ser, claro, que haya venido aquí buscando a alguien. Así que deja de sonreír de esa forma y abre los ojos, a ver si lo ves, ¿vale?

–Bueno, pero no hace falta ser grosero –se defendió ella–. Me traéis a un concierto en directo de mi cantante favorito, ¿qué queréis que piense?

Jack respiró hondo e intentó olvidar a las serpientes. Pensó en Victoria, en lo mucho que le importaba recuperar lo que le había unido a ella, y trató de arreglarlo:

–Supongo que no hay nada malo en que disfrutes de la música –dijo, sonriendo y oprimiéndole el brazo con cariño–. No me hagas caso; sabes que no me gustan mucho las canciones de ese tipejo, y la perspectiva de tener que escucharlo en directo no me hace mucha ilusión. Pero no es nada personal.

–Supongo que no –murmuró Victoria, no muy convencida.

–Además –intentó explicarle Jack–, está el hecho de que aquí la serpiente parece ser el emblema oficial. Mire a donde mire veo serpientes, por todas partes. Comprende que no me sienta cómodo.

–Lo entiendo –dijo Victoria tras un breve silencio–. Es verdad que te vuelves más agresivo cuando ves serpientes.

–¿Agresivo? No, en realidad, yo...

—Estad alerta —avisó entonces Alexander—. Esto está a punto de empezar.

Estaban en uno de los pasillos superiores, a la derecha del escenario; habían subido allí para poder tener una visión general del pabellón, pero había demasiada gente, y Jack se preguntó, una vez más, cómo esperaba Alexander encontrar a Kirtash en medio de aquel maremágnum. Se volvió hacia Victoria para comentárselo, pero ella se había sujetado a la barandilla y tenía la mirada clavada en el escenario. Los ojos le brillaban con ilusión, y sus mejillas se habían teñido de color. Jack la miró con cariño y pensó que, al fin y al cabo, no había nada de malo en que la muchacha se divirtiera un poco. Después de todo era joven, y la responsabilidad que Shail había descargado sobre sus hombros, aun de forma involuntaria, era demasiado pesada.

—¡Alexander! —exclamó, para hacerse oír por encima de los fans que voceaban el nombre de Chris Tara—. ¿Cómo sabes que Kirtash estará aquí?

—Estaba en el programa del concierto —respondió Alexander en el mismo tono—. Bajo su otro nombre, claro.

—¿Bajo su otro nombre? —repitió Jack—. ¿Qué quieres decir?

Pero empezaba a sospecharlo, y volvió la cabeza, como movido por un resorte, hacia el escenario, que se había iluminado con una fría luz verde-azulada, mientras el resto de luces que bañaban el interior del Key Arena se amortiguaban hasta apagarse por completo.

Chris Tara salió al escenario, aclamado por miles de fans. Tendría unos diecisiete años, vestía de negro, era ligero y esbelto, y se movía con la sutilidad de un felino. Y algo parecido a un soplo de hielo oprimió el corazón de Jack cuando lo reconoció.

El joven se plantó en mitad del escenario, ante sus seguidores, y levantó un brazo en alto. El pabellón entero pareció venirse abajo. Miles de personas corearon el nombre de Chris Tara, enfervorecidos, y las serpientes que adornaban sus ropas y sus cuerpos parecieron ondularse bajo la fría luz de los focos. Jack se sintió por un momento como si estuviera en mitad de un oscuro ritual de adoración a una especie de dios de las serpientes, y tuvo que cogerse con fuerza a la barandilla porque le temblaban las piernas. No había imaginado nada así ni en sus peores pesadillas.

—Decidme que estoy soñando —murmuró, pero las voces enardecidas de los fans, que aclamaban a su ídolo, ahogaron sus palabras, y nadie lo oyó. Vio que Victoria se había puesto pálida y susurraba algo, pero tampoco pudo oír lo que decía.

Poco a poco, la música fue adueñándose del pabellón, por encima de las ovaciones. Y Chris Tara empezó a cantar. Su música era magnética, hipnótica, fascinante, como venida de otro mundo. Su voz, suave, acariciadora, sugerente.

Jack sintió que se le ponía la piel de gallina. Se inclinó junto a Victoria, todavía desconcertado, y le dijo al oído:

—¿Ves lo mismo que yo veo? ¿Ese es Chris Tara?

Victoria lo miró y asintió, con los ojos muy abiertos.

—¿No le oyes cantar? Es él.

Jack sacudió la cabeza, atónito. Aquella situación era cada vez más extraña y él se sentía cada vez más agobiado por aquel ambiente opresivo, de modo que habló con más dureza de la que habría pretendido:

—¿Me estás diciendo que tu cantante favorito es Kirtash? ¿Te has vuelto loca?

—¡Yo no sabía que era él! —se defendió ella—. ¡Ya te he dicho que no lo he visto nunca! No sale en las revistas de música ni concede entrevistas, solo se le puede ver en los conciertos.

—¡No me lo puedo creer! —estalló Jack—. ¡Con razón no me gustaba su música!

Alexander se inclinó hacia ellos y les dijo, mirando al escenario:

—Explicadme qué está haciendo exactamente.

—Lo que está haciendo no tiene ni pies ni cabeza —pudo decir Jack, todavía enfadado—. Es un cantante de pop-rock, ¿entiendes? Simplemente canta, y la gente viene a oírle cantar. Y, como ves, tiene mucho éxito. Se ha vuelto famoso. No puedo creerlo —repitió, irritado, sacudiendo la cabeza.

—¡Ya te he dicho que yo no lo sabía! —insistió Victoria, entre confusa, avergonzada y enfadada.

—No, no, tiene que haber una explicación —dijo Jack, cada vez más mareado—. Seguro que los está hipnotizando, o algo parecido... Tiene poderes telepáticos, ¿no?

—¡Yo no estoy hipnotizada! —se rebeló Victoria—. Sé muy bien lo que estoy haciendo.

—¿Escuchando la música de Kirtash?

Victoria enrojeció, pero no bajó la mirada cuando le dijo:

—¿Y qué pasa si me gusta? ¿Eh?

—Escuchad —dijo Alexander—. Sean cuales sean sus motivos, ahora está distraído. Es el momento de acabar con él.

—¿Qué? —saltó Victoria—. ¿Delante de toda esta gente? ¿No podemos esperar a que termine el concierto?

—¿Y qué vas a hacer entonces? —hizo notar Jack—. Si ya es prácticamente imposible llegar hasta cualquier estrella después de un concierto, ¿cómo piensas sorprender a Kirtash?

—Pero no desde aquí, no hay un buen ángulo —dijo Alexander—. Deberíamos acercarnos más.

—¿Me estáis pidiendo que le lance un rayo mágico desde aquí, a traición? —protestó Victoria.

—¿Por qué no? —replicó Jack, molesto—. ¿Acaso se merece algo mejor?

—¿Cuánto durará esto? —intervino Alexander.

—Unas dos horas, supongo.

—Perfecto. Tenemos tiempo para buscar un lugar mejor desde el que intentar acertarle. Victoria, espera aquí —le dijo a la chica—, y ve concentrando energía, o lo que quiera que hagas cuando usas el báculo. Nosotros intentaremos acercarnos más y encontrar un lugar desde el que puedas acertarle con más facilidad, pero lo bastante alejado como para que no llegue a descubrirnos. Si lo encontramos, enviaré a Jack a buscarte. Si no, en menos de quince minutos nos tendrás aquí otra vez.

—Pero... —quiso protestar Victoria; pero los dos chicos ya se habían puesto en pie, y Jack le dirigió una torva mirada.

—Que disfrutes del concierto —dijo con cierto sarcasmo.

Los dos se perdieron entre la multitud, y Victoria se quedó sola.

Se sentía muy confusa. Jack estaba enfadado, y con razón, y Alexander no terminaba de entender qué estaba sucediendo. Tampoco ella, de todas formas. Las mejillas le ardían, y apoyó la cara contra uno de los barrotes de la barandilla, aturdida. No pudo evitar fijar la mirada en Kirtash, Chris Tara, que cantaba sobre el escenario una de aquellas canciones que ella conocía tan bien, porque la había escuchado docenas de veces y podría haberla tarareado en cualquier lugar, en cualquier situación. Era él, sin duda. Sus gestos, sus movimientos...

Victoria supo que, si estuviese más cerca, llegaría a sentir, una vez más, la mirada de aquellos ojos azules que quemaban como el hielo.

En aquel momento, Kirtash comenzaba a cantar *Beyond*, la canción que daba nombre a su disco, y sus seguidores lo aclamaron una vez más. Victoria cerró los ojos y se dejó llevar por la música, seductora, fascinante y evocadora, de aquella canción que la había cautivado desde el primer día. Y por la voz de Kirtash... acariciadora, insinuante...

This is not your home, not your world,
not the place where you should be.
And you understand, deep in your heart,
though you didn't want to believe.
Now you feel so lost in the crowd
wondering if this is all,
if there's something beyond.

Beyond these people, beyond this noise,
beyond night and day, beyond heaven and hell.
Beyond you and me.
Just let it be,
just take my hand and come with me,
come with me...

And run, fly away, don't look back,
they don't understand you at all,
they left you alone in the dark
where nobody could see your light.
Do you dare to cross the door?
Do you dare to come with me
to the place where we belong?

Beyond this smoke, beyond this planet,
beyond lies and truths, beyond life and death.
Beyond you and me.
Just let it be,
just take my hand and come with me,
come with me...[1]

Los ojos de Victoria se llenaron de lágrimas.

Come with me...

«Ven conmigo», había dicho Kirtash. Aquella voz suave y susurrante... ¿cómo no la había reconocido antes? ¿Tal vez porque era tan absurdo encontrar a Kirtash también en la radio que no se lo había planteado siquiera?

¿Cómo era posible? La música de Chris Tara la había tocado muy hondo, se había sentido identificada con aquellas canciones, con aquellas letras, como si hubiesen sido escritas para ella. Y la idea de que fuera Kirtash quien las hubiese creado resultaba muy inquietante... porque eso quería decir que él, de alguna manera, conocía sus sentimientos, sus más íntimos anhelos, y les había dado forma de canción. Y eso significaba que, hasta el momento, solo Kirtash había encontrado el modo de llegar hasta el fondo de su corazón.

No era un pensamiento agradable.

Victoria abrió los ojos y contempló al joven sobre el escenario. No parecía haberse dado cuenta de su presencia. Alexander estaba en lo cierto: con tanta gente, no le resultaría fácil detectarlos. La muchacha lo observó, consciente de que los papeles se habían invertido, de que, por primera vez, era ella quien lo estudiaba desde las sombras, y no al revés. Trató de encontrar una explicación a la pregunta de qué hacía él allí, un asesino idhunita, sobre un escenario, ofreciendo su misteriosa música a miles de jóvenes terráqueos, y se preguntó si Jack tendría razón, y era una manera de sugestionarlos a todos. Pero... ¿para qué?

Victoria siguió observando a Kirtash, y le sorprendió descubrir que, aparentemente, estaba disfrutando con lo que hacía. No parecía

---

[1] Este no es tu hogar, no es tu mundo, / no es el lugar donde deberías estar. / Y tú lo sabes, en el fondo de tu corazón, / aunque no quisiste creerlo. / Ahora te sientes perdida entre la multitud / preguntándote si esto es todo, / si hay algo más allá. // Más allá de toda esta gente, más allá de todo este ruido, / más allá del día y de la noche, más allá del cielo y del infierno. / Más allá de ti y de mí. / Deja que ocurra, / tan solo toma mi mano y ven conmigo, / ven conmigo... // Y corre, escapa, no mires atrás, / ellos no te entienden, / te dejaron sola en la oscuridad / donde nadie puede ver tu luz. / ¿Te atreves a traspasar la puerta? / ¿Te atreves a acompañarme / al lugar al que pertenecemos? // Más allá de este humo, más allá de este planeta, / más allá de mentiras y de verdades, más allá de la vida y de la muerte. / Más allá de ti y de mí. / Deja que ocurra, / tan solo toma mi mano y ven conmigo, / ven conmigo...

fijarse en las personas que lo aclamaban, se limitaba a cantar, a expresarse... a expresar, ¿el qué?, se preguntó Victoria. ¿Sus sentimientos? ¿Qué sentimientos?

«Porque tú y yo no somos tan diferentes», le había dicho él. «Y no tardarás en darte cuenta».

¿Sería verdad? ¿Eran tan parecidos que sentían las mismas cosas, y por eso a ella le gustaba tanto su música?

Victoria dio una mirada circular y vio a miles de personas extasiadas con la música de Chris Tara, la música de Kirtash. Algo en su interior se rebeló ante la idea de que todos ellos sintieran lo mismo que ella al escuchar aquellas canciones. No, no era que Kirtash hubiese llegado hasta sus más íntimos pensamientos; era que Jack estaba en lo cierto, y aquella música tenía algo magnético, sugestivo, que los sumergía a todos en aquel estado hipnótico. Y aquello no podía ser bueno.

Se obligó a sí misma a recordar que más allá de Chris Tara, más allá de aquella música que la subyugaba, no había otra cosa que el rostro de Kirtash... el rostro de un asesino.

Victoria se sintió furiosa y humillada de pronto. Kirtash la había engañado una vez más, y ella se había dejado seducir, como una tonta, como una niña. Pero ya no era una niña. Tiempo atrás había jurado que él no volvería a hacerla sentir indefensa, y ya era hora de hacer algo al respecto.

El aire en el interior del pabellón Key Arena estaba cargado de energía vibrante, chispeante, generada por aquellos miles de personas que electrizaban el ambiente con su entusiasmo. Victoria extrajo el báculo de la funda que llevaba ajustada a la espalda, lo sostuvo con ambas manos y le ordenó en silencio que recogiera aquella energía.

La pequeña bola de cristal que remataba el Báculo de Ayshel se iluminó como un lucero, pero nadie la vio, porque el hechizo de camuflaje seguía funcionando. Sin embargo, Victoria sabía que Kirtash no tardaría en percibir su poder. No disponía de mucho tiempo.

Kirtash había empezado a cantar otro tema, un tema lleno de fuerza, duro, desgarrador y hasta cierto punto desagradable. Victoria lo conocía. Era el que menos le gustaba del disco, porque removía algo en su interior y la turbaba profundamente. Si no conociera a Kirtash, habría llegado a asegurar que aquella canción estaba teñida de rabia, amargura y desesperación.

Pero aquello no era posible, porque Kirtash no sentía aquellas cosas.

—Me da igual lo que hagas, o por qué lo hagas —musitó Victoria, con los ojos llenos de lágrimas de odio, mientras el báculo chisporroteaba por encima de su cabeza, henchido de energía que exigía ser liberada—. Te mataré, y dejaré de tener miedo y dudas por tu culpa.

Alzó el báculo.

En aquel momento regresaba Jack. No lo vio, pero lo percibió, corriendo hacia ella para detenerla.

Demasiado tarde.

Beyond lies and truths, beyond life and death, recordó Victoria, *Beyond you and me. Just let it be, just take my hand and come with me...*

Come with me...

«Ven conmigo...».

—Nunca más —juró Victoria, y volteó el báculo con violencia.

Toda aquella energía salió disparada hacia el escenario. Kirtash, cogido por sorpresa, pudo saltar a un lado en el último momento. El suelo estalló en llamas a un metro escaso de él.

Hubo confusión, consternación, gritos, pánico. Kirtash volvió la cabeza hacia ella, y Victoria pudo ver, con satisfacción, que por primera vez desde que lo conocía, él parecía sorprendido y confuso.

—Victoria, ¡has fallado! —pudo decir Jack a su lado, horrorizado.

Pero enseguida se dio cuenta de que ella lo había hecho a propósito.

La joven estaba de pie, sosteniendo con firmeza el báculo, que relucía en la oscuridad iluminando su semblante serio, decidido y desafiante. Era una imagen temible y turbadora, y los espectadores de aquel sector se apartaron de ella, aterrorizados y confusos. Pronto, Victoria se vio sola, con su báculo, en aquel pasillo, en la parte superior de las gradas, mirando a Kirtash fijamente.

Él se había recuperado ya de la sorpresa y, desde el escenario, había alzado la mirada hacia ella, con los músculos en tensión, pero manteniendo en todo momento el dominio sobre sí mismo.

—¿Qué estás haciendo? —oyó Victoria la voz de Alexander, que acababa de llegar.

Ella no hizo caso. Sabía que Kirtash la había visto, que la estaba mirando. Sabía que podía haberlo matado si hubiese querido. Y sabía que él lo sabía también.

Victoria vio a Kirtash asentir con la cabeza. Entonces, silencioso como una sombra, el joven asesino se deslizó hacia el fondo del escenario y desapareció.

Victoria se sintió muy débil de pronto, y tuvo que apoyarse en el báculo para no caerse. Jack la agarró por el brazo.

—Vámonos de aquí —le dijo—. Vienen los de seguridad.

—¿Pero quiénes eran esos locos? —estalló el representante de Chris Tara—. ¿Y por qué la policía no ha podido echarles el guante?

Kirtash podía haber respondido a ambas preguntas, pero permaneció en silencio, sentado en una silla en un rincón, con el aire engañosamente calmoso que lo caracterizaba.

—Bueno, lo importante es que Chris está bien —dijo el productor—. Miradlo por el lado bueno: esto supondrá publicidad extra para la promoción del disco.

—¿De qué me estás hablando? Eso ha sido un intento de asesinato, Justin, no tiene nada de bueno. Podría haber más. Tenemos que averiguar quiénes eran esos tres y qué querían, y cómo diablos consiguieron colar ese... lo que sea... dentro del pabellón.

El productor respondió, pero Kirtash no le prestó atención. Se levantó y se dirigió a la puerta sin una sola palabra.

—¿Se puede saber adónde vas, Chris? —exigió saber su representante—. La escolta especial que hemos pedido todavía no ha llegado.

Kirtash se volvió hacia él.

—Hicimos un trato, Philip —dijo con suavidad—. Yo cumplo con mis compromisos. Y tú, a cambio...

El hombre palideció.

—Nada de entrevistas —musitó, como si se lo hubiera aprendido de memoria—. Nada de fotografías. Nada de comparecencias públicas, excepto los conciertos. Nada de preguntas. Nada de control. Libertad total.

—Así me gusta —sonrió Kirtash.

La puerta se cerró tras él.

—Pero ¿quién te has creído que eres? —casi gritó el productor—. ¡Phil! ¡Dile que...!

Pero el otro lo detuvo con un gesto.

—Déjalo marchar —murmuró—. Te aseguro que sabe lo que hace.

—Pero... ¡ahí fuera está todo lleno de gente y...!

–No lo verán si él no quiere dejarse ver, créeme. Déjalo, Justin. Si quieres a Chris Tara, tendrá que ser bajo sus propias condiciones.

El productor no dijo nada, pero sacudió la cabeza, perplejo.

Eran ya las doce de la noche cuando todo quedó despejado. La policía se retiró también, después de haber registrado el Key Arena y todo el Seattle Center sin haber encontrado a los tres maníacos que habían interrumpido el concierto de Chris Tara.

Los maníacos en cuestión no se habían movido de la puerta del pabellón, pero nadie los había visto. El hechizo de camuflaje mágico, basado en crear ilusiones, tenía muchas variantes. La percepción de un idhunita, más habituado a la magia, no podía ser engañada fácilmente, y por ello había que crear un «disfraz», la imagen de otra persona, para pasar inadvertido. Pero con los terráqueos, más incrédulos y, por tanto, más incautos, el hechizo funcionaba mucho mejor. Si era necesario, podía convencerlos de que alguien *no* se encontraba allí.

Jack, Victoria y Alexander esperaron junto a la entrada del Key Arena a que se marcharan todos y cerraran el pabellón. Eran ya las nueve de la mañana en Madrid, pero Victoria parecía haberse olvidado por completo de la hora, y permanecía pálida y callada, aferrada al báculo, escudriñando las sombras. Jack estaba sentado a su lado, muy pegado a ella. Los dos intuían que se avecinaba un momento importante y, de manera inconsciente, se acercaban el uno al otro todo lo que podían, como si quisieran darse ánimos mutuamente. Jack rodeó con el brazo los hombros de Victoria y ella se recostó contra él, olvidándose por un momento de sus esfuerzos por distanciarse de su amigo.

Cuando el silencio se adueñó de aquel sector del Seattle Center, Alexander miró fijamente a Victoria.

–Fallaste a propósito –le dijo–. ¿Por qué?

–Porque no me parecía correcto –respondió ella a media voz.

–¡Correcto! –repitió Alexander–. ¿No te parece correcto acabar con un asesino que ha matado a traición a muchos de los nuestros?

–Quiero acabar con él, pero no de esa manera –Victoria lo miró a los ojos, impasible–. ¿Qué te pasa, Alexander? ¿No eras tú el que aborrecía las armas de fuego porque matar a distancia era de cobardes?

–Un individuo como Kirtash no se merece que lo traten con tantos miramientos.

—Pues yo creo que pensando así te estás rebajando a su nivel —replicó Victoria—. Comprendo que has cambiado y que no eres el mismo, Alexander. Pero sé que en tu interior queda algo de aquel caballero que nos hablaba de honor y justicia. Y esa parte de ti sabe muy bien por qué no he hecho lo que me pedías.

Jack escuchaba sin intervenir. A pesar de que odiaba a Kirtash, en el fondo estaba de acuerdo con Victoria.

Alexander meditó las palabras de la chica y, finalmente, asintió con un enérgico cabeceo.

—Lo comprendo y lo respeto, Victoria. Pero... ¿por qué atacaste, entonces?

Victoria abrió la boca para contestar, pero fue Jack quien habló por ella.

—Para lanzar un desafío —dijo—. Para retar a Kirtash a que venga a enfrentarse con nosotros. Por eso lo estamos esperando aquí.

—No era esa la idea... —empezó Alexander, pero Victoria se levantó de un salto, como si hubiera recibido algún tipo de señal.

—Atentos —dijo a sus compañeros—. Es la hora.

Echó a andar, alejándose de la entrada del Key Arena, hacia el corazón del Seattle Centre. Sus amigos la siguieron. Sobre ellos, el Space Needle, la emblemática Torre de Seattle, relucía fantásticamente en mitad de la noche.

Encontraron a Kirtash aguardándolos en una explanada cubierta de hierba. Tras él, una enorme fuente lanzaba chorros de agua hacia las estrellas y la luna creciente. Recortada contra las luces de los focos, la figura del joven asesino parecía más amenazadora que nunca, pero también, apreció Victoria, más turbadora.

Jack frunció el ceño. Ahora que lo veía de cerca, el odio que sentía hacia él, y que llevaba un tiempo dormido, se reavivó de nuevo. Apreció también que Kirtash era ahora más alto de lo que él recordaba. Jack también había crecido, pero su rival seguía siendo más alto que él.

—Habéis venido a matarme —dijo Kirtash con suavidad; era una afirmación, no una pregunta.

—Podríamos haberlo hecho antes, durante el concierto —dijo Victoria, tratando de que no le temblara la voz.

—Lo sé —se limitó a responder Kirtash—. He sido descuidado. No volverá a pasar.

Observaba a Victoria con evidente interés, Jack se dio cuenta de ello. Oprimió con fuerza el pomo de Domivat, hasta casi hacerse daño, intentando dominar su rabia. No permitiría que Kirtash se llevase a Victoria. Jamás.

–¿Vas a enfrentarte a nosotros? –preguntó, desafiante.

Kirtash se volvió hacia él.

–Jack –dijo con calma, aunque apreciaron en su voz una nota de odio contenido–. ¿Cómo prefieres que me enfrente a vosotros? ¿Vais a luchar de uno en uno, o los tres a la vez?

Jack abrió la boca para responder, pero Kirtash no aguardó a que lo hiciera. Desenvainó a Haiass, su espada, y su brillo blanco-azulado palpitó en la oscuridad.

XVIII

«SI HA SIGNIFICADO ALGO PARA TI...»

JACK se puso en guardia, demasiado tarde. Kirtash, con un ágil y elegante movimiento, descargó su espada sobre él. El muchacho movió a Domivat, su propio acero, para interponerlo entre su cuerpo y el arma de su enemigo. Los dos filos chocaron en la semioscuridad, fuego y hielo, y, de nuevo, algo en el universo pareció estremecerse.

Victoria y Alexander parecieron notarlo también. Con un grito, Victoria corrió hacia los dos combatientes, pero se detuvo, indecisa. Kirtash era demasiado rápido y ligero como para alcanzarlo, y su ropa negra lo hacía aún más difícil de distinguir en la oscuridad. Victoria no podía arriesgarse a lanzar un golpe y errar el blanco o, peor todavía, acertarle a Jack. Se mordió el labio inferior, preocupada.

El filo de Haiass centelleaba en la noche, pero Jack ya no era un novato, y sabía emplear su espada. Sintió el poder de Domivat, sintió cómo su fuego resistía sin problemas las embestidas de su enemigo, y trató de contraatacar. Evocó el rostro de Victoria y recordó lo que le había prometido tiempo atrás: que acabaría con la amenaza de Kirtash para que el mundo fuera un lugar más seguro para ella. Este pensamiento le dio fuerzas. Percibió a Kirtash junto a él y se volvió con rapidez. Domivat dejó escapar una breve llamarada, y Kirtash tuvo que saltar a un lado para esquivarla. Jack apenas le dejó respirar. Golpeó con todas sus fuerzas. Kirtash interpuso su espada entre ambos, y de nuevo se produjo un choque brutal. Las dos espadas legendarias temblaron un momento, henchidas de cólera. Ninguna de las dos venció en aquel enfrentamiento. Jack y Kirtash retrocedieron unos pasos, en guardia. Jack volvió a atacar.

Sin embargo, estaba desentrenado, y la velocidad de Kirtash lo superaba. Durante un par de angustiosos minutos, ambos intercambiaron una serie de rápidas estocadas... hasta que Kirtash golpeó de nuevo, con ligereza y decisión. Jack alzó a Domivat en el último momento, pero no pudo imprimir a su movimiento la firmeza necesaria. Cuando las dos espadas chocaron de nuevo, algo estalló en el impacto, y Jack fue lanzado con violencia hacia atrás, mientras que Kirtash permaneció firmemente plantado sobre sus pies, en guardia, con la espada en alto.

Jack se estrelló contra el chorro de agua de la fuente y cayó de espaldas al suelo. Se esforzó por levantarse, mojado y aturdido, y alzó de nuevo su espada, pero vio que Kirtash ya combatía contra otro rival.

Alexander había desenvainado su espada, Sumlaris, también llamada la Imbatible, un acero lo bastante poderoso como para resistir la gélida mordedura de Haiass.

Pero la oscuridad jugaba a favor de Kirtash. El joven se movía como una sombra, tan deprisa que costaba seguir sus evoluciones, y su espada golpeaba una y otra vez como un relámpago en la noche. Jack observó, sorprendido, cómo respondía Alexander, que peleaba con una fiereza que él, siempre tan sereno y contenido, jamás había mostrado antes. Con un nudo en la garganta, Jack contempló la luna creciente en lo alto del cielo, y se preguntó hasta qué punto tenía poder la bestia sobre el alma de su amigo.

También Kirtash pareció encontrar interesante el cambio operado en su contrincante, porque le lanzó varios golpes arriesgados, con la intención de provocarlo. Alexander respondió con ferocidad, pero sin dejarse llevar por la cólera, y por un momento pareció que tenía posibilidades de vencer.

Pero fue solo un momento. Kirtash pareció desaparecer y, al instante siguiente, su espada se hundía en el cuerpo de Alexander.

El joven emitió un sonido indefinido, mezcla de dolor y sorpresa.

—¡Alsan! —gritó Jack, llamándolo inconscientemente por su antiguo nombre. Se levantó de un salto, tiritando, y corrió hacia ellos.

Alexander había conseguido detener con su espada el filo de Haiass antes de que lograra penetrar más en su cuerpo. Con un esfuerzo sobrehumano, empujó atrás a Kirtash y le hizo retroceder.

Después, cayó al suelo, aún sosteniendo a Sumlaris en alto, para mantener las distancias.

Kirtash no lo dudó. Alzó a Haiass sobre él, para matarlo.

Jack llegó corriendo para tratar de detenerlo, pero alguien se le adelantó.

Victoria se alzaba entre Kirtash y Alexander, serena y desafiante, y la luz del báculo palpitaba en la noche como el corazón de una estrella. Kirtash descargó su espada contra ella, pero la joven estaba preparada, y levantó el báculo para detener el golpe. Saltaron chispas.

Mientras tanto, Jack se había arrodillado junto a Alexander, que había dejado caer la espada. Le abrió la camisa para ver si la herida era grave. A la luz de Domivat descubrió, aliviado, que Alexander había logrado desviar la estocada en el último momento, y no parecía que el filo de Haiass hubiera atravesado ningún órgano vital. Con todo, la piel de la zona herida mostraba una apariencia extraña, como si estuviese recubierta de escarcha.

Kirtash había retrocedido un par de pasos. El débil resplandor blanco-azulado de Haiass iluminaba su rostro, y Victoria pudo ver que la miraba a los ojos... y sonreía.

Y entonces, de nuevo, Kirtash desapareció. Victoria se mantuvo en guardia, esperando verlo emerger de entre las sombras en cualquier momento. Jack también se incorporó de un salto, se situó junto a su amiga, enarbolando a Domivat, y escudriñó la oscuridad. Pero Kirtash no apareció, y Victoria supo, de alguna manera, que se había ido.

Jack se volvió hacia todos lados, desconcertado.

—¡Por ahí! —exclamó entonces Victoria, señalando una sombra que se deslizaba entre los árboles.

Echó a correr tras él, con el báculo preparado y su extremo encendido como un faro.

—¡Victoria! —la llamó Jack—. ¡Victoria, espera!

Se volvió hacia Alexander, indeciso, sin saber qué hacer. Su amigo seguía tendido en el suelo, tiritando de frío, y Jack supo que debía entrar en calor cuanto antes, o todo su cuerpo se congelaría por completo. Tenía que recibir atención médica con urgencia. Pero Jack no podía dejar sola a Victoria, no con Kirtash acechando en la oscuridad.

Alexander entendió su dilema.

—Ve a buscar a Victoria, Jack —le dijo—. Hay que detenerla. Va directa a una trampa.

El chico no necesitó más. Asintió y echó a correr tras su amiga.

Victoria había llegado junto al Memorial Stadium, y se volvió hacia todos lados, indecisa. Se dio cuenta entonces de que había perdido a sus amigos, y se preguntó cómo había sido. Recordó que Alexander había resultado herido, y supuso que Jack se habría quedado con él. En cualquier caso, ahora estaba sola.

Sintió aquel aliento gélido tras ella, y oyó la voz de Kirtash desde la oscuridad.

—¿Has considerado ya mi propuesta, Victoria?

—¿Propuesta? —repitió ella, mirando en torno a sí, preparada para luchar.

—Te tendí la mano —la voz de Kirtash sonó junto a su oído, sobresaltándola, pero tan suave y sugerente que la hizo estremecer—. La oferta sigue en pie.

Victoria se obligó a sí misma a reprimir su turbación y se giró con rapidez, enarbolando el Báculo de Ayshel.

—No me interesan tus ofertas —replicó ceñuda—. Voy a matarte, así que da la cara y pelea de una vez.

—Como quieras —dijo él.

Y el filo de Haiass cayó sobre ella. Victoria reaccionó y alzó el báculo. Una vez más, ambas armas se encontraron y se produjo un chisporroteo que iluminó los rostros de los dos jóvenes. Victoria aguantó un poco más, giró la cadera y lanzó una patada lateral. Kirtash la esquivó, pero tuvo que retirar la espada. Victoria recuperó el equilibrio, bajó el báculo y se puso de nuevo en guardia. Los dos se miraron un breve instante, pero Victoria no dejó que los sentimientos contradictorios que le inspiraba aquel muchacho aflorasen por encima de su determinación de acabar con él. Volteó el báculo contra él, y Kirtash lo detuvo con su espada. Victoria volvió a moverlo, con rapidez, y logró rozar el brazo de su enemigo. Hubo un centelleo y olor a quemado; Kirtash hizo una mueca de dolor, pero no se quejó. Se movió hacia un lado, rápido como el pensamiento, y, antes de que Victoria pudiera darse cuenta, lo tenía tras ella, y el filo de Haiass reposaba sobre su cuello.

—Me parece que ya hemos jugado bastante, Victoria —dijo él, con un cierto tono de irritación contenida.

Ella no quiso rendirse tan pronto. Aun sabiendo que se jugaba la vida, se agachó y giró para dispararle una patada en el estómago.

Kirtash pudo haberla matado con un solo giro de muñeca, pero no lo hizo; se limitó a esquivar la patada. Victoria se volvió y golpeó con el canto de la mano, con todas sus fuerzas. Notó que alcanzaba a Kirtash en la cara, pero, antes de que la chica supiese siquiera cómo había pasado, él ya la había cogido por las muñecas y la tenía acorralada contra la pared. Se miraron un breve instante; estaban físicamente muy cerca, y Victoria sintió que se olvidaba de respirar por un momento. Había en él algo tan misterioso y fascinante que le impedía pensar con claridad.

Pero los ojos de Kirtash mostraban un brillo peligroso.

—Es una pena que tenga que ser por las malas —comentó él.

La miró a los ojos, y Victoria percibió que la conciencia de Kirtash se introducía en la suya, manipulando los hilos que la ataban a la vida, y supo que iba a morir. Gritó, intentó debatirse, pero se dio cuenta de que en realidad no se había movido ni había salido el menor sonido de su boca, porque estaba paralizada de terror.

Su último pensamiento fue para Jack. No volvería a verlo, y ni siquiera había podido despedirse.

Y fue su rostro lo primero que vio cuando abrió los ojos.

—Jack... —murmuró; se incorporó y trató de mover la cabeza, pero le dolía muchísimo—. ¿Qué...?

No pudo decir nada más, porque de pronto su amigo la abrazó con fuerza, sin una sola palabra, y Victoria sintió que se quedaba sin respiración.

—¿Jack?

—Pensé que te había perdido —dijo él con voz ronca—. Cuando llegué y te vi ahí en el suelo... pensé que había llegado demasiado tarde, que Kirtash te había... Victoria, Victoria, no me lo habría perdonado nunca.

La chica cerró los ojos, mareada, y recostó la cabeza sobre el hombro de Jack. No entendía muy bien lo que había ocurrido, pero sí sabía que le gustaba aquel abrazo.

—Estoy viva —dijo—. Estoy..., estoy bien. Creo. ¿Qué ha pasado?

Jack se separó de ella para mirarla a los ojos.

—Estás en un hospital. Kirtash te atacó y te dejó inconsciente. Te recuperarás, pero necesitas descansar.

Victoria intentó ordenar sus pensamientos.

–Pensé... que iba a matarme –musitó.

–Pues no lo hizo –dijo Jack; parecía tan desconcertado como ella, y añadió, no sin cierto esfuerzo–: Y tuvo ocasión. Pudo haberte matado, pudo haberte llevado consigo... pero te dejó allí, inconsciente.

–No quería pelear contra mí –murmuró ella.

«¿Por qué?», se preguntó, desconcertada. «¿Por qué no quiere matarme?».

Jack le acarició el pelo con ternura.

–Lo importante es que estás bien –vaciló antes de continuar–: Siento mucho haberme enfadado contigo en el concierto.

–Por... –a Victoria le costaba recordar los detalles–. Ah, ya. No pasa nada.

–No, sí que pasa –insistió él; le cogió el rostro con las manos, con dulzura, y la miró a los ojos–. Me estoy peleando contigo cada dos por tres, y he estado a punto de perderte esta vez, y... bueno, si te ocurriera algo, yo... –se había puesto rojo, y parecía que le costaba encontrar las palabras adecuadas–. Lo que intento decir es que todo eso no va en serio, Victoria, que en el fondo me importas mucho y que no quiero estropearlo todo con peleas tontas, porque... bueno, porque, ahora que hemos vuelto a la lucha... no puedo evitar pensar que cada vez que nos vemos puede ser la última. ¿Me entiendes?

La miró intensamente, tratando de transmitirle todo lo que sentía. Victoria le devolvió la mirada, un poco perdida. Sentía que Jack estaba intentando decirle algo importante, intuía que había algo más detrás de aquellas palabras, pero le costaba mucho centrarse en la situación. Por alguna razón, no podía dejar de recordar la mirada de los ojos de hielo de Kirtash. Y ahora estaba mirando a Jack, pero apenas lo veía. Su mente y su corazón se encontraban muy lejos de allí.

–Quieres decir... que has pasado miedo por mí –logró decir.

–Sí, eso quería decir –respondió Jack, tras un breve silencio; abrió la boca para añadir algo más, pero se dio cuenta de que Victoria apenas lo estaba escuchando, y permaneció callado.

–Pero... no debes hacerlo –murmuró ella, mareada–. Kirtash no va a matarme. No va a hacerme daño.

No sabía por qué estaba tan segura de ello, pero sí estaba convencida de que no se equivocaba. Pero todo era tan confuso... Gimió, y se llevó una mano a la cabeza.

–Estás hecha un lío –dijo él–. Es natural. Llevas un par de horas inconsciente, y necesitarás recuperar fuerzas, pero yo creo que mañana ya estarás en condiciones de volver a casa.

–¿Seguimos en Seattle?

Jack asintió.

–Sin ti, no podemos volver a Limbhad.

–Yo debería estar en clase ahora mismo –murmuró ella, llena de remordimientos–. Avisarán a mi abuela diciéndole que he faltado. ¿Qué voy a decirle?

–Ya lo pensarás mañana.

Victoria recordó una cosa, y se volvió hacia Jack, preocupada.

–¿Cómo está Alexander?

–También hospitalizado, pero recuperándose. Los médicos están un poco desconcertados porque nunca habían visto una herida como esa. Le ha congelado parte del vientre.

–Haiass –murmuró Victoria–. Debo intentar curarlo con mi magia. Se recuperará más deprisa.

–Pero no ahora, Victoria. Ahora duerme, ¿vale?

–No –cortó ella con energía–. Tengo que ver cómo está Alexander.

Se levantó de la cama de un salto, pero se mareó, y tuvo que apoyarse en Jack. El chico la ayudó a salir de la habitación. Miraron a uno y otro lado del pasillo, pero no vieron a nadie. El hospital estaba en silencio, y solo se oía el murmullo de la conversación de dos enfermeras un poco más lejos.

Jack guió a Victoria hacia la habitación de Alexander. Pronto, el paso de la chica se hizo más seguro, pero ella no dejó de apoyarse en Jack. Después de todo lo que había pasado, su contacto la hacía sentir mucho más segura.

Además, la mantenía con los pies en la tierra. Porque, si se descuidaba, volvía a recordar a Kirtash y, por alguna razón, su voz volvía a resonar en su mente, suave y seductora, confundiéndola, pero también transportándola a lugares lejanos, donde todo era posible.

Entraron en la habitación de Alexander. Estaba dormido, pero los oyó entrar y abrió los ojos de inmediato; se volvió hacia ellos y los miró, y sus ojos relucieron en la oscuridad con un brillo amenazador.

–Alexander, somos nosotros –murmuró Jack, algo inquieto.

–Ah. Pasa, Jack. No encendáis la luz.

Se acercaron a él con precaución. Victoria se sentó en la cama, junto a Alexander, que entendió cuáles eran sus intenciones. Retiró las sábanas y dejó que ella examinara su costado, bajo la suave luz que entraba por la ventana.

—Me han vendado la herida —dijo—. ¿Necesitas...?

—No hace falta —cortó ella—. Mi magia puede pasar a través de las vendas.

Colocó las manos sobre la zona dañada, sin llegar a rozar a Alexander, y dejó que su energía fluyera hacia él.

Tuvo que esforzarse mucho. El hielo de Kirtash se resistía a retirarse y, por otro lado, ella seguía débil y distraída. Pero se obligó a sí misma a seguir transmitiendo energía y, poco a poco, el calor de su magia derritió la escarcha que se había adueñado de la piel de Alexander.

Sin embargo, pronto se dio cuenta, asustada, de que había puesto tanto empeño en curar a Alexander que ella misma se estaba quedando sin fuerzas. Apretó los dientes. Si lo dejaba ahora, tal vez el hielo volviera a extenderse, y ella estaría demasiado débil para intentar otra curación. No, debía terminar lo que había empezado.

Solo un esfuerzo más...

Sintió de pronto la mano de Jack aferrándole el brazo.

—Déjalo ya, Victoria —dijo él, muy serio—. No puedes más.

Por alguna razón, el contacto de Jack le dio las fuerzas que necesitaba. Victoria transmitió un último torrente de energía, y el hielo desapareció por completo.

Alexander lo notó.

—Creo que ya está —dijo—. Ya no tengo frío.

—Bien —murmuró Victoria sonriendo; intentó levantarse... pero todo le daba vueltas...

Por suerte, Jack estaba allí para recogerla. La sujetó entre sus brazos, preocupado. La chica se había desmayado.

—¡Victoria! ¿Qué...?

—Está cansada —respondió Alexander—. Necesita reponer fuerzas. No usa el báculo para curar, y su magia, a diferencia de la de ese artefacto, no es inagotable. Llévala a su habitación y déjala dormir. Se recuperará —añadió al ver que Jack miraba a su amiga con una expresión profundamente preocupada—. Solo tiene que descansar.

El chico asintió. Cargó con Victoria y se la llevó en brazos de vuelta a su habitación. La tendió en la cama y la tapó con la sábana, con cuidado. Se quedó mirándola un momento. Evocó de nuevo el instante en el que la había visto junto al estadio, yaciendo en el suelo, como muerta. Todo su mundo se había roto en mil pedazos, y su corazón no había vuelto a latir hasta que había descubierto que ella seguía viva. En aquel momento, hasta habría dado las gracias a Kirtash por no habérsela arrebatado. La había estrechado con fuerza entre sus brazos y le había susurrado al oído lo mucho que significaba para él. Pero en aquel momento, ella no podía oírlo.

Y ahora, tampoco.

Jack sonrió y le acarició el pelo con dulzura.

–Descansa, pequeña –susurró–. Cuando estés mejor, hablaremos. Tengo que contarte muchas cosas... pero ahora tienes que dormir y recuperar fuerzas. Yo estaré cerca por si necesitas algo... ahora y siempre.

Victoria se despertó de madrugada. Tardó un poco en recordar todo lo que había pasado, pero, cuando lo hizo, miró a su alrededor. Vio a Jack, dormido en el sillón, junto a ella, y sonrió, conmovida, dándose cuenta de que él había preferido quedarse a velar su sueño antes que el de Alexander.

Se incorporó un poco y se mareó. Aguardó a sentirse un poco mejor para levantarse en busca de su mochila, que estaba junto al sillón. Mientras hurgaba en ella en busca de su reloj, que marcaba la hora de Madrid, se volvió para mirar a Jack. Sonrió de nuevo, recordando lo mucho que él se había preocupado por ella. Sin saber muy bien por qué, alargó la mano para acariciarle el pelo, pero no llegó a hacerlo, por vergüenza y por temor a que se despertara. Sin embargo, le rozó la frente con la punta de los dedos. Jack no se movió. Siempre había tenido el sueño muy profundo.

Volvió a la cama, aún con la mochila, y rebuscó en su interior, sin saber muy bien qué era lo que esperaba encontrar. Vio el *discman*, y recordó enseguida cuál era el CD que había en su interior. Abrió la tapa y lo sacó, y se quedó mirando a la luz de la luna la imagen de la serpiente que entrelazaba sus anillos en torno a la palabra *Beyond*. Sintiéndose furiosa y humillada, fue hasta la papelera para arrojar el disco en su interior. Pero antes de regresar a la cama, ya había vuelto a cambiar de idea. Recuperó el CD, lo insertó en el *discman*, se puso los auriculares y oprimió el botón de *play*.

Las notas de la música de Chris Tara, Kirtash, volvieron a invadir su mente, llenas de significados ocultos. Victoria volvió a escuchar *Beyond* por enésima vez, intentando imaginar por qué decía Kirtash aquellas cosas, por qué era la voz de su enemigo la que le traía palabras de consuelo que llegaban a lo más profundo de su corazón.

«Victoria...».

Se enderezó, alerta.

«Victoria...».

Apagó el *discman*. Por tercera vez sonó la llamada en su mente, pero, en esta ocasión, seguida de una invitación:

«Victoria... tenemos que hablar».

La chica se estremeció. Estaba demasiado débil como para luchar, pero deseaba volver a ver a Kirtash. Había estado a su merced, había perdido contra él y, sin embargo, el joven la había dejado marchar. Victoria necesitaba saber por qué.

Por otro lado, él no iba a hacerle daño. Si hubiese querido matarla o secuestrarla, lo habría hecho ya. Había tenido ocasiones de sobra.

Como en un sueño, Victoria se levantó y, en silencio, se cambió de ropa. Jack se removió en sueños, pero no se despertó. Victoria se puso las zapatillas y se encaminó a la puerta.

Titubeó un momento y se volvió para mirar el Báculo de Ayshel, que descansaba en un rincón, embutido en su funda, apoyado contra la pared. Finalmente, decidió no llevárselo. Si Kirtash había cambiado de idea y estaba empeñado en llevársela consigo, no obtendría el báculo gracias a ella.

Se deslizó fuera de la habitación, con el corazón latiéndole con fuerza. Recorrió los silenciosos pasillos del hospital. Pasó por recepción sin que la enfermera levantara la cabeza siquiera, lo cual no era de extrañar. Victoria tenía un maravilloso talento para pasar inadvertida.

En la calle, la recibió una ráfaga de viento frío, pero ella apenas lo notó. Miró a su alrededor, desorientada. Ni siquiera sabía dónde se encontraba.

«Victoria...», la llamó él de nuevo. Y la muchacha no tuvo más que seguir aquella llamada.

Sus pasos vacilantes la llevaron hasta un parque cercano. Victoria se encaminó por la senda, bordeada de hierba y tenuemente iluminada por pequeñas farolas, hacia el corazón de aquel pequeño pulmón en medio de la ciudad.

Se detuvo cuando vio una sombra al fondo, apoyada contra un árbol, y supo que había llegado a su destino.

Avanzó un poco más, hasta quedar a unos pocos metros de él. Los dos se miraron.

Kirtash había metido las manos en los bolsillos de su cazadora negra, y la esperaba con la espalda recostada contra el tronco del árbol, en actitud relajada. No llevaba la espada. Si no fuera por aquel extraño halo de misterio que lo envolvía, habría parecido un muchacho normal, como tantos otros.

Pero no lo era.

Victoria se dio cuenta entonces de que se había escapado del hospital, sin decir nada a sus amigos, para encontrarse con Kirtash, el asesino, su enemigo, y se sintió culpable. Quizá por eso preguntó con brusquedad:

–¿De qué quieres hablar?

La respuesta la confundió, sin embargo:

–De ti.

Los ojos azules de Kirtash se clavaron en los suyos, y Victoria se estremeció.

–No lo entiendo –murmuró–. ¿Qué quieres de mí?

–No estoy seguro –confesó él–. Tal vez entenderte, tal vez conocerte. Tal vez... no volver a verte. Estoy tratando de averiguarlo.

–Pero ¿por qué...? –sintió que no encontraba las palabras adecuadas; llevaba años temiendo a aquel chico, temblando ante la sola mención de su nombre, y allí estaban los dos, hablando como si nada hubiera sucedido; era demasiado surrealista–. ¿Por qué te tomas tantas molestias? ¿Por qué soy tan importante para ti?

Él ladeó la cabeza, la miró, pero no dijo nada.

–Contéstame, por favor. No entiendo nada. Estoy confusa. A veces pienso que... debería matarte. Por todo lo que has hecho. Pero otras veces... –calló, azorada.

–Acércate –dijo Kirtash con suavidad.

Ella lo hizo. Había algo en su mirada que la atraía como un imán.

Kirtash alzó la mano y le acarició la mejilla. Victoria cerró los ojos y se dejó llevar por la caricia, que despertaba sensaciones insospechadas en su interior. Aquello solo podía ser un extraño sueño...

—Sabes que estamos en guerra —dijo él entonces.

Victoria abrió los ojos, devuelta bruscamente a la realidad.

—Pero no es mi guerra —dijo la chica—. Es la guerra de Alexander, y la de Jack, porque sus padres murieron en ella. Y era la guerra de Shail —añadió en voz baja—. Pero yo... yo no tengo nada que ver con todo esto.

—Eso es lo que piensas y, sin embargo, has estado estos dos años entrenándote para matarme —observó él.

Ella meditó la respuesta que debía darle.

—Para defenderme —corrigió entonces—. Porque tú querías matarme, aunque yo nunca he sabido por qué. Pero ahora dices que no quieres hacerme daño y, por otra parte... —calló, confusa; se acordó entonces de algo que llevaba mucho tiempo queriendo preguntarle—. Recuerdas a Shail, ¿verdad? —Kirtash asintió casi imperceptiblemente—. Trataste de salvarle la vida, ¿no es cierto?

Kirtash no contestó.

—Yo lo vi —insistió Victoria—. Intentaste detener a Elrion. ¿Por qué lo hiciste?

—Porque supuse que la muerte de Shail en aquel momento no sería buena para nuestra alianza futura. Y, como ves, no me equivocaba.

—Pero sigo sin entender... por qué quieres que vaya contigo.

—Porque es la única manera de salvarte la vida, Victoria. Si no vienes conmigo, si no te unes a nosotros, tendré que matarte.

—¿No hay otra solución?

Kirtash negó con la cabeza.

Victoria recordó sus canciones, sus promesas de un mundo nuevo, de magia, de libertad, y supo que era lo que había estado anhelando desde niña. Pero la desconcertaba la idea de que fuera precisamente Kirtash quien le ofreciera cumplir sus sueños.

—Pero no puedo marcharme —dijo con un suspiro—. No puedo ir contigo. No quiero dejar a Alexander ni a... —vaciló.

—Jack —completó Kirtash, y su voz tenía un tono peligroso.

Victoria desvió la mirada.

—Los dos morirán tarde o temprano —dijo Kirtash con frialdad—. A ellos también he de matarlos. Pero estoy intentando salvarte a ti.

Victoria pareció volver a la realidad y lo miró con ferocidad.

—No. No, ni hablar. No dejaré que te acerques a ellos.

–Oh, pero ya lo conozco todo sobre Limbhad, vuestro refugio secreto –sonrió él–. Tú me lo contaste, aunque no quisieras hacerlo... hace dos años, en Alemania –al ver la expresión horrorizada de Victoria, añadió–: Pero no te preocupes, sabes que no puedo llegar hasta allí. A menos que tú me lleves... o me llames desde allí a través de esa Alma que guarda vuestra pequeña fortaleza.

«Lo sabe todo», pensó, aterrada.

Quiso volverse para marcharse, para salir huyendo, pero Kirtash la retuvo sujetándola por el brazo.

–Voy a matar a tus amigos –le aseguró mirándola a los ojos–. Sabes que lo haré, tarde o temprano. ¿Por qué has acudido a mi llamada?

–Porque me has hipnotizado –replicó ella con fiereza.

–Sabes que no es verdad. Tu mente es solo tuya, y tus sentimientos también lo son. No te he manipulado... aunque podría haberlo hecho. Pero no es así como quiero que sucedan las cosas. No, Victoria. Has venido por voluntad propia.

–Suéltame. Suéltame o...

–¿O qué?

Kirtash sacó un puñal de uno de los bolsillos interiores de la cazadora, y Victoria retrocedió, temerosa y maldiciéndose a sí misma por haber acudido sin un arma para defenderse.

Pero lo que hizo Kirtash a continuación la sorprendió. Tiró de ella hasta dejarla muy cerca de él, le puso el puñal en la mano y lo colocó sobre su propio cuello.

–Voy a matar a tus amigos –repitió– porque he de hacerlo: ellos son renegados y es mi cometido. Pero ahora tú tienes la oportunidad de matarme a mí. No es tan difícil. No me defenderé.

Victoria parpadeó, perpleja.

–No... no lo entiendo.

Pero seguía blandiendo el puñal, seguía sosteniéndolo sobre la garganta de Kirtash, podía degollarlo, podía bajarlo un poco más y clavárselo en el corazón... con solo mover la mano... y salvaría muchas vidas, porque el joven ya había manifestado su intención de seguir matando.

–Piénsalo –insistió él–. Puedes acabar conmigo. Como has intentado hacer esta tarde, durante el concierto. Ya te he dicho que tarde o temprano asesinaré a tus amigos. Especialmente a Jack –Victoria apretó los dientes–. No mato por placer ni por deporte, pero debo confesar que tengo muchas ganas de acabar con él.

Victoria pensó en Jack, dormido en el sillón de la habitación del hospital, velando su descanso, y sintió que los ojos se le llenaban de lágrimas de rabia y odio.

—No te atreverás —susurró—. No te atreverás a tocar a Jack, porque si lo haces...

—¿Qué? ¿Me matarás? Adelante, puedes hacerlo ahora.

Victoria oprimió con fuerza el mango del puñal. Un fino hilo de sangre recorrió el cuello de Kirtash, pero él no pareció inmutarse.

—Voy a matar a Jack —dijo de nuevo.

Victoria gritó y apretó la daga contra el cuello de Kirtash. Pero, por alguna razón, el objeto resbaló entre sus dedos y cayó al suelo. Victoria quiso golpear al joven con los puños, pero él la sujetó por las muñecas. Odiándose a sí misma por ser tan débil, Victoria dejó caer la cabeza para que sus cabellos ocultaran su rostro, y las lágrimas que empañaban sus ojos.

—¿Por qué no puedo matarte? —preguntó, angustiada.

Él le hizo alzar la cabeza para mirarla a los ojos.

—Yo iba a hacerte la misma pregunta —dijo en voz baja.

Y se inclinó hacia ella y la besó con suavidad. Victoria jadeó, perpleja, pero cerró los ojos y se dejó llevar, y sintió que algo estallaba en su pecho y que un extraño hormigueo recorría todo su cuerpo. Los labios de Kirtash acariciaron los suyos con ternura y, cuando se separó de ella, la muchacha se sentía tan débil que tuvo que apoyarse en el pecho de él para no venirse abajo.

—Por qué me haces esto —susurró, dejando caer la cabeza sobre el hombro de Kirtash—. No es justo.

—La vida no es justa.

Por algún extraño motivo, en medio de toda aquella situación, Victoria no pudo evitar pensar en Jack. Reunió fuerzas para separarse de Kirtash y lo miró un momento.

—Sabes dónde está Jack ahora, ¿no es cierto? Has averiguado dónde estábamos, y por eso has podido llamarme.

Kirtash asintió, y Victoria sintió que se le congelaba la sangre en las venas. Jack se había quedado en el hospital, para cuidarlos a ella y a Alexander, y allí era vulnerable. Debía regresar y llevárselo a Limbhad, antes de que llegara Kirtash...

Kirtash, que quería matar a Jack, y lo decía en serio.

Kirtash, que acababa de besarla. Y Victoria había disfrutado con aquel beso.

Odiándose a sí misma, sintiéndose una traidora a la Resistencia y, lo que era peor, a sus amigos, Victoria se sorprendió a sí misma volviéndose de nuevo hacia su enemigo para suplicarle:

—Esta noche, no. Por favor, no le hagas daño hoy. Por favor...

Los ojos de Kirtash relampaguearon un instante.

—¿Sabes lo que me estás pidiendo?

—Por favor. Por el beso —dijo súbitamente—. Si ha significado algo para ti... no vayas a buscar a Jack esta noche.

Kirtash la miró un momento y luego le dio la espalda.

—Vete —dijo en voz baja—. Pronto te echarán de menos.

Victoria se quedó allí, pero él no se movió. Sin saber muy bien qué hacer o qué decir, ella dio media vuelta y echó a correr por el camino, en dirección al hospital.

Cuando entró de nuevo en su habitación, vio que Jack seguía dormido. Lo miró un momento y sintió, durante un confuso instante, que estaría dispuesta a dar su vida por salvar la de su amigo; pero, en cambio, no había sido capaz de matar a Kirtash cuando había tenido la ocasión.

Y había dejado que él la besara.

Parpadeó para contener las lágrimas.

—Hace tiempo —le confesó a Jack en un susurro— deseé que tú fueras el primero en besarme. Soñaba con que lo harías algún día. Pero te marchaste, y te estuve esperando y no volvías. Y ahora... ya es demasiado tarde.

Sabía que él no la había oído, y se preguntó si habría sido capaz de decirle aquello cuando pudiera escucharla. Probablemente, no.

Acarició el cabello rubio de Jack y volvió a deslizarse entre las sábanas. Con las mejillas ardiendo, apoyó la cabeza en la almohada, vuelta en dirección hacia el sillón donde dormía Jack, para no perderlo de vista ni un solo momento. Pero en sus labios todavía había huellas del beso que Kirtash le había dado, y se sintió mezquina por haber traicionado a su mejor amigo.

No quería dormirse, pero estaba exhausta, y se durmió, y soñó con Kirtash. Y cuando se despertó a la mañana siguiente, sobresaltada y confusa, con las primeras luces del alba, vio que Jack seguía dormido en el sillón, sano y salvo.

XIX
Secretos

L A Torre de Drackwen llevaba siglos abandonada. Levantada en el seno mismo de Alis Lithban, el sagrado bosque de los unicornios, en los tiempos más pujantes de la Orden Mágica, había sido el origen de los Archimagos, hechiceros poderosos que se habían formado allí, donde la magia vibraba en el aire con más intensidad que en ningún otro lugar de Idhún. La sola existencia de la Torre de Drackwen amenazaba el frágil equilibrio entre la Orden Mágica y los Oráculos, entre el poder mágico y el poder sagrado, y por ello se había decidido finalmente, de común acuerdo, que los hechiceros renunciarían a ella. Y sus ruinas seguían allí, en el corazón de Alis Lithban.

Solo que ya no estaban deshabitadas.

En el bosque ya no quedaban unicornios y, por tanto, había agonizado en los últimos tiempos. Después de la muerte de todos los unicornios, también el pueblo feérico había desaparecido de Alis Lithban, huyendo al bosque de Awa, y desde allí resistían todavía al imperio de Ashran el Nigromante y sus aliados, los sheks.

La Torre de Drackwen tampoco era lo que había sido. Y, sin embargo, Ashran se había instalado en ella, y gobernaba desde allí los destinos del mundo que había conquistado.

Kirtash avanzaba por los pasillos de la torre, con el paso ligero y sereno que lo caracterizaba. Se detuvo un momento junto a una ventana y echó un vistazo al exterior. En el cielo, una figura larga y esbelta sobrevolaba los árboles moribundos con elegancia, y Kirtash la contempló un momento. El shek pareció darse cuenta de su presencia, porque se detuvo y se quedó suspendido en el aire, proyectando la sombra de sus enormes alas sobre lo que quedaba de Alis Lithban, y dirigió la mirada de sus ojos irisados hacia la ventana donde se hallaba el joven asesino. Kirtash saludó con una inclinación de cabeza.

La gigantesca serpiente correspondió a su saludo y prosiguió su camino en dirección al norte.

Kirtash siguió avanzando hasta que llegó a la sala que se abría al fondo del pasillo. No hizo falta que llamara a la puerta; esta se abrió ante él.

Kirtash se quedó en la entrada y alzó la mirada. Al fondo de la sala, junto al ventanal, de espaldas a él, se hallaba Ashran el Nigromante. Kirtash hincó una rodilla en tierra para saludar a su señor. Sin necesidad de volverse, este se percató de su presencia.

—Kirtash —dijo, y la palabra sonó como el golpe de un látigo.

—Mi señor —murmuró el muchacho.

—Te he llamado para hablar de tu último informe.

Kirtash no dijo nada. Contempló la alta figura de Ashran, recortada contra la luz del ocaso del último de los tres soles, que comenzaba a ocultarse tras el horizonte.

—Ha resurgido la Resistencia —dijo Ashran.

—Así es, mi señor.

—Y han estado a punto de matarte.

—Lo reconozco —asintió Kirtash con suavidad—. Pero no volverá a pasar.

—Te sorprendieron, Kirtash. Pensaba que a estas alturas nada podría sorprenderte.

Kirtash no respondió. No tenía nada que decir.

—Pasé por alto ese capricho tuyo de dedicarte a la música, muchacho, porque me estás sirviendo bien —prosiguió el Nigromante—. Has hecho desaparecer a casi todos los hechiceros renegados que huyeron a la Tierra. Y no me cabe duda de que tarde o temprano encontrarás al dragón y al unicornio que, según la profecía, amenazan mi estabilidad futura. Sin embargo... ¿por qué un grupo de muchachos te hace tropezar, una y otra vez?

—Todos ellos portan armas legendarias, mi señor. Y se ocultan en un refugio al que yo no puedo llegar. De todas formas, terminaré por aplastarlos, antes o después.

—Lo sé, Kirtash; confío en ti, y sé que es cuestión de tiempo. Y, sin embargo... me da la sensación de que es demasiado trabajo para ti solo.

Kirtash no dijo nada, pero frunció levemente el ceño.

—He encontrado al hechicero que me pediste hace tiempo —dijo Ashran—. Alguien del pueblo de los feéricos, ¿no es así?

—He cambiado de idea —replicó el muchacho, con suavidad pero con firmeza—. Trabajo mejor solo.

—Eso era antes —el Nigromante se volvió hacia él, pero la luz quedaba a su espalda, y su rostro seguía permaneciendo en sombras—. Esos chicos han vuelto a plantarte cara, y ahora estás en minoría. Ella equilibrará la balanza y te ayudará a encontrar a esas criaturas, particularmente al unicornio —hizo una pausa—. Los feéricos tienen una especial sensibilidad para detectar a los unicornios —añadió.

—¿Ella? —repitió Kirtash en voz baja.

—Un hada que ha traicionado a su estirpe para unirse a nosotros —confirmó Ashran—. Insólito, ¿verdad? Es, no obstante, una hábil hechicera, y no me cabe duda de que te será muy útil. Pronto la enviaré a la Tierra, para que luche a tu lado.

—Pero yo vivo en un ático en plena ciudad de Nueva York —objetó Kirtash—. No es el lugar adecuado para un hada.

—Recupera ese castillo que tenías, entonces. Sigo sin entender por qué lo abandonaste, pero, en cualquier caso, no te será difícil hacerlo de nuevo habitable, ¿verdad?

Kirtash tardó un poco en responder.

—No, mi señor —dijo por fin.

—Excelente —Ashran volvió a darle la espalda para contemplar cómo la última uña de sol desaparecía tras la línea del ocaso—. Cuando lo tengas todo preparado, házmelo saber, y le haré cruzar la Puerta para acudir a tu encuentro.

Kirtash supo que el encuentro había terminado. Inclinó la cabeza y dio media vuelta para marcharse.

—Kirtash —lo llamó entonces Ashran, cuando ya estaba en la puerta; él se volvió—. Sospecho que te has encaprichado de esa chica, ¿no? De la portadora del Báculo de Ayshel.

Kirtash no respondió, pero su silencio fue lo bastante elocuente.

—¿Vale la pena? —preguntó el Nigromante entonces, y su voz tenía un matiz peligroso.

—Creo que sí. Pero si tú deseas que...

Ashran hizo un gesto con la mano, pidiendo silencio, y Kirtash enmudeció.

—¿Ella siente algo por ti? ¿Traicionaría a sus amigos por ti, muchacho?

—Es lo que estoy tratando de averiguar, mi señor.

–Bien. No tardes mucho, Kirtash, porque si duda demasiado es que no merece la pena. ¿Me oyes? Y entonces, tendrás que matarla. Hazte a la idea.

–Me hago cargo, mi señor.

–Bien –repitió el Nigromante.

Kirtash no dijo nada. Se inclinó de nuevo y, discreto como una sombra, abandonó la sala.

Jack alzó la mirada hacia el suave cielo estrellado de Limbhad.

–Aquí no hay luna –hizo notar–. ¿Estás seguro de que te transformarás de todas maneras?

Alexander asintió.

–El flujo de la luna late en mi interior, chico. Lo siento, lo huelo. Es la luna que brillaba sobre aquel castillo, en Alemania, en la noche que me transformé por primera vez, hace dos años. Mi cuerpo sigue su ciclo desde entonces. Esté donde esté, yo cambio con ella.

–Entiendo –asintió Jack.

–Vas a tener que atarme y encerrarme hasta que pase –dijo Alexander–. Aún no me he recuperado del todo de la herida que me produjo Kirtash, pero seré peligroso de todos modos.

Jack asintió de nuevo, pensativo. Estaban en la habitación de Alexander. El joven seguía guardando cama, terminando de reponer fuerzas, y Jack estaba sentado en el alféizar de la ventana, contemplando la suave noche de Limbhad. Alzó la mirada hacia la terraza de la Casa en la Frontera, que sobresalía como una enorme concha en un costado del edificio, y vio una forma blanca acomodada sobre la balaustrada, con la espalda apoyada en uno de los grandes pilones de mármol de los extremos. Una suave melodía sin palabras ascendía hacia el cielo nocturno de Limbhad.

–Tienes que hablar con ella –le dijo Alexander.

–Sí –asintió Jack–. Sí, lleva unos días comportándose de manera muy extraña.

–No me refiero a eso. Tienes que explicarle lo que me va a pasar, tienes que decirle que no venga a Limbhad en unos días.

–Ah, eso. Sí, lo haré.

Alexander lo miró. También él se había dado cuenta de que Victoria no era la misma desde su viaje a Seattle. Parecía ausente, perdida en sus propias ensoñaciones, y pasaba en el bosque más tiempo que de costumbre. También solía sentarse en la balaustrada a tocar la flauta o, simplemente, a contemplar las estrellas, ensimismada y suspirando de vez en cuando. Cuando se sentaba a estudiar, podía estar media hora con la vista fija en la misma página, incapaz de concentrarse en lo que había escrito en ella. Y Alexander habría jurado que la había visto en Limbhad a horas en las que tenía entrenamiento de taekwondo. El joven ignoraba qué le pasaba a la muchacha, y pensó que, sin duda, Shail habría sabido contestar a aquella pregunta.

Recordó a su amigo, tan hábil para descifrar los sentimientos de los demás, y se preguntó qué diría Shail si se encontrase allí.

Las notas de la melodía de Victoria seguían envolviendo la Casa en la Frontera. Era una canción dulce, melancólica, tierna y nostálgica a la vez. Y Alexander lo comprendió, como si el propio Shail le hubiese susurrado la solución:

—Está enamorada —dijo a media voz.

Jack se volvió hacia él, como si lo hubieran pinchado.

—¿Enamorada, Victoria? —sacudió la cabeza—. ¿De quién? En su colegio no hay chicos, y ella no tiene muchos amigos, que yo sepa.

Alexander se encogió de hombros.

—Tal vez de algún compañero de la clase de taekwondo. O tal vez —sonrió—, tal vez de ti, chico.

Jack sintió que se le aceleraba el corazón.

—¿De mí? No, eso no es posible. Siempre ha dejado claro que para ella, yo... —se interrumpió y concluyó, incómodo—: Da igual.

Le resultaba doloroso pensarlo. Era hermoso soñar que Victoria sentía algo especial por él, pero sabía que no era cierto. Apenas habían pasado unos días desde su regreso a Limbhad, y Jack no podía dejar de pensar en ella... pero la joven estaba cada vez más fría y distante.

—De todas formas, vete a hablar con ella —dijo Alexander—. Tienes que contarle lo del plenilunio.

Jack asintió, contento de tener una excusa para abandonar aquella conversación; si seguían hablando del tema, acabaría por contarle a Alexander todo lo que le pasaba por dentro, y no le parecía bien que Victoria no fuera la primera en enterarse. Porque, aunque tuvieran que pasar semanas, o meses, o años... algún día se lo diría, de eso estaba seguro.

Se incorporó de un salto y no tardó en marcharse de la habitación.

Cuando salió a la terraza, Victoria todavía seguía allí, tocando la flauta. Llevaba una bata blanca encima del pijama, y Jack pensó que debía de ser de noche en su casa. En cualquier caso, ella no tardaría en retirarse a su habitación de Limbhad a dormir, o bien a su refugio debajo del sauce. Últimamente pasaba mucho tiempo allí.

–Victoria –la llamó, acercándose.

Ella dejó de tocar, y Jack sintió como si hubiera roto un maravilloso hechizo. Victoria le dirigió una mirada extraña, melancólica, pero teñida de cariño. Jack se quedó sin respiración un momento.

–¿Estás bien? –preguntó–. Alexander y yo estábamos comentando que estás un poco rara estos días.

–Sí –dijo ella–. Solo me siento un poco cansada y, además... mi abuela está enfadada conmigo todavía, ya sabes... por lo de Seattle. Me ha castigado por faltar a clase.

–Bueno, siempre puedes escaparte aquí cuando ella esté dormida –sonrió Jack.

Hubo un breve silencio. Victoria seguía con la mirada perdida en el infinito, y Jack tuvo la incómoda sensación de que apenas le estaba prestando atención, como si sus pensamientos estuvieran en otra parte, muy lejos de allí. «Alexander se equivoca», pensó, desilusionado. «No está enamorada de mí. Es en otro en quien piensa». Aquella idea le hacía tanto daño que se obligó a sí mismo a centrarse en otra cosa.

–Tengo que contarte algo –dijo–. Algo acerca de Alexander.

Victoria se obligó a sí misma a escuchar.

–Está bien, ¿no? La herida se está curando y...

–No se trata de eso. Es sobre lo que le pasó en Alemania, hace dos años. Lo que le hizo Elrion. Introdujo en su cuerpo el espíritu de un lobo y lo convirtió en una especie de bestia.

–Lo sé –musitó ella con un escalofrío–. Lo vi, ¿recuerdas?

–Bien, pues... el lobo no se ha ido, ¿entiendes? Al menos, no del todo. Sigue ahí, aunque esté bajo control, solo que... a veces... se libera.

–¿Qué quieres decir?

–Que el lobo toma el control de su cuerpo... todas las noches de luna llena.

Victoria ahogó una exclamación de terror.

–¿Quieres decir que Alexander se ha convertido en un hombre-lobo?

Jack asintió. Le contó entonces cómo había sido el viaje desde Italia hasta Madrid, a finales de verano. El plenilunio los había sorprendido en Génova, y habían tenido que buscar un refugio para encerrar a Alexander mientras durase su transformación.

—Son tres noches –explicó Jack–. La luna llena, la anterior y la posterior. Encontramos una casa abandonada en el campo, y lo encerré allí, en el sótano. Alexander llevaba cadenas en su equipaje, ¿entiendes? Lo hace por precaución, para no hacer daño a nadie mientras es un lobo. Tuve que encadenarlo yo mismo y vigilar la puerta las tres noches.

—Debió de ser horrible –comentó Victoria con un estremecimiento.

Jack se encogió de hombros.

—Yo lo veo por el lado bueno –dijo–. Podría haber sido peor. ¿Recuerdas cómo estaba cuando lo sacamos de aquel castillo? Podría haberse quedado así para siempre.

Victoria asintió y le brindó una cálida sonrisa.

—Eso me gusta de ti –dijo–, que siempre ves el lado bueno de las cosas.

—Bueno –dijo Jack, azorado, desviando la mirada–. El caso es que... ya casi es luna llena y... le va a volver a pasar. Dentro de cinco días. Y le gustaría... a los dos nos gustaría –se corrigió– que no vinieses a Limbhad entonces.

—¿Por qué? –se rebeló ella–. No estoy indefensa, lo sabes. Podré defenderme de él si se enfurece, podré ayudarte a controlarlo...

—Sé que sabes defenderte –la tranquilizó él–. Lo demostraste el otro día frente a Kirtash. Le salvaste la vida a Alexander.

Victoria se encogió de hombros

—Estaba atenta, eso es todo.

Pero no pudo evitar pensar que después también le había salvado la vida a Jack, y no precisamente con el báculo, sino...

«Por el beso», había dicho ella. «Si ha significado algo para ti... no vayas a buscar a Jack esta noche».

Y Kirtash no había ido. ¿Quería decir aquello que de verdad sentía algo por ella? Solo de pensarlo, se le aceleraba el corazón.

Pero ¿y Jack? Había comprado la vida de Jack besando a su enemigo. Se estremeció pensando en la cara que pondría su amigo si lo supiera. Victoria sospechaba que Jack habría preferido enfrentarse a Kirtash aquella noche, fueran cuales fuesen las consecuencias, que permitir que Victoria le suplicase por su vida.

Avergonzada, la chica bajó la cabeza, incapaz de mirarlo a la cara. Cada vez que lo hacía, recordaba que lo había traicionado. Aunque no hubiera nada entre Jack y Victoria, aunque solo fueran amigos, el chico odiaba a Kirtash con todo su ser. Para Victoria, besar a Kirtash había sido como clavarle a Jack un puñal por la espalda.

–No es por ti –siguió diciendo el chico, ajeno al torbellino de emociones que sacudían el corazón de su amiga–. Alexander dice que tiene miedo de hacerte daño, pero creo que lo que le pasa, en el fondo, es que... no quiere que lo veas así.

Victoria se esforzó por centrarse en la conversación.

–Pero... tú te vas a quedar –logró decir.

–Porque alguien tiene que hacerlo. Vamos, Victoria, no es tan grave. Le harás un favor a Alexander, y creo que el pobre ya lo está pasando bastante mal.

Victoria esbozó una sonrisa forzada.

–Claro –dijo.

–Bien, pues... era eso solamente –murmuró Jack, incómodo–. No te molesto más.

Se levantó de un salto, pero Victoria lo retuvo cogiéndole del brazo.

–Jack...

Se miraron. Los ojos de ella estaban húmedos. A Jack se le encogió el corazón.

–¿Qué... qué te pasa?

Súbitamente, Victoria le echó los brazos al cuello y hundió la cara en su hombro, temblando. Jack, confuso, la abrazó, sintiendo que su corazón ardía como el núcleo de un volcán al tenerla tan cerca. Si de él hubiera dependido, ya no se habría separado de ella.

–Por favor –le susurró Victoria al oído–, por favor, Jack, no me odies...

–¿Qué...? –soltó Jack, perplejo–. ¿Odiarte, yo...? Pero si yo...

Iba a decirle que la quería más que a nada en el mundo, pero ella se separó de él con brusquedad y echó a correr hacia el interior de la casa. Y Jack se quedó allí plantado, en la terraza, muy desconcertado y preguntándose si todas las mujeres eran igual de complicadas, o era solo cosa de Victoria.

Victoria no volvió a Limbhad ni una sola noche en toda la semana, y Jack empezó a preguntarse si había hecho o dicho algo que la había molestado. Según fue pasando el tiempo, las dudas y la angustia lo atormentaban cada vez más, y tampoco lo ayudaba el hecho de que no podía salir de allí ni comunicarse con Victoria. La eterna noche de

Limbhad, sin ella, sin saber cuándo volvería, sin comprender qué pasaba por la mente o el corazón de su amiga, lo estaba volviendo loco. Así que decidió centrarse en otras cosas para no pensar más en ello.

Se acercaba el plenilunio. Alexander estaba cada vez más arisco y sus ojos empezaban a adquirir aquel brillo amarillento que denotaba la presencia de la bestia. La puerta del sótano llevaba mucho tiempo hecha añicos, y Jack y Alexander tuvieron que emplearse a fondo para repararla antes de que llegase la noche en que el joven se transformaría por completo. Aquellos días, los dos practicaron esgrima, se prepararon para el plenilunio y, sobre todo, hablaron mucho. Habían pasado muchas cosas en aquellos dos años, y ambos tenían muchas aventuras y vivencias que compartir.

Pero, a pesar de que Jack trataba de mantenerse ocupado, no podía dejar de pensar en Victoria.

Ella, por su parte, se encerró en su mundo y se sumió en una profunda melancolía. No prestaba atención en las clases y la riñeron más de una vez. Apenas tenía ganas de comer, y por las noches casi no dormía. Se pasaba el tiempo escuchando por los auriculares la música de Kirtash, cerraba los ojos y se dejaba llevar por ella, y soñaba con volver a verlo, y recordaba aquel beso, y deseaba que se repitiera. Y, cada vez que lo hacía, se sentía más y más miserable.

Su abuela notó que estaba distinta, extraña y melancólica, y trató de hablar con ella. Y aunque Victoria respondió con evasivas, a aquellas alturas Allegra sabía ya que lo que le ocurría a su niña era, simple y llanamente, que se había enamorado. Pero Victoria se sentía tan avergonzada que no contestó a las preguntas que ella le formuló al respecto. Su abuela la miró con un profundo brillo de comprensión en los ojos, como si pudiera leer en lo más hondo de su corazón, sonrió y le dijo:

—Tienes catorce años, sé que es una edad difícil y que lo estás pasando mal. Pero pasará, y tú serás mayor y más sabia. Solo ten paciencia...

Victoria asintió, pero no dijo nada. Y, cuando se quedó sola de nuevo, se preguntó con seriedad, por primera vez, si era verdad, si se había enamorado de Kirtash. El corazón le latió más deprisa, como cada vez que pensaba en él, y hundió la cabeza en la almohada. ¿Cómo podía haber hecho algo así? ¿Cómo había permitido que él la sedujese, que la engañara de esa manera? ¿Por qué? Se sentía débil e indigna de pertenecer a la Resistencia, y recordaba que Shail había muerto por salvarle la vida. Y a cambio, ella ¿qué hacía? Verse a solas con Kirtash, permitir que él la besara... enamorarse de él.

Deseó poder hablar con Jack y confesárselo todo, pero pensó que él no lo entendería. No porque no fuera comprensivo sino porque, simplemente, cualquier cosa que tuviera que ver con Kirtash, desde su música hasta el color de su ropa, lo sacaba de sus casillas. Y, en realidad, Victoria no podía culparlo por ello.

Aquella noche, después de dar muchas vueltas sin poder dormir, había tomado ya la determinación de olvidar para siempre a Kirtash, cuando él la llamó de nuevo.

Oyó su voz en algún rincón de su mente, y supo que él estaba cerca. Con el corazón latiéndole con fuerza, Victoria se levantó y se vistió, y luego salió en silencio de su habitación, caminando de puntillas para no hacer ruido.

Una vez fuera, alzó la vista hacia el cielo. Una bellísima luna llena brillaba sobre ella, y Victoria recordó entonces a Alexander, y a Jack, que se había quedado con él en Limbhad, y se preguntó si estarían bien.

Se apresuró a bajar la enorme escalinata y a seguir a su instinto.

Y este la llevó directamente hasta Kirtash.

El joven la estaba aguardando en la parte posterior de la casa, donde había un mirador que dominaba un pequeño pinar. Se había sentado sobre el pretil de piedra y contemplaba la luna llena. Victoria avanzó y se sentó junto a él. Los dos se quedaron un momento callados, admirando la luna que lucía sobre ellos.

—Es hermosa la luna, ¿verdad? —musitó Victoria.

Kirtash asintió en silencio. Victoria lo miró, y se sorprendió de que alguien como él pudiera contemplar la luna llena de aquella manera, como hechizado por su belleza. El joven se dio cuenta de que ella lo observaba, y se volvió para mirarla.

—Victoria —dijo solamente.

—Kirtash —dijo ella; era la primera vez que pronunciaba su nombre ante él, y, por alguna razón, le supo amargo.

—¿Por qué has venido?

—Porque tú me has llamado —respondió Victoria con suavidad, como si fuera evidente—. ¿Por qué no mataste a Jack la otra noche?

—Porque tú me pediste que no lo hiciera.

El corazón de Victoria latía con tanta fuerza que le pareció que se le iba a salir del pecho. No era posible que las respuestas a aquellas preguntas fueran tan simples, tan directas, tan obvias. No era posible... que ambos sintieran algo el uno por el otro.

Y, sin embargo...

Hechizada por la mirada de aquellos ojos de hielo, Victoria pronunció de nuevo su nombre, con un susurro que acabó en un suspiro:

–Kirtash... –se esforzó por liberarse de aquel embrujo, y preguntó–: ¿Qué significa tu nombre?

El muchacho calló un momento antes de contestar:

–Procede de una variante del idhunaico antiguo –dijo–. Significa «serpiente».

–No me gusta –dijo Victoria con un escalofrío–. ¿Puedo llamarte de otra manera?

Él se encogió de hombros.

–Como quieras. No es más que un nombre. Como Victoria –la miró con intensidad, y ella sintió que enrojecía–. No es más que un nombre, ¿no es cierto? Lo importante es lo que somos por dentro.

La chica desvió la mirada, sin entender del todo lo que quería decir.

–En la Tierra se te conoce como Chris Tara –murmuró–. ¿Por qué elegiste ese nombre?

–Yo no lo elegí. Mi representante no sabía pronunciar mi nombre, y lo cambió por ese. Me dio igual. Como ya te he dicho, no es más que un nombre.

–¿Qué significa Chris? ¿Christopher, Christian...?

–Como gustes.

–¿Christian? ¿Puedo llamarte Christian?

–No me define muy bien, ¿verdad? Yo diría que Kirtash cuadra más con mi personalidad –añadió él con cierto sarcasmo.

–Pero, como tú mismo has dicho –señaló Victoria–, no es más que un nombre.

El muchacho la miró con una media sonrisa.

–Llámame Christian, entonces. Si eso te hace sentir mejor. Si eso te hace olvidar quién soy en realidad: un asesino idhunita enviado para mataros a ti y a tus amigos.

Victoria desvió la mirada, incómoda.

–Yo, en cambio, seguiré llamándote Victoria, si no te importa –añadió él–. También me hace olvidar que tengo que matarte.

La muchacha sacudió la cabeza, confusa.

–Pero tú no quieres matarme –dijo.

Hubo un largo silencio.

–No –dijo Christian finalmente–. No quiero matarte.

–¿Por qué no?

Él se volvió hacia ella, alzó la mano para coger su barbilla y le hizo levantar la cabeza, con suavidad. Pareció que buceaba en su mirada durante un eterno segundo. Pareció que se inclinaba para besarla, y Victoria sintió como si el corazón le fuera a estallar.

Pero él no la besó.

–Haces muchas preguntas –observó.

–Es natural –respondió ella, apartando la cara y tratando de ocultar su decepción–. No sé nada de ti. En cambio, tú lo sabes todo acerca de mí.

–Eso es cierto. Sé cosas que ni tú misma sabes todavía. Pero siempre hay algo nuevo que aprender. Como esa casa, por ejemplo –añadió, señalando hacia la mansión.

–¿Qué le pasa a la casa?

–Tiene una especie de aura benéfica que te protege. Me resulta desagradable.

–No es más que la casa de mi abuela –murmuró Victoria, perpleja.

–Claro, y esa mujer no es más que tu abuela –comentó Christian, sonriendo con algo de guasa–. De todas formas, vivir aquí es bueno para ti. Te guardará de muchos peligros.

–¿También de ti?

Christian la miró de nuevo con aquella intensidad que la hacía estremecer.

–Pocas cosas pueden protegerte de mí, Victoria, y esa casa no es una de ellas. Como ves, estoy aquí.

Victoria desvió la mirada.

–¿Por qué me dices esas cosas? Me confundes. No sé lo que siento, y tampoco sé lo que sientes tú.

Christian se encogió de hombros.

–¿Acaso importa?

–¡Claro que importa! No puedes seguir jugando conmigo, ¿sabes? Tengo sentimientos. Puede que tú no los tengas, pero debes entender que yo... necesito saber a qué atenerme. Quiero saber qué sientes por mí, quiero saber si te importo de verdad, yo...

Se interrumpió, porque él la había agarrado del brazo y se había acercado a ella, tanto que podía sentir su respiración.

—Sabes que tengo que matarte —siseó Christian—, y no lo he hecho todavía. Ni tengo intención de hacerlo, y no te imaginas la de problemas que me puede acarrear eso. ¿Me preguntas si me importas? ¿A ti qué te parece?

La soltó, y Victoria respiró hondo, aturdida y con el corazón latiéndole con fuerza. Tardó un poco en recuperarse y, cuando lo hizo, miró otra vez a Christian. Pero él se había vuelto de nuevo hacia delante y seguía contemplando la luna, serio, inmóvil como una estatua de mármol.

—Pero eso no va a cambiar las cosas —dijo ella en voz baja—. Lo que sintamos los dos, quiero decir. Porque tú seguirás luchando contra nosotros, ¿verdad?

—Y tú seguirás escondiéndote en Limbhad —respondió él sin volverse—. Lo cual es bueno, hasta cierto punto. Porque de momento funciona..., pero verás, Victoria, no podrás esconderte siempre. Si no soy yo, vendrá otro a matarte. Alguien ha decidido que debes morir, y no va a detenerse hasta que lo consiga. La única manera de escapar de la muerte es uniéndote a nosotros —se giró hacia ella para mirarla a los ojos—. Ya te lo dije una vez, pero te lo vuelvo a repetir: ven conmigo.

La mirada de él era intensa, electrizante, pero también sugerente y llena de promesas y velados misterios. Victoria supo que había quedado cautivada por aquella mirada y que, pasara lo que pasase, no la olvidaría jamás.

—¿A Idhún? —preguntó con un hilo de voz.

—A Idhún —confirmó Christian.

Se separó de ella, y Victoria se sintió sola y muy vacía de pronto. Se preguntó cómo sería Idhún, aquel mundo del que tanto había oído hablar, pero que todavía no conocía. Recordó entonces que había sido invadido por los sheks, las monstruosas serpientes aladas.

—¿Alguna vez has visto un shek, Christian?

Él la miró como si se riera por dentro.

—Sí, muchas veces.

—Y... ¿cómo son?

—No tan horribles como imaginas. Son... hermosos, a su manera.

Victoria iba a comentar: «Jack odia a las serpientes», pero se mordió la lengua a tiempo. Intuía que no era una buena idea mencionar a Jack.

Pensar en Jack le hizo recordar que, si se iba con Christian, no volvería a ver a sus amigos. Peor aún, los traicionaría. Y aquella perspectiva le parecía aún más espantosa que la idea de morir a manos de Christian. Confusa y avergonzada, deseó por un momento que él la hubiera matado cuando tuvo ocasión. Las cosas habrían sido mucho más sencillas.

Trató de apartar aquellos pensamientos de su mente.

–Y... ¿conoces a Ashran el Nigromante? ¿En persona?

Hubo un breve silencio.

–Sí –dijo Christian al fin–. Lo conozco muy bien –se volvió hacia ella, sonriendo–. Es mi padre.

Victoria lo miró, atónita.

–¿Qué? –pudo decir.

Se puso en pie de un salto y retrocedió un par de pasos, temerosa. Christian... Kirtash... el hijo de Ashran el Nigromante... Aquello la había cogido completamente por sorpresa y, sin embargo, tenía sentido y explicaba muchas cosas.

Sin dejar de sonreír, Christian se levantó también y se acercó a ella. Victoria quiso seguir retrocediendo, pero topó con el antepecho del mirador y, cuando se quiso dar cuenta, Christian estaba muy cerca de ella, mirándola a los ojos.

–¿Crees que no cumplo mis promesas? –susurró–. Te dije que, si venías conmigo, serías la emperatriz de Idhún, a mi lado. ¿Creías que estaba mintiendo? Nuestro mundo, Victoria, es inmenso, es hermoso, y nos pertenece, a ti y a mí, a los dos, si lo deseas.

–Pero... –musitó Victoria, desolada–. No puedo...

Por alguna razón, la imagen de Jack no se le iba de la cabeza, Jack sonriendo, Jack mirándola con aquella chispa de cariño en sus ojos verdes...

–No puedo... –susurró.

Y miró a Christian, y vio que él seguía observándola, y por primera vez vio con claridad que sus ojos azules, habitualmente fríos como cristales de hielo, estaban llenos de ternura.

–No... –dijo.

Pero, cuando Christian se inclinó para besarla, Victoria le echó los brazos al cuello y se acercó más a él, y cerró los ojos, y se dejó llevar; y cuando los labios de él rozaron los suyos, fue como una especie de descarga que la hizo estremecerse de arriba abajo. Se abandonó a aquel beso, sintiendo que se derretía, y, cuando finalizó, los dos se abrazaron, temblando, bajo la luna llena. Victoria ya no se acordó de Jack, ni de Alexander, ni de Shail, ni tampoco de Idhún, ni de Ashran el Nigromante, cuando apoyó la cabeza en el hombro de Christian y le susurró al oído:

—Te quiero.

Él no dijo nada, pero la estrechó con fuerza.

Ninguno de los dos vio la sombra que los observaba desde una de las ventanas de la mansión.

XX
Su verdadera naturaleza

Jack blandió el garrote, respirando entrecortadamente. La bestia lo observó con cautela, pero sin dejar de gruñir por lo bajo.

—Alexander, no —dijo el muchacho, aunque sabía que aquella cosa no era Alexander y, por tanto, no iba a escucharlo.

La primera noche, las cadenas habían aguantado de milagro. Pero aquella segunda noche, el lobo había hecho acopio de fuerzas y, tras varias horas tirando, mordiendo, royendo y tratando de sacudírselas de encima, había logrado liberarse de su encierro.

Jack podía haberlo matado. Podía haber blandido a Domivat; hasta el más leve roce de su filo habría hecho que el lobo estallase envuelto en llamas, si Jack hubiese querido.

Pero el chico no podía enfrentarse a él de esa manera, porque sabía que bajo la piel de la bestia se ocultaba Alexander, su amigo, su maestro.

El lobo gruñó de nuevo y saltó hacia él. Jack intentó esquivarlo y logró golpearlo con fuerza; pero el lobo aterrizó sobre sus cuatro patas, sacudió la cabeza y volvió a la carga.

Jack no quería hacerle daño; pero, si no lo detenía, el lobo acabaría por matarlo a él.

Era una bestia magnífica, un enorme lobo gris de fuertes patas, poderosos colmillos y afiladas zarpas. Pero su instinto le pedía sangre, y Jack estaba demasiado cerca. El chico blandió el garrote como si fuera una espada y golpeó al lobo en el estómago. No sin satisfacción, lo vio caer hacia atrás, con un quejido. Pero no era suficiente. Con un grito salvaje, Jack se arrojó sobre la bestia y cayó sobre su lomo para tratar de sujetarlo. Las patas del animal se doblaron bajo el peso del muchacho, pero giró la cabeza y trató de morderlo. Su mandíbula se cerró en torno al antebrazo de Jack, que gritó de dolor e intentó sacudírselo de encima. Se levantó de un salto y retrocedió, sujetándose el brazo herido y observando al lobo con cautela. El garrote había quedado en el suelo, lejos de él.

Jack inspiró hondo, sin apartar los ojos del animal, que gruñía por lo bajo, dispuesto a saltar sobre él.

—Alexander... —dijo el chico—. Reacciona, por favor. Soy yo, Jack.

Se sintió ridículo. Era obvio que no podía escucharlo. Retrocedió unos pasos, a la par que el lobo avanzaba hacia él. Se dio cuenta de que se preparaba para saltar, y pensó que solo tendría una oportunidad. Tensó los músculos y esperó el momento adecuado.

El lobo saltó sobre él. Jack siguió esperando, calculó la distancia y, cuando ya lo tenía casi encima, se apartó de su trayectoria con un brusco giro de cintura. Se lanzó sobre el animal, rodeando su peludo cuerpo con ambos brazos, y le hizo caer al suelo. Los dos rodaron sobre la hierba. Una de las zarpas del lobo desgarró el jersey de Jack, que lanzó un quejido de dolor cuando las uñas de la bestia rasgaron su piel bajo la lana. Pero no perdió la concentración. Haciendo un supremo esfuerzo, rodeó con ambos brazos el cuello del lobo, y lo estrechó con fuerza. La criatura gimió y se debatió, pero pronto dejó de moverse porque, cuanto más lo hacía, más le costaba respirar; aún tuvieron que transcurrir algunos minutos más hasta que ambos se quedaron inmóviles.

—¿Ya? —jadeó Jack—. ¿Te has divertido bastante?

El lobo gruñó por lo bajo. Jack sintió que se relajaba, y agradeció, aliviado, la llegada del amanecer. Allí, en Limbhad, siempre era de noche, pero el muchacho podía detectar cuándo terminaba el ciclo del licántropo, porque el lobo siempre parecía debilitarse antes de transformarse de nuevo en hombre... en Alexander.

Jack soltó a la bestia, que gruñó de nuevo; pero no debía de tener fuerzas para levantarse, porque se tumbó sobre la hierba y se limitó a lanzarle una hosca mirada.

Jack miró su reloj, que había sincronizado con la hora de Alemania. Eran casi las siete. Estaba a punto de amanecer. Sacudió la cabeza agotado y, cojeando, entró en la casa para ir a buscar el botiquín y las ropas de Alexander.

Cuando regresó, el lobo seguía echado sobre la hierba, y esta vez ni siquiera alzó la mirada cuando Jack le puso una manta por encima. El muchacho se tumbó en la hierba, boca arriba; tenía la carne del brazo desgarrada por un mordisco del lobo, y el pecho todavía le escocía, allí donde las garras de la criatura lo habían alcanzado. Pero no tenía fuerzas para levantarse de nuevo, así que cerró los ojos y suspiró.

—Menuda nochecita, ¿eh?

—Y que lo digas —gruñó el lobo con la voz de Alexander—. ¿Cómo diablos he conseguido romper esas cadenas?

—Dímelo tú —murmuró Jack; le dolía todo el cuerpo porque, además de los mordiscos, tenía arañazos y contusiones por todas partes. Con todo, no le preocupaba llegar a convertirse en un licántropo como Alexander, porque el estado de este no había sido provocado por la mordedura de otro hombre-lobo, sino por un conjuro de nigromancia fallido.

Alexander se incorporó un poco; volvía a ser él, pero tenía el cabello revuelto, y sus ojos aún relucían de manera siniestra.

—Habrá que buscar otra manera —dijo.

Jack bostezó.

—¿Otra manera? ¿Cadenas más fuertes, quieres decir? ¿O un somnífero? Eh, mira, eso es una buena idea, ¿por qué no se nos habrá ocurrido antes?

Alexander lo miró un momento, pensativo; admiraba el buen humor con que Jack se había tomado todo aquello.

—Estás destrozado, chico. Será mejor que entremos a curarte esas heridas.

Jack se incorporó con esfuerzo y alcanzó el botiquín.

—Mira lo que he traído —dijo enseñándoselo—. Soy un chico previsor.

Alexander sonrió. Mientras desinfectaba la mordedura del brazo con agua oxigenada, Jack se acordó de Victoria.

—¿Crees que Victoria volverá? —dijo—. Hace una semana que no viene por aquí.

—Le dijiste que no viniera, ¿no?

—Sí, pero... me refería a ayer, y a hoy, y hace siete días que dejó de aparecer por Limbhad. Me pregunto si dije algo que le molestara, porque... bueno, ella estaba muy rara y yo sé que a veces soy un poco bocazas...

—Volverá, Jack —lo tranquilizó Alexander—. No podemos salir de aquí si ella no vuelve. Y lo sabe. ¿Crees que nos abandonaría de esa manera?

—Tienes razón —murmuró Jack—. Es solo que... a veces... bueno, últimamente tengo la sensación de que la estoy perdiendo y... no sé qué debo hacer.

Alexander inspiró hondo y cerró los ojos. Se preguntó qué se suponía que tenía que decir. Estaba claro que Jack le estaba pidiendo consejo, pero a él nunca se le habían dado bien ese tipo de cosas.

—Tal vez deberías decirle lo que sientes por ella —opinó por fin.

Jack sonrió. No le sorprendió que Alexander se hubiera dado cuenta. A él le parecía que era muy evidente; desde su punto de vista, lo raro era que Victoria no se hubiera dado por enterada todavía.

—¿Lo que siento por ella? —repitió—. No querría saberlo, te lo aseguro. Está muy fría conmigo. Dos años han sido demasiado tiempo. Está claro que solo me quiere como amigo, y si ahora voy y le digo todo lo que me pasa por dentro cuando pienso en ella... saldrá corriendo.

—¿Por qué estás tan seguro?

—Porque ella está enamorada de otra persona, Alexander.

—Pues hace dos años estaba enamorada de ti.

Jack se volvió hacia él, extrañado.

—La noche en que me marché de Limbhad —explicó Alexander—, Victoria me dejó salir. ¿Y sabes por qué? Le dije que la bestia que había en mí te mataría. Tú estabas delante cuando se lo dije.

—Sí, lo recuerdo.

—Entonces olí su miedo, su pánico, su desesperación. No había tenido tanto miedo de mí hasta entonces, hasta el momento en que pronuncié aquellas palabras. Si me dejó marchar fue para protegerte a ti, Jack. Solo a ti.

Jack cerró los ojos, mareado. Recordaba perfectamente aquel momento. Apenas unas horas después, él mismo se había marchado de Limbhad, en pos de su amigo, dejando atrás a Victoria.

—Y tú te fuiste y la dejaste sola —concluyó Alexander, como si hubiese adivinado sus pensamientos.

—Eso, hazme sentir más culpable todavía —murmuró el chico; suspiró y añadió, pesaroso—: En aquel momento la perdí para siempre, ¿verdad?

—Yo no estaría tan seguro. Creo que sigues siendo muy especial para ella.

Jack respiró hondo, pero no dijo nada. Era mejor no hacerse ilusiones.

Volvió la mirada hacia la balaustrada de la terraza, donde había visto a Victoria por última vez, y la imaginó allí de nuevo, vestida de blanco, tocando la flauta. Casi pudo volver a oír su melodía, y se preguntó cómo había podido pasar dos años enteros sin ella.

–¿Sabes para qué servía esa terraza? –preguntó entonces Alexander; como Jack negó con la cabeza, el joven explicó–: Hubo una época en la que los dragones pasaron de Idhún a la Tierra, y de vez en cuando venían a Limbhad. La terraza de la casa se construyó para que pudieran posarse sin problemas.

–Como una pista de aterrizaje –murmuró Jack, pero Alexander no lo entendió; el chico se volvió entonces hacia él, recordando una cosa–. ¿Cómo encontraste al dragón, Alexander? Me refiero al dragón que estamos buscando.

–No recuerdo muchos detalles –replicó él, pensativo–. Traté de olvidarlo todo, por si me capturaban... No quería que Kirtash leyese en mi mente nada referente al dragón. No quería darle pistas.

–¿Por eso nunca hablas de ello?

Alexander asintió.

–Pero, no sé por qué, ya no me parece tan importante.

Jack aguardó. Alexander volvió a recostarse sobre la hierba y empezó a hablar.

–Solo recuerdo que me dirigí al sur, a Awinor, el reino de los dragones. Fuimos muchos los que partimos en aquella búsqueda, porque había que salvar a un dragón, al menos a uno solo, para que la profecía pudiera cumplirse.

»Pero no quedaban dragones. Por alguna razón, la luz de los seis astros entrelazados en el firmamento resultaba mortífera para ellos. Simplemente... estallaban en llamas. Y caían desde el cielo como meteoros. Pronto, Awinor entero ardió también. Y la tierra de los dragones murió con ellos.

Jack sintió una especie de nudo en el estómago, pero quería conocer el final de la historia, y no lo interrumpió.

–Cuando yo llegué a Awinor –prosiguió Alexander–, aquello ya no era más que un páramo yermo cubierto de ceniza. Había restos de dragones por todas partes. Era espantoso.

»Pero seguí buscando y, no sé cómo ni por qué razón, encontré un nido. En circunstancias normales, no se me habría ocurrido entrar, puesto que los dragones guardan celosamente sus huevos, pero estaba desesperado, el tiempo se agotaba y, en el fondo, sabía que ya no quedaba ningún dragón que pudiera castigarme por mi atrevimiento.

»Los huevos estaban todos abiertos. Las crías habían muerto todas. Algunas ni siquiera habían llegado a salir totalmente del cascarón.

»Pero al fondo vi un huevo intacto, y algo que rascaba dentro. Esperé... y, cuando la cáscara se quebró, salió del interior una cría de dragón. Estaba débil y temblorosa, pero vivía. Y era un dragón dorado.

—¿Qué tiene de especial un dragón dorado?

—Son una rareza, Jack. Normalmente, los dragones no tienen colores metálicos. Pero a veces nace un dragón con escamas de tonos dorados, o plateados, uno entre diez mil, tal vez... no me preguntes por qué, pero son especiales. Los dragones creen que las crías que nacen con esos colores están destinadas a hacer grandes cosas. Y por eso supe, de alguna manera, que aquel dragón viviría, y que era el dragón de la profecía.

»Y el resto, ya lo sabes. Lo llevé a la Torre de Kazlunn. Sobrevivió al viaje. Y —añadió, tras un breve silencio— espero que haya sobrevivido a la Tierra.

Jack asintió y se quedó un momento callado, pensando. Luego preguntó:

—¿Le pusiste nombre?

Alexander sonrió con nostalgia.

—Bueno, nunca se lo he contado a nadie —confesó—, porque se supone que era algo entre él y yo. Lo llamé... no te rías... lo llamé Yandrak.

Jack se rió. «Yandrak» significaba «Último Dragón» en idhunaico.

—Nunca he tenido demasiada imaginación —se excusó Alexander.

—Es un nombre apropiado —opinó Jack—. Es lo que es. ¿Dónde crees que estará Yandrak ahora? ¿Qué crees que estará haciendo?

—Tal vez —sonrió Alexander—, tal vez esté contemplando las estrellas, como nosotros.

—¿Las estrellas de Idhún, o las de la Tierra?

—Las estrellas, sin más.

Victoria volvió a Limbhad dos días más tarde. Jack pensó que ella parecía más feliz que en su último encuentro, en la terraza. Pero, por alguna razón, lo evitaba y no lo miraba a los ojos, y Jack no sabía qué pensar. Seguía creyendo que Victoria sentía algo por otra persona, pero... ¿por qué se comportaba así con él? Ambos hechos no parecían tener relación. «Tengo que hablar con ella», se dijo el chico.

La ocasión se presentó muy pronto. Una de las primeras cosas que hizo Victoria fue sanar las heridas de Jack, y para ello se lo llevó a su refugio, debajo del sauce, donde su magia funcionaba mejor. Jack la contempló en silencio mientras la magia de su amiga recorría su cuerpo. Era una sensación dulce, cálida y muy agradable. El chico deseó que aquel momento no acabara nunca. Pero sus heridas se estaban cerrando y, cuando la curación finalizara, regresarían a la casa, y la oportunidad habría pasado. De modo que, cuando ella terminó, y antes de que dijera nada, Jack preguntó:

—Victoria, ¿estás enfadada conmigo?

—¿Qué? —Victoria lo miró, confusa—. No, Jack, no estoy enfadada contigo.

—¿Por qué te comportas así, entonces? ¿Por qué no puedes mirarme a la cara ni estar en la misma habitación que yo?

Victoria le dio la espalda con brusquedad. Pero Jack ya había visto sus ojos llenos de lágrimas. Se sentó junto a ella y le pasó un brazo por los hombros.

—Lo siento, no quería ser brusco. Por favor, dime qué te pasa. No me gusta verte así. Si es culpa mía...

—No es culpa tuya —suspiró ella.

Se recostó contra él y cerró los ojos. Dejó que Jack la reconfortara con su abrazo.

—He hecho algo muy malo, Jack —susurró Victoria—. No podrás perdonarme nunca.

—Qué... qué tonterías dices —replicó él, confuso—. Todo el mundo mete la pata alguna vez y, además, seguro que no es tan grave.

—Sí que lo es. Y lo peor de todo es que no he podido... o no he sabido evitarlo.

—¿Quieres... quieres contármelo?

—Quiero contártelo —asintió ella—, pero sé que no soportaré mirarte a la cara después. No estoy preparada, Jack. No quiero perderte.

Jack cerró los ojos y la abrazó con fuerza. «Yo tampoco quiero perderte a ti», pensó. «Y siento que te vas... muy lejos. Me gustaría saber dónde estás ahora. Y si puedo acompañarte».

Pero no lo dijo en voz alta.

–No vas a perderme, Victoria –le aseguró–. Estoy aquí, ¿ves? Y estaré aquí... siempre que me necesites. Esperando a que vuelvas... de dondequiera que estés en estos momentos.

–Pero... pero si estoy aquí –murmuró ella, perpleja. Pero Jack negó con la cabeza.

–No, no estás aquí. Estás muy lejos... donde yo no puedo alcanzarte.

A Victoria se le llenaron los ojos de lágrimas.

–Tienes razón, Jack. Estoy muy lejos... en el último lugar donde te gustaría verme. Por eso... no merezco que me hables así, no merezco tu cariño ni tu amistad.

Se separó bruscamente de él, se levantó de un salto y echó a correr hacia la casa. Jack se incorporó.

–¡Victoria! –la llamó, pero ella no se detuvo.

No podía dejarla así. No soportaba verla sufrir de esa forma, quería mecerla entre sus brazos, tranquilizarla, susurrarle al oído palabras de consuelo... hacer lo que fuera para que se sintiera mejor.

Corrió tras ella, trató de alcanzarla, pero ella ya había entrado en el edificio, y Jack intuía dónde iba a encontrarla. Subió rápidamente a la biblioteca y llegó a verla rozando con los dedos la esfera en la que se manifestaba el Alma de Limbhad. Jack sabía que regresaba a su casa, pero temió que tardara varios días en volver, como la última vez, y él no podía esperar tanto tiempo. Corrió hacia ella y alargó la mano para cogerla del brazo, pero no llegó a rozarla. Sin embargo, sin quererlo introdujo la mano en la esfera, y su luz lo deslumbró. Sintió que todo daba vueltas, y que el Alma le preguntaba, sin palabras, adónde deseaba ir. Jack percibió su desconcierto, pero él mismo tampoco podía explicar cómo había logrado contactar con ella, y solo pudo suponer que la magia de Victoria seguía activa cuando él había tocado la esfera. «Con Victoria», pensó, pero luego se corrigió: «A la casa de Victoria».

Cuando todo dejó de dar vueltas, se encontró de pronto en una habitación oscura y silenciosa. Miró a su alrededor, incómodo, y reconoció algunas de las pertenencias de su amiga, por lo que supuso que se encontraba en el cuarto que tenía Victoria en la mansión de su abuela. Buscó a la muchacha, pero no estaba allí. Vio que el despertador de la mesilla marcaba las dos de la madrugada. Se preguntó dónde habría ido Victoria, y si se había equivocado al pedirle al Alma que lo llevara hasta allí.

Reflexionó. Tenía dos opciones: esperar allí a que volviese Victoria, que regresaría tarde o temprano (y arriesgarse a ser descubierto por su abuela) o salir a explorar los alrededores, para ver si la veía (y arriesgarse a ser descubierto por su abuela, de todos modos).

Optó por la segunda alternativa. La casa parecía estar en silencio; todos estarían durmiendo y, por otro lado, si tenían que encontrarlo allí, prefería que fuera en cualquier parte excepto en la habitación de Victoria. Sería muy embarazoso.

De modo que salió al pasillo, intentando no hacer ruido, y buscó la puerta de salida.

Victoria bajó deprisa por la escalera de piedra hasta el pinar que se extendía más allá de la mansión. Por alguna razón, el bosque la llamaba. Habría deseado permanecer bajo el sauce de Limbhad un buen rato más, pero, simplemente, no podía estar cerca de Jack sin que los remordimientos la atormentaran cada vez más. Sintió una cálida emoción por dentro al recordar la sinceridad y la dulzura con que él había dicho: «Estaré aquí... siempre que me necesites. Esperando a que vuelvas... de dondequiera que estés en estos momentos». Pero él no sabía..., porque, si supiera...

Se dejó caer sobre la hierba, bajo un árbol, temblando. Se sentía confusa y desorientada. Las emociones la sobrepasaban y le costaba pensar con claridad.

—Es duro pensar que estás traicionando a tu gente.

La voz de Christian la sobresaltó. Alzó la cabeza y lo vio de pie, junto a ella, apenas una sombra recortada contra la luz de las estrellas.

—Sí —murmuró Victoria—. ¿Sabes cómo me siento?

Christian se sentó junto a ella y asintió en silencio.

—Pero ¿cómo puedes saberlo?

—Ya te dije una vez que tú y yo no somos tan diferentes.

Victoria recordó entonces cómo su música le había llegado al corazón. Y alzó la cabeza para preguntarle algo que llevaba tiempo rondándole por la cabeza.

—¿Por qué cantas?

Christian se encogió de hombros.

—Supongo que porque necesito expresar una serie de cosas. ¿Te gusta mi música?

–Sí –confesó ella con cierta timidez–. Me gustaba mucho antes de saber que eras tú el que cantaba. Me gusta, sobre todo, *Beyond*. No puedo parar de escucharla.

Christian sonrió.

–*Beyond*... –repitió–. La compuse pensando en ti.

El corazón de Victoria se aceleró.

–¿Pensabas en mí ya entonces?

–He pensado mucho en ti –respondió él–, desde aquella noche en que pude matarte y no lo hice. Aquella noche en que *debí* matarte. Pero me intrigas, Victoria, y me fascinas, y cada vez que miro en tu interior siento ganas de protegerte.

Victoria suspiró y apoyó la cabeza en el hombro de Christian. Él vaciló, como si no le gustara el contacto, pero no se movió.

–¿Crees que es amor? –se atrevió a preguntar.

–No encuentro necesario buscarle un nombre –replicó él–. Es lo que es.

–Sí –musitó Victoria–, supongo que sí. Pero hay tantas cosas de ti... que no comprendo, que me dan miedo... y que no puedo perdonarte.

–Lo sé.

–Y no sé cómo puedo sentir lo que siento, sabiendo lo que sé de ti.

Christian se volvió para mirarla.

–Es más lo que no sabes de mí que lo que crees que sabes –dijo con suavidad–. Pero la pregunta es: ¿qué te importa más: mi vida y mis circunstancias, o tus sentimientos?

Ella vaciló.

–Todo es importante –se defendió.

–Todo es importante –repitió Christian en voz baja–. ¿Hasta qué punto? Yo también me lo he preguntado. Sabiendo lo que sé de ti, debería haberte matado. Debería hacerlo ahora mismo..., pero no lo he hecho, y estoy empezando a asumir que nunca lo haré. ¿Y todo por qué? –la miró de nuevo, intensamente–. Por un sentimiento. Dime, ¿vale la pena?

–No lo sé. Yo... oh, no lo sé. La razón me dice que debo odiarte. Pero el corazón...

No terminó la frase.

Christian se puso en pie de un salto, y Victoria lo imitó.

–¿Qué puedo esperar de ti? –le preguntó.

–¿Preguntas qué te ofrezco? –dijo él con una media sonrisa–. No estaré siempre a tu lado. No seré un compañero con el que puedas contar en todo momento. Siempre he sido un solitario, no estoy hecho para compartir mi vida con otra persona. Pero, a pesar de todo, esté donde esté, tendré un ojo puesto en ti. Y te protegeré con mi vida si es necesario. Por un sentimiento.

Victoria calló, confusa.

–¿Qué puedo esperar yo de ti? –preguntó entonces él.

–Me pides que abandone a la Resistencia –murmuró ella–. A mis amigos.

–¿Les has hablado de mí a tus amigos?

–No –confesó Victoria–. No lo entenderían.

Christian asintió, sin una palabra. Se volvió hacia ella, la miró a los ojos, le acarició la mejilla con suavidad, con dulzura. Victoria se estremeció entera.

–Me gusta que hagas eso –susurró.

–Lo sé –se limitó a decir él.

–Aunque luego vuelva a casa –dijo Victoria–, aunque recupere la cordura y me dé cuenta de que no debería estar aquí... aunque decida regresar a Limbhad y volver a luchar contra ti... ahora... son mis sentimientos los que mandan.

–Lo sé –repitió Christian, con suavidad–. Entonces, olvida ahora quién soy y lo que he hecho, y déjate llevar por tu corazón.

Se inclinó para besarla, y Victoria se arrimó más a él, sintiendo, una vez más, que el corazón le iba a estallar. Cerró los ojos y disfrutó de la sensación, y deseó que aquel momento no acabara nunca.

Pero acabó.

Victoria sintió la tensión de Christian, sintió su ira contenida, apenas un instante antes de que se separara de ella con brusquedad. Y, cuando abrió los ojos y miró un poco más allá, hacia el sendero que llevaba a la casa, el universo entero pareció congelarse.

Porque allí estaba Jack, mirándolos.

Jack no pensó ni por un momento que fuera culpa de Victoria. A pesar de que los había sorprendido en una actitud tan tierna como la de cualquier pareja de enamorados, en realidad lo único que veía era que Kirtash estaba con Victoria, la había seducido, la había engañado, y aquello no podía ser para bien. Tuvo miedo de que él hiciera daño a Victoria de alguna manera, que hiciera daño a la persona que más le importaba en el mundo. Su instinto se disparó, y su instinto le decía que Victoria estaba en peligro.

Y eso lo volvió loco.

Y, a pesar de ir completamente desarmado, se lanzó sobre su enemigo con un grito salvaje, para matarlo antes de que le hiciera daño a su amiga, para acabar con él antes de que Victoria saliese perjudicada.

Todo fue muy rápido. Victoria vio cómo Jack chocaba contra Christian y ambos rodaban por el suelo.

—¡Te mataré! —aulló Jack.

Victoria se quedó parada, sin saber qué hacer. Los había visto luchar anteriormente, con espadas, ejecutando movimientos ágiles y elegantes. Pero ahora peleaban a puñetazos, a patadas, como podían.

Christian se revolvió como una anguila y logró quitarse a Jack de encima. De alguna manera, había conseguido extraer un puñal de alguna parte, y ahora lo blandía en alto. En sus ojos acerados brillaba el destello de la muerte, y Victoria supo que, en esta ocasión, no dudaría en utilizar la daga.

Pero Jack estaba desatado, y algo en su interior estalló como un volcán.

Conocía la sensación. Solo la había experimentado dos o tres veces en su vida, pero no la había olvidado. Cuando se dio cuenta de lo que le estaba sucediendo, quiso volver atrás, pero ya era tarde. Había algo dentro de él que exigía ser liberado, y Jack gritó, sin poder evitarlo.

Y su cuerpo generó a su alrededor una especie de anillo de fuego, que se expandió por el aire como una oleada mortífera.

Jack vio entonces algo que lo perseguiría durante mucho tiempo en sus peores pesadillas. Vio el rostro aterrado de Victoria que, paralizada de miedo, tenía los ojos fijos en la llamarada incendiaria que Jack había enviado directamente hacia ella. El chico solo pudo gritar su nombre:

—¡¡VICTORIA!!

Todo fue muy confuso. Victoria sintió que Christian se lanzaba sobre ella para protegerla del fuego con su propio cuerpo, y los dos cayeron al suelo. El fuego pasó por encima de ambos, golpeó los árboles más cercanos y los hizo estallar en llamas.

La muchacha intentó incorporarse, aturdida. Christian ya se había puesto en pie de un salto, con la agilidad que era propia de él, y, a pesar de que estaba de espaldas a Victoria, ella percibió que hervía de ira. Se sintió inquieta; jamás lo había visto así, pero intuía qué era lo que lo había puesto tan furioso.

Jack, muy desconcertado, se había quedado de pie, un poco más lejos. Toda su ira parecía haberse esfumado; se sentía débil de pronto, y le temblaban tanto las piernas que cayó de rodillas sobre la hierba. No sabía qué le había pasado, ni por qué. Y, en el fondo, no le importaba.

Porque Victoria estaba bien, a salvo, y eso era lo único en lo que podía pensar.

En eso, y en que Kirtash había salvado la vida de su amiga... una vida que él, que tanto la quería, había puesto en peligro, tratando de protegerla. Resultaba demasiado irónico... y desconcertante. Por eso miró a Kirtash, aturdido, sin captar la cólera que ardía en los ojos de su enemigo. Estaba demasiado confuso como para percibir el peligro que lo amenazaba.

Victoria, en cambio, sí supo qué era lo que iba a pasar, y agarró a Christian del brazo para intentar detenerlo. Pero él se liberó del contacto con impaciencia, como si se hubiese olvidado de que ella estaba allí, y corrió hacia Jack. El muchacho se levantó, vacilante. Christian se detuvo a un par de metros de él y lo observó, como si lo viera por primera vez, con una mueca de odio infinito.

–¡Tú! –gritó–. ¡Debería haberlo imaginado!

Victoria corrió hacia ellos, tratando de evitar lo inevitable, y logró llegar junto a Jack. Pero, a pesar de todo, no estaba preparada para lo que ocurrió a continuación.

El cuerpo de Christian, que aún temblaba de cólera, se convulsionó un momento y empezó a transformarse. No fue una transformación gradual, sino que, por un momento, dos imágenes se superpusieron en un mismo lugar, y se fundieron hasta que solo quedó una. Y la que quedó no era la figura de un joven de diecisiete años, sino la de una criatura fantástica, una gigantesca serpiente que se alzaba ante Jack, con su cuerpo anillado vibrando de ira, y unas inmensas alas membranosas extendidas sobre ellos, cubriendo el cielo nocturno.

Jack lo miró con horror. Él y Victoria retrocedieron unos pasos, pero Victoria tropezó y, al caer, arrastró a Jack consigo. Los dos quedaron sentados sobre la hierba, paralizados de miedo, sin ser capaces de apartar la vista de la enorme serpiente. Era una visión aterradora y sobrecogedora porque, pese a todo, aquella criatura era fascinante y magnífica, y poseía una belleza misteriosa y letal. Los sheks habían nacido de las entrañas de la tierra cuando Idhún era aún muy joven, y eran los hijos predilectos del dios oscuro, prácticamente semidioses, quizá por encima de los mismos dragones.

–¿Christian? –susurró ella, sin poder creerlo.

–Kirtash –dijo Jack, sombrío.

La serpiente alzó la cabeza, desplegó las alas todavía más y lanzó una especie de chillido de libertad, como si hubiera estado encerrada durante mucho tiempo en un lugar incómodo y pequeño y ahora disfrutase de nuevo del espacio que necesitaba.

Después, fijó sus ojos irisados en Jack. Y Victoria descubrió en aquellos ojos el brillo de la mirada de Kirtash, Christian, y comprendió con horror quién era... o qué era exactamente... el ser del que creía haberse enamorado.

El shek no pareció reparar en ella. Destilaba odio e ira por todas sus escamas, y Victoria sabía, de alguna forma, que era Jack, su presencia, tal vez su mera existencia, lo que lo había alterado de aquella manera. Jack se había quedado quieto, incapaz de moverse ni de apartar la vista de la magnética mirada de la criatura. O no tenía fuerzas para moverse, o bien el shek lo había hipnotizado, de alguna manera.

Victoria supo que su amigo iba a morir, y no pudo soportarlo. Se echó sobre él y lo protegió con su propio cuerpo. Después cerró los ojos, esperando la muerte.

Jack fue vagamente consciente de su presencia. Se sentía extraño, como si estuviese viviendo una pesadilla de la que fuera a despertar en cualquier momento. Aquella serpiente era la encarnación de todos sus miedos, el blanco de todo su odio. Lo que provocaba en él era demasiado intenso como para ser real.

El shek pareció reaccionar. Miró a Victoria y, aunque ella no podía verlo, porque seguía con los ojos cerrados, sí sintió aquel escalofrío, y lo reconoció: era el mismo que la recorría cuando percibía que Christian, o Kirtash, andaba cerca. Estaba demasiado aterrorizada como para analizar la situación con claridad, pero sí sabía que su corazón estaba sangrando porque había perdido a Christian, o a lo que ella creía que era Christian, para siempre.

«Victoria», susurró una voz en su mente. Ella tembló de miedo. Era la voz de Christian, la habría reconocido en cualquier parte. Pero tenía un timbre inhumano, un tono helado e indiferente que la aterrorizaba.

«Victoria», repitió él. «Apártate».

La muchacha se atrevió a abrir los ojos y a echar un vistazo.

El shek seguía ahí, alzándose ante ella, terrible y amenazador. Pero había replegado un poco las alas, y la vibración de su cuerpo era menos intensa.

«Apártate, Victoria», repitió la criatura en su mente.

«No quiere matarme», comprendió de pronto. Se volvió hacia el shek, cautelosa.

–¿Eres... Christian?

«Soy Kirtash», repuso él.

–Entonces, esta es... tu verdadera naturaleza.

«¿Sorprendida? Y ahora quita de ahí, Victoria. Tengo trabajo que hacer».

Victoria inspiró hondo, tragó saliva y negó con la cabeza.

–No. No lo permitiré. Si quieres matar a Jack, antes tendrás que matarme a mí.

Aquellas palabras hicieron reaccionar a Jack, despertándolo de su extraño trance. Seguía sin poder moverse, pero fue, por fin, consciente de la situación. Hizo un esfuerzo sobrehumano para moverse y apartar a Victoria, para ponerla a salvo, pero no fue capaz. Su cuerpo seguía paralizado. Intentó hablar; eso sí lo consiguió:

–No, Victoria –susurró–. Haz lo que dice, yo... me enfrentaré a él...

–Jack, no puedes moverte. No sé qué has hecho, pero te has quedado sin fuerzas, y...

–Victoria, por favor –suplicó él; la idea de perderla era mucho más insoportable que la certeza de que iba a morir a manos de aquella criatura–, no dejes que te coja; márchate, vete, huye lejos.

Ella lo miró intensamente y le apartó de la frente un mechón del flequillo, como solía hacer.

–¿Sin ti? Nunca, Jack.

El chico se estremeció. Definitivamente, aquello no podía ser real.

«Conmovedor», dijo Kirtash, pero no parecía en absoluto conmovido. «Intentaré explicártelo, Victoria: él debe morir para que tú vivas».

–¿Qué? –Victoria se volvió hacia él–. ¿Qué has querido decir?

«Si Jack muere, Victoria, tú estarás a salvo. Te dije que te protegería, y es lo que voy a hacer, si me dejas».

–¿Matando a Jack? ¿Es esa manera de protegerme? –Victoria había levantado la voz, y tenía los ojos llenos de lágrimas–. ¡Tú... maldito embustero! Era esto lo que querías desde el principio, ¿verdad? ¡Llegar hasta él para matarlo! ¡Me has utilizado! ¡Bastardo!

«Puedes pensar eso si te hace sentir mejor», dijo el shek, y Victoria cerró los ojos rota de dolor, recordando cómo, apenas unos días atrás, Christian había pronunciado unas palabras semejantes. Pero ¿cómo podía ser él mismo? Victoria entendía ahora que alguien pudiera asesinar de la manera en que Kirtash lo hacía, entendía sus misteriosos poderes telepáticos, entendía por qué podía matar con la mirada, entendía por qué nada podía sobrevivirle. No tenía más que contemplar a la criatura que se alzaba ante ella para comprenderlo.

Pero ahora, menos que nunca... entendía cómo podía haberla besado con tanta ternura, cómo había tanta sinceridad en sus palabras, cómo era capaz de mirarla de aquella manera tan intensa. ¿Podía hablar de sentimientos... alguien como Kirtash, el shek, la serpiente alada? ¿Había algo de humano en él, o era solo una ilusión?

Pero Victoria no tenía tiempo de averiguarlo. En cualquier caso, había cometido un terrible error, y no permitiría que Jack muriese por su culpa.

—No quiero la vida que tú me ofreces si ha de ser a cambio de la de Jack —replicó temblando—, así que puedes dejarnos marchar a los dos... o matarnos a ambos. Tú mismo.

Sabía cuál iba a ser la respuesta, y Jack la sabía también. Con un esfuerzo sobrehumano, logró incorporarse y trató de apartar a Victoria, pero ella no se lo permitió.

—Victoria —suplicó Jack—. Maldita sea, márchate. No quiero que...

—No voy a marcharme sin ti; es mi última palabra.

Jack intentó replicar; pero ella lo abrazó con todas sus fuerzas y le susurró al oído: «Por favor, perdóname», antes de cerrar los ojos.

Hubo un largo, tenso silencio.

—No estás preparada para entenderlo —dijo Kirtash con suavidad.

Victoria abrió los ojos, sorprendida. Aquella frase no había sonado en su mente, sino en sus oídos. Se volvió.

Y vio a un joven de cabello castaño claro y ojos azules, que la miraba, sombrío. El shek, la serpiente alada, había desaparecido.

—¿Chris... Kirtash? —murmuró, confusa.

Él no dijo nada. Dirigió una mirada a Jack, y el muchacho la sostuvo, desafiante. Después, se volvió de nuevo hacia Victoria.

—No podrás protegerlo siempre, y lo sabes.

Victoria quiso llorar, quiso chillar, quiso insultarlo, golpearlo, abrazarlo... pero se quedó mirándolo, confusa, todavía temblando en brazos de Jack.

Kirtash le dedicó una de sus medias sonrisas, una media sonrisa irónica y amarga, dio media vuelta y se perdió en la oscuridad de la noche. Y, a su pesar, Victoria sintió como si algo en su interior se marchara con él y no fuera a regresar jamás.

«No podrás protegerlo siempre, y lo sabes».

Jack y Victoria se quedaron un momento quietos, en tensión. Pero Kirtash no regresó.

Jack se sintió de pronto liberado de la misteriosa parálisis que le había impedido moverse. Respiró hondo y miró a Victoria.

Entonces los dos, todavía temblando y con los ojos llenos de lágrimas, se abrazaron con fuerza.

XXI
«... EL TIEMPO QUE HAGA FALTA»

¿DE Kirtash? –gritó Alexander–. ¿Se ha vuelto loca? ¿Dónde está? –preguntó, furioso, volviéndose hacia todas partes–. ¡Quiero hablar con ella!

Se topó con Jack, que se había plantado ante la puerta y le impedía salir.

–Está bajo el sauce. Pero déjala en paz. Ya ha sufrido bastante.

–Déjame pasar, Jack –ordenó Alexander, colérico.

Sus ojos brillaban peligrosamente, su expresión era sombría y amenazadora y su voz sonaba mucho más ronca de lo que era habitual en él. Jack sabía lo que eso significaba: la mayor parte del tiempo, su amigo lograba controlar a la bestia, pero para ello debía controlar primero sus emociones. Y la rabia, la ira o el odio eran algunas de esas emociones que liberaban a la criatura que habitaba en él.

Cualquiera se habría sentido aterrorizado ante su mera presencia, pero Jack permaneció de pie ante él, sereno y seguro de sí mismo, mirándolo a los ojos, sin preocuparse por el destello salvaje que los iluminaba. Alexander pareció relajarse un poco.

–¿Tienes idea de lo que ha hecho? –preguntó, de mal talante.

–Sí: me ha salvado la vida –dijo Jack con suavidad, pero aún mirándolo a los ojos, firme y resuelto.

Alexander sostuvo su mirada un momento, y el brillo de sus ojos se apagó.

–Diablos, chico, no entiendo nada. Vas a tener que explicármelo con más calma.

Se dejó caer sobre el sillón y se pasó una mano por su pelo gris, abrumado. Jack lo miró, entendiéndolo. También él estaba confuso.

Se sentó junto a su amigo.

–Resulta –dijo– que Kirtash es un shek.

–Sí, eso ya me lo has dicho. Por eso estoy tan perplejo.

–¿Por qué?

–Porque tiene forma humana, Jack, ¿no tienes ojos en la cara? Los sheks son serpientes gigantes que...

–Lo sé, ya lo he visto bajo su verdadera forma...

–Ahí está, Jack, que no tienen una forma verdadera y otra falsa. Como mucho pueden crear ilusiones, pueden hacer que los veas bajo otra forma. Pero son ilusiones, ¿entiendes? Las ilusiones solo son imágenes, no puedes tocarlas, no puedes pelear contra ellas, no puedes herirlas ni pueden herirte.

»Los sheks más poderosos sí pueden adoptar forma humana, pero solo temporalmente. Y se nota a la legua que son sheks.

–Bueno, siempre sospechamos que Kirtash no era del todo humano, ¿no?

–No *del todo*, Jack, esa es la cuestión. Si fuera un shek, como dices, no lo habríamos sospechado, lo habríamos sabido desde el principio. Por otro lado, ningún shek permanece tanto tiempo bajo forma humana. Se consideran superiores a nosotros, ¿lo entiendes? Lo encuentran humillante. En cambio, yo a Kirtash lo he visto muy cómodo camuflado bajo un cuerpo humano.

Los dos permanecieron en silencio durante un rato, mientras Alexander trataba de entender lo que estaba pasando, y Jack asimilaba aquella nueva información.

–¿Cómo sabes tantas cosas sobre los sheks? –preguntó finalmente.

Alexander se encogió de hombros.

–He estudiado a los dragones –dijo–. Era lógico que también leyera sobre los sheks, la única raza de Idhún capaz de plantarles cara y salir victoriosa.

–Yo nunca había visto a un shek –dijo Jack en voz baja–. No sé si todos serán como Kirtash, pero resulta...

–¿Aterrador? –lo ayudó Alexander–. Es cierto, son criaturas formidables. Todavía no me explico cómo habéis salido con vida de esta.

–Fue por Victoria. Él no quiso matarla, ¿entiendes? Podía haber acabado con los dos en un segundo, estábamos indefensos y, sencillamente... dio media vuelta y se marchó. Pudo elegir entre matarnos a los dos y dejarnos vivir, y eligió... no lo entiendo –concluyó, sacudiendo la cabeza–. ¿Por qué protege a Victoria?

—Los sheks poseen una inteligencia retorcida y malévola. Muy superior a la humana, pero retorcida, al fin y al cabo. No trates de descifrar por qué actúan como lo hacen. No lo conseguirás.

—Supongo que no. Es solo que... —vaciló—. ¿Puede ser que de verdad sienta algo por ella?

—Despierta, Jack, es un shek. No puede sentir nada por una humana.

—¿Y si tuviera algo de humano? —insistió Jack.

—¿Acaso importa?

Jack tardó un poco en contestar:

—Sí que importa —dijo por fin, en voz baja—. Porque Victoria se enamoró de él.

—Y eso te duele, ¿eh?

Jack se levantó con brusquedad y le dio la espalda, para que Alexander no leyera la verdad en su rostro. Durante unos instantes contempló en silencio el cielo nocturno a través de la ventana.

—Tiene que tener algo de humano —dijo, sin contestar a la pregunta—. Victoria no se habría enamorado de una criatura como esa.

Alexander no respondió. Se levantó también del sillón y se colocó junto a él, posando una mano sobre su hombro, en ademán tranquilizador.

—Dudo mucho que fuera amor —dijo—. Ya te he dicho que los sheks son retorcidos. Y tienen poderes que nosotros desconocemos. La hipnotizó, la sedujo, la subyugó, o como quieras llamarlo. No era más que un hechizo, una ilusión.

Pero Jack sacudió la cabeza. Había percibido el dolor de Victoria aquella noche, y era un dolor real, no una ilusión.

—Lo que no me explico es por qué ella se dejó engañar —prosiguió Alexander, frunciendo el ceño—. La creía más fuerte.

—No seas duro con ella, Alexander —protestó Jack—. Vale, yo también me siento molesto, pero tú no has visto a ese... ser. Si tiene poder para hipnotizar a la gente, como sugieres tú, dudo mucho que ni siquiera Victoria pudiera resistir eso.

«Pero tengo que averiguarlo», se dijo el chico. «*Necesito* averiguar si lo que pasó entre ellos dos fue real o, por el contrario...».

—Hay algo que me preocupa, sin embargo —dijo Alexander entonces.

—¿De qué se trata?

El joven movió la cabeza.

–Kirtash es un shek. Eso quiere decir que no podemos enfrentarnos a él.

–¿Por qué?

–Porque es una criatura poderosa, Jack. Ningún humano sobrevive a un enfrentamiento con un shek. Es una lucha muy desigual.

–Nosotros hemos sobrevivido.

–Pero tarde o temprano perderemos. Ashran ha enviado a un shek a encontrar al dragón y al unicornio. Solo a uno. Porque no necesita más, ¿entiendes? Sabe que, por muchos que seamos, no tenemos ninguna posibilidad de vencer contra él.

»La Resistencia está condenada al fracaso.

«No podrás protegerlo siempre, y lo sabes».

Victoria sacudió la cabeza para quitarse aquellas palabras de la mente. Se envolvió más en las mantas, tratando de ocultarse del mundo, tratando de olvidar. Pero aún tenía todo lo sucedido a flor de piel, y las imágenes de aquella terrible noche regresaban una y otra vez para atormentarla.

–Hola –dijo Jack.

Ella tardó un poco en responder.

–Hola –dijo por fin, en voz baja.

Jack se sentó junto a ella, sobre la raíz grande, como solía hacer. La miró con intensidad. Todavía le costaba asimilar todo lo que había pasado. Victoria se había enamorado de Kirtash, su enemigo, un asesino que, para colmo, ni siquiera era humano, sino... una enorme serpiente. No había nada en el mundo que Jack pudiera aborrecer más.

Y, sin embargo, por encima de los celos, de la rabia, de la frustración, lo que más le dolía era que Kirtash le había hecho daño a Victoria, que ella estaba sufriendo por su culpa. Comprendió que, más que riñas o reproches, lo que ella necesitaba en aquellos momentos era un amigo, un hombro sobre el cual llorar. De modo que decidió tragarse su orgullo e intentar ayudarla en todo lo que pudiera. Aunque, una vez más, tuviera que guardarse para sí sus propios sentimientos al respecto.

–¿Cómo te encuentras? –le preguntó con suavidad.

–No estoy segura. Han pasado demasiadas cosas y... –se le quebró la voz; se volvió hacia Jack para preguntarle, cambiando de tema–: ¿Está muy enfadado Alexander?

Jack se encogió de hombros.

–Se le pasará.

Victoria desvió la mirada.

–He sido una estúpida –murmuró.

–Te engañó, Victoria. Le puede pasar a cualquiera.

–No, maldita sea, yo sabía quién era, sabía que...

–¿Sabías que era un shek?

Victoria guardó silencio.

–No –dijo por fin–. Eso no lo sabía. Sabía que era un asesino, incluso sabía... sabía que es el hijo de Ashran el Nigromante. Y aun así...

–Espera, espera... ¿el hijo de *quién*?

–De Ashran el Nigromante. Eso me dijo.

–Pues... seguramente te mintió, Victoria, porque Ashran es humano.

–Ya –dijo ella en voz baja–. Y Kirtash no lo es.

Jack vaciló.

–¿Por qué no quiere hacerte daño? –le preguntó.

–No lo sé. Hasta hoy, pensaba que era porque sentía algo por mí. Ahora... no lo sé.

Jack la miró y tuvo ganas de abrazarla, pero no sabía si a ella le parecería bien. Era extraño, pensó de pronto. Siempre habían tenido la suficiente confianza como para ofrecerse un abrazo consolador el uno al otro cuando era necesario. Pero, ahora que sabía que Victoria había sentido algo especial por otra persona, por mucho que le hirviera la sangre al pensar que esa persona... o lo que fuera... había sido Kirtash, Jack se sentía fuera de lugar, como si ya no hubiera sitio para él en el corazón de Victoria. De modo que permaneció quieto, sin osar acercarse a ella.

–Tú sí que sentías algo por él, ¿no? –se atrevió a preguntar.

–Eso pensaba –lo miró con los ojos muy abiertos, a punto de llorar–. Lo siento, Jack. Me veía con él en secreto, traicioné a la Resistencia y...

–... Y me has salvado la vida. Yo solo puedo pensar en eso, Victoria. Solo puedo pensar en que él te dio la posibilidad de salvar tu vida y tú decidiste que preferías morir conmigo.

Victoria abrió la boca para decir algo, pero no le salieron las palabras. Enrojeció y miró hacia otra parte, azorada.

–Me importas –pudo decir finalmente, en voz baja–. Me importas mucho. ¿Crees que habría podido apartarme y dejar que ese monstruo te matara... sobre todo sabiendo que era culpa mía? Jamás me lo habría perdonado.

Jack sintió que su deseo de abrazarla aumentaba hasta hacerse insoportable. Tragó saliva. Alargó la mano para rozarle el brazo, pero ella se apartó y lo miró como un cervatillo asustado.

–Lo siento –murmuró Jack–. Solo quería...

«No seas estúpido», se reprochó a sí mismo. «No te hagas ilusiones. Ella se fijó en Kirtash antes que en ti». Volvió la cabeza bruscamente, para que Victoria no viera reflejado en su rostro el dolor de su corazón.

Pero ella lo vio. Se quedó mirándolo, sin comprender lo que estaba pasando.

–Qué... Jack, no te entiendo, no sé qué quieres. Ya sabes lo que hice, ¿por qué no me odias? ¿Por qué eres tan bueno conmigo? ¿Por qué finges que no te importa lo que ha pasado? ¿Por qué no estás enfadado, como Alexander?

–Son demasiadas preguntas –protestó Jack, algo confuso; la miró y vio que no podría contestarlas sin confesar lo que sentía por ella realmente–. Además –añadió–, no creo que sea el momento apropiado.

Victoria se le quedó mirando, angustiada.

–¿El momento apropiado? –repitió–. No, por favor, necesito que me respondas. Ya sabes qué era lo que te estaba ocultando, y yo necesito saber qué es lo que piensas, porque...

Jack la hizo callar, con suavidad, colocando un dedo sobre sus labios.

–Está bien, está bien, no te preocupes. Sabes que se me da fatal explicar las cosas, pero, si insistes, lo intentaré.

Victoria asintió, agradecida. Jack respiró hondo. Había ensayado aquella conversación muchísimas veces. Pero jamás habría imaginado que se produciría después de enterarse de que Victoria se veía en secreto con Kirtash. Intentó no pensar en ello. Cerró los ojos un momento y trató de poner en orden sus pensamientos antes de empezar:

–Claro que me importa lo que ha pasado, Victoria. Claro que me molesta que... te hayas... enamorado, o lo que sea... de Kirtash. Precisamente de él.

»Pero ni la Resistencia, ni mi orgullo, ni mi odio hacia él tienen nada que ver con esto. Lo que me pasa, Victoria, es, simplemente... –tomó aliento y lo soltó de un tirón–, que estoy celoso. Terriblemente celoso.

—¿Qué? —soltó Victoria, estupefacta.

—Pero no tengo derecho a enfadarme contigo. Primero, porque has arriesgado la vida por mí. Te importo de verdad. Todavía estoy levitando —confesó, enrojeciendo aún más.

»Segundo —prosiguió, antes de que ella pudiera decir nada—, entre tú y yo no hay nada más que amistad. Lo que hagas con tu vida privada, a quién decidas querer, es cosa tuya. No soy tu novio ni nada por el estilo. No veo por qué iba a enfadarme porque estés con otra persona que no sea yo. Tus sentimientos no me pertenecen, ni a mí ni a la Resistencia, por más que Alexander intente hacerte creer lo contrario. Y ni yo ni Alexander ni nadie tenemos derecho a intentar controlar lo que sientes. Eso que te quede bien claro.

»Tercero: ¿Que Kirtash es nuestro enemigo, que es un asesino? ¿Que lo odio con todo mi ser? Es verdad, pero en estos momentos, Victoria, me importas tú mucho más que él, mucho más que la Resistencia. Una vez me dijiste que me importaban más mis enemigos que mis amigos. Pero eso se acabó hace mucho tiempo.

»Y por último: es culpa mía, solo mía. Hace siglos que tendría que haberte dicho lo importante que eres para mí. Pero soy estúpido, y ha tenido que venir Kirtash a rondarte para que me decidiera a decírtelo. Tuve mi momento y lo dejé pasar. Me marché, te di la espalda porque era un crío y tenía miedo de... yo qué sé... pensaba que no estaba preparado y... bueno, resumiendo, que perdí mi oportunidad. Hasta Alexander, que es tan bruto para estas cosas, se ha dado cuenta de que yo estaba loco por ti. He tenido cientos de ocasiones para decírtelo, para decirte que... que te quiero con toda mi alma, que no quiero perderte, que daría lo que fuera por verte feliz —soltó de un tirón—; pero voy y te lo digo justo ahora, que tienes el corazón roto y obviamente no estás para que te caliente la cabeza y... me estoy liando yo solo —concluyó, azorado, y hundió el rostro entre las manos, temblando.

Victoria se había quedado muda de asombro. Los ojos se le habían llenado de lágrimas.

Pero Jack no había terminado de hablar. Alzó la cabeza de nuevo y prosiguió, con esfuerzo:

—Estoy molesto, pero tengo lo que yo mismo me he buscado. Y sin embargo, en estos momentos lo único que me importa de verdad es que te veo destrozada, Victoria, y eso es lo que más me enfurece de todo este asunto: no que hayas llegado a sentir algo por ese... ese... esa cosa. Sino que él te ha engañado, te ha utilizado, te ha hecho mucho daño. No se lo puedo perdonar. Estoy enfadado con él, y no contigo –inspiró profundamente–. Bueno, ya está. Ya lo he dicho.

Se dejó caer, sintiéndose muy débil de pronto, y apoyó la espalda contra el tronco del árbol. No se atrevía a mirar a Victoria.

–Sí, lo has dicho –murmuró ella, atónita–. Y te has expresado... con mucha claridad –lo miró con tristeza–. Ojalá yo pudiera saber lo que siento. Estoy muy confusa.

–Lo siento –se disculpó Jack en voz baja–. Te he liado más. No era esta mi intención. Había venido como amigo, pero ahora te he contado todo esto y va a parecer que intento aprovecharme de la situación y...

Se interrumpió, sorprendido, porque Victoria se había arrojado a sus brazos y lo estrechaba con fuerza. Jack la abrazó, confuso, pero no tardó en cerrar los ojos y disfrutar de la sensación. Y aquel sentimiento que ella le provocaba se desató en su interior como un torrente de aguas desbordadas. La abrazó con más fuerza y hundió el rostro en su cabello castaño.

–Gracias, Jack –susurró ella–. Es tan bonito todo lo que me has dicho. Ojalá... ojalá yo tuviera las cosas tan claras. Eres muy importante para mí. Tanto, tanto, que daría mi vida por ti. Sin dudarlo, como he hecho esta noche. ¿Es eso amor? No lo sé. Parece que sí, ¿no? Pero hace unas horas estaba besando a Kirtash, Jack. A Kirtash, que me ha dicho docenas de veces que va a matarte. ¿Lo entiendes? Por eso tengo la sensación de que te he traicionado. Aunque solo sea como amigo. Mantenía una relación en secreto con alguien que quiere matarte, Jack. ¿Qué clase de amiga soy yo? Por muy intenso que sea lo que siento por ti, no puede ser amor, porque si lo fuera... habría matado a Kirtash cuando tuve la ocasión. Habría evitado toda posibilidad de que...

Se le quebró la voz. Jack seguía abrazándola.

–Estabas enamorada de él –comprendió–. De verdad. No era una ilusión.

–No, Jack –sollozó ella–. ¿Lo ves? ¿Lo ves? Soy... soy una persona horrible.

Jack cerró los ojos, sintiendo que su corazón sangraba por ella.

–No, Victoria, no lo eres. Eres maravillosa. Maldita sea, y pensar que yo podía haber evitado todo esto...

Victoria iba a responder, cuando un timbre impertinente los interrumpió. Era la alarma del reloj digital de ella.

—Son las siete menos cuarto en mi casa —dijo, dirigiéndole una mirada de disculpa—. Tengo que marcharme. Tengo clase a las ocho, va a sonar el despertador en quince minutos y...

—Pero, Victoria, no has dormido nada. ¿Vas a ir a clase de todas formas?

—He de hacerlo, o mi abuela sospechará algo. Te recuerdo que anoche incendiamos el pinar. Alguien habrá llamado a los bomberos. Si no estoy en la mesa del desayuno a las siete, mi abuela se va a preocupar muchísimo, pensará que he tenido algo que ver...

Jack tardó un momento en contestar.

—Comprendo —asintió por fin, levantándose y ayudándola a incorporarse—. Vete, pues. Pero dile que no te encuentras bien, o algo. No estás en condiciones de ir al colegio.

Victoria lo miró con cariño y sonrió. Recordó la época en que habría dado cualquier cosa por que él regresara de su viaje para decirle todo aquello que le había confesado ahora... demasiado tarde.

¿O aún no era demasiado tarde? Descubrió que su corazón todavía latía con fuerza cuando miraba a Jack a los ojos. Descubrió la llama que aún ardía detrás de la muralla que ella había intentado levantar entre los dos.

—No quiero marcharme —confesó—. Quiero seguir contigo un rato más.

«Para siempre», pensó, pero no lo dijo. No tenía derecho a decirlo. No, después de haber cedido al fascinante hechizo que Kirtash ejercía sobre ella. No, teniendo en cuenta que todavía, a pesar de todo lo que había pasado, echaba de menos a Christian. Desesperadamente.

Sacudió la cabeza. Todo era muy confuso...

—Pero yo estaré aquí cuando vuelvas —le aseguró el chico, muy serio.

—¿De verdad?

—Estaré aquí —prometió él—. Esperándote. El tiempo que haga falta.

La miró con ternura, y Victoria sintió que se derretía entera. Supo que él tenía intención de besarla, y deseaba de verdad que lo hiciera, pero se apartó con cierta brusquedad.

—No, Jack. No merezco que me beses. Porque yo...

Iba a decir: «... porque he besado a Kirtash», pero no fue capaz de seguir hablando. Jack comprendió.

–No te preocupes. Tómate el tiempo que necesites, te esperaré. Y, si cambias de idea... ya sabes dónde encontrarme.

–Jack... –suspiró ella–. Sabes, yo... te quiero muchísimo, pero no entiendo... no entiendo lo que siento. Mereces a alguien que pueda quererte sin dudas, sin condiciones. ¿Me comprendes?

–Perfectamente. Pero ahora vete y descansa, ¿vale? Ya hablaremos más adelante.

Victoria asintió. Dudó un poco antes de ponerse de puntillas para besar a Jack en la mejilla. Después, con una cálida sonrisa y los ojos brillantes, se alejó corriendo hacia la casa.

Jack se quedó allí, de pie, junto al sauce que era el refugio de Victoria, y la vio marcharse. Si Victoria se hubiera vuelto para mirarlo en aquel mismo momento, tal vez habría descubierto la sombría expresión de él, y habría adivinado que había tomado una terrible decisión. Pero no lo hizo. A pesar del dolor y de las dudas, se sentía reconfortada por las cálidas palabras de su amigo, por su abrazo, por su cariño. Y tenía la seguridad de que, aunque estuviese cayendo al abismo, Jack estaría abajo para recogerla.

El despertador sonó a las siete. Victoria acababa de materializarse sobre su cama, y por un momento deseó cerrar los ojos y dormir. Pero sabía que no debía hacerlo. No se lo había dicho a Jack, pero temía soñar con aquella aterradora criatura en la que se había convertido Christian, temía verla otra vez entre sus pesadillas, y no creía que estuviera preparada para ello.

Con un suspiro, se levantó, se puso el uniforme y fue al cuarto de baño. Se miró al espejo. Tenía un aspecto horrible. Se lavó la cara, pero todavía estaba pálida, con los ojos hinchados y con unas terribles ojeras. Tuvo la sensación de que sus ojos parecían todavía más grandes de lo que eran, y se encontró a sí misma comparándose mentalmente con una especie de búho. Se preguntó cómo podía gustarle a Jack. O a Christian. Eran dos chicos extraordinarios, cada uno a su manera, y seguía sin comprender qué habían visto en ella.

Pensar en Jack hizo que la recorriera una cálida sensación por dentro. Kirtash era enigmático y fascinante, pero Jack era tan cariñoso y dulce...

«Y es humano», le recordó una vocecita maliciosa.

312

Victoria suspiró y sacudió la cabeza. Intentó mejorar su aspecto, al menos para no parecer un vampiro mal alimentado. Nunca usaba maquillaje, pero se puso un poco, para tapar las ojeras y disimular la palidez.

Con todo, nada lograría borrar de sus ojos aquella huella de profunda tristeza. Apartó la mirada del espejo y bajó a desayunar.

Su abuela ya estaba allí, leyendo el periódico mientras tomaba el café. Victoria comprendió que, si la miraba a la cara, tendría que dar muchas explicaciones, de manera que trató de pasar tras ella sin que la viera. Ya tomaría algo en la cafetería del colegio.

Pero, a pesar de que no hizo ni el más mínimo ruido, a pesar de que era experta en lograr que la gente no se fijase en ella, con su abuela aquello nunca funcionaba. Era como si tuviera una especie de radar para detectar su presencia.

–Buenos días, Victoria –dijo ella sin volverse.

Victoria reprimió un suspiro resignado.

–Buenos días, abuela.

Entró en la cocina para prepararse el desayuno. Ya no le servía de nada disimular.

–¿Oíste lo de anoche? –preguntó su abuela sin levantar la cabeza del periódico.

–No, abuela –mintió ella mientras sacaba el nescafé de la alacena; normalmente desayunaba cacao, pero aquel día necesitaba despejarse–. ¿Qué pasó?

–Hubo un incendio atrás, en el pinar. Demasiado cerca de casa. Menos mal que los vecinos avisaron a los bomberos.

–¿En el pinar? –repitió Victoria–. ¡Oh, no, con lo que me gusta! Espero que no se hayan quemado muchos árboles.

–Me extraña que no te enteraras de nada. Pero bueno, no saliste de tu habitación, y no quise molestarte. Por poco tuvimos que desalojar la casa.

A Victoria le tembló la mano y dejó caer el *brik* de leche.

–¡Por Dios, hija! ¡Mira qué desastre! Llamaré a Nati para que lo limpie...

–No, deja, ya lo hago yo. Lo siento, hoy estoy un poco torpe.

–Sí –su abuela la miró con fijeza–. No tienes buena cara. ¿No has dormido bien?

313

—He dormido, pero he tenido pesadillas. He soñado... con mons-truos y eso.

—Ya eres mayorcita para tener esa clase de pesadillas, ¿no?

Victoria se encogió de hombros.

—Pues ya ves.

Terminó de recoger la leche y volvió a la preparación del desayuno. Segundo intento.

—¿Y cómo te va con ese chico? —preguntó entonces su abuela, de manera casual.

Los dedos de Victoria se crisparon sobre el azucarero y por poco se le cayó al suelo también.

—¿Qué chico?

—El que te gustaba, ya sabes...

—A mí no me gustaba ningún chico.

Su abuela la miró fijamente, por encima de las gafas, arqueando una ceja.

—Bueno, vale, bien, sí, me gustaba uno —confesó ella a regañadien-tes—. Pero he descubierto cómo es realmente y... ya no me gusta.

—¿Te ha hecho daño? —preguntó su abuela, repentinamente seria; sus ojos brillaron de una manera extraña por detrás de los cristales de las gafas, pero Victoria no la estaba mirando, y no se dio cuenta.

—¿Daño? —la chica se quedó quieta, planteándoselo por primera vez—. ¿Físico, quieres decir? No, claro que no. De hecho, parece ob-sesionado con protegerme de todo. Pero...

—Te ha roto el corazón, ¿no? ¿Y por qué te ha dejado?

—No me ha dejado en realidad. He sido yo quien ha decidido dejarlo a él.

—Entonces, has sido tú quien le ha roto el corazón a él.

—¿Qué? —soltó Victoria, estupefacta; no se le había ocurrido verlo así—. ¡Pero si él no tiene corazón! No es un chico normal, es...

—... ¿un monstruo?

Victoria se estremeció, y miró a su abuela, desconcertada. Ya era bastante insólito que ambas estuvieran hablando de chicos, pero que ella se acercara remotamente a la verdad... resultaba inquietante. No podía ser que supiera...

Recordó lo que Christian le había contado acerca de aquella man-sión y su aura benéfica, y miró a su abuela, inquieta. Pero ella siguió hablando, con total tranquilidad:

–Verás, Victoria, cuando nos enamoramos, las primeras veces, idealizamos a la otra persona, pensamos que es perfecto. Cuanto más nos convencemos de ello, más dura es la caída. Seguro que no es tan mal chico.

Victoria respiró, aliviada. Aquello ya tenía más sentido.

–¿Cómo lo sabes?

–Porque todavía te gusta. Si no, no sentirías tantos remordimientos por haberlo dejado.

–¿Y tú qué sabes? –replicó ella, de mal humor, de pronto–. No siento remordimientos. Ya te he dicho que he descubierto cómo es en realidad y...

«... ¡y no estamos hablando de un chico normal!», quiso gritar.

–¿Has hablado con él después de eso?

–¡Claro que no! –replicó Victoria, horrorizada.

–Ah, ya entiendo. Entonces es que hay otro, ¿no?

Victoria cerró los ojos, mareada.

–Vamos a ver, ¿por qué de repente te interesa tanto mi vida sentimental?

–Porque hasta ahora nunca habías tenido una vida sentimental, hija. Siento curiosidad. Y estoy contenta. Ya era hora de que empezaras a pensar en chicos. Comenzaba a preocuparme.

Victoria abrió la boca, pasmada.

–Qué maruja eres, abuela.

–Vamos, cuéntame, cuéntame –la apremió su abuela–. ¿Cómo es ese chico que te gusta ahora?

–¿Jack? –dijo ella irreflexivamente; enseguida lamentó no haberse mordido la lengua, pero en fin, ahora la cosa ya no tenía remedio–. Pues es... podríamos decir que es mi mejor amigo. Tenemos mucha confianza, es muy cariñoso, muy dulce y... parece ser que le gusto.

–¿Y él te gusta a ti?

–Sí –confesó ella en voz baja–. Mucho. Lo que pasa es que...

–Todavía te gusta el otro, ¿no? El chico malo, por llamarlo de alguna manera.

–Sí –dijo Victoria, y se echó a llorar.

Sintió que su abuela la abrazaba.

–Ay, niña, dulce juventud...

–Soy rara, ¿verdad, abuela?

–No, hija, tienes catorce años. Es una enfermedad que todos hemos pasado alguna vez. Y eso me recuerda que la semana que viene es tu cumpleaños. ¿Qué quieres que te regale?

Inconscientemente, Victoria oprimió el colgante que siempre llevaba puesto, un colgante de plata con una lágrima de cristal, y pensó en Shail, quien se lo había regalado dos años atrás, cuando cumplió los trece. Shail había muerto aquella misma noche, y desde entonces, para Victoria el día de su cumpleaños era una fecha muy triste.

–No quiero nada, abuela –dijo en voz baja.

«Solo quiero recuperar lo que perdí hace dos años... pero no va a volver».

–Gracias por la charla, pero tengo que darme prisa, o perderé el autobús.

Se separó de su abuela y se levantó de la silla. Ella la miró por encima de las gafas.

–¿No quieres quedarte en casa y descansar? Te escribiré una nota, diré que estás enferma.

Victoria la miró estupefacta.

–Abuela, eres tú la que está rara hoy –comentó–. Gracias, pero prefiero ir a clase, en serio.

No se encontraba con fuerzas para seguir hablando de Jack y de Christian... o Kirtash... o lo que fuera.

«Entonces, has sido tú quien le ha roto el corazón a él», había dicho su abuela.

Pero ella no sabía de quién estaba hablando. ¿Podía una serpiente tener corazón?

Su abuela la siguió hasta la puerta y se quedó allí, en la escalinata, mirando cómo ella subía al autobús escolar.

«No quiero nada, abuela», había dicho Victoria.

Pero ella había visto en sus ojos que un deseo imposible llameaba en su corazón. Una leve brisa sacudió el cabello gris de Allegra d'Ascoli, que sonrió.

Jack había esperado a que Alexander se fuera a dormir, y entonces había ido en silencio a la sala de armas para recoger a Domivat, su espada legendaria. Tras un instante de duda, había decidido llevarse también una daga y prendérsela en el cinto, por si acaso.

Después, había subido a la biblioteca y había llamado al Alma. La conciencia de Limbhad no había tardado en mostrarse en la esfera que rotaba sobre la enorme mesa tallada.

«Alma», pidió Jack. «Llévame hasta Kirtash».

El Alma pareció desconcertada. No podía hacer lo que le pedía, porque se necesitaba algo de magia, y Jack no podía proporcionársela.

«Por favor», suplicó Jack. «Sácala de donde sea, saca la magia de la espada, saca la energía de mí, pero tienes que llevarme hasta él. Tengo algo que hacer... y sé que Victoria no estaría de acuerdo».

El Alma lo intentó. Jack sintió los tentáculos de su conciencia envolviéndolo, tratando de arrastrarlo... pero el chico permaneció firmemente clavado en la biblioteca de Limbhad.

—¿Qué es lo que hace falta? —preguntó, desesperado—. Si uso el báculo de Victoria, ¿podrás llevarme?

El Alma lo dudaba, y Jack sabía por qué. El báculo solo funcionaba con los semimagos, y él no lo era. Ni mago completo, ni semimago, como Victoria.

—Victoria dijo una vez que la magia era energía canalizada —recordó Jack—. Todos tenemos energía, Alma, saca esa energía de mí.

No es bastante, fue el mensaje.

Jack apretó los dientes.

—Me da lo mismo. Haz lo que puedas, ¿vale?

El Alma tenía sus reparos, pero lo hizo. Jack sintió su conciencia entrando en su ser y extrayendo sus fuerzas, poco a poco. Jack sintió que se debilitaba, pero también que se hacía más ligero, menos consistente. Y, entonces, de pronto, fue como si el Alma hubiese destapado un profundo pozo que hasta entonces hubiera estado oculto. La energía brotó de Jack, a borbotones, resplandeciente, inagotable, y el chico salió disparado...

«Por ti, Victoria», pensó, antes de que su cuerpo desapareciera de la biblioteca de Limbhad.

Se materializó en una playa, y miró a su alrededor, desconcertado. Era una pequeña cala desierta, entre acantilados, y la luna menguante se reflejaba sobre unas aguas sosegadas que lamían la arena con suavidad.

Jack descubrió la figura, esbelta y elegante, que lo observaba desde lo alto del acantilado. Llevaba en la mano un filo que brillaba

con un suave resplandor blanco-azulado. Jack desenvainó a Domivat, que llameó un momento en la noche, como una antorcha, para
luego recuperar el aspecto de un acero normal, que solo delataba su
condición especial por el leve centelleo rojizo que le arrancaba la
luz de la luna.

La silueta bajó de un salto hasta la playa, con envidiable ligereza.
La luna iluminó los rasgos de Kirtash.

Los dos se miraron. A Jack le pareció que el semblante del shek,
habitualmente impenetrable, parecía más sombrío aquella noche. Con
todo, seguía sin mostrar abiertamente el odio que sentía hacia él. Aunque, de alguna manera, Jack lo percibía.

—Te estaba esperando —dijo Kirtash.

XXII

EL PUNTO DÉBIL DE KIRTASH

VICTORIA se acomodó en el autobús y cerró los ojos, agotada. Se había sentado, como de costumbre, al fondo, junto a la ventana. A su lado se sentaba una chica de otra clase, que parloteaba a voz en grito con las dos que ocupaban los asientos de atrás. Victoria, disgustada, rebuscó en su mochila en busca del *discman* y se puso los auriculares para no escucharlas. Se dio cuenta de que el único disco que llevaba era el de Chris Tara... Christian, o Kirtash, o quien quiera que fuera aquel enigmático ser que despertaba en ella emociones tan intensas y contradictorias. Tragó saliva. No estaba preparada para volver a escuchar su voz, no tan pronto, así que encendió la radio, buscó su emisora favorita y trató de relajarse.

Estaban ya llegando al colegio cuando la locutora anunció:

–... Y, sí, lo que todos estábamos esperando va a ser pronto una realidad. Chris Tara, el chico misterioso que ha revolucionado el panorama musical este año, está preparando un nuevo disco.

A Victoria le latió un poco más deprisa el corazón. Quiso apagar la radio, pero no se atrevió.

–De momento, lo único que tenemos es un single, "Why you?", una preciosa balada en la que nos muestra su lado más romántico...

La chica siguió hablando mientras sonaban los primeros compases de *Why you?*, pero Victoria ya no la escuchaba. La voz de Christian fluyó a través de los auriculares, la envolvió, la acarició, la meció y le susurró palabras tan dulces que Victoria apenas pudo contener las lágrimas. Aquella era una canción de amor, no cabía duda, y eso era extraño, porque Chris Tara no componía canciones de amor. Cantaba acerca de mundos distantes, acerca de la soledad, de ser diferente, de las ansias de volar, de la incomprensión... pero nunca del amor.

Sin embargo, *Why you?* era, indudablemente, una balada, una canción de amor, aunque dicha palabra no apareciese ni una sola vez en la letra.

«No encuentro necesario buscarle un nombre», había dicho Christian.

Pero había hablado de un sentimiento, un sentimiento por el que se hacían grandes locuras. Como traicionar a los tuyos.

Victoria se estremeció.

«Pero él es una serpiente», se obligó a recordarse a sí misma. «No es humano. No puede sentir nada por mí».

Y, sin embargo, era su voz la que le estaba susurrando aquellas palabras, su voz la que se preguntaba, una y otra vez, por qué, por qué, por qué estaba sintiendo aquellas cosas por una criatura tan lejana y distante como la más fría estrella. No era una ilusión. La canción de Christian la conmovía hasta la más honda fibra de su ser. Y supo, de alguna manera, que ella era la chica a la que él había dirigido aquellos versos.

Enterró el rostro entre las manos, muy confusa. Cuando terminó la canción de Chris Tara, la radio empezó a escupir las notas de otro tema que, en comparación, sonaba chirriante, tosco y desagradable. Molesta, Victoria apagó el aparato.

El autobús se había detenido frente al colegio, y las chicas ya salían al exterior. Victoria cargó con su mochila y bajó las escaleras.

Pero, cuando se disponía a cruzar la puerta del colegio, algo parecido a un viento frío la hizo estremecerse, y se volvió, insegura.

No había nada. Todo estaba tranquilo, todo normal. Y, sin embargo, Victoria tenía un presentimiento, un horrible presentimiento.

Alguien a quien ella quería estaba en grave peligro. Alguien muy importante para ella podía morir.

Dos nombres acudieron de inmediato a su mente, sin que pudiera estar segura de cuál de los dos había aparecido antes. Jack. Christian.

Titubeó. ¿Y si no era más que una paranoia? Jack estaba a salvo en Limbhad, y Christian... ¿había algo que pudiera amenazarlo a él, un shek, una de las criaturas más poderosas de Idhún?

Entonces sonó el timbre que anunciaba el comienzo de las clases, y Victoria vaciló. Tenía que ir deprisa, corriendo, a salvarlos... ¿a salvar a quién? ¿A Jack? ¿A Christian?

¿A los dos?

—Voy a matarte —dijo Jack, ceñudo.

Kirtash no dijo nada.

Jack atacó primero. Lanzó una estocada, buscando el cuerpo de su enemigo, pero este se movió a un lado e interpuso el acero de Haiass entre su cuerpo y el arma de Jack.

Las dos espadas chocaron, y algo invisible pareció convulsionarse un momento. Jack se detuvo, perplejo. En los ojos de Kirtash apareció un brillo de interés.

—Empiezas a saber utilizar esa espada —comentó.

—No seas tan arrogante —gruñó Jack—. Vas a morir.

Descargó la espada contra él, con todas sus fuerzas. Kirtash detuvo la estocada y, de nuevo, saltaron chispas. Jack insistió. Una y otra vez.

Domivat rutilaba como si fuera un corazón luminoso bombeando sangre. Jack sabía que era su propia energía lo que estaba transmitiendo a la espada, y casi pudo percibir el odio que destilaba el acero, reflejo de los sentimientos que él mismo albergaba en su corazón. El fuego de Domivat trataba de fundir el hielo de Haiass, pero la espada de Kirtash seguía siendo inquebrantable. El odio del shek se manifestaba a través de aquella frialdad tan absolutamente inhumana, y el filo de Haiass era ahora del mismo color que los ojos de hielo de Kirtash.

Las dos espadas se hablaban en cada golpe, trataban de encontrarse y de destruirse mutuamente, pero ninguna de las dos resultaba vencedora en aquella lucha. Por fin, Jack asestó un mandoble con toda la fuerza de su ser, y el choque fue tan violento que ambos tuvieron que retroceder.

Se miraron, a una prudente distancia.

—Todavía no lo sabes —comprendió Kirtash.

—¿Qué es lo que he de saber?

—Por qué hay que proteger a Victoria.

—La protejo porque la quiero, ¿me oyes? —gritó Jack—. Y tú... tú... maldito engendro... le has hecho daño, la has engañado. Solo por eso mereces morir.

—¿Solo por eso? —repitió el shek—. ¿De veras crees que ese es el único motivo por el que has venido a buscarme?

—¿Qué es lo que quieres de ella? —exigió saber Jack—. ¿Por qué no la dejas en paz?

—Quiero mantenerla con vida, Jack —replicó Kirtash con frialdad—. Y no viene mal que yo ande cerca, porque, por lo visto, tú eres incapaz de cuidar de ella.

–¡Qué! –estalló Jack–. ¿Cómo te atreves a decir eso? ¿Precisamente tú, que eres lo más... perverso y retorcido que he visto nunca?

Kirtash sonrió, sin parecer ofendido en absoluto.

–Ya entiendo. Estás celoso.

Jack no pudo soportarlo. Volvió a arrojarse sobre él. Kirtash detuvo el golpe y le dirigió una fría mirada; pero, tras el hielo, sus ojos relampagueaban de ira y desprecio.

–Tienes una extraña forma de demostrar tu amor –comentó–. Has vuelto a dejar sola a Victoria. ¿No deberías estar a su lado, consolándola?

–Eres tú el que está celoso. Por eso estás tan furioso. Por eso mostraste ayer tu verdadera forma.

Kirtash dejó escapar una risa seca. Jack se quedó desconcertado un momento; nunca le había oído reír. Reaccionó a tiempo y detuvo a Haiass a escasos centímetros de su cuerpo. Empujó para apartar a Kirtash de sí.

–Nada más lejos de la realidad –dijo el shek–. Estás enamorado de Victoria, ella también te quiere. Justamente eso es lo único que podría haber hecho que te perdonara la vida. Lástima que, a pesar de eso, en conjunto la balanza no se incline a tu favor.

–No me hagas reír –gruñó Jack–. No puedes sentir nada por ella. No eres humano.

Kirtash le dirigió una mirada tan fría que el chico, a pesar de estar hirviendo de ira, se estremeció.

–Ah –dijo el shek–. No soy humano. Y tú sí, ¿verdad?

Algo parecido a un soplo helado sacudió el alma de Jack.

–¿Qué... qué has querido decir?

Se quedó quieto un momento, como herido por un rayo. Recordó, en un solo instante, el misterio de su vida y de sus extrañas cualidades, y comprendió que Kirtash sabía acerca de él muchas cosas que el propio Jack ignoraba. Y el deseo de descubrirse a sí mismo regresó, con más fuerza que nunca, a su corazón.

Se esforzó por recuperar la compostura, recordando que el ser con el que estaba hablando era su enemigo, y que se trataba de una criatura aviesa y traicionera.

–No vas a confundirme –le advirtió, ceñudo.

Kirtash entrecerró los ojos un momento. Su expresión seguía siendo impenetrable; sus movimientos, perfectamente calculados; pero Jack percibía su odio y su desprecio hacia él, tan intensos que, si él mismo no se hubiera sentido tan furioso, se le habría congelado la sangre en las venas.

El joven se movió hacia un lado, como un felino; Jack tardó en captar su movimiento, pero, cuando quiso darse cuenta, había desaparecido.

—No me hables de humanidad —dijo la voz de Kirtash desde la oscuridad—. No me hables de sentimientos. No sabes nada.

Jack se volvió a todos lados, colérico.

—¡Déjate ver y da la cara de una vez, cobarde! —gritó.

—Tienes que morir; es la única manera de salvar a Victoria —prosiguió Kirtash—. Y por eso voy a matarte. Eso es lo que voy a hacer por ella. ¿Qué estás haciendo tú?

—He venido a luchar —proclamó Jack—. Te mataré o moriré en el intento, pero no voy a dejar las cosas así.

—Entonces, muere en el intento. Será mejor para todos.

Y Kirtash resurgió de entre las sombras, trayendo en sus ojos el helado aliento de la muerte, y descargó su espada contra Jack, con toda la fuerza de su odio.

Jack alzó a Domivat en el último momento. Los dos aceros se encontraron de nuevo, y Jack percibió que su rabia alimentaba el corazón de Domivat, que su odio le daba fuerzas; en cambio, aquellos sentimientos, por alguna razón, no favorecían a Kirtash, cuyo poder se basaba en el autocontrol.

Aun así, el filo de Haiass logró alcanzar el costado de Jack, que gimió de dolor cuando el hielo congeló su piel. Pero hizo acopio de fuerzas y logró hacerle retroceder.

Y, por alguna razón, pensó en Victoria, pensó en que aquella criatura que se hacía llamar Kirtash pretendía manipular los hilos de su vida y de su destino; pero, sobre todo, recordó a la serpiente, aquella serpiente alada que se había alzado ante ellos la noche anterior, terrible, letal, pero, a pesar de todo, magnífica. Entonces había tenido miedo, pero ahora, al pensar en ello, solo sentía aversión, odio, un odio tan irracional como intenso y profundo. Y, de nuevo, algo estalló en su interior.

En esta ocasión no hubo anillo de fuego. Todo el poder de Jack se canalizó a través de Domivat, y la espada pareció contener en sí misma, por un instante, la fuerza de una supernova. Con un grito salvaje, Jack embistió, y Kirtash alzó a Haiass para detener el golpe.

Y entonces hubo un sonido extraño, como si se resquebrajase una pared de hielo, y Jack retrocedió un par de pasos, temblando.

Ante él se erguía todavía Kirtash, de pie, en guardia. Aún sostenía a Haiass.

Pero la espada de hielo se había quebrado, se había partido en dos, y uno de los trozos había caído sobre la arena y se había apagado.

Ambos contemplaron los fragmentos de la espada, estupefactos. Entonces, Kirtash alzó la cabeza y miró a Jack; por primera vez desde que lo conocía, el rostro del asesino era una máscara de odio. Por primera vez, incluso, Jack creyó detectar en sus ojos... ¿respeto?

–Empiezas a despertar –dijo el shek.

–¿Qué...? ¿De qué estás hablando?

–Ya nada puede salvarte. Ni siquiera Victoria.

Jack se puso en guardia, pero Kirtash sacudió la cabeza, turbado, retrocedió y...

... desapareció entre las sombras.

–¡Espera! –lo llamó Jack, aún confundido–. ¡No puedes marcharte! Tienes que decirme...

Calló, al darse cuenta de que estaba solo.

–... quién soy –terminó, en voz baja.

No tuvo mucho tiempo para pensar en ello, porque entonces fue consciente de la herida que le había infligido Kirtash, y sintió frío, un frío espantoso, que le hizo caer de rodillas sobre la arena, tiritando. Se sujetó el costado y se esforzó por levantarse, pero no pudo. Estaba demasiado débil y confuso.

¿Había derrotado a Kirtash? ¿Había quebrado a Haiass, su espada, símbolo del poder del shek? Alzó la cabeza para mirar el fragmento del arma, que había quedado abandonado sobre la arena, apagado, muerto. Sintió que se mareaba, sintió que iba a caer...

Pero algo lo sostuvo.

–Jack –susurró la voz de Victoria en su oído, profundamente preocupada–. Jack, ¿estás bien?

Jack se esforzó por abrir los ojos. Estaba en brazos de Victoria, que lo miraba con ansiedad. Trató de sonreír. Era un hermoso sueño.

–He... vencido –murmuró–. Pero no he podido matarlo. Lo siento, Victoria, yo... te he vuelto a fallar.

Los ojos de ella se llenaron de lágrimas, y lo estrechó entre sus brazos. Jack apoyó la cabeza en su hombro y cerró los ojos, tiritando de frío, como si se hundiese, cada vez más, en un profundo glaciar del que no hubiese escapatoria.

Pero la había. Más allá del túnel de hielo había una luz cálida, y Jack se arrastró hacia ella y, mientras lo hacía, una corriente de energía vivificante recorrió su cuerpo y desterró el frío, poco a poco.

Por fin, Jack abrió los ojos. Lo primero que encontró fue la mirada de Victoria.

—¿Te encuentras mejor?

—¿Me has... curado? —preguntó Jack, algo mareado.

Ella asintió. Jack miró a su alrededor. Seguían en aquella playa, en algún lugar del mundo, pero el horizonte comenzaba a clarear. Victoria estaba de rodillas sobre la arena, aún con el uniforme puesto, y la cabeza de Jack reposaba sobre su regazo. Los dedos de ella acariciaban su pelo rubio. Jack se dejó llevar por aquella sensación.

—Haiass, ¿verdad? —preguntó entonces ella, devolviéndolo a la realidad.

—Sí —Jack sacudió la cabeza y se incorporó del todo—. Pero esa espada ya no volverá a hacer más daño, Victoria. La he roto. Mira.

Señaló lo que quedaba de la espada de Kirtash.

—Él se llevó la otra parte —prosiguió Jack—, pero no creo que pueda arreglarla. ¿Verdad?

Victoria se había quedado mirándolo fijamente, estupefacta.

—Jack —dijo en voz baja—. ¿Has quebrado la espada de Kirtash? ¿Has derrotado a un shek?

Jack se removió, incómodo.

—En realidad fue Domivat —pronunció con orgullo y cariño el nombre de su propia espada—. Yo...

—Jack, Domivat es parte de ti —cortó Victoria—. Has... roto la espada de un shek, un arma legendaria. ¿Cómo... cómo lo has hecho? Es... sobrehumano.

Jack se estremeció recordando las palabras de Kirtash, cargadas de sarcasmo: «No soy humano. Y tú sí, ¿verdad?». Sintió miedo, un miedo espantoso, y supo que estaba cerca de encontrar las respuestas a sus preguntas... pero por primera vez intuyó que tal vez no le gustaría conocer aquellas respuestas.

Sacudió la cabeza de nuevo y decidió aferrarse a lo único de lo que estaba seguro: sus sentimientos por Victoria. La miró intensamente.

–Eso no me importa ahora, Victoria. Lo importante es que estoy contigo otra vez.

Ella le devolvió la mirada, conmovida, y lo abrazó con fuerza. Jack la estrechó entre sus brazos. Cerró los ojos y recordó las palabras de Kirtash: «Tienes que morir; es la única manera de salvar a Victoria». No lo entendía y no sabía si era verdad, pero en aquel momento sintió que, si fuera cierto que tenía que sacrificarse, si tuviera que morir por ella, lo haría sin dudarlo un solo momento.

–¿Por qué lo has hecho? –murmuró ella–. Podría haberte matado, y entonces... ¿qué habría hecho yo sin ti, eh?

–Tenía que hacerlo –se excusó él–. No soportaba la idea de que Kirtash volviera a hacerte daño. Pero, dime, ¿cómo me has encontrado?

Ella miró hacia el horizonte, hacia donde asomaba el alba. La brisa marina revolvió sus cabellos oscuros.

–Tuve un presentimiento –confesó–. En el colegio. Tuve miedo por ti y... volví a Limbhad enseguida –lo miró fijamente–. No estabas, y... me preocupé muchísimo. Fui corriendo a la biblioteca, le pregunté por ti al Alma, y me ha traído hasta aquí. Ni siquiera desperté a Alexander, no sabe que he venido. Aunque ojalá hubiera llegado antes.

–No, Victoria –replicó Jack, negando con la cabeza–. Esto era algo que teníamos que resolver nosotros dos solos.

La chica no dijo nada. Tenía la desagradable sensación de que, aunque aparentemente se peleaban por ella, en realidad aquello no era más que una excusa. Habrían luchado el uno contra el otro hasta la muerte, de todas maneras.

–Bueno, como tú has dicho –concluyó Victoria, sonriendo–, lo importante es que estamos juntos.

Jack sonrió también.

–Sí –dijo–, eso es lo importante.

Victoria lo ayudó a levantarse. El chico se apoyó en su hombro para sostenerse en pie. Y entonces, ella cerró los ojos y llamó al Alma de Limbhad, y los dos regresaron a su refugio de la Casa en la Frontera.

–Haiass –dijo el Nigromante, contemplando lo que quedaba de la magnífica espada.

Kirtash no se movió. Había hincado una rodilla en tierra y aguardaba en silencio, con la cabeza gacha, ante su padre y señor.

Ashran se volvió hacia él.

–Te han derrotado, Kirtash. ¿Cómo es posible?

–Domivat, la espada de fuego –dijo él en voz baja.

–¿Domivat? –el Nigromante negó con la cabeza–. No, muchacho. No se trata de la espada. Se trata de ti.

Kirtash se estremeció imperceptiblemente, pero no habló ni alzó la mirada.

–Estás perdiendo poder, Kirtash –prosiguió Ashran–. Te estás dejando llevar por tus emociones, y esa es tu mayor debilidad, lo que te hace vulnerable. Lo sabes.

–Lo sé –asintió el muchacho con suavidad.

–Odio, rabia, impaciencia... amor –Ashran lo miró fijamente, pero Kirtash no se movió–. Deberías estar por encima de todo eso. La Tierra te está afectando demasiado. Esto –señaló la espada rota– no es más que un aviso de lo que está pasando. Hay que cortarlo de raíz.

–Sí, mi señor.

–Tus enemigos son más poderosos de lo que yo había pensado. Hay en la Resistencia alguien capaz de blandir a Domivat... y con eficacia –añadió, contemplando la malograda Haiass–. ¿Quién es? ¿Un hechicero? ¿Un héroe?

–Es un hombre muerto –siseó Kirtash.

Ashran soltó una risa baja.

–No lo dudo, muchacho. Pero sigue sin gustarme esa rabia que veo en ti. Veo que te has confiado. Has encontrado un rival y eso te ha sacado de quicio. No, hijo. Así no se hacen las cosas. Nadie debería poder inquietarte siquiera. Ese... futuro cadáver... tiene una espada legendaria, sí, pero eso no lo hace igual a ti. Al fin y al cabo, solo es humano, ¿no es así?

Kirtash entornó los ojos. Pareció dudar un momento, pero finalmente dijo, con frialdad:

–Sí, mi señor. Solo es humano.

–De acuerdo –asintió Ashran–. Me encargaré de que forjen de nuevo tu espada, Kirtash, pero, a cambio, quiero que hagas varias cosas. En primer lugar... quiero la cabeza del guerrero de la espada de fuego.

–Será un placer –murmuró Kirtash con gesto torvo; pero el Nigromante lo miró con severidad.

–Controla tu odio, Kirtash. Te hace perder objetividad y perspectiva. Recuerda: ese renegado... no es importante. No más que un insecto, ¿verdad? ¿Odias acaso a los insectos a los que pisas cuando caminas?

—No, mi señor.

—Porque no son importantes. No son nada. Por eso los puedes aplastar con facilidad. Si te dejas llevar por el odio, el miedo o la rabia, estarás dando a tu rival una ventaja sobre ti, le estarás mostrando tu punto débil –le dio la espalda, irritado–. Parece mentira que aún no lo hayas aprendido.

—Te pido perdón, mi señor; no volverá a ocurrir –dijo Kirtash, sobreponiéndose; su voz sonó de nuevo fría e impersonal cuando añadió–: Eliminaré a ese renegado, puesto que ese es tu deseo.

—Así me gusta. Pero eso no es todo lo que tendrás que hacer a cambio de tu espada, muchacho. Vas a dejar ese absurdo pasatiempo tuyo, vas a dejar la música. No sirve para nada, te distrae y, además, te vuelve cada vez más humano. Eso no me gusta.

Kirtash apretó los dientes, pero su voz sonó impasible cuando respondió:

—Como ordenes, mi señor.

—Y por último –concluyó Ashran–, está el tema de esa muchacha.

Kirtash entrecerró los ojos, pero no dijo nada.

—No volverás a verla –decretó Ashran; Kirtash pareció relajarse un poco–. Ya te has entretenido bastante, ya has jugado un poco con ella, y lo único que has conseguido es esto –señaló a Haiass de nuevo–. Te ha vuelto más débil, Kirtash. Ha despertado *sentimientos* en tu interior. Te lo habría perdonado si te hubieras ganado su voluntad; al fin y al cabo, alguien que puede manejar el Báculo de Ayshel, aunque sea solo una semimaga, no deja de ser un elemento valioso. Pero no la has seducido; al contrario, te ha cautivado ella a ti.

»Te dije que, si no conseguías ganártela, tendrías que matarla. Pero he cambiado de idea. Esa joven es peligrosa para ti y, por tanto, sería un error que te ordenara acabar con su vida. No, muchacho; la chica morirá, pero no a tus manos.

Kirtash se contuvo para mantener la vista baja.

—Enviaré a Gerde a matarla –concluyó el Nigromante–. Ella no tendrá tantos escrúpulos. Y, cuando esa muchacha ya no exista, volverás a ser el de antes.

—¿Gerde? –repitió Kirtash en voz baja–. ¿Está ya preparada para venir a la Tierra?

—Siempre lo he estado –dijo tras él una dulce voz femenina–. Eres tú el que no parece estar dispuesto a recibirme.

Kirtash se levantó y se dio la vuelta. De pie junto a la puerta había una criatura de salvaje belleza, grácil, sutil y esbelta como un junco. Unos ojos negros, todo pupila, brillaban en un rostro de rasgos exóticos y turbador atractivo. Una maraña de cabello verdoso, pero tan suave y delicado como un velo de seda, caía por su espalda. Llevaba ropas vaporosas, que parecían centellear cada vez que se movía, e iba descalza, deslizando sus pequeños y delicados pies sobre las frías baldosas de mármol.

Con todo, lo que más llamaba la atención era el aura seductora e invisible que la envolvía y que, como la canción de las sirenas, como un poderoso hechizo, obligaba a quien la veía a no poder apartar su mirada de ella.

Pero a Kirtash los hechizos de las hadas no podían afectarlo.

—He estado ocupado —dijo con frialdad.

—Mmm... —respondió ella—. Me lo imagino.

Le dedicó su sonrisa más encantadora mientras avanzaba hacia Ashran. Al pasar junto a Kirtash, su brazo desnudo rozó al joven, y este sintió el poder embriagador que emanaba de ella.

—Mi señor —dijo el hada, inclinándose ante el Nigromante, pero dirigiendo una última mirada seductora a Kirtash, por debajo de sus sedosas pestañas—. Me has llamado.

—Gerde —dijo Ashran—. Hace tiempo me juraste fidelidad, a mí y a los sheks, y ya es hora de que demuestres hasta dónde llega esa lealtad. ¿Estás dispuesta a viajar a la Tierra?

—Sí, mi señor.

—Ya sabes lo que has de hacer allí —prosiguió el Nigromante—. Kirtash está buscando a un dragón y un unicornio. Pero también, de paso, está acabando con todos los magos renegados que huyeron a ese otro mundo, particularmente con un grupo de jóvenes muy impertinentes que se llaman a sí mismos la Resistencia, y que entorpecen su búsqueda una y otra vez. Irás con él para librarlo de esa molestia. ¿Queda claro?

—Sí, mi señor.

—En concreto —concluyó Ashran—, hay una chica humana a la que tienes que eliminar. Se llama Victoria, y es la portadora del Báculo de Ayshel. Quiero a esa muchacha muerta, Gerde. Quiero ver su cadáver a mis pies.

Miró fijamente a Kirtash mientras pronunciaba estas palabras, pero él no hizo el menor gesto. Su rostro seguía siendo impenetrable, y su fría mirada no traicionaba sus sentimientos.

Gerde esbozó una de sus turbadoras sonrisas.

—No te fallaré, mi señor —dijo con voz aterciopelada.

A un gesto del Nigromante, Gerde se incorporó para marcharse. Cuando pasó junto a Kirtash, le dedicó una sonrisa sugerente y le dijo al oído:

—Tampoco te fallaré a ti.

Kirtash no reaccionó. Gerde ladeó la cabeza con la gracia de una gacela, y sus sedosos cabellos acariciaron por un momento el cuello del muchacho. Aún sonriendo, el hada salió de la habitación. Su embriagadora presencia permaneció en el aire unos segundos más.

—Es lista —comentó Ashran—. Sabe perfectamente que eres un buen partido.

—Me es indiferente —replicó Kirtash.

—No por mucho tiempo, Kirtash. Pronto olvidarás a esa chica. Al fin y al cabo, no está a tu altura; mereces algo mucho mejor que una simple semimaga humana, ¿no crees? No la echarás de menos. No tanto como piensas.

Kirtash alzó la cabeza para mirar a su señor, pero no dijo nada.

XXIII

CHRISTIAN

LO que has hecho es algo completamente estúpido, chico –lo riñó Alexander–. ¿En qué se supone que estabas pensando? Creí que ya se te había metido en la cabeza que no debes enfrentarte solo a Kirtash.

–Pero lo he derrotado, Alexander –protestó Jack–. He roto su espada. Incluso podría haberlo matado, si no hubiera desaparecido de repente.

Alexander negó con la cabeza.

–No puedes matar a un shek. Son muy superiores a los seres humanos, en todos los aspectos.

–Ya, pero... ¿y si resulta que yo no soy humano? –preguntó Jack en voz baja.

–No digas tonterías. ¿Qué te hace pensar eso?

–Pues... mi poder piroquinético... lo que hago con el fuego –explicó, al ver que Alexander no lo entendía.

–Muchos magos pueden hacerlo. No es tan especial.

–Pero ni siquiera Shail fue capaz de encontrar una explicación a eso. Y, por otro lado... está lo de Kirtash.

–Llevas una espada legendaria, Jack. Te dije que solo Domivat y Sumlaris podrían derrotar a Haiass, ¿no?

–Pero... ¿es verdad que una espada legendaria es como una parte más del guerrero que la porta? ¿Es cierto que Domivat es ya parte de mí?

–De alguna manera. Pero eso no te hace menos humano, Jack.

Jack apoyó la cabeza en la almohada, mareado. Cerró los ojos un momento. Estaba muy cansado. Victoria había sanado su herida, pero el muchacho todavía no había recuperado las fuerzas tras el combate contra Kirtash.

–¿Qué era lo que querías averiguar? –preguntó entonces Alexander.

Jack abrió los ojos.

–¿A qué te refieres?

–Fuiste al encuentro de Kirtash por alguna razón. ¿Qué esperabas sacar en claro?

Jack tardó un poco en contestar. Eran muchos los motivos que lo habían llevado a enfrentarse a Kirtash: el odio, los celos, su amor por Victoria... la certeza de que el shek podía responder a muchas de sus dudas... acerca de sí mismo.

Pero se dio cuenta de que había una razón que estaba por encima de todas las demás.

–Quería saber si era verdad que siente algo por Victoria –murmuró por fin–. Y si ha estado jugando con ella... hacérselo pagar.

Alexander lo miró, perplejo.

–Caray, chico, te ha dado fuerte, ¿eh?

Jack enrojeció un poco, pero no dijo nada, y tampoco volvió la cabeza para mirar a su amigo.

–¿Y? –preguntó él, al cabo de unos instantes.

–Parece... parece que le importa. De verdad. Incluso arriesgó su vida para salvar la de ella. Es extraño, ¿no? –añadió, clavando la mirada de sus ojos verdes en Alexander–. Resulta que él, que no es humano, tiene reacciones humanas. Y resulta que yo, que se supone que sí soy humano, hago cosas... sobrehumanas –concluyó, utilizando la palabra que había empleado Victoria–. Me gustaría saber quién soy. Quiénes somos... o qué somos.

Alexander lo miró y se mordió el labio inferior, pensativo, pero no dijo nada. No tenía respuestas para aquellas preguntas.

Él la llamaba otra vez.

Victoria metió la cabeza bajo la almohada, pero la llamada se oía dentro de su mente, y no en sus oídos.

Esta vez resistiría. Se quedaría allí, en la cama, en su habitación. No iba a dejar que él la engañara otra vez.

«Victoria...», se escuchó por segunda vez.

«No voy a ir», pensó. «Ya puedes quedarte sentado esperándome».

Sabía lo que era, lo había visto bajo su verdadero aspecto. Y sabía que Jack había quebrado su espada; Kirtash era impredecible, y Victoria no podía siquiera tratar de adivinar de qué humor estaría después de aquello. Por si acaso, era mejor no acercarse.

Y, sin embargo, deseaba volver a verlo, deseaba preguntarle muchas cosas y, a pesar de todo... deseaba mirarlo a los ojos una vez más y sentir su contacto, sugestivo, electrizante...

«No», se dijo a sí misma con firmeza. «Ya has causado bastantes problemas».

«Victoria...», la llamó él, por tercera vez.

La muchacha cerró los ojos con fuerza. Tenía pensado ir a Limbhad un poco después, para ver cómo estaba Jack, y se aferró a esa idea: Jack, Jack, Jack... Ansiaba volver a verlo, llevaba todo el día echando de menos su cálida sonrisa, y no permitiría que una serpiente retrasara aquel momento.

Pensar en Jack le hizo recordar los últimos acontecimientos, la misteriosa fuerza de su amigo, y se preguntó, inquieta, si Kirtash sabría de dónde procedía. Si era así, tal vez pudiera explicarle...

Esperó, conteniendo el aliento, pero la llamada de Kirtash no volvió a producirse. Victoria titubeó. ¿Y si se había ido? ¿Y si no volvía?

Cerró los ojos y sacudió la cabeza. Estaba intentando olvidar a Christ... Kirtash, para poder iniciar algo nuevo con Jack, cuando estuviera preparada, y no iba a echarlo todo por la borda, ahora no. Después de todo lo que Jack había hecho por ella, no se merecía que volviera a responder a la llamada de su enemigo.

Pero... tal vez si solo hablaban... tal vez él pudiera explicarle...

Él no volvía a llamarla, y Victoria pensó, angustiada, que tal vez había considerado que tres veces eran más que suficientes. Tenía que comprobarlo.

Se levantó deprisa, se puso su bata blanca por encima del pijama, se calzó las zapatillas y salió de su cuarto en silencio, con el corazón latiéndole con fuerza. Una parte de ella deseaba que Kirtash se hubiese ido ya, y así no se metería en problemas. Pero otra parte quería volver a verlo y, aunque intentaba convencerse a sí misma de que era solo para tratar de obtener alguna información, en verdad no era esa la razón por la que acudía a su encuentro.

Salió al jardín y sintió que se quedaba sin aliento al distinguir, bajo la luz de la luna y las estrellas, la figura de Kirtash en el mirador. Respiró hondo. Aún estaba a tiempo de regresar...

Pero avanzó hasta quedar a unos pasos de él. El joven se volvió para mirarla. Estaba más serio de lo que era habitual en él.

—Buenas noches –dijo con suavidad.

Victoria tragó saliva.

—Buenas noches –respondió; titubeó y añadió–: Siento lo de tu espada.

—Sé que no lo sientes en realidad –replicó él–. Al fin y al cabo, iba a matar a Jack con ella.

Victoria no supo qué decir.

—Acércate y siéntate, por favor –pidió entonces el shek–. Tengo que hablar contigo.

Victoria negó con la cabeza.

—Si no te importa, me quedaré aquí.

Kirtash esbozó una media sonrisa.

—Como quieras. Seré breve, entonces. He venido a advertirte que corres peligro.

—¿Qué quieres decir?

—Ashran ha enviado a alguien a matarte. Alguien que no soy yo y que, por tanto, no tendrá reparos en acabar con tu vida.

Victoria se estremeció. No por las noticias que él le traía, sino por todo lo que implicaba el hecho de que estuviera contándole aquello.

—Pero... se supone que tú no deberías decirme estas cosas, ¿verdad? ¿Qué pasará si Ashran se entera?

Kirtash se encogió de hombros.

—Eso es problema mío. Lo único que tiene que preocuparte, Victoria, es que estás en peligro. Quédate en Limbhad, o bien en esta casa. Como ya te dije, te protege. No de mí, es cierto, pero sí de ella.

—¿Ella? –repitió Victoria en voz baja.

Kirtash asintió.

—Se llama Gerde, y tiene mucho interés en matarte. Ashran se lo ha encomendado como una misión especial. Me temo que es por mi culpa –añadió–, y por eso he venido también a despedirme: no volveremos a vernos.

Algo atravesó el corazón de Victoria como un puñal de hielo.

—¿Nunca más?

—No, hasta que mate a Jack –especificó Kirtash–. Entonces podré pedir a Ashran que te perdone la vida.

—No soporto oírte decir eso –replicó ella, irritada–. ¿Tienes idea de lo importante que es Jack para mí? ¿Cómo puedes seguir diciendo tan tranquilamente que vas a matarlo, y esperar que lo acepte, sin más?

–No espero que lo aceptes. Sé que no lo harás. Pero todo es cuestión de prioridades, y lo único que me importa ahora es mantenerte con vida, ¿entiendes? Cuando está en juego tu existencia futura, Victoria, no puedo pararme a pensar en tus sentimientos.

Ella abrió la boca para responder, pero no fue capaz. De nuevo, Kirtash la había dejado sin palabras.

–Por eso tienes que permanecer oculta –prosiguió él–; no debes permitir que Gerde te encuentre, bajo ningún concepto.

–Puedo luchar contra ella.

Kirtash la miró fijamente.

–Sí. Y tal vez lograrás derrotarla. Pero no quiero correr riesgos y, por otra parte, si Gerde fracasa, Ashran enviará a otra persona.

–Lucharé contra todos ellos –aseguró Victoria con fiereza–. Y –añadió mirando a Kirtash a los ojos, desafiante– seguiré protegiendo a Jack. No permitiré que le pongas la mano encima.

Kirtash no hizo ningún comentario.

Hubo un silencio que a Victoria le resultó muy incómodo. Sospechaba que él no tenía nada más que decir, y eso significaba que se marcharía, y que tal vez no volvería a verlo. Y si, para reencontrarse con Kirtash en un futuro, Jack tenía que morir, Victoria prefería que ese reencuentro no llegara a producirse nunca.

Por eso, tenía que retrasar todo lo posible el momento de la despedida.

–¿Cómo... cómo logró Jack romper tu espada? –preguntó por fin.

Kirtash la miró a los ojos, muy serio, y Victoria temió haber ido demasiado lejos. Pero, finalmente, el shek respondió:

–Yo estaba alterado, y perdí concentración. Eso hizo que Haiass se debilitara. Por eso Jack logró quebrarla.

Victoria intuía que había mucho más detrás de aquella sencilla explicación, algo que Kirtash no quería contarle. Insistió:

–Pero tú... eres un shek, ¿no? Eres poderoso. Eres... casi invencible.

Kirtash seguía mirándola, de aquella manera tan intensa, y Victoria desvió la vista, incómoda.

–Soy un shek –respondió él–. Pero eso no es nada nuevo para ti, ¿verdad? ¿Qué es lo que quieres saber exactamente?

Victoria abrió la boca para preguntarle acerca de Jack, pero los sentimientos contradictorios que le inspiraba Kirtash volvieron a confundirla, y dijo en voz baja:

—Quiero saber si de verdad puedes sentir algo... algo por mí.

Los fríos ojos azules de Kirtash parecieron iluminarse con un destello cálido.

—¿Todavía lo dudas? —preguntó con suavidad, y el corazón de Victoria volvió a latir desenfrenadamente. Sacudió la cabeza. Sabía que no era humano, sabía que...

¿Qué era lo que sabía, en realidad? Ladeó la cabeza y lo miró, tratando de descifrar sus misterios.

—¿Quién... quién eres? —preguntó.

—Soy Kirtash —respondió él con sencillez—. Claro que también puedes llamarme Christian, si lo prefieres.

Victoria calló, confusa. Él le dedicó una media sonrisa.

—¿De verdad quieres saber quién soy? Es una larga historia. ¿Estás dispuesta a escucharla?

Victoria dudó, pero finalmente avanzó unos pasos y se sentó junto a él y lo miró, con cierta timidez. Kirtash contempló la luna menguante durante unos instantes. Después dijo:

—Yo nací humano. Completamente humano. Hace diecisiete años, en algún lugar de Idhún.

»Tengo pocos recuerdos de mi infancia. Vivía con mi madre en una cabaña, poca cosa, junto al bosque de Alis Lithban, el hogar de los unicornios. Tal vez mi madre pensaba que los unicornios nos protegerían a ambos, y por eso eligió aquel lugar para vivir. No lo sé.

»Entonces yo no me llamaba Kirtash; pero no recuerdo el nombre que me puso mi madre al nacer, tampoco recuerdo el nombre de ella, ni su rostro; ese tipo de cosas fueron borradas de mi memoria hace mucho tiempo.

»Los sheks regresaron a Idhún cuando yo tenía dos años. Y sí recuerdo con claridad ese día. El cielo se puso rojo, los seis astros se entrelazaron sobre nosotros. Había un ambiente... extraño, sobrenatural, que ponía la piel de gallina.

»Yo estaba en los alrededores del bosque. No me preguntes qué hacía allí, porque no me acuerdo. Solo sé que había salido de casa, tal vez en un descuido de mi madre, y me había alejado hacia la espesura. Entonces fue cuando vi al unicornio.

»Avanzó hacia mí tambaleándose, temblando bajo la luz de los seis astros. Hasta que, incapaz de seguir caminando, cayó al suelo, agonizante.

»Recuerdo haberme acercado a él. Recuerdo haberle rozado, tal vez queriendo ayudarlo. No lo sé, era muy pequeño y no sabía lo que estaba pasando.

»Aquel unicornio murió ante mis ojos. No comprendí muy bien por qué... al menos, no en aquel momento. Entonces, mi madre me llamó desde la cabaña, y volví corriendo. Cuando llegué, la encontré muy asustada. Me hizo ocultarme bajo la cama y se puso a cerrar todas las puertas y las contraventanas, y a asegurarlas con todo lo que encontraba, como si temiera que alguien pudiera atacarnos en cualquier momento. Yo suponía que era por aquel cielo rojo, porque las lunas y los soles estaban en una posición extraña, tal vez incluso por la muerte del unicornio.

»Pero ni las tablas clavadas en las ventanas ni los muebles amontonados contra la puerta podían detenerlo a él. Y, en el fondo, mi madre lo sabía, lo sabía cuando se acurrucó en un rincón, temblando y abrazándome con todas sus fuerzas, deseando que todo aquello no fuera más que una pesadilla.

»Así nos encontró Ashran, el Nigromante, cuando hizo volar la puerta como si fuera una pluma y entró en la casa para buscarnos... para buscarme. Mi madre trató de impedir que me llevara consigo, pero ¿qué podía hacer una pobre mujer contra la poderosa magia de Ashran? Yo era su hijo y, por tanto, le pertenecía. No sé cómo se habían conocido mis padres, no sé por qué estuvieron juntos; solo puedo suponer, por lo poco que recuerdo, que mi madre decidió huir conmigo cuando yo era un bebé, lejos de mi padre, pero sabiendo, en el fondo, que cuando él quisiera reclamarme, nos encontraría de todas formas, fuéramos a donde fuésemos.

»Y así fue. Ashran me llevó con él, por la fuerza. Nunca más volví a ver a mi madre.

»Después...

Calló un momento. Victoria escuchaba con atención, y Kirtash siguió hablando:

–Después, Ashran me utilizó para sellar su pacto con los sheks. Ellos aportaron a uno de los suyos, un shek joven, casi recién salido del huevo. Ashran ofreció a su propio hijo.

»Y nos fundió a los dos en un solo ser.

–¿Qué? –se le escapó a Victoria.

Kirtash la miró.

–Sabes de qué estoy hablando –le dijo–. Es el mismo conjuro que ha convertido a tu amigo Alexander en lo que es ahora. El hechizo que hace que dos almas, dos espíritus, se fusionen en uno solo. Elrion introdujo en su cuerpo el espíritu de un lobo. Ashran implantó en mi cuerpo el espíritu de un shek. Solo que, en mi caso, el conjuro salió bien, los dos espíritus se fusionaron totalmente en uno solo. Alexander, en cambio, es un híbrido incompleto; su cuerpo alberga dos espíritus, el del hombre y el del lobo, y los dos están en lucha permanente por el control de su ser. En mi caso, esa lucha nunca llegó a producirse. Al fin y al cabo, Ashran es poderoso, y sabe lo que hace.

–Un... híbrido –repitió Victoria, anonadada.

Kirtash asintió.

–Solo funciona con individuos muy jóvenes, no con adultos. Además, Alexander en concreto tiene una gran fuerza de voluntad, y su alma se rebeló con todas sus fuerzas contra la invasión del espíritu del lobo... y no solo eso, sino que hasta logra controlarlo la mayor parte del tiempo.

»De todas formas, incluso con niños, la mayoría de las veces la fusión de espíritus no sale bien. Yo era un niño y, sin embargo, lo pasé muy mal los primeros días.

–¿Duele? –preguntó Victoria en voz baja.

Kirtash asintió, pero no dio detalles.

–Después, ya no me importó. Decir que me había convertido en un humano con los poderes de un shek es simplificar las cosas, y, sin embargo, podría definírseme así. Solo que no son simplemente poderes. Soy un shek. Y también soy humano.

»Ashran llamó Kirtash a la nueva criatura nacida de su experimento. Los sheks me enseñaron a emplear mis capacidades. Los mejores mercenarios y asesinos humanos me enseñaron a pelear, a matar. El propio Ashran me enseñó a utilizar la magia que me entregó aquel unicornio antes de morir. Aprendí deprisa. Al fin y al cabo, algo en mi interior me hacía superior a todos ellos. Pronto aventajé a mis maestros, en todo excepto en la magia, que nunca se me dio bien, puesto que el poder mental del shek mantenía sometido al poder entregado por el unicornio; a pesar de este pequeño detalle, me convertí en el mejor agente de Ashran, en quien él más confiaba. Después de todo, era su hijo.

–¿Y nunca lo has odiado... por lo que te hizo?

–No. ¿Por qué? Soy lo que soy gracias a él. No me odio a mí mismo, no me arrepiento de lo que hago. El shek no es un parásito en mi interior, Victoria. Es parte de mí. La criatura que soy ahora es obra de Ashran el Nigromante. A él debo mi existencia... como híbrido, sí, pero mi existencia, al fin y al cabo. Y –añadió, mirándola fijamente– es justamente el híbrido lo que te provoca esos sentimientos. Si fuese un shek, te horrorizaría. Si fuese un humano, no te habrías fijado en mí. Es la mezcla lo que te atrae. Es a Kirtash a quien quieres, no al humano que podría haber sido si Ashran no me hubiera hecho como soy.

Victoria fue a protestar, pero calló, confusa, porque se dio cuenta de que él tenía razón.

–Me preguntabas por mis sentimientos –prosiguió Kirtash–. Los sheks no pueden amar a los humanos, como ya imaginabas. Y, sin embargo, me fijé en ti porque soy un shek. Si hubiera sido simplemente un asesino humano, te habría matado sin vacilar. Pero vi algo en ti que me llamó la atención primero, me intrigó después, y finalmente me fascinó.

»Pero si esa fascinación se convirtió en algo más, Victoria, es porque también soy humano y, como humano, puedo experimentar emociones. Esas emociones, que para Jack son su fuerza, para mí son una debilidad. Mi padre lo sabe; sabe lo que siento por ti, sabe que eres mi punto débil, y por eso ha decidido que debes morir.

Victoria sintió que le faltaba el aliento. Su historia la había conmovido profundamente, pero, sobre todo, había vuelto a desatar aquellos confusos sentimientos en su interior. Porque ahora sabía con certeza lo que, en el fondo, su corazón no había dudado ni un solo instante: que había algo entre ellos dos, una emoción intensa, real. Porque él era humano, en parte. Como ella.

Se acercó un poco más.

–Christian –susurró–. ¿Puedo llamarte Christian?

–¿Llamas Christian a mi parte humana? –preguntó él, sonriendo.

Victoria frunció el ceño, pensativa.

–Tal vez... no sé. Te llamo Kirtash cuando te odio. Te llamo Christian cuando te quiero. Es difícil definirse por uno u otro sentimiento, tratándose de ti.

La sonrisa de Christian se hizo más amplia.

–Es confuso –prosiguió ella–. Tienes razón. Si fueras un humano completo, no sentiría lo que siento por ti. Pero... tal vez tampoco te odiaría a veces. Me horroriza la forma que tienes de matar, como si la vida humana no fuera importante.

—No lo es. Al menos, no para un shek.

—A eso me refiero. No sé a qué atenerme contigo. Y tampoco ayuda el hecho de que estés obsesionado con matar a mi mejor amigo.

—Es mucho más que tu mejor amigo, Victoria.

—¿Eso te molesta?

—En absoluto. No estoy celoso, si es eso lo que piensas. No veo por qué tienes que amar a una sola persona, si en tu corazón hay espacio para dos. No me perteneces. Tan solo me pertenece lo que sientes por mí. Pero tú puedes sentir otras cosas... por otras personas. Los sentimientos son libres y no siguen normas de ninguna clase.

»Quiero matar a Jack por dos motivos. Uno, por ser lo que es; el otro, para salvarte la vida. Como ves, no tiene nada que ver el que estés enamorada de él. Y menos aún, que él te corresponda. Eso hará las cosas más fáciles, ya que es lo único en lo que Jack y yo estamos de acuerdo: en que queremos que no sufras ningún daño.

—¿Pero por qué... por qué dices que tienes que matar a Jack para salvarme la vida?

—Ashran os tiene en su lista negra, Victoria. Debéis morir. Mi misión consiste en matar a los renegados, ya lo sabes. Eso te incluye a ti... de una manera especial, por una serie de razones.

»Si le ofrezco a mi padre la vida de Jack, podrá perdonarte. No me preguntes por qué; es así.

Victoria calló un momento. Después dijo:

—¿Y si me voy contigo a Idhún, como me propusiste? ¿Salvaría eso la vida de Jack?

Christian negó con la cabeza.

—¿Por qué? —preguntó ella, desolada.

—Ya es demasiado tarde, Victoria. Antes me parecía la mejor opción para ti. Pero antes no sabía lo que sé ahora. Las cosas han cambiado.

—No entiendo nada —murmuró Victoria—. Yo... estoy cansada de esta guerra, estoy cansada de esta lucha, de tantas muertes. Y —añadió, mirándolo a los ojos— no quiero vivir en un mundo en el que no exista Jack.

—Lo sé —respondió Christian con suavidad—. Me di cuenta el otro día, cuando me viste como shek y, a pesar de eso, estabas dispuesta a morir para protegerlo.

–¿Te molestó?

–Me molestó, sí, porque quiero ver a Jack muerto, pero, por encima de todo, quiero que sigas viva. Y, como ya te dije una vez, eso me puede traer muchos problemas.

Victoria asintió, comprendiendo.

–Quédate con nosotros, entonces –le pidió–. No vuelvas con Ashran –inspiró hondo antes de mirarlo a los ojos y decir–: Ven conmigo.

–¿Que abandone mi bando, dices? –dijo Christian, casi riéndose–. Me pides que traicione a mi gente, a mi señor... a mi padre.

–Lo estás haciendo ya –le recordó Victoria con suavidad–. Ashran me quiere muerta. No sabe que estás aquí.

Pareció que Christian vacilaba.

–Porque, a pesar de todo, no puedo traicionarme a mí mismo –se volvió para mirarla–. Me dejaría matar antes que permitir que sufrieras ningún daño.

Victoria reprimió un suspiro. Sabía que hablaba en serio, sabía que era sincero cuando le decía aquello, y eso la confundía, pero también hacía que sus propios sentimientos hacia él se descontrolasen, como un río desbordado. Y, sin embargo, todavía no estaba segura de querer amar a alguien que no era del todo humano.

Pero deseaba de veras acercarse más a él, sentir su contacto... una vez más...

–¿Puedo abrazarte? –le preguntó, titubeando.

Christian la miró, indeciso. Victoria ya se había dado cuenta de que a él no le gustaba que lo tocasen, pero insistió:

–Por favor.

Él asintió casi imperceptiblemente. Victoria lo abrazó con todas sus fuerzas y, tras un instante de duda, Christian la abrazó también.

La muchacha cerró los ojos y disfrutó de aquel roce, y de las sensaciones que provocaba en su interior. Humano o no, comprendió que necesitaba estar junto a él. Y eso le recordó que Christian había acudido allí para despedirse.

–Cuando te vayas –susurró ella–, no volveré a verte, ¿verdad?

–¿Te esconderás en Limbhad, Victoria? ¿Me lo prometes?

–¿Qué pasará con Jack?

–Estamos condenados a enfrentarnos, criatura. Tarde o temprano, volveremos a hacerlo. Sabes que lucharé con todas mis fuerzas para acabar con su vida..., pero ahora, más que nunca, sé que es posible que sea él quien me mate a mí –añadió, contemplando pensativo el círculo de árboles quemados y ennegrecidos que se veía más abajo, en el pinar.

—Pero yo no quiero perderos a ninguno de los dos –protestó ella.

—Si venzo en esa lucha –prosiguió Christian–, volverás a verme, porque estarás a salvo, y podré llevarte conmigo a Idhún, si todavía lo deseas. Pero es muy probable que me odies entonces, porque Jack estará muerto. Puedo asumir el riesgo, no obstante, si con ello consigo que Ashran se olvide de ti. Si vence Jack –añadió–, no volverás a verme, porque estaré muerto.

Victoria tragó saliva, y lo abrazó aún con más fuerza.

—Es horrible.

—Lo sé. Pero así son las cosas.

Victoria se tragó las lágrimas.

—Entonces –dijo– disfrutemos de este momento. Aún quedan varias horas hasta el amanecer.

Cerró los ojos y apoyó la cabeza en el pecho de Christian, y él la estrechó entre sus brazos, enredó sus dedos en el cabello oscuro de Victoria y la besó en la frente, con ternura.

Lejos de allí, lejos de su percepción, lejos de sus miradas, unos dedos largos y finos se deslizaban sobre un cuenco de agua, y una voz melodiosa susurraba unas palabras mágicas. El agua cambió de color, se oscureció, tembló durante un instante y después, lentamente, se aclaró hasta mostrar una imagen con nitidez.

Era de noche; bajo la luna y las estrellas se apreciaba una mansión; en la parte trasera se extendía un jardín, que acababa en un mirador que dominaba una extensión arbolada. Sobre el banco de piedra del mirador había dos figuras: una vestía de blanco; la otra, de negro. Y los dos se abrazaban con fuerza, como si aquella fuera la última noche de sus vidas.

Los dedos se crisparon sobre la imagen, y la voz melodiosa siseó, enfurecida.

XXIV
El Ojo de la Serpiente

T ENGO que irme –susurró Christian, separándose de Victoria con suavidad.

–No –suplicó ella–. No, por favor. Quiero volver a verte... –se calló enseguida, consciente de lo que significaban aquellas palabras–. No quiero volver a verte –se corrigió–. Lo que quiero es que no te marches.

Christian la miró.

–No me iré del todo –dijo–. Quiero hacerte dos regalos. Ven, mira.

Alzó la mano para mostrarle el anillo que llevaba. Victoria se estremeció. Lo recordaba bien; se había fijado en él dos años atrás, en Alemania. Era un anillo plateado con una pequeña esfera de cristal, de color indefinido, engastada en una montura con forma de serpiente, que enroscaba sus anillos en torno a la piedra. Victoria sabía que Christian siempre llevaba puesto ese anillo, pero a ella no le gustaba mirarlo, porque siempre tenía la sensación irracional de que era un ojo que la observaba.

–¿Sabes lo que es esto? –preguntó Christian en voz baja.

Victoria negó con la cabeza.

–Se llama Shiskatchegg –dijo él–. El Ojo de la Serpiente.

Victoria lanzó una exclamación ahogada.

–¡Shiskatchegg! He oído hablar de él. No sabía que fuera un anillo. Pero sé que en la Era Oscura, el Emperador Talmannon lo utilizó para controlar la voluntad de todos los hechiceros –añadió, recordando todo lo que Shail le había contado al respecto.

–Hace siglos que los sacerdotes lo despojaron de ese poder, una vez acabada la guerra. Pero los sheks lograron recuperar el anillo. Dicen que es uno de los ojos de Shaksiss, la serpiente del corazón del mundo, la madre de toda nuestra raza.

343

–No debe de ser una serpiente muy grande –se le ocurrió decir a Victoria.

–Shiskatchegg es mucho más grande por dentro que por fuera. Su pequeño tamaño es solo aparente. En cualquier caso, es uno de los símbolos de mi poder. El otro era Haiass –añadió tras un breve silencio.

–¿Qué... qué propiedades tiene?

–Es difícil de explicar. Digamos que recoge parte de mi percepción shek. Es como una extensión de mí mismo. También es uno de los emblemas de mi pueblo. Mi misión era vital para nosotros, y por eso me entregaron a mí el anillo –la miró a los ojos antes de decir–: Pero ahora yo quiero que lo tengas tú.

Victoria sintió que le faltaba el aire.

–¿Qué? –preguntó, convencida de que no había oído bien.

–Te dije que, aunque estuviera lejos, tendría un ojo puesto en ti. Me refería, en concreto, a este ojo.

Victoria lo miró, preguntándose si estaría de broma. Pero Christian no bromeaba.

–Mientras lo lleves puesto –le explicó–, yo estaré contigo, de alguna manera. Sabré si estás bien o te encuentras en peligro. Y si alguna vez te sintieras amenazada, no tienes más que llamarme a través del anillo, y yo acudiré a tu lado, estés donde estés, para defenderte con mi vida, si es necesario.

Mientras hablaba, Christian se quitó el anillo y lo puso, con suavidad, en uno de los dedos de Victoria. Ella tuvo la sensación de que le venía grande; pero, casi enseguida, se dio cuenta de que no era así: se le ajustaba a la perfección.

–¿Lo ves? –susurró Christian–. Le has caído bien; eso es porque sabe que eres especial para mí.

Victoria parpadeó varias veces para contener las lágrimas. Se sentía emocionada y tenía un nudo en la garganta, por lo que fue incapaz de hablar. De modo que le echó los brazos al cuello y lo estrechó con todas sus fuerzas. Christian la abrazó a su vez, apoyando su mejilla en la de ella.

–No te vayas –suplicó la chica–. Por favor, no te vayas. No me importa quién o qué seas, no me importa lo que hayas hecho, ¿me oyes? Solo sé que te necesito a mi lado.

–¿Es lo que te dice el corazón? –preguntó Christian con suavidad.

–Sí –susurró Victoria.

Él sonrió.

–Si no vuelvo –le dijo al oído–, quiero que, pase lo que pase, permanezcas junto a Jack. Él te protegerá cuando yo no esté. ¿Lo entiendes?

Victoria sacudió la cabeza.

–¿Por qué... por qué soy tan importante?

–Lo eres –Christian la miró a los ojos–. No te imaginas hasta qué punto.

Se separó de ella.

–Hasta siempre, criatura –le dijo–. Pase lo que pase, estaré contigo, lo sabes. Pero, antes de marcharme, quiero hacerte otro regalo. Mírame.

Victoria lo hizo, con los ojos llenos de lágrimas. Los ojos azules del shek seguían siendo igual de misteriosos y sugestivos, pero estaban llenos de ternura. Victoria sintió la conciencia de él introducirse en la suya, sondeando su mente, como aquella vez en Alemania, pero en esta ocasión no tuvo miedo. No quería tener secretos para él, ya no. Quería que supiese que, aunque ella regresara con Jack, aunque daría la vida para proteger la de su amigo, jamás olvidaría a Christian.

Sintió que la invadía el sueño, y que los párpados le pesaban. Luchó desesperadamente contra aquel súbito sopor, porque no quería separarse de Christian, porque sabía que, si se dormía, cuando despertase, él no estaría a su lado. Pero la mente del shek era demasiado poderosa, y finalmente Victoria se rindió al sueño y cayó dormida en sus brazos.

Christian la contempló un instante, con una expresión indescifrable. Después la alzó, con cuidado, y la llevó en brazos hasta la casa.

Todas las puertas se abrieron ante él. El shek no hizo el más mínimo ruido mientras se deslizaba por los pasillos con su preciada carga. Su instinto lo guió directamente hasta la habitación de Victoria y, una vez allí, la depositó sobre la cama. Se quedó mirándola un momento más, dormida, a la luz de la luna que entraba por la ventana. Le acarició el pelo y vaciló un instante, pero terminó por dar media vuelta y salir de la habitación.

Bajó las escaleras, silencioso como una sombra.

Pero en el salón se encontró con una figura que lo esperaba, de pie, serena y segura, junto a una de las ventanas. El joven se detuvo, en tensión, y se volvió hacia ella.

Christian y Allegra d'Ascoli se observaron un momento, en silencio. La mujer no hizo ningún gesto, ningún movimiento, no dijo una palabra. Solo miró al shek, con un profundo brillo de comprensión en la mirada.

Christian también pareció comprender. Alzó la mirada hacia la escalera, hacia la habitación donde había dejado a Victoria, dormida. Allegra asintió. Christian esbozó una media sonrisa y salió de la casa.

Allegra no dijo nada, no se movió. Solo cuando el shek abandonó la mansión, fue a la puerta principal para volver a cerrarla con llave.

Después se estremeció, como si hubiera sentido que unos ojos invisibles la observaban. Alzó la mirada, y dijo, con disgusto, pero también con firmeza:

—Fuera de mi casa.

Lejos de allí, el agua del cuenco se volvió turbia, y la espía emitió una exclamación de rabia y frustración. Se esforzó por recuperar la imagen de la mansión, pero las aguas siguieron mudas y oscuras como el fondo de una ciénaga.

Furiosa, arrojó al suelo el contenido del cuenco.

Después se tranquilizó y pensó que, después de todo, no necesitaba seguir observando a través del agua encantada.

Ya había visto bastante, y ya sabía todo lo que necesitaba saber.

Victoria se vio de pronto en un bosque frío y oscuro, y sintió miedo. Miró a su alrededor buscando a sus amigos: a Jack, a Christian, a Alexander, o incluso a Shail, aunque sabía que él no volvería. Pero estaba sola.

Avanzó a través de la espesura, pero su ropa se enredaba con las zarzas, las ramas más bajas arañaban su piel, y sus pies descalzos tropezaban con las raíces, una y otra vez. Por fin, Victoria cayó de bruces al suelo, y sus rodillas golpearon la fría y húmeda tierra. Temblando, se acurrucó junto al tronco de un árbol, sin entender todavía qué estaba haciendo allí.

Entonces, un suave resplandor avanzó hacia ella entre los árboles. Victoria se incorporó, alerta, dispuesta a huir o a pelear si era necesario. Pero aquella luz no parecía agresiva. Había algo en ella que la relajaba y que inundaba su corazón de una sencilla e inexplicable alegría.

La criatura luminosa salió entonces de la espesura y caminó hacia ella.

Victoria se quedó sin aliento.

Era un unicornio, inmaculadamente blanco, de crines plateadas como rayos de luna. Se movía con una gracia sobrenatural, e inclinaba el cuello delicadamente hacia delante, mirando a Victoria a los ojos mientras avanzaba hacia ella. La chica no podía moverse. Los ojos del unicornio reflejaban una extraña luz sobrenatural y le transmitían tantas cosas...

La criatura se detuvo ante ella. Su largo cuerno en espiral era hermoso, pero parecía un arma temible; y, sin embargo, Victoria no tuvo miedo. Le parecía que se reencontraba con un viejo amigo. Tuvo ganas de acariciar su sedosa y resplandeciente piel, de peinar con los dedos sus crines argénteas, pero solo pudo sostener la mirada de aquellos ojos oscuros que reflejaban su propia imagen.

Y entonces la conoció.

–Lunnaris –susurró.

Ella ladeó la cabeza y bajó los párpados en un mudo asentimiento. Tragando saliva, Victoria se acercó más a la criatura y pasó los brazos por su largo y esbelto cuello. El unicornio no se movió.

–¿Por qué he tardado tanto en encontrarte? –le preguntó Victoria–. Te he buscado en cinco continentes, Lunnaris; te he llamado en sueños; he gritado tu nombre a las estrellas. Pero tú no respondías.

El unicornio no dijo nada, pero bajó la cabeza y frotó la quijada contra ella, tratando de consolarla.

–Shail te quería, ¿lo sabes? –dijo Victoria, con los ojos llenos de lágrimas–. Te salvó la vida y luego consagró la suya a buscarte para salvarte otra vez. ¿Por qué lo abandonaste? ¿Por qué lo dejaste morir?

Lunnaris se apartó de ella con suavidad y volvió a mirarla a los ojos. Victoria se vio reflejada en ellos, dos pozos luminosos llenos de infinita belleza y antigua sabiduría, pero no comprendió lo que el unicornio quería decirle.

Entonces se oyó un ruido lejano, algo que sonó como una puerta al abrirse, y Lunnaris volvió la cabeza con una ligereza que habría envidiado cualquier cervatillo y alzó las orejas, alerta.

–No –le pidió Victoria–. No te vayas. Por favor, quédate.

Pero el bosque se iluminó de pronto, y Lunnaris se volvió hacia Victoria para mirarla una vez más, mientras su imagen se difuminaba y desaparecía bajo la luz de la mañana.

–¡Lunnaris! –la llamó Victoria.

—Lunn... —murmuró, dando la espalda a la ventana y tratando de taparse la cabeza con la manta.

—Arriba, dormilona —dijo la voz de su abuela—. ¿Sabes qué hora es? Son más de las doce.

Victoria abrió los ojos, parpadeando bajo la luz del día.

—¿Las doce? —repitió, desorientada—. ¿Por qué... por qué no ha sonado el despertador?

—Porque hoy es sábado y no lo has puesto. ¿O tenías pensado ir a alguna parte? Porque, si es así, me parece que tendrás que cambiar de planes.

—¿Por qué? —preguntó Victoria, despejándose del todo.

Su abuela estaba de pie junto a la ventana y miraba a través del cristal con expresión pensativa.

—Pues porque llueve a cántaros, hija. Mira qué día tan feo ha salido.

Victoria giró la cabeza. Efectivamente, un manto de pesadas nubes grises cubría el cielo, y una densa lluvia caía sobre la mansión.

—Da igual —dijo—. No tenía pensado ir a ninguna parte.

Su abuela se volvió hacia ella y le sonrió, pero de pronto la sonrisa se quedó congelada en su rostro. Se quedó mirando fijamente a Victoria, muy seria, y a la chica le pareció que se ponía pálida.

—¿Abuela? —preguntó, insegura—. ¿Qué pasa?

Allegra volvió a la realidad.

—Nada, niña —sonrió, pero a Victoria le pareció una sonrisa forzada—. Me ha parecido que hoy estás... diferente.

—¿Diferente? ¿En qué sentido?

—No me hagas caso, son tonterías mías —concluyó, dando por zanjada la cuestión—. Te doy dos minutos más. Pero no te quedes dormida otra vez, ¿eh? Que ya es muy tarde.

—No te preocupes, no tardaré —respondió Victoria, aún algo perpleja.

Su abuela salió de la habitación y cerró la puerta tras ella. Victoria se dio la vuelta y respiró hondo, intentando ordenar sus pensamientos. Su mano derecha descansaba sobre la almohada, y vio que en su dedo anular todavía relucía, misterioso e inquietante, Shiskatchegg, el Ojo de la Serpiente.

—No ha sido un sueño —murmuró, recordando su encuentro con Christian, la conversación, todo lo que había sucedido...

Y entonces se acordó de Lunnaris. La había visto en sueños. ¿Era ese el segundo regalo que le había prometido Christian? Victoria comprendió que sí. El shek había explorado su mente hasta dar con el recuerdo de su encuentro con Lunnaris, y lo había hecho salir a flote. Victoria se preguntó si de verdad había visto al unicornio en aquellas circunstancias, si aquel encuentro se había producido realmente, y, en caso de que así fuera, por qué lo había olvidado. En cualquier caso, ahora comprendía por qué Christian no había tratado de utilizarla para que lo guiara hasta Lunnaris; si aquellos eran todos sus recuerdos acerca de ella, no iban a ser de mucha utilidad.

Pero había sido hermoso. Lunnaris era una criatura bellísima, pura magia, y Victoria entendía ahora que Shail hubiera estado tan obsesionado con ella. Lo cual hacía todavía más inexplicable que Victoria no la hubiera recordado hasta aquella noche.

Se incorporó un poco; su cama estaba pegada a la pared, bajo la ventana, y ella se apoyó en la repisa, todavía sentada sobre las mantas, para contemplar la lluvia que caía sobre el jardín. Bajo aquella luz gris, el mirador parecía triste y solitario, y Victoria pensó en Christian y lo echó de menos.

Por alguna razón, pensar en Christian le hizo acordarse de Jack, que seguía recuperándose en Limbhad. La noche anterior no había ido a visitarlo, y el muchacho sin duda estaría deseando verla. Victoria sonrió, y notó que una agradable calidez inundaba su corazón al pensar en él. Por primera vez no se sintió confusa, tal vez por lo que Christian le había dicho al respecto. Los sentimientos no siguen reglas de ninguna clase, recordó Victoria. Estaba empezando a asumir que estaba enamorada de dos personas a la vez. Suspiró. Bien, lo aceptaba, podía vivir con eso.

El problema era que aquellas dos personas querían matarse el uno al otro. Victoria sabía que no podría evitar aquel enfrentamiento y que, fuera cual fuera el resultado, ella sufriría.

Evitando pensar en eso, miró el reloj; eran ya las doce y diez. Victoria decidió que bajaría a desayunar y luego iría a Limbhad a ver a Jack.

Antes de levantarse, se quedó un momento contemplando pensativa la pequeña esfera de cristal de Shiskatchegg; ahora parecía de color verde profundo, y relucía enigmáticamente. Seguía produciendo una extraña turbación en ella, pero Victoria empezaba a acostumbrarse. Acarició con la yema del dedo la piedra, que se volvió de un color parecido al granate. Victoria sonrió y besó el anillo con infinito cariño.

—Para ti, Christian —susurró—. Te quiero.

«Pero», añadió en silencio, «si haces daño a Jack, te mataré».

Aún sonriendo, se levantó, se puso una bata y bajó a desayunar.

Al otro lado del mundo, Christian se estremeció y sonrió a su vez.

Estaba asomado a la terraza de su casa, un ático que dominaba parte de la ciudad de Nueva York. Era un piso pequeño y con pocos muebles, los justos, pero a Christian le bastaba. No pasaba mucho tiempo allí y, de todas formas, tampoco le gustaban las visitas.

Por eso, cuando sintió tras él una presencia embriagadora que olía a lilas, ni siquiera se molestó en volverse.

Gerde se dio cuenta enseguida de que no era bienvenida.

—Kirtash —dijo no obstante, con voz aterciopelada.

—¿Qué quieres? —preguntó él sin alzar la voz, pero con un tono tan gélido que el hada titubeó.

—Me envía nuestro señor, Ashran. Quiere verte.

El tono de su voz advirtió a Christian de que algo iba terriblemente mal.

—Infórmale de que me presentaré ante él de inmediato —murmuró, sin embargo.

Notó el aura seductora de Gerde todavía más cerca, y por eso no se sorprendió cuando ella le dijo, casi al oído, con voz suave y cantarina:

—Estás metido en un buen lío.

Christian se volvió con la rapidez del relámpago, la cogió por las muñecas y la arrinconó contra la pared.

—No sabes con quién estás hablando —siseó mirándola a los ojos.

Gerde apartó la mirada con un escalofrío, temerosa del poder del shek. Sin embargo, esbozó una sonrisa sugerente.

—Todavía podemos arreglarlo, Kirtash —le dijo en voz baja; se pegó a él, zalamera, y Christian sintió su turbadora calidez a través de las livianas ropas que llevaba ella—. Ashran sabe lo que has hecho, pero todavía no es demasiado tarde. Mátala y quédate conmigo; sabes que solo ella se interpone entre tú y tu imperio en Idhún. Ve y mátala, y ofrece su cabeza a Ashran. Te perdonará.

Christian entrecerró los ojos. La negra mirada de Gerde estaba cargada de promesas. Pero el shek replicó con frialdad:

—No me provoques, Gerde. Siento que a cada segundo que pasas aquí te debilitas cada vez más, que estás deseando volver corriendo a tu bosque, que el humo, el acero y el cemento de la gran ciudad marchitan tu aura feérica. Podría dejarte aquí paralizada, en este mismo lugar, y sentarme a ver cómo te consumes poco a poco. Sin remordimientos. Creo que hasta disfrutaría con el espectáculo.

Por los ojos de Gerde cruzó un relámpago de ira. Se apartó de Christian; este no dejó de notar, sin embargo, que su mirada se volvió, instintivamente, en la dirección en la que, varias calles más allá, se extendía Central Park, el pulmón verde de la ciudad, el único oasis donde Gerde podría refugiarse en muchos kilómetros a la redonda. La voz del hada, sin embargo, no traicionó su despecho cuando dijo:

—¿No la matarías... ni siquiera para salvar tu propia vida?

—Lo que yo haga o deje de hacer es asunto mío, Gerde —replicó él, pero su voz se había suavizado un tanto.

El hada negó con la cabeza.

—No, Kirtash. Ella ya no es asunto tuyo. Ya te lo he dicho: Ashran lo sabe. Sabe lo que le has estado ocultando todo este tiempo.

Christian no la miró, pero su voz tenía un tono peligroso cuando dijo:

—¿Qué es lo que pretendes? ¿Quieres que te mate por espiarme, eso es lo que quieres?

—Sé que no dudarías en hacerlo. Pero Ashran sabrá por qué has acabado conmigo. Y eso empeorará las cosas.

Hubo un largo silencio.

—Vete —dijo Christian finalmente.

Gerde sonrió, sin una palabra. Aquel halo cautivador que la envolvía había ido perdiendo fuerza en los últimos minutos, aplastado por el ambiente asfixiante de la ciudad, que debilitaba su poder; por lo que el hada no tardó en obedecer la orden del shek, y desapareció del ático, dejando en el aire un leve perfume a lilas.

Christian se dio la vuelta y entró en la casa. El fuego ardía en la chimenea, y se detuvo para contemplarlo.

Aquella chimenea había sido un capricho, dado que el ático no disponía de ella, y el joven la había hecho construir expresamente. Le gustaba sentarse a observar el fuego, que producía una extraña fascinación en él. Todos los sheks odiaban y temían el fuego, y quizá por eso a Christian le gustaba la chimenea, le gustaba ver el fuego prisionero en ella, esclavo de su voluntad.

Se sentó sobre el sofá, y las llamas iluminaron su rostro. Ladeó la cabeza, pensativo. Estuvo tentado de ir a buscar a Victoria, de contárselo todo, pero eso supondría dar la espalda a todo lo que conocía y, por otro lado, también él tenía su orgullo. No, era consciente de lo que había hecho, sabía perfectamente cuáles eran las consecuencias de traicionar a Ashran, y debía asumir su responsabilidad.

Se levantó. Acercó la palma de la mano al fuego, con suavidad. Hubo un breve destello de luz, y las llamas se apagaron. Con expresión sombría, Christian se dio la vuelta y salió de nuevo a la terraza. Dejó que la brisa revolviese su cabello castaño antes de desaparecer de allí para acudir al encuentro de Ashran el Nigromante.

Una suave música inundaba los pasillos de la Casa en la Frontera. Era una voz cantando una balada, y el sonido de una guitarra acompañándola. Victoria se dejó guiar por la música, y esta la llevó derecha a la habitación de Jack.

Se asomó con timidez, y descubrió que era él quien cantaba. Se había sentado sobre la cama, con la espalda apoyada en la pared, y tocaba su guitarra suavemente, con mimo, como si la acariciara. No se dio cuenta de que Victoria acababa de llegar, y ella no quiso interrumpirlo. Se quedó en la puerta, en silencio, escuchando.

La canción era una antigua balada, tal vez de los ochenta; Victoria no conocía el título ni el autor, pero sí estaba segura de que ya la había escuchado en alguna otra ocasión. De todas formas, interpretada por Jack tenía otro significado, mucho más profundo. Cerró los ojos y se dejó llevar por su voz, hasta que la canción acabó, el último acorde se difuminó en el aire y sobrevino de nuevo el silencio.

Entonces Jack alzó la mirada y vio a Victoria allí, en la puerta. Los dos sonrieron con cierta timidez.

—Es preciosa —dijo ella.

Jack desvió la mirada, azorado.

—No es mía —confesó—. No sé componer canciones. Pero a veces... —titubeó— me gusta tocar la guitarra. Y cantar. Aunque normalmente lo hago cuando no hay nadie escuchando.

—Lo siento —se disculpó Victoria—. Quizá debería haberte avisado de que estaba aquí. Aunque me ha gustado mucho escucharte —Jack sonrió—. ¿Puedo pasar?

—Por favor.

Victoria se acercó y se sentó junto a él. Los dos evitaron mirarse. No sabían qué decir, y a Victoria aquella situación le pareció muy extraña.

—¿Cómo te encuentras? —le preguntó por fin—. ¿Cómo va la herida?

—Casi está curada.

—No puede ser. ¿Tan pronto?

—Me curo muy rápido. Ya sabes que yo... —vaciló, y Victoria se dio cuenta de que había algo que le preocupaba.

—¿Qué?

—Ya sabes que yo no soy normal —concluyó él en voz baja.

Victoria respiró hondo, apoyó la cabeza en su hombro y le cogió la mano. Sabía que aquello era algo que había obsesionado a Jack desde la muerte de sus padres. Parecía que su largo viaje por Europa le había hecho olvidar un poco aquellas dudas, pero estas habían regresado inevitablemente, y con más fuerza, tras su reincorporación a la Resistencia. Después de dos años, había vuelto a provocar fuego de manera espontánea y, además, se había enfrentado a Kirtash... y lo había vencido.

—No lo veo tan grave —lo tranquilizó ella—. Mira a los que vivimos en esta casa. ¿Alguno de nosotros es normal, acaso?

El rostro de Jack se iluminó con una amplia sonrisa.

—Supongo que no —dijo.

—A mí... me gustas así, como eres —confesó Victoria con sencillez.

Jack la miró con infinito cariño. Le estrechó la mano con fuerza...

... pero entonces, una mueca de dolor cruzó por su rostro, y se apartó con brusquedad.

—¿Qué? —preguntó ella, asustada.

Jack no contestó, pero se miró la mano, confuso. Tenía en la palma algo parecido a una quemadura, y miró la mano de Victoria para ver qué la había provocado.

Los dos lo entendieron a la vez.

Shiskatchegg.

—¿Qué es eso? —preguntó Jack en voz baja, conteniendo la ira a duras penas.

Victoria tragó saliva.

—Es el anillo de Christ... de Kirtash —dijo en voz baja, desviando la mirada—. Lo siento mucho; a mí no me hace daño, no entiendo por qué a ti sí...

—Será por el poco aprecio que siento hacia su propietario —gruñó Jack—. ¿Me puedes explicar por qué llevas eso puesto?

Victoria respiró hondo, una, dos, tres veces. Después alzó la cabeza y miró fijamente a Jack.

–Lo llevo puesto porque me lo regaló. Es una muestra de cariño –añadió, desafiante.

–¡Cariño! –repitió Jack–. ¡Victoria, tú lo viste igual que yo, sabes lo que es! ¿De verdad crees que puede sentir algún tipo de cariño? ¿Por ti?

Victoria entrecerró los ojos, y Jack se dio cuenta de que la había herido. Se maldijo a sí mismo por ser tan bocazas. La atrajo hacia sí y la abrazó con fuerza.

–Eh –susurró–. Lo siento, Victoria. No quería decir eso. Es simplemente que no entiendo...

Sacudió la cabeza, confuso.

Victoria hundió la cara en su hombro y respiró hondo. No podía culparlo. Sabía lo mucho que él la quería, y en aquellas circunstancias era demasiado pedirle que aceptara su relación con Christian... un shek, un asesino, alguien que quería matarlo. Si ella misma se paraba a pensarlo, comprendía que todo aquello no era más que una gran locura.

Entendió que Jack merecía una explicación.

–Tengo muchas cosas que contarte –susurró–. ¿Me escucharás?

Jack la miró a los ojos, muy serio.

–Te escucharé –le prometió.

Victoria suspiró y, tras un breve silencio, empezó a hablar.

Y ya no pudo parar.

Le contó todo lo que había pasado entre ella y Christian, todos sus encuentros, todas sus palabras, con todo lujo de detalles. Pero también le habló de lo que sentía por él, por Jack. Mientras él la mecía entre sus brazos, escuchándola en silencio, Victoria le confesó abiertamente hasta dónde llegaban sus sentimientos; le habló de su corazón dividido, de sus dudas, pero, sobre todo, le dejó claro que para ella Jack era mucho más que un amigo, que lo quería, que lo amaba con locura, y que siempre lo haría, aunque llevara puesto el anillo de Christian, aunque acudiera al encuentro del shek cada vez que este la llamaba.

Por fin terminó de hablar, y sobrevino un incómodo silencio.

–Vaya... no sé qué decir –murmuró Jack, algo aturdido.

Victoria se separó de él y le cogió la mano, suavemente. Examinó la palma y vio la marca de la herida que le había producido Shiskatchegg. La rozó con los dedos y dejó que su energía curativa fluyera hasta él. Los dos contemplaron cómo la marca se difuminaba hasta desaparecer por completo.

—Pase lo que pase —dijo Victoria—, no dejaré que él te haga daño. ¿Me oyes? Y si se atreve a... —sintió un escalofrío al pensarlo, pero no llegó a pronunciar la palabra—. Si lo hace, Jack, te juro que lo mataré.

Él la miró un momento.

—¿Y qué me harás a mí si soy yo quien acaba con su vida?

Victoria vaciló y apartó la mirada, temblando. Por primera vez, Jack intuyó los turbulentos sentimientos que habitaban en el corazón de su amiga, y comprendió su dolor. La abrazó de nuevo.

—Puede ser que todo sea una trampa, Victoria —le dijo a media voz—. ¿Lo has pensado? ¿Cómo sabes que Kirtash no nos espía a través de ese anillo que te ha dado? ¿Cómo sabes que no es una treta para llegar hasta Limbhad?

—Porque tuvo ocasión de matarnos a los dos, Jack, a ti y a mí. Y no lo hizo.

—Eso es cierto —reconoció Jack, tras un momento de silencio—. Y, además, te salvó la vida —añadió.

—¿Me salvó la vida? —repitió Victoria, sin comprender.

Jack asintió.

—Te salvó de mí. Me di cuenta, Victoria. La noche en que os vi a los dos juntos y me volví... loco. Y quemé la arboleda que hay detrás de tu casa —la miró, muy serio—. El fuego que generé estuvo a punto de alcanzarte, y podrías haber ardido como aquellos árboles. Él te apartó de las llamas, te protegió... con su propio cuerpo. No he querido pensar en ello hasta ahora y nunca pensé que diría esto, pero... es algo que tengo que agradecerle.

Victoria se apretó más contra él. Jack la abrazó con fuerza.

—¿Por qué tenéis que enfrentaros, Jack? ¿No hay otra manera?

Jack sacudió la cabeza.

—Es extraño lo que me pasa con Kirtash. Lo he odiado desde la primera vez que lo vi, porque lo asociaba a la muerte de mis padres. Y, sin embargo, fue Elrion quien los mató, a ellos y a Shail, y convirtió a Alexander en lo que es ahora... un... híbrido incompleto, si tenemos en cuenta lo que te ha contado Kirtash. Elrion hizo todo eso, y fue el propio Kirtash quien acabó con él y, de alguna manera, nos vengó a todos. Sin embargo... nunca he odiado a ese condenado mago tanto como detesto a Kirtash. Es casi irracional, es como si lo odiara por...

–... ¿instinto? –lo ayudó Victoria.

Jack asintió.

–Puede que tenga que ver con el hecho de que siempre he sentido aversión por las serpientes. Quizá intuía que Kirtash era una especie de serpiente gigante. No creo que eso ayudara.

–Supongo que no.

–Y, sin embargo –añadió Jack–, estaría dispuesto a... olvidarlo todo –pudo decir, no sin esfuerzo–, a renunciar a matar a Kirtash... si tú me lo pides. Porque sé que, aunque a mí me cueste entenderlo, él te importa mucho, y lo pasarías muy mal si yo... le hiciera daño.

Victoria tragó saliva.

–El único problema –prosiguió Jack– es que él parece empeñado en matarme a mí. Tendré que defenderme. Eso no me lo puedes negar.

–Claro que no –murmuró Victoria, desolada–. Ojalá las cosas fueran diferentes.

Hubo un breve silencio.

–¿Por qué dice Kirtash que estarás a salvo si yo muero?

–No lo sé. No me lo ha querido explicar.

–Si fuera verdad... –calló y desvió la mirada.

–¿Qué?

–Si fuera verdad –prosiguió Jack en voz baja–, si fuera cierto que puedo salvarte de esa manera... lo haría, Victoria. En serio.

–No... no digas tonterías –tartamudeó ella, con un nudo en la garganta–. ¿Crees que te dejaría hacer algo así? ¿Sacrificarte por mí?

–¿Acaso no es lo que hiciste tú cuando te plantaste delante de esa serpiente y le dijiste algo así como «si quieres matar a Jack, tendrás que matarnos a los dos»? Me siento fatal por haberte puesto en peligro de esa manera.

–No, Jack; en el fondo, yo sabía que él no me haría daño. Y además...

«No quiero vivir en un mundo en el que no exista Jack», le había dicho a Christian. Y lo había dicho de verdad, y seguía sintiendo lo mismo. Pero no se atrevió a decírselo a él.

–Tiene que haber otra forma de solucionar esto –concluyó.

–¿Crees que Kirtash se uniría a nosotros? –preguntó Jack con esfuerzo; Victoria sonrió, agradecida, sabiendo lo que le costaba aceptar o considerar siquiera aquella posibilidad–. ¿Por ti?

–No sé si me quiere hasta ese punto, Jack. Son muchas las cosas que lo atan a Ashran. Es su padre. Y los sheks... son su gente. Pero ojalá... ojalá decida abandonarlos. Tengo miedo de pensar en lo que puede pasarle si descubren que me está protegiendo.

–Sí –asintió Jack–. Ese Ashran no parece un tipo con el que se pueda bromear.

Victoria desvió la mirada.

–Sigo sin entender... qué me veis –dijo entonces, en voz baja–. Shail... murió por protegerme, Christian traiciona a los suyos por mí, y tú... me dices todas estas cosas... Pero yo no soy nadie. No soy nada, solo soy una niña de catorce años que ni siquiera es capaz de hacer magia como es debido. No entiendo...

Calló porque Jack la había hecho alzar la barbilla y la miraba a los ojos.

–Yo sí lo entiendo –dijo con suavidad–. Hasta entiendo que Kirtash traicione a los sheks, incluso a su padre... por unos ojos como los tuyos.

Victoria enrojeció, incómoda y halagada.

–¿Sabes lo que veo en tus ojos, Victoria? –prosiguió Jack–. Veo... algo muy hermoso. Como una estrella iluminando la noche. Hay algo en ti que brilla con luz propia, algo que te hace diferente a todas las demás. Y lo veo tan claro que no me explico cómo hay gente que no se da cuenta.

Victoria se quedó sin aliento.

–Jack, eso es... muy bonito.

Jack pareció volver a la realidad y enrojeció, avergonzado.

–Bueno... puede parecer un poco tonto, pero es lo que pienso.

Le cogió la mano y la levantó para ver más de cerca el Ojo de la Serpiente, pero cuidándose mucho de no tocarlo.

–Es... feo –comentó.

–Yo en cambio lo veo hermoso... a su manera –respondió Victoria, y se preguntó dónde habría oído antes aquellas palabras.

Jack no insistió. Vio que la otra mano de Victoria jugueteaba nerviosamente con la Lágrima de Unicornio, el colgante que Shail le había regalado dos años atrás, antes de morir.

–Todos los chicos que te quieren te hacen regalos –comentó sonriendo–. Yo aún no te he dado nada... como símbolo de mi cariño –añadió, un poco cortado.

Victoria lo miró y sonrió.

–Hay algo que puedes darme y que me hará muy feliz –dijo en voz baja.

–¿El qué?

Ella se sonrojó un poco, pero no bajó la mirada cuando le pidió:

–Regálame un beso.

Jack creyó que el corazón se le iba a salir del pecho. Por un instante sintió pánico, porque nunca había besado a ninguna chica, y tuvo miedo de hacerlo mal. Pero Victoria seguía mirándolo, y Jack había soñado demasiadas veces con aquel momento como para dejarlo escapar ahora.

Tragó saliva, cogió suavemente el rostro de Victoria con las manos y le hizo alzar la cabeza. Seguía perdido en su mirada, y le sorprendió descubrir que los ojos de ella rebosaban un amor tan intenso como el que él sentía en aquellos momentos. Que a ella también le costaba respirar, que se había ruborizado, que su corazón latía a mil por hora, igual que el de él.

Quiso decir algo, pero no encontró las palabras apropiadas. Temblando como un flan, se inclinó hacia ella para darle el regalo que le había pedido.

Fue un beso un poco torpe, pero muy dulce, y Victoria supo en ese instante y sin lugar a dudas que, por extraño que pudiera parecer, era cierto: estaba enamorada de él, igual que lo estaba de Christian, o quizá de manera un poco distinta, pero no con menos intensidad. Se dejó llevar por el fuego del cariño de Jack, que no era enigmático y electrizante, como el de Christian, pero que la envolvía como un manto protector que le daba calor y seguridad. Y Victoria intuyó que, aunque Christian había sido el primero en besarla, semanas atrás, en Seattle... de alguna manera, el beso de Jack era otro primer beso para ella.

Alexander llegó en aquel momento, buscando a Jack, pero los vio juntos y se detuvo en seco en la puerta; y dio media vuelta y se apartó de la entrada, antes de que lo vieran. Una vez en el pasillo, lejos del campo de visión de los chicos, echó una mirada hacia atrás por encima del hombro, sacudió la cabeza, sonrió y se alejó de puntillas.

XXV
«Dime quién eres...»

Kirtash —dijo Ashran.

El joven no se movió, no dijo nada. Tampoco levantó la mirada. Permaneció allí, con la cabeza baja y una rodilla hincada en tierra, inclinado ante su señor.

—He oído cosas sobre ti —prosiguió el Nigromante—. Cosas que no me han gustado nada pero que, por otro lado, sé que son ciertas.

Se volvió hacia él y lo miró, y Christian sintió un escalofrío.

—Sabías quién era ella —dijo Ashran, y no era una pregunta—. Lo supiste desde el principio.

—Lo supe desde la primera vez que la miré a los ojos —murmuró Christian sin alzar la mirada—. Hace dos años.

Percibió la ira de su padre, a pesar de que este no la manifestaba abiertamente.

—No me lo dijiste. ¿Eres consciente de lo que significa eso?

—Soy consciente, mi señor.

El Nigromante cruzó los brazos ante el pecho.

—Por mucho menos de esto, cualquier otro estaría ya muerto, Kirtash. Pero a ti te concederé la oportunidad de explicarte. Y espero, por tu bien, que sea una buena explicación.

—No deseo matarla.

—¿A pesar de saber lo que sabes acerca de ella?

—O quizá precisamente por eso.

Christian alzó la cabeza y sostuvo la mirada de Ashran, sereno y seguro de sí mismo, cuando añadió:

—No deseo que muera. Y la protegeré con mi vida, si es necesario.

Ashran entrecerró los ojos.

—¿Sabes lo que estás diciendo, muchacho? Me has traicionado...

359

–No me he unido a la Resistencia –explicó Christian con suavidad–. Sigo sirviéndote, mi señor. Esperaba poder suplicarte que perdonaras a Victoria, que me permitieras conservarla a mi lado... pero quería ofrecerte a cambio algo tan valioso como la vida de ella, o incluso más.

Ashran comprendió.

–¿Puedes ofrecerme ese... algo... ahora mismo, Kirtash?

–Sé dónde se encuentra –respondió el muchacho–. Sé que tarde o temprano podré poner su cuerpo sin vida a tus pies, mi señor.

–Te refieres al guerrero de la espada de fuego, ¿verdad? ¿Es él el que buscamos?

–Sí, mi señor. La próxima vez lo mataré, y cuando lo haga... la muerte de Victoria ya no será necesaria.

–Victoria –repitió Ashran; dio la espalda a Christian para asomarse al ventanal–. Ahora entiendo muchas cosas, muchacho. Muchas cosas.

»Entiendo tus motivos, y sé que no me mientes. Solo por eso te perdonaré la vida esta vez. Pero te has convertido en un ser débil, sacudido por tus emociones humanas; ahora no eres más que un títere de esa criatura, que te maneja a su antojo. ¿Serías capaz de dar tu vida por ella? Sí, Kirtash, no me cabe duda. Pero así... no me sirves.

Christian entornó los ojos, tratando de adivinar cuál era el castigo que el Nigromante tenía reservado para él. Fuera cual fuese, estaba preparado para afrontarlo. Aunque le costara la vida. Pero algo en el tono de voz de Ashran sugería que podía ser peor que eso. Mucho peor.

Sintió de pronto su presencia tras él, pero no se movió.

–Kirtash –susurró Ashran, mientras deslizaba sus largos dedos por la nuca del muchacho–. Hijo mío, te he hecho como eres. Te he convertido en el hombre más poderoso de Idhún, después de mí. Eres el heredero del mundo que hemos conquistado para ti. He hecho todo eso por ti y, sin embargo, tú me ocultas una información de vital importancia, un secreto que puede dar al traste con todo aquello por lo que he trabajado durante media vida. ¿Por qué? ¿Por un... *sentimiento*?

Los dedos de Ashran se cerraron sobre el cabello de Kirtash. El Nigromante tiró del pelo del joven para hacerle levantar la cabeza y mirarlo a los ojos.

—Eres patéticamente humano, hijo. Lo leo en tu mirada. Esto es lo que esa criatura ha hecho contigo... ¿y aún osas suplicarme por su vida?

La voz de Ashran era peligrosa y amenazadora, y sus ojos relampagueaban con una furia tan terrible como la ira de un dios. Pero Christian no apartó la mirada, ni tampoco le tembló la voz cuando dijo:

—La amo, padre.

El rostro de Ashran se contrajo en una mueca de cólera. Arrojó a su hijo sobre las frías baldosas de piedra. Christian no se quejó, pero tampoco se movió.

—No mereces llamarme «padre» —siseó Ashran.

Se inclinó junto a él, lo agarró por el cuello del jersey y tiró de él hasta incorporarlo y hacerle quedar, de nuevo, de rodillas sobre el suelo.

—Pero no todo está perdido todavía —le susurró al oído—. Aún puedes volver a ser mi guerrero más poderoso, el más leal a mi causa... lo que has sido siempre, Kirtash.

El joven sintió que el poder de Ashran lo asfixiaba lentamente; a pesar de todo, consiguió decir, a duras penas:

—No voy a hacer nada que pueda perjudicar a Victoria.

Ashran esbozó una sonrisa siniestra.

—Claro que vas a hacerlo. Ya lo verás.

Sus dedos oprimieron el cuello de Christian, y él sintió que algo se introducía en su propio cuerpo a través de ellos, algo invisible pero terrible, maligno y poderoso, que despertaba en él su parte más oscura y letal.

—N... no —jadeó Christian.

—Sí —sonrió el Nigromante.

Clavó las uñas en su piel, con más fuerza. Obedeciendo a su voluntad, aquello que recorría a Christian por dentro se introdujo en los rincones más recónditos de su ser, revolviendo instintos y pautas que se habían aletargado tiempo atrás, aplacados por la luminosa mirada de Victoria. Y la parte más inhumana y mortífera de su ser se alzó de nuevo, estrangulando los sentimientos y las emociones que habían guiado a Christian en los últimos tiempos.

Era doloroso, muy doloroso. Christian apretó los dientes para no gritar.

Ashran lo soltó. El joven cayó temblando al suelo, a sus pies.

—Dime quién eres —ordenó su señor.

Christian tragó saliva. Sabía lo que estaba sucediendo. Ashran estaba intentando sepultar sus sentimientos humanos bajo la capa de hielo e indiferencia que le otorgaba su ascendencia shek, que le permitía matar sin remordimientos y que le hacía estar por encima de los simples humanos, por encima de las emociones, de la vida y de la muerte. Se rebeló contra ello. Si el Nigromante se salía con la suya, Christian iría directo a matar a Victoria... y lo haría sin dudarlo ni un solo momento. Tal vez dedicaría un breve pensamiento a lamentar la desaparición de algo hermoso, pues los sheks eran especialmente sensibles a la belleza.

Pero nada más.

Tenía que impedirlo. Recordó a Victoria, el nombre que ella le había dado y que simbolizaba todo lo que ella había visto de bueno y bello en él.

–Christian –pudo decir con un jadeo–. Me llamo Christian.

Ashran frunció el ceño, y aquello que lo estaba martirizando por dentro volvió a atacarlo con más saña. Christian lanzó un agónico grito de dolor y se retorció a los pies de su señor.

–... buen tiempo en toda España para todo el fin de semana, que durará hasta...

Victoria levantó la mirada del libro que estaba leyendo, extrañada, y miró la pantalla del televisor. El mapa de España mostraba un enorme sol sobre la Comunidad de Madrid. Perpleja, pero sin moverse del sillón, echó un vistazo a través de la ventana, hacia los negros nubarrones que cubrían su casa, hacia la pesada lluvia que no había dejado de caer en toda la mañana.

–¿Qué les pasa a los del tiempo? –dijo–. ¿No tienen ojos en la cara, o qué?

Allegra no contestó. Estaba de pie junto a la ventana, contemplando la lluvia, con expresión profundamente preocupada. Victoria se dio cuenta entonces de que estaban ellas dos solas en casa... y habían estado solas toda la mañana.

–Abuela, ¿dónde están Nati y Héctor?

–Les he dicho que se fueran, hija.

Victoria iba a preguntar algo más cuando, de pronto, algo atravesó su alma y su mente como una daga de hielo. Se quedó sin aliento y trató de respirar. El libro cayó al suelo.

Allegra se volvió hacia ella como movida por un resorte.

–¿Victoria?

Victoria jadeó, con los ojos muy abiertos. Las manos le temblaban con violencia cuando se las llevó a la cabeza, se echó hacia atrás y lanzó un gemido de dolor.

Su abuela llegó corriendo junto a ella y la abrazó con fuerza.

–¿Qué es, niña? ¿Qué tienes? –preguntó con ansiedad, sacudiéndola por los hombros.

Victoria movió la cabeza, desesperada. No era un dolor físico, era mucho más sutil, pero, aun así, resultaba espantoso. Sentía algo parecido a una agónica llamada en algún rincón de su mente, sabía que alguien que le importaba muchísimo estaba sufriendo lo indecible, y aquella certeza era insoportable, como si una garra de hielo le oprimiese las entrañas, como si el alma le pesase como un bloque de plomo.

–Christian –musitó, desolada; Shiskatchegg le oprimía el dedo, intentando decirle algo, pero, aunque no lo hubiera hecho, de alguna manera sabía que era él–. Oh, no, Christian.

–¿Qué le pasa, Victoria? ¿Qué ves?

La muchacha se volvió hacia su abuela, con semblante inexpresivo. Estaba demasiado trastornada como para darse cuenta de que ella no parecía extrañada por su conducta ni por sus palabras, sino que la miraba muy seria, con un brillo de profunda inquietud en sus ojos pardos.

–Lo está pasando mal y... oh, no... –se sujetó la cabeza con las manos y gimió cuando percibió que, en un mundo distante, Christian sufría de nuevo su tormento.

No pudo más. Se levantó con lágrimas en los ojos, pero su abuela la retuvo por el brazo.

–¡Tengo que ir a rescatarlo!

–No vas a ir a ninguna parte, Victoria.

–¡No lo entiendes! –chilló ella, revolviéndose con furia–. ¡Me necesita!

–Está muy lejos de ti, no podrás alcanzarlo, ¿no te das cuenta?

–¡¡No!! –gritó Victoria, desesperada.

–No vas a salir de aquí, Victoria. Es peligroso. Si están torturando a Christian, es que ellos ya saben quién eres. Pronto vendrán por ti.

Victoria se volvió hacia su abuela. En otras circunstancias se habría dado cuenta de lo que implicaban aquellas palabras, pero estaba demasiado furiosa y desesperada como para atender a razones.

–¡No me importa! –chilló–. ¡SUÉLTAME!

Hubo un destello de luz y algo brilló en la frente de Victoria como una estrella, algo que cegó a Allegra por un instante y la hizo soltar el brazo de la chica.

Victoria no fue consciente de ello. Libre ya para marcharse, dio media vuelta y subió corriendo las escaleras. Su abuela corrió tras ella, pero, cuando llegó a su habitación, se encontró con la puerta cerrada, y tardó unos segundos preciosos en abrirla. Para cuando logró entrar en la estancia, esta estaba vacía: Victoria se había marchado.

Allegra respiró hondo. Sabía perfectamente adónde había ido Victoria. Hacía mucho que estaba al tanto de sus escapadas nocturnas, y sabía que ella estaría a salvo en el lugar al que se había marchado. Pero la misión de Allegra consistía en crear otro espacio seguro para la muchacha, y hasta aquel momento lo había conseguido...

Hasta aquel momento. Porque sabía que algo invisible llevaba ya tiempo acechando la casa, que no tardaría en atacar... y ella debía estar preparada para cuando eso sucediera.

Sus ojos relucieron, coléricos, y por un momento aparecieron completamente negros, dos inmensas pupilas como pozos sin fondo; sin embargo, pronto adquirieron su aspecto habitual, ojos pardos, severos pero sabios. Sobreponiéndose al acceso de ira, Allegra d'Ascoli salió de la habitación y se dispuso a organizar las defensas mágicas de la mansión.

–Gerde –dijo entonces Ashran con interés.

En medio de su tormento, Christian consiguió abrir los ojos. Vio al hada allí, en la puerta, contemplando la escena con una mezcla de curiosidad, miedo y fascinación. El Nigromante se acercó a ella, la cogió del brazo y la obligó a acercarse y a mirar al shek, indefenso, a sus pies.

–¿Ves lo que tengo que hacerle a mi hijo, Gerde, por no serme leal? –le susurró al oído–. ¿Qué crees que te haría a ti si me fallases?

Gerde temblaba con violencia, pero no fue capaz de hablar.

–¿Por qué no me has traído el cadáver de la muchacha? –preguntó Ashran.

–Está... protegida por una magia antigua y poderosa, mi señor. Una magia que, no obstante, conozco muy bien, porque es semejante a la mía.

Los ojos de Ashran centellearon un breve instante.

–Mira, Gerde –dijo señalando a Christian–: Este es mi hijo, Kirtash, tu señor, príncipe de nuestro imperio. Mira en qué lo ha convertido esa criatura que se hace llamar Victoria. Míralo, débil, indefenso, humillado a mis pies. ¿Todavía te interesa? ¿Todavía lo encuentras atractivo?

–Sigue siendo mi príncipe, mi señor –musitó ella desviando la mirada.

–Y volverá a ser el príncipe orgulloso e invencible que todos recordamos. Entonces será tuyo. A cambio, solo quiero que me traigas a esa muchacha... muerta –cogió al hada por los hombros y la obligó a mirarlo a los ojos; Gerde no pudo sostener aquella mirada, y bajó la cabeza, intimidada–. No me importa cuántos hechizos la protejan. Estás aquí porque eres una maga poderosa. Demuéstrame que no me has hecho perder el tiempo, Gerde. Demuéstrame que puedes serme útil. Y cuando Victoria esté muerta, Kirtash será tuyo.

Gerde inclinó la cabeza.

–Se hará como deseas, mi señor –respondió, con una ambigua sonrisa.

Ashran le indicó que podía retirarse, y el hada se alejó hacia la puerta. Se quedó allí un momento, sin embargo, para ver qué sucedía a continuación.

Ashran se había vuelto de nuevo hacia Christian, que trataba de ponerse en pie.

–Dime quién eres.

El muchacho consiguió levantar la cabeza y miró a su padre por debajo de los mechones de cabello castaño, húmedos de sudor, que le caían sobre los ojos.

–Me llamo... Christian –repitió con un tremendo esfuerzo.

Ashran cerró el puño. El dolor volvió, intenso, lacerante. Christian no pudo soportarlo más: echó la cabeza atrás y gritó, torturado por aquella magia oscura y retorcida que lo estaba destrozando por dentro. En esta ocasión, el tormento duró mucho más.

Gerde sonrió, complacida, y salió en silencio de la sala, para cumplir la misión que le habían encomendado.

Victoria cruzó el pasillo de Limbhad como una bala y tropezó con Alexander.

–¿Qué...? –pudo decir el joven, perplejo–. Victoria, ¿qué te pasa?

–... Christian... báculo... –pudo decir ella.

Y echó a correr sin más explicaciones. Alexander no entendía nada, pero intuyó que era algo grave, y salió corriendo tras ella.

–¡Victoria! –la llamó.

Se encontró con Jack en el pasillo.

–¿Qué pasa, Alexander?

–No lo sé. Victoria se ha vuelto loca. Creo que ha ido abajo, a por el Báculo de Ayshel.

Jack lo miró, alarmado.

–Tenemos que detenerla –dijo–. No sé qué le pasa, pero no debe ir a ninguna parte, ¿me oyes? Hay alguien que intenta matarla.

–¿Qué? ¿A qué te refieres?

–Te lo contaré más tarde. ¡Vamos!

Alcanzaron a Victoria en la sala de armas. La muchacha ya había cogido el báculo e iba a salir corriendo. Jack trató de retenerla, pero no lo consiguió. La chica lo miró un momento, con una profunda desesperación pintada en sus ojos. Se entendieron sin palabras.

Victoria dio media vuelta y salió corriendo pasillo abajo.

–¡Victoria! –la llamó Alexander, dispuesto a salir tras ella.

–Espera –lo detuvo Jack–. No vas a poder pararla.

–¿La vas a dejar marchar así? –preguntó Alexander, estupefacto.

Jack negó con la cabeza.

–No, amigo. Coge a Sumlaris: vaya donde vaya, nosotros nos vamos con ella.

Victoria cayó de rodillas ante la esfera del Alma, sollozando. Christian seguía sufriendo, ella lo sabía con espantosa certeza, y no podía hacer nada para ayudarlo. Estaba en un mundo al que el Alma no podía llegar.

–Por favor... por favor... –musitó–. Por favor...

Pero no había manera. La Puerta interdimensional estaba cerrada. La había cerrado el Nigromante poco después de que Alsan y Shail la cruzaran, tiempo atrás, en su viaje a la Tierra, y ahora estaba controlada por él y los sheks, y pocas personas podían atravesarla a su antojo.

Una de estas personas era, precisamente, Christian.

Victoria se llevó a los labios el Ojo de la Serpiente, que palpitaba en un tono rojizo, y sintió como si cada pulsación de la joya fuera un grito de auxilio al que ella no podía responder.

–Aguanta, Christian, por favor, aguanta –susurró al anillo–. Iré a buscarte, te sacaré de allí, en cuanto sepa cómo llegar hasta ti.

–Está en Idhún, ¿verdad? –dijo una voz tras ella.

Victoria se volvió. Vio en la puerta a Jack y Alexander. Este se había ceñido Sumlaris al cinto, mientras que Jack se había ajustado a la espalda una vaina que contenía su preciada Domivat. Ella comprendió sus intenciones y les dirigió una mirada de agradecimiento.

–Sí –musitó–. El Alma no puede mostrarme su imagen, pero...

–Lo han descubierto, ¿no es así?

Victoria asintió, con los ojos llenos de lágrimas.

–Jack, le están haciendo algo, no sé qué es... Lo están... torturando...

–¿De quién estáis hablando? –intervino Alexander, ceñudo.

–De Kirtash –murmuró Jack–. Ha arriesgado su vida para proteger a Victoria, vino a advertirla de que el Nigromante había enviado a un asesino a buscarla... y ahora paga las consecuencias de su traición.

–¡Qué! –exclamó Alexander.

Jack había cruzado la habitación en dos zancadas para ir a abrazar a Victoria.

–Él lo sabía, Jack –sollozó ella–. Sabía que acabarían descubriéndolo, y, sin embargo... se arriesgó por mí.

–Sí –reconoció Jack, a su pesar–. No hay duda de que el muy canalla es valiente.

–Mi abuela tenía razón: es inútil, no voy a poder llegar hasta él... –se calló de pronto y miró a Jack, con los ojos muy abiertos.

–¿Tu abuela? –repitió Jack, desconcertado.

–¡Es verdad! –exclamó Victoria, recordando su conversación con Allegra e intuyendo muchas cosas–. ¡Tenemos que volver a casa!

–Dime quién eres –dijo el Nigromante por tercera vez.

Christian se dejó caer al suelo, exhausto. Respiraba con dificultad y temblaba como un niño bajo el poder del Nigromante. Sería tan fácil... ceder... y dejar de sufrir...

Acarició por un momento la idea de dejarse llevar y volver a ser una criatura poderosa, ajena a las emociones y a las dudas, libre de las debilidades humanas, un ser casi invencible.

Pero pensó en Victoria. Y apretó los dientes.

—¡Mi nombre es... Christian! —exclamó, y aquella palabra sonó como un grito de libertad y le hizo sentirse mucho mejor.

Pero no duró mucho. Ashran cerró el puño con más fuerza. El dolor se hizo más intenso. Espantosamente intenso. Insoportable. Y Christian sabía que se alargaría mucho, mucho más.

Pronto, los gritos del joven shek se oyeron por toda la Torre de Drackwen.

Encontraron a Allegra de pie junto a la ventana, contemplando la lluvia. Victoria se sintió inquieta por un momento. ¿Y si no había oído bien? ¿Y si todo habían sido imaginaciones suyas, y su abuela era exactamente lo que ella había creído siempre, es decir, una adinerada anciana italiana? Podría presentarle a Jack (y, de hecho, ella estaría encantada de conocerlo), pero sería más difícil explicar la presencia de Alexander. Nadie se sentía cómodo cerca de él.

—Abuela... —titubeó Victoria.

Allegra se volvió hacia ellos y les dirigió una larga mirada pensativa. No pareció sorprenderse al ver a los dos jóvenes que acompañaban a su nieta adoptiva.

—Bienvenidos a mi casa —dijo en perfecto idhunaico—. Os estaba esperando. Príncipe Alsan —añadió mirando a Alexander—, te veo un poco cambiado. Tienes que contarme qué te ha sucedido desde la última vez que te vi.

Alexander se quedó de una pieza. Por la expresión de su rostro, no parecía que él la hubiese reconocido. Pero Allegra no había terminado de hablar.

—Y tú debes de ser Jack —dijo, volviéndose hacia él—. Victoria me ha hablado de ti.

Jack enrojeció un poco, sin saber qué decir. Victoria también se había quedado sin habla. Llevaba un rato sospechando que su abuela sabía más de lo que aparentaba, pero... ¿de qué conocía a Alexander?

—¿Qué...? —pudo decir, perpleja—. ¿Cómo sabes...?

Pero en aquel momento el dolor de Christian volvió a sacudir sus entrañas, y gimió, angustiada. Jack la sostuvo para que no cayera al suelo. Allegra los miró con un profundo brillo de comprensión en los ojos. Vio cómo Jack ayudaba a Victoria a sentarse en el sillón, percibió la inquietante mirada de Alexander clavada en ella. Nada de esto pareció extrañarla ni intranquilizarla lo más mínimo.

–Lo sé porque yo no soy terrestre, niña –dijo con gravedad–. Soy idhunita y llegué a este mundo hace varios años, huyendo del imperio de Ashran y los sheks.

–¡Qué! –exclamó Victoria–. ¿Eres... una hechicera idhunita exiliada? ¿Entonces sabías...?

Allegra la miró y sonrió con cariño. Se sentó junto a ella en el sofá. Victoria la miró con cautela. Se sentía muy confusa, como si estuviera viviendo un extraño sueño. Había pasado tres años esforzándose por ocultarle a su abuela todo lo referente a su doble vida, la que tenía que ver con Idhún, Limbhad y la Resistencia. Resultaba demasiado extraño pensar que ella pertenecía también a ese mundo. Sintió que se mareaba.

–Sabía quién eras desde el principio, Victoria –dijo Allegra–. Desde que empezaron a manifestarse tus poderes en el orfanato. Y por eso te adopté. Para cuidarte y protegerte hasta que pudiéramos regresar juntas a Idhún.

Victoria sintió que le faltaba el aire.

–No, no es verdad. No... tú no puedes ser idhunita. Es... demasiado extraño.

Allegra sonrió.

–Mírame –dijo.

La chica obedeció. Y entonces, algo en su abuela se transformó, y Victoria vio su verdadero rostro, un rostro etéreo, hermoso, enmarcado por una melena plateada, y sobre todo viejo, muy viejo, aunque no hubiera arrugas en él. Pero eran los enormes ojos negros de Allegra, todo pupila, como los de Gerde, los que habían contemplado durante siglos el mundo de Idhún bajo la luz de los tres soles, los que hablaban de secretos y profundos misterios, los que parecían conocer la respuesta a todas las preguntas, porque habían visto mucho más que cualquier mortal.

–Eres...

–En Idhún, a los de mi raza se nos llama feéricos. Soy un hada, Victoria.

Entonces, Alexander la reconoció:

–¡Aile! –exclamó, sorprendido.

Jack y Victoria los miraron a los dos, atónitos.

–¿Ya os conocíais? –preguntó Jack.

–Nos conocimos en la Torre de Kazlunn –explicó ella, recuperando de nuevo su aspecto humano–. Yo pertenecía al grupo de hechiceros que enviaron al dragón y al unicornio a la Tierra. Después, ellos decidieron mandar a Alsan y a Shail a buscarlos, pero nosotros, los feéricos, intuíamos que era una tarea demasiado ingente para dos personas nada más, de manera que decidimos por nuestra cuenta... que yo viajaría también a la Tierra, para echar una mano.

–Entonces, ¿por qué no te pusiste en contacto con nosotros? –preguntó Alexander, frunciendo el ceño.

–Porque Shail y tú llegasteis a la Tierra diez años después que yo, muchacho. Llegué a creer que os habíais perdido por el camino.

–¡¿Diez años!? –exclamó Alexander–. ¡Eso es imposible! Eso querría decir que...

–Hace quince años que los sheks gobiernan sobre Idhún, príncipe Alsan. Y no hace ni cinco años que vosotros llegasteis a la Tierra y organizasteis la Resistencia. De hecho... llegasteis a la vez que Kirtash...

–... que tenía solo dos años el día de la conjunción astral que mató a dragones y unicornios –recordó Jack de pronto–. Hace... quince años... Pero esto... esto es una locura.

–Por alguna razón que desconozco, hubo un desajuste temporal en vuestro viaje. Y ese tiempo no ha pasado por vosotros. Alsan, tú tendrías dieciocho años cuando te vi por primera vez en la torre, y... ¿cuántos tienes ahora? ¿Veintidós, veintitrés? Deberías tener más de treinta.

–No es... posible –murmuró Alexander, atónito.

–¿Pero por qué no me dijiste nada? –estalló Victoria–. Si lo sabías todo, ¿por qué me lo ocultaste?

Allegra suspiró.

–Porque quería que vivieses una vida normal, como cualquier niña normal. Luego llegó Kirtash, y antes de que me diera cuenta ya te escapabas todas las noches a un lugar donde yo no podía encontrarte. Yo había oído hablar de la Resistencia y también conocía las leyendas sobre Limbhad: no tuve más que atar cabos. Me di cuenta de que ya conocías gran parte de la información que yo había tratado de ocultarte. Pero también advertí que regresabas todas las mañanas para ir al colegio, para estar aquí, conmigo, para llevar una vida normal. Y eso es lo que he intentado darte, Victoria, porque era lo que necesitabas de mí. Hasta que llegara el momento...

–¿El momento? –repitió Victoria, mareada.

–El momento en que todo será revelado –respondió Allegra, levantándose con decisión–. Y ese momento está cerca. Ya no queda mucho tiempo, así que más vale que dejemos las explicaciones para más tarde.

–¿Por qué? –quiso saber Alexander, irguiéndose–. ¿Qué es lo que va a pasar?

–Nuestros enemigos están preparando una ofensiva a la casa –explicó Allegra–. He creado una protección mágica alrededor, una burbuja que nos separa del resto del mundo y que, por el momento, nos mantiene a salvo. Pero ellos no tardarán en traspasarla, y debemos estar preparados –miró a Jack y Alexander–. Hemos de defender esta casa. Si nos obligan a retroceder hasta Limbhad, ya no quedará un solo sitio seguro en la Tierra para Victoria.

Victoria abrió la boca para preguntar algo... muchas cosas, en realidad; pero no podía seguir ignorando el tormento de Christian, no podía seguir hablando cuando él estaba sufriendo.

–No me importa la casa –dijo levantándose–. Tenemos que volver a Idhún ahora. Están torturando a Christian y, si no hacemos algo pronto, lo matarán...

–Christian es Kirtash –explicó Jack, algo incómodo.

–Lo había supuesto –asintió Allegra–. Lo he visto rondar por aquí más de una vez.

–¿Cómo? –rugió Alexander; sus ojos se encendieron con un fuego salvaje–. ¿Lo sabías? ¿Y has permitido que se acercase a ella? ¿Qué clase de protectora eres tú?

Allegra sostuvo su mirada sin pestañear.

–Kirtash es un aliado poderoso, Alsan. Y ha decidido proteger a Victoria. No soy tan estúpida como para rechazar una ayuda tan providencial como esa. Te recuerdo que no andamos sobrados de recursos.

–¡Pero es un shek, por todos los dioses! ¡No pienso...!

–¡Dejad de discutir! –gritó Victoria, desesperada–. ¡Mientras nosotros estamos aquí hablando, Christian se está muriendo! ¡No me importa lo que penséis al respecto, yo voy a...!

No pudo terminar la frase porque, de pronto, algo parecido a un poderoso trueno pareció desgarrar los cielos. Allegra alzó la cabeza, inquieta.

—Ya está —dijo—. Han pasado.

Corrió hasta la ventana y se asomó al exterior, preocupada. Alexander no entendía lo que estaba sucediendo, pero siempre había reaccionado con sensatez en momentos de crisis, y se acercó a ella.

—¿Cuál es la situación? —preguntó con frialdad.

—Juzga por ti mismo —respondió Allegra, sacudiendo la cabeza.

Alexander se asomó al exterior. Y no le gustó nada lo que vio.

La casa estaba rodeaba por docenas de extrañas criaturas que avanzaban hacia ellos bajo la lluvia torrencial. Eran seres andrajosos, de piel pardusca, dientes y garras afilados y ojillos que relucían como ascuas.

—Trasgos —murmuró Alexander, con un escalofrío.

Allegra asintió.

—No me enorgullece decir que son parte de la gran familia de los feéricos —murmuró—. La magia que poseen es limitada, pero son temibles cuando atacan en grandes grupos, porque eso los hace más fuertes. Normalmente, las hadas y los silfos mayores podemos controlarlos, pero estos sirven ahora a una hechicera poderosa, y no tengo dominio sobre ellos.

—¿Una hechicera poderosa? —repitió Alexander en voz baja.

Allegra señaló una figura que se erguía más allá, en el jardín, detrás del círculo de trasgos. La lluvia calaba sus finas ropas, que se pegaban a su cuerpo, revelando las formas de su esbelta figura. Su cabello aceitunado caía por su espalda como un pesado manto, chorreando agua. Pero a ella no parecía importarle. Había alzado las manos hacia la casa, y su rostro mostraba una mueca de sombría determinación. Alexander casi pudo sentir la intensa irritación que mostraban sus enormes pupilas negras.

—Gerde —murmuró Allegra—. Una traidora a nuestra raza. Una de las más poderosas magas feéricas, que ha abandonado la resistencia contra Ashran y se ha unido a él.

En aquel momento, el trasgo más adelantado llegó a menos de tres metros de la puerta trasera de la mansión; se oyó entonces algo parecido a un estallido, y la criatura lanzó un alarido de dolor y retrocedió, chamuscada.

—Las defensas de la casa todavía funcionan —murmuró Allegra—, pero no sé por cuánto tiempo.

No había acabado de decirlo cuando se oyó la voz de Gerde, un grito agudo y autoritario, y todos los trasgos atacaron a la vez. Docenas de espirales de energía brotaron de sus dedos ganchudos y se unieron en un rizo todavía mayor, resplandeciente.

Alexander reaccionó deprisa, agarró a Allegra del brazo y la apartó de la ventana. Algo chocó contra la mansión con increíble violencia y la sacudió hasta los cimientos. Las paredes temblaron. Pero la casa resistió.

Jack, que se había quedado en el sofá, abrazando a Victoria, alzó la cabeza, preocupado.

—¿Qué está pasando?

—Nos atacan, chico —dijo Alexander, muy serio, desenvainando a Sumlaris—. Saca tu espada y vamos a destrozar a unos cuantos bichos verdes.

Jack asintió y se levantó, ayudando a Victoria a incorporarse.

—Victoria —le dijo—, ¿estás bien? Gerde está aquí. Tenemos que defender la casa.

Victoria alzó la cabeza y se aferró a la mirada de los ojos verdes de Jack como a una tabla salvadora. Sobreponiéndose, trató de olvidarse del sufrimiento de Christian y asintió.

—Vamos a salir fuera —decidió Alexander—. Lucharemos mejor al aire libre y defenderemos las puertas.

—¡Vale! —aceptó Jack, decidido, y corrió hacia la puerta del jardín.

—Yo cubriré la entrada principal —le dijo Alexander a Allegra—. ¿Qué vas a hacer tú?

—Seguiré sosteniendo la magia de la mansión desde dentro —respondió ella—. Pero, si la barrera cayese, saldría a luchar con vosotros.

Alexander asintió y, sin una palabra más, corrió hacia la puerta principal.

Victoria fue a seguirlo, pero vaciló un momento y se acercó a Allegra. Las dos se miraron un momento. La muchacha observaba a la hechicera como si la viera por vez primera.

—Pase lo que pase —dijo entonces—, tú siempre serás mi abuela.

Y, antes de que Allegra pudiera contestar, Victoria la abrazó con fuerza.

–Siento haberte ocultado todo esto... –murmuró el hada–. Pero era necesario...

–Lo sé, abuela –la tranquilizó Victoria; hizo un nuevo gesto de dolor cuando, en lo más profundo de su ser, Christian gritó otra vez, en plena agonía–. Christian... –musitó, desolada.

–Lo sé, Victoria –susurró Allegra.

Victoria abrió la boca para decir algo, pero oyó que Jack la llamaba desde el jardín. Titubeó un momento.

–Ve con él –la animó Allegra–. También te necesita. Tal vez no puedas ayudar a Christian ahora... pero sí puedes echarle una mano a Jack.

Victoria asintió, con una sonrisa, y salió corriendo en pos de su amigo.

En aquel momento, un nuevo ataque convulsionó los cimientos de la mansión, y Allegra frunció el ceño, irritada.

–Oh, no, Gerde –murmuró–. No entrarás en mi casa. Ni lo sueñes.

–Tu nombre, hijo –insistió Ashran, irritado.

–Chris... tian –jadeó el muchacho.

El sufrimiento volvió. Christian apenas tenía ya fuerzas para gritar, y su cuerpo, roto de dolor, destrozado por dentro, se retorció sobre las baldosas de piedra.

–Eres obstinado, muchacho –dijo el Nigromante–. Pero doblegaré tu voluntad, no me cabe duda.

Hubo una nueva descarga de dolor, más violenta y salvaje que las anteriores, y Christian dejó escapar un alarido.

Pero no cedió. Una parte de su ser estaba con Victoria y, aunque ella se hallara lejos, en un universo remoto, sentía su calor, su luz, que lo guiaba como una estrella en la más oscura de las noches, y sabía que no estaba solo. Y eso le daba fuerzas. Logró incorporarse un momento para mirar a Ashran a los ojos, respirando con dificultad. El Nigromante aguardó a que hablara.

Christian sabía que sería castigado por su osadía, pero alzó la cabeza para decir, con sus últimas fuerzas, pero con orgullo y coraje:

–Me llamo... Christian.

Ashran entornó los ojos.

–Como quieras, hijo. Tendrá que ser por las malas.

No tardó en escucharse un nuevo alarido de agonía que sacudió la Torre de Drackwen hasta sus cimientos.

En el jardín, Jack y Victoria peleaban bajo una lluvia torrencial. La espada de Jack ardía como el corazón del sol, y ni siquiera la lluvia lograba apagar su llama. Había visto a Gerde un poco más allá e intentaba avanzar hacia ella, pero la horda de trasgos parecía dispuesta a defender a su señora con la vida; el muchacho tenía que detenerse constantemente a pelear contra aquellas desagradables criaturas, que lo atacaban con hondas, puñales, picos, espadas cortas y, por supuesto, con su magia, que, aunque tosca, era agresiva y resultaba efectiva.

Victoria, en cambio, tenía muchos problemas. Su corazón seguía sangrando y se veía incapaz de concentrarse en la pelea. El sufrimiento de Christian era cada vez más intenso, y casi le parecía escuchar en su alma sus gritos dc dolor. Veía a los trasgos a través de un velo de lágrimas, y todo aquello le parecía demasiado fantástico, demasiado irreal, como si se tratase de un sueño. Lo único que le parecía auténtico y verdadero era el tormento de Christian, que, en alguna lejana estrella, estaba pagando muy caro su amor por ella.

Entonces, algo la golpeó por la espalda y la hizo caer sobre el suelo embarrado. Jadeó de dolor y trató de recuperar el báculo, que había caído un poco más lejos. Algo la levantó con brusquedad y casi le cortó la respiración.

Alzó la cabeza y vio los ojos negros de Gerde fijos en ella.

—¿Y eres tú la criatura por la que Kirtash se ha tomado tantas molestias? —dijo el hada con voz cantarina, pero con un leve tono irritado—. Vaya cosa. Y pensar que nos ha traicionado por ti... que ni siquiera sabes quién eres.

La arrojó al suelo, y Victoria cayó de nuevo de bruces sobre el barro.

—Christian —dijo el hada con una risita burlona y cruel—. No tardarás en morir, Victoria, y tu *Christian* morirá contigo. No mereces a alguien como él.

—No —jadcó Victoria.

Logró incorporarse lo bastante como para alzar la cabeza hacia ella, y descubrió el brillo de la muerte en sus ojos, totalmente negros y llenos de rabia, rencor... y celos.

Gerde alzó la mano. Entre sus dedos apareció una llama de fuego azul, que chisporroteó bajo la lluvia mientras se hacía más y más grande.

–Demasiado fácil –comentó el hada con desdén.

Y lanzó la bola de energía contra Victoria.

Ella cerró los ojos, deseando haber podido hacer algo por Christian, deseando haber podido decirle a Jack que...

Se oyó algo parecido al chasquido de una enorme hoguera, y Victoria sintió una presencia ante ella. Abrió los ojos.

Y vio a Jack, plantado entre Gerde y ella, sosteniendo a Domivat en alto, orgulloso y fiero, seguro de sí mismo y, sobre todo, muy enfadado.

–No te atrevas a tocarla –le advirtió el muchacho, muy serio.

Gerde había tenido que saltar a un lado para esquivar la magia que había lanzado contra Victoria, y que la espada de Jack había hecho rebotar contra ella. Lo miró un momento, desconcertada, pero Jack no esperó a que ella se recuperara de la sorpresa. Lanzó una estocada directa al corazón del hada.

Ella reaccionó deprisa. Alzó las manos con las palmas abiertas, generó algo parecido a un destello de luz, y la espada de Jack chocó contra un escudo invisible. Saltaron chispas.

Los dos se miraron un momento. Jack captó, de pronto, el halo sensual que rodeaba a Gerde, y se quedó contemplándola, fascinado. El hada era ligera y delicada como una flor, pero su rostro, de rasgos extraños y sugestivos, lo atraía con la fuerza de un poderoso imán; los labios de ella se curvaron en una sonrisa cautivadora, y Jack deseó besarlos, sin saber por qué.

La sonrisa de Gerde se hizo más amplia.

–Acércate... –canturreó, y su voz sonó tan seductora como el canto de una sirena.

Jack bajó la espada y dio un par de pasos hacia ella, embelesado. Pero entonces, la miró a los ojos y se vio reflejado en ellos, dos enormes pozos negros llenos de secretos y misterios. Y se dio cuenta de que no había luz en aquellos ojos, y echó de menos la clara mirada de Victoria.

Y despertó del hechizo, justo a tiempo de ver a Gerde entrelazando las manos en un gesto extraño. Jack lanzó un grito de advertencia, retrocedió y asestó un golpe en el aire con su espada; sintió que algo muy tenue se rompía, y supo que acababa de desbaratar el hechizo que Gerde había intentado arrojar sobre él. El hada lanzó un grito de rabia y frustración y lo miró con odio, y Jack se dio cuenta de que su rostro ya no le parecía tan hermoso. Blandió a Domivat y se lanzó contra ella.

En aquel momento, Victoria gritó, arrodillada sobre el barro, bajo la lluvia inmisericorde. El dolor de Christian era cada vez más intenso, y la muchacha sabía que él no aguantaría mucho más. La sola posibilidad de que Christian pudiera morir por su culpa le resultaba insoportable.

Y, en su dedo, Shiskatchegg seguía transmitiéndole las emociones de Christian, y Victoria no pudo aguantar más. Echó la cabeza atrás y volvió a gritar por Christian, por no poder hacer nada por él y tener que verse obligada a saber lo mucho que estaba sufriendo.

Jack se volvió hacia ella, desconcertado, y eso casi le costó la vida. Gerde lanzó un ataque mágico contra él, y aquella energía le dio de lleno en el hombro, lanzándolo violentamente hacia atrás.

—¡Jack! —gritó Victoria.

Se incorporó a duras penas. Vio que Jack se levantaba, tambaleándose; vio que miraba a Gerde con un brillo de determinación en los ojos, y supo que debía ayudarlo. Intentó correr hacia él, pero el anillo volvió a decirle, una vez más, lo mucho que estaba sufriendo Christian, y Victoria tropezó con sus propios pies y cayó al suelo. Sintió que la invadían la ira y la impotencia. Alzó la cabeza para mirar a Jack, le vio lanzar estocadas contra la hechicera, ignorando su hombro herido, y supo que tenía que hacer algo. No serviría de nada que se quedase ahí, sufriendo por Christian, sin poder hacer nada por él. Se levantó de nuevo.

Otra vez, el dolor de Christian la sacudió como una descarga, y en esta ocasión fue mucho más intenso. Victoria gritó y, sin poder soportarlo más, se arrancó el anillo del dedo.

Y entonces, silencio.

Shiskatchegg titiló un momento, y su luz se apagó.

Muy lejos de allí, en la Torre de Drackwen, Christian gritó de nuevo. Buscó la luz en la oscuridad, pero en esta ocasión no la encontró. Y se sintió de pronto muy solo y vacío, y un soplo helado le apagó el corazón.

«¿Victoria?», la llamó, vacilante. Pero ella no contestó.

Podía estar muerta, o tal vez lo había abandonado a su suerte. Cualquiera de las dos posibilidades resultaba angustiosa.

«Victoria...», repitió Christian.

Pero, de nuevo, solo se escuchó el silencio. Y Christian se vio solo, solo entre tinieblas, demasiado débil para resistir aquel manto de hielo que poco a poco se iba apoderando de su alma.

Victoria notó como si la hubieran liberado de una pesada carga. Sabía que Christian seguía sufriendo, pero ya no lo sentía de la misma manera que antes.

Miró a su alrededor; vio que todo el jardín estaba sembrado de cadáveres de trasgos, y que apenas quedaban unos cuantos en pie, y contempló a Jack con un nuevo respeto.

Con todo, el chico empezaba a estar cansado, y Gerde era una enemiga peligrosa.

Victoria recogió su báculo y acudió en ayuda de su amigo.

Tres trasgos le salieron al encuentro, pero Victoria, furiosa, volteó el báculo y los hizo estallar a todos en llamas.

Jack la vio y sonrió. Y ya no le hizo falta la ayuda de nadie. Seguro de que Victoria sabría cuidarse sola, lanzó un nuevo golpe hacia Gerde, liberando gran parte de su energía oculta a través de la espada. La hechicera intentó defenderse, pero Domivat resquebrajó su defensa mágica, al igual que, días atrás, había quebrado a Haiass.

Hubo una llamarada y un grito y, cuando Victoria pudo volver a mirar, vio a Gerde en el suelo, contemplando, temerosa, a Jack, que se alzaba ante ella, temblando de cólera, con la espada todavía irradiando energía ígnea y un extraño fuego iluminando sus ojos verdes.

Victoria se reunió con él; algo en su frente centelleaba como una estrella, y su aura parecía proyectar una energía pura y antigua, una magia que estaba más allá de la comprensión humana. Gerde los miró y los vio diferentes, más poderosos, seres formidables contra los que no podía luchar. Sacudió la cabeza y lanzó un amargo grito de rabia.

Y su cuerpo generó una luz tan intensa que Jack y Victoria tuvieron que cerrar los ojos y, cuando los abrieron, el hada ya no estaba allí.

Jack y Victoria se miraron. Quedaron atrapados en los ojos del otro durante un segundo en el que el tiempo pareció detenerse; y después, heridos y agotados, pero satisfechos, se abrazaron con fuerza.

Habían vencido.

Ashran rió suavemente. A sus pies, el muchacho seguía temblando, encogido sobre sí mismo. Parecía que nada había cambiado y, sin embargo, el Nigromante intuía que sus esfuerzos por fin empezaban a dar fruto.

—Dime quién eres —exigió, por enésima vez.

El joven se levantó, vacilante. Logró ponerse de pie. Sacudió la cabeza para apartar el pelo de la frente y clavó en el Nigromante una mirada tan fría como la escarcha.

—Soy Kirtash, mi señor —dijo, con una voz demasiado indiferente para ser humana.

Ashran asintió, complacido. Se volvió un momento hacia la puerta, donde aguardaba, en un silencio respetuoso, un szish, uno de los hombres-serpiente de su guardia personal, y le hizo una seña. La criatura avanzó hacia él y le tendió el bulto estrecho y alargado que portaba entre las manos. Ashran lo cogió y se lo entregó a Kirtash, que lo tomó con sumo cuidado y lo desenfundó. El suave brillo glacial de Haiass iluminó su rostro, y el joven sonrió, satisfecho. La espada volvía a estar entera.

—Bienvenido a casa, hijo —dijo Ashran, sonriendo también.

Victoria cayó de rodillas sobre el barro. Había dejado de llover, y unos tímidos rayos de sol empezaban a iluminar el jardín.

—Por favor... —suplicó la muchacha, con los ojos llenos de lágrimas—. Por favor, dime que estás ahí. Dime que existes todavía. Te lo ruego.

Pero Shiskatchegg, que adornaba de nuevo su dedo, permaneció mudo y frío. Victoria se encogió sobre sí misma y se llevó la piedra a los labios.

—Christian —susurró—. Christian, lo siento. Por favor, dime que no te has ido. Por favor... perdóname...

Se le quebró la voz y se echó a llorar, encogiéndose sobre sí misma. La luz de Christian se había apagado, no sentía a nadie al otro lado. Y eso quería decir que, probablemente, el joven shek estaba muerto. Victoria gritó a los cielos el nombre de Christian, mientras Allegra y Alexander la observaban, sin saber qué hacer para consolarla.

Jack se acercó, se arrodilló junto a ella y la abrazó por detrás. Victoria siguió llorando la pérdida de Christian, mientras pronunciaba su nombre una y otra vez, y besaba el anillo, ahora muerto y frío; y Jack la abrazaba con fuerza, en silencio, meciéndola suavemente, tratando de calmar con su presencia aunque solo fuera una mínima parte de su dolor.

Victoria alzó la mirada hacia lo alto y aún susurró:

–Christian...

Pero en el fondo sabía que él ya no podía escucharla.

XXVI
TRAICIÓN

HAS fracasado —siseó el Nigromante, y Gerde se encogió de miedo ante él.

—Esos dos... son seres poderosos, mi señor. Mi magia no ha podido derrotarlos.

—Ni podrá —intervino la fría voz de Kirtash desde el fondo de la sala—. Ya han despertado; Gerde ya no es rival para ellos.

Ashran se volvió hacia su hijo, que estaba de espaldas a él, asomado al ventanal.

—¿Insinúas que tengo que enviarte a ti otra vez?

Kirtash se dio la vuelta y lo miró.

—Puedes enviar a cualquier otro, mi señor, pero sabes que fracasará.

—Eso es cierto —reconoció Ashran—. Pero no quiero correr riesgos, Kirtash. Deben morir, al menos uno de los dos. Y me parece que la chica es la más vulnerable.

—Y la única a la que podemos utilizar —murmuró Kirtash.

—¿Qué quieres decir? —Ashran le dirigió una mirada peligrosa, pero el muchacho se había asomado de nuevo a la ventana, pensativo, y señaló el bosque de Alis Lithban, que se extendía ante él.

—Mira, mi señor. Alis Lithban está muriendo, y es el lugar más mágico de toda nuestra tierra.

Ashran contempló el paisaje que Kirtash le mostraba. El antaño exuberante bosque de los unicornios aparecía ahora mustio, marchito y gris bajo la luz de los tres soles.

—Se debe a la desaparición de los unicornios —dijo el Nigromante, sin entender adónde quería llegar a parar Kirtash—. Ellos canalizaban la energía de la tierra de Alis Lithban y la repartían por todo el bosque. Sin ellos, la energía se ha estancado, ya no fluye.

–Pero sigue ahí –dijo Kirtash en voz baja; alzó la cabeza para clavar en su padre la mirada de sus ojos azules–. Y, si sigue ahí, nosotros podemos extraerla. Y concentrarla en un punto, como por ejemplo... esta torre.

Ashran entornó los ojos, considerando la propuesta del muchacho.

–Si renováramos la magia de la Torre de Drackwen –dijo, despacio–, se convertiría en una fortaleza inexpugnable. Como lo fue en tiempos antiguos.

Kirtash asintió.

–Y, por fin, todo Idhún caería en tus manos, mi señor. Incluyendo a los feéricos renegados del bosque de Awa y a los pocos hechiceros que resisten todavía en la Torre de Kazlunn. Y después... podrías conquistar otros mundos.

–Otros mundos... como la Tierra, ¿no es cierto? He observado que te gusta mucho la Tierra.

Kirtash se encogió de hombros.

–Es un buen lugar para vivir –comentó solamente.

El Nigromante se separó de la ventana.

–Ya veo lo que quieres decir. La chica podría hacerlo.

Kirtash asintió.

–Y solo ella, mi señor. La mataré si ese es tu deseo, pero, si lo hago, perderíamos la oportunidad de resucitar la Torre de Drackwen. Decide, pues, si deseas que muera, o que viva para servirnos, y yo actuaré en consecuencia.

Ashran lo miró fijamente.

–¿Puedes traerla hasta aquí? ¿Hasta la Torre de Drackwen? Si es cierto que ha despertado, su poder será mucho mayor que antes.

–Tal vez. Pero tiene un punto débil.

–¿De veras? –el Nigromante alzó una ceja, con interés–. ¿Y cuál es ese punto débil?

Kirtash esbozó una fría sonrisa.

–Yo –dijo solamente.

Allegra recorrió en silencio los pasillos de su casa, agotada. Era ya de noche y la mansión estaba tranquila. Pero ella se sentía inquieta, y dudaba que pudiera dormir como lo hacían sus invitados.

Se deslizó por el corredor y se detuvo ante la habitación de Victoria. Se asomó sin hacer ruido para no despertar a Jack y a la muchacha.

Los vio tendidos sobre la cama, dormidos el uno junto al otro, exhaustos. El brazo de Jack rodeaba la cintura de Victoria, en ademán protector, y Allegra sonrió.

Había sido una tarde muy larga. Victoria estaba destrozada y no tenía fuerzas para hacer más preguntas. Incluso cuando había llorado tanto que ya no le quedaban más lágrimas, había seguido encogida sobre sí misma, en un rincón, con la mirada perdida y la cabeza gacha, repitiendo en voz baja: «Es culpa mía, es culpa mía...».

Jack la había llevado a su habitación para que descansara. Allegra la había oído llorar otra vez desde el salón, había oído las palabras de consuelo que le susurraba Jack, y cómo los sollozos de ella se iban calmando poco a poco hasta que la joven, agotada, había terminado por dormirse en brazos de su amigo, que se había quedado junto a ella para velar su sueño.

Allegra no dudaba de que Victoria soñaría con Christian, y agradeció que estuviera Jack a su lado para reconfortarla con su presencia.

Se apoyó en el marco de la puerta y se quedó mirándolos un rato más. Pudo percibir el fuerte lazo que los unía, un afecto tan intenso, tan palpable, que Allegra no pudo evitar preguntarse de dónde procedía.

Contempló a Jack con un nuevo interés, y se preguntó quién era él en realidad. Debía de ser alguien especial o, de lo contrario, Victoria jamás se habría fijado en él. Allegra movió la cabeza, preocupada. Victoria estaba tan distante del resto de los mortales como lo estaba la Luna de la Tierra, pero nunca se lo había dicho y, aunque había ensayado miles de veces las palabras que emplearía, ahora que había llegado el momento de revelarle cuál era el misterio de su existencia, le faltaba valor. Victoria necesitaba descansar, y por ello Allegra había decidido dejar las conversaciones importantes para el día siguiente, para decepción de Alexander, que había exigido varias veces saber qué estaba ocurriendo exactamente. Pero Allegra no consideraba justo que él se enterase antes que Victoria, y se había mantenido firme.

Contempló a la chica dormida con infinito cariño. Había pasado siete años buscándola en el caótico mundo en el que se había perdido, pero al final la había encontrado. Al igual que Gerde, Allegra tenía una habilidad especial para reconocer a las criaturas como Victoria.

La había sacado de aquel orfanato y le había proporcionado un hogar seguro. Había elegido una casa grande a las afueras de una gran ciudad. Una gran ciudad, porque a sus enemigos les resultaría más difícil detectarlas que si viviesen en un lugar más aislado. A las afueras, porque la naturaleza feérica de Allegra se marchitaría si pasara demasiado tiempo en el corazón de la urbe. Había escogido precisamente aquella mansión porque tenía un bosquecillo en la parte trasera, y Allegra supuso que un ser como Victoria necesitaría un espacio como aquel para refugiarse y renovar su energía.

La casa estaba pensada para ser una fortaleza, para mantener a salvo a Victoria mientras crecía e iba, poco a poco, preparándose para afrontar el papel que el destino tenía reservado para ella. Pero aquella casa no podía protegerla de la poderosa criatura que Ashran había enviado tras sus pasos. Allegra se había dado cuenta de ello cuando, cuatro años atrás, en Suiza, Kirtash había estado a punto de alcanzar a la muchacha. Se había reprochado una y mil veces aquel descuido; pero Victoria se había unido a la Resistencia, y ahora no era Allegra la única que la protegía. Estuvo tentada de hablar con ella entonces, de contárselo todo, de contactar con la Resistencia. Pero Victoria estaba de vuelta en su cuarto todas las mañanas, y su luz propia, aquella luz que se reflejaba en sus ojos y que solo algunos, como Allegra, como Kirtash, podían detectar, brillaba con más intensidad. Su abuela sabía que había encontrado otro lugar mejor, un refugio aún más seguro que su propia casa, un espacio donde renovar su energía y sentirse a salvo de todo, incluso de Kirtash. Y supo entonces que tenía que guardar el secreto, porque Victoria necesitaba una vida tranquila, rutinaria, una vida como la de otras chicas de su edad, para mantener su equilibrio emocional. Limbhad era más seguro que la mansión de Allegra, eso era cierto. Pero la vida que esta le había proporcionado era más segura que la que le ofrecía la Resistencia, y ambas vidas, ambos espacios, se compensaban mutuamente.

De modo que Allegra se limitó a observar, no sin inquietud, cómo su protegida se iba preparando para ocupar su lugar en la historia de Idhún. Era arriesgado, porque había entrado en juego antes de tiempo, pero tenía sus ventajas. Victoria ya no era una niña inocente. Había sufrido, había aprendido mucho, había madurado. Estaba más preparada ahora de lo que lo hubiera estado si Shail, Jack y Alexander no hubiesen entrado en su vida, si se hubiese conformado con la protección que Allegra le ofrecía.

Pero luego había entrado Kirtash en escena.

Allegra sabía quién era él, había detectado su interés por Victoria. Fue consciente de las reuniones clandestinas de los dos jóvenes, y las observó con inquietud, pero también con interés. Resultaba alarmante, pero no tenía la menor duda de que Kirtash ya conocía la identidad de Victoria y, a pesar de eso, no había tratado de matarla todavía. Comprendió entonces que el shek había quedado cautivado por la luz de Victoria; porque, aunque Kirtash pensara que seguía siendo fiel a su señor, lo cierto era que, protegiendo a la muchacha, se había convertido en un importante aliado de la Resistencia.

Allegra cerró los ojos, cansada. Era una lástima haberlo perdido. No solo para la Resistencia, sino también por Victoria. Estaba claro que lo que ambos habían sentido el uno por el otro era muy intenso y muy real. De no ser así, Victoria no habría podido sufrir de aquella manera con el suplicio del joven, con o sin el Ojo de la Serpiente brillando en su dedo. Era, hasta cierto punto, lógico. Victoria y Kirtash eran dos seres muy semejantes, pero también radicalmente opuestos. Era inevitable que sintieran atracción el uno por el otro. Ashran debería haber previsto algo así.

En tal caso... ¿dónde encajaba Jack? Porque era evidente que Victoria también sentía algo muy profundo hacia él; por tanto, no era un simple muchacho humano, debía de ser mucho más. Allegra lo había visto blandir a Domivat y había dado por sentado que era un hechicero poderoso, o tal vez un héroe. Pero ahora ya no estaba tan segura. Porque aquello no justificaba el inmenso afecto que Victoria sentía hacia él. Y tampoco lo que estaba contemplando en aquellos instantes.

Para un observador humano, en la habitación solo había dos adolescentes dormidos, muy cerca el uno del otro. Pero Allegra veía perfectamente cómo sus dos auras se entrelazaban tratando de fusionarse en una sola, cómo se comunicaban entre ellas, cómo se acariciaban la una a la otra, y no le cupo la menor duda de que necesitaban desesperadamente estar juntos, y que separarlos sería lo más cruel que podrían hacerles a ambos.

Entrecerró los ojos. El aura de Jack era intensa, resplandeciente como un sol. No, aquel no era un muchacho corriente. No más que Victoria. ¿Sería posible, entonces, que...?

Se sobresaltó. No, no podía ser cierto. Por otro lado, si lo era...

... Si lo era, Kirtash debía de haberlo adivinado tiempo atrás. Algo así no podía haber escapado a la aguda percepción del shek. Y, si Kirtash lo sabía, Ashran debía de saberlo también.

Sintió un escalofrío. Si sus sospechas eran acertadas, lo único que se interponía entre el Nigromante y su victoria total estaba en aquella casa... en aquella habitación.

No era un pensamiento tranquilizador. Allegra estuvo tentada de despertar a Alexander, que descansaba en una de las habitaciones de invitados, pero lo pensó con calma y decidió que era mejor dejarlos dormir a todos. Los necesitaría despejados para enfrentarse a lo que se avecinaba.

Las defensas mágicas de la casa habían quedado muy debilitadas después del ataque de Gerde y los suyos. Allegra se dio cuenta de que no podía esperar al día siguiente para reforzarlas, de modo que decidió ponerse a ello inmediatamente. Pondría en juego todo su poder para convertir la mansión en una fortaleza inexpugnable en la que nadie pudiera entrar.

Pero no cayó en la cuenta de que eso no impediría que los ocupantes de la casa salieran al exterior.

Y, por desgracia, Kirtash ya había contado con ello.

La piedra de cristal de Shiskatchegg relució durante un breve instante. Después se apagó, pero no tardó en iluminarse de nuevo, con un leve resplandor verdoso.

Victoria abrió los ojos lentamente. Vio el anillo justo frente a ella, porque su mano izquierda reposaba sobre la almohada, junto a su rostro. Lo vio relucir en la semioscuridad y jadeó, sorprendida, cuando se dio cuenta de lo que ello significaba. Estuvo a punto de ponerse en pie de un salto, pero se contuvo cuando sintió una presencia junto a ella. Se dio la vuelta y vio a Jack, dormido, a su lado. Por un momento se olvidó del anillo y sonrió con ternura. Suspiró imperceptiblemente y apartó con suavidad el brazo de Jack, que le rodeaba la cintura. El muchacho se movió en sueños, pero no se despertó. Victoria se inclinó sobre él para darle un beso de despedida en la mejilla.

–Enseguida vuelvo –susurró, con el corazón latiéndole con fuerza.

No tardó en salir de la habitación.

Se deslizó por la casa sin hacer ruido. Pasó por el salón, donde su abuela, agotada, se había quedado dormida en un sillón. Pero apenas se dio cuenta de que estaba allí. El Ojo de la Serpiente relucía mágicamente en la oscuridad, y ello podía significar que Christian estaba vivo. Nada, absolutamente nada, podría haber impedido que Victoria acudiese a su encuentro aquella noche.

Salió al jardín y se detuvo, con el corazón latiéndole con fuerza. Sintió un escalofrío al ver el terreno destrozado y recordar la pelea de aquella tarde. Sin embargo, no tardó en sacudir la cabeza y volverse hacia el mirador, iluminado por la luna.

Pero Christian no estaba allí. Victoria se llevó la mano a los labios, angustiada. Sin embargo, Shiskatchegg seguía brillando, y la muchacha se aferró a la esperanza de que no fuera un sueño, de que Christian se hubiera salvado y hubiera encontrado la manera de llegar hasta ella.

Bajó corriendo las escaleras de piedra hasta el pinar. Se adentró entre los árboles, buscando a la persona a quien creía haber perdido. Se detuvo, indecisa, y miró a su alrededor.

–¿Christian? –jadeó.

Vio su figura un poco más allá, una sombra más fundiéndose con la noche; la habría reconocido en cualquier parte.

–¡Christian!

Victoria sintió que algo le iba a estallar en el pecho y corrió hacia él. Se lanzó a sus brazos, con tanto ímpetu que estuvo a punto de hacerle perder el equilibrio. Con los ojos llenos de lágrimas, lo abrazó con todas sus fuerzas y enterró el rostro en su hombro.

–Christian, estás bien... Pensaba que te había perdido, y no te imaginas... oh, menos mal que has vuelto...

Él no dijo nada, no se movió y tampoco correspondió a su abrazo. Y Victoria sintió de pronto...

... frío.

Alzó la cabeza y trató de descifrar la mirada de él en la semioscuridad.

–¿Christian? ¿Estás bien?

–Estoy bien, Victoria –pero su voz carecía de emoción, y su tono era tan inhumano que la muchacha se estremeció.

–¿Qué... qué te han hecho? –musitó.

Intentó bucear en sus ojos, pero chocó contra una pared de hielo.

Y, de alguna manera, supo que acababa de perder a Christian por segunda vez en el mismo día. Se le rompió el corazón en mil pedazos, quiso llorar todas sus lágrimas, quiso decir muchas cosas, pero no había palabras capaces de expresar su dolor; quiso entonces gritar al mundo el nombre de Christian para hacerlo volver de donde quiera que estuviera en aquellos momentos, aunque tal vez hubiera muerto ya, sepultado para siempre bajo la fría mirada de Kirtash.

Quiso hacer todo eso, pero el instinto fue más poderoso. Victoria dio media vuelta y echó a correr como una gacela hacia la casa, lejos de aquella criatura que tenía el aspecto de Christian, pero no sus ojos.

Apenas una fracción de segundo después, Kirtash ya corría tras ella. Y Victoria supo que, hiciera lo que hiciese, la alcanzaría.

El dolor y la tristeza se convirtieron en miedo, rabia, frustración. Y cuando sintió la fría mano de Kirtash aferrándole el brazo, se volvió hacia él, furiosa, y le lanzó una patada en la entrepierna.

Kirtash abrió mucho los ojos y se dobló, sorprendido, pero no la soltó. Victoria echó la pierna atrás para coger impulso y le disparó una nueva patada, esta vez al estómago, con toda la fuerza de su desesperación. Logró liberarse y echar a correr otra vez, pero Kirtash consiguió agarrarla por el jersey, y la hizo caer de bruces al suelo, sobre la hierba. Victoria se revolvió, desesperada, cuando sintió al shek caer sobre ella. Chilló, y algo estalló en su interior. Hubo una especie de destello de luz, un resplandor que salía de su frente y que cegó a Kirtash por un breve instante. Victoria se dio la vuelta y trató de arrastrarse lejos de su perseguidor, pero pronto sintió la mano de Kirtash aferrándole el tobillo. Se debatió, asustada y furiosa. Kirtash se lanzó sobre ella y la sujetó contra el suelo por las muñecas. Estaban muy cerca el uno del otro y, sin embargo, Victoria solo podía sentir aquel terror irracional que no tenía nada que ver con el ambiguo sentimiento que le había inspirado Christian, ni siquiera en sus primeros encuentros.

La muchacha cerró los ojos y llamó al Alma de Limbhad. Era la única manera de escapar de allí.

Sintió que ella acudía a su encuentro, pero Victoria estaba demasiado asustada y no lograba conservar la calma necesaria para fusionar su aura con la del Alma.

Kirtash se dio cuenta de sus intenciones. La cogió por la barbilla y la obligó a girar la cabeza y a mirarlo a los ojos. Estaba prácticamente echado sobre ella, y Victoria pensó, de manera absurda, que en otras circunstancias, apenas un día antes, su corazón habría latido a mil por hora de haber estado tan próxima a él, habría deseado que la besara, se habría derretido entera al mirarlo a los ojos.

Pero ahora sentía solo... terror, desesperación... e incluso... odio.

–Mírame –dijo él, con voz suave pero indiferente.

–No... –susurró ella.

Pero era demasiado tarde. Se quedó prendida en la hipnótica mirada de Kirtash y supo, sin lugar a dudas, que él la había atrapado.

Jack se despertó de golpe, con el corazón latiéndole con fuerza. Había tenido un sueño muy desagradable. No recordaba qué era, pero sí sabía que en él perdía algo muy importante, algo vital, y todavía sentía esa angustiosa sensación de pérdida.

Tardó un poco en ubicarse y en darse cuenta de que se encontraba todavía en la mansión de Allegra d'Ascoli, en la habitación de Victoria, para más datos.

Pero ella no estaba allí.

Fue como si algo atravesara el corazón de Jack de parte a parte. Porque en aquel momento, de alguna manera, supo que su amiga estaba en peligro.

Se precipitó fuera de la habitación, sin ponerse las zapatillas siquiera, pero sin olvidarse de recoger a Domivat, que descansaba en un rincón. Pasó como una tromba por el salón, corrió hacia la puerta de entrada y la abrió con violencia.

Allegra se despertó, sobresaltada. Llegó a ver a Jack saliendo de la mansión con la espada desenvainada, llameando en la semioscuridad, y comprendió lo que estaba sucediendo. Se levantó de un salto y corrió a despertar a Alexander.

Jack atravesó el jardín trasero como una bala. Sabía por instinto adónde debía dirigirse y, en su precipitación, por poco cayó rodando por los escalones de piedra. Pero consiguió llegar al pinar a tiempo de ver la figura de Kirtash, que se incorporaba, llevando a Victoria en brazos. Jack supo, de alguna forma, que lo que pretendía hacer el shek con ella, fuera lo que fuera, no podía ser bueno.

–¡Suéltala, bastardo! –gritó, furioso.

Kirtash se volvió hacia él, aún sosteniendo a Victoria. Algo en su mirada centelleó en la penumbra. Dejó a la muchacha sobre la hierba y se enfrentó a Jack, desenvainando a Haiass.

Jack se quedó sorprendido. No esperaba que Kirtash hubiera conseguido reparar la espada; pero, en cualquier caso, ahora debía luchar, luchar por Victoria.

De nuevo, Domivat y Haiass se encontraron, y el aire tembló con el impacto. Y Jack se dio cuenta, alarmado, de que la llama de su espada vacilaba ante el implacable hielo de Haiass. Retrocedió un par de pasos, en guardia todavía, y trató de visualizar cuál era la situación. Recordó entonces que su contrario era el mismo joven por el que Victoria había llorado tan amargamente aquella tarde, el mismo que había traicionado a los suyos para protegerla, el mismo que había sufrido por ello un horrible castigo. Intentó pensar con claridad.

–¡Espera! –pudo decir–. ¿Qué te ha pasado? ¿Qué... qué vas a hacer con Victoria?

Pero Kirtash no respondió. Se movió como una sombra en la oscuridad, y Jack se apresuró a alzar su arma para defenderse de Haiass, que caía sobre él con la rapidez de un relámpago. Un poco desconcertado, se limitó a defenderse, mientras intentaba comprender qué estaba sucediendo exactamente.

Fuera lo que fuese, no podía ser bueno. Kirtash lanzó una poderosa estocada, y, ante la consternación de Jack, Domivat salió volando de sus manos para ir a caer sobre la hierba, un poco más lejos. El chico retrocedió unos pasos. Ambos se miraron. Kirtash sonrió, y Jack pensó que allí, de pie ante él, con Haiass en la mano, palpitando con un suave brillo blanco-azulado, parecía más alto, más fuerte, más seguro de sí mismo, más frío si cabe, e incluso más... inhumano.

Pero en aquel momento llegaban corriendo Allegra y Alexander. Este último blandía a Sumlaris, y se lanzó contra Kirtash con un grito de advertencia. El joven shek se puso en guardia, y Jack aprovechó para recuperar su propia espada.

Mientras, Alexander se las arregló para hacer retroceder a Kirtash, apenas unos pasos. Cuando este tomó la iniciativa de nuevo, Jack ya estaba otra vez frente a él, junto a Alexander, enarbolando a Domivat.

Kirtash les dirigió una breve mirada. Y entonces, con una helada sonrisa de desprecio, se transformó.

De nuevo, la enorme serpiente alada se alzó ante ellos, amenazadora y magnífica, y fijó sus ojos tornasolados en Jack. Este sintió un escalofrío al comprender que Kirtash había decidido matarlo por fin, y que no iba a poder escapar fácilmente en aquella ocasión. Tampoco podía contar con Alexander, de momento; se había quedado paralizado al ver a la inmensa criatura.

Jack también debería haber tenido miedo, pero solo sintió que hervía de ira y de odio al ver a Kirtash bajo su verdadero aspecto. Con un grito salvaje, alzó a Domivat y corrió hacia el shek. La criatura batió las alas para elevarse un poco más, y la corriente de aire que generó casi logró desequilibrar a Jack. El muchacho saltó a un lado en el último momento, justo a tiempo para evitar los mortíferos colmillos del shek, que se había abalanzado sobre él. Titubeó, dándose cuenta de que era un enemigo demasiado formidable, y se preguntó, por primera vez, cómo iban a salir todos vivos de aquel enfrentamiento.

Pero entonces Kirtash se volvió con brusquedad, y Jack entrevió qué era lo que había distraído su atención.

Allegra había llegado junto a Victoria, que seguía tendida sobre la hierba, mirándolos con los ojos abiertos y llenos de lágrimas, pero, por lo visto, incapaz de moverse, como si estuviera paralizada.

Kirtash sacudió la cola como si fuera un látigo y barrió literalmente a Allegra del suelo, lanzándola lejos de allí. Jack la vio aterrizar con violencia un poco más allá y deseó que hubiera sobrevivido al golpe. Sin embargo, le había dado una oportunidad, y no pensaba desaprovecharla; descargó su espada contra el cuerpo anillado de la criatura.

La serpiente emitió un agudo chillido, y Jack pensó por un momento que le estallarían los tímpanos; pero, cuando pudo volver a mirar, se dio cuenta de que Kirtash había recuperado su apariencia humana y se sujetaba una pierna, con gesto de dolor. Jack no pudo evitar una sonrisa de triunfo; pero se le borró rápidamente de la cara cuando descubrió que el shek todavía enarbolaba a Haiass, y precisamente en ese momento lanzaba una estocada mortífera, rápida y certera. Jack logró interponer a Domivat, pero demasiado tarde. El golpe de Kirtash lo alcanzó en el hombro, y Jack gimió de dolor y dejó caer la espada. Kirtash avanzó para dar el golpe de gracia; en esta ocasión fue Alexander quien acudió a cubrir a Jack, con el cabello revuelto y los ojos iluminados por un extraño brillo amarillento. Descargó un golpe contra Kirtash, con un grito que sonó como el aullido de un lobo. Sumlaris no logró hacer flaquear a Haiass, pero la pierna de Kirtash vaciló un instante. El shek empujó a Alexander hacia atrás y retrocedió también, cojeando. Tuvo que volverse rápidamente para interceptar con la espada un hechizo de ataque que le había lanzado Allegra, que, a pesar de estar herida de gravedad, se había incorporado y aún plantaba cara.

Kirtash retrocedió un poco más. Les dirigió una fría mirada y llegó junto a Victoria. Se inclinó junto a ella.

–¡NO! –gritó Jack.

Kirtash sonrió con indiferencia. Sus dedos apenas rozaron el cabello de Victoria, en una cruel parodia de caricia. Jack trató de correr hacia él, pero el shek, todavía sonriendo, entornó los ojos... y él y su prisionera desaparecieron, se esfumaron en el aire, como si jamás hubieran estado allí.

Jack sintió que algo se desgarraba en su alma. Corrió hacia el lugar donde habían estado Victoria y Kirtash, a pesar de que sabía que era inútil, y se volvió hacia todos lados, buscándolos, furioso y desesperado. Gritó al bosque el nombre de Victoria, pero ella no respondió. Y cuando se dio cuenta de que la había perdido, tal vez para siempre, se dejó caer sobre la hierba, anonadado, sin acabar de creer lo que acababa de suceder.

–Victoria... –susurró, pero se le quebró la voz, y no pudo decir nada más.

Era como si, de repente, el sol, la luna y todas las estrellas hubieran sido arrancados del cielo, sumiendo su mundo en la más absoluta oscuridad.

Victoria había presenciado toda la pelea, aunque la mirada de Kirtash la había paralizado y se había visto incapaz de moverse para ayudar a sus amigos. Había perdido el sentido justo después, durante el viaje.

Porque sabía que había habido un viaje, aunque no lo hubiera percibido. Se notaba extraña, y no solo a causa de la debilidad que todavía sufría su cuerpo y que la impedía moverse, sino...

Intentó sacudir la cabeza, pero no pudo moverse. Sentía la cabeza embotada y el cuerpo muy pesado, como si de repente hubiera cambiado el ambiente, el aire, todo. Era desconcertante y, sin embargo, le resultaba familiar.

Miró a su alrededor y el estómago se le encogió de miedo.

Estaba atada de pies y manos en una especie de plataforma redonda que se alzaba en el centro de una habitación circular, de paredes de piedra. Había cuatro ventanales, uno en cada punto cardinal, y a través de uno de ellos se veían dos soles, no uno. Victoria parpadeó, pero no era una alucinación. Uno de los dos, una esfera roja, era más pequeña que la otra, de color anaranjado; y aún percibió el brillo del tercer sol, que acababa de ocultarse tras el horizonte.

Así pues, estaba en Idhún. Cerró los ojos, mareada. No, no era posible. Todavía no estaba preparada, no debería haber cruzado el umbral sin antes saber qué era exactamente lo que la relacionaba con aquel mundo, y mucho menos, haberlo hecho completamente sola.

¿Sola...?

Abrió los ojos y, con un soberano esfuerzo, logró volver la cabeza.

Y vio que allí, de pie, junto a ella, estaba Kirtash, mirándola. Estuvo a punto de llamarlo por el nombre de la persona a la que ella amaba, Christian, pero se mordió el labio y se contuvo a tiempo. Aquel ser ya no era Christian.

–¿Qué vas a hacer conmigo? –logró preguntar.

Kirtash no dijo nada. Solo alzó la mano y le acarició la mejilla con los dedos, como solía hacer.

No, no como solía hacer, comprendió Victoria enseguida. No había ternura ni cariño en aquel contacto. Kirtash la había acariciado como quien roza los pétalos de una flor, admirando su belleza, pero sin sentir nada por ella.

Victoria parpadeó para contener las lágrimas, recordando lo que había perdido. Se las arregló para no llorar. No iba a derramar una sola lágrima, no delante de él.

–Dime, ¿por qué? –susurró.

–Es mi naturaleza –respondió él con suavidad.

–Antes no eras así.

–Siempre he sido así, Victoria. Y tú lo sabías.

Ella trató de soltarse, pero no lo consiguió.

–No es un recibimiento muy amable –murmuró–. ¿Qué vas a hacer conmigo?

Él alzó la cabeza y echó un vistazo por la ventana, hacia el crepúsculo trisolar.

–Yo, no –respondió tras un breve silencio–. Es Ashran, el Nigromante, quien tiene planes para ti.

Victoria respiró hondo, ladeó la cabeza y se le quedó mirando.

—¿Vas a dejar que me haga daño? —preguntó en voz baja—. ¿Después de todas las molestias que te has tomado para protegerme?

—Eso ya pertenece al pasado —repuso Kirtash—. Lo cual me recuerda una cosa.

Se acercó a ella y tomó su mano izquierda. Victoria se estremeció, pero el contacto había sido totalmente desapasionado... indiferente. La muchacha cerró los ojos un momento, destrozada por dentro. Era demasiado lo que había perdido... en demasiado poco tiempo.

—¿Qué haces?

Kirtash no respondió; intentó quitarle del dedo el Ojo de la Serpiente, pero Victoria notó un cosquilleo, y el joven apartó la mano con brusquedad y un brillo de cólera en la mirada.

La muchacha sonrió para sus adentros, perpleja pero complacida. Shiskatchegg había reaccionado contra Kirtash, no quería abandonarla a ella. Se preguntó qué podría significar aquello. En cualquier caso, se alegraba de conservar el anillo. Le recordaba a Christian, al Christian que se lo había dado como prueba de su afecto.

La mirada de Kirtash volvía a ser un puñal de hielo.

—No importa —dijo—. Lo recuperaré de tu cadáver.

Victoria tragó saliva.

—No puedo creerlo —musitó—. ¿De verdad vas a matarme?

—Todavía no. Solo cuando dejes de ser útil.

Victoria apartó la mirada. Sí, aquella era la forma de pensar del asesino que ella había conocido en los primeros tiempos de la Resistencia. Se odió a sí misma por haberse dejado engatusar tan fácilmente. Era obvio que aquella parte de Kirtash que tanto detestaba nunca había desaparecido del todo, por más que ella hubiera tratado de convencerse a sí misma de lo contrario.

Kirtash alzó entonces la mirada hacia la puerta, y Victoria se giró también para ver a la persona que acababa de entrar.

Se quedó sin aliento.

Ante ella se alzaba Ashran el Nigromante. Tenía que ser él, puesto que Kirtash había inclinado la cabeza en señal de sumisión, y Victoria no sabía de nadie más a quien él rindiese pleitesía. Y ahora empezaba a comprender por qué.

Ashran era un hombre muy alto, de cabello gris plateado y rostro frío, perfecto y atemporal como una estatua de mármol. Podría haber resultado atractivo, de no ser por sus ojos, cuyas pupilas eran de un extraño y desconcertante color plateado, como si fuesen metálicas, y de una intensidad que producía escalofríos. Y, sin embargo, era humano, Victoria podía percibirlo de alguna manera, aunque había algo maligno y poderoso que se agazapaba en algún rincón de su alma.

Victoria no pudo seguir mirando. Volvió la cabeza hacia otra parte, mientras el estómago se le retorcía de terror.

–¿Está lista la muchacha? –oyó decir al Nigromante.

–Todo está preparado, mi señor –respondió Kirtash con indiferencia.

–Bien –sonrió Ashran–. Ve a avisar a Gerde. Voy a necesitar un hechicero de apoyo.

Kirtash asintió y se encaminó hacia la puerta, cojeando ligeramente; Victoria supuso que era debido a la herida que le había infligido la espada de Jack apenas unas horas antes. Cuando pasó junto a la plataforma en la que se encontraba la muchacha, esta volvió la cabeza hacia él y le dijo:

–Christian, lo siento.

Él se detuvo un momento junto a ella, pero no la miró.

–¡Lo siento! –repitió ella, con un nudo en la garganta–. Siento haberte dejado solo, siento haberme quitado el anillo, ¿me oyes? Por favor, perdóname...

No obtuvo respuesta. Kirtash sonrió con cierto desdén y prosiguió su camino, sin dedicarle una sola mirada. Victoria le vio salir de la habitación, y supo que una parte de su ser se iba con él.

Cuando se quedó a solas con el Nigromante, fue la presencia de este lo que percibió con más intensidad, y se estremeció, aterrorizada. Ashran se acercó a ella y Victoria trató de alejarse, pero estaba bien atada, y no lo consiguió.

La fría mano del Nigromante agarró su barbilla y le hizo alzar la cabeza. Victoria se encontró de pronto ahogada por la mirada plateada de él; quiso gritar, quiso salir huyendo, pero estaba paralizada de miedo.

–Esa luz –comentó el Nigromante–. Has elegido un buen escondite, no me cabe duda, pero te delata la luz de tus ojos.

La soltó. Victoria se dejó caer de nuevo sobre la fría piedra, jadeando.

–No podías ocultarte de mí –añadió Ashran–. Ahora, por fin, podré hacerte pagar lo que le has hecho a Kirtash. Pero antes... me vas a prestar un pequeño servicio.

—No voy a hacer nada por ti —replicó ella con fiereza; el nombre de Kirtash la había enfurecido, porque le había hecho recordar lo mucho que Christian había sufrido, apenas unas horas antes, a manos de aquel hombre—. Y no te atrevas a hablar de él. Lo has maltratado, has estado a punto de matarlo. ¿Qué clase de padre se supone que eres?

Esperaba que Ashran se encolerizara, y estaba preparada, pero su reacción la sorprendió, porque respondió con una carcajada burlona.

—Soy la clase de padre que quiere lo mejor para su hijo —respondió el Nigromante— y que no soporta verlo convertido en una marioneta que baila al son que tú le dictas, Victoria. Kirtash es un ser poderoso, algún día gobernará sobre Idhún. Tú has estado a punto de echar a perder todo eso, lo habías convertido en una criatura débil, dependiente de sus emociones humanas. ¿En serio sentías algo por él? Permite que lo dude.

Victoria se mordió el labio inferior y volvió la cabeza, temblando de rabia. No estaba dispuesta a hablar de sus sentimientos por Christian, no con aquel hombre.

Lo sintió cerca de ella, examinando las cuatro altas agujas de piedra negra que se alzaban en torno a la plataforma a la que estaba amarrada, y en las que Victoria no había reparado antes. Se preguntó para qué servirían, y algo le dijo que no le gustaría saberlo.

Como si hubiese leído sus pensamientos, Ashran dijo:

—Mientras llega Gerde, supongo que no te molestará que hagamos una pequeña prueba.

—¿Una prueba? —repitió Victoria, cautelosa—. No sé de qué estás hablando. No pienso hacer nada que...

Pero algo parecido a un calambre recorrió toda su espina dorsal y la hizo arquearse sobre la plataforma. Se contuvo para no gritar.

—Parece que funciona —comentó Ashran—. Bien, veamos qué sabes hacer.

Rodeó la plataforma, y salió del campo de visión de Victoria. Esta se preguntó, inquieta, que andaría tramando, pero no tardó en averiguarlo.

Las puntas de dos de las cuatro agujas negras parecieron acumular durante un momento... ¿oscuridad? Victoria contempló, fascinada, cómo las agujas creaban tinieblas sobre ella, hasta formar una espiral oscura que empezó a girar sobre sí misma. Y la chica no tardó en sentir una especie de movimiento de succión...

Jadeó y trató de escapar, pero no lo consiguió. Las tinieblas tiraban de ella, le arrebataban algo que, aunque no sabía qué era, sí intuía que se trataba de una parte vital de su ser. No tardó en reconocer la sensación.

Era lo mismo que sentía cuando utilizaba su poder de curación. La energía fluía a través de ella, hacia fuera, como en ondas. Pero había una diferencia aterradora.

Victoria no estaba entregando aquella energía voluntariamente, sino que esta le estaba siento arrebatada de forma violenta, tosca, grosera. La muchacha gimió y trató de escapar. Era desagradable, era doloroso, era incluso humillante. Para ella, el acto de curar era algo muy íntimo porque, de alguna manera, cuando lo hacía, entregaba parte de su ser a la persona que recibía su don; y aquello que le estaban haciendo era horrible, porque le estaban robando con brutalidad algo que ella no quería dar. Se retorció sobre la plataforma y dejó escapar otro gemido, sintiendo que se vaciaba y sabiendo que, si aquello continuaba, no tardaría en quedarse sin fuerzas y morir de agotamiento.

–No te preocupes –dijo Ashran–. Ya viene.

«¿Qué es lo que viene?», quiso preguntar Victoria, pero la angustia de la extracción la ahogaba, y fue incapaz de pronunciar una sola palabra.

Pronto lo descubrió, de todas formas.

La energía manó como un surtidor, procedente de la misma tierra, y pasó a través de ella, atravesándola, como si hubiera metido los dedos en un enchufe. Y no fluía con la calma de un arroyo, sino con la fuerza y la violencia de un torrente desbordado. Victoria gritó, sintiéndose avasallada, maltratada, utilizada. Dolía, pero lo peor era aquella sensación de indefensión, de vergüenza, de vejación incluso. Quería parar, quería dejar de entregarles energía, pero no era algo sobre lo que pudiera decidir, y eso era lo peor de todo: que ella intuía que aquello debía ser un acto de libre entrega, que no debía ser arrebatado por la fuerza.

–¡Parad! –gritó con desesperación–. ¡No quiero seguir con esto!

Se calló cuando vio a Kirtash de pie junto a ella. Jadeó y lo miró, tratando de descubrir algo de compasión en sus ojos, pero lo único que encontró fue, si acaso, cierta curiosidad, como quien observa un experimento científico.

–Christian –suspiró ella.

De repente, el flujo de energía cesó, y Victoria se dejó caer sobre la plataforma, desmadejada y muy débil.

–No está utilizando toda su capacidad –comentó Kirtash.

–Porque solo estamos usando dos de los extractores –respondió Ashran–. ¿Quieres ver cuánta energía es capaz de succionar este artefacto a través de ella?

En los ojos de Kirtash apareció un destello de interés.

–¿Por qué no?

–Gerde –llamó el Nigromante.

Victoria giró la cabeza al oír el nombre del hada. La vio pasar junto a Kirtash, sonriendo. La vio ponerse de puntillas para susurrarle algo al oído, mientras sus largos dedos acariciaban el brazo de él. Y vio a Kirtash sonreír y responder a su insinuación, besándola breve pero intensamente. Tampoco se le escapó la mirada de soslayo que el hada le dirigió mientras besaba al muchacho. Victoria parpadeó para contener las lágrimas. Sabía que Kirtash no sentía nada por ella, que era solo una diversión para él, pero...

Respiró hondo y dirigió a Gerde una mirada en la que esperó haber puesto una buena dosis de desprecio y desdén. Pero, cuando Kirtash se volvió también hacia ella para mirarla, todavía con Gerde muy pegada a él, giró la cabeza con brusquedad para no tener que volver a ver aquella indiferencia que tanto daño le hacía. Habría preferido mil veces que él la odiara, que la despreciara incluso... pero no soportaba la idea de haber desaparecido por completo de su corazón.

Gerde se separó de Kirtash y ocupó la posición que le correspondía, entre las dos agujas que todavía permanecían inactivas. Victoria la vio colocar las manos sobre ellas y, apenas unos instantes después, percibió de nuevo la espiral de oscuridad, pero en esta ocasión no se movió. Nada tenía sentido. No valía la pena luchar.

Sin embargo, cuando el torrente de energía volvió a atravesarla, ahora con mucha más intensidad, Victoria no pudo reprimir un grito, no pudo contener las lágrimas, e hizo todo lo posible por seguir mirando en otra dirección, para que Kirtash, que seguía observándola en silencio, no la viera llorar, no la viera sufrir, no viera aquella angustia reflejada en su rostro.

Porque podía soportar el dolor, la humillación, pero no la inhumana impasibilidad con que él la contemplaba.

XXVII
LA LUZ DE VICTORIA

TIENE que haber algo que podamos hacer –dijo Jack por enésima vez.

–Ya te lo he explicado, chico. No podemos volver a Idhún. El Nigromante controla la Puerta interdimensional. Y siéntate de una vez. Me pones nervioso.

–¡Pero tiene que haber algo que podamos hacer! –insistió Jack, desesperado.

–Solo podemos esperar, Jack –dijo Allegra con cierto esfuerzo–. Esperar a que alguien la traiga de vuelta.

–Nadie la va a traer de vuelta, Allegra. No entiendo lo que quieres decir.

–Siéntate. Intentaré explicártelo, ¿de acuerdo?

Jack se dejó caer sobre el sofá y clavó una mirada en la dueña de la casa. Allegra se estaba curando a sí misma con su propia magia, pero el proceso era lento, y parecía claro que tardaría bastante en recuperar las fuerzas. Con todo, se había negado a encerrarse en su habitación para descansar. La Resistencia estaba en una situación de crisis y todos necesitaban respuestas.

–Nuestra única esperanza de recuperar a Victoria –explicó Allegra– se basa en que ella sigue viva todavía.

–¿Cómo lo sabes? –preguntó Jack, comido por la angustia.

–Porque se la han llevado viva, Jack. Eso significa que quieren utilizarla para algo, no sé exactamente qué; pero apostaría lo que fuera a que, sea lo que sea, ha sido idea de Kirtash.

–Sigo sin entender adónde quieres ir a parar –intervino Alexander, frunciendo el ceño.

Allegra movió la cabeza con impaciencia.

–Lo único que le interesa a Ashran es matar a Victoria, Alexander. Ella es lo único que se interpone entre él y el dominio absoluto de Idhún. No se habrá planteado ni por un momento que pueda hacer con ella otra cosa que no sea eliminarla del mapa. La idea de secuestrarla viva tiene que haber sido de otra persona, y me inclino a pensar que ha sido cosa de Kirtash. Si eso es cierto... puede que, en el fondo, una parte de él todavía quiera protegerla.

–Pero... ¿por qué es tan importante Victoria? –preguntó Jack, confuso.

Allegra los miró a los dos fijamente y sonrió, con infinita tristeza, pero también con cariño. Cuando habló, sus palabras cayeron sobre lo que quedaba de la Resistencia como una pesada losa:

–Porque ella, Jack, es el unicornio de la profecía. El unicornio que, según los Oráculos, acabará con el poder del Nigromante.

Sobrevino un silencio incrédulo.

–¿Qué? –soltó finalmente Alexander–. ¿Victoria, un unicornio? Pero... no es posible.

Jack se quedó sin aliento. Le costó un poco asimilar las palabras de Allegra, pero, cuando lo hizo, todas las piezas empezaron a encajar.

–Ella es... Lunnaris –murmuró conmocionado–. Claro, eso... eso lo explica todo.

–¿El qué? –murmuró Alexander, confuso–. Sigo sin entender...

Pero Jack sacudió la cabeza.

–La luz... esa luz de sus ojos. Es... mágica. Es única. Nunca había visto nada igual. Pensé que era porque yo... porque yo... –dijo, sintiéndose un poco violento; al final no llegó a terminar la frase, sino que concluyó–: Pero no, es verdad. No es que yo la vea así, es que ella es así.

–La luz de Victoria –asintió Allegra–. Un unicornio puede ocultarse en un cuerpo que no es el suyo verdadero, pero lo delatará su mirada, siempre. Con todo, los humanos en general son ciegos a la luz del unicornio. Nosotros, los feéricos, sí podemos detectarlo –hizo una pausa–. Y las criaturas como Kirtash también pueden. Él supo quién era ella la primera vez que la miró a los ojos.

–Pero eso es absurdo –barbotó Alexander–. Él vino a este mundo expresamente para matar a Yandrak y Lunnaris. No tiene sentido que cometiera el error de perdonar la vida al unicornio... o, incluso, de salvarlo.

–Kirtash sabe, en el fondo –murmuró Allegra–, que matar a Victoria es el mayor crimen que puede cometer... porque ella es la última, Alexander. El último unicornio. Cuando ella muera, morirá la magia en Idhún. A los sheks en general no les importa, ya que ellos no obtienen su poder de los unicornios, sino de su propia mente, superior a la de las razas que consideran inferiores. Y sospecho que también Ashran tiene otra fuente de poder.

»Pero nuestro mundo nunca se recobrará del todo de la extinción de los unicornios. Y dudo mucho que nadie, ni siquiera un shek como Kirtash, quiera cargar con la responsabilidad de haber acabado con el último de la especie.

Jack enterró la cara entre las manos, agotado.

–Por eso el báculo no podía encontrar a Lunnaris. Porque ya estaba con ella.

–Exacto, el báculo –asintió Allegra–. Solo puede ser utilizado por semimagos... o por unicornios, que, al fin y al cabo, fueron quienes lo crearon. La magia de Victoria no existe para ser utilizada, sino para ser entregada. Fluye a través de ella y de momento se manifiesta en forma de poder de curación, pero en un futuro, cuando sea más fuerte, será capaz de otorgar la magia a otras personas...

–¿... de consagrar a más magos? –preguntó Alexander en voz baja. Allegra asintió.

–Esta es la razón por la cual no se le daba bien la magia. Porque ella es una canalizadora, un puente, no un recipiente. Y no fue capaz de utilizar su poder hasta que el báculo cayó en sus manos. Ese objeto recoge la energía que pasa a través de ella para que no se pierda.

–¿Pero cómo... cómo es posible? –dijo Alexander, todavía confuso–. Victoria nació en la Tierra...

–... Hace quince años, Alexander –completó Allegra–. Cuando Lunnaris atravesó la Puerta interdimensional.

»Shail y tú llegasteis a la Tierra diez años después de que esto sucediera. Por eso, tal vez, nunca sospechasteis que Victoria era el unicornio que estabais buscando. Porque ella llevaba ya diez años viviendo aquí cuando la encontrasteis, y vosotros pensabais que Lunnaris acababa de atravesar la Puerta interdimensional. Victoria nació ya siendo Lunnaris, ¿lo entendéis? Los unicornios no emplean la magia y, por tanto, Lunnaris no podía camuflarse bajo un hechizo. En este mundo no hay unicornios. Para sobrevivir, la esencia de Lunnaris tuvo que encarnarse en un cuerpo humano. En el cuerpo de Victoria, para ser exactos. Ambas son una misma criatura y, sin embargo, las dos esencias conviven en su interior.

–¿Quieres decir... que ella es un... híbrido, como Kirtash?

–De alguna manera, sí. Pero hasta hace dos días era más humana que unicornio. Ahora... ha despertado.

–La luz de sus ojos es más intensa –murmuró Jack, asintiendo–. Me di cuenta enseguida.

–También yo, hijo –sonrió Allegra–. En el último encuentro que tuvo con Christian, cuando él le entregó su anillo... creo que le dio algo más. De alguna manera, despertó al unicornio que dormía en su interior. Y me parece que fue entonces cuando Gerde los vio juntos y los delató al Nigromante –añadió, pensativa.

–¿Gerde?

–Tuvo que ser ella, Jack. Es un hada, como yo. Reconoció a Lunnaris nada más verla... como hice yo, hace más de siete años. Y le faltó tiempo para revelarle a Ashran el secreto que su hijo llevaba tanto tiempo ocultándole.

Jack hundió el rostro entre las manos.

–Sabía que Victoria era especial, lo sabía –musitó–. Tendría que haber adivinado...

Allegra lo miró con cariño; abrió la boca para decir algo más, pero cambió de idea y guardó silencio. Era demasiada información, y Jack necesitaría asimilarla antes de estar preparado para saber más cosas... como la verdad acerca de sí mismo.

–¿Entendéis ahora? –dijo, echando una mirada circular–. Ashran tiene a Victoria; tiene a Lunnaris, el último unicornio. Si ella muere, la profecía no se cumplirá, y el Nigromante nunca será derrotado. Para él y sus aliados, la muerte de Victoria es de vital importancia. Y, sin embargo... Kirtash pudo matar a Victoria esta noche y acabar con la amenaza, pero no lo hizo. De alguna manera, ha convencido a Ashran para que la conserve con vida... un poco más.

–Entiendo. Por eso crees que tal vez, en el fondo...

–... en el fondo, la luz de Victoria todavía brille en el corazón de ese muchacho, Jack. Me aferro a esa esperanza. Porque –añadió Allegra dirigiéndoles una intensa mirada– es lo único que nos queda ahora.

Victoria abrió los ojos lentamente, agotada. Era ya de noche, y hacía un rato que la habían dejado sola, aún atada a aquella especie de plataforma de tortura. Cuando se había desmayado de agotamiento, Ashran había decidido interrumpir el proceso para continuar un poco más tarde. Ahora estaba sola, y la luz de una de las lunas bañaba aquella helada habitación en la que la habían dejado. Era grande y muy blanca, y Victoria supuso que sería Erea, la luna mayor. Shail le había contado que, según la tradición, Erea era la morada de los dioses. Victoria ladeó la cabeza y contempló el suave resplandor de la luna idhunita, preguntándose si de verdad estarían allí todos los dioses: la luminosa Irial, el poderoso Aldun, la enigmática Neliam, el místico Yohavir, la caprichosa Wina, el sabio Karevan. Victoria sonrió levemente y repitió para sí los nombres que Shail le había enseñado años atrás: Irial, Aldun, Neliam, Yohavir, Wina, Karevan. Entonces solo eran nombres, solo ideas, igual que Idhún. Pero ahora, Idhún era real, y Victoria se preguntó si aquellos dioses de las leyendas lo serían también.

Percibió una presencia tras ella, una presencia sutil, que no había hecho el más mínimo ruido al entrar pero que, a pesar de todo, ella podía sentir.

–¿Qué quieres? –murmuró sin volverse a mirarlo.

–Hablar –dijo Kirtash con suavidad.

–¿Y si resulta que yo no quiero hablar contigo?

–No estás en situación de elegir, Victoria.

–Supongo que no –suspiró ella; tenía los brazos entumecidos y se retorció sobre la plataforma, intentando encontrar una posición más cómoda, pero no lo consiguió.

Kirtash se sentó junto a ella, y la luz de Erea bañó su rostro. Victoria vio cómo él volvía la cabeza para mirarla. Esperó a que dijera algo, pero no lo hizo.

–¿Qué estás mirando?

–A ti. Eres hermosa.

Victoria volvió la cabeza, molesta. Kirtash había pronunciado aquellas palabras como si se estuviera refiriendo a un jarrón de porcelana china, y no a una mujer; pero no tenía fuerzas para discutir, no tenía fuerzas para enfadarse, por lo que permaneció en silencio durante un rato, hasta que al final susurró:

–Kirtash... ¿qué estáis haciendo conmigo?

–Renovar la energía de la torre –respondió él–. Es un conjuro mediante el cual extraemos la magia de Alis Lithban y la canalizamos a través de ti. Se recoge en esas agujas –señaló los cuatro estrechos obeliscos que rodeaban la plataforma, y cuyos extremos todavía vibraban– y se transmite a la torre entera, envolviéndola en un manto de poder. ¿No lo notas? ¿No percibes que ya no está tan muerta y fría como antes?

Victoria ladeó la cabeza y entrecerró los ojos. Era cierto, podía sentir con claridad que las piedras centenarias parecían rezumar energía y la torre entera palpitaba casi imperceptiblemente.

–No lo entiendo. ¿Yo he hecho esto? No puede ser.

–Te subestimas, Victoria. Dentro de ti hay mucho más de lo que tú conoces.

–Pero... ¿por qué yo?

–Porque eres la única criatura en el mundo capaz de extraer la energía de Alis Lithban. No queda nadie más como tú. Eres la última de tu especie.

–No sé... de qué me estás hablando.

Esperó que él se explicara, pero no lo hizo. Siguió contemplándola, y Victoria se vio obligada a romper de nuevo el silencio.

–No es por eso, ¿verdad? –musitó con los ojos llenos de lágrimas–. Es un castigo por lo que te hice. Porque te dejé solo.

Kirtash sonrió con indiferencia.

–¿Qué te hace pensar que me importas tanto como para querer vengarme de ti?

Victoria ladeó la cabeza y cerró los ojos.

–No, es verdad. Jamás debí quitarme el anillo. Te perdí para siempre, pero lo peor es que... te abandoné. Por eso... me merezco todo esto que me estáis haciendo, ¿no es cierto? Lo diste todo por mí y yo te fallé a la primera oportunidad. Gerde tenía razón: no te merezco.

–Victoria, eres muy superior a Gerde en todos los aspectos –dijo él; pero no lo dijo con calor ni con cariño, sino con la voz desapasionada de quien describe los resultados de una operación matemática–. Eres lo que eres, y yo te respeto como a una igual. Por eso estoy aquí, hablando contigo. Si fueses una humana cualquiera, o incluso un hada como Gerde, no perdería mi tiempo contigo.

—Pero vas a matarme, a pesar de todo.

Kirtash se encogió de hombros.

—Así es la vida.

—Sigo sin entender qué haces aquí.

—Aprovechar tus últimas horas para aprender de ti. No tendré otra oportunidad porque, como ya te dije, eres única en los dos mundos.

—¿Qué esperas aprender? Soy yo la que he aprendido de ti... tantas cosas...

Kirtash no contestó. Acercó la mano al rostro de Victoria, y algo relució en la frente de ella como una estrella, iluminando el rostro del shek con su suave resplandor. Kirtash apartó la mano, y la luz de la frente de Victoria menguó, pero no se apagó.

—Ya has despertado —observó él con suavidad.

Alzó la mano de nuevo y le acarició la mejilla.

—Esa luz de tus ojos... —comentó—. Me gustaría saber de dónde procede.

La miró a los ojos, y Victoria trató de transmitirle todo lo que sentía con aquella mirada. Pero en los ojos de Kirtash no había afecto, sino simple curiosidad.

—Ojalá pudiera volver atrás —dijo Victoria—. Ojalá no me hubiera quitado nunca ese anillo. Daría lo que fuera... por recuperarte, por tener otra oportunidad...

Kirtash sacudió la cabeza.

—Victoria, no vale la pena que te tortures de esa manera. No te va a llevar a ninguna parte. Soy un shek y no puedo sentir nada por ti.

—Dime al menos que me perdonas. Por favor, dime que no me guardas rencor. Después puedes matarme si quieres, pero...

—No te guardo rencor —dijo él—. Ya te he dicho que no siento nada por ti.

—Entonces —susurró ella—, ¿por qué yo no puedo dejar de quererte?

Kirtash la miró, pensativo, pero no respondió. Se volvió hacia la puerta, unas centésimas de segundo antes de que llegara Ashran.

La figura del Nigromante se recortaba, sombría y amenazadora, contra la luz que provenía del pasillo. Se había detenido en la puerta y observaba a Kirtash con una expresión indescifrable.

—Kirtash —su voz rezumaba ira contenida, y Victoria sintió un escalofrío—, ¿qué estás haciendo?

El joven se incorporó y le devolvió una mirada serena.

–Solo quería... –empezó, pero se interrumpió a la mitad y frunció el ceño, un poco desconcertado.

–Ya veo –replicó Ashran–. Apártate de ahí. No quiero volver a verte cerca de esa criatura. Y mucho menos a solas.

–¿No confías en mí, mi señor? –preguntó el muchacho con suavidad.

–Es en ella en quien no confío.

Victoria sonrió para sus adentros, pero se le encogió el corazón al ver que Kirtash asentía, conforme, y se alejaba de ella. Vio también que Gerde había entrado en la estancia y estaba encendiendo de nuevo las antorchas con su magia. Kirtash dirigió a su padre una mirada interrogante.

–Nos atacan –dijo Ashran solamente.

–¿Qué? –pudo decir Victoria–. ¿Quién?

Nadie le prestó atención.

–Imaginaba que intentarían algo así –comentó Kirtash–. Aunque es un ataque desesperado. No tienen ninguna posibilidad, y lo saben.

–Tampoco tienen ya nada que perder –dijo Ashran echando una breve mirada a Victoria, amarrada a la plataforma–. Saben que tenemos a la muchacha y que, si muere, su última esperanza morirá con ella.

–Pero ¿cómo pueden haberlo adivinado? –intervino Gerde frunciendo el ceño.

–Estamos resucitando el poder de la Torre de Drackwen –explicó Kirtash–. Eso no es tan difícil de detectar. Habrán adivinado enseguida cómo lo estamos haciendo.

–Reúne a tu gente y organiza las defensas, Kirtash –ordenó Ashran–. Gerde y yo reforzaremos el escudo en torno a la torre.

–Para eso vamos a necesitar mucha más energía –hizo notar Gerde–. ¿Qué pasará si ella no lo aguanta?

Las pupilas plateadas de Ashran se clavaron en Victoria, que se estremeció de terror.

–Que morirá –dijo simplemente–. Pero, al fin y al cabo, eso era lo que pretendíamos desde el principio.

Gerde sonrió; asintió y se dirigió hacia la plataforma. Victoria entendió lo que estaba a punto de pasar.

–¡No! –gritó, debatiéndose furiosa; pero solo consiguió que las cadenas se clavasen más en su piel–. ¡No os atreváis a volver a...! ¡No lo permitiré!

Quiso llamar a Kirtash, pero el joven ya salía de la habitación, sin mirar atrás. Sin embargo, Victoria oyó la voz de él en su mente: «Vas a tener que esforzarte mucho, Victoria. Puede que incluso tu cuerpo no lo soporte esta vez. Pero piensa en Jack. Eso te dará fuerzas».

Ella se volvió hacia él, sorprendida. Pero el shek ya se había marchado.

Aún le llegó un último mensaje telepático, sin embargo.

«Es una lástima...»; el pensamiento de Kirtash fue apenas un susurro lejano en su mente, y Victoria tuvo que concentrarse para no perderlo. «Eres hermosa», añadió él, por último.

Victoria aguardó un poco más, pero la voz de Kirtash no volvió a introducirse entre sus pensamientos. En aquel momento vio que las agujas vibraban otra vez, con más intensidad, y comenzaban a generar sobre ella aquella espiral de oscuridad que ya conocía tan bien. Se le encogió el estómago de angustia y terror, pero Gerde y Ashran estaban delante, y no pensaba darles la satisfacción de verla de nuevo en aquella situación tan humillante, de manera que les dirigió una mirada llena de antipatía. Gerde esbozó una de sus encantadoras sonrisas, se colocó junto a ella y se asió con las manos a dos de las agujas. Victoria percibió tras ella la presencia de Ashran, entre las otras dos agujas.

De inmediato, el artefacto comenzó a succionar energía a través de Victoria. Ella jadeó e intentó frenar aquel torrente de energía que la atravesaba, pero fue como si se hubiera plantado de pie bajo una violenta catarata.

Apretó los dientes y pensó en Jack, como le había aconsejado Kirtash. Y, para su sorpresa, funcionó. Evocó la dulce mirada de sus ojos verdes, su cálida sonrisa, su reconfortante abrazo, la ternura con la que él había cantado aquella balada, acompañado de su guitarra. Recordó el tacto de su pelo, su primer beso y la agradable sensación que había experimentado al despertar, apenas unas horas antes, y verlo dormido tan cerca de ella. Sonrió con nostalgia y se preguntó si volvería a verlo. En cualquier caso, se alegraba de haber podido decirle lo que sentía por él, antes de morir.

–Jack... –suspiró Victoria en voz baja, mientras el poder del Nigromante se aprovechaba de ella, una vez más, y la forzaba a extraer hasta la última gota de la magia de Alis Lithban.

Y aunque no era consciente de ello, la estrella de su frente brillaba con la pureza e intensidad de la luz del alba.

Jack acarició el tronco del sauce.

–Te dije que te esperaría aquí mismo... –susurró, aun sabiendo que Victoria no podía escucharlo–. Que te esperaría... aquí mismo...

Desolado, se dejó caer sobre la raíz en la que solía sentarse cuando Victoria estaba allí. Ni siquiera la suave noche de Limbhad era capaz de mitigar su dolor.

Habían regresado a la Casa en la Frontera gracias a Allegra, que era una maga; incluso el Alma la había reconocido como aliada, pese a que era la primera vez que contactaba con ella, y le permitió la entrada en sus dominios, acompañada de Jack y de Alexander. Tal y como estaban las cosas, era mejor volver a Limbhad; si Victoria lograba regresar a la Tierra, aquel era el primer lugar al que acudiría.

Jack había rondado por toda la casa como un tigre enjaulado y, finalmente, había optado por dar un paseo por el bosque. Pero todos los rincones de aquel lugar le recordaban a Victoria, y en especial aquel sauce. Se le llenaron los ojos de lágrimas al comprender, por fin, por qué su amiga pasaba tantas noches en aquel lugar. Era un unicornio, una canalizadora. La energía pasaba a través de ella, y eso a la larga agotaba su propia energía; necesitaba, por tanto, recargarse, como se recarga una batería, y en aquel lugar se respiraba más vida que entre las cuatro paredes de una casa. Jack la recordó allí, acurrucada al pie del sauce, y evocó la noche en que le había dicho lo que sentía por ella. Entonces le había parecido que la muchacha brillaba con luz propia.

Tragó saliva. Ahora que sabía que Victoria era un unicornio, una criatura sobrehumana, comprendía mejor su relación con Kirtash. Ambos eran seres excepcionales en un mundo poblado por humanos, mediocres en comparación con ellos. Recordó que Victoria le había dicho a él, a Jack, que lo quería también; el chico se preguntó qué había visto en él. Seguramente, cuando ella asumiera su verdadera naturaleza, no se molestaría en volver a mirarlo dos veces.

Y, sin embargo, Jack no podía dejar de quererla, no podía dejar de sufrir su ausencia. En aquel momento no le importaban nada Idhún, la Resistencia ni la profecía. Solo quería que Victoria regresase sana y salva, aunque la perdiera para siempre. Deseó que Allegra estuviese en lo cierto y Kirtash la estuviera protegiendo en el fondo. «Renunciaría a ella», se dijo. «Si Kirtash la trae a casa, si nos la devuelve... me resignaría a verla marchar con él, no me entrometería más en su relación... Solo quiero verla viva, una vez más».

Se recostó contra el tronco del sauce y levantó el rostro hacia las estrellas. Llevaba un buen rato sintiendo una horrible angustia, y tenía la espantosa sensación de que, en alguna parte, Victoria lo estaba pasando muy mal. Y él no podía hacer nada por ayudarla, porque no podía llegar hasta ella. Lo cual era frustrante, sobre todo teniendo en cuenta que estaba dispuesto, sin dudarlo, a dar su vida por salvarla. Y aún más.

Se secó las lágrimas y murmuró a la oscuridad:

–Hola, Alexander.

Su amigo retiró las ramas del sauce, que colgaban como una cortina entre los dos, para llegar hasta él.

–¿Por qué no duermes un poco, chico? Debes de estar agotado.

Jack se volvió hacia él para mirarlo a los ojos.

–¿Crees que podría dormir? Ella lo está pasando mal, Alexander, lo sé. Y yo no puedo hacer nada.

–Maldita sea, yo también me siento impotente. Tanto tiempo buscando al unicornio de la profecía, y resulta que lo teníamos a nuestro lado y lo dejamos escapar... nuestra última esperanza de ganar esta guerra...

Jack se volvió bruscamente hacia él y un destello de cólera brilló en sus ojos verdes.

–¿Eso es todo lo que te importa? ¿La guerra y la profecía?

Alexander lo miró.

–Claro que no –dijo despacio–. Pero tengo que pensar en ella como Lunnaris, el unicornio, porque es la única manera de conservar un mínimo de calma. Si la recuerdo como Victoria, nuestra pequeña y valiente Victoria, me volveré loco de rabia.

Jack bajó la cabeza y se puso a juguetear con el colgante que llevaba, el que la propia Victoria le había dado el día en que se conocieron.

–Ahora lo entiendo –dijo a media voz–. Ahora entiendo lo que sentía ella cuando estaban torturando a Kirtash y no podía hacer nada para ayudarlo. Es... –no encontró palabras para describirlo y hundió la cara entre las manos, desolado–. Aún me cuesta creer que él la haya traicionado, después de todo –concluyó.

–Ya sabíamos que era un shek –murmuró Alexander–. Y aunque Allegra diga que ha sido por culpa de Ashran, que sigue teniendo poder sobre él... yo no sé hasta qué punto esa cosa es humana. Maldita sea... –añadió apretando los dientes–, si Shail estuviera con nosotros, esto no habría pasado. Él conocía muy bien a Victoria, la comprendía, habría sabido qué hacer para ayudarla.

–Alexander –dijo Jack tras un momento de silencio–. ¿Crees que Shail sabía que Victoria es un unicornio?

El joven meditó la respuesta y finalmente sacudió la cabeza.

–No, no lo creo. Pero adoraba a Lunnaris, y puede que en el fondo... eso le hiciera sentir un afecto especial por Victoria.

–A lo mejor inconscientemente sí lo sabía –opinó Jack–. Quizá por eso... quizá por eso dio su vida para salvarla hace dos años. ¿No crees?

–Puede ser. Los magos suelen decir que quien ve a un unicornio no lo olvida jamás. Debían de ser criaturas maravillosas.

–Si todos eran como Victoria, seguro –murmuró Jack; recordó entonces una cosa y alzó la cabeza para mirar a su amigo–. Kirtash le contó a Victoria que vio una vez un unicornio, cuando era niño. ¿Crees que lo habrá olvidado?

–Por el bien de Victoria, espero que no.

Jack sintió que la angustia volvía a apoderarse de él y giró bruscamente la cabeza para que Alexander no lo viera llorar. Pero sus hombros se convulsionaron con un sollozo, y su amigo se dio cuenta. Le pasó un brazo por los hombros.

–Sé fuerte, chico. Ten fe.

–¿Fe? ¿En qué? ¿En quién? –replicó él con amargura–. Lo único que puedo pensar ahora, Alexander, es que quiero verla otra vez, quiero ver su sonrisa y esos ojos tan increíbles que tiene, quiero... abrazarla de nuevo... y no dejarla marchar, nunca más.

Alexander lo miró con tristeza, pero no dijo nada.

–No soporto estar aquí sentado sin hacer nada –murmuró Jack–. No se me da bien esperar. Tengo ganas de gritar, de pegarle a algo, de destrozar cualquier cosa... Por eso estoy aquí. Si vuelvo a entrar en la casa, es muy probable que la emprenda a puñetazos con lo primero que encuentre.

Alexander lo observó un momento y entonces se levantó de un salto y le tendió un objeto estrecho y alargado. Jack lo miró en la semioscuridad, lo reconoció y comprendió lo que quería decir. Asintió y se puso en pie de un salto, con decisión. Cogió aquello que le entregaba su amigo y lo siguió a través del bosque.

Alexander se detuvo en la explanada que se extendía entre el bosque y la casa y se volvió hacia Jack.

–En guardia –dijo, desenvainando la espada que había traído.

No era una espada de entrenamiento. Era Sumlaris, la Imbatible. Y el acero que desenvainó Jack tampoco era uno cualquiera. Se trataba de Domivat, la espada de fuego.

–Listo –murmuró Jack alzando su arma.

Alexander atacó primero. Jack se defendió. Los dos aceros chocaron, y la violencia del encuentro estremeció la noche. Retrocedieron unos pasos, pero Jack volvió a la carga casi enseguida.

Al principio se contuvo. Sabía que, aunque estaban peleando con sus espadas legendarias, aquella no era más que otra práctica. Pero el dolor y la impotencia que sentía por la pérdida de Victoria fueron liberándose poco a poco a través de Domivat. Casi sin darse cuenta, fue imprimiendo cada vez más fuerza y más rabia a sus golpes y, cuando por fin descargó una última estocada sobre Alexander, con toda la fuerza de su desesperación, fue consciente de que tenía los ojos llenos de lágrimas. Gritó el nombre de Victoria y dejó que su poder fluyera a través de la espada.

Pero Sumlaris lo estaba esperando, sólida como una roca, y aguantó a la perfección el golpe de Domivat. La violencia del choque los lanzó a los dos hacia atrás. Jack cayó sentado sobre la hierba y sacudió la cabeza para despejarse. Entonces se dio cuenta de lo que había hecho.

Vio a Alexander un poco más allá, con una rodilla hincada en tierra, respirando fatigosamente. También él había liberado toda la rabia de su interior. Sus ojos relucían en la noche y su rostro era una máscara bestial, una mezcla entre las facciones de un hombre y los rasgos de un lobo. Gruñía, enseñando los colmillos, y la mano que sostenía a Sumlaris parecía más una zarpa que una mano humana.

Pero, por encima de todo aquello, Jack vio que la ropa de Alexander estaba hecha jirones y que su piel mostraba graves quemaduras, aunque él no pareciera notarlo. Titubeó y, aunque percibía el peligro que implicaba tener cerca a Alexander en aquel estado, dejó caer la espada.

Domivat creó un círculo de fuego a su alrededor, calcinando la hierba en torno a ella; pero no tardó en apagarse. Jadeando, Jack miró a su amigo.

–Lo siento, Alexander –dijo–. No... no quería hacerte daño.

Hubo un tenso silencio. Alexander dejó de gruñir por lo bajo y el brillo de sus ojos se extinguió. Jack vio cómo el joven recuperaba, poco a poco, su aspecto humano.

–No importa, chico –dijo él entonces, con voz ronca–. Si tienes que pegarte con alguien, mejor que sea conmigo.

Jack hundió el rostro entre las manos.

–Y lo peor de todo –murmuró– es que con esto no voy a ayudar a Victoria. Porque no es contigo con quien tengo que luchar, Alexander –movió la cabeza, abatido, pero cuando alzó la mirada, el fuego del odio llameaba en sus ojos–. La próxima vez que vea a Kirtash, lo mataré. Juro que lo mataré.

Desde las almenas de la Torre de Drackwen, Kirtash, pensativo, contempló el paisaje que se extendía más allá.

Fuera se había desencadenado una terrible batalla entre las fuerzas de Ashran y el grupo de renegados que estaba atacando la torre. Se trataba de una coalición liderada por los magos de la Torre de Kazlunn, uno de los pocos lugares de Idhún que resistía al imperio del Nigromante. Junto a ellos luchaban también feéricos, humanos y celestes, que, a pesar de ser un pueblo pacífico, atacaban ahora desde el cielo montados en unos enormes y hermosos pájaros dorados. Kirtash había visto también varios gigantes en las filas de los renegados, lo cual no dejaba de resultar sorprendente. Los gigantes, seres robustos y fornidos como rocas, de más de tres metros de altura, vivían en las heladas cordilleras del norte, amaban la soledad y no solían frecuentar la compañía de las demás razas.

Pero aquella alianza no tenía nada que hacer contra el poder de Ashran. Un ejército de szish, los temibles hombres-serpiente, defendía la torre de los ataques por tierra, mientras que un grupo de sheks atacaba desde el aire, y los bellos pájaros dorados de los celestes caían ante ellos como moscas. Kirtash dirigía todos sus movimientos desde lo alto de la torre. Podía comunicarse telepáticamente con los sheks; en cuanto a los hombres-serpiente, si bien su mente no era tan sofisticada como la de las serpientes aladas, sí podían captar las órdenes de Kirtash. Jamás se habría atrevido a desobedecerlo, porque ellos sabían que aquel muchacho no era un simple humano ni, sencillamente, el hijo de Ashran... sino una de aquellas poderosas criaturas que atacaban a los renegados desde los cielos.

En alguna parte, los magos estaban asaltando la torre, poniendo en juego todo su poder, y sus cimientos temblaban de vez en cuando, sacudidos por una magia furiosa y desesperada, que ya no tenía nada que perder.

Kirtash era consciente de ello. Sabía que, por mucho que la magia de aquellos hechiceros golpease la Torre de Drackwen, jamás lograrían quebrar el escudo que estaba generando la energía extraída a través de Victoria.

Victoria...

Kirtash intentó apartar aquel nombre de su mente. Llevaba un buen rato sintiendo una ligera e incómoda angustia en el fondo de su corazón, y comprendía muy bien a qué se debía. Shiskatchegg, el Ojo de la Serpiente, todavía relucía en el dedo de la muchacha y, a través de él, Kirtash podía percibir parte de su dolor. Y no debería afectarle, pero el caso era que, de alguna manera y en algún recóndito rincón de su alma, lo hacía. Entornó los ojos, pensando que habría debido quitarle a la fuerza aquel condenado anillo cuando había tenido la oportunidad. Por más que Shiskatchegg no pareciera dispuesto a regresar con su legítimo dueño.

Kirtash vio cómo el sinuoso cuerpo de un shek se abalanzaba sobre uno de los pájaros dorados; una de sus enormes alas tapó su campo de visión, pero él sabía perfectamente cuál iba a ser el resultado de aquel enfrentamiento. Nadie podía plantar cara a los sheks. Solo los dragones... y ya no quedaban dragones.

Excepto uno.

Los ojos de Kirtash emitieron un breve destello de odio. Cuando Victoria muriese, ya no sería necesario destruir al dragón, pero Kirtash pensaba hacerlo de todos modos.

Cuando Victoria muriese...

Algo en su corazón se estremeció ante aquel pensamiento, y el joven hizo lo que pudo para reprimir la emoción que empezaba a despertar en su interior. Pero era cada vez más y más consciente del sufrimiento de Victoria, de que su vida se apagaba poco a poco, y de que pronto la luz de sus ojos se extinguiría para siempre.

Entonces vio que una de las aves doradas se había acercado peligrosamente a las almenas, y se obligó a sí mismo a centrarse en la defensa de la torre. Pero enseguida se dio cuenta de que aquel pájaro no quería luchar. Su jinete lo conducía directamente hacia las almenas, tratando de esquivar a los sheks... y Kirtash comprendió que él era el objetivo. Se puso en guardia y desenvainó a Haiass.

Pero el ave se detuvo en el aire, a escasos metros de él. La persona que la montaba se quedó mirando a Kirtash un breve instante. Cubría su rostro con una capucha, y solo la luz de las tres lunas bañaba su figura, pero el joven supo inmediatamente quién era y a qué había venido.

En el fondo de su corazón, Victoria seguía sufriendo. Su luz era cada vez más débil.

Kirtash vaciló.

Ashran entrecerró los ojos y se apartó de la plataforma. Victoria sintió que el caudal de energía que pasaba a través de ella se reducía considerablemente.

—Alguien ha entrado en la torre —dijo.

—¡No puede ser! —susurró Gerde.

Ashran cerró los ojos un momento, intentando comunicarse con su hijo.

—Kirtash no responde —murmuró—. Si ese intruso es tan poderoso como para traspasar las defensas de la torre, es posible que haya tenido problemas con él.

Gerde desvió la mirada, pero no dijo lo que estaba pensando: que también cabía la posibilidad de que Kirtash hubiera vuelto a traicionarlos, franqueando el paso a sus enemigos. Pero Ashran parecía demasiado seguro de su propio dominio sobre Kirtash, e insinuar que el muchacho se hubiera liberado de él supondría poner en duda el poder de su señor.

De modo que no dijo nada.

Ashran salió de la habitación sin una palabra. Gerde sabía que iba a ver qué había sucedido con Kirtash, y sabía también que ella debía encargarse ahora de seguir extrayendo la magia de Alis Lithban a través de Victoria. La muchacha estaba tan agotada que no tardaría en morir. Pero, para cuando lo hiciera, la Torre de Drackwen ya sería inexpugnable.

Faltaba tan poco para que eso sucediera que ya no eran necesarios dos hechiceros junto a los obeliscos. De todas formas, Gerde pensó que no había nada de malo en acelerar las cosas. Se aferró a dos de las agujas y, con una sonrisa aviesa, puso en juego todo su poder para hacer que el artefacto succionase toda la energía posible. Victoria reprimió un grito. En aquel instante sintió como si algo se desgarrase en su interior, y supo que iba a morir.

Pensó que habría sido hermoso morir mirando los cálidos ojos verdes de Jack, pero él no estaba allí. Y, casi sin darse cuenta, volvió la cabeza hacia la puerta, deseando que regresase Kirtash para, al menos, poder llevarse con ella una imagen de él... porque, a pesar de todo, una vez había sido Christian, y su recuerdo todavía le quemaba el corazón.

Pero la energía la atravesó de nuevo, con tanta violencia que ella no pudo evitar lanzar un grito de angustia y dolor, con las pocas fuerzas que le quedaban. Sus ojos se le llenaron de lágrimas y, aunque trató de contenerlas, en esta ocasión no lo consiguió. Notó que las fuerzas la abandonaban definitivamente, y pensó en Jack, pensó en Christian, y los rostros de ambos fueron lo último a lo que se aferró antes de perder el sentido.

Volvió en sí, y lo primero que notó fue una inmensa sensación de alivio. Y agotamiento.

La energía ya no la atravesaba. Todo había terminado. Pero ella estaba cansada, tanto que ni siquiera tenía fuerzas para moverse. Sintió algo muy frío junto a su mano, y abrió los ojos con esfuerzo. Se le escapó un débil gemido cuando vio el filo de Haiass justo junto a ella.

Pero la espada se limitó a rozar las cadenas que la retenían, y estas estallaron al contacto con aquella hoja de hielo puro.

Victoria alzó la mirada y vio a Kirtash inclinado junto a ella; el rostro de él estaba muy cerca del suyo, y la miraba con seriedad y una chispa de emoción contenida en sus fríos ojos azules.

–Qué... –pudo decir.

El shek sacudió la cabeza.

–No podía dejarte morir, criatura –murmuró.

La alzó con cuidado y la abrazó suavemente, y Victoria, con los ojos llenos de lágrimas, le echó los brazos al cuello con sus últimas fuerzas y susurró:

–Christian...

XXVIII
ALIANZA

EL joven ayudó a Victoria a ponerse en pie. La muchacha se apoyó sobre su hombro, temblorosa, y miró a su alrededor.

No estaban solos. Gerde temblaba en un rincón, entre furiosa y asustada, con la vista fija en el filo de Haiass. Victoria supuso que Christian había tenido que luchar contra ella para poder liberarla. Estaba claro cuál había sido el resultado.

–Pagarás muy cara tu traición, Kirtash –susurró la hechicera, mirándolos con odio a los dos.

Christian le dirigió una breve mirada, pero no dijo nada. Ayudó a Victoria a caminar hacia la puerta.

Los momentos siguientes fueron confusos para la muchacha. Por lo visto, la inesperada rebelión de Christian no había pasado desapercibida a los ocupantes de la torre. En el pasillo les salieron al paso varios hombres-serpiente y un par de hechiceros, y Christian dejó a Victoria apoyada contra la pared de piedra mientras enarbolaba a Haiass y se enfrentaba a todos ellos.

Victoria quiso ayudar, pero no tenía modo de hacerlo. Su magia resultaba inútil sin el báculo de Ayshel, que se había quedado en la casa de su abuela. Y se sentía demasiado débil como para pelear. Odiaba tener que permanecer inactiva, pero no tuvo más remedio que quedarse allí, viendo cómo Christian acababa con sus contrarios, rápido, certero y letal, y tratando de asimilar todo lo que estaba sucediendo.

Christian había cambiado de idea con respecto a ella, eso estaba claro. Victoria estaba demasiado confusa como para intentar comprender los motivos de su extraña conducta, pero había algo que, desde luego, no se le escapaba: Christian se estaba enfrentando a los soldados de su propio bando, estaba luchando por salvarla... abiertamente.

Ashran no se lo perdonaría jamás. Contempló un momento el semblante impenetrable del shek, sus ojos azules, que brillaban a través del flequillo de color castaño claro; lo vio moverse con la agilidad de un felino, y se preguntó, una vez más, qué habría visto en ella aquel joven tan extraordinario.

—Vía libre, Victoria —dijo él entonces, tendiéndole la mano.

Victoria lo miró un momento, de pie en el pasillo, blandiendo a Haiass, cuyo filo todavía temblaba con su propia luz blanco-azulada; sabía que aquel era el joven que la había traicionado, sabía que podía volver a hacerlo. Pero alzó la cabeza para mirarlo a los ojos y decidió que, si tenía que morir, prefería hacerlo a su lado. De modo que esta vez, sin dudarlo ni un solo instante, le cogió la mano. El muchacho sonrió levemente y echó a andar por el corredor, arrastrándola tras de sí.

—Christian —preguntó ella con dificultad—. ¿Por qué... por qué me estás ayudando?

—Porque tú no debes morir, Victoria. Pase lo que pase, debes continuar con vida. Y no importa lo que digan, no importa la profecía, ni siquiera el imperio de mi padre es importante, comparado con el hecho de que tu muerte sería para Idhún como si se apagara uno de los soles. ¿Lo entiendes?

—No —murmuró ella, un poco asustada.

Christian sonrió.

—No importa —dijo—. Ya lo entenderás.

Bajaron por la escalera de caracol tan rápido como el estado de Victoria lo permitía. Pero, al llegar a uno de los pisos inferiores, se toparon con todo un pelotón de hombres-serpiente esperándolos. Christian retrocedió unos pasos.

—¡Christian! —dijo ella—. Tú puedes abrir la Puerta interdimensional, ¿no? ¡Volvamos a la Tierra!

—No se puede abrir una Puerta interdimensional en este lugar —respondió el shek—. La magia de mi padre controla la torre entera y no permite entrar ni salir por medios mágicos. Es una norma elemental de seguridad, ¿entiendes?

—Entonces, ¿qué hacemos?

–Tenemos que salir fuera de la torre y abrir la Puerta en el bosque.

Victoria asintió y se apoyó en la pared, desfallecida. Era consciente de que estaba perdiendo las pocas fuerzas que le restaban, pero se negaba a dejar a Christian solo, peleando contra todos aquellos que antes habían sido sus aliados.

De pronto, Victoria sintió una presencia tras ella y se volvió con rapidez. Aún tuvo tiempo de descargar instintivamente una patada contra la esbelta figura que se le acercaba. Oyó una exclamación de sorpresa cuando su pie se clavó en un estómago desprotegido; era la voz de Gerde, y Victoria sonrió con siniestro placer. Pero pronto se le congeló la sonrisa en los labios, porque sintió que algo la paralizaba sin saber por qué, y miró al hada, horrorizada. Ella le sonrió mientras sus negros ojos relucían con un brillo perverso en la semioscuridad.

Victoria sintió que le faltaba el aire y se llevó las dos manos a la garganta. Cayó de rodillas sobre el suelo, boqueando y tratando de respirar. No sabía qué era lo que le estaba pasando, pero sospechaba que se trataba de algún tipo de hechizo. En cualquier caso, ella no podía contrarrestarlo.

Percibió la ligera silueta de Christian pasando como una sombra junto a ella, y le vio arremeter contra Gerde. Pero el hada retrocedió, lo miró con odio y, simplemente, desapareció. Estaba claro que aún no se atrevía a enfrentarse a él directamente.

Christian se volvió hacia Victoria y trató de hacerla reaccionar. Pero había más soldados en el corredor, soldados szish, humanos e incluso algún yan, y el muchacho se volvió hacia ellos, con un brillo amenazador en la mirada.

Estaban en un apuro. Victoria se estaba asfixiando, Christian no sabía qué hacer para ayudarla, y la guardia lo superaba ampliamente en número.

–Ve, despeja la salida –dijo entonces una voz junto a ellos–. Yo cuidaré de ella.

Christian se volvió sobre sus talones. Entre las sombras había alguien que ocultaba su rostro bajo una capucha. El shek lo reconoció enseguida; era la persona que se había dirigido a él en las almenas. Asintió y dejó a Victoria al cuidado del extraño, dándoles la espalda para enfrentarse a los soldados.

La muchacha no las tenía todas consigo, por lo que trató de alejarse del desconocido, pero se estaba quedando sin aire y su vista comenzó a nublarse.

—Respira —murmuró entonces el encapuchado, pasando una mano sobre su rostro.

Y el bloqueo desapareció, y Victoria inhaló una intensa bocanada de aire. Pero eso fue apenas unos segundos antes de que pensara que aquella voz le resultaba extrañamente familiar y perdiera el sentido.

El desconocido la cogió en brazos y se apresuró a correr junto a Christian, que ya había derrotado al último guardia.

—No he podido entretener a Ashran por más tiempo —dijo—. Creo que ya ha adivinado lo que está pasando.

El shek se volvió hacia él.

—Lo sabe desde hace un buen rato —respondió—. Nos está esperando en la salida. No podremos escapar de aquí sin enfrentarnos a él.

El otro asintió, sin un comentario. Los dos siguieron descendiendo, Christian delante, con Haiass desenvainada, y su misterioso aliado detrás, llevando en brazos a Victoria.

Antes de llegar a la planta baja, el encapuchado se detuvo un momento y dijo:

—No tuve ocasión de darte las gracias por haberme salvado la vida.

—No lo hice por ti —cortó Christian con sequedad—, sino por ella.

—Lo sé. Pero me salvaste la vida de todos modos.

El muchacho se encogió de hombros, pero no respondió.

Cuando llegaron al enorme vestíbulo de la Torre de Drackwen, una alta e imponente figura les cerró el paso. Christian se detuvo en seco al pie de la escalera, aún blandiendo su espada, y le dirigió una mirada indescifrable.

—¿Adónde crees que vas, hijo mío? —siseó la voz de Ashran.

Christian no dijo nada. Tampoco se movió. Se quedó allí, en guardia, esperando.

—Entrégame a la muchacha, Kirtash, y no te mataré —dijo el Nigromante—. Aún puedo ser generoso.

Christian retrocedió un par de pasos.

—No, padre —dijo con suavidad—. Victoria no puede morir.

—¿Te atreves a desafiarme abiertamente?

Christian alzó la mirada con orgullo y dijo, simplemente:

—Sí.

—Entonces, muchacho, morirás con ella.

Ashran alzó las manos, y Christian y su compañero percibieron perfectamente el enorme poder que emanaba de ellas. El shek se volvió un momento y susurró:

—Intenta salir de la torre. Abriré la Puerta en el exterior. Llévate a Victoria lejos de aquí, a la Tierra.

—Pero... ¿y tú?

—Yo me quedaré a cubriros la retirada.

—¡No sobrevivirás!

—¿No querrás que Ashran te siga... hasta Limbhad, verdad?

El desconocido se estremeció bajo su capa. Pero Christian no le estaba prestando atención, porque Ashran lanzaba su ataque, y el muchacho alzó la espada para detenerlo. Algo los golpeó a los tres con una fuerza devastadora, pero se concentró sobre todo el filo de Haiass, y, cuando todo acabó, los tres fugitivos estaban intactos, aunque Christian temblaba, agotado, y su espada echaba humo, herida de gravedad. Con un soberano esfuerzo, el shek movió a Haiass con violencia... y volcó todo aquel poder hacia la entrada de la torre, que estaba cerrada a cal y canto. La puerta estalló en mil pedazos, dejando despejado el camino hacia la libertad.

—¡Vete! —pudo decir Christian, respirando entrecortadamente.

El encapuchado se volvió y vio, más allá de la entrada de la torre, una brecha brillante... que los conduciría a la salvación. Vaciló, no obstante.

—¡Vete! —insistió Christian—. ¡Ponla a salvo!

El otro asintió por fin y echó a correr hacia el exterior, llevando consigo a Victoria. Ashran los vio y se volvió hacia ellos, con un brillo de cólera destellando en sus ojos acerados. Levantó la mano y, con aquel simple gesto, se alzó un altísimo muro de fuego entre los fugitivos y la salida. El desconocido se detuvo en seco, a escasos centímetros de las llamas. Pero Christian, con un grito salvaje, lanzó a Haiass contra el muro de fuego. La espada dio un par de vueltas en el aire hasta atravesar las llamas, que quedaron instantáneamente congeladas. Ashran se volvió hacia Christian. Su mirada habría petrificado al héroe más poderoso, pero el joven la sostuvo sin pestañear. Sabía que iba a morir, ya lo había asumido y estaba preparado. Por eso no tenía miedo. Lo único que le preocupaba era ganar tiempo para que sus compañeros escaparan.

Se plantó entre Ashran y la salida de la torre, mientras el desconocido pronunciaba unas palabras en idioma arcano y el hielo se desmoronaba ante él. Ashran alzó las manos de nuevo. Ahora, Christian estaba desarmado y era vulnerable.

Pero se oyó otra vez la voz del encapuchado:

—¡Kirtash!

Y el muchacho alzó la mano para recoger la espada que su aliado le había lanzado. La empuñadura de Haiass voló directamente hasta su mano, y Christian blandió el arma justo a tiempo de detener el nuevo ataque de su padre.

La magia de Ashran se concentró en el filo de Haiass. Christian clavó los pies en el suelo, tratando de aguantar, pero su empuje era demasiado poderoso, y supo que no lo lograría.

Sin embargo, sintió una ondulación en el aire, y percibió que la brecha se cerraba tras él.

Victoria estaba a salvo.

Ashran lanzó un grito de frustración que hizo temblar la torre hasta sus raíces. Christian se estremeció. Vaciló y no pudo aguantar más. Haiass cayó al suelo con un sonido parecido al del cristal al quebrarse, y la magia de Ashran lo golpeó de lleno.

Christian fue lanzado hacia atrás y chocó contra la pared. Intentó levantarse, pero se sentía muy débil, y todo su ser reaccionó instintivamente ante el peligro.

Y su cuerpo se estremeció un momento y se transformó, casi al instante, en el de una enorme serpiente alada. Gritó, y fue un chillido de libertad, pero también de ira. Se enfrentó a Ashran haciendo vibrar su largo cuerpo anillado.

El Nigromante no pareció impresionado. Con un brillo de cólera en los ojos, lanzó una descarga mágica contra el shek, que chilló de nuevo, pero esta vez de dolor, mientras el poder del Nigromante sacudía todas y cada una de las células de su cuerpo.

La serpiente supo que no podía vencer a Ashran y que, si seguía intentándolo, moriría. Y el instinto lo llevó a batir las alas y salir volando hacia la ventana, dejando atrás su espada, olvidada en el suelo. Cuando atravesaba el ventanal, destrozando la vidriera, un nuevo ataque de Ashran le hizo lanzar otro alarido, que resonó en toda la Torre de Drackwen.

Por fin logró salir al aire libre, y abrió al máximo sus alas bajo la luz de las tres lunas. Pero pronto se dio cuenta de que no estaba a salvo, ni mucho menos.

Docenas de sheks lo miraban con el odio y el desprecio pintados en sus ojos irisados, y su acusación sin palabras golpeó su mente como una descarga eléctrica.

«Traidor...».

«... Vas a morir...».

Victoria abrió los ojos, mareada. Parpadeó un instante y tardó un poco en volver a la realidad. Lo primero que sintió fue el suave frescor del bosque, el murmullo del arroyo, la luz de las estrellas que brillaban sobre ella...

... y la energía.

Fluía a través de su cuerpo, no de forma violenta, sino amable, renovándola, reparándola, llenándola por dentro.

Estaba en Limbhad, bajo el sauce... en casa. Respiró hondo y, por un momento, pensó que todo lo que había pasado no había sido más que una pesadilla.

—Buenas noches, bella durmiente —dijo entonces una voz que ella conocía muy bien.

Victoria se volvió. Y vio a Jack, sentado junto a ella, sobre aquella raíz que tan cómoda le parecía. Sonreía con ternura, y a Victoria le pareció que llevaba siglos sin verlo.

Recordó todo entonces: el secuestro, su horrible encuentro con el Nigromante en la Torre de Drackwen, lo que le habían hecho, la huida desesperada...

No recordaba cómo habían salido de la torre, pero, por lo visto, lo habían conseguido. A Victoria se le llenaron los ojos de lágrimas y se echó a los brazos de Jack.

—¡Jack! Jack, estoy en casa, estás aquí, yo...

—Victoria... Victoria, estás bien...

—... te he echado mucho de menos...

—... pensé que no volvería a verte y por un momento, yo...

—... no quiero volver a separarme de ti nunca más...

—... nunca más, Victoria...

Los dos hablaban a la vez, frases inconexas, incoherentes, susurradas al oído del otro mientras se abrazaban, se besaban y se acariciaban con ternura. Finalmente, acabaron fundidos en un abrazo. Nada ni nadie habría podido separarlos en aquel momento.

–Jack, Jack, Jack... –susurró Victoria mientras hundía los dedos en su cabello rubio; su nombre le parecía la palabra más mágica del mundo, y no se cansaba de pronunciarlo, una y otra vez.

–No puedo creer que hayas vuelto –murmuró él, besándola en la frente–. Me sentía tan impotente... te habías ido, y no tenía modo de llegar hasta ti...

–No sé cómo ha pasado –reconoció ella–. Ni siquiera sé cómo he vuelto aquí. Me ha traído Christian, ¿verdad?

–¿Christian? –repitió él, con una extraña expresión en el rostro–. No, Victoria. Christian no ha regresado contigo.

–Entonces, ¿quién...? –empezó ella, extrañada, pero se calló al ver una sombra junto al arroyo, que se había acercado en silencio y la observaba con emoción contenida.

–Hola, Vic –dijo él, y Victoria reconoció por fin su voz, y se llevó una mano a los labios, tan pálida como si acabara de ver un fantasma.

No podía ser verdad, tenía que ser un sueño, y sin embargo...

La sombra avanzó un poco más, y la clara luz de las estrellas de Limbhad le mostró el rostro de un joven de unos veinte años, moreno, de expresión amable y grandes ojos castaños y soñadores.

–Shail –susurró ella, sin acabar de creerlo todavía.

El joven sonrió y avanzó hasta ellos, sorteando las raíces del enorme sauce. Victoria se levantó con cierta dificultad, apoyándose en Jack. Shail abrió los brazos, y Victoria, tras una breve vacilación, se refugió en ellos.

El mago la estrechó con fuerza. Victoria suspiró con los ojos llenos de lágrimas, sin acabar de creer lo que estaba sucediendo. No era un fantasma. Era de verdad.

–Shail, has vuelto, estás... –se le quebró la voz y sollozó de pura alegría; tardó un poco en poder hablar de nuevo–. Pero... no lo entiendo, Shail, ¿cómo...? Pensábamos que tú... que Elrion...

–¿... me había matado? Y lo habría hecho, Vic, si su magia me hubiera alcanzado. Pero no lo hizo. Otro hechizo llegó antes.

–¿Qué?

Shail se separó de ella para mirarla a los ojos.

–Kirtash fue más rápido. Me salvó la vida.

Victoria parpadeó, perpleja. Todavía le costaba asimilar todo lo que estaba pasando.

–Pero... pero no lo entiendo... ¿Dónde has estado todo este tiempo, entonces?

Shail se rió y le revolvió el pelo con cariño.

–En Idhún, Vic. Kirtash me envió de vuelta a Idhún para salvarme la vida. Como podrás imaginar, como Ashran aún controlaba la Puerta interdimensional, no he podido regresar a Limbhad hasta ahora.

–Pero... pero... si te salvó la vida... ¿por qué no me dijo nada? Él...

–Sospecho que no estaba seguro de haberlo conseguido –replicó Shail poniéndose serio–. He pasado dos años en Idhún buscando la manera de regresar. Conseguí llegar hasta la Torre de Kazlunn y hablar con los magos que resisten todavía a Ashran y los suyos. Les conté todo lo que había pasado y... bueno, me enteré de un montón de cosas. Aunque algunas de ellas ya las sabía... y, lamentablemente, las supe demasiado tarde.

Le dirigió una mirada extraña. Victoria iba a preguntarle por esas cosas que había averiguado, pero el joven mago seguía hablando:

–La otra noche percibimos que Ashran intentaba revivir el poder de la Torre de Drackwen. Solo podía hacerlo de una forma: a través de ti. Supe que te había capturado y no paré hasta conseguir que los magos se decidiesen a atacar Alis Lithban. Era un ataque a la desesperada, pero teníamos que intentarlo.

–¿Tú estabas... estabas en el asedio a la torre?

–Sí. Y ya casi había perdido la esperanza, cuando vi a Kirtash en las almenas, y pensé... que tal vez él estaría dispuesto a ayudarte, una vez más. Por suerte, no me equivoqué. Él me permitió entrar en la torre y después fue a rescatarte.

–¡Entonces, eras tú! El tipo misterioso que nos ayudó a salir de allí.

La sonrisa de Shail se hizo más amplia. Se separó un poco más de Victoria para contemplarla bajo la luz de la suave noche de Limbhad.

–Has crecido mucho, Vic. Estás hecha toda una mujer.

Ella sonrió, pero enrojeció un poco y desvió la mirada.

–Dentro de poco cumpliré quince años –murmuró–. No sé si dentro de uno o dos días, porque he perdido un poco la noción del tiempo. Solo sé que este año, igual que el año pasado, el único regalo que quería era que volvieras... y pensaba que era un deseo imposible.

Shail volvió a abrazarla con fuerza. Después se apartó de ella y sonrió al ver que la chica regresaba inmediatamente junto a Jack. Casi pudo ver el fuerte lazo invisible que los unía cuando Victoria se apoyó en Jack, que la había cogido por la cintura. El mago los contempló con cariño.

–Cómo no me di cuenta antes –murmuró–. Si os vi una vez así, cuando no erais más que unas criaturas recién nacidas, hace quince años...

–¿Qué? –Victoria lo miró, confusa–. Shail, ¿de qué estás hablando?

–Sentaos –dijo Shail, muy serio–. Tengo que contaros una cosa, ¿de acuerdo?

Ellos obedecieron. Victoria se dio cuenta de que Jack desviaba la mirada.

–¿Jack? ¿Tú sabes de qué se trata?

El muchacho asintió, pero no la miró. Shail lo observó, pensativo.

–No, Jack, no lo sabes todo. Todavía no.

Jack se volvió hacia él y frunció el ceño.

–¿Qué quieres decir?

Shail se mordió el labio inferior, seguramente preguntándose por dónde empezar.

–Hace quince años –dijo por fin–, enviamos a otro mundo a un dragón y un unicornio para salvarlos de la ira de Ashran y hacer cumplir una profecía. Los recuerdo tendidos sobre una manta, en la Torre de Kazlunn, temblando de miedo, muy cerca el uno del otro. Recuerdo que el dragón se volvió para mirar a la unicornio, a la pequeña Lunnaris. La miró con esos ojos color verde esmeralda tan extraños que tenía. Y entonces abrió un ala para taparla, con cariño, con gentileza, como si quisiera decirle que él estaba a su lado, que la protegería de todo mal. Lunnaris levantó la cabeza y lo observó.

»Los magos estaban discutiendo sobre los aspectos técnicos del conjuro y no se dieron cuenta. Pero yo sí los vi, y supe que era un momento mágico, que las vidas y las almas de aquellas dos criaturas, tan diferentes y a la vez tan semejantes, habían quedado enlazadas para siempre.

»Hicieron el viaje interdimensional juntos, compartían un mismo destino... y lo sabían. Estaban condenados a volver a encontrarse.

»Alsan y yo cruzamos la Puerta inmediatamente después... pero el Nigromante se dio cuenta, y la cerró... justo en ese momento. Y nos cogió a nosotros en mitad del viaje entre dos mundos. Y allí nos quedamos, suspendidos en medio de ninguna parte, hasta que la Puerta se abrió de nuevo... cuando Kirtash la cruzó, diez años después. Para nosotros, atrapados entre dos dimensiones, no había pasado el tiempo, y por eso no nos dimos cuenta de que no llegábamos a la Tierra justo después que el dragón y el unicornio que enviábamos, sino muchos años más tarde. Pero esto no lo supe hasta que me puse en contacto con los magos de Kazlunn, hace dos años.

–Lo sé –asintió Jack–. Allegra nos lo ha contado.

–Allegra –sonrió Shail–; Aile Alhenai, una de las más poderosas hechiceras de la Torre de Kazlunn. Llegó a la Tierra en busca de Lunnaris, y debo decir que la encontró antes que yo. Porque la tuve a mi lado todo el tiempo y no me di cuenta de quién era hasta que una noche, en Alemania, vi a Kirtash hechizado por su mirada... por la mirada de un unicornio, del último unicornio. Y supe que era ella, y que no podía dejarla morir.

–No... –murmuró Victoria, comprendiendo–. No puede ser verdad.

Shail la cogió por los hombros y la miró a los ojos.

–Esto fue lo que me explicaron en la Torre de Kazlunn, Vic. No fue el cuerpo de Lunnaris lo que llegó a la Tierra, sino su espíritu... que encontró refugio en un cuerpo humano. En una niña recién nacida, a quien más tarde llamarían Victoria.

La verdad golpeó a Victoria como una maza. Clavó en Shail sus enormes ojos oscuros, llenos de miedo e incertidumbre.

–Qué... No es verdad. No puede ser verdad –repitió.

Jack le pasó un brazo por los hombros.

–Lo es, Victoria. Allegra nos lo contó, nos dijo que por eso te ha estado protegiendo todo este tiempo... Y Kir... Christian también lo sabía. ¿No lo entiendes? Tenía que matarte para que la profecía no se cumpliera... pero sabía que eres el último unicornio y que tu raza moriría contigo. Y por eso...

–... por eso, Jack –interrumpió Shail mirándolo fijamente–, entre otras cosas, quería matarte a ti. Si lo conseguía, evitaría también el cumplimiento de la profecía... sin necesidad de acabar con la vida de Victoria. Los sheks nunca han tenido nada en contra de los unicornios, pero su relación con los dragones ya es otro cantar.

Jack se quedó helado. Cuando entendió lo que estaba insinuando Shail, el mundo se detuvo a su alrededor y su corazón pareció dejar de latir un breve instante. Quiso preguntar algo, pero no fue capaz.

–La profecía habla de un dragón y un unicornio –siguió explicando el mago, lentamente–. Si uno de los dos muere, la profecía no se cumplirá. Dudo mucho que pudieras ocultarle a Kirtash tu verdadera identidad durante mucho tiempo, Jack. Los sheks y los dragones llevan odiándose desde hace milenios. Su instinto lo llevaba a luchar contra ti... aunque tú también fueras el último de tu especie.

–¡QUÉ! –exclamó Jack, atónito.

Shail esbozó una sonrisa incómoda.

–Te dije que no lo sabías todo, Jack. Si Lunnaris se reencarnó en un cuerpo humano, ¿qué te hace pensar que el dragón que la acompañaba no hizo lo mismo?

–No –dijo Jack temblando como una hoja–. No, te equivocas.

Llevaba mucho tiempo ansiando descubrir el secreto de su identidad, pero ahora se daba cuenta de que habría preferido no saberlo. Sin embargo, Shail seguía hablando, y Jack no tuvo más remedio que seguir escuchando.

–Piénsalo. Puedes blandir a Domivat, que fue forjada con fuego de dragón. Tienes poder sobre el fuego. Tienes un calor corporal superior al normal, y nunca te pones enfermo. Sueñas con volar. Detestas a las serpientes y, por extensión, a Kirtash –hizo una pausa y continuó–: No es de extrañar que tantos milenios de enfrentamiento contra los sheks hayan dejado esa huella indeleble en tu instinto, amigo.

Jack no lo soportó más. Cada palabra que pronunciaba Shail caía sobre él como una pesada losa, desvelando la verdad que habitaba en su corazón. Pero la luz de la verdad era demasiado brillante, y hacía demasiado daño.

–¡No es verdad! –chilló levantándose de un salto–. ¿Me oyes? ¡Estás mintiendo! ¡Yo soy humano, no soy...!

–... Un dragón –lo ayudó Shail.

–¡¡Cállate!! –rugió Jack–. ¡No tienes derecho a volver de entre los muertos para venir a decirme...!

–Yandrak –lo llamó entonces Victoria, y Jack se volvió, como movido por un resorte.

Ella no podía conocer el nombre del último dragón. Era un secreto entre Jack y Alexander. Pero Victoria lo miraba con un profundo brillo de reconocimiento en la mirada, y Jack se vio reflejado en los ojos de ella.

Y, por algún motivo, la verdad no resultaba tan dolorosa si la veía en los ojos de Victoria.

Jack se dejó caer contra el tronco del sauce, anonadado, como si se hubiese quedado sin fuerzas de pronto. Victoria buscó su calor, temblando, y él la rodeó con un brazo, sin pensar... y de pronto recordó a la pequeña unicornio a la que había protegido del miedo y del frío, cubriéndola con una de sus alas, mucho tiempo atrás.

Victoria pareció haber tenido la misma idea. Los dos se miraron, sorprendidos, y se encontraron el uno al otro en aquella mirada...

... Y recordaron la primera vez que sus ojos se habían cruzado, ojos de dragón, ojos de unicornio, un aciago día, en la Torre de Kazlunn, mientras los seis astros brillaban en el cielo, y ellos se preparaban para un viaje a lo desconocido, un viaje que los salvaría de la muerte, pero que los arrojaría en brazos de un destino terrible, en aras del cumplimiento de una profecía.

Se abrazaron con fuerza. Shail sabía que era un momento importante para ellos, y se apartó un poco para dejarles intimidad.

–Sabía que eras especial –susurró Victoria al oído de su amigo–. Sabía que te conocía desde siempre.

–No sé si quiero ser un dragón, Victoria –respondió él en voz baja.

–En cambio, yo no quiero que seas otra cosa. Porque si es verdad que yo soy Lunnaris... y tú eres Yandrak... eso me une a ti mucho más de lo que podría soñar. Aunque seamos tan diferentes, estábamos destinados el uno al otro. Desde el principio, ¿lo entiendes?

Jack asintió, comprendiendo lo que quería decir. La abrazó con fuerza. Ella no parecía demasiado sorprendida, y el muchacho supuso que, de alguna manera, Christian la había ido preparando para aquel momento, que Victoria ya intuía cuál era su verdadera identidad. En cambio, él...

Se volvió hacia Shail, que se había quedado un poco más lejos.

–Siento haberte gritado –murmuró, todavía temblando–. No quería echarte la culpa. Es solo que... es todo muy extraño. ¿Vosotros... lo sabíais ya?

–He estado hablando con Allegra y Als... Alexander mientras estabais aquí –explicó Shail–. Allegra descubrió quién eras hace apenas dos noches, Jack. Se lo acaba de decir a Alexander. No te lo dijeron porque estabas demasiado preocupado por la desaparición de Victoria, y no era el momento más indicado. Y bueno, yo... yo lo supe en cuanto los magos de Kazlunn me explicaron un par de cosas, y até cabos. Por desgracia, no estaba en situación de volver para decíroslo.

Ni Jack ni Victoria fueron capaces de hablar.

–No quiero echar más leña al fuego –prosiguió Shail–, pero debéis ir pensando en lo que eso significa...

–Ya sé lo que significa –cortó Jack, impaciente–. Significa que no somos humanos.

–No *del todo* humanos, Jack. Pero hay en vosotros algo de humano. Sois ambas cosas, ¿lo entendéis? Y gracias a vuestra parte... sobrehumana, por así decirlo, podréis formar parte de la profecía.

–¿La profecía? –repitió Victoria, despacio–. ¿Esa profecía que nos obliga a enfrentarnos a Ashran para derrotarlo o morir en el intento? –levantó la mirada y la clavó en Shail–. Ya he estado en Idhún, ya he visto a Ashran, y no quiero volver a pasar por esa experiencia.

–Eso es muy egoísta por tu parte –le reprochó Shail, muy serio–, sobre todo teniendo en cuenta que Kirtash se ha sacrificado para que...

–¿Qué? –cortó Victoria en voz alta–. ¿Que Christian ha hecho qué?

Shail la miró sin entender su reacción. Victoria se aferró a él, mirándolo con los ojos muy abiertos.

–¿Qué le ha pasado a Christian? –inquirió, con una nota de pánico en su voz–. ¿No cruzó la Puerta con nosotros?

Shail adivinó entonces qué era lo que estaba sucediendo.

–Ah... Vic –comprendió–. Él y tú... pero, entonces... –añadió, extrañado, mirando a Jack y Victoria–, vosotros dos...

Jack enrojeció un poco y desvió la mirada, azorado. Pero Victoria no estaba en condiciones de hablar de sus relaciones con ambos chicos.

–¿Qué le ha pasado a Christian, Shail? ¿Dónde está?

Shail eligió con cuidado las palabras:

–Él... abrió la Puerta... y se quedó atrás... para cubrirnos la retirada.

–¡QUÉ! ¡Lo dejaste atrás? ¡Shaaaail! –gimió, desesperada–. ¡Ashran lo matará!

Examinó con ansiedad el Ojo de la Serpiente, pero Shail la cogió del brazo y la obligó a mirarlo a los ojos.

–No podemos hacer nada, Victoria. Estaba escrito en la profecía.

–¿A qué te refieres?

–Es otra de las cosas que he averiguado en este tiempo. Es la parte que los Oráculos ocultaron y que casi nadie conoce, ni siquiera Ashran. La profecía dice que solo un dragón y un unicornio unidos derrotarán al Nigromante... y un shek les abrirá la Puerta. Eso ya ha ocurrido, ¿entiendes? Kirtash ya ha cumplido su papel en la profecía.

Hubo un pesado silencio, que Jack rompió de pronto:

—No, Shail. Si eso es cierto, esa parte aún no se ha cumplido. ¿No lo entiendes? Abrió la Puerta para Victoria, pero nosotros seguimos aquí, atrapados. Si él es el shek de la profecía, lo necesitamos todavía para regresar a Idhún.

Shail iba a responder cuando se oyó un sonido atronador que pareció partir el cielo en dos. Los tres se pusieron en pie de un salto y alzaron la mirada. Y vieron una especie de relámpago sutil y fluido como el mercurio que surcaba el cielo nocturno de Limbhad, errático y claramente desorientado.

—¡Es un shek! —exclamó Jack poniéndose en pie de un salto, dispuesto a correr en busca de Domivat—. ¡Han conseguido entrar en Limbhad!

—¡Espera, Jack! —lo detuvo Victoria—. ¡Es Christian!

—¿Qué? —Jack se detuvo y miró con más atención el cuerpo ondulante que cruzaba el cielo—. ¿Cómo lo sabes?

—¡Está herido! —gritó Victoria sin hacerle caso.

Echó a correr y los dos chicos la siguieron.

Vieron al shek cruzar el firmamento en su inestable vuelo, rizar su largo cuerpo de azogue y caer en picado sobre el bosque. Atravesaron a toda velocidad la explanada que rodeaba la casa, y allí se encontraron con Allegra y Alexander, que también habían oído el estruendo. Alexander había cogido las dos espadas, la suya y la de Jack, bien protegida en su vaina, y se la entregó al muchacho.

—¿Qué pasa? ¿Qué ha sido eso? —preguntó, ceñudo.

Pero nadie tenía tiempo para contestar.

Por fin llegaron al lugar donde el shek había aterrizado. Pero no vieron a lo lejos el flexible y esbelto cuerpo de una serpiente alada, sino la figura de un muchacho vestido de negro, tendido de bruces sobre la hierba, junto al bosque. Victoria fue a correr junto a él, pero Jack la retuvo cogiéndola del brazo.

—Espera.

—¡Pero, Jack! —protestó ella; trató de liberarse, pero Jack no la soltó—. ¡Está herido! ¿No lo entiendes?

Jack sacudió la cabeza.

—La última vez que lo vi, Victoria, acababa de engañarte para entregarte a Ashran. Y no sé lo que te han hecho en esa torre, pero, a juzgar por las cosas que murmurabas en sueños, no debió de ser nada agradable. ¿Me equivoco?

Victoria recordó lo mal que lo había pasado en la Torre de Drackwen, desvió la mirada y no dijo nada. Jack apretó los dientes.

—Si te ha hecho daño, juro que lo mataré.

—No, Jack. Cambió por mi culpa, ¿entiendes? Porque lo dejé solo. Pero, aun así... me ha salvado la vida. Deja que me acerque, por favor. Puedo curarlo si está herido.

—No, Victoria. Iré yo primero. Hablaré con él.

—Jaaack...

—Confía en mí, ¿vale? Mírame, Victoria. ¿Confías en mí?

Ella lo miró, y se sintió reconfortada por la sinceridad, la seriedad y la dulzura de sus ojos.

—Confío en ti, Jack.

—Bien. Entonces, espera aquí, ¿de acuerdo?

Victoria asintió. Jack se volvió y vio que Shail mantenía a Allegra y Alexander a una prudente distancia, como si quisiera dejar que Victoria, Christian y él mismo resolvieran solos sus propios asuntos. Respiró hondo y asintió. Así tenía que ser.

Se aproximó al shek y desenvainó a Domivat. Percibió que Victoria los miraba, preocupada. Pero le había dado un voto de confianza y esperaría.

Jack se inclinó junto a su enemigo. Christian alzó la mirada con esfuerzo. Jack vio que estaba gravemente herido. Se preguntó si debía sentir lástima o alguna clase de compasión, y recordó que, apenas unas horas antes, había jurado que mataría a aquel monstruo en cuanto volviera a tenerlo delante.

Por Victoria.

Los ojos azules del shek relucieron un instante al descubrir la llama de Domivat, pero no dijo nada. Esperó a que fuera Jack quien hablara, y este lo hizo:

—¿Qué has venido a hacer aquí?

Christian le dirigió una larga mirada.

—No estoy seguro —dijo finalmente, con esfuerzo—. Solo trataba de... escapar.

–¿Has venido a hacer daño a Victoria?

–No. Ya no.

–¿Has venido a matarme a mí?

Christian lo miró de nuevo, como si meditara la respuesta.

–Ya sabes quién eres –comprendió.

Jack dudó un momento; todavía no había asimilado del todo la idea de que en su interior latía el espíritu de Yandrak, el último dragón. Pero se acordó de que Victoria lo había reconocido, y asintió.

–Mátame, entonces –dijo el shek–. Nuestros pueblos... han estado enfrentados desde hace... incontables generaciones. Nosotros hemos acabado... con toda tu raza. Ahora... puedes vengarte. Estoy indefenso.

Jack cerró el puño con tanta fuerza que se clavó las uñas en la palma de la mano; aquel ser había hecho mucho daño a Victoria y, sin embargo, ella aún lo quería. Y eso le resultaba muy difícil de asimilar, más incluso que su condición de dragón.

Pero, cuando habló, su voz sonó tranquila y serena:

–Si vas a hacer daño a Victoria, si quieres llevártela, te mataré aquí y ahora. Si quieres enfrentarte a mí, entonces le diré a ella que te cure, y lucharemos, en igualdad de condiciones, cuando estés recuperado. A muerte, si lo prefieres.

Christian sonrió débilmente.

–Eso es noble –susurró con sus últimas fuerzas–, pero ya no quiero matarte. Ya no debo lealtad al Nigromante. Me he convertido... en un traidor y... por tanto... no tengo que obedecer sus órdenes. Es verdad que... mi instinto me pide a gritos que acabe... contigo. Pero Victoria te quiere, te necesita, y yo...

–Tú la quieres de verdad.

Christian no tenía ya fuerzas para contestar. Cerró los ojos, agotado.

Jack se quedó mirándolo y se mordió el labio inferior, inseguro. Entonces tomó una decisión.

El fuego de Domivat llameó un momento, y Victoria gimió, angustiada.

Pero Jack envainó su espada y tendió la mano a Christian, para ayudarlo a levantarse. Victoria se quedó quieta, sin acabar de creer lo que estaba sucediendo, y supo que guardaría aquella imagen en su corazón durante el resto de su vida: la imagen de Jack cargando con Christian, que avanzaba cojeando, con el brazo en torno a los hombros de su enemigo.

Victoria no pudo más. Corrió hacia ellos y los abrazó, y los tres parecieron, por un momento, un solo ser.

Alexander se volvió hacia Shail, como exigiendo una explicación.

–Déjalos, Alexander –murmuró el joven mago sacudiendo la cabeza–. Kirtash ya es uno de los nuestros.

–¿Cómo puedes estar tan seguro?

Fue Allegra la que contestó, con una sonrisa:

–Porque el Alma le ha franqueado el paso. ¿Cómo, si no, crees que ha podido entrar en Limbhad?

Christian abrió los ojos lentamente. Una cálida sensación recorría su cuerpo, regenerándolo, vivificándolo, desterrando de su organismo el mortífero veneno que le habían inoculado los colmillos de los otros sheks, antes sus aliados, su gente. Percibió algo muy suave rozándole la mejilla, y supo que era el pelo de Victoria, que estaba muy cerca de él. Hizo un esfuerzo por despejarse del todo.

Se encontró tendido en una cama, en una habitación circular. Victoria estaba junto a él, muy concentrada en su tarea, y no se dio cuenta de que se había despertado. Le había quitado el jersey negro y sus manos recorrían la piel del shek, sanando sus heridas. Christian entornó los ojos y pudo ver la luz de Victoria, aquella luz que brillaba en su mirada con más intensidad que nunca; también logró ver algo que a los humanos en general pasaría desapercibido: una chispa que despertaba de vez en cuando en la frente de la joven, como una pequeña estrella, en el lugar donde Lunnaris había alzado, orgullosa, su largo cuerno en espiral.

Victoria examinaba ahora una fea cicatriz que marcaba el brazo izquierdo de Christian.

–Esa me la hiciste tú –dijo él con suavidad, sobresaltándola–. En Seattle. Cuando peleamos junto al estadio, ¿te acuerdas?

Ella miró la cicatriz con más atención.

–¿Esto te lo hice yo? ¿Con el báculo?

Christian asintió.

–Han pasado tantas cosas desde entonces... –dijo ella–. Parece mentira, ¿verdad?

Él sonrió.

–Tú también sabes quién eres –dijo.

Victoria asintió.

–Tú te diste cuenta antes que nadie –murmuró–. Bueno, tú y mi abuela.

–Tu abuela –repitió Christian–. Si hubiera sabido desde el principio que era una hechicera idhunita exiliada, y de las poderosas, la habría matado sin vacilar. Pero se ocultó muy bien de mí.

–¿Cuánto hace que lo sabes?

–Lo sospechaba desde hacía tiempo, pero lo supe con certeza la noche en que te regalé a Shiskatchegg. Ella me sorprendió en la casa. Nos miramos, supe quién era...

–No le hiciste daño entonces.

–No. Porque te protegía, Victoria, y cualquiera que te quiera y te proteja merece mi respeto.

–Como Shail. Por eso le salvaste la vida. Porque demostró que estaba dispuesto a darlo todo por mí... por Lunnaris –se corrigió.

Christian no vio necesidad de responder.

–O como Jack –añadió ella en voz baja.

–He tratado de evitar la profecía –dijo Christian en voz baja–. No solo para salvaguardar el imperio de los sheks, sino también... porque no quería que te enfrentaras a mi padre. Podrías morir en la batalla, y yo no quiero tener que pasar por eso.

Los ojos azules de Christian se clavaron en los suyos. Por un momento, Victoria olvidó su traición, olvidó el dolor que había soportado por su causa, y le apartó el pelo de la frente con infinito cariño.

–Siento haberme quitado el anillo, Christian. Te lo dije en la torre, pero te lo repito ahora. Siento que tuvieras que pasarlo tan mal por mi culpa.

Él se encogió de hombros.

–También tú sufriste a manos mías –dijo–. Estamos en paz.

Pero no pidió perdón, y Victoria sabía por qué. Su ascendencia shek era parte de él, y no podía evitar ser como era. Sin embargo... al saberla al borde de la muerte en la torre, sus emociones humanas habían vuelto a salir a la luz.

–Esto –dijo entonces Victoria, señalando las heridas que marcaban el cuerpo de Christian–, ¿te lo ha hecho Ashran?

–Sí, en parte. Pero también fui atacado por los sheks –hizo una pausa y concluyó–: Ya no soy uno de ellos.

–¿Eres, pues, uno de nosotros? –inquirió la voz de Jack, desde la entrada.

Los dos se volvieron. El chico estaba de pie, con los brazos cruzados ante el pecho y la espalda apoyada en el marco de la puerta. Su expresión era seria y serena, pero sus ojos exigían una respuesta.

–¿Soy uno de vosotros? –le preguntó Christian, a su vez.

Jack sacudió la cabeza y avanzó hacia ellos.

–¿Fue Ashran quien te obligó a secuestrar a Victoria?

–En cierto modo. Él despertó mi parte shek, pero esa parte ya estaba ahí, es mi naturaleza. Así que... puede decirse que fuimos los dos.

–¿Podría volver a pasar? ¿Podrías volverte contra nosotros otra vez?

Christian sostuvo su mirada.

–Podría –dijo lentamente–, pero, aunque mi parte shek me dominara de nuevo, ya no tendría nada contra Victoria. Soy un traidor a mi pueblo, ya no me aceptan entre ellos y, por tanto, mis intereses ya no son los suyos.

–Pero tu instinto te pide que luches contra mí. Porque me odias tanto como yo te odio a ti. Así que, en un momento dado, podrías intentar matarme otra vez.

–Sí.

Victoria miraba a uno y a otro, incómoda. Pero Jack sonrió y dijo, encogiéndose de hombros.

–Bien, asumiré el riesgo. Pero –le advirtió–, como vuelvas a hacer daño a Victoria, te mataré. ¿Me oyes?

Christian sostuvo su mirada. Pareció que saltaban chispas entre los dos, pero finalmente el shek sonrió también. Ninguno de los dos podía pasar por alto los siglos de odio y enfrentamiento entre sus respectivas razas y, sin embargo, había algo que ellos tenían en común y que servía de puente entre ambos: su amor por Victoria, un amor que podía enfrentarlos, pero también unirlos en una insólita alianza.

Porque, tiempo atrás, ella había pedido a Christian que perdonara la vida a Jack, y él lo había hecho... por ella.

Y porque aquella noche, Victoria también había suplicado por la vida de Christian... y Jack había preferido reprimir su odio antes que verla sufrir de nuevo.

Victoria los miró a los dos, intuyendo lo importante que era aquel momento para ellos tres. Cogió la mano de Christian y apoyó la cabeza en el hombro de Jack.

El contacto de Christian era electrizante, intenso, fascinante y turbador. En cambio, lo que Jack le transmitía era calidez, seguridad, confianza... y, por encima de todo, la pasión del fuego que ardía en su alma. Victoria supo que los necesitaba a ambos en su vida, que los había querido siempre y que, incluso si no hubiera llegado a encontrarse con ellos en el mundo al que habían sido enviados, los habría echado de menos, los habría añorado todas las noches de su vida, aun sin saber exactamente qué era lo que había perdido.

Cerró los ojos y sintió a Lunnaris en su interior, la pieza que faltaba para finalizar aquel rompecabezas que decidiría los destinos de Idhún.

Y, por primera vez en toda su vida, se sintió completa.

EPÍLOGO

Se abre la Puerta

JACK se acodó sobre la balaustrada y cerró los ojos, aspirando el aroma de la suave noche de Limbhad. Recordó la vez en la que había saltado al jardín desde allí, tratando de escapar; habían pasado más de dos años desde entonces, y su vida había cambiado radicalmente. Y los cambios no habían hecho más que empezar.

Hacía ya varias semanas que habían acogido a Christian en la Casa en la Frontera. En todo aquel tiempo, el shek se había ido recuperando lentamente de sus heridas, y Jack y Victoria habían intentado asumir que no tardarían en viajar a Idhún para desafiar al Nigromante... como había dictaminado la profecía.

Jack se sentía perdido y confuso. Victoria había aceptado bastante bien su condición de unicornio, pero no tenía ganas de regresar a Idhún para enfrentarse a Ashran. En cambio, él estaba deseando entrar en acción, visitar aquel mundo del que tanto había oído hablar, hacer pagar al Nigromante todo lo que le había hecho sufrir... pero no acababa de hacerse a la idea de que la esencia de Yandrak, el último dragón, habitase en su interior, a pesar de todos los indicios. Solo lo percibía claramente cuando se cruzaba con Christian por el pasillo. Entonces los dos se miraban, y aquel odio ancestral volvía a palpitar en sus corazones. Pero se limitaban a respirar hondo y seguir adelante.

Jack sabía por qué lo hacían. No solo porque la traición de Christian lo hubiese colocado en el bando de la Resistencia, sino también, sobre todo, por Victoria.

A Jack le costaba muchísimo soportar la presencia del shek en la casa. Y se notaba a las claras que, en lo que tocaba a Christian, el sentimiento era mutuo.

439

Tampoco Alexander lo había acogido con agrado, y hasta Allegra tenía sus reparos. Victoria seguía sintiendo algo muy intenso por el shek, pero daba la impresión de que algo en su interior se había enfriado desde su visita a la Torre de Drackwen. Ahora que Christian estaba ya bien, parecía que la muchacha temía quedarse a solas con él en la misma habitación. Y confiaba en él, pero no podía evitar tenerle algo de miedo, de todas formas, aunque fuera de manera inconsciente.

En resumen, Christian estaba en Limbhad, con la Resistencia, pero no era un miembro de pleno derecho. Resultaba difícil fiarse de él, después de todo lo que había pasado.

El joven lo tenía perfectamente asumido y no parecía que lo lamentara. Jack sabía que, cuando su estado se lo permitiera, se marcharía de allí y, probablemente, no volverían a verlo.

–Te he estado buscando –dijo de pronto la voz de Alexander tras él–. Quiero que nos reunamos todos en la biblioteca.

Jack desvió la mirada. Su relación con Alexander se había enfriado desde el regreso de Shail. Jack intuía que tarde o temprano tendrían que hablar de ello, y había estado evitando un encuentro a solas con él.

–¿También Christian? –murmuró.

–Especialmente él. Y, a propósito, ¿querrías ir a buscar a Victoria al bosque? Acabo de volver de allí, pero no la he encontrado.

–Porque se habrá transformado –musitó Jack.

–Eso pensaba.

–Bien, iré y...

–Espera –Alexander lo retuvo cuando pasaba por su lado–. ¿Se puede saber qué te pasa conmigo últimamente, chico? ¿Estás enfadado por algo?

Jack volvió bruscamente la cabeza. Los confusos sentimientos que albergaba su corazón pugnaban por salir a la luz, y finalmente no aguantó más y dijo, temblándole la voz:

–¿Por qué no me reconociste?

–¿Qué? –Alexander se quedó mirándolo, perplejo.

–Viniste a este mundo para buscar a Yandrak... para buscarme a mí. Me encontraste, me tenías delante de tus narices y no te diste cuenta. ¿Por qué? ¿Porque yo solo era una excusa para enfrentarte a Ashran y a los suyos? ¿O porque no soy en realidad el dragón que estabas buscando? ¿O tal vez porque todo lo que me contaste acerca de Yandrak no eran más que mentiras?

Alexander lo miró, comprendiendo. Los ojos de Jack estaban húmedos, y temblaba de rabia... y también de angustia.

–Jack –murmuró–, ¿qué quieres que te diga? ¿Que he estado ciego, que he sido un estúpido? ¿Es lo que quieres oír? Porque tienes razón.

Jack desvió la mirada, pero no dijo nada. Alexander lo cogió por los brazos y lo obligó a mirarlo de nuevo.

–Piensa lo que quieras, chico. Estás en tu derecho. Pero jamás te permitiré que dudes ni por un instante de que, desde el momento en que te vi salir del huevo, supe que consagraría mi vida a protegerte. Con profecía o sin ella. ¿Me oyes?

Jack tragó saliva. Quiso hablar, pero no fue capaz.

–Te vi nacer, Jack... Yandrak –prosiguió Alexander–. Solo yo estaba allí, y no sé en qué me convierte eso. ¿En tu padre adoptivo? ¿En tu padrino? Sea lo que sea, me sentí responsable por ti, aunque fueras de una raza tan distinta a la mía. Y no porque fueras parte de una profecía, no porque fueras el último de tu especie, sino sobre todo... porque estabas solo y no tenías a nadie más. Crucé esa Puerta para encontrarte, no lo dudes jamás. Puede que sea un poco obtuso para algunas cosas, y por eso no se me ocurrió pensar que el dragón que andaba buscando se había disfrazado de un aterrorizado chiquillo de trece años. Pero, en el fondo de mi corazón, lo sabía. Porque, de pronto, buscar a Yandrak ya no tuvo tanta importancia como acogerte a ti y enseñarte todo lo que sabía, para que pudieras valerte por ti mismo y Kirtash no volviera a amenazarte.

Jack le dio la espalda, incapaz de mirarlo a los ojos. Sintió que Alexander colocaba una mano sobre su hombro.

–¿Tienes miedo de ser lo que eres?

–Sí –reconoció Jack en voz baja–. Toda mi vida he buscado una explicación a lo que me pasaba y, ahora que la tengo... me parece demasiado extraña. Ni siquiera he podido transformarme en dragón todavía. Mientras que Victoria...

–Victoria ha tenido ayuda –le recordó Alexander.

–Pero no pienso pedir a Christian que me ayude a ser dragón –cortó Jack, horrorizado.

–No –concedió Alexander–. Sería muy raro.

Hubo un breve silencio.

–Por si te sirve de consuelo –añadió Alexander–, los dragones son criaturas magníficas. En el pasado, muchos los adoraron como a dioses.

Especialmente a los dragones dorados —hizo una pausa y añadió—: Me gustaría saber en qué clase de dragón te has convertido. Apuesto lo que quieras a que te sienta bien tu otra forma.

Jack sonrió.

—Pero... un cuerpo de dragón es tan diferente... a un cuerpo humano...

—Estás pensando en Victoria, ¿no es cierto? ¿De verdad crees que ella te querrá menos si te ve bajo tu verdadera forma?

Jack desvió la mirada, azorado.

—¿Cómo lo has adivinado?

Alexander lo observó, muy serio.

—Porque una vez yo pensé que mis amigos me rechazarían por no ser completamente humano —dijo—. Y salí huyendo. Y... ¿sabes una cosa? Me equivoqué.

Jack le lanzó una mirada de agradecimiento. Alexander sonrió.

—Chico, Victoria sigue sintiendo algo por Kirtash, a pesar de que ya lo ha visto transformado en una serpiente... muy fea, por cierto. ¿Qué te hace pensar que no le vas a gustar si te ve como dragón? Te recuerdo que no sería la primera vez.

—Tal vez... tal vez tengas razón.

—Ya verás cómo sí. Y ahora vete a buscarla, ¿de acuerdo? Lo estás deseando.

Jack asintió, sonriendo. Le dio un fuerte abrazo a su amigo y salió corriendo.

—¡No os olvidéis de la reunión! —le recordó Alexander.

Jack hizo una seña para indicarle que lo tenía en cuenta, pero no se detuvo ni volvió la cabeza.

No tardó en internarse en el bosque, y fue directamente al sauce. Pero Victoria no estaba allí. Y, sin embargo, se respiraba su esencia. El bosque parecía brillar con una luz propia, todo parecía mucho más hermoso que de costumbre.

Tragando saliva, Jack recorrió la espesura, buscando a Victoria.

Finalmente la vio junto al arroyo y, como tantas otras veces, sintió que se le cortaba la respiración.

Se había transformado en unicornio, y sus pequeños y delicados cascos hendidos parecían flotar por encima de la hierba. Su piel emitía un suave resplandor perlino, y sus crines se deslizaban sobre su delicado cuello como hilos de seda. Su largo cuerno en espiral era tan blanco que parecía desafiar a las más oscuras tinieblas. Y sus ojos...

Jack jamás conseguía encontrar una manera de describir sus ojos. Trató de apartar la mirada, pero no lo consiguió.

–Hola, Victo... Lunnaris –se corrigió.

Ella avanzó hacia él, y Jack sintió que se le aceleraba el corazón. Nunca permitía que nadie la viera cuando estaba transformada. Ni siquiera Christian.

Y, sin embargo, se había dejado sorprender por Jack varias veces, a propósito. El muchacho sabía que era un regalo, una especie de símbolo de la complicidad que los unía a ambos. Jack se preguntó por primera vez si ella deseaba verlo a él transformado en dragón... o no quería... o simplemente le daba igual.

El unicornio estaba justo junto a él, y el muchacho, fascinado, alzó la mano para tocarla. Pero ella retrocedió ágilmente. Jack sonrió. Podía verla como unicornio, pero no tocarla. Era una de las nuevas reglas no escritas.

Y, por desgracia, no era la única.

Lunnaris se transformó lentamente en una chica de quince años, de bucles oscuros y de expresivos ojos castaños que parecían demasiado grandes para su rostro moreno y menudo. Ladeó la cabeza y lo miró, casi de la misma forma en que lo había hecho el unicornio.

–Hola, Victoria –dijo Jack–. Te estaba buscando.

–Bueno, pues me has encontrado –sonrió ella–. ¿Era por algo en especial?

–Alexander quiere que nos reunamos todos en la biblioteca.

Victoria frunció el ceño. Sabía lo que eso significaba.

Caminaron juntos hacia la casa. Jack se mantuvo a una prudente distancia para no rozarla. Era otra de las reglas. Después de transformarse, Victoria tardaba un poco en volver a acostumbrarse a su cuerpo humano, y no le gustaba que la tocaran.

Jack reflexionó sobre ello. El amor que Victoria sentía hacia ellos dos, hacia Jack y Christian, parecía haberse intensificado en aquel tiempo, afianzándose y haciéndose más sereno y seguro, pero también más fuerte. Lo notaba en sus ojos cuando la miraba.

Y, sin embargo, cada vez lo manifestaba menos de forma física. Ya no buscaba tanto el contacto de ellos dos, ni los abrazos, ni las caricias. Eso desconcertaba a Jack, y habría llegado a creer que ella ya no lo quería, de no ser por lo que leía en sus ojos y en su sonrisa cuando estaban juntos. El muchacho no estaba seguro de que le gustara el cambio.

Recorrieron el trayecto en silencio, hasta que Jack dijo:

—Tendremos que volver a Idhún muy pronto.

Ella desvió la mirada.

—Lo sé. He estado pensando y, ¿sabes...?, aunque no quiero hacerlo, sé que en el fondo no puede ser tan malo si estoy contigo.

Jack sintió que se derretía. Ese tipo de comentarios, pronunciados con infinito cariño y absoluta sinceridad, le indicaban que ella lo quería con locura todavía. Y, sin embargo...

—A mí tampoco me hace mucha gracia —confesó—. Pero te prometo que cuidaré de ti, Victoria.

Ella lo miró y sonrió.

—Al revés, tendré que cuidar yo de vosotros. Porque, en cuanto me descuide, estaréis peleando otra vez.

Jack comprendió que estaba hablando de Christian; desvió la mirada y carraspeó, incómodo.

—No creo que él nos acompañe, Victoria.

Sabía lo que iba a ver en sus ojos: sorpresa, miedo, dolor... Victoria temía a Christian todavía, pero no soportaba la idea de separarse de él. Jack estaba empezando a acostumbrarse al hecho de que tendría que compartir a la mujer de su vida con su peor enemigo. Pero todavía resultaba duro de todos modos. Muy duro.

—Pero... pero... no puedo dejarlo atrás —susurró ella, aterrada.

—¿Vas a obligarlo a regresar a Idhún? ¿A enfrentarse a su gente, que lo considera un traidor, y a su padre... de nuevo? No puedes pedirle eso.

Victoria inspiró hondo y cerró los ojos.

—No, tienes razón —murmuró—. No puedo pedirle eso.

—Estará mejor aquí, Victoria. Y si... Cuando volvamos —se corrigió—, estará esperándote.

Jack dudaba en el fondo que volvieran a ver al shek a su regreso, pero sabía que aquella idea reconfortaría a su amiga; ya se enfrentaría a la verdad cuando regresara.

Cuando entraron en la biblioteca, ya estaban todos allí. Alexander y Shail, y Allegra, y Christian, que estaba de pie, cerca de la puerta, en un rincón en sombras, con los brazos cruzados y la espalda apoyada contra la pared, en ademán aparentemente relajado, pero, como siempre, en tensión.

—Siento el retraso —murmuró Victoria, consciente de que era culpa suya.

Alexander fue directamente al grano:

—Ha llegado la hora de volver —dijo—. ¿Estáis preparados?

Jack inspiró hondo y dijo.

—Yo, sí.

Victoria tuvo que coger su mano para reunir el valor suficiente y asentir con la cabeza. Miró de reojo a Christian, sin embargo, pero este no reaccionó.

—Necesitaremos que alguien nos abra la Puerta interdimensional —dijo Shail a media voz, y todas las miradas se volvieron en dirección al shek.

Él alzó la cabeza.

—Todavía no he decidido lo que voy a hacer.

—Entiendo —asintió Shail—. Es tu gente y...

—No se trata de eso —cortó Christian; miró a Jack y Victoria... especialmente a Victoria—. La profecía dice que solo vosotros dos tenéis alguna posibilidad de derrotar a Ashran. Pero no asegura que vayáis a hacerlo.

—¿Qué quieres decir? —preguntó Jack frunciendo el ceño.

—Gracias al poder que extrajo Victoria de Alis Lithban, la Torre de Drackwen es ahora inexpugnable —explicó el shek—. Ashran os conoce, está sobre aviso. No va a ser sencillo llegar hasta él.

»Y una vez allí, ¿qué? ¿Qué pasará si vence él? ¿Arriesgaríais la vida de Victoria por una posibilidad entre cien? ¿Y si ella muere en el intento? ¿Cómo soportaríais la idea de haber acabado con el último de los unicornios... solo para expulsar de Idhún a los sheks?

La pregunta los cogió a todos por sorpresa. Se miraron unos a otros, confusos.

Jack sonrió para sus adentros. Christian no lo había mencionado para nada, y él sabía por qué. Para el shek, la extinción de los dragones no sería ninguna tragedia. El muchacho no podía culparlo; él se sentía de la misma manera con respecto a los sheks.

—Estás hablando de los sheks que provocaron la muerte de todos los dragones y los unicornios —le recordó Allegra con cierta dureza.

Christian le dirigió una breve mirada y sacudió la cabeza.

–Estoy hablando de los sheks que han pasado varios siglos en un mundo de tinieblas –dijo despacio– y que se han aferrado a su única posibilidad de regresar a casa como a un clavo ardiendo.

–No me hagas reír –soltó Jack–. Nosotros no exterminamos a tu gente como hicisteis vosotros con...

Calló, perplejo. Al decir «nosotros» no estaba pensando en la Resistencia, sino en los dragones en general.

Christian lo miró con cierto destello burlón en sus ojos azules.

–Ya os he dicho que eso, en el fondo, me da igual. Pero una vez juré que protegería a Victoria de toda amenaza, y es lo que voy a hacer. No voy a abrir la Puerta. Es mi última palabra.

Sus palabras cayeron sobre la Resistencia como una losa, y ninguno reaccionó a tiempo de evitar que el muchacho saliese de la sala sin una palabra.

–¡No puedo creerlo! –estalló Alexander–. ¡Esto es...!

–Hablaré con él –dijo Victoria, y echó a correr tras el joven.

Jack se apresuró a seguirla, y la alcanzó en el pasillo.

–Espera. ¿Estás segura de lo que haces? ¿Quieres que vaya contigo? Ella lo miró.

–No, Jack. Esta vez, no. Es algo entre él y yo.

A Jack se le revolvieron las tripas, pero, en el fondo, lo comprendía, de modo que asintió, no sin esfuerzo. Victoria sonrió y se puso de puntillas para besarlo suavemente en los labios. Jack se quedó sin aliento. Hacía días que ella no hacía algo así, y cerró los ojos, disfrutando al máximo de aquella sensación, bebiendo de ella, tratando de transmitirle todo lo que sentía a través de aquel contacto. Suspiró cuando se separaron, pero ella no volvió a besarlo. Se acercó a él otra vez para decirle al oído, en voz baja:

–Pase lo que pase, Jack, no olvides nunca que te quiero... con locura.

Él asintió y la miró con infinito cariño. Victoria sonrió de nuevo y se marchó, pasillo abajo. Y sintió que una parte de su ser se iba con ella.

Victoria atravesó la explanada y llegó al bosquecillo. Percibió la presencia de Christian, pero no lo vio, y sabía que solo había una manera de encontrarse con él: dejar que fuera él quien la encontrase a ella. De modo que fue hasta su sauce y se sentó entre las raíces, como solía hacer. Y no tardó en distinguir la oscura y esbelta silueta del shek de pie, junto a ella.

—Has venido sola —observó él en voz baja.

—Alguna vez tenía que decidirme a hacerlo, ¿no?

Christian asintió, pero no se movió. Comprendía exactamente cómo se sentía Victoria. Aquel encuentro bajo el sauce les recordaba las reuniones en la parte trasera de la mansión de Allegra, que ambos, y especialmente Victoria, evocaban con cariño. Pero era inevitable pensar que, la última vez que ella había corrido a su encuentro, él la había traicionado para entregarla al Nigromante... con todo lo que había sucedido después.

—No voy a abrir esa Puerta, Victoria. No quiero que vayas a Idhún.

—Tampoco yo quería ir, Christian, pero he estado pensando mucho. Podría haber sido una chica normal, pero no, soy un unicornio, y he sufrido por ello mucho, muchísimo. Si abandonara ahora, todo esto no habría valido la pena; habría sufrido... para nada, ¿entiendes? El miedo, el odio, incluso el amor que siento por ti y por Jack... quiero que todo tenga un sentido. Y me consuela saber que, si he pasado por todo esto, es porque se espera de mí que vaya a salvar el mundo. Sé que no parece un gran consuelo, pero es mejor que pensar que lo he soportado por nada, por un simple capricho del destino.

No estaba segura de haberse expresado bien, pero Christian asintió y dijo:

—Comprendo.

Victoria se dio cuenta entonces de que él se había sentado junto a ella, en la misma raíz que Jack solía ocupar. Pero no de la misma manera. Mientras que a Jack le gustaba tumbarse cuan largo era, con la espalda apoyada en el tronco, en actitud distendida, Christian se había sentado vuelto hacia ella, mirándola fijamente, con la cabeza ligeramente inclinada, de modo que sus ojos destellaban a través del flequillo. Parecía alerta, como un felino. Victoria no recordaba haberlo visto nunca relajado, y esto la inquietaba y la fascinaba a la vez.

—Tienes que abrirnos la Puerta, Christian —le pidió ella—. Para que todo acabe cuanto antes, ¿entiendes? Y podamos estar juntos.

Él negó con la cabeza.

—Sabes que nunca estaremos juntos.

Ella se volvió hacia él y lo miró fijamente a los ojos.

—¿Y puedes pensar, siquiera por una milésima de segundo, que voy a dejarte marchar? —susurró, muy seria.

En los ojos de hielo del shek apareció una chispa de calor.

–Tienes que hacerlo –dijo sin embargo–. Piensa en Jack. Sé por qué ya casi no nos tocas, ni a él ni a mí. Sé que tiene que ver, en parte, por tu esencia de unicornio, que acaba de despertar, pero sobre todo... porque no quieres caldear el ambiente, ¿verdad? Te estás conteniendo para no provocar más tensión de la que ya hay.

Victoria vaciló y desvió la mirada, sintiendo que nunca podría esconderle nada a Christian.

–Y en cuanto a Jack –prosiguió él–, ¿cuánto tiempo crees que podrá soportar mi presencia? Es una prueba demasiado dura para él. No puedes pedirle que acepte tu relación conmigo, como si nada. No después de todo lo que ha pasado.

Victoria se mordió el labio inferior, pensativa. Pero entonces recordó las palabras de Jack acerca de Christian: «¿Vas a obligarlo a regresar a Idhún? ¿A enfrentarse a su gente, que lo considera un traidor, y a su padre... de nuevo? No puedes pedirle eso». Y pensó que no era casual que los dos hubieran hablado en términos tan semejantes. Tenía que ser una señal. ¿De qué? Victoria no lo sabía, pero sí intuía que, pasara lo que pasase, tenían que permanecer juntos. Los tres.

–Creo que lo subestimas –dijo–. Es más fuerte de lo que crees. Recuerda que es un dragón.

Christian entrecerró los ojos.

–Lo siento –se disculpó Victoria–. He pronunciado la palabra tabú. Has puesto la misma cara que pone Jack cuando menciono cualquier cosa que tenga que ver con las serpientes.

Christian percibió que se estaba burlando de él, de ambos en realidad, y la miró sin saber si sentirse ofendido, divertido o sorprendido.

–No bromees con eso –le advirtió, muy serio.

Victoria no insistió.

–Bien –murmuró–. Te lo voy a pedir una vez más, Christian. Ábrenos la Puerta. Deja que vayamos a cumplir con nuestro destino.

Él sacudió la cabeza.

–¿Y puedes pensar, siquiera por una milésima de segundo, que voy a dejarte marchar? –contraatacó.

Sabía lo que le iba a decir ella, y estaba preparado. O, al menos, eso creía. Porque, cuando Victoria lo miró a los ojos, supo que había quedado atrapado en su luz para siempre.

–Entonces, ven con nosotros a Idhún. Sé que no tengo derecho a pedirte esto, pero... no soporto la idea de perderte. Y sé que, si volvemos a casa algún día, a pesar de lo que diga Jack, tú ya no estarás aquí para recibirme. Por favor, Christian. No me dejes ahora. No estoy preparada.

Christian titubeó.

—Juegas con ventaja —murmuró—. Sabes que no puedo negarte nada cuando me miras de esa forma.

Victoria sonrió. Pero Christian alzó la cabeza y la miró, resuelto.

—Abriré la Puerta si es lo que quieres, Victoria. Te dejaré marchar. Pero no iré contigo.

Ella abrió la boca para decir algo, pero Christian no había terminado de hablar.

—No soy parte de la Resistencia. No tiene sentido que vaya con vosotros. Solo estropearía las cosas. De todas formas —añadió—, sabes que me tienes siempre contigo. Mientras lleves puesto ese anillo... ese anillo que te protegió de mí en la Torre de Drackwen.

Victoria se volvió hacia él, sorprendida.

—¿El anillo...? ¿Qué quieres decir?

Pero Christian no dio más explicaciones. Se levantó, y Victoria lo imitó.

—Volvamos —dijo él—. Tienes un viaje que preparar.

Ella asintió. Titubeó un momento y, finalmente, se acercó a Christian, le cogió el rostro con las manos y lo besó con dulzura. Casi logró sorprenderlo, y eso no era algo a lo que el shek estuviera acostumbrado. Pero ambos disfrutaron del beso, intenso y electrizante, como todos los que intercambiaban. Victoria se separó de él, sonriendo.

—Es lo justo —dijo ella, pero no añadió nada más.

De todas formas, Christian comprendió exactamente lo que quería decir. Sacudió la cabeza y sonrió.

Se habían reunido en la explanada que se abría entre la casa y el bosque, y habían reunido en sus bultos solo lo estrictamente necesario. Eran seis, seis, como los astros de Idhún, como los seis dioses de la luz: Shail, Alexander, Jack, Victoria, Christian y Allegra. Pero uno de ellos no los acompañaría a través de la Puerta, y el corazón de Victoria sangraba por ello.

Christian abrió la brecha interdimensional sin grandes problemas. Todos contemplaron la brillante abertura que los conduciría al mundo que habían abandonado tanto tiempo atrás.

Alexander fue el primero en cruzar, seguido de Allegra. Shail se quedó un momento junto a la brecha y miró a los tres muchachos, indeciso.

–Ahora vamos –lo tranquilizó Jack.

Shail asintió y atravesó la Puerta.

Jack y Victoria se miraron. Jack asintió, y Victoria se volvió hacia donde estaba Christian, un poco más lejos, y con un aspecto más sombrío de lo habitual. Le tendió la mano.

–Ven conmigo –susurró mirándolo a los ojos.

Pero él retrocedió un paso.

–No, Victoria –le advirtió.

Los dos cruzaron una mirada llena de emoción contenida. Victoria leyó en los ojos de Christian el intenso dolor que le producía aquella separación, pero también entendió que él no quería unirse a un grupo en el que no era bien recibido. «Pero yo te necesito», trató de decirle, aunque sabía que era inútil y que no lograría convencerlo.

–No pensaba que nos dejarías tirados de esa manera –intervino Jack entonces–. ¿Sabes lo que cuesta impedir que Victoria se meta en líos? Contaba contigo para vigilarla.

Tanto Christian como Victoria se volvieron hacia él, desconcertados. Pero Jack ladeó la cabeza y los miró sonriendo.

–Además –añadió–, está el hecho de que no eres gran cosa sin esa espada que has perdido, ¿no?

En los ojos de Christian apareció un destello de interés.

–Es cierto, Haiass.

–Habrá que recuperarla –comentó Jack.

–Cierto. Habrá que recuperarla.

–No pensamos hacerlo por ti, ¿sabes? Ya nos has metido en muchos líos, así que esperamos que te ocupes de tus cosas tú solito.

Christian le dirigió una mirada indescifrable.

–Voy a atravesarte con ella de parte a parte, ¿lo sabías?

–Primero tendrás que recobrarla y, sinceramente, espero que lo hagas. Matarte no tendrá ninguna emoción si no eres capaz de defenderte, aunque solo sea durante cinco minutos.

Victoria miraba a uno y a otro como si viera un partido de tenis.

Christian avanzó entonces un paso y cogió la mano de la muchacha. Cuando esta lo observó, sorprendida, el shek se encogió de hombros y dijo solamente:

—Tengo que recuperar mi espada.

Pero sus ojos la miraban con cariño, y Victoria supo entonces que él estaba dispuesto a seguirla hasta el fin del mundo, y más allá, con espada o sin ella. Sonrió y, con la mano que le quedaba libre, cogió la de Jack.

Y los tres atravesaron la Puerta interdimensional, en dirección a su destino, un mundo bañado por la luz de tres soles y tres lunas, un mundo que los estaba esperando... que los había estado esperando desde siempre.

ÍNDICE

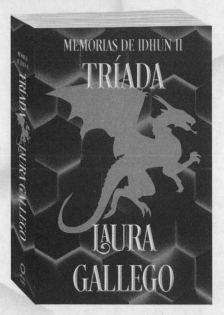

Memorias de Idhún II: Tríada

Desde la distancia, las chicas del colegio de Victoria presencian con envidia la conversación que su compañera mantiene con un guapo desconocido. Jamás sabrán que estos dos viejos amigos llevan años sin verse o que se conocieron luchando por acabar con la tiranía en un mundo remoto. Si disfrutaste con las aventuras de Jack, Victoria y Kirtash, no puedes perderte la continuación del primer libro y el inicio de su viaje por el mundo de Idhún.

Memorias de Idhún III: Panteón

Se anuncian tiempos de paz, pero no todo es como aparenta ser... ¿Podrán afrontar Jack y Victoria los peligros que les acechan, y caminar definitivamente hacia la paz? Una dura pugna entre las fuerzas del bien y del mal. Si te gustaron *La Resistencia* y *Tríada*, no te puedes perder el desenlace de la trilogía…